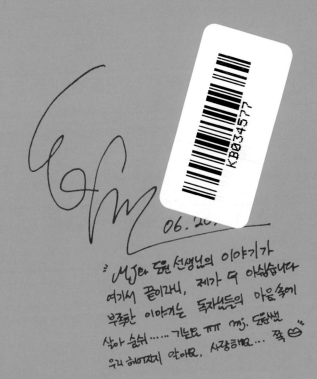

06. 20

" MJ와 도윤 선생님의 이야기가
여기서 끝이라니, 제가 더 아쉽습니다
부족한 이야기는 독자님들의 마음 속에
살아 숨쉬……기눈요 ㅠㅠ MJ. 도윤쌤
우리 헤어지지 말아요, 사랑해요… 쪽 ♡ "

매리제인

MARY JANE

vol. 1

매리제인
MARY JANE
vol. 1

G바겐 장편소설

Lab

7

1

남자는 의자에 앉아 있었다. 움직임은 없었다. 원래부터 정물로
존재한 사람처럼 방이라는 프레임 속에 덩그마니 놓여 있었다.

시체 같은 몸에서 살아 있는 부위는 두 발이 유일한 것처럼 보였다.
짤막하게 올라간 정장 바지 밑으로 드러난 하얀 발목과 맨발. 혈
관이 비치고 뼈가 도드라지는 마른 발등. 상처 하나 없는 발바닥.
지나치게 희고 깨끗해서 외설적으로 느껴지는 발이었다.

그는 발바닥에 물집이 잡힐 정도로 걸어 본 적이 없었다. 뙤약볕
에 살이 타는 일도 없는 삶이었다. 하얀 발은 오래된 명화에서나
나올 법한 부르주아 여성의 그것처럼 처량하다는 느낌마저 주었
다. 버림받았냐고 물으면 발끝을 오므리며 애써 아무렇지 않은 척
행동할 것 같았다.

하염없이 앉아 있던 남자의 머리 위로 아침 햇살이 내려앉기 시
작했다. 햇볕에 일렁이는 커튼 그림자 때문에 남자는 비로소 눈을

깜빡였다.

시간이 얼마나 지났을까. 이러고 얼마나 있었던 거지.

시간관념도 잊은 얼굴로 창밖을 바라봤다. 창틀이 희붐하게 빛나고 있었다. 지난밤 굳어진 창문의 서리가 햇살에 녹아서 그림자로 흘러내렸다. 변함없이 다가온 변함없는 하루의 시작이었다.

남자는 자리에서 일어나 창문으로 손을 뻗었다. 창틀에 굳어 있던 작은 얼음 조각들이 바스락 깨어졌다. 서리를 부서뜨리며 창문을 열자 벌어진 틈 사이로 냉기가 들어왔다.

남자의 손끝이 차가워졌다. 고르게 호흡하는 입술에 하얀 입김이 흩어졌다. 목에 좁쌀 같은 소름이 돋았지만 남자는 창문을 더 열어 거리를 내다보았다.

도로에는 사람이 없었다. 광장은 멀리서 보아도 비어 있었다. 지평선을 가로지르는 강물은 수면부터 조용했다. 매번 보아 왔던 이른 아침 풍경이었다. 그럼에도 그는 여행지의 낯선 모습을 지켜보듯 그렇게 창틀에 한동안 기대어 있었다.

"어머, 도원 선생님."

입김이 달라붙어 머리끝이 젖어 갈 때쯤, 남자는 몸을 바로 세웠다. 등 뒤를 돌아보자 언제 왔는지 모를 여자가 문고리를 잡고 서 있었다.

그녀는 한 손에 칫솔과 폼 클렌저를 들고 있었다. 이제 막 자다 일어난 얼굴로 부스스한 머리를 손질하던 여자가 의아하다는 듯 말을 이었다.

"웬일이세요? 선생님도 여기서 주무셨어요? 아, 저 들어가도 되죠?"

여자는 대답을 듣기도 전에 신발을 벗고 방으로 들어왔다. 침대로 걸어간 그녀는 봉분처럼 솟아 있는 이불을 보고 허리를 숙였다.

이불 끝으로 누군가의 짧은 머리카락이 삐죽 솟아 있었다. 이불에 가려져 얼굴을 구분할 수는 없었지만 이 방에 '도원 선생님'이라 불린 남자 외에도 다른 사람이 더 있다는 것을 알 수 있었다.

그녀는 다시 신발을 신었다. 문고리를 잡고 남자에게 고갯짓을 해 보였다.

"여기서 수다는 못 떨겠어요. 나가서 얘기 좀 하실 수 있나요?"

그녀의 요청에 남자가 부드러운 목소리로 대꾸했다.

"급한 일 있으세요?"

"그런 거 아니에요. 그냥 이 이른 아침에 도 선생님 뵐 줄 몰라서 반가워서 그렇지."

"아, 그럼 요 앞 카페 갈까요? 제가 커피 사 드릴게요."

"커피 말고 밥은 어떠세요?"

"아침 식사 안 하셨구나."

"네, 저 오늘 숙직 당번이었거든요. 선생님은 당번도 아니시던데 여긴 무슨 일이세요?"

"그냥 뭐, 이래저래 그렇게 됐네요."

"어머. 대답 피하시는 거 봐."

"하하."

남자는 맨발로 바닥을 디뎠고, 실내 슬리퍼를 신었다. 여자의 시선이 바짓단에 반쯤 가려져 있는 새하얀 발등으로 자연스럽게 향했다.

정장 차림에 맨발이라니.

낯선 조합에 여자가 의아한 표정으로 남자를 쳐다봤다. 남자는 여자의 시선을 느끼지 못한 채 문을 닫으며 방을 나왔다. 문밖에는 당직실, 이라고 쓰인 흰 문패가 누런 때에 절어 있었다.

"저기, 선생님."

여자는 망설이는 듯싶더니 조심스럽게 입을 열었다.

"혹시 무슨 일 있으세요?"

남자가 복도를 청소하는 아주머니께 고개 숙여 인사를 하다가 비로소 여자를 내려다봤다. 아침 햇살 때문인지 남자의 검은 홍채가 평소보다 연했다. 뿌옇고 탁한 갈색빛이 기운이 없어 보였다.

"아뇨, 아무 일 없어요."

그 기운 없는 시선과 달리 목소리는 여느 때와 다름없이 단정했지만 어째서일까. 남자는 일부러 아무렇지 않은 척 구는 것 같았다. 괜찮지 않은데도 괜찮은 것처럼.

"제가 오늘따라 이상하게 보이나요?"

"잘 웃던 분이 기운이 없으신 것 같아요."

"아침이잖아요. 아침엔 힘이 없죠."

"어머머, 그 얘기 들으면 사모님께서 섭섭해하시겠다."

동료 사이에 이 정도 농은 할 수 있는 듯 여자는 남자의 옆구리를 손으로 찔렀다. 그러다 문득 남자의 왼손 약지가 비어 있는 것을 보았다.

남자는 얼마 전까지 보석이 제법 박힌 금색 반지를 빠짐없이 끼고 다녔다. 손을 씻을 때도 벗지 않았고 당직실에서 잠을 잘 때도 빼지 않았다. 무언가에 골몰할 때면 그 반지를 반대편 손으로 만지작거리는 습관까지 있었다.

여자의 시선이 다시 하얀 발등을 향했다.

반지도 양말도 없는 남자. 원래 이런 남자였던가.

여자는 생각을 멈추고 남자를 올려다보았다. 단정한 옆모습은 지쳐 보였다. 당직이면 아침에 기운이 없고 피곤해 보일 이유가 되었지만, 그 침착한 정도는 여자가 느끼기에 이질적일 정도다. 머리카락에 반쯤 가려진 남자의 시선이 어쩐지 멍하기까지 했다.

"아, 뭐 먹을까요."

남자가 중얼거렸다. 마른 입술로 중얼거리는 목소리가 버석했다.

여자는 힐끗 남자의 옆얼굴을 쳐다보던 시선을 재빨리 돌렸다. 다행히도 남자는 여전히 신발 밑창을 끌듯이 느린 걸음으로 걷기만 했다. 남자의 시선은 흐렸다. 정말로 배가 고파서 반쯤 정신을 놓고 살아가는 사람처럼.

"돼지국밥 어떠세요. 음, 설렁탕이 나을까요. 한 블록 더 걸으면 24시간 감자탕집도 있던데."

"선생님, 실내화에 맨발이에요. 멀리 못 나가요. 정신 차리세요."

"아, 맞다."

"허."

정말 별일 없는 거 맞나.

남자는 미심쩍게 쳐다보는 여자의 시선을 그제야 눈치챘다. 그는 여자와 눈이 마주치자 배시시 웃어 보였다.

여자는 애써 한숨을 삼키고 모른 척 앞만 바라봤다. 평소에는 많은 것을 빠짐없이 갖추고 있던 남자가 오늘따라 유독 허술하고 부족해 보였다. 그 모습이 오히려 완벽해 보였던 남자의 결핍처럼 느껴져서 여자는 남자가 묘하게 섹시하다는 생각을 했다.

그녀의 시선이 반지가 비어 있는 왼손 약지로 몇 번이나 향했다.

그때마다 남자를 유독 신경 쓰게 되는 여자의 한숨도 이어졌다.

○

미국의 한 주립 대학교에서 심리학 전공, 철학 부전공. 연계된 대학 병원에서 임상 심리 수련 과정 수료. 박사 학위 취득 후 한국에서 정신보건 임상심리사 1급 통과. 국가 기관에서 국가 기밀 사건 피해자의 상담 치료 및 학술 연구. 프로파일러의 수사를 돕던 중 개인적인 이유로 일을 그만둔 뒤에 국가 지정 연구소에서 정신분석학 연구 중.

경력을 살펴보던 노인은 이력서 상단의 이름과 사진을 다시 확인했다.

도 원.

사진 속 그는 밝고 단정했다. 삼십 대 후반이라는 나이는 업종의 특성상 젊은 축에 드는 편인데도, 미국에서 발표한 논문들이 신프로이트학파에 큰 반향을 일으켜서 유명세만 따지면 굴지의 학자만큼이나 잘 알려져 있었다.

한국에 오기 전에는 미국 수사 당국이 직접 도원을 스카우트하려 했었다. 그 제안들을 거절했을 때 학계에선 잘난 척하느냐는 냉소적인 반응을 받았다고도 들었다.

한국에 온 후에도 해외의 학자들로부터 공동 연구 제의를 꾸준히 받는다는 소문도 있었다. 수사 당국과 학회 안팎으로 많은 관심을 받고 있는 것은 부인할 수 없는 사실이었다.

지금은 수사 당국의 일이 자신의 성격에 맞지 않는다며 학술 연구에만 집중하고 있지만, 한국에서도 고위급 공무원들이 도원을 찾아오고 있지 않나.

연구소에 공무원들이 찾아올 때마다 정신과 전문의와 심리학 박사들이 농담 삼아 그런 말을 했다.

3급 떴다, 2급 떴다, 1급 떴다.

연구소에 입사할 때 비밀서약서에 사인을 했기 때문에 방문하는 공무원들의 정보를 급수로 나누어 말했다.

3급은 경찰청장, 국정원장, 국회의원이다. 2급은 장차관들, 1급은 대통령.

경호차를 여러 대 끌고 검은 차에서 내리던 1급을 눈앞에서 봤을 때, 연구소 사람들은 덩달아 도원을 어려워하게 되었다.

1급이 직접 찾아오는 정신분석학자라니. 같이 일하는 동료라도 부담스러운 게 당연했다. 그럴 리 없다는 걸 알면서도 괜히 도원에게 미운 터럭이라도 박히면 앞날이 깜깜할 것처럼 굴었다.

그 덕분에 도원 자체가 대인 관계에 무리가 없는 성격임에도 불구하고 연구소에서 혼자 지내는 일이 많았다.

본인이 혼자 지내는 것을 크게 신경 쓰지 않아서 다행이긴 했지만, 동료들이 계속 어색해하면 협업에 무리가 가지 않을까, 걱정이 되는 것도 사실이었다.

노인은 문서를 다시 책상 서랍에 집어넣었다. 노인의 책상 너머에는 도원이 앉아 있었다. 이력서 사진과 별반 다를 바 없는 얼굴이었다. 학문에 뜻이 없었다면 여자 여럿은 울렸을 것이다.

운동을 제때 못하고 끼니를 거르는 일이 많아서 마른 게 흠이지만

1급이 대우하는 정신분석가라는 타이틀이 없어도, 이 특유의 분위기 때문에 사람들이 매력을 느끼지 않던가. 그게 어떤 사람들에게는 다가가기 어렵다는 인상을 주는 모양이지만. 노인은 혀를 찼다.

"당직이었다면서 밥은 잘 챙겨 먹었나."

도원이 고개를 끄덕였다.

"네, 아침에 감자탕 먹었습니다."

"감자탕? 아, 우리 회식 많이 하는 거긴가."

"아뇨, 다른 곳이에요."

"그래? 맛은 어떤데?"

"맛은 잘 모르겠던데요, 들깻가루도 안 뿌려 주고 너무 인색했어요."

"나는 들깻가루 싫어해. 국물에 넣으면 텁텁하잖아."

"저는 콩국수에도 뿌려 먹고, 미역국에도 넣어 먹거든요."

"이런 노인 입맛을 봤나. 나도 그렇게 안 먹는데."

"소장님이 그런 말을 하시면 안 될 것 같은데요."

도원은 노인의 머리를 쳐다봤다. 벗어진 이마 너머로 흰머리가 듬성듬성 흔들리고 있었다. 도원의 시선과 말투는 무례할 수 있었지만 그 행동 기저에 노인을 얕잡아 보거나 놀리려는 기색은 없었다.

노인은 큼큼, 목을 울린 후에 다시 입을 뗐다.

"내가 도 선생을 부른 건 다른 게 아니라 뭐 좀 부탁하고 싶어서 그래."

그 말을 생소한 표정으로 받아들이는 도원이었다.

"부탁이 아니라 명령을 하셔도 되죠."

"어허, 이 사람이. 요즘 시대가 어느 땐데 윗사람이 아랫사람을 마구 부려 먹나. 오공 때나 하던 얘기를 젊은 사람이 하면 쓰나.

떽, 앞으로 그런 말 쓰지 마."

"연구소장이 소원에게 일을 시키는 건 당연한 거 아니었나요."

"그럼 엉덩이를 토닥여 줄 테니 커피 타 오겠나, 미스터 도."

"그건 오공 때도 욕먹던 성희롱입니다만."

지그시 쳐다보는 도원의 시선에 노인은 히죽 웃었다. 각을 세우고 경직되게 대답하는 또래 박사들과 달리 이런 말랑말랑함을 가진 도원을 평소에도 좋아했다.

의사들은 의대 풍토 때문에 허리를 꼿꼿이 세우는 걸 이해하지만, 심리사들까지 협진이나 연계 상담을 하면서 의사들 풍토에 물들어 경직되어 있는 분위기가 안타까웠다.

이러한 조직 문화에 물들지 않는 도원이 대견하면서도 한편으로는 친구가 없는 이유를 알 것 같았기에 노인은 얼굴에 띤 미소를 지우지 않았다.

"내일모레가 맞지 싶은데, 부소장이랑 연구소원 몇 명 데리고 유럽 세미나랑 포럼에 참석하게 되었어."

도원이 여상한 얼굴로 끄덕였다.

"벌써 그럴 시기네요. 이번엔 학계 이슈가 커서 세미나도 규모가 크다고 들었습니다."

"맞아. 주목받는 학자들도 많아서 세미나가 이틀로 잡혀 있는 경우도 있더라. 그래서 거의 한 달간 자리를 비울 예정이야."

"평소보다 길게 비우시네요."

"이왕 유럽 간 거 조금 놀다 오는 게 좋지 않겠나. 최근 반년 동안 월차도 한 번 못 내고 야근에 당직까지 하던 소원들이 불쌍해서 말이야. 여름에 주지 못한 휴가를 겨울에라도 쓰라고 유럽에 머무는 시간을 더 늘렸거든."

"아, 네, 이해합니다."

"앞으로 한 달간 병원과 연구소 일정을 살펴보니 크게 무리 없을 것 같더라고. 고정적으로 치료받던 환자들이라서 유럽 가는 담당의들이 인수인계하기도 편할 테고. 당국에는 사전에 통보했어. 새로운 환자들은 우리 기관 말고 다른 쪽으로 보내질 거야. 어때?"

"아…… 예, 유럽에서 일 보시고 놀기 좋을 것 같습니다."

"그렇지? 남는 소원들도 억울해서 막 죽고 싶을 정도는 아니겠지?"

"잘은 모르겠지만 그럴 것 같은데요."

"다행이네."

"그런데요, 소장님."

"응?"

"그걸 왜 저한테 얘기하시는 건가요?"

"왜긴 왜야, 우리 도 선생이 나 없는 동안에 심리사들 책임지라고 하는 소리지."

도원은 눈을 깜빡였다. 노인의 정수리에서 흔들리는 흰색 터럭을 물끄러미 바라보다가 그 뒤의 유리창으로 시선을 옮겼다.

아침 해가 낮은 하늘에 걸려 있었다. 햇살은 새벽녘의 서리를 모두 녹이고 텅 비어 있던 광장을 따뜻하게 데우는 중이었다.

사람들은 목도리로 감싼 얼굴을 숙이고 하나같이 제 발등을 내려다보고 있었다. 마치 따사로운 겨울 햇살이 발등에 떨어지는 것이 부끄러운 표정이었다.

멈추어 서서 주변을 돌아볼 여유도 없는 사람들의 인색함을 보면 겨울이 맞았다. 아니, 텅 빈 광장에 우뚝 솟은 인조 크리스마스트리가 연말 분위기를 한껏 자극하는 겨울의 한복판이었다.

크리스마스, 연말, 연초. 한 해를 마무리하고 새로 맞이하는 때에 도원은 홀로 그 속에 속하지 못한 이상한 기분이 들었다.

"뭐라고요?"

하필 이 시기에? 이 시기에 가장 바쁜 일을 하라고?

당황해서 다시 묻는 도원에게 소장이 웃으며 대답했다.

"나 대신 책임 좀 부탁하네."

'책임'을 떠올린 도원이 반발한 것은 당연한 수순이었다.

"그런 게 어디 있습니까. 제가 왜 소장님을 대신해서 연구소 일정을 책임져야 하는 거죠. 저 그럴 깜냥 안 되는데요."

"어허, 이 사람이. 과도한 겸손은 오히려 독일세. 우리 연구소 심리사들 중에 깜냥으로 치면 자네가 이거지!"

엄지를 치켜드는 노인을 도원이 질색한 얼굴로 쳐다봤다.

"책임자면 휴가도 없잖습니까. 제 겨울 휴가는요."

"아까 이력서 보니까 우리 도 선생이 입사한 지 일 년도 안 되었더라고. 내가 일 년 차에게 휴가를 주겠다고 사인을 해 본 적이 없어서 말이야."

"소장님, 말씀에 너무 큰 모순이 발견되었어요. 그렇게 새파란 신입에게 심리사를 책임지라 하는 건……!"

"괜찮아, 자네 나이보다 십몇 년 더 산 심리사도 자네만큼의 경력을 쌓은 사람이 없어. 다들 인정할 거야."

"인턴 때도 겪어 보지 못한 불합리한 상황이군요."

"우리 감자탕 먹으러 갈까?"

"고작 물에 빠진 돼지 뼈다귀에 제가 넘어갈 것 같습니까."

"들깻가루도 많이 넣어 달라고 할게."

"아, 진짜."

"일이 많지는 않을 거야. 말했잖은가. 추가 환자도 받지 않을 거고 기존 환자들만 여유롭게 보면 된다고. 이번에 책임 맡아 주면 다음에 무슨 일 있을 때 우선순위로 빼 줄게, 어때?"

한쪽 눈을 찡긋해 보이는 노인을 보며, 도원은 이렇다 할 말이 떠오르지 않았다.

누군가는 출장으로 자리를 비우는 소장을 대신해서 일을 해야 하는 게 당연하지만, 설마 그 일을 자신이 하게 될 줄은 꿈에도 생각지 못했다. 도원의 황망한 표정에 노인이 재빨리 이것저것 말하기 시작했다.

"정시 출근, 정시 퇴근을 약속해 주지! 야근도 최소화할 것이야! 다른 직원들이 도 선생을 어려워해서 과한 업무를 부탁하거나 그러지는 않을 것이니 너무 걱정 말게나!"

구슬리는 건지 욕을 하는 건지 모르겠다. 어느 쪽이든 도원이 책임지기 싫다고 해서 결정을 번복할 소장이 아니었다.

당장 이틀 뒤에 출국하지 않나. 시간도 얼마 남지 않았는데 도원 대신 책임질 사람을 구하러 다니기도 싫다는 모습이었다.

도원은 습관처럼 창밖을 쳐다보았다. 광장의 대형 트리는 아침에도 불을 꺼 놓지 않은 알전구들로 반짝거렸다. 크리스마스트리의 화려한 불빛을 보고도 별다른 감흥이 없었다. 아쉬움과 기대감이 흥분으로 끓어 넘칠 것 같지도 않았다.

이런 상태로 연말연시를 맞이하나, 연구소에서 연구를 하며 연도가 바뀌는지 모르고 지나가나, 매한가지이지 않을까.

도원은 마땅히 억울해야 할 상황에서도 그다지 억울함을 느끼지 못하는 자신의 모습에 쯧, 하고 입 안으로 혀를 찼다.

단박에 거절하지 않는 도원의 반응을 보고 노인은 연신 싱글벙글 웃었다. 상대방 심리를 파고들어서 구슬리기를 잘하는 것은 이쪽 분야 사람들의 주특기가 맞았다.

"잠깐 같이 나갈까."

이러다 진짜 꼼짝없이 맹 소장 빈자리를 채워야 할 판이다. 영 불만족스러운 표정으로 바라보는 도원을 위해서 노인이 손수 소장실 문을 열어 주었다.

"자네 딸 이름이 뭐였더라, 화향이라고 했던가."

"네."

"몇 살이지?"

"내년에 초등학교 들어갑니다."

"내년에 여덟 살이란 말이지. 크리스마스 선물을 챙겨 줘야겠네."

도원은 그 말에 바로 대답하지 못했다. 크리스마스 선물을 챙겨 주고 싶어도 이번에 볼 수는 있을지, 아직 일정을 모르니 선물을 사지 말라고 말해야 하는지를 망설였다.

도원의 시선이 자연스럽게 편의점에서 산 하얀색 양말이 삐져나온 실내화를 향했다. 가족의 손길은 전혀 느낄 수 없는 허술한 모양새였다.

앞서가는 소장을 뒤따르던 도원은 양손을 바지 주머니에 넣었다. 마치 손에 늘 끼고 다니던 반지의 빈자리를 들키기 싫은 사람처럼.

"여자애들은 뭘 좋아하나? 인형 가지고 노나? 음, 인형은 좀 유치하지? 로봇 어때."

도원이 멈추었던 걸음을 옮겼다.

"변신 로봇이 좋을 것 같습니다."

"역시 요즘은 여자애들이 더 씩씩하다니까!"

소장을 뒤따르면서 도원은 주머니 속에서 손가락을 까딱였다. 엄지로 약지 안쪽을 긁듯이 쓰다듬었다.

손가락에 걸리는 이물질이 없었다. 그 이물질의 감촉을 좋아하던 때가 있었는데……. 이렇게 차츰 빈 손가락에 익숙해져야 했다.

선물의 종류에 대해 이야기하는 소장의 말을 한 귀로 흘리면서, 오늘도 갈아 신을 양말과 속옷을 편의점에서 하나 더 사야겠다는 생각을 했다.

도원은 한동안 당직실에서 숙식을 해결하느라 목뒤와 어깨가 뻐근했다.

소장이 유럽 세미나에 참여한다고 자신의 일은 물론, 함께 가는 심리사들의 일까지 떠맡긴 탓에 업무가 과중했다.

오전 9시마다 진행하는 회의와 점심 보고가 손에 익은 후에야 당직실에서 출퇴근하던 생활에서 벗어날 수 있었다.

손으로 굳은 어깨 근육을 주물러 주면서 벗어 둔 속옷과 양말을 검은 봉지에 담았다.

퇴근 준비를 얼마 만에 해 보는 건지. 퇴근이 어색한 직장인은 대한민국에서 자기가 유일할 거라며 피식, 혼자 웃고 말았다.

주차장에는 며칠 동안 멈추어 서 있던 도원의 자동차가 찬 공기에 얼어 있었다.

도원은 시동을 걸고 엔진이 예열되기를 기다렸다. 그러곤 와이퍼로 서리가 맺힌 차창을 닦았다. 반쯤 얼어붙은 얼음 결정들이 와이퍼의 움직임에 따라 반원 모양으로 긁혀 떨어져 나갔다.

퇴근 시간의 도로는 꽉 막혀 있었다. 가다 서다를 반복하면서 도원은 핸들을 쥔 채 꾸벅 졸기도 했다.

뒤따라오던 차가 클랙슨을 울렸다. 도원은 안 되겠다 싶은 생각에 큰 도로에서 빠져나와 좁은 주택가 골목으로 들어갔다. 오피스텔 건물 뒤편의 1차선 샛길을 이용하기 위해서였다.

새로 만든 도로는 홍보가 제대로 되지 않은 탓에 이용하는 사람이 거의 없었다. 도원처럼 오피스텔 세입자가 아니면 차를 모는 사람이 전무했다.

며칠 전에 고장 난 신호등은 아직도 고쳐지지 않았다. 붉은 불이 영원히 초록색으로 변하지 않는 도로였다.

집에 도착한 도원은 신발을 벗자마자 바닥에 드러누웠다. 씻어야 하는데 귀찮았다. 옷만 대충 벗고 바닥을 굴러다니는 커다란 곰 인형을 끌어안았다. 모든 것에 지친 듯 도원은 인형을 끌어안은 채로 순식간에 깊은 잠에 빠졌다.

장판 바닥에 눌린 어깨가 아려 올 때쯤 눈을 떴다. 창문이 덜커덩거리는 소리가 유독 크게 울리고 있었다.

고개를 들자 커튼을 달지 않은 창밖에 휘몰아치는 눈보라의 그림자가 선명했다. 불 켜진 맞은편 상가 건물의 윤곽선조차 흐렸다. 건물의 불빛들이 가물거리며 곧 꺼질 촛불처럼 위태롭게 흔들리고 있었다.

도원은 열의 없이 출근 준비를 시작했다. 샤워를 한 후 젖은 머리를 말리지도 않고 대충 흔들어 털었다. 빨랫감을 오피스텔 1층에 있는 세탁소에 맡긴 뒤 차에 올라탔다.

뒤쪽 도로의 신호등은 여전히 고장 나 있었다. 붉은 신호등 밑에서 멍하니 멈추어 서 있는 게 도원이 허락받은 유일한 휴식인 것만 같았다.

도원은 뒤늦게 정신을 차리고 연구소로 향했다. 소장과 주요 책임자들이 자리를 비운 연구소는 여느 때와 다름없이 돌아가고 있었다. 도원은 자신의 연구실에 가방을 내려놓은 뒤 가운으로 갈아입었다.

다시 일상이었다. 어제처럼 다시 회의를 하고 대충 끼니를 때우고 차를 타고 집으로 돌아가 바닥에 널브러진 곰 인형을 끌어안고 잠을 자야 할 일상. 오늘도 내일도 반복되어야 할 하루.

도원은 그 일상이 변함없기를 바랐다.

그래, 당분간은 그러길 바랐는데.

"도원 선생님."

허락도 없이 열린 문 너머에서 한 여자가 고개를 내밀었다. 오랜만에 보는 얼굴에 도원은 눈을 동그랗게 떴다.

"어라."

"오랜만이에요. 그동안 잘 지내셨어요?"

어색하게 웃어 보인 그녀는 눈에 젖은 운동화로 바닥에 검은 자국을 남기고 있었다. 청소하는 아주머니의 호통에 과장된 몸짓으로 죄송하다고 사과하기도 했다.

연구실 문을 닫고 들어온 여자가 짧은 머리를 긁적였다. 여전히 소년처럼 활기차고 순진해 보이는 사람이었다. 마지막으로 보았던 그녀의 얼굴과 지금의 얼굴이 크게 달라진 점이 없어서 나이를 잘 먹지 않는 사람이라는 생각을 하는 도원이었다.

"왠지 부끄럽네요. 그동안 바빠서 연락도 못했는데 불쑥 찾아와서 죄송합니다."

"괜찮아요. 해 바뀌기 전에 얼굴 봐서 좋은걸요."

"지금 시간 되세요? 긴히 드릴 말이 있어서요."

"음."

"안 될까요?"

"여유롭게 모닝커피 마시면서 얘기하는 건 어때요?"

"앗, 제가 한 잔 사 드릴게요! 제일 비싼 거로! 샷이든 크림이든 다 넣어서 주문해도 돼요!"

"정말요?"

반색하며 기뻐하는 도원을 보며 빈유미는 주머니를 살폈다. 그러더니 꽤 곤혹스러운 표정을 지었다.

"헉, 죄송해요. 지갑을 차에 두고 왔나 봐요."

그 말에 도원이 진심으로 실망하는 얼굴을 보였다. 고작 커피 한 잔에 세상을 다 잃은 듯한 표정이었다.

"커피 한 잔으로 사람을 놀리다니, 못 써요, 빈유미 씨."

"아, 아뇨, 그게 아니라."

어쩔 줄 몰라 하는 빈유미를 보자 도원은 오랜만에 활기를 되찾은 사람처럼 눈가를 접어 미소 짓고 말았다.

곁에 있는 것만으로도 기분이 좋아지고 힘이 솟는 사람이란 정말

로 소중하고 고마운 존재라는 걸 새삼 깨닫게 되었다. 그런 도원의
속마음을 알 리 없는 빈유미는 여전히 쩔쩔매며 말했다.

"지갑 얼른 가져올게요. 으윽, 죄송해요. 정말로요."

도원은 자신이 너무 심술궂었다는 것을 인정했다. 커피 하나로
사람을 죄인으로 만들어 버린 상황이 우스웠기에 도원은 소리 내
어 웃었다.

"농담이에요. 오랜만에 봐서 놀린 건데 여전하네, 빈유미 씨는."

"놀리신 거예요?"

"응, 커피 한 잔에 그렇게 당황하면 어떡해요."

"으으, 선생님이야말로 여전하시네요. 전 아직도 선생님의 농담
과 진담을 구분 못하겠어요."

"여전하면 좋아해야지. 내가 한결같은 사람이라는 소리잖아요."

"으으으음."

"또 표정이 곤란해지셨네. 알았어요, 그만 놀릴게요. 커피는 조
금 이따 내가 사 줄 테니까, 여기 온 이유부터 들어 보죠."

여전히 여유롭고 느긋한 도원의 모습에 빈유미는 눈만 깜빡였다.
그녀가 "어라?" 하면서 꽤 놀란 어투로 물었다.

"선생님, 아직 보고 못 받으셨나요?"

무슨 말일까. 도원이 의아한 시선으로 되물었다.

"보고요?"

"팀장님께서 협조 공문 보냈다고 저를 바로 여기로 보내신 건데,
확인 안 하셨어요?"

"언제요? 어제, 밤 11시까지 메일을 체크했지만 온 거 없었어요."

"오늘 아침에요."

"빈유미 씨, 가만 보니까 참 얄밉네. 업무 시간이 아닌 때에 메일을 보내 놓고 이렇게 뻔뻔한 거 봐."

"하하, 그, 그게, 저도 그냥 시키는 대로만 달려온 거라서요."

"그래서 날 보자마자 그렇게 곤란한 표정을 지었구나."

"죄, 죄송합니다."

"커피는 빈유미 씨가 쏘겠지."

"그럼요. 당연하죠."

그녀는 이마를 가지런히 덮은 앞머리를 들추고 손부채로 바람을 날렸다. 매일 한파 기록을 경신한다는 날씨에 땀을 흘리고 있었다. 대체 얼마나 급한 일이기에 이렇게 허겁지겁 온 걸까.

도원은 컴퓨터를 켜서 메일을 확인했다. 받는 사람은 소장이었고, 자신은 소장이 부재한 동안 책임을 져야 하는 사람으로서 참조에만 올라와 있었다.

내용을 보아하니 비행기에서 자고 있을 소장이 "오전 중으로 답변 부탁드립니다."라는 회신 요청을 들어주기는 힘들어 보였다.

경찰청 협조 공문을 살펴본 도원이 턱을 괸 채 고개를 갸웃하며 모로 숙였다.

"이거 생각보다 스케일이 큰데요. 이런 문제는 내 선에서 결정할 수 없을 것 같아요."

경찰청 수사팀장의 사인을 한 번 더 확인한 도원은 빈유미를 쳐다보았다. 그녀는 처음의 어수룩한 표정을 지우고 강력계 형사다운 얼굴을 만들었다.

"아니에요. 선생님이 결정하셔도 되는 문제예요."

"소장님이 안 계신 거 알면서도 그런 말을 하시다니."

"당연히 알고 왔습니다."

"이상하네. 뒤통수 맞은 기분이야."

"진짜 아니에요. 선생님이 생각하시는 것만큼 그렇게 어렵고 무겁고 타이트한 문제 아니에요. 정말이에요."

"음, 우리 빈유미 형사님이 상관 사인을 못 알아볼 리가 없는데. 상관 사인 있는 공문을 일개 연구소원이 어떻게 승인하고 확인 메일을 보낼까요."

도원은 모니터 화면을 빈유미가 볼 수 있게 돌렸다. 메일에는 워터마크로 박혀 있는 수사팀장 사인이 엄지만 한 크기로 찍혀 있었다. 빈유미가 고개를 끄덕이며 말했다.

"곤란하시다면 정말 죄송합니다. 저희 쪽이 좀 급해서 막무가내로 밀어붙이는 인상을 주게 된 것 같아요. 그 점은 정말 죄송합니다. 봐서 아시겠지만 급하게 상담이 필요한 분이에요."

빈유미는 심각한 표정을 지으며 설명을 이었다.

"맹강조 소장님께 사인 받는 게 절차상 맞긴 하지만, 어차피 소장님께서 사인하셔도 상담은 선생님이 전담하셨을 거예요. 저희 쪽에서 상담사로 명확하게 지목한 게 선생님이시거든요."

턱을 괴고 있던 도원이 자세를 바로 했다.

"지목이라니. 설레는 말이네요."

"농담 아닌데요."

"아뇨, 정말로 설레요. 제가 그쪽이랑 검찰 쪽 얽히기 싫어서 여기 연구소로 온 거 알잖아요. 그런데도 아직까지 저한테 뭔가를 맡기고 시키려고 한다니 여러 의미에서 설레요. 이러다 스토킹당하는 거 아닌가 몰라."

"그 점은, 으, 죄송합니다. 저희도 더 이상 선생님 괴롭히고 싶지 않았어요."

"그렇게 미안해하지 않아도 돼요. 나쁜 건 여기 사인한 사람이지, 빈유미 씨가 무슨 의사 결정권이 있겠어요."

다시 수사팀장 사인을 손끝으로 두드린 도원이 웃어 보였다. 빈유미는 어딘지 껄끄러운 표정을 지어 보이며 도원의 시선을 피했다.

도원과 몇 년 동안 얽히면서 농담도 주고받는 사이가 되었지만, 여전히 어려워하고 있었다. 도원은 사적인 자리에서조차 자신보다 어린 여자에게 말을 놓지 않았다. 빈유미를 편하게 부르는 법도 없었다.

그쪽, 빈 형사님, 빈유미 씨.

아무리 함께한 시간이 길어져도 호칭은 딱딱하기만 했다. 호칭으로 은연중에 상대방과 거리를 벌리기라도 하는 걸까. 가까이 다가가면 안 될 것처럼 느껴졌다. 적정선을 그어 놓고 그 테두리 밖에서 사람 좋게 웃어 보이는 도원이었다.

빈유미는 그러한 도원의 태도를 잘 알고 있었다. 도원이 왜 그러는지 그 이유도 잘 알고 있었다. 하지만 불편함을 애써 모른 척했다. 바늘이 돋은 양 입 안이 거칠었지만 말을 이어야 했다.

"박창구 형사님 기억하세요?"

망설이지 않고 고개를 끄덕이는 도원을 본 빈유미의 목소리가 낮아졌다.

"박 선배한테 일이 좀 생겼습니다."

도원은 몇 년 전, 수사 당국을 도와 일을 할 때 처음으로 협업했던 중년 남성을 떠올렸다.

도원의 기억 속 그는 굉장히 섬세하고 히스테릭했다. 세상을 향해 가시를 세우고 사는 것처럼 모든 일에 민감하게 반응했다.

평소에는 까다롭지 않았다. 하지만 수사가 제대로 풀리지 않거나 모종의 스트레스를 받으면 침처럼 곤두서는 사람이었다.

손을 씻으려는 강박증이 발동하면 얼굴을 만진 후에도 씻고, 펜을 잡은 후에도 씻고, 음료수 캔을 잡은 후에도 씻어 손등의 살이 희게 일어날 정도였다.

손톱을 물어뜯다가 피가 나기도 하고, 일정한 시간마다 소리를 지르기도 했다.

한창 예민해진 박 형사는 동료들이 놓칠 수 있는 증거를 귀신같이 잡아내는 수사에 유능한 사람이었다. 그런 사람이 수사팀장의 메일을 받을 정도로 큰일에 휘말렸다니 무슨 일일까. 쉽게 유추할 수 없었다.

"박 형사님이 전담한 범죄 사건에서 무슨 일이 생겼나 보네요."

"아뇨, 그건 아닌 것 같아요. 요즘 저희 과까지 떨어지는 강력 범죄는 없었어요. 평소랑 다를 바 없었거든요. 아, 그런데 뭐지, 동창회인가? 어딜 다녀오시더니 너무 이상해지셔서⋯⋯."

"동창회요?"

"네, 그렇게 들었어요. 고등학교인지, 대학교인지 그런 자세한 건 모르겠고요. 연말이라 오랜만에 누구 좀 만난다고 했는데 그 모임에 다녀오고 난 후부터 이상해지셨어요."

"신경증이 더 심해졌나요."

"그러면 차라리 낫게요. 약간 아니, 조금 많이 이상해지셨어요."

빈유미는 정확한 단어를 말하지 못하고 그 주변부를 에둘러 배회

했다. 지속 선배를 나쁘게 말하지 못하는 이유를 알고 있었다. 그리고 신경증이 발전되어 어떤 식으로 변했을지 짐작할 수도 있었다. 도원은 빈유미가 말하지 못하는 단어를 말했다.

"조현병 비슷한 증상이라도 있는 겁니까."

대답은 없었다. 그녀는 난처하게 웃어 보였다. 직속 선배의 정신이 분열되고 있다는 말은 끝내 하지 않았다.

"상담해 주실 수 있는 분이 선생님뿐이세요. 현직 형사시고, 비밀 수사를 많이 맡았던 분이라서 일반 심리상담소나 정신과는 찾을 수가 없어요. 특수한 상황이라 선생님께 직접 부탁드리게 되었습니다."

"다시 말하지만 제가 결정할 수 있는 일이 아니에요. 소장님께 연락해서 절차대로 진행할 수 있도록 조치할게요."

"아, 물론이죠. 고맙습니다, 선생님."

한결 가벼워진 얼굴로 웃은 것과 달리 빈유미는 쉽게 자리를 뜨지 못했다.

도원은 빈유미를 가만히 지켜보았다. 짧게 커트를 친 머리카락 사이로 여전히 땀이 흘러내리고 있었다. 비집고 나온 물방울이 이마와 턱에 모여 덩어리를 이루고 있었다.

연구실에는 난방기를 틀지 않아 실내는 땀이 흥건해질 만큼 덥지 않았다. 그럼에도 맨투맨 셔츠 아래로 드러난 손목에 소름이 오소소 돋아 있었다.

덥지도 않은데 땀을 흘린다. 춥지도 않은데 살갗이 굳어 있다.

도원은 심상치 않은 표정으로 그녀를 바라봤다. 빈유미는 뒤늦게 도원의 시선을 눈치채곤 말려 올라가 있던 소매를 내렸다. 웃어 보이려는 표정이 기묘하게 일그러졌다.

"박 선배를 부탁드릴게요. 선생님밖에 없어요."

왜 이렇게까지…….

도원의 의문이 이어지기 전에 문밖이 어수선해졌다. 여러 사람의 목소리가 들렸다. 약간의 욕설과 호통이 오고 가던 목소리가 문을 열고 쳐들어왔다.

"놔! 놓으라고!"

"형사님!"

"아니, 씨팔, 어딜 잡아, 놓으라고!"

형사들에게 제압당한 사내가 연구실 안쪽으로 밀려들어 와 바닥에 눕혀졌다. 도원은 갑작스런 소란에 놀라 그대로 굳어 버렸다.

한적하고 조용한 연구소에서 사람들이 몸싸움을 벌일 일 자체가 없기에 육체적인 소요는 도원에게 낯선 것이었다.

얼어붙은 도원을 대신하여 빈유미가 남자들에게 부탁했다.

"맹강조 소장님이 탄 비행기로 위성 전화 연결되나요? 지금 바로 메일에 회신을 할 수 있도록요."

함께 들어온 남자 하나가 재킷 안주머니에서 휴대 전화를 꺼냈다.

"제가 연락해 보겠습니다."

남자가 전화를 거는 동안에 도원은 바닥에 제압당한 사내를 내려다보았다.

"히익, 힉, 히익, 힉."

숨소리가 얇고 가느다랗게 번져 나갔다. 목구멍이 좁아 들어서 공기를 충분히 삼키지 못하는 사람 같았다. 들숨을 가쁘게 반복하느라 병에 걸린 짐승처럼 고개를 흔들며 헐떡이기도 했다.

핏기가 없는 입술은 말라 있었고, 광대는 창백한 혈색으로 굳어 있었다. 앞니를 위아래로 부딪치며 딱딱거리는 소리를 내기도 했다. 사방을 살펴보는 시선도 어딘가 초점이 맞지 않아 기이했다.

그의 시선은 한곳에 머물지 못하고 사방으로 흩어졌다. 그 무엇에도 집중하지 못하고 있었다. 기민한 신경 줄로 다른 형사들이 놓치던 정황이나 증거를 날카롭게 건져 올리던 과거의 박 형사와는 너무도 달라진 모습이었다.

"박 형사님?"

도원은 믿기 힘든 목소리로 그를 불렀다. 신음이 섞인 도원의 부름을 남자는 알아듣지 못했다. 찬 바닥에 볼이 눌린 채로 연신 주변을 두리번거릴 뿐이었다.

자리에서 일어난 도원이 그에게 가까이 다가갔다. 한쪽 무릎을 꿇고 박 형사와 눈높이를 맞추었다. 박 형사의 눈앞에서 손가락 두 개를 부딪쳤다.

딱, 정확하게 맞물린 소리에도 흩어져 있는 시선은 돌아오지 않았다.

딱딱딱, 세 번 연달아 소리를 냈다.

천장의 벽지 무늬를 쳐다보던 눈동자가 처음으로 도원을 담았다. 도원이 아닌, 그 너머의 무언가를 보는 것처럼 두 눈동자의 초점이 한데 모이지는 않았다.

그래도 눈앞의 사람을 인식했다는 것에 도원은 만족했다.

"형사님, 제가 누군지 알아보시겠어요?"

박 형사는 쇳소리를 내듯이 숨을 쉬었다. 호흡은 곧 안정되었다. 그는 눈 한 번 깜빡이지 않고 오랫동안 도원을 응시했다.

벗어나려는 몸부림이 서서히 잦아들더니 형사들과 몸싸움을 벌이던 처음과 달리 이성적이고 차분한 태도로 대답했다.

"네, 도원 선생님."

그를 제압하고 있던 사복형사의 손길이 풀어졌다. 손을 내밀어 일으켜 주자 그는 얌전히 도원이 이끄는 대로 의자에 앉았다.

박 형사의 시선은 여전히 도원에게 박혀 있었다. 도원이 제자리에 앉는 것을 집착적으로 좇았다. 도원은 그 집요한 시선에 절로 긴장하고 말았다. 그럼에도 무섭거나 이상해서 시선을 피하지는 않았다.

박 형사에게 문제가 생겼다고 들었고, 그의 기존 생활 방식을 떠올렸을 때 조현병으로 발전할 위험성을 예측하긴 했지만, 정말로 이런 상태가 되어 환자와 상담자로 만날 줄은 몰랐다.

도원은 침착하게 머릿속을 정리했다. 집착적인 박 형사의 시선을 받아 주면서 일부러 평소보다 온화하게 말했다.

"형사님, 추우시면 난방을 더 세게 올릴게요. 아니면 담요라도 가져다드릴까요?"

"예, 아, 아뇨, 괜찮아요, 괜찮습니다. 아, 도원 선생님 맞구나, 맞았어요."

"네, 저 맞아요, 형사님. 오랜만이네요. 잘 지내셨나요."

"난 별로. 여기는 선생님 가고 나서 다른 사람이 왔는데 일을 너무 못해. 우리 국장님이 호시탐탐 도 선생 노리는 거 알고 있어요? 기회만 되면 빼내 오려고 하던데."

"안됐네요. 저 같은 유능한 인재는 쉽게 찾을 수가 없는데."

"그러니까 말이야, 응, 얼굴이 좋아 보여서 다행이네요. 여기서 편하게 지내요. 나도 우리 선생님이 경찰청에서처럼 고생 안 했으면 하니까. 여긴 누구 괴롭히는 사람 없죠? 있으면 내가 알아볼 텐데 없을 거야. 있으면 내가 더 속상해서 어떡해."

"걱정해 주시는 거구나."

"우리 선생님 시선 끌기 딱 좋다고. 잘생겼고 능력 좋고 성격도 좋고. 다 좋아하지. 암, 좋잖아, 그러니까 더 괴롭히고 싶은 사람도 있을 거야. 아, 근데 선생님 진짜 안 늙는다. 아직도 어리네. 애기야, 하고 불러 볼까."

박 형사는 사고 판단이 결여된 인물처럼 굴었다. 자신에게 벌어지는 상황을 옳고 그름으로 판단할 수 없는 상태였다. 그저 되는대로 지껄이는 게 전부였다.

도원은 박 형사를 지켜보던 시선을 돌려 빈유미를 올려다보았다. 그녀는 입술을 앙다문 채 괴로운 표정으로 아예 고개를 돌려 외면하고 있었다.

도원은 그녀에게 박 형사의 증상을 물어보길 그만두었다. 대신 수사팀장이 보냈던 메일 내용을 생각해 보았다.

사건 수사에 중요한 증거를 파악하고 있는 사람이므로 해당 내용을 상담을 통해 확인해 달라는 요청 건이었다. 뒤죽박죽 섞이는 이야기를 도원이 침착하게 듣고 판단한 뒤 해석해야 한다는 뜻이다.

도원은 박 형사가 보이는 불안 증세와 과거와 현재를 넘나들어 시제가 맞지 않는 이야기들을 머릿속으로 재구성했다.

정신이 불안정해 보여도 언어는 사용하는 사람마다 법칙이 있다. 그 법칙을 빠르게 파악하면 헛소리처럼 들리는 말에서도 중요한 정보를 찾을 수 있다.

도원은 먼저 박 형사가 내뱉는 언어적 규칙을 찾기로 했다.

"형사님, 아까부터 뭘 찾고 계신 것 같은데 뭐 보세요?"

도원의 질문에 박 형사가 아, 하고 다시 사방으로 눈을 굴렸다.

"신을 찾고 있어요."

"신이요?"

"응, 아주 거룩한 빛이에요. 어둠 속에서도 찬란해. 너무 따뜻해. 나는 그를 어머니라고 부르고 싶은데, 모르겠어요. 다른 사람들은 그를 아버지라고 불러. 나도 그냥 따라서 아버지라고 하고 있어요. 아버지는 아주 강한 빛이거든."

빛, 아버지.

그 말에 도원은 머릿속에 떠오른 이야기를 붙잡았다. 프로이트가 편집증 환자 쉬레버 같은 부류를 다루던 증례(證例)가 바로 떠올랐다.

그것은 세상이 정상적으로 작동하지 않고, 무언가 균열이 생겨서 새로운 환각을 보기 시작하는 사람들에 관한 이야기였다.

절대자가 있고, 그것을 구원의 방책으로 삼으려는 것은 편집증 환자들에게서 종종 발견되는 증상이었다.

도원은 무엇보다 형사가 말한 '다른 사람들'이라는 표현에 집중했다. 편집증 환자가 혼자 겪는 환각에 외부의 존재를 언급했다는 점이 이상했다.

"다른 사람들은 누군가요."

"아, 내 동창들이요."

도원은 다시 빈유미를 쳐다봤다. 그녀는 여전히 박 형사를 외면하고 있었다. 그러나 도원이 올려다보는 시선의 의미는 파악한 듯, 가타부타 말하지 않고 고개를 끄덕였다.

동창회에 주목해 달라는 몸짓이었다. 사전에 어떠한 형식의 상담을 진행해야 좋을지 확인받지 못했기에 이런 식으로 임기응변을 발휘하기로 했다.

경찰청에서 프로파일러와 함께 용의자를 신문했던 방식이었다. 중요한 정보가 될 수 있는 단어에 먼저 접근했다.

"동창회는 어떤 곳인가요."

그것이 고등학교 모임인지, 대학교 모임인지를 묻기도 전에 형사가 생각나는 말들을 정제하지 않고 내뱉기 시작했다.

"동창회요? 어떻게 알았지? 궁금하세요?"

언어 질서가 불규칙해진 사람이었기에 그 발작적인 발화를 알아서 따라가야만 했다. 도원은 고개를 끄덕였다.

"네, 말해 줄 수 있으신가요."

"당연하죠, 선생님, 아주 오랫동안 같이 지냈거든요. 원래 모여서 이런저런 얘길 하는 것도 좋아하는데 아, 이상했어. 자꾸 화가 났거든요. 난 그들이 정말 좋은데 걔는 아니었나 봐. 왜지, 왜 자꾸 눈에 띄는 행동을 하지. 싫은 짓은 하지 말아야지."

박 형사는 앉아 있는 의자의 팔걸이를 손끝으로 반복적으로 치기 시작했다. 그 박자와 새된 숨소리가 섞인 목소리가 불협화음을 일으켰다. 따각, 딱딱, 울리는 소리 위에 중얼거리며 읊조리는 박 형사의 목소리가 덧입혀졌다.

"아버지가 화를 많이 냈대요. 난 그렇게 들었거든. 걔를 잡아 오면 좋겠다고 그러는 거예요. 그래서 내가 손들었어요. 나는 형사잖아요. 게다가 서울청 강력반이에요. 웬만한 정보는 다 찾을 수 있어, 내가 적격이죠!"

흥분한 듯 말하던 박 형사가 먼 곳을 바라보던 시선을 도원에게로 옮겼다. '아버지'에 대해 얘기할 땐 열기가 담겨 있던 시선이 순식간에 냉점 이하로 떨어진 것처럼 싸늘해졌다.

아버지에 이어 다른 누군가를 떠올린 모양이었다. 그 다른 누군가를 향한 감정은 차가운 분노였다. 주먹을 움켜쥘 때 새하얀 손등뼈가 불거질 정도로 냉정한 잔혹함이었다.

"근데 걔는 못 찾겠어. 왜까. 빛의 권위에도 안 들어오는 사람이었는데 왜지. 선생님, 주민등록증 있죠? 왜 그걸로도 못 찾을까?"

이야기가 빨라서 정확하게 정보를 잡아낼 수 없었다. 정보가 한꺼번에 많이 녹아 있는 상태였다.

그들, 걔, 싫은 짓, 아버지, 빛, 권위.

파악하기 어려운 이야기였다. 내용을 이해하기도 어려울뿐더러 낙차가 심한 박 형사의 감정이 너무도 불안정하게 느껴졌다.

도원은 조심스럽게 책상 서랍에서 녹음기를 꺼냈다. 환자의 동의 없는 녹음은 해선 안 되지만 경우가 특수했다. 흩뿌려진 단어들을 재조합하려면 저장해 놓고 몇 번 더 들어야 했다.

도원은 손끝의 감각만으로 녹음기를 작동시키며 시선은 여전히 박 형사에게 고정해 두었다. 박 형사는 빛이란 것을 찾아내려는 듯 사방으로 눈동자를 굴렸다. 도원이 녹음기를 신경 쓰든 말든 자신은 알 바 아니라는 태도였다.

"이야기가 빨라요. 박 형사님 숨 가쁘겠네."

다정하게 말을 걸어도 박 형사는 사방으로 눈을 굴리며 힉힉거리는 숨소리를 삼키기만 했다.

"괜찮아요, 괜찮아."

"물 한잔 드릴게요."

"아냐, 목 안 말라요. 막 생각하면 할수록 화가 나서, 이렇게라도 말해야지. 주민등록증도 다른 사람 거던데. 뭘까, 남의 인생으로 살고 있나. 선생님, 리플리 증후군 알죠? 거짓의 세계를 진실로 믿고 행동하는 거요. 그런 건가, 혹시?"

"음, 나는 잘 모르겠어요. 우선 '걔'가 누군지부터 말해 볼래요? 모르는 사람 얘기를 자꾸 하니까 서운해지려 그러네."

"아, 진짜요? 미안해요. 내가 그걸 말 안 했네. 걔 진짜 이상한 애거든요. 막 아무 데나 불 질러서, 아니 말이야, 지방 관할서에서 우리 보고……."

"선배!"

갑자기 빈유미가 달려와 박 형사를 붙잡았다. 놀란 도원은 자리에서 일어나 한 발자국 물러섰다. 박 형사는 양팔에 가해지는 압박에 흥분하기 시작했다. 자신을 막아 세우는 것에 지독한 적의를 드러냈다.

"아니, 걔가 아무 데나 불 지르니까!"

"그만해요, 선배, 이러면 진짜 심각해져요."

"뭐야? 빈유미, 너 말이야, 선배가 응, 그 새끼 뒤쫓는데 정보도 하나 못 구하고, 어? 내가 그거 간신히 알아내서 뒤쫓았는데 뭐, 이상한 미친놈 취급이나 하고!"

"선배! 이거 비밀 수사란 말이에요! 도원 선생님은 이제 우리 사람 아니라서 말하면 안 돼요!"

"에이, 씨발! 선생님이 우리 사람이지 그럼 남의 사람이야? 내가 얼마나 좋아하는데, 걔 얘긴 어차피 곧 뉴스로 터질 텐데 뭘 숨겨!

이게 숨긴다고 될 일이야? 공개수사 해! 무슨 비밀 수사야!"

"미치겠네, 선생님, 죄송해요. 잠깐만 자리 비워 주실 수 있나요?"

아니, 여긴 내 사무실인데 내가 왜.

말을 하려던 도원은 움찔했다. 박 형사가 사방으로 굴리던 시선을 모아 도원을 바라보고 있었다.

힉힉거리는 숨소리가 더 거칠어졌다. 목과 가슴을 한꺼번에 부풀렸다가 가라앉히는 호흡이 기이하게 이어졌다. 목뒤로 소름이 오싹, 돋은 도원은 조심스럽게 자리에서 일어났다. 일어나는 도원을 박 형사의 시선이 끝까지 따라붙었다.

"도원 선생님, 선생님, 선생님, 어디 가, 앉아 봐, 얘기 더 하자니까, 선생님!"

빈유미는 흥분한 박 형사를 제압하려고 식은땀을 흘렸다. 그런 빈유미에게 붙잡혀서 목소리를 높이던 박 형사의 두 눈에 초점이 돌아왔다. 지극히 정상적인 시선이었다.

자리를 비켜 주려던 도원은 걸음을 멈추었다. 두 눈은 기이할 정도로 정확하게 도원을 향하고 있었다.

"선생님도 아버지를 알잖아요. 아버지가, 아버지가 선생님 찾아가라고 했단 말이에요. 근데 걔가 자꾸 방해하니까! 씨팔, 그 새끼가 깝치잖아! 내가 나서지 않으면 그 새끼는 앞으로도! 씨팔! 뒈질라고 진짜!"

도원은 그 말을 제대로 듣지 못했다. 빈유미가 "도원 선생님!" 하고 외치는 소리에 황급히 문을 열고 사무실 밖으로 나가야 했다.

두터운 문 너머로 요란한 소리가 전해졌다. 벽에 부딪는 소리, 높아진 언성, 고함. 몇몇 의사들과 심리사들이 복도를 걸어가다가 당황하여 쳐다보기까지 했다.

"겨, 경비 불러 드릴까요?"

걱정스럽게 물어보는 동료들에게 도원은 괜찮다고 어색하게 웃어 보였다. 도원은 동료들이 모른 척 지나가 준 후에도 문 앞에 우두커니 서 있었다.

혼란스러워서 뭘 어떻게 해야 할지 잘 모르겠다. 박 형사가 왜 저러는지, 그가 하는 말이 무슨 의미가 있는지, 이게 자신과 연관이 되어 있기라도 한 건지, 뭐 하나 확신할 수 없는 일들이라 소름이 돋아 있는 목뒤만 손바닥으로 주물렀다.

잘 닦은 유리알처럼 번뜩이던 박 형사의 시선이 자꾸만 떠올랐다. 불빛에 비춘 투명한 돌멩이처럼 강렬했다. 보통 사람과는 다른 시선이었다. 그가 입에 담은 아버지, 그러니까 빚이란 것이 가득 차 있는 시선이었다.

동창회에서 무언가 세뇌를 당하기라도 한 건가, 의심을 해 보았다. 박 형사에게 신경질적인 면모가 있기는 했지만 이 정도로 비이성적이지는 않았다. 그는 과학 수사에서 두각을 드러내는 유능한 형사였지 않나.

"선생님, 죄송해요."

문을 열고 나온 빈유미는 옷매무새와 머리카락이 상당히 흐트러져 있었다. 발로 뛰는 형사라 육탄전에 강하다지만 몸 좋은 중년 남성을 힘으로 이기기엔 역부족인 듯했다.

잠깐 열린 문틈 사이로 박 형사와 다른 남자 형사들이 바닥을 뒹구는 모습이 보였다. 박 형사가 지쳐서 얌전해지려면 시간이 걸려 보였다.

"탕비실에서 물 가져다줄까요."

"아뇨, 괜찮습니다. 신경 써 주셔서 감사합니다. 이 정도로 박 선배가 흥분할 줄은 몰랐어요."

"아, 원래 저런 증상이 있는 게 아니었군요."

"네, 대화도 멀쩡하게 나눌 수 있는 분이었어요. 좀 횡설수설해서 섬뜩하긴 했지만 그래도 날뛰는 부류는 아니었는데…… 상태가 더 나빠진 걸까요?"

"박 형사의 평소 이상하다는 모습을 제가 본 적이 없으니 뭐라 할 말은 없는데요, 음."

도원은 두 팔을 포개어 상체를 감쌌다. 한쪽 손으로 가운 위의 팔뚝을 툭툭 치면서 고심한 후에 말했다.

"급한 게 아니라면 병동에 격리하고 차분하게 치료 들어가는 게 좋겠습니다. 제가 해 드릴 수 있는 말은 여기까지예요."

수사팀장의 사인이 담긴 메일이 아니었다면 상담을 이렇게 급하게 진행하진 않았을 것이다. 유례없는 일을 앞두고 도원은 아직 전후 사정을 파악하지도 못한 상태였다. 경찰 측의 필요에 의해 이번 일을 진행한다는 입장을 잘 이해하지도 못하고 있었다.

소장이 타고 가는 유럽행 비행기까지 조사해서 위성 전화를 걸 정도니 어느 정도 다급하다는 것만 알 뿐이다.

이쯤에서 발을 빼려고 했다. 소장의 회신 이후에 다시 구체적인 얘기를 해 보자는 식으로 도원은 물러서려 했다. 빈유미가 아직도 땀을 흘리면서 소름이 난 팔뚝을 문지르지만 않았다면 말이다.

"저희는 지금 방화범 하나를 쫓고 있습니다."

빈유미는 이마의 흥건한 땀을 소매로 훔쳤다.

"방화범의 단서라고 할 만한 것을 박 선배만 알고 있어요. 자세하게는 말 못하지만 그 방화범이요, 지금 타이밍 놓치면 진짜 다급해지거든요. 그러니까 선생님께서―."

"아, 잠깐."

"네?"

"나한테 그쪽 수사 관련한 얘기는 하지 말아요. 내가 어디까지 알아도 되는지 판단이 안 서요. 제가 실수할 수도 있잖아요."

"……아, 그렇죠. 제가 선생님이랑 함께 일할 때가 떠올라서 헷갈렸네요. 지적해 주셔서 고맙습니다."

그녀는 멋쩍은 표정을 지었다. 귓불을 만지작거리며 입을 다문 후엔 어색한 침묵이 찾아왔다. 정신과 격리 병동과 별도로 떨어진 연구소는 조용했다.

정신과 병동과 달리 경비원들이 복도에 있지 않아서 살풍경이 벌어지지도 않았다. 학술 연구 자료를 찾아오는 학자나 심리 치료실로 이어지는 연결 통로를 이용하는 의사들만 오고 갈 뿐이었다.

도원의 연구실은 가장 구석진 곳에 있었다. 의도하지 않으면 찾아올 수 없는 곳이었다. 복도 끝에서 걷는 간호사들의 플랫 슈즈 소리가 선명하게 울려 퍼졌다.

문 안쪽의 소란이 차츰 잦아들었다. 문이 열렸을 땐, 젊은 형사가 기진한 박 형사의 팔 한쪽을 어깨에 둘러메고 있었다. 박 형사는 문 앞에 서 있는 도원을 알아보지 못했다. 소실점이 모이지 않는 시선으로 되돌아가 있었다.

형사들이 나간 연구실 안으로 도원이 들어왔다. 흐트러진 종이 문서는 형사들이 나가면서 대충 정리해 준 것처럼 보였다. 컴퓨터가 부서지지 않은 걸 그나마 다행으로 여겨야 하는 걸까. 도원이 책상 위를 다시 정리했다.

"선생님, 다음번엔 저희 쪽으로 찾아와 주시면 안 될까요?"

도원은 불이 들어오지 않는 컴퓨터 마우스를 쥔 채 빈유미를 바라보았다. 이거 기물 파손으로 손해 배상 청구해도 되나. 한숨을 내쉰 도원이 고장 난 마우스의 선을 뽑아 빈유미의 손에 들려 주었다.

"그거랑 똑같은 걸로 사 주기예요. 택배 보내 주면 될 것 같아요."

"택배 말고요 직접 전해 드릴게요. 저희 쪽으로 찾아와 주세요."

"하아. 경찰청으로 와 달라는 건가요?"

"부탁드릴게요."

"그러니까 아까도 말했지만 이게 제 선에서 판단해도 되는 문제인지를 모르겠어서……."

"선생님 외엔 맡길 분이 없어요. 팀장님께서도 선생님 아니면 상담사를 찾아가는 거 자체를 꺼림칙해하시고요. 선생님이 거절하시면 박 선배는 자택 감금이에요."

"빈유미 씨, 나도 박 형사가 저렇게 된 점은 안타까워요. 내가 도움이 된다면 뭐든 도와주고도 싶어요. 그런데 정말로 나 혼자서는 경찰청 일에 개입할 수가 없거든요."

도원은 흐트러진 서류들의 각을 맞추어 책상 면에 탁탁 털면서 말을 이었다.

"내가 하기 싫어서 핑계 대는 게 아니라 절차상 불가능해서 그래요. 그러니까 빈유미 씨 팀장님이 우리 소장님이랑 직접 얘기하고, 소장님이 제게 명령할 수 있게 해 주세요."

"그렇지만……."

"내가 박 형사님을 전담하게 되면 그땐 끝까지 책임질게요. 내가 못 미더운 건 아니죠?"

"······선생님이 못 미더울 리가요."

"급하게 처리해야 하고, 답답한 심정은 알겠지만, 그래도 이렇게 처리하면 안 되는 거 아시잖아요. 이러면 나중에 빈유미 씨가 책임을 뒤집어써야 할 수도 있으니까요. 내 말 들어요."

"······네, 알겠습니다."

빈유미는 입을 벙긋했지만 끝내 입술 사이를 뭉그러트렸다. 선을 넘지 않으려는 도원의 정직한 태도를 있는 그대로 받아들이기로 한 듯했다.

"그럼 다음에 다시 연락드리겠습니다."

꾸벅, 고개를 숙여 인사한 빈유미가 사무실 문을 닫고 나갔다. 소란이 있었기에 호기심 많은 다른 심리사들이 문에 난 유리창 너머를 힐끔 쳐다보았다.

도원이 지친 얼굴로 고개를 저었다. 그런 도원의 반응에 사무실 문을 열고 들어와 오지랖을 부리는 심리사들은 없었다.

도원은 정리된 연구실을 둘러보고 한숨을 내쉬었다. 조금 전까지 그 난리를 부렸던 사무실이 평소의 모습을 되찾았다. 마른 종이 냄새가 버석하게 퍼지는 조용한 연구실의 모습이었다.

도원은 의자에 몸을 깊게 묻었다. 의자에 올려놓은 손가락으로 팔걸이의 가죽을 두드렸다.

"······방화범, 아버지."

도원은 방화범이 동창회에 관련된 사람이고, 아버지를 위해서 그런 방화범을 쫓겠다는 박 형사의 얘기를 정리하다가 고개를 젓고는 이내 생각하길 그만두었다.

깊게 관여하지 않으려고 했다.

경찰청에서 일했던 예전과 달리 지금은 그들의 관계자가 아니다. 박 형사의 시선이나 빈유미의 창백한 표정이 자꾸만 마음에 걸렸지만 일부러 외면했다. 정에 이끌려 개입해서는 안 되는 문제라고 스스로에게 선을 그어 놓았다.

메일로 도착한 학회의 연말 모임 일정을 체크한 도원이 탕비실로 향했다. 간호사들이 작은 모형 트리를 사 와서 초콜릿과 사탕을 전구 대신 걸면서 즐거워하고 있었다.

"선생님, 초콜릿 드세요!"

도원은 탕비실로 들어가면서 평소처럼 웃어 보였다.

"고맙습니다."

마치 아무 일도 겪지 않은 사람처럼.

◑

차 앞 유리에 달라붙은 눈보라가 와이퍼에 쓸려 내려가고 있었다. 와이퍼가 움직이자 두 개의 반원 사이로 세상이 드러났다 숨기를 반복했다. 옆 창문도 뒤 창문도 모두 하얗게 얼어붙어서 세상이 흐리게 보였다.

도원은 고개를 천천히 들어 메트로놈처럼 규칙적인 박자로 움직이는 와이퍼 너머로 시선을 돌렸다. 바뀌지 않는 붉은색 신호등이 머리 위에 있었다. 불 꺼진 상가와 조립식 주택의 적막함이 소리로 들릴 것만 같았다.

깜빡, 깜빡.

붉은색에서 정체되어 바뀌지 않을 것 같은 신호등은 언제부터인가 다른 색으로 바뀌기 직전처럼 깜빡였다. 핸들을 양손으로 쥐고 있던 도원은 고개를 돌려 차 뒤를 바라봤다.

길게 뻗은 도로에 차의 헤드라이트 불빛은 보이지 않았다. 저 멀리, 도로가 시작되는 지점이 4차선 도로와 이어져 있었고 그 위를 달리는 차의 불빛들은 점점이 요란했다. 하지만 그 불빛들이 도원이 있는 도로로 넘어오는 법은 없었다.

처음부터 없는 도로인 것처럼 그곳엔 차도, 사람도, 심지어 불빛도 존재하지 않았다.

언제 여기까지 온 거지.

도원은 속으로 생각하며 핸들에서 손을 내렸다. 퇴근하면서 애써 잡고 있던 정신을 놓듯이 멍한 기분으로 운전만 했다. 습관처럼 핸들을 돌리고 기어를 바꾸고 액셀러레이터를 지그시 밟았다 떼기를 반복했다.

연구소에서는 그럭저럭 생활을 할 수 있지만 그 영역을 벗어나 개인적인 공간으로 들어오면 사람이 바보로 변하는 것 같았다.

도원은 머리를 쓸어 넘기면서 한숨을 삼켰다. 내일은 도로 교통청이든 구청이든, 전화를 해서 이 신호등을 고쳐 달라고 말해야겠다, 생각하면서 눈을 감았다.

회색과 검은색으로 덩어리진 밤거리에 보이는 색이라고는 저 짐승 눈 같은 붉은 점 두 개가 전부였는데도, 이 도로를 빨리 벗어나야겠다는 생각은 들지 않았다.

쉬어 가도 된다고. 지금은 멈추어 있어도 누가 뭐라 하지 않는다고. 신호등이 그렇게 말하는 것처럼 느껴졌다.

졸음이 밀려오며 물 위를 부유하는 기분이 들었다. 문득 도원의 기억 중 하나가 밀려 올라왔다. 그 기억 속 도원은 강바람을 맞고 서 있었다.

도원에게 이별은 쉬웠다. 격정이나 오열이 따를 것이라 믿었지만 그런 감정은 자신과 먼 단어였다.

—아이는 내가 데려갈게. 미안해. 끝까지 곁에 있어 주지 못해서.

그렇게 말하는 여자의 목소리는 떨리고 있었다. 그녀의 눈에서 그렇게 하염없이 눈물이 떨어지는 것은 처음 보았다. 도원은 당연히 느껴야 할 당혹스러움, 불안감, 죄책감, 억울함 등을 느낄 새도 없었다.

여자의 감정이 자신이 느껴 본 범주 이상을 넘어 버렸다. 도원은 자신이 어떻다는 것도 말하지 못했다. 울지 말라고 그녀를 달래기만 했다.

—울지 마.

도원의 반복된 말에도 여자의 눈물은 부드러운 두 뺨을 타고 흘러 턱 끝에 모였다. 도원이 할 수 있는 일은 없었다. 여자가 요구하는 것을 들어주는 것 외에 아무것도 없었다. 여자는 입을 맞춰 달라고 했다.

처음 입맞춤은 조금 연하게. 그리고 두 번째 입맞춤에선.

……두 번째 입맞춤은 어땠더라.

입맞춤을 거부한 그녀가 두 손에 얼굴을 묻은 것 같았다. 그때 그녀가 무슨 말을 했는지를 생각하려 할 때였다.

"……?!"

도원은 움찔, 몸을 떨며 눈을 부릅떴다. 피부 위의 모세 혈관이 꽉 막힌 듯이 답답해졌다. 가위에 눌릴 때 느끼곤 했던 손발이 저릿한 현상까지 벌어졌다.

도원은 갑자기 엄습하는 낯선 추위에 숨을 멈췄다. 눈을 감고 있을 때도 무언가 이상하다고 생각했건만. 감은 눈꺼풀을 천천히 들자 목을 조르는 듯한 압박감이 느껴졌다.

누군가의 시선이었다. 아니, 무언가의 시선이다. 사람인가, 짐승인가, 그것도 아니면 뭔가 다른 생명체이기라도 할까.

도저히 평범한 사람으로는 느껴질 수 없는 시선이 도원의 얼굴 옆면에 달라붙어 있었다. 숨이 조금씩 거칠어진 도원은 눈동자만 천천히 옆 창문 쪽으로 돌렸다.

무언가 있었다. 손바닥 같은 것이 유리창에 대어져 있었다. 따뜻한 체온 때문인지 유리창 주변으로 하얗게 습기가 꼈다. 그 손바닥 위로 하얀 입김이 번지고 있었다. 누군가 창문에 손바닥을 댄 채 검게 선팅된 창문 안쪽을 볼 것처럼 고개를 가까이 대고 있는 것이다.

도원은 고개를 완전히 옆으로 돌려 자신을 쳐다보는 사람을 마주할 용기가 없었다. 손바닥을 보았지만 그 너머를 쳐다볼 용기가 없었다.

이것은 직감이었다. 얼굴을 보면 그 존재가 무슨 짓인가를 할 것만 같았다. 그 존재의 정체를 알게 되는 순간이 돌이킬 수 없는 실수가 될 것이다. 이 직감은 위험한 환자를 대면할 때 종종 느꼈던 것이었다.

일종의 살기였다. 눈앞의 도원이든, 도원이 아닌 다른 존재든, 언제든 죄책감 없이 죽여 버릴 수 있는 사람들 특유의 감정들이 고스란히 느껴졌다.

손바닥이 천천히 유리창 밑으로 내려갔다. 체온에 녹아내린 물기가 미끄러지는 손바닥에 짓뭉개졌다. 넓게 퍼졌다가 쪼그라드는 입김도 멀어졌다.

발걸음 소리는 들리지 않았지만, 그것이 멀어진다는 느낌은 들었다. 안전하다, 괜찮다, 그런 생각이 들 때까지 오랜 시간 움직이지 않았다.

"……하."

도원은 비로소 숨을 내뱉었다. 의자 등받이에 묻고 있던 허리를 들고 핸들을 끌어안듯이 고개를 숙였다. 예측하지 못한 공포와 당황으로 머릿속이 어수선했다. 너무 갑작스러워서 어디서부터 어떻게 생각을 정리해야 할지 알 수 없었다.

핸들에 박았던 고개를 들고 머리를 재차 쓸어 넘겼다. 아직도 손끝이 긴장되어 떨리고 있었다. 자세한 것은 모른다. 다만, 무언가 원치 않은 일에 휘말렸다는 것쯤은 충분히 알 수 있었다.

연구소 안에서는 애써 아무렇지 않은 척했던 그 위화감. 퇴근을 하던 자신이 언제 오피스텔 뒤쪽의 도로까지 왔는지도 모를 만큼의 정신적 피로감. 도원은 어렴풋이 알 것 같았다.

"아버지인지 방화범인지, 이거 뭔가 잘못 걸린 거 같은데."

반질거리던 박 형사의 눈알이 생각났다. 눈물이 차올라서 일렁이는 여자의 눈알도.

도원은 다시 머리를 쓸어 넘겼다. 이번에는 같은 실수를 반복하면 안 된다고 중얼거렸다.

2

2

〈아, 지금 말이야? 안 돼, 여기서 바로 확인할 수는 없어. 어디 긴, 융프라우지. 정상에서 컵라면을 먹기로 했는데 김치를 안 싸 왔네. 어떡하지?〉

스피커폰으로 들리는 맹강조 소장의 목소리는 들떠 있었다. 방한 복을 몇 개나 껴입었지만 추위는 여실히 느껴지는 동네란다. 숨 쉴 때마다 폐 속이 아린 기분이라고.

날씨가 좋아서 산 정상이 선명하게 보였고, 부소장이 불어와 영 어를 둘 다 잘해서 가이드 없이도 프랑스를 경유해서 도착한 스위 스 생활이 안락하다는 이야기였다.

인터라켄의 산악 열차 얘기를 들으면서, 도원은 젖은 머리를 수 건으로 털었다. 물기가 옮아 온 젖은 수건을 목에 걸친 채로 욕실 거울에 뿌옇게 찬 수증기를 손바닥으로 닦았다.

수십 년 보아 온 얼굴이 도원을 마주하고 있었다. 젖은 머리카락이 평소보다 길어져 이마와 눈가를 덮고 있었다. 어려 보이는 인상이지만 나이는 속일 수 없었다.

옛날만큼 사는 게 흥미롭지 않은 어른의 얼굴이다. 앞으로 다가올 시간보다 지나간 시간을 더 많이 생각하는 꼰대의 얼굴. 세월이 지날수록 이 얼굴은 더욱 딱딱하게 굳어 가서 재미없어지겠지.

젖은 머리카락을 타고 흘러내린 물방울이 얼굴과 목을 지나 가슴으로 흘러내릴 때쯤, 도원은 거울 면에 대고 있던 손을 뗐다. 손바닥과 다섯 손가락의 지문이 하얗게 묻어 있었다.

도원은 손자국을 다소 불편한 표정으로 응시했다. 지난밤에 보았던 것이 다시 생각나려 하기에 고개를 흔들어 털었다. 몸을 돌려여전히 스위스 여행지를 자랑하는 스피커폰 속의 맹강조 소장에게 말을 붙였다.

"심리 상담 협조 공문만 받았기 때문에 제가 깊게 관여하기 힘들다는 건 아는데요. 이번 환자가 특수해서요. 제대로 검사 진행하면 그쪽이랑 얽힐 수밖에 없을 것 같아요."

여행 얘기를 더 늘어놓고 싶었는지, 소장은 곧장 연구소 이야기를 하는 도원에게 시무룩해져서는 기운 없는 목소리로 대꾸했다.

〈그럼 안 하면 되겠네.〉

"그러고 싶었는데요."

〈그런데?〉

"문제가 생겨서요."

도원은 욕실 거울에 아직도 선명하게 남은 자신의 손바닥 자국에 시선을 주었다. 짐승처럼 느껴지던 시선이 끈적하게 도원의 피부에도 묻어 있었다.

쯧, 하고 혀를 찬 도원은 쓸데없는 상념에 빠지기 전에 속옷을
찾아 입었다. 출근 시간이 가까워지고 있었다.

얼른 옷을 찾아 입고 머리를 말려도 모자란 때에 도원은 속옷만
입은 채 바닥에 앉았다. 노트북을 무릎에 올리고 연구소 데이터베
이스에 접속해서 박 형사와 관련된 기록을 살폈다.

〈문제? 무슨 문제?〉

도원은 박 형사와 자신이 함께 수사를 맡았던 사건을 살폈다. 살
인 사건이었다. 부모를 잃은 어린아이의 정신적 외상을 치료해야
했던 일이 기억났다.

"융프라우 정상에서 먹는 컵라면에 김치가 없는 문제요."

소장이 기겁을 했다.

〈그런 큰일이 벌어졌다니, 믿을 수가 없어. 지금 도 선생은 그걸
개그라고 한 거지?〉

"아, 음, 티 났나요?"

〈아니, 내가 딱 좋아하는 개글세.〉

호탕하게 웃는 노인의 목소리가 들렸다. 도원은 자신도 늙어서
이런 개그가 통하는구나, 하는 생각에 애써 슬픈 마음을 다잡았다.

"이 문제로 전화 드린 건데, 결론은 어렵다는 뜻이죠?"

〈아무래도 그렇지. 내 아이디로만 접속 가능한 연구소 자료 확
인을 누구한테 대신 해 달랄 순 없잖아. 인터넷 되는 컴퓨터는 숙
소 가야 있어. 그래 봤자 아이피를 할당받지 못해 접속 단계에서
차단당할 거야. 내가 확인도 못하는 사안이라 승인해 주기 어렵겠
는데.〉

"그럼 제가 경찰청 쪽 문제에 관여해도 된다고 허가해 주시면 안

될까요. 그건 메일로 간단하게 작성하면 되는 걸로 알아서요."

〈도 선생 선에서 책임질 수 있는 일이라면 메일 쓰는 건 문제 없지.〉

"감사합니다."

〈그런데 웬일일까. 경찰청이랑은 죽어도 얽히기 싫어하던 도 선생이 먼저 나서기까지 하고.〉

도원은 외상 후 스트레스 장애의 치료 과정보다 박 형사의 사건 기록에 더 집중했다. 박형사가 직접 수사를 시작 후 범인을 검거까지 18시간도 걸리지 않았다.

당시 증거가 불충분하여 관할 지역 경찰들이 전부 애를 먹었던 것을 기억하면 상당한 성과였다. 빛이니 권위니 아버지니 하는 이치에 맞지 않는 소리를 내뱉는 편집증적인 증상이 나타날 부류의 사람이 아니었다.

도원은 데이터베이스 창을 끄고 노트북을 덮었다.

"찜찜해서요."

〈오호라, 감이야?〉

"감이죠."

〈오공 때 경찰들이 하는 소리하고 있네.〉

"거, 오공 되게 좋아하시네요."

〈몰랐어? '무식' 하면 오공, '라면' 하면 김치! 여기 관광 온 한국인들은 왜 치즈를 가져온 거지.〉

"네, '정신 분석' 하면 감이죠. 요즘 세대는 치즈처럼 새로운 트렌드로 접근하긴 합니다만."

〈그렇군, 요즘 트렌드라. 우리 도 선생한테 지금 트렌드는 뭘까.〉

"소장님 권력을 등에 업는 거요."

그 말에 소장이 소리 내어 웃었다. 고도가 높아서 숨소리가 거칠었다. 바람 소리일 수도 있다. 어느 쪽이든, 한겨울에 알프스로 등산 간 노인의 체력과 배짱은 알아주기로 했다.

〈좋아! 아침 회의는 하고 빈유미 형사 만나게. 난 그럼 치즈에 라면을 먹으러 가 볼게. 트렌드가 얼마나 성공적인지 확인해야겠어. 수고하게, 도 선생.〉

통화를 마친 도원은 옷장 문을 열고 일렬로 줄을 선 와이셔츠 중 손에 집히는 것을 잡아 뺐다. 세탁소에서 갓 찾아온 셔츠는 등과 소매에 날이 선 주름이 잡혀 있었다. 마찬가지로 세탁소 냄새가 나는 넥타이와 정장을 입은 도원이 마지막으로 코트를 걸쳤다.

옷장 문을 닫자 그 아래 소장이 크리스마스 선물이라고 사 준 변신 로봇 상자가 보였다. 커다랗고 복슬복슬한 곰 인형들 사이에 주먹을 불끈 쥔 플라스틱 모형이 이질적이었다. 빨간 리본으로 포장되어 있는 로봇을 한동안 내려다보던 도원이 달력으로 시선을 옮겼다.

펜으로 표시해 둔 크리스마스까지 일주일밖에 남지 않았다. 도원은 한쪽 무릎을 굽혀 앉아 잠잘 때마다 끌어안고 자던 커다란 곰 인형을 잡았다.

곰의 머리에 코를 박고 숨을 들이마셨다. 꽃향기를 닮은 섬유 유연제 냄새가 났다.

"아빠 다녀올게."

웃고 있는 곰 인형의 머리를 토닥인 도원이 차 키를 챙겨서 나갔다.

경찰청에 찾아온 도원은 몇몇 얼굴들을 알아봤다. 빈유미와 함께 연구소를 찾았던 사내들도 있었고, 맹강조 소장의 친구이자 강력반 수사과 과장도 있었다.

간단한 인사를 주고받은 도원은 바로 조사실로 안내를 받았다. 과장은 조사실 문 앞에 멈추어 서서 도원을 올려다봤다.

사건 현장에서 구두 밑창에 피를 묻혀 본 사람들의 눈빛을 도원은 잘 알고 있었다. 관찰하고 의심하고 분석하는 그들의 눈을 좋아하지 않았다. 아마도 동족 혐오일 것이라며, 도원은 불쾌함을 웃음으로 가렸다.

"조사실에 들어가시면 박 형사가 있습니다. 선생님도 아시겠지만, 벽 한쪽 면이 매직미러입니다. 저희는 이쪽 방에서 안쪽을 보고 있다가 문제가 생기면 바로 나서겠습니다."

"제가 조심해야 할 건 없나요? 저번에 듣기로는 비밀 수사 중인 내용이 밝혀지는 걸 원치 않으셨던 거 같아서요."

"이번엔 상관없습니다. 무슨 일이든 관여하셔도 된다고 얘기 들었습니다. 편하게 얘기 나누시면 됩니다."

과장은 도원이 들어갈 수 있도록 조사실 문을 열어 주었다. 도원은 자신을 불안하게 쳐다보는 빈유미와 눈을 맞춘 뒤에 걸음을 뗐다.

다섯 평 남짓한 조사실은 석고를 바른 벽으로 사방이 막혀 있었다. 창문은 없었다. 남쪽 벽면이 전면 유리였다. 그 너머에 다른 방이 있을 것이다. 과장이 말한 매직미러로 조사실 안쪽을 들여다볼 수 있도록 만든 구조일 테니까.

그 사실을 알고 있기에 도원은 방 한가운데에 놓인 테이블로 자연스럽게 걸어갈 수 있었다.

천장에 매달린 갓을 쓴 전구는 조도가 높았다. 위에서 수직으로 떨어지는 전등 불빛이 날카로웠다. 곧게 내려온 빛이 남자의 얼굴에 극적인 어둠을 만들어 냈다.

전등이 종종 깜빡거리는 탓에 빛이 사그라졌다 켜지곤 했다. 그럴 때마다 도원을 쳐다보고 있는 중년 남성의 얼굴에는 음영이 짙게 져서, 얼굴 한쪽이 그림자 속에 가려졌다 나타나길 반복했다.

도원이 알고 있던 박 형사, 그 지적이고 냉철한 남자에게서 몰랐던 분위기가 만들어졌다.

"선생님, 또 뵙네요."

도원은 박 형사의 맞은편 의자에 앉았다. 코트를 벗어서 반으로 접었다. 의자 등받이에 코트를 걸쳐 둔 도원은 어제처럼 편안한 얼굴로 박 형사를 마주했다.

"박 형사님은 제가 보고 싶으셨나 봐요."

"일 년 만이잖아요. 해후를 조금 더 즐기면 뭐 어떻습니까."

"기분 탓인가, 우리 형사님 어제보다 더 음, 뭐랄까."

"똑바로 얘기하는 거요?"

"어, 맞아요. 그렇네요. 이번에는 대화가 통하네요. 어제는 형사님 말을 듣기만 했는데 오늘은 형사님이 제 말도 들어주시고, 이쪽이 더 기분 좋아요."

박 형사는 눈가의 주름을 접으면서 웃었다. 얼굴에 미소를 띨 정도로 자연스러운 커뮤니케이션이 되자 도원은 박 형사의 상태를 조현병보다는 편집증의 상태에 가깝다고 확신했다.

감정을 주고받는 기본이 갖추어진 대화였다. 초점이 흐리거나 감정이 지나치게 밀도 높았던 어제와 달리, 지금의 박 형사는 자연스럽게 도원과 눈을 맞추었다. 어제보다 더 많은 이야기를 할 수 있겠다고 도원이 생각할 때였다.

"어제 선생님께 누가 찾아갔어요? 아버지였어요, 방화범이었어요? 얼굴 봤어요?"

도원은 잠시 대답하지 않았다. 불을 비춘 돌멩이처럼 반짝거리는 시선으로 싱글벙글 웃고 있는 미소가 위협적이었다. 박 형사가 그 일을 알고 있다는 사실에 목뒤로 미약한 소름이 번졌다.

도원은 이 대화를 듣고 있을 경찰청 관계자들의 반응을 예상해 보았다. 경찰청과 얽히길 싫어하는 자신이 수사 과정까지 개입해도 될 만큼의 권한을 얻은 시점에서 무언가 일이 심상치 않아졌음을 과장도 직감했을 것이다. 그러니 일부러 정보를 숨기지 않아도 된다고 판단했다.

"어떻게 알았을까요, 우리 형사님은."

도원의 물음에 박 형사가 테이블 위로 두 팔을 포갰다. 몸이 앞으로 기울었다.

그의 두 손은 자유로웠다. 범죄자가 아니기에 수갑을 채우지 않아서 마음만 먹으면 도원의 목을 조를 수도 있었다. 멱살이 잡히거나 주먹으로 얼굴을 맞을 수도 있다.

도원은 자신이 언제 맞아도 놀라지 않을 준비를 하였다. 그만큼 박 형사의 온 신경이 자신에게 집중되어 있었다.

"아버지가 저한테 선생님을 직접 찾아가라고 말했으니까요. 분명히 선생님 주변에 무슨 일이 생길 거라고 예상했어요. 그래서 여기까지 절 보러 찾아온 거 아닌가요?"

"누가 잘나가는 형사 아니랄까 봐, 그렇게 잘 맞히지 말아요."

"그래서 얼굴은요? 누구였어요?"

"못 봤어요. 손만 봤거든요."

"손이요?"

"네. 손만 봤어요. 얼굴까지 봤으면, 글쎄요. 제가 여기서 이렇게 형사님과 대화를 할 수 있었을까요."

박 형사의 시선이 도원의 전신을 천천히 훑었다. 젖은 머리는 제대로 말리지 않아서 푸석거렸고, 왁스로 단정하게 넘기길 좋아하는 도원의 취향과 달리 손질조차 되어 있지 않았다.

면도는 깔끔하게 했지만 얼굴에 스킨로션은 바르지 않았다. 세탁소 냄새가 나는 정장 차림 밑으로 샤워 젤의 인위적인 과일 향만 은은하게 풍겼다.

와이셔츠와 넥타이는 반듯하게 다려져 있지만 외투는 눈에 젖어서 꿉꿉했다. 외투 털은 제대로 빗겨 있지 않았다. 깔끔하기로 유명했던 도원이 외형을 크게 돌보지 않는 상태였다.

"선생님, 왜 이렇게 정신이 없으세요."

박 형사가 도원에게 손을 뻗었다. 도원이 그 손길을 부드럽게 거절했지만 도리어 강한 힘에 손목이 붙잡혔다. 도원의 시선이 순간적으로 흔들렸다. 박 형사는 그 틈을 놓치지 않고 손목을 잡아당겼다.

끼이익, 도원이 앉은 의자가 끌리는 소리가 울려 퍼졌다. 박 형사는 도원과의 거리를 바싹 좁혔다.

"선생님답지 않게 허술한 것투성이예요. 집안에 문제가 있는 걸까요, 아니면 어제 손만 봤다는 그 사람이 그만큼 인상적이라서 넋이 나간 건가요. 기분이 어땠어요? 아버지였다면 조금 더 존재감이 대단했을 텐데."

도원은 붙잡힌 손목을 비틀어서 끌려가지 않게 버텼다. 팔목의 힘줄이 파랗게 곤두설 만큼, 서로의 악력이 호각을 이루었다.

"내가 우리 형사님한테 질문하고 싶은데 안 될까요. 난 질문받는 거 별로 안 좋아하는데."

"저도 궁금해서 그래요. 선생님은 몰랐겠지만, 선생님이 여기 경찰청에서 근무하는 동안 선생님에 대한 얘기가 여직원들 입에 끊임없이 오르내렸어요. 결혼한 거 알아서 건드리지 않았을 뿐이에요. 술자리에서 선생님 얘기가 단골 안주였어요. 그래서 이혼한 거 알려지면 상당히 떠들썩해질 것 같은데, 선생님 생각은 어때요?"

"이혼한 건 누구한테 들었나요."

"보면 알죠. 결혼반지도 뺄 정도라니, 아주 단단히 마음 정리하시나 봐요."

박 형사는 반지가 빠져 있는 도원의 왼손을 턱 끝으로 가리키면서 경박스럽게 웃었다.

도원은 박 형사가 관심을 표했던 왼손으로 주먹을 쥐었다. 박 형사의 악력에서 벗어나기 위해 손목을 비틀자 새빨간 손자국이 남았다. 손아귀에 눌린 손목뼈가 욱신거렸지만 도원은 일부러 표정한 번 바꾸지 않으려고 노력했다.

박 형사는 빠져나간 손을 도로 붙잡지 않았다. 순순히 놔준 채 도원을 지켜보기만 했다. 도원은 붉게 변한 왼쪽 손을 테이블 밑으로 숨기면서 아무렇지 않은 목소리를 이어 갔다.

"잘난 남자는 원래 여자들이 가만 안 두죠."

그 말엔 박 형사도 히죽 웃을 수밖에 없었다. 그는 입을 크게 벌리고 웃기 시작했다.

"히히, 그 허세는 여전하네요. 믿지 않은 것도 신기해요."

"그래서 요즘엔 그 생각을 조금 더 발전시켜 봤어요. 여자들뿐만 아니라 남자들도 날 가만 안 둘려나 하고."

"암, 우리 선생님이 조금 묘한 사람이긴 해요. 일반적으로 쉽게 찾아보기 힘들고. 남자들도 의식하게 만들긴 해요."

"네, 특히 우리 형사님한텐 더 자랑하고 싶네. 아버지든 방화범이든, 그 사람들이 왜 나를 찾아올 거라 예상했을까요. 박 형사님은 뭔가 아는 거 같은데 말 좀 해 봐요. 이 인기 좀 즐겨 보게요."

"그야 당연히 아버지가 선생님을 아주 마음에 들어 하니까요. 아버지 얼굴을 제대로 본 사람은 선생님뿐이잖아요."

"누가 그래요?"

"누가 그런 건 아니지만 보면 알아요."

"그것도 형사의 감인가요."

"형사의 감으로 치면 확실하다고 말하는 수준까지 끌어올릴 수 있죠. 아버지 얼굴을 제대로 본 사람 중에 살아 있는 사람은 선생님뿐이니까."

"그 말은 아버지를 본 사람은 다 죽었다는 건데."

"네. 살려 두면 안 되잖아요."

"그런데 왜 저는 살아 있죠."

"그건 저도 잘 모르겠어요. 아버지가 선생님을 각별히 생각하나 봐요. 이상하긴 해요. 이유도 모르겠고. 이유를 모르니까 내가 대신 처리해도 되려나. 아버지한테 혼날까요? 네? 선생님이 대신 대답해 보세요."

도원의 바지 속에서 휴대 전화가 울렸다. 문자 메시지가 와 있었다. 발신인은 빈유미였다. 조사실에서 나오라는 소리일 것이다. 박형사가 목숨을 위협하는 협박 비슷한 것을 뱉었기 때문인 듯했다.

도원은 빈유미의 경고를 무시하고 다시 박 형사를 보았다.

"자기 얼굴을 본 사람을 다 죽였다니까 궁금하네요. 아버지가 살인범인가 봐요. 이거 큰일인데. 나 지금 살인범에게 쫓긴다는 소리잖아요."

"아뇨, 아버지를 섬기는 사람들이 워낙 아버지와 관련된 일엔 유난이라서 안타까운 일이 많이 벌어졌을 뿐이죠."

"그럼 죽은 게 사건이 아니라 사고라는 뜻인가요?"

"살인자는 없어요. 맹세코, 우리는 살인 같은 거 안 해요."

"우리라."

"우리죠."

"형사의 감만큼 좋은 게 뭔지 아세요? 제 감이라는 건데요."

"그건 같이 일해 봐서 잘 알죠. 내가 우리 선생님 못 이기는 것도 알고."

"그래요, 이기려 들지 말고 평등해져 봐요, 우리. 얼마나 죽었어요?"

"맞춰 봐요."

"맞추면 무슨 상이 있을까요."

"선생님을 죽일지 말지 한 번 더 생각해 볼게요."

"그래 봤자 생각을 바꾸진 않을 거면서 너무해요."

"히히, 이것도 들켰네."

박 형사가 더욱 깊이 상체를 숙였다. 깜빡, 꺼졌다 켜지는 전구 불빛 아래에서 박 형사의 눈이 이채를 띠었다. 그의 목소리는 어제 연구소에서 도원이 들었던 것처럼 다시 높고 빨라졌다.

"어제 찾아온 사람이 아버지였는지, 방화범이었는지 모르겠지만 방화범이었다면 왠지 그럴 줄 알았다고 말해 줄게요. 아버지나 그 새끼나 선생님을 얼마나 특별하게 생각하는지 몰라요. 아버지에 대해 제대로 알고 있는 사람이 이 세상에 당신밖에 없어서 찾아간 거예요."

전구 불빛이 한 번 깜빡였을 뿐인데 박 형사의 시선은 더 깊고 음침하게 변해 있었다.

연구실에서 사방을 둘러보며 무언가를 찾던 그 시선이 도원에게 박혀 떠날 줄을 몰랐다. 날카로운 낚싯바늘 같았다. 도원을 갈고리로 잡아낸 박 형사가 높고 빠른 목소리로 말했다.

"못 찾을 줄 알았는데 기어코 찾았네, 그 미친 새끼가. 내가 하나 알려 줄게요. 그 새끼 진짜 제대로 돌았어요. 미쳤다고요. 제대로 미쳐서 한계라는 걸 몰라요. 해선 안 될 짓과 해도 되는 짓을 구분 못하는 어린애죠."

거칠어진 숨소리가 조금씩 도원에게 가까워졌다. 테이블에 납작 엎드린 채 가까워지는 모습이 흡사 거미처럼도 보였다. 자기 자신의 이야기에 몰두한 박 형사가 도원을 먹잇감으로 대하고 있었다.

"상식선에서 생각하지 말아요. 그 새끼는 사람을 가지고 놀 줄 알거든. 그 새끼를 내가 쫓아 봤는데 못 잡겠어. 그건 인간이 아니라 짐승이야. 어쩜 그렇게 아무 흔적도 안 남지. 인간 맞나?"

박 형사가 테이블 위로 올라올 듯이 목을 내뺐다. 도원과 고작 한 뼘 거리였다. 습하고 불규칙적으로 들이마시고 내쉬는 숨소리가 도원의 뺨을 적셨다.

"남자들도 선생님을 가만 안 두냐고요? 당연하죠, 그 새끼가 선생님을 몇 년 동안 찾았는데요. 그러게 미국에 있지 한국에 왜 왔어요. 이혼까지 하게 됐잖아. 그나마 다행인가, 그 새끼가 당신 가족 해칠 일은 없겠네."

박 형사는 천천히 제자리로 돌아갔다. 처음 도원이 조사실에 들어올 때와 마찬가지로 편안한 자세로 의자에 기대어 앉았다. 흡뜬 시선을 제외하면, 그는 여전히 이성적이고 냉정한 형사의 껍질을 뒤집어쓰고 있었다.

정상과 비정상의 경계가 모호했다. 그에겐 비정상적인 반응을 하게 만드는 시발점이 있었다.

그것은 아버지, 방화범과 같은 존재였다. 믿을 수 없을 정도로 자신의 이성 한쪽을 그 둘에게 잠식당한 듯이 굴었다. 그렇기에 평범한 얼굴을 하면서도 미칠 수 있었고, 그 미친 모습으로 도원을 섬뜩하게 위협할 수 있었다.

이혼하지 않았다면 가족도 다칠 수 있었다는 말을 도원은 그냥 흘려들을 수가 없었다. 도원이 굳은 표정으로 물었다.

"자세히 말해요."

"엠바고."

"……예?"

"오늘 자정까지 모든 뉴스랑 통신사에 엠바고가 걸렸어요. 그러니 내일 아침 일찍 일어나서 뉴스 보세요. 방화범이 뭔 짓을 하고 다니는지 알 수 있을 테니까."

"비밀 수사라면서요."

"내가 선생님이랑 다시 만난 시점에서 그 오프 더 레코드는 다 풀렸어요. 내가 만나서, 나랑 만나는 그 새끼가 선생님이 어디 있는지 알게 되었어요. 나도 선생님 만나고 싶지 않았는데 아버지까지 얽히게 되어서 미치겠더라고."

박 형사는 어쩔 수 없이 도원이 끌려 들어온 것을 조금도 미안해하지 않았다. 그저 이 상황이 재미있다는 듯이 키득거리며 웃기만 했다.

"미안해요. 선생님을 다시 끌어들이고 싶지 않았어요. 그래도 나한텐 아버지가 더 중요해서요. 그 새끼가 아버지를 죽일 바에야, 당신을 사냥하는 게 더 나으니까. 그게 최선이니까."

"잠깐만요. 그러니까 방화범이 아버지를 쫓고 있고 그를 죽이려고 하는데 형사님이 방화범 시선을 돌리려고 내 정보를 그에게 알려 줬다고요?"

"그건 아니지. 나는 걜 직접 만난 적이 없어요. 오랫동안 찾았는데도 못 찾겠다니까? 그런데 시선이 느껴지거든요. 그 새끼의 그 짐승 같은 시선 말이야. 그게 나를 떠나지 않아. 그래서 내가 선생님을 만난 걸 눈치챘겠다 싶은 거죠."

그럼 어제 차 안에서 느꼈던 시선은 일부러…….

도원은 눈가가 미세하게 떨리려는 것을 꽉 참았다. 이를 악물며 박 형사를 노려보았지만 그는 그저 도원을 처량 맞은 먹잇감 취급했다.

"일부러 만나지 않았으면 걔도 선생님 존재나 정보를 몰랐겠지만, 뭐 어쩔 수 없다는 거죠. 미필적 고의예요. 덕분에 나는 그 시선에 더 이상 시달리지 않고 있죠. 선생님한테 옮아간 거지, 뭐."

도원의 휴대 전화가 다시 울렸다. 조사실로 형사들이 들어가겠다는 통보였다. 도원은 히죽 웃고 있는 박 형사에게 마지막으로 물었다.

"나도 모르는 아버지란 사람, 그자는 대체 뭐죠."

문을 열고 들어온 형사들이 급히 도원과 박 형사의 거리를 떨어트렸다. 도원을 협박하고 살해 위협한 시점에서 문제가 다른 방향으로 커진 듯했다.

"나한텐 아버지가 더 중요하다고 몇 번 말해."

그러니까 아무것도 말하지 않겠다는 소리다. 도원은 형사들이 공식적으로 박 형사에게 수갑을 채우는 모습을 지켜보았다.

"선생님, 죄송합니다. 저희 쪽에서 박 형사님께 엄중 처분 내리겠습니다. 두 번 다시 이런 일 없게 하겠습니다. 정말 죄송합니다."

당황한 빈유미가 옆에서 소맷자락을 잡아도 도원은 박 형사만 쳐다보았다. 경찰이 시민을 위협한 점에서 가중 처벌을 주고 도원과 그 가족의 신변을 보호해 주겠다며 안심시켰다. 그러나 도원은 그 얘기를 듣지 않았다.

—그나마 다행인가, 그 새끼가 당신 가족 해칠 일은 없겠네.

웃음기를 띤 목소리만이 머릿속을 가득 메울 뿐이었다. 도원은 복도 끝으로 걸어갔다. 과장이 박 형사를 잡고 있는 동안에 빈유미가 도원을 따라왔다. 빈유미는 안달하며 도원을 살폈다.

"선생님, 커피 한잔 드실래요? 이 근처에 진짜 커피 잘 타는 곳 있거든요. 제가 쏠게요. 네?"

도원은 인상을 찌푸리고 엘리베이터에 올라탔다. 빈유미가 따라

타려 했지만 도원은 그녀를 멈추어 세웠다.

"따라오지 마세요."

"선생님……."

"지금은 아무 얘기도 하고 싶지 않습니다."

단단히 화가 난 듯한 도원에게 여자는 머뭇거리며 다가가지 못했다. 닫히는 문 너머로 울상인 여자의 모습이 사라졌다.

엘리베이터가 1층을 향하는 동안에 도원은 들고 있던 외투에 팔을 끼웠다. 외투를 입기엔 더웠다. 실내 난방이 과했던 탓인지, 자신이 흥분해서 체온이 올라갔는지 상황 판단이 쉽지 않았다.

1층에 도착해서 주차장을 향해 걸어가면서도 도원은 눈앞을 뿌옇게 만드는 눈보라를 의식하지 못했다. 조사실에서 보았던 회벽이 층층이 눈앞을 가로막은 기분이었다.

주차장 가장 후미진 곳에 세워 둔 자신의 차에 올라탔다. 의자에 머리를 기대고 눈을 감았다. 하고 싶은 말이 많았고, 표현하고 싶은 감정이 머리끝까지 차올랐지만 아무것도 하지 않으려고 애를 썼다.

빈유미가 카페에서 커피를 사 주겠다고 따라 나오던 걸 끝내 거절해서 다행이었다. 손에 커피 잔이 들려 있었다면 집어 던졌을지도 모른다. 기분이 빌어먹을 정도로 더러웠다.

자신은 알지도 못하는 아버지란 존재부터 엠바고가 걸려서 내일이 되어야 알 수 있다는 방화범에 대한 정보까지 머릿속에서 뒤죽박죽으로 섞였다.

아버지란 존재는 감조차 잡을 수 없었다. 자신이 아버지란 사람과 만났다고 하는데 대체 언제 만났다는 걸까. 방화범은, 차라리 미국에 있었을 때가 나았다는 그 위협적인 방화범에 대해서는, 당연하게도 아는 것이 없었고 말이다.

가족까지 협박한 박 형사를 용서할 수 없었다. 그를 닦달해서 아버지고 방화범이고 정보를 알아낼 생각이었다. 수사권도 없는 자신이 그 정도로 개입하는 게 가능할지는 별개의 문제였다.

아버지와 방화범의 표적이 된 상황에서 두 손 놓고 기다릴 수 없었다. 빈유미를 통해서 그들에 대한 정보를 알아낼 방법이 없을까 고민할 때였다.

"쉬."

아주 낮고 조용히 흐르는 목소리에 도원은 놀라서 감고 있던 눈을 번쩍 떴다. 뒤쪽에서 들린 것은 낯선 사람의 목소리였다.

차 안에 누가 있어. 언제부터?

놀라서 그대로 굳어 버렸을 때 뒷자리에서 천천히 손이 뻗어 나왔다.

도원의 얼굴이 순식간에 경직되었다. 목덜미에 따뜻한 맨손이 닿았는데도 뼛속까지 얼어붙을 것만 같았다. 일시적으로 숨을 쉴 수가 없었다. 복잡했던 머릿속이 한겨울 얼음장처럼 차갑게 굳어 버렸다.

텅 비어 버린 머릿속에 떠오른 건 어린아이들의 감정처럼 명확한 한 가지였다.

공포.

어떻게, 언제, 왜.

다양한 의문이 떠오르다가도 공포에 짓눌려 생각을 이어지지 못했다.

옆 유리창에 하얀 자국을 만들던 손바닥이 떠올랐다. 그 손바닥의 모양과 크기가 자신의 목에 닿아 있는 손과 심정적으로 정확히 일치하고 있었다.

딱딱하고 커다란 손이 목을 조르는 것도 아닌데 기도가 꽉 막힌 듯했다. 조금만 힘을 주면 도원의 목을 분질러 버리는 일쯤은 아무것도 아니라는 듯이 굴고 있었다. 뒷자리에서 여유롭게 목소리가 흘러나왔다.

"선생님, 거기 블랙박스 메모리 칩 빼서 이쪽으로 던져. 허튼 생각 하지 말고."

도원은 가슴에서 뛰어야 하는 심장 소리가 귓가에서 울리는 착각에 빠졌다. 블랙박스가 설치된 룸 미러를 조심스럽게 쳐다봤다. 룸 미러는 예각으로 완전히 꺾여 있었다. 룸 미러를 보아도 자신의 모습만 보일 뿐이다.

투박한 손이 자신의 목과 턱을 가만히 만지고 있었다. 그 손아귀 안에서 도원은 흔들리는 눈동자를 숨기지 못했다. 차에 미리 탄 남자가 룸 미러에 손을 쓴 것 같은데, 그러면서도 블랙박스는 제거하지 않은 것이 일종의 시험처럼 느껴졌다. 도원이 어디까지 복종하고 순종할지 지켜보려는 것 같았다.

"얼른."

정중한 말투는 도원이 겁먹지 않도록 달래고 있었다. 목소리 자체가 낮고 거칠어서 조금만 감정을 담아 말하면 그대로 상대를 압도할 만한 분위기를 풍겼다. 그렇기에 부드럽고 다정하게 말하는 말투가 얼마나 위선적인지를 알 수 있었다.

도원은 블랙박스로 손을 뻗었다. 실내 촬영은 되지 않고, 실외

촬영만 되고 있는 기계에서 메모리 칩을 분리하여 조심스럽게 뒷좌석에 건넸다. 목을 감싸고 있던 손이 그 작은 칩을 받았다. 그는 다시 도원에게 요구했다.

"차 키도 줘."

순순히 내민 차 키까지 옆자리에 던져 놓은 남자가 이번엔 양손으로 도원의 목을 감쌌다.

흠칫, 놀란 도원은 두 손이 목을 조를 듯하다가 점차 양옆으로 빗겨 가는 것을 보았다. 뒤에서 돌아 나온 두 팔이 도원의 목을 끌어안는 자세를 취했다.

고개를 돌려서 남자를 확인하려 했다. 그러자 도원을 끌어안은 남자가 귓가에 대고 속삭였다.

"앞에 봐."

도원은 시선을 전방에 고정했다. 차창 밖에서 바람에 흔들리는 천막들이 보였다. 허공을 가르는 바람 소리만큼 짙은 숨결이 목 주변에 흩뿌려졌다.

목 주변으로 솜털이 곤두섰지만 숨소리만큼은 어떻게든 안정을 되찾으려 노력했다. 빨라진 숨소리를 억누르는 것은 생각보다 힘든 일이었다.

"선생님, 어디까지 들었어?"

이 상황이 여전히 혼란스러운 도원이었다.

누구지, 왜, 갑자기 뭐 때문에.

의문만 떠오르는 공포 속에서 도원의 시선이 다시 남자를 향하려 했다. 남자는 다시금 달래는 것인지 협박하는 것인지 모를 말을 했다.

"앞에 봐야지. 말 들어야지, 선생님."

거의 반사적으로 다시 전방에 시선을 고정했다. 남자의 짙은 호흡 소리를 들으면서 도원은 천천히 입을 뗐다.

"어떤 얘기를…… 들었다는 건지 잘 모르겠습니다."

떨려 나오는 목소리에 남자가 이전보다 기분이 좋은 투로 대꾸했다.

"응? 질문이 이상하다는 거야? 알았어, 그럼 아버지나 방화범에 대해서 어디까지 알아? 이렇게 물으면 되나?"

"……모릅니다."

"선생님, 거짓말은 하면 안 되지."

"정말입니다. 아버지와 방화범에 대한 구체적인 얘기는 듣지 못했어요. 아버지란 사람이 나를 잘 아는 것 같은데 난 누군지 전혀 모릅니다. 방화범이 누군지도요. 엠바고가 걸려서 뉴스에 알려진 바도 없고."

"아, 엠바고가 걸렸어? 그럼 언제 보도되는지는 알아?"

"내일부터 바로."

"타이밍이 좋았네. 선생님이 뉴스 보고 나에 대해 편견을 가지면 얘기하기 불편하잖아. 알기 전에 만나서 다행이야."

목을 안고 있던 양팔이 풀렸다. 도원은 턱까지 차올랐던 숨을 한꺼번에 내뱉었다.

방화범이었어.

단편적인 생각만으로도 도원은 현재 상황을 파악하기가 버거웠다. 남자는 도원이 생각할 시간을 주지 않았다. 그는 단조로운 목소리로 명령했다.

"뒤로 넘어와."

그 말뜻을 한 번에 파악하지 못한 도원이 주춤하는 사이 남자가 다시 상냥하게 명령했다.

"같은 말 두 번 하게 하지 마."

얼굴을 봐도 되는 걸까. 아니, 보지 않아야 하는 걸까. 뒤로 넘어 갈 때 부득이하게 얼굴을 보면 어떻게 되는 거지.

도원은 일부러 시선을 내려 밑을 바라보면서 천천히 몸을 돌렸 다. 차 문을 열려고 했지만 남자는 나갔다가 들어오는 것을 용납하 지 않았다. 비좁은 의자 사이로 넘어오길 바랐다.

도원이 그 명령대로 뒷자리에 앉았을 때는 이미 등을 따라 식은 땀이 흐른 뒤였다.

차 안의 공기는 극도의 긴장감으로 무거웠다. 팽팽하게 당겨진 줄처럼, 언제 끊어질지 모르는 그 긴장감에 도원은 의식적으로 호 흡을 골랐다. 좁은 차 안에 거칠고 불규칙해진 도원의 숨소리가 유 독 크게 들리는 듯했다.

도원은 떨리는 시선으로 남자의 손 주변을 살폈다. 흉기는 보이 지 않았다. 칼에 맞을 위험은 없어 보였지만 그렇다고 안심할 수는 없었다. 살인을 저지를 수 있다는 박 형사의 말이 떠올라서 남자의 작은 몸짓에도 두려움이 앞섰다.

도원은 수사당국에서 일할 때도 범죄의 최전방에서 움직이지 않 았다. 도원이 한 일은 범죄에 얽힌 피해자들의 정신 분석과 심리 상담이었고, 그마저도 병증이 심한 사람은 임상심리사인 자신이 아니라 정신과 의사의 약물 치료로 넘어갔다.

따라서 범죄 사건에 대한 경험은 같이 일하는 동료들에 비해 부 족한 점이 많았다. 범죄자를 만났을 때 대처하는 매뉴얼은 들은 적 도, 본 적도 없었다.

도원은 자신의 옆자리를 가득 채운 존재감을 똑바로 바라보지 못한 채 시선을 내려서 남자의 무릎과 발등에 시선을 고정했다.

시야각 안에 들어오는 남자는 체격이 컸다. 청바지에 운동화, 검은색 터틀넥 셔츠에 엉덩이를 덮는 길이의 오리털 점퍼 차림새였다. 길거리에서 마주쳤다면 눈길조차 주지 않았을 평범한 모습이었다.

도원은 남자가 아무 말 없이 자신을 쳐다만 보고 있자 불안해졌다. 남자를 자극하지 않으려고 얌전히 다음 말을 기다렸으나 들리는 말은 없었다. 도원이 한참이나 경직되어 있자 남자가 천천히 입을 뗐다.

"고개 들어."

명령인지 제안인지 모를 모호한 화법에 도원은 잠시 망설였다. 시야각 안에 들어오는 남자의 손가락이 톡톡, 카 시트를 두드리고 있었는데, 그 행동이 별로 위협적으로는 보이지 않았다. 그래서 도원은 조심스럽게 눈동자를 들었다.

남자는 점퍼의 후드를 뒤집어쓰고 있었다. 얼굴은 코 밑으로밖에 보이지 않았다. 단단한 턱선과 반듯한 콧대만으로는 인상이 진한 남자라고 추측할 수 있을 뿐, 정확한 이목구비를 그릴 수는 없었다. 남자가 한쪽 팔을 의자 등받이에 기대어 도원을 관찰했다.

"선생님, 나는 선생님의 도움이 필요해."

도원이 대답하지 않자 남자가 공간을 더 좁혀 들어왔다.

"거절하지 않았으면 좋겠어. 거짓으로 대답하지 않았으면 하고. 어때?"

하나밖에 없는 대답을 종용하고 있었다. 도원은 점퍼 후드 그림자에 가려진 얼굴을 조심스럽게 살피면서 입을 뗐다.

"무슨 도움인지도 모르고 들어 드릴 수는 없습니다."

"음, 그렇네. 미안, 내가 성급했어."

"그리고 나는……."

"아니 됐어, 선생님 생각은 일단 내 질문에 답하고 나서 들을 거야. 내 부탁은 이거야. 나는 선생님이 내 심리 상담을 해 줬으면 좋겠어. 기한은 내 병증이 치료될 때까지. 얼마나 걸릴지는 선생님의 능력에 달린 거야."

생각지도 못한 얘기에 도원은 벙긋했던 입을 다물었다. 방화범의 입에서 심리 상담이란 단어가 나왔다. 어떻게 받아들여야 할까.

"무슨 치료가 필요한 거죠."

도원의 물음에 남자가 웃었다. 모양 좋게 호선을 그리는 입술이었다.

"강박증이 심해. 치료하고 싶어도 못하겠어. 어떻게 해야 하는지도 모르겠고."

"어떤 종류의 강박증인가요."

"자꾸 불을 지르네. 그냥 불만 지르는 거면 상관없는데 이게 좀 심각해져서. 음, 내 입으로 말하긴 그러니까 엠바고 풀리면 기사로 봐. 그리고 또 한 가지."

너무 여상하게 자신의 범죄를 말하는 남자 때문에 도원은 혼란스러운 표정을 지었다. 평범한 환자처럼 이야기하는 남자의 태도에서 지독한 이질감을 느꼈다. 그는 도원의 불편함을 아랑곳 않고 말했다.

"하얗고 깨끗한 피부에 집착이 심해. 포를 떠서 방에 걸어 두고 싶다는 생각을 매번 할 정도야."

좁은 거리에서 남자가 손을 뻗었다. 줄곧 카시트를 두드리며 무언가를 참고 있던 그 손이 망설임 없이 도원을 향했다. 도원의 볼과 턱을 살며시 감쌌다. 마치 오랫동안 이러길 바라 온 것처럼 그 손끝은 미약하게 떨리기까지 했다.

굳은살이 잔뜩 박여 있는 손아귀에 얼굴이 붙잡힌 채 도원은 심장이 철렁, 내려앉는 기분을 맛보았다. 도원의 눈이 걷잡을 수 없이 흔들렸지만 남자는 신경 쓰지 않았다. 손끝에 힘을 뺀 채 도원의 마른 턱과 뺨, 눈가를 손으로 더듬는 것에만 집중했다.

목을 따라 내려온 손이 와이셔츠 칼라에 걸렸을 때, 비로소 만지던 손길이 멈추었다. 그러곤 아쉽다는 듯이 도원의 얼굴을 놔주었다.

그 손은 자신의 얼굴을 가리고 있던 점퍼 후드를 잡아 넘겼다. 그러자 줄곧 가리고 있던 얼굴이 드러났다.

도원은 봐서는 안 된다는 생각에 본능적으로 시선을 돌렸다. 남자는 도원의 반응에 작은 웃음을 삼키며 말했다.

"괜찮아. 봐도 돼."

낮은 목소리에 어울리지 않는 친절이었다. 겁먹은 도원을 어떻게든 달래 주려는 그 태도를 확인하고 나서야 도원은 시선을 들 수 있었다.

후드에 가려졌던 얼굴에는 커다란 화상 자국이 있었다. 왼쪽 이마를 타고 관자놀이와 광대를 지나 귀와 턱, 목을 따라 붉은 피부가 이어졌다. 터틀넥에 가려져 있어서 눈에 보이는 화상 부위는 얼굴 왼쪽이 전부였다.

피부가 쪼그라들어 있었다. 분홍색으로 익어 버린 자국은 2도에서 3도 화상 사이로 보였다. 귀 주변의 두피까지 타 버려서 아예 왼쪽 머리를 밀어 버린 상태였다.

멀쩡한 두피에서 자란 머리카락은 다소 짧게 잘라서 균형을 맞췄다. 보기 흉한 상처가 될 만한 것을 머리를 길러 가리지 않고 일부러 드러내었다.

도원은 확신했다. 약점을 과시하는 사람 중에 제대로 사회성이 성립된 사람은 없다고.

"치료가 늦어져서 흉터가 심하게 남았어. 아마 이거 때문에 더 피부가 깨끗한 사람한테 집착하는 거 같긴 한데, 이게 가끔 절제가 안 되더라고. 이대로는 나도 많이 곤란해서 말이야. 이 집착만큼은 고치고 싶어. 그러니 선생님이 도와줘야겠어."

남자는 숱이 많은 눈썹을 올리면서 웃었다. 강렬한 인상을 남기는 흉터에서 시선을 뗀 도원은 침착해지려고 갖은 애를 썼다.

도원은 갑자기 점퍼 안에서 칼을 꺼내 갈비뼈 사이에 쑤셔 박아도 이상하지 않을 남자에게 가장 큰 의문을 던졌다.

"내게서 아버지란 사람에 대한 정보를 얻으려고 접근한 거 아니었나요."

남자는 도원에게 건네받았었던 차 키를 다시 도원의 손에 쥐여 주었다.

"맞아. 아버지의 정보가 필요해. 그 새끼에 대한 정보를 알고 있는 건 선생님이 유일하다고 알고 있어. 기억나는 거 있어?"

"말했다시피 전혀 모릅니다."

"그럼 어쩔 수 없네. 같이 찾아야겠어. 선생님도 기억 못하는 걸 당장 생각해 내라고 따지는 건 부당하잖아. 일단 운전해."

남자가 차 키를 도원의 손에 들려 주었다. 도원이 물었다.

"어디로 가려는 거죠."

"선생님 집."

"뭐……." 하고 되물으려는 도원에게 남자는 다시금 도원의 턱과 뺨을 손으로 문지르며 속삭였다.

"나랑 얽히는 걸 사람들이 알아서도 안 되고, 선생님이 자진해서 말하고 다녀도 안 되거든. 안전핀을 걸어야 하니까 어서 가서 운전해."

남자의 손이 내려와 도원의 왼쪽 약지를 만졌다. 손가락 피부 너머의 다른 의미를 만지는 것처럼 느껴졌다.

"희생자가 생기면 안 되잖아."

도원은 남자의 협박을 정확하게 알아들었다. 지금은 비어 있는 이 손가락에 끼워져 있던 반지. 그 반지를 나눠 가진 전부인의 존재를 남자는 알고 있는 것이다.

도원은 더 이상 군말하지 않았다. 이번에는 뒷문을 열고 앞좌석으로 향하는 도원을 남자는 막지 않았다.

도원이 많은 반응을 보이지는 않았지만, 그가 섣불리 누군가에게 자신이 처한 상황을 알리려고 하거나 겁에 질려 패닉 상태에 빠지지 않으리란 점을 확신하는 태도였다.

운전석에 탄 도원이 차에 시동을 걸었다. 도원은 뒤를 돌아보지 않은 채 물었다.

"룸 미러 똑바로 해도 됩니까."

"응, 운전해야 하니까."

도원은 룸 미러를 제 위치로 돌리면서 주차에 놓여 있던 기어를 바꾸었다. 룸 미러를 통해서 본 남자는 거울 속에서 눈이 마주치자 편한 친구를 대하듯이 말했다.

"MJ."

그 서늘한 목소리에 붙잡힌 것처럼 도원은 룸 미러로 보이는 남자에게서 시선을 떼지 못했다. 도원이 바라보는 시선이 기분 좋은 듯 남자는 연신 입술을 올리며 웃었다.

"나를 부를 때는 MJ라고 하면 돼, 도원 선생님."

MJ라 자신을 소개한 남자는 천천히 차를 출발시키는 도원을 그 후로도 한동안 지켜보았다. 경찰청을 벗어나 도로를 달릴 때는 운전하는 도원과 창밖 풍경을 번갈아 봤다.

신호가 걸릴 때마다 기어를 중립으로 바꾸는 도원의 손에 집착했고, 차창에 사선으로 빗겨 떨어지는 눈송이 너머를 물끄러미 응시하기도 했다.

도원은 머릿속이 복잡했다. 수많은 가능성과 염려들이 떠오르다가도 저어되어 고개를 흔들었다. 그럴 때마다 룸 미러 속 MJ와 눈이 마주쳤다.

속마음이 들킨 것 같아서 도원은 더 이상 깊게 생각하지 않기로 했다. 자신의 성급함으로 주변 사람들이 다치게 되는 일은 원치 않았다.

경찰청에서 멀어지면서 한강을 가로지르는 다리를 건넜다. 낮의 도로는 택시와 버스들이 오고 갈 뿐, 한산했다. 눈보라가 몰아쳐서 얼마 없는 승용차들이 미등을 깜빡이고 있었다. 광장에 있는 대형 트리에서 알전구를 뽑아 도로에 흩뿌린 것처럼 노랗고 붉은빛들이 눈송이에 뒤섞여 아른거렸다.

도원이 자신의 오피스텔 건물로 들어가기 위해 골목을 꺾을 때였다.

"잠깐."

MJ가 의자 사이로 고개를 내밀었다. 조수석의 등받이에 기댄 그는 특유의 여유로운 어조로 말했다.

"건물 들어가지 말고 한 바퀴 돌아 봐."

도원은 기어를 바꾸고 차를 뒤로 뺐다. 4차선 도로에 다시 진입한 뒤 건물을 중심으로 근처 골목들을 돌았다.

오피스텔 후문과 이어진 도로에는 여전히 고장 난 신호등이 자리하고 있었다. 깜빡거리는 붉은 신호등을 흰색 소나타가 무시하고 지나갔다. 도원의 차를 제외하면 행인조차 없는 적막함이 이어졌다.

"건물이 크네. 구조가 어떻게 되어 있어?"

MJ가 고개를 더 숙여서 차창 밖 오피스텔 건물을 물끄러미 올려다보았다. 도원은 자신이 사는 건물의 구조까지 말해야 하나 싶어서 망설였다.

MJ가 그런 도원을 빤히 바라봤다. 어둠 속에서 느껴지던 그 시선이었다. 사람인지 짐승인지 구분조차 안 되던 그 기묘한 시선. 언제 목덜미를 물어뜯을지 모를 이상한 날짐승 같은 시선.

도원은 고민 끝에 입을 뗐다.

"1층에 약국, 세탁소, 편의점, 카페 상점들이 블록처럼 연결된 구조예요."

"더 자세히 말해 봐. 주차장이랑 집 안 구조까지."

"주차장은 지하 3층까지. 자동차 50대 정도는 수용 가능할 거라 생각합니다. 상가 위로 오피스텔 가구만 70가구가 넘어요. 제가 사는 곳과 다른 집 평수가 비슷하다면, 아마 위치상 회사원들이나 1인 가구만 살고 있을 거라 생각해요. 낮에는 잘 모르겠지만 저녁엔 조용해요."

MJ는 흐응, 하고 목뒤를 울렸다. 그는 몸을 바로 하고 고장 난 신호등과 도로 앞뒤를 돌아봤다.

"이 도로랑 오피스텔 후문이 연결돼?"

"예."

"도로에 CCTV가 없네."

"오피스텔을 세우면서 도로를 새로 깔았다고 알고 있습니다. 아는 사람도 별로 없고, 고장 난 신호등을 저대로 방치하는 걸로 봐선 구청에서도 관심 없는 것 같네요."

"괜찮네. 안에 화물 승강기 있어?"

"아뇨, 그 정도로 큰 건물은 아니라서."

"음. 주차장이랑 상가랑 엘리베이터는 다 카메라가 설치되어 있을 테니 내가 남의 눈을 피해서 선생님 집으로 들어가긴 어렵겠네. 이래서 도시는 싫다니까."

MJ는 그 후로 아무 말도 하지 않았다. 침묵이 길어지자 도원은 MJ의 표정을 살폈다. 얼굴의 반을 가리는 그림자 때문에 어떤 표정으로 무슨 생각을 하는지 가늠할 수가 없었다.

서로 말을 주고받지 않는 동안에도 다른 차는 들어오지 않았다. 오피스텔 거주자가 아니면 이런 뒷길까지 이용할 차가 없었다.

"선생님, 뒤로 다시 넘어와."

도원은 선뜻 자리에서 일어나지 못했다.

"저기…… 차를 이렇게 두고요?"

"비상등 켜 놓고 뒤로 넘어와."

"……."

"내가 하라는 건 군말 말고 해."

도원은 비상등을 켜 놓고 차에서 내렸다. 거세진 눈발이 도원의 머리카락을 헤집었다. 좁은 도로를 가로지른 바람이 휘파람처럼 길게 소리를 내며 차창을 흔들기까지 했다.

뒷좌석 손잡이의 차가운 금속이 손끝에 달라붙는 느낌이었다. 눈발에 뒤섞이는 하얀 입김을 흩어내면서 도원은 잠시 망설였다.

불 켜진 편의점을 바라보며 달려가 도움을 요청하고 싶은 마음을 어떻게든 억눌렀다. 도원은 편의점 대신 뒷좌석 문을 열었다.

"여기서 해 봐, 선생님의 상담이라는 거."

후끈하게 끼쳐 오는 자동차 안의 공기는 차 밖과 정반대였다. 답답하고 무거웠다.

MJ의 깊고 어두운 눈동자가 도원에게 고정되어 움직이지 않았다. 도원의 입술이 움칠거렸다. MJ의 시선이 곧장 그 입술에 박혀서, 도원은 자신이 마치 관음증 환자의 대상자가 된 듯한 불편함을 숨길 수 없었다.

이런 사람을 상대로 심리 상담이라니. 내담자와 신경전이나 하지 않으면 다행일 것 같은 불안함이 엄습했다. 그래서 도원은 남자에게 한 가지 조건을 달기로 했다.

"그전에 뭐 하나만 말해도 될까요."

"응, 말해 봐."

"심리 상담은 수학 문제가 아니에요."

"알아."

"애석하지만 당장 뭘 해 보라고 해서 결과물이 나오진 않아요."

"그래서 지금 내 상담을 거부하겠다는 거야?"

"글쎄요, 나한테 거부권이 있나요?"

"머리 굴리지 마."

"머리 굴리는 거 아니니까 하는 소립니다. 내담자가 이렇게 상담자를 의심하고 떠보고 있는데 내가 뭘 할 수 있겠습니까. 상담의 기초는 알고 명령했으면 합니다. 이래라저래라 말하시는 건 상담에 전혀 도움이 되지 않는 것들이니까요."

MJ의 눈이 가늘어졌다. 그는 차 시트와 옆문에 비딱하게 기대어 앉아서 도원을 관찰했다.

도원은 그 시선에 굴복하지 않았다. 원하는 것이 심리 치료라면 상담자의 말을 따라야 한다. 그 기본적인 마음가짐이 없는 한, 도원은 눈앞의 남자를 내담자로 대우할 생각이 없었다.

"상담의 기초라는 게 뭔데?"

"이미 말했습니다."

"아아, 의심하지도 떠보지도 말라는 거."

"나를 믿을 생각이 없어 보이네요. 굳이 내가 아니어도 된다면 다른 심리사나 의사를 찾아가는 게 좋겠다는 충고를 드리겠습니다. 내가 이쪽 분야 전문가는 아니라서요."

MJ가 이번엔 가늘게 뜬 눈으로 도원을 내려다보았다. 섬뜩해진 도원이 뒤로 몸을 빼냈다. 벌어진 거리만큼 MJ가 다가와 앉았다.

차 안의 공기가 순식간에 무거워졌다. 밀도 높은 열기가 고여서 그대로 갇힌 것만 같았다. 누구 하나가 불씨를 점화하면 그대로 터져 버릴 듯한 분위기였다.

MJ는 그 분위기에 예민하게 반응했다. 일부러 목소리를 부드럽게 풀면서 도원의 긴장을 없애려고 했다.

"미안해. 내가 배우지 못하고 커서 분별이 없어. 선생님 기분 나쁘게 할 생각도 없고 화나게 하고 싶지도 않아. 나는 선생님이 좋아. 선생님이 미국에 있을 때부터 줄곧 만나고 싶었어. 한국에 와서 다행이라고 생각해."

　미국이라는 단어에 도원은 경계심을 키워야 하는지, 풀어야 하는지 헷갈렸다.

　"제가 거기 있던 건 어떻게 알았습니까."

　"선생이 발표한 논문이 워낙 유명했으니까."

　"배우지 못하고 컸다는 말이랑 앞뒤가 맞지 않아요. 철학과 정신분석학 용어가 난무하는 영어 논문을 읽을 수 있을 정도면 상당한 고학력자라는 소린데."

　"나는 그런 이상한 단어들을 몰라도 되지. 그걸 번역하고 해석하는 사람이 일상어로 바꿔서 말해 주면 그만이니까."

　"주변에 그 논문을 읽을 만한 심리학자나 의사가 있다는 말입니까."

　"그런 게 내 상담에 중요해? 그냥 이 말을 하고 싶어서 꺼낸 얘기야. 난 선생님에게 아주 흥미가 많아. 그래서 다른 선생을 찾아가서 치료받을 생각이 없어. 나를 치료하느냐 마느냐는 전적으로 선생님한테 달렸어. 방화가 계속되느냐, 멈추느냐가 선생 손에 달렸다는 소리야."

　도원은 턱을 끌어당겨 몸의 긴장을 유지했다. 얼굴을 알기 전의 MJ가 처음 그러했던 것처럼, 그는 도원을 달래듯이 입술을 모아서 쉬이, 소리를 냈다.

　MJ는 처음부터 줄곧 도원을 말 잘 듣는 개처럼 보고 있었다. 동등하게 대해야 할 사람이 아니라 명령과 지배를 통해 다스려야 할 짐승으로 대했다.

　도원은 두려움이나 불쾌함을 느끼지 않으려고 감정들을 억눌러야 했다. 그러기 위해 사무적인 태도를 유지할 수밖에 없었다. 그래야만 MJ에게 휩쓸리지 않을 수 있었다.

"내 전공은 범죄 심리학이 아니라 정신 분석입니다. 학술적인 부분이죠. 법리적인 해석이나 약물 치료 분야에서는 아는 게 없어요. 나는 환자의 무의식을 탐구하고 공부하는 사람입니다."

MJ가 고개를 끄덕였다. 도원의 이야기가 이어졌다.

"방화를 저지르는 범죄 심리까지는 내가 치료하지 못할 수도 있습니다. 나는 신경증이나 강박증 환자를 치료하는 법만 알아요. 그쪽이 방화를 저지르는 강박증이 있다고는 했지만 강박증이 일상생활이 아니라 범죄로까지 이어지는 건 솔직히 내 분야가 아니에요. 그쪽 마음에 들지 않는 상담이 될 수도 있다는 소리입니다. 그래도 괜찮겠습니까?"

"응, 괜찮아, 상관없어."

"그렇게 쉽게 대답하면 곤란합니다. 치료할 의지는 있는 거죠?"

"있어. 나도 불 지르는 건 그만두고 싶어. 아니, 그만둬야만 해."

"그렇게 확고하다면 내가 아니라."

"선생님. 내가 미안하다고 했잖아. 선생님 방식을 무조건 수용할게. 선생님 말고 다른 사람 찾아가란 소리는 그만했으면 좋겠어."

"내 방식을 따라올 수 있나요."

"따라갈게. 그러면 나는 정식으로 선생님 환자가 되는 건가."

"환자로 받아들일지 말지는 조금 더 지켜보고 결정하고 싶네요."

"그건 좀 마음에 안 드는 표현이야. 난 이미 선생님이 날 받아들였다고 생각하는데 말이지."

"정말로 제 환자로 대우받고 싶으시다면 저를 상담자로서 생각해 주셔야 합니다. 앞으로 하고 싶은 얘기가 있으면 저한테 숨겨서

도 안 돼요. 맥락이 이상하고 뜬금없다고 생각되어도 그냥 다 저한 테 얘기하셔야 되고요."

"음. 뭐든 다 말하는 거라면 할 수 있어."

"의식적으로 이야기를 거르거나 편집해서 말하지도 말고, 나오는 대로 말해 주세요. 그러지 않으면 효과 없으니까요."

"응, 알았어."

"그리고 치료 중단 시점은 내가 결정합니다. 그쪽이 치료가 다 끝나지도 않았는데 왜 끝내느냐고 반발할 수 없어요."

"……하다가 선생님이 도중에 포기할 수도 있다는 소리야?"

"난 내 환자를 그렇게 무책임하게 버리지 않아요."

"그래도 내가 납득하지 않았는데 끝내 버리는 건."

"그것도 치료 방법 중 하나라서 하는 말입니다. 환자마다 치료 징후가 달라요. 완치가 되었는데 스스로 치료가 안 되었다고 생각해서 상담에 집착하는 경우도 있어요. 환자가 병이 고쳐지지 않았다고 스스로 속이는 경우가 제법 많습니다. 그러니 종료 시점은 저한테 맡겨 주세요."

MJ는 아아, 하고 감탄과 한숨의 절묘한 경계에 있는 소리로 목을 울렸다. 특별한 것은 없었다. 내담자는 자유롭게 말하면 그만이고, 그것을 분석하고 판단하는 것은 상담자 몫이었다. MJ가 물었다.

"아무거나 말해도 돼?"

그 질문에 도원은 고개를 끄덕였다.

"버릇, 습관, 자주 떠올리는 단어, 취미 등등 그때그때 하고 싶은 얘기를 하면 됩니다."

MJ는 도원의 얘기에 한동안 창밖을 보다가 다시 도원에게 손을 뻗었다. 도원의 재킷 안주머니와 바지 속까지 살펴 도청 장치나 녹음기가 없는 것을 확인했다.

"혹시나 기계를 이용해서 내용을 기록해야 한다면, 상담을 믿을 수 없을 거야."

"상관없습니다. 말씀하신 건 다 기억할 수 있도록 할게요."

도원이 너무 아무렇지 않게 대답해서 MJ는 만약 상담이 두세 시간 이어지면 어떻게 기억할 수 있느냐고 의심하지도 못했다. 수많은 것을 당연하게 기억해 왔기에 상담 내용을 녹음기에 저장하지 않아도 되는 태도로 느껴진 것이다.

MJ는 도원이 전문 학술지에 논문을 발표했던 당시의 분위기를 떠올렸다.

도원의 이론을 새로운 관점의 발견으로 인정하여 임상적으로 접목시키려던 사람들의 반응. 그들은 도원의 성과를 동양에서 이룰 수 있는 서양 철학적 성과의 가장 높은 지점이라고 말하기도 했다.

도로에는 다른 차가 들어오지 않았다. 비상등을 깜빡이는 도원의 차를 보고 도로에 진입하려던 차들이 핸들을 돌려 나갔다.

눈보라가 거세졌다. 와이퍼가 움직이지 않는 차 앞 유리에 희게 서리가 끼고 눈이 쌓여 갔다. 바깥의 흉포한 날씨에 비해 대화가 멈춘 차 안은 따뜻하고 조용했다.

화상 자국을 과시하는 범죄자를 도원은 똑바로 바라보고 있었다. 긴장하여 시선 둘 곳도 모르던 이전과 달리 자연스러워진 태도를 MJ는 싫어하지 않았다.

눈보라에 덜컹거리는 차 속의 침묵이 익숙해질 때였다.

"협박 말고 선생님이 내 말을 잘 들을 수 있게 하는 방법이 있을까?"

순수한 질문이었다. 살아오면서 남을 위압적으로 짓눌러보기만 했던 사람이 이젠 그 외의 방법을 터득하고 싶다며 꺼낸 말이었다. 도원은 이젠 겁내지 않고 MJ의 화상 자국을 마주하면서 대답했다.

"부탁하면 되죠."

처음 들어보는 단어라도 되는 양 "부탁……."이라며 중얼거리는 MJ였다. 그는 그 후로도 도원을 빤히 쳐다보았다.

어느샌가 도로에 들어온 회색 외제 차가 경적을 울리고 있었다. 도원은 진로를 방해하고 있는 자신의 차를 빼기 위해 뒷좌석에서 내렸다. 운전석으로 돌아와 앉은 도원이 일방통행인 도로를 빠져나와 골목길에 차를 세웠다. 그리고 고개를 돌려 뒷좌석을 쳐다봤다.

MJ는 사라지고 없었다. 도원이 운전석으로 이동하는 그 짧은 시간에 밖으로 나가 버린 듯했다. 그가 앉았던 자리에는 눈에 젖은 신발 자국도, 떨어진 머리카락 한 올도 없었다. 평평하게 펴진 의자 시트에는 누군가 앉았던 흔적조차 없었다.

도깨비 같은 사람이었다. 어쩌면 정말로 뭔가에 홀렸을지도 몰랐다. 유령처럼 다가왔다가 사라져버리는 사람이라니.

"……하아."

도원은 한숨을 내쉬며 차 시트에 몸을 기댔다. 눈이 자연스럽게 감겼다. 부드럽게 진동하는 자동차의 엔진 소리가 눈보라가 흔드는 위력에 먹혀들어 갔다.

휘이, 휘, 바람이 입을 동그랗게 모아서 부는 휘파람 소리가 골목 끝에서부터 울려 퍼졌다.

3

3

도원은 아침 속보로 뜬 사회면 기사를 살폈다.

[지난 수요일, 서울지방경찰청은 6개월간 발생한 총 21차례의 방화 사건을 포착하고 증거를 남기지 않는 계획범죄를 테러 사건으로 규정, 지역 관할청과의 합동 수사를 전면 확대한다고 발표했다.

범행 도구와 방화 수법이 확인되지 않아서 초동 수사에 혼선이 있었지만 목격자 진술에 따르면 가스 폭발을 이용한 범행으로 보인다고 경찰청은 밝혔다.

지금까지 알려진 재산 피해 규모는 2억 원 상당의 병원 시설을 비롯해 농가 건물 등 약 30억 원이며, 현장의 가스 폭발로 인해 4명이 1도 화상을 입는 등의 인명 피해가 발생했다.

피해 지역이 수도권으로 확대되는 양상을 보이고 인구 밀집 지역이 주요 범행 대상이 됨에 따라, 경찰은 공개수사로 전환하고 목격자를 찾기 위해 신고 포상금을 내걸었다.

포상 금액은 간접신고 5천만 원, 검거에 결정적인 단서를 제공하는 신고 포상금은 1억 원이다.]

기사를 본 연구소 사람들은 평소와 다름없이 생활했다. 며칠째 눈발이 휘몰아치고 있어서 방화라는 사건에 신경 쓸 겨를이 없는 듯했다.

자동차 부동액을 보충하지 않은 몇몇 연구소원들이 아침부터 지각을 했다. 환자들은 병원 앞에 산책을 나갔다가 미끄러져 부상을 입으면서 외출 자제령이 내려졌다.

병원 앞의 식당에서 밥을 먹는 것도 번거로워지자 간만에 구내식당의 맛없는 식단 메뉴가 인기를 끄는 진풍경도 벌어졌다. 코끝이 빨갛게 얼어서 콧물을 훌쩍이거나 기침이 연달아 터져서 회의가 몇 번씩 중단되기도 했다.

그들에게 방화 사건은 피부에 와 닿지 않는 먼 얘기였다. 도원만이 컴퓨터를 켜고 관련 기사를 추가로 검색해 볼 뿐이었다.

방화범과 관련하여 엠바고가 걸렸던 이유를 다룬 신문사도 있었다.

해당 사건의 담당 형사—도원은 박창구 형사라고 짐작했다—가 방화범의 신상을 추적했으나 실패로 돌아가면서 엠바고가 풀린 것으로 밝혀졌다. 그 외에는 경찰청에서 공개한 보도 자료를 받아 쓴 기사들뿐이었다.

도원이 원하는 정보는 없었다. 도깨비처럼 신출귀몰한 방화범. 이런 정보로 MJ를 파악하기는 역부족이었다.

도원은 모니터에서 눈을 뗐다. 자료를 정리하던 학술지로 시선을 옮기고 손에 쥔 펜을 빙글 돌렸다. 학술지에 실린 논문을 확인하면서도 그 내용을 머릿속에 담지 못했다. 빙글빙글 돌아가는 펜의 회전 속도만 빨라졌다.

결국 종이에서 눈을 뗀 도원은 휴대 전화로 누군가에게 전화를 걸었다. 신호음이 길게 이어졌다. 받지 않는 전화는 음성 사서함으로 넘어갔다. 다시 한번 전화를 걸었지만 이번에도 신호음만 이어졌다. 도원은 전화를 끊고 문자 메시지를 보냈다.

[급한 일이야. 이거 보면 연락 줘.]

짧고 간단한 요청에도 답변은 없었다. 일 때문에 바빠서 연락을 못 받는 거라 생각했다. 일부러 받지 않을 수도 있다. 상대는 그럴 확률이 높은 사람이었다.

도원은 휴대 전화를 쥐고 있느라 업무에 집중을 하지 못했다. 답답함에 한숨이 절로 새어 나왔다.

"도원 선생님."

도원은 자신을 부르는 소리도 한 번에 알아듣지 못하고 뒤늦게야 고개를 들었다. 젊은 심리사가 연도별로 정리한 파일을 한 아름 안은 채 도원을 쳐다보고 있었다.

"네, 부르셨어요?"

"확인하셔야 하는 기록들, 다 가지고 왔습니다."

"고맙습니다. 거기 두면 볼게요. 피드백은 메일로 드려도 되죠?"

"네."

"내일까진 메일 드릴게요. 수고하셨습니다."

여자가 자료를 두고 나갔다. 도원은 그녀가 뿌린 향수 냄새와 평소엔 보기 힘든 짙은 화장을 떠올리며 자리에서 일어났다.

연말이라는 것을 실감했다. 퇴근 후에 약속을 잡고 노는 연말 말이다. 외모를 꾸미는 데에 공을 들이지 않던 직원들조차 향수를 뿌리고 다녔다. 다른 연구소원들은 근무 시간에 인터넷으로 쇼핑을 하거나 책을 읽으면서 소장이 없는 무두절(無頭節)을 즐기고 있었다.

도원의 탁상 달력에는 이틀 뒤의 세미나 일정 외엔 표시된 것이 없었다. 묘하게 흥분되는 연말 분위기에 동화되지 못하는 사람은 도원 하나인 것처럼 보였다.

도원은 창가로 다가가 창문을 반만 가린 커튼을 젖혔다. 눈이 소복하게 쌓인 연구소 앞 도로를 내려다봤다.

출근할 때부터 서 있는 검은 차가 어째 어설퍼 보였다. 주차 장소에 딱 맞게 서 있는 것이 그 어설픔의 증거였다.

연구소 사람들은 길거리에 저렇게 차를 반듯하게 세우지 않았다. 뒤쪽의 직원 주차장을 이용했다. 도로에 세우는 것은 연구소를 방문하는 손님뿐이었다.

맹강조 소장의 유럽 출장으로 연말까지의 상담 일정이 연기된 상황에서 손님 차가 오래도록 정차해 있는 것은 충분히 수상했다.

도원은 휴대 전화를 들었다. 줄곧 전화를 하고 메시지를 전송했던 번호가 아닌, 다른 사람에게 통화를 시도했다. 이전 상대와 달리 이번 상대는 곧장 전화를 받았다. 도원이 말했다.

"빈유미 씨. 언제까지 잠복근무할 겁니까. 다 들켰거든요."

수화기 너머에서 무언가를 뿜는 소리가 들렸다. 그녀는 기침을 했다. 주변에서 "휴지 줄까요?" 하고 물어보는 소리가 들리는 것으로 보아 자동차 안에는 최소 두 명 이상의 형사가 더 있는 듯했다.

〈헉, 선생님, 어떻게 아셨어요?〉

당황한 목소리에 도원은 피식 웃고 말았다.

"차를 너무 똑바로 세워 놓았네요."

〈예? 진짜 그런 걸로 눈치챘다는 말입니까?〉

"아, 뭐, 그냥 감인 것도 있고."

〈싫다, 진짜.〉

"내 뒤를 밟는 사람에게 들을 말은 아닌데요. 왜 내 인기를 자꾸 실감하게 만들어 주실까요."

〈인기라니요. 누가 들으면 제가 좋아서 선생님 뒤를 쫓는 줄 알겠습니다.〉

"아니었어요?"

〈절대 아닙니다, 선생님.〉

"귀엽네요. 정색했어, 방금."

〈과장님께서 선생님 보호하라고 했단 말이에요. 어제 박 선배가 이상한 말을 했으니까요.〉

방화범이 자신을 노린다는 그 이야기 말인가.

도원은 창문을 손끝으로 톡톡 두드리다가 위아래로 가볍게 흔들어 보였다. 지켜보고 있었는지 검게 선팅된 차 창문이 내려갔다.

운전석에서 고개를 빼꼼 내민 빈유미가 멋쩍은 표정으로 창가에 선 도원을 쳐다보았다.

도원은 빈유미에게 해 주고 싶은 이야기가 있었다.

당신들이 주의를 기울이는 그 사람을 어제 만났어요, 라고. 심지어 그 사람이 반지를 뺀 왼쪽 네 번째 손가락을 가리켰던 장면이 꿈에도 나타났다. 꿈속에서는 그 반지와 똑같은 것을 나눠 가진 여자가 불에 타서 비명을 지르기까지 했다. 새벽에 깬 도원은 그 후

다시 잠들지 못했다.

도원에게는 살인자가 자신을 찾아온 것, 비밀스럽게 심리 상담을 진행해야 하는 것, 아버지라는 사람과 얽힌 기억을 찾을 수 없는 것, 모두 두렵지 않았다.

정작 무서운 것은 도원의 결정으로 인해 도원의 주변 사람들에게 피해가 갈 수 있는 부분이었다. 꿈속의 비명이 현실이 되는 일만은 피하고 싶었다.

"그래서 잠복 수사의 성과는 있나요?"

〈놀리는 거 봐. 선생님, 가끔 보면 성격 참 나쁘다니까요. 그런 소리 안 들으세요? 사디스트 아니냐는 말이요.〉

"이상하네요. 나는 남을 괴롭히는 취미는 없는데요."

〈그럼 마조히스트일지도 모릅니다. 그 뭐더라, 선생님이 예전에 그랬잖아요. 공격성이 어디로 향하느냐에 따라 달라질 뿐, 본질적으로 그 둘은 비슷한 종류라고. 전에 어떤 범인에 대해서 그렇게 설명했는데, 맞죠?〉

"그럼 지금 내가 나를 공격하는 취향이라고 말하는 건가. 나를 마조히스트로 취급한 사람이 나를 스토킹하는 이 상황을 어떡할까요."

〈지금 농담할 때 아니거든요.〉

"그렇게 걱정되면 차라리 박 형사님 정보나 알려 주세요. 제가 피해 갈 수 있거나 주의할 수 있는 정보요. 빈유미 씨가 제가 사는 오피스텔까지 쫓아올 게 아니라면 잠복 수사는 앞으로도 별 성과 없을 것 같아 보여서요."

빈유미는 코를 훌쩍였다. 공기가 차서 금세 코끝이 빨개져서는 도원의 말에 반박하지도 못한 채 "선생님은 경찰을 너무 싫어해요."라고 투덜거렸다.

도원은 "하하." 하고 가볍게 웃는 게 전부였다. 입을 삐쭉인 그녀가 다시 훌쩍거리더니 입김을 내뱉으면서 말했다.

〈박 선배는 이 주 휴가를 받았습니다. 말이 휴가지 자택 감금이에요. 그런데 모르죠. 2주간 다른 형사들이 박 선배만 감시하면서 쫓아다닐 수는 없잖아요. 우리가 없는 틈에 밖에 나오실 수도 있고요. 혹시 모를 사태를 대비해 선생님을 살피는 중이에요.〉

"그럼 나는 박 형사님 보면 도망 다니면 되는 거군요. 간단하네요."

〈간단하지 않습니다. 저번에 말씀드렸죠? 박 선배가 동창회에 갔다 오고 나서 이상해졌다고요. 조사해 보니 그 동창회, 일반 학교 졸업생들이 모이는 동창회가 아니었어요. 일단 학교 자체도 아니었고요.〉

"음. 그럼 동호회 같은 건가."

〈네, 맞아요.〉

"그걸 동창회라고 해요? 미국 갔다 온 사이에 한국 문화가 바뀌었나."

〈아니에요, 그런 문화 없어요. 그래서 저희도 수상하게 여기는 걸요.〉

"무슨 동호회인데요?"

〈사냥 동호회요.〉

……사냥?

한국에서는 낯설고 생소하기만 한 그 단어에 도원이 눈살을 찌푸렸다. 빈유미의 덤덤한 설명이 이어졌다.

〈정확하게 말하면 야생 동물 포획을 정식으로 허가받은 사람들이 모인 단체예요. 기관에 신고하면 엽총 소지도 가능해요. 겨울에 민가에 내려오는 멧돼지나 강가에서 발견되는 뉴트리아 같은 생태계 교란 종을 사살하는 일을 하고 있어요.〉

도원은 사냥, 이라는 단어를 박 형사와 연결 지어 생각했다. 도원이 경찰청에 근무하던 때에 박 형사는 그런 취미가 있다는 말을 단 한 번도 한 적이 없었다.

형사 일이 바빠서 미처 말하지 못하고 지나쳤다고 여기면 그만이지만, 빈유미를 포함해서 세 사람이 술을 마시러 다닌 일이 적지 않았다.

술을 마시는 동안에 빈유미가 요즘 아이돌 가수 중 누굴 좋아하는지를 알게 되었고, 도원은 태국 마사지를 받는 게 제일 기분 좋다는 말도 했다. 박 형사는 견과류 알레르기가 있고, 14살 때까지 이불에 오줌을 쌌다는 말도 했지만, 사냥 얘기는 하지 않았다.

사냥 동호회가 굳이 숨길 일이었을까. 나이에 어울리지 않게 아이돌을 좋아하는 빈유미와 가정이 있기에 자칫 불순하게 들릴 수 있는 마사지를 언급한 도원, 어린 시절의 수치심이나 약점을 공개한 박 형사 사이에 사냥 이야기를 굳이 숨겨야만 했을까.

박 형사 성격이라면 사냥해 온 멧돼지를 사진으로 찍어서 슬그머니 술자리에서 보여 줬을 텐데.

휴대 전화를 반대편 귀로 옮긴 도원이 입을 뗐다.

"그 동호회 갔다 오고 나서부터 박 형사님이 빛이나 아버지나 권위나, 뭐 이런 얘기를 하게 되었다는 거죠?"

〈아뇨, 처음엔 다른 말을 했어요.〉

"어떤 말일까요."

〈'사냥이 시작됐다'라고요.〉

도원은 빈유미의 입에서 흩어진 하얀 입김에서 시선을 뗐다.

눈이 소복하게 쌓인 검은 차 대신, 그 너머의 도로와 건물 사이를 봤다. 무채색의 옷을 입은 사람들이 우산을 쓰고 걸어가고 있었다. 차도, 사람도 많지 않았다. 한적하고 비어 있었다. 눈만이 가득 차 있었다.

도원은 한기가 드는 창문에 비스듬히 기댄 몸을 움직이지 않았다. 커튼을 열 때부터 느꼈던 시선은 빈유미와 전화하는 동안에도 사라지지 않았다.

"빈유미 씨가 보기엔 어때요."

〈네?〉

"내가 사냥감으로 매력적인가요."

〈그런 말씀 하지 마세요. 안 그래도 요즘 자꾸 이상한 일만 벌어지는데 말이 씨가 되면 어떡해요.〉

"궁금해서 그래요. 나는 배고파서 민가로 내려가 사람들을 위협하지도 않았고, 강에서 생태계를 교란하지도 않았는데 왜 사냥감이 됐을까요."

〈사냥감이란 소리 한 적 없어요. 조심하자는 거죠. 그 동호회랑 방화범이 무슨 관계가 있는지도 살펴보는 중이에요. 선생님께 위협이 되지 않도록 저희가 할 수 있는 일은 다 하고 있습니다. 조금만 저희를 믿어 주시면 안 될까요?〉

"응, 믿고 있어요."

〈믿는 사람이 뭐 그래요.〉

"신뢰와 성과는 다른 문제이지 않나요. 반년 넘게 방화범도 못 찾고 있잖아요. 며칠 안에 박 형사의 동호회까지 찾으리란 기대를 안 해서 그래요."

〈윽, 그건…….〉

"그러니까 나를 그냥 내버려 두면 어때요? 위험하면 알아서 할게요."

〈선생님은 민간인이에요. 위협에 어떻게 대처하시려고요.〉

"에이, 그런 걸 굳이 말해야 아나요. 딱 보면 알지."

〈그것도 감인가요?〉

"감일 수도 있고, 경험일 수도 있고."

도원은 다시 시선을 내려 빈유미를 바라봤다. 차창 사이로 고개를 내밀고 있는 빈유미의 표정이 우스웠다. 걱정되어서 죽을 것 같다는 얼굴이었다. 누가 보면 도원의 엄마나 누나라고 착각할 모습이었다.

"내가 왜 표적이 되었는지 빈유미 씨는 알고 있죠."

〈정황상, 아버지 때문이겠죠.〉

"역시 그렇겠죠. 나도 모르는 사이에 그 사람이랑 뭐가 얽혔나 봐요."

〈그 아버지란 사람, 저희도 찾고 있어요. 사냥 동호회 내에서 그런 취급을 받을 만한 남자가 있는지 알아보는 중이에요.〉

"빈유미 씨, 바쁘네. 방화범 찾으랴, 아버지 찾으랴."

〈예에, 매스컴에 두드려 맞아서 저희 쪽 지금 연말 연차까지 다 반납했습니다.〉

"덕분에 대한민국이 안전합니다."

〈그만 놀리라니까요.〉

"또 정색하네. 알았어요. 그만 놀릴게요. 연차까지 반납하고 일하시니까 그쪽에 더 많이 신경 써 줘요. 나는 정말 괜찮아요."

빈유미는 입을 꾹 다물었다. 하고 싶은 말이 많은 얼굴로 입술을 움칫거렸다. 나오는 것은 한숨뿐이었다. 그녀는 재차 물었다.

〈진짜 이대로 돌아가요?〉

그녀에게 손을 흔들어 보이는 것으로 도원은 답변을 대신했다. 선팅된 창문이 올라가며 고개를 내밀고 있던 빈유미의 모습도 사라졌다.

자동차에 시동이 걸렸다. 배기관으로 나오는 따뜻한 열기에 내리던 눈이 허공에서 녹아 바닥을 적셨다. 자동차가 골목을 회전하여 큰 도로로 나갔다. 차가 더 이상 보이지 않게 된 후에야 도원은 통화를 마친 휴대 전화를 바지 주머니에 넣었다.

아직도 노골적으로 쳐다보는 어딘가의 시선이 느껴졌다. 그 시선에서 도망가지 않았다. 커튼을 치고 몸을 숨기는 대신 창문에 기대어서 온통 회색빛으로 뿌옇게 변해 버린 하늘을 쳐다봤다.

아버지는 도원에게 호의를 가지고 있다.

방화범은 도원을 이용해서 자신의 강박증을 치료하고 싶어 한다.

그렇다면 이렇게 지켜보는 사람은 아버지일까, 방화범일까. 왜 많은 사람 중 자신에게 집착하는 것일까.

도원은 커튼을 반쯤 치면서 자연스럽게 그 시선에서 멀어졌다.

자신을 중심으로 꿈틀거리는 이 기묘한 상황을 어디까지 진지하게 받아들여야 하는지 모르겠다. 그래서 자리에 되돌아와 앉아서도 손가락 사이에 펜을 끼운 채 돌리기만 했다.

"어떡할까."

누구에게 물어도 대답을 들을 수 없는 문제를 혀끝에 올리고 중얼거렸다.

"내가 뭘 어떻게 해야 좋을까."

스스로에게 질문하듯이 도원은 한참이나 허공을 바라보며 펜을 돌렸다.

원치 않는 문제에 휘말리게 되면 어떻게 대처해야 할지를 하나하나, 꼼꼼하게 생각하면서.

사내 메신저를 통해서 복작거리던 사람들이 6시 종이 울리는 순간, 신데렐라처럼 사라졌다. 메신저 창을 나온 신데렐라들이 이제는 복도를 시끄럽게 만들었다.

저녁 같이 먹어요, 술 마실래요? 저 오늘도 모임 있어요, 주말에 어디 놀러 가고 싶었는데 레스토랑이랑 호텔 만석이래요.

대화에는 웃음기가 가득했다. 머리를 묶고 흰 가운만 입고 다니던 여성들이 머리를 풀고 파란색, 노란색 코트를 입고 또각거리는 구두 굽 소리를 냈다.

평소 수건으로 대충 머리를 털어서 말린 듯한 남자들도 스프레이나 왁스로 머리를 넘긴 모습은 물론, 평소엔 뿌리지도 않던 향수 냄새로 뒤덮여 있으니 들뜬 분위기 속에서 누가 업무에 집중할 수 있을까 싶었다.

탕비실에서 머그잔에 커피를 타 오는 도원과 여성 소원들 한 무리가 만났다. 그녀들은 까르륵 웃다가 도원을 향해 밝게 인사했다.

"잘 들어가세요."

인사를 하다 만 여자들이 도원의 차림새를 신경 쓰기 시작했다. 도원은 여전히 가운에 실내화였다. 그녀들은 도원의 손에 들린 편의점 비닐 봉투에도 눈길을 주었다. 도원이 즐겨 먹는 샌드위치와 초콜릿 상표가 뿌연 비닐 너머로 희끗거렸다.

"도 선생님 퇴근 안 하세요?"

그녀들의 물음에 도원은 머그잔의 커피를 한 모금 마시면서 웃었다.

"저는 내일 아침까지 확인해야 하는 게 있어서요."

여자들이 서로의 눈치를 살폈다. 어쩐지 자신들도 코트를 벗고 다시 가운을 입어야 할 것 같은 느낌을 받았는지 쭈뼛거렸다.

도원은 자신이 그녀들의 상사도 아닌데 야근 때문에 눈치를 보게 하는 것 같아 미안해졌다. 편의점 봉투 안에서 낱개로 포장된 초콜릿을 나누어 주면서 그 분위기를 무마하고자 했다.

"하나씩 드세요. 오늘 재밌게 놀다 들어가세요."

"어머, 괜찮아요. 식사로 사신 거잖아요."

"입이 심심할 때 먹으려고 샀는걸요. 괜찮아요. 더 드릴까요?"

도원은 거절하는 여자의 손에 초콜릿을 꼭 쥐여 주었다. 부끄러워하는 그녀와 동료들의 어깨를 떠밀면서 조심히 들어가라며 손을 흔들었다.

다시 한번 고개를 숙인 여자들은 연구소를 나가는 내내 웃음을 터뜨렸다. 높고 빠른 목소리로 나누는 대화 속에서 도원의 다정함에 대한 이야기가 심심치 않게 들렸지만, 정작 당사자는 불 꺼진 연구소에 다시 불을 켜고 들어가느라 그런 상황을 알지 못했다.

바스락거리는 비닐봉지를 책상 위에 올렸다. 의자에 앉은 도원은 보안 문제로 잠가 두었던 컴퓨터를 다시 켰다. 낮에 동료 연구원이 가져온 서류철을 옆에 두고, 데이터베이스를 뒤졌다.

몇 차례 시도했지만 검색되는 것이 없었다. 서류가 작성된 연도를 보니 종이 문서를 제대로 디지털 자료화하지 않은 듯했다.

설마 이걸 코딩해서 DB를 업데이트해 둬야 하는 걸까. 그럼 오늘 집에는 갈 수 있는 걸까.

그렇게 고민할 때였다.

휴대 전화가 진동했다. 책상의 나무 면을 사정없이 뒤흔드는 진동에 도원이 고개를 돌렸다. 반짝거리는 액정에 익숙한 이름이 떠올랐다. 도원의 입에서 아, 하고 절로 탄성이 나왔다. 그는 서류철을 옆으로 밀어 두고 휴대 전화를 잡았다.

"여보세요."

수화기 건너편에서 조심스러운 목소리가 들렸다.

〈전화했었네. 지금 봤어.〉

조용하고 나긋한 목소리에 도원은 안심했다. 여린 목소리는 아직 아무 일도 없는 듯했다. 도원은 앞머리를 쓸어 올렸다. 긴장이 풀려서인지, 도리어 더 심하게 긴장해서인지 목소리가 떨릴 것 같았다.

"갑자기 연락해서 미안해. 바쁘면 다음에 할까."

〈아니야, 괜찮아.〉

"퇴근 중이야?"

〈그랬으면 좋겠는데 아쉽게도 아니네. 지금은 외근 가려고 사무실에서 나왔어.〉

새 울음소리를 닮은 자동차 키의 원격조종 음이 들렸다. 지하 주차장에서 울리는 듯한 하이힐 소리와 차 문이 열리고 닫히는 소리까지. 도원은 몇 개의 소리만으로도 그녀가 어떤 표정으로 어떤 행동을 하는지가 눈에 훤히 그려졌다.

조금 지친 듯한 목소리를 낼 때는 풀이 죽은 얼굴을 했다. 단발로 단정하게 자른 머리카락을 귀 뒤로 넘기는 습관이 있지만 옆머리는 짧아서 자주 볼과 턱으로 흘러내렸다.

그 몇 가닥 흘러내린 머리카락을 도원은 자주 훔쳐봤다. 손을 뻗어 단정하게 머리를 정리해 주고 싶은 욕구를 느끼며, 머리카락이 흘러내린 것도 신경 쓰지 못하고 일에 집중하는 옆모습을 보며 즐거워하기도 했다.

여자를 몰래 지켜볼 때에 도원은 자주 미소를 지었다. 부드러운 목선에 유독 시선이 가곤 했는데.

도원은 향수를 일으키는 여러 가지 감상들을 빠르게 정리했다. 오랜만의 연락에 심취해 있을 때가 아니었다.

"당분간 몸조심하라고 연락했어. 집에 곧장 들어가고 사람 없는 곳으로는 다니지 말아 줘."

수화기 건너편에서 아무런 대답이 들리지 않았다. 대답 없는 숨소리가 길어질수록 의자에 반듯하게 앉아 있던 도원의 자세가 점점 무너졌다.

〈또 무슨 일 생겼어?〉

그녀의 걱정은 누구를 향한 것일까. 도원이었을까. 아니면 그녀 본인이었을까. 그녀의 정갈한 목소리가 듣기 힘들었다. 책상 위에 반쯤 기대어 앉은 도원의 한숨이 짙어졌다.

"문제가 생겼어."

〈저번에 경찰청에서 터졌던 일이랑 관계있는 거야?〉

"아니, 없어. 다른 일이야."

〈그럼 괜찮아, 당신이 이렇게 걱정 안 해 줘도 돼.〉

괜찮다고 말할수록 오히려 괜찮아질 수 없는 기분이었다. 도원은 자신의 행동에 확신이 없었다. 실은 그녀가 얽힐 때마다 문제를 냉정하고 이성적으로 판단하는 일이 불가능했다. 자꾸만 생각이 흩어지고 자신감이 없어졌다.

"……어떻게 해야 하는지 모르겠어."

아마 도원과 제법 친하다고 할 수 있는 맹강조 소장이나 빈유미 형사가 이 모습을 보았다면 농담으로도 웃지 못했을 것이다.

도원은 자신의 모습이 얼마나 형편없는지 알고 있었다. 어리광을 부리는 것은 평소 그녀의 몫이라고 생각했지만, 지금은 철저하게 자신의 행동이 되어 버렸다.

고삐가 풀린 것 같다. 정갈한 목소리가 도원을 달래 주었던 것이 너무 오래전 일이라서, 이런 일이 닥치자 막상 당황스럽고, 어떻게 해야 할지 갈피를 잡지 못하는 듯했다.

괜찮다고 여겼는데 괜찮지 않다는 것을 확인받은 기분이었다. 서글픔이 오히려 참담함으로 바뀌었다.

〈그 문제가 나는 뭔지 모르겠지만 당신 혼자서 해결하기 힘들면 경찰이나 검찰에 알려 봐.〉

그녀의 반응은 멀었다. 만나서 이야기하자는 얘기를 빈말로도 하지 않고 있었다.

"그러다가 일이 잘못되면 당신한테 또 문제 생길 수 있어."

〈그때 일 때문에 그렇게 죄책감에 시달릴 필요 없어. 당신이 잘못한 것도 아니잖아. 나한테 몸조심하라고 전화할 정도면 정말로 위험한 일이 생긴 거 같은데, 그런 거면 나보단 당신이 더 조심해야 하지 않을까. 당신 스스로를 챙겼으면 좋겠어. 내 말, 무슨 뜻인지 알지?〉

"……알았어. 걱정해 줘서 고마워."

도원의 인사에 뭘, 하고 가볍게 응수한 그녀가 그럼 나중에 또 연락하자며 전화를 끊으려 할 때였다. 도원이 급히 휴대 전화를 반대편 귀로 옮기며 말했다.

"괜찮으면 나중에 잠깐 볼 수 있을까?"

한동안 대답이 없던 여자가 마지못해 말했다.

〈화향이 때문이지? 크리스마스에 잠깐 보는 건 괜찮아.〉

"아, 음."

〈다른 날은 모르겠다. 미안. 내가 하는 일이라는 게 그렇잖아. 시간 괜찮아지면 내가 먼저 연락할게. 그동안 몸조심하고.〉

너무 정갈해서 오히려 낯설게까지 느껴지는 안부를 끝으로 통화가 끊어졌다. 도원은 통화 종료 음이 짧게 이어지는 휴대 전화를 귀에서 뗐다. 조금 전까지 저녁을 먹지 않아 배가 고프다고 느꼈는데, 음식을 사 온 후에도 식욕이 돌지 않았다.

시야의 끝에 걸리는 서류철 모서리만 멍하니 바라봤다. 귀퉁이가 낡아서 연한 갈색을 띠고 있다는 걸 그제야 알았다.

이 세상엔 집중해도 소용없는 일이 있고, 아무것도 아니라서 흘려보낸 것이 꾸준히 변하는 일도 있었다. 무엇이 더 옳은 삶의 방식인지, 도원은 아직 결정을 내리지 못했다.

"통화 끝났어?"

낮고 서늘한 목소리였다. 특유의 예의 바른 말투가 본연의 음색과 부조화를 일으키는 그 목소리. 몸에 맞지 않는 옷을 입은 사람처럼 억지로 예의를 차리는 말투가 유독 강렬하게 기억에 남은 도원은 그대로 굳어 버렸다.

물에 푼 실타래처럼 흔들리고 있던 머릿속이 경직되었다. 속으로는 말도 안 돼, 라고 생각하며 서류철의 모서리를 바라보던 눈을 돌렸다.

시야에 워커를 신은 발이 보였다. 고개를 들자 검은 터틀넥에 무릎까지 내려오는 긴 갈색 코트를 입은 남자가 서 있었다. 화상 자국이 난 머리를 모자로도 가리지 않고 서 있는 남자.

그였다. MJ라고 자신을 부르라고 하던 그. 눈이 마주치자 MJ가 웃어 보였다. 예의 바른 어조만큼이나 지독하게도 이질감이 드는 미소였다.

"쓸데없는 얘기를 하진 않을까 걱정했는데 다행이야, 선생님."

문을 잠근 남자가 손으로 벽을 짚어 연구실의 불마저 꺼 버렸다. 캄캄해진 실내에는 창문을 타고 들어온 복도의 실내등만이 네모반듯하게 바닥을 비추었다.

일찌감치 퇴근을 마친 연구소에 사람 소리는 멀리서 간간이 들릴 뿐이었다. 잔업 하는 소수의 연구원들 또한 연말이라는 흥에 취해서 퇴근이 일생일대의 목적이 되어 버린지라 도원의 연구실 불이 켜져 있는지 꺼져 있는지, 관심조차 없었다.

반대편 복도에서 왁자한 소리가 들리는데도 도원에게는 남의 일처럼 느껴졌다.

MJ가 다가왔다. 발걸음 소리조차 들리지 않았다. 지난 저녁, 차의 뒷자리에 앉아 있던 그가 기척도 없이 사라지던 때와 비슷했다.

마치 야생의 짐승처럼 걸음 소리도, 숨소리도 들리지 않는 사람이었다.

그는 의자를 끌어와 도원의 책상 맞은편에 앉았다. 한참을 어둠 속에서 도원을 마주한 채 있더니, 곧 손을 뻗어 도원의 책상 등을 켰다.

연구실 전체를 환히 밝히던 불과 달리 조그마한 불빛이 책상의 나무면 위로 떨어졌다. MJ가 손으로 등의 머리를 더 수그리자 불빛은 좁아지고 작아졌다. 가까이 앉은 MJ와 도원이 서로의 얼굴을 확인할 수 있을 정도의 불빛만 책상 면에 부딪혀 올라왔다.

"……어떻게 들어왔습니까?"

아이디카드가 없으면 들어올 수 없을 텐데…….

연구소의 보안 시스템을 떠올리며 도원이 처음으로 입을 뗐다. MJ가 어깨를 으쓱였다.

"선생님 오피스텔보다 여기가 더 허술하더라고. 로비에만 카메라 하나 붙어 있고 복도며 연구실이며 아무것도 없더라. 환자 받는 곳이라 그런가. 그 뭐지, 프라이버시? 그거 지켜야 한다고 카메라 안 단 거야? 그럼 안 되지. 이렇게 간단한 곳인 줄 알았으면 예행연습도 안 했을 거 아냐."

낮에 본 MJ 관련 기사가 도원의 머릿속을 스쳤다.

지금까지 알려진 재산 피해 규모는 2억 원 상당의 병원 시설을 비롯해 농가 건물 등 총 6억여 원이며…….

2억 원 상당의 병원 시설 피해.

병원 시설.

병원.

다른 데도 아닌 병원에 피해 규모가 집중되어 있어서 조금 이상하게 생각하긴 했지만 의심하진 않았다. 특별한 목적이 있으리란 생각 자체를 전혀 하지 못했다.

그런데 예행연습이라니. 설마 병원 구조를 알려고 병원만 골라서 직접 불을 냈다는 걸까.

도원은 문득 편안함을 느껴야 할 생활 모든 곳에 MJ의 시선과 발길이 닿을 수 있다는 생각이 들어 초조해졌다.

지금까지 본 MJ는 윤리성에도, 사회성에도 경계선이 없는 인물이었다. 그는 사회와 법규가 금지하는 짓을 죄책감 없이 할 수 있는 사람이기도 했다.

그런 사람과 길거리도 아닌 직장에서 만난 것은 의미가 컸다. 도원이 어디에서 무슨 일을 하든, 그의 감시와 통제하에 놓여 있다는 뜻이었으니까.

"상담해 준다고 했잖아. 받고 싶어서 왔어."

MJ는 기분이 좋아 보였다. 목소리도 처음 만났을 때보다 가볍고 밝았다. 그의 호의적인 태도를 보자마자 도원은 빠르게 머리를 굴렸다.

조금 전 통화했던 여자. 낮에 잠복 수사를 하던 빈유미, 사실상 총기 소지를 허용한 사냥 단체이자 일명 '동호회'라고 불리는 곳.

모두 흩어진 조각들이지만 도원 하나로 얽힐 수 있는 단서들이기도 했다.

도원은 다른 조각보다 여자가 속한 조각을 걱정했다. 그녀는 자기보다 도원 스스로를 더 챙기라고 했지만 그럴 수 없었다.

자신을 먼저 챙겼다면 벌써 빈유미고, 박 형사고, 경찰청이고,

누구에게든 방화범을 만났다는 사실을 실토했을 것이다.

그러나 자신보다 여자와 그녀가 데리고 있는 딸이 먼저였다. 그들이 조금이라도 위험할 법한 상황은 애초에 만들 생각조차 없었다.

"MJ."

도원의 부름에 남자가 눈을 동그랗게 떴다. 그는 "어라?" 하고 말하면서 입꼬리를 끌어 올렸다.

"선생님이 날 그렇게 부른 건 처음이야. 그쪽, 거기, 저기, 라고만 불렀잖아."

"MJ, 하나만 약속해 주세요."

"약속?"

"상담하는 동안 내 주변 사람들은 건드리지 말아요."

MJ는 도원을 빤히 내려다봤다. 불빛이 적은 공간에서도 야생 동물의 그것처럼 MJ의 흰자에선 윤기가 났다. 잘 익은 삶은 계란 같았다. 아니면 먹음직스러운 푸딩이나 젤리 같은.

그것은 사람이 사람을 볼 때의 시선과는 조금 달랐다. MJ의 인식 체계에서 사람이란 자신이 우위에서 관찰해야 하는 대상쯤으로 여기는 듯했다.

그래서일까. MJ는 도원의 발화를 한 번에 이해하질 못했다. 자신 나름대로 해석하고 이해해야 할 미지의 무언가처럼 대하고 있었다.

"그건 선생님이 나한테 하는 명령이야?"

고개를 갸웃하며 묻는 MJ에게 도원은 입술을 달싹였다.

"부탁입니다."

"아, 부탁이라."

MJ는 대답 대신 자신의 등 뒤를 돌아봤다. 복도 끝, 멀리에서 들리던 연구소원들의 목소리조차 이제는 들리지 않았다. 까치발을 들고 복도를 걷는다 해도 신발의 고무 면과 복도 바닥이 마찰하는 작은 소리마저 들릴 듯한 침묵이 가득했다.

건물 밖에서 돌풍이 창문을 흔드는 소리만이 유독 선명했다. 어두운 밤거리에 가로등이 드문드문 자리 잡고 있어서, 돌풍에 흔들리는 성마른 나뭇가지들의 그림자가 도원의 연구실 안쪽까지 넘어오기도 했다.

길고 가느다란 팔을 휘청거리면서 바람의 세기에 따라 그림자가 길어졌다 짧아지길 반복했다.

불빛과 소리, 사람 냄새는 모두 이 방 외부에 존재했다. MJ는 이 어두컴컴한 연구실에 도원과 자신 외엔 아무것도 없는 것을 확인한 후에야 자리에서 일어났다.

"부탁하면 들어준다고 한 건 선생님이지, 내가 아니었어."

친절을 가장하고 있지만 위압감을 숨길 수 없는 그 목소리가 나른하게 번져 갔다.

"주변 사람을 건드리지 말라는 건 생각해 볼게. 선생님이 어떻게 행동하느냐에 달려 있으니까 그렇게 너무 날 세우진 말고."

무슨 위협이 있을 줄 알고 이 상태로 상담을 진행하겠나. 도원은 단호하게 말했다.

"신뢰 없이 상담을 진행할 순 없습니다."

"신뢰가 왜 없어. 내가 선생님을 좋아하고 믿고 따르는데."

"내 말은 내가 그쪽을……."

MJ는 도원의 말을 잘랐다.

"상담할 때 아무 말이나 해도 상관없다고 했지? 무슨 말을 하면 되는지 몰라서 어젯밤엔 잠도 못 잤어. 뭔가 잔뜩 말하고 싶어서 어쩔 줄 모르겠더라. 엄청 흥분했다고."

"MJ."

"신뢰 얘긴 재미없어, 그만해. 난 이걸 더 말하고 싶어."

MJ는 입고 있던 코트를 벗었다. 그러곤 두 팔을 교차하여 터틀 넥 셔츠의 밑단을 쥐었다. 서슴없이 옷을 벗은 MJ가 구겨진 셔츠를 책상 위에 올려놓았다.

좁고 네모반듯한 불빛에 셔츠 일부가 검게 빛났다. 사람의 옷이 아닌 짐승의 가죽 같은 날것의 비린 냄새가 나는 것만 같았다.

MJ는 도원의 앞에 섰다. 체격이 큰 남자의 상체는 잔 근육과 두꺼운 근육이 적당히 뒤섞여 자리하고 있었다.

따로 운동하여 몸을 키운 것은 아닌 듯했다. 가슴과 배에 자리 잡은 근육은 모양 좋게 쪼개어진 초콜릿-도원은 편의점에서 샀던 초콜릿의 네모반듯한 나열을 떠올렸다-과 달리, 규칙도 크기도 제각각인 덩어리를 이루고 있었다.

가꾸어지는 것과는 정반대의 야생성이었다. 어두운 연구실을 잠식하기 시작한 이 비리고 이상한 향기는 도원의 착각이 아니었다. MJ의 맨몸에서는 정말로 산에서 맡을 법한 흙과 바람, 날고기의 냄새가 났다.

도원은 그 탄탄하고 동물 같은 몸에서 시선을 들어 올렸다. MJ의 얼굴과 상체 일부에 살이 갈라지고 쪼그라든 화상 자국이 보였다.

왼쪽 이마와 귀, 광대와 목을 타고 내려온 분홍색 자국은 왼쪽 가슴과 어깨에서 더 크게 번져 있었다. 그 자국은 어깨를 넘어 등

을 타고 이어졌다. 불이 났을 때, 무언가가 왼쪽 머리와 어깨, 등을
한꺼번에 덮친 흔적이었다.

도원의 눈에 그것은 역겹다기보다는 낯선 광경이었다. 보통 사
람에게는 수치스럽거나 약점이 되어야 할 징그러운 화상이 별도의
주체성을 가지고 있었다. MJ는 화상을 보여 주면서도 태연했다.
어쩌면 즐거워하고 있을지도 몰랐다.

"만져 봐."

다가온 MJ가 도원의 손을 억지로 붙잡았다.

"괜찮습니다."

MJ는 거절하는 도원의 말을 듣지 않고 멋대로 그의 손바닥을 자
신의 왼쪽 가슴으로 가져왔다. 딱딱한 가슴 근육에 닿은 손이 움찔
했다.

화상이 심하긴 했지만 피부의 깊숙한 곳까지 파괴되진 않은 듯
했다. 분홍색 겉면이 너무 익혀 질겨진 돼지고기 같은 느낌만 들었
다. 수분기가 없고 힘줄만 남아 있는 등급 낮은 고기 덩어리의 느
낌이었다.

MJ는 허리를 더 수그렸다. 의자에 앉아 있는 도원과 눈높이를
맞춘 뒤, 제 가슴에 붙였던 도원의 손을 얼굴까지 끌어올렸다. 도
원의 손바닥이 MJ의 목을 타고 올라가 천천히 볼과 귀와 옆머리에
닿았다.

이질적인 감촉에 도원의 심장이 빠르게 뛰었다. 상처를 과시하는
MJ를 침착하게 마주하려고 노력했다. 동정이나 호기심을 받으려
고 이러는 것일 수도 있기에 행동을 조심해야 했다.

치부를 드러내고 즐거워하는 모습을 본 도원은 혼란스러웠지만

내색하지 않았다. 그 사실을 아는지 모르는지, MJ는 도원의 손이 자신의 몸에 닿아 있는 그 자체로 만족하고 있었다.

"어때? 얘기 좀 해 봐."

어린아이처럼 보채는 모습에서 도원은 자칫 눈살을 찌푸릴 뻔했다.

윤리성과 사회성이 제대로 성립되지 않은 줄은 알았지만, 뭔가, 감정을 느끼는 지점들이 이상했다. 이건 상담사를 향한 호의만으로 구축되는 감정이 아니었다. 그보다 더 깊은 감정이 안개처럼 발목까지 짙게 깔려 있었다.

단순한 동정과 호기심을 받으려는 태도와는 미묘하게 달랐다. MJ는 도원이 자신의 깊숙한 곳까지 참견하도록 상황을 만들고 있었다.

"선생님."

도원은 MJ의 큰 손에 붙잡혀 빠져나오지 못하는 손을 내버려 둔 채 말했다.

"어쩌다 이런 화상을 입었나요."

"아, 그건 조금 이따가 얘기하려고 했어. 난 선생님이 이걸 어떻게 보는지가 더 궁금해."

"주변에서 쉽게 볼 수 있는 상처가 아니잖아요. 낯설기도 하고 이상하기도 하고."

"징그럽진 않아?"

"이상하긴 한데 딱히 그런 거부감은 들지 않습니다."

"다행이야."

"예?"

"여기, 감각들이 많이 죽어서 온도나 촉감이나 이런 걸 잘 못 느껴. 그래서 살을 도려내면 그 밑의 멀쩡한 세포들은 아픈 걸 기억해 내지 않을까, 싶었거든. 그런데 선생님이 만지니까 되게 기분 좋아."

아무것도 내색하지 않으려고 했던 기존의 결심이 흔들렸다.

예측할 수 없는 방향으로 느끼고, 생각하고, 반응하는 MJ를 당황스러운 시선으로 바라보게 되었다. 무엇 때문에 이러는 건지, MJ의 행동 기저를 파악할 수가 없었다.

MJ는 그의 맨몸에 닿은 도원의 손바닥을 자신의 몸에 문지르듯이 천천히 움직이면서 나른한 한숨을 내쉬었다.

"처음으로 도려내지 않아도 되겠다는 생각을 했는데 선생님이 징그럽다고 하면 슬펐을 거야. 선생님이 괜찮다고 하니까 이걸 내버려 둬도 되겠네. 다행이지?"

아니, 잠깐, 왜 그런 결정을.

도원은 좀처럼 대화의 맥락을 잡을 수가 없었다. 상담하는 환자 중에 이런 식의 태도를 보인 사람은 결단코 한 명도 없었다.

지나치게 가까웠다. 그러니까, 내담자가 상담자를 믿고 따르고 감정적으로 생각하는 부분이 정도 이상으로 친밀하고 가까웠다.

상담이 몇 개월 이상 진행되면 상담해 주는 사람을 아버지나 어머니, 형제, 자매처럼 믿고 따르는 사람들이 생기는 경우가 있긴 했다.

그러나 처음부터 이러는 건 일반적인 반응이 아니었다. 환자들의 성향이나 병의 징후를 사전에 충분히 확인한 후에 상담 치료에 들어가는 일반적인 순서조차 지켜지지 않았기에 혼란은 커져만 갔다.

상담사를 찾아오는 환자는 그 가족이나 연인들이 정서적으로 충분히 보살펴 주려는 의지가 있는 경우였다. 이 경우 상담 시에 환자에 대한 부족한 정보를 그들을 통해 얻는 일이 가능했다.

하지만 MJ는 정보가 불충분한 상태에서 자신의 감정과 행동을 우선시했다. 도원이 이성적으로 따라가기 벅찬 페이스였다.

MJ가 도원의 손을 아쉽다는 표정으로 놓아주었다. 도원은 자신의 품으로 돌아온 손을 낯설게 바라봤다.

자신의 신체 중 일부인데도 MJ에게 붙잡혔을 때는 따로 떨어진 것처럼 감각이 뒤틀려 있었다. 도원은 마치 자신의 신체가 감각하는 것을 결정할 권리마저 박탈당한 듯한 이상한 경험이라고 생각했다.

"어렸을 때 집에 불이 났어."

MJ가 벗었던 옷을 챙겨 입으면서 말했다.

"내가 제일 먼저 집 밖으로 빠져나왔는데 나오고 나서야 안 거야. 키우던 개가 아직 집 안에 있다는 걸."

그는 도원에게 이 이야기를 얼마나 하고 싶었는지, 신이 나 약간은 흥분한 어조로 말을 이었다.

"내가 그 개를 정말 좋아했거든. 이름은 딕이었어. 왜 딕이었냐면 개 페니스가 정말 사람만 하거든. 하하, 아빠가 자랑스럽다고 붙인 이름이었지. 잘 어울리지 않아, 그 이름?"

MJ는 코트를 도원의 책상에 올려 두고, 다시 입은 터틀넥 셔츠의 소매를 팔꿈치까지 걷어 올렸다. 드러난 팔뚝에 불룩 튀어나온 힘줄만 봐도 도원은 자신의 목이 그 한 손에 꺾이는 상상을 할 수 있었다.

"딕이 불타는 집에 있었던 거야. 나는 무작정 집 안으로 다시 들어갔어. 딕은 거실에 있었어. 털에 불이 붙어서 바닥을 뒹굴고 있었지. 그놈을 끌어안았어. 그리고 찬장인가가 내 왼쪽으로 떨어지면서 내 몸에도 불이 붙었지."

개와 함께 불이 난 현장에 있었다고.

그 얘기에 경직되는 도원을 보면서 MJ는 즐거움을 감추지 못했다.

"갑자기 가구들이 쏟아지는 바람에 들어왔던 문으로 나갈 수 없게 됐는데, 어, 나도 그때부턴 기억이 안 나. 소방관이 와서 구해 줬나, 내 발로 나왔나. 어쨌든 눈을 떠 보니까 딕이 살아 있었어. 그걸로 됐다 싶었지."

이야기를 듣던 도원이 천천히 입을 열었다.

"왜 불이 났었나요?"

MJ는 여전히 기분 좋게 웃었다.

"내가 불을 냈어. 엄마랑 아빠는 죽었고."

도원은 환자의 페이스에 말려드는 것은 좋아하지 않았다. 그러나 이토록 상담 자체에 흥미를 보이는 MJ를 진정시킬 방도가 마땅치 않았다.

부모를 죽이고 대신 개를 살리는 가치관을 파악하기 전까지는 그 어떤 말도 섣부른 말이 될 것이었다. 도원은 환자가 이런 성향을 띨 수 있는 가장 보편적인 가능성을 열어 놓고 물었다.

"어렸을 때 부모님을 싫어했나요."

"아니? 왜 싫어해. 좋은 사람들이었어."

"어떤 분들이었는지 말해 줄 수 있을까요."

"뭐라고 말해야 하지. 그냥 좋은 사람들이었는데."

"당신이 아는 단어로 표현했으면 해요. 외모를 묘사해도 좋고 성격을 말해도 좋고."

"묘사라니. 아, 그런 건 소설 읽을 때 하는 말 아닌가. 난 그런 문학적인 재능이 없어서. 소설이나 드라마에 잘 나오는 거 있잖아. 인자하지만 엄격한 아버지와 다정하고 헌신적인 어머니. 우리 집이 그런 표본이었지, 뭐."

부모님에 대한 앙심이 없는데도 집에 불을 질렀다. 그러고선 개를 살리려고 자신의 몸 일부를 희생하다니.

"어렸을 때 폭행당한 경험은요?"

"없어. 또래 애들 중에 내가 가장 덩치가 컸어."

"성적 수치심이라든지, 그런 종류의 일은 없었나요. 말하기 불편하면 안 해도 됩니다."

"전혀. 그런 것도 없었어. 누가 날 건드린단 거야."

"그럼 첫사랑은 어땠죠."

"옆집 사는 누나였어. 그 여자가 날 먼저 꼬시기에 떡을 쳤어. 교복 밑으로 드러난 종아리가 탐스러워서 좋았는데 가랑이 사이는 별로였어. 첫사랑이었는데 금방 식었지."

"여자랑 나쁘게 얽힌 적도 없고요?"

"응. 딱히, 연애를 진득하게 하고 싶은 생각도 없어서."

"군대는."

"안 갔어. 뭐 또 물어볼 거 있어?"

거짓말을 하고 있는 건가. 진실만을 얘기하고 있는 건가. 진실이라면, 부모님을 불살라 죽인 범죄의 기제는 어디서 발휘된 건가.

MJ는 표정이 풍부한 편이었다. 기분이 나쁘면 인상을 찌푸렸고 좋으면 웃을 줄 알았다.

치밀하고 계산적인 생각을 많이 하지만, 그건 MJ 자체가 머리가 좋은 편이라서 자연스럽게 이치를 따지는 생각의 흐름으로 보일 뿐, 상대를 속이거나 농락하려는 악랄함에서 발휘되는 것은 아니었다.

도원을 마주 보고 있는 MJ는 정말로 기분이 좋아 보였다. 그것은 거짓으로 꾸며 내는 표정이 아니었다.

"누가 이렇게 진지하게 내 얘기 들어 주는 것도 처음이야. 재밌어."

부모가 단서가 아니라면 개가 단서가 될지도 모른다. 도원의 초점이 다른 곳을 향하기 시작했다.

"개에 대한 이야기, 조금 더 해 주세요."

"응?"

"딕이라는 개요. 그쪽이 살려 냈다는 개."

MJ가 눈에 띄게 실망했다. 도원이 개에게 관심을 표하는 것을 마음에 들어 하지 않는 눈치였다.

"내가 세 살 때부터 키웠어. 몇 년 전에 죽었지. 그때 몇 살이었더라."

"상당히 오랫동안 잘 키운 거 같네요. 특별히 개를 좋아하나요?"

"아아, 개는 좋아하는 편이야. 그거 묻는 거지? 고양이파냐, 강아지파냐, 외모나 성격 이런 거? 나는 강아지파야. 외모도 성격도."

"아뇨. 순수하게 동물인 개 그 자체를 묻고 싶습니다."

동물인 개가 무슨 의미가 있는지, MJ는 이해가 되지 않는 얼굴이었다. 조금 전까지 즐겁게 조잘거리던 분위기가 사라졌다. 그는 굳은 얼굴로 중얼거렸다.

"그게 뭐야, 재미없어."

"MJ."

"나는 딕 얘기를 하려고 여기 온 게 아니야."

"내가 하는 상담 방식을 따라 준다고 했잖아요."

"이게 무슨 상담이지."

"그럼 무슨 얘길 하려고 준비했는데요."

"처음에는 화상 얘기, 그다음에는 섹스 얘기. 하얀 피부가 좋아서 가끔 미치겠더라니까. 하얀 사람을 집에 가두고 만날 보고 싶을 정도야. 뚱뚱하고 못생겨도 상관없어. 하얗기만 하면 다 괜찮아."

"그건 나중에 마저 얘기해요. 오늘은 개에 대해 듣고 싶습니다."

"뭐냐고, 진짜. 선생님, 개한테 페티시즘이라도 있어? 개의 좆이 그렇게 궁금해?"

도원은 한숨을 내쉬려다 꾹 참았다. 이 즉흥적인 사람과 대화하는 건 쉬운 일이 아니었다. 하는 수 없이 직접적으로 자신의 치료 목적과 방법을 얘기했다.

"좋습니다. 한 단계 더 들어가겠습니다. 개에 집착하는 속성을 파헤치려는 겁니다. 기본적으로 개는 복종, 명령 체계에 익숙한 동물이에요. 사람보다 짐승을 좋아하는 사람들에게서는 둘 중 하나의 기제가 발휘되는 경우가 많아요."

차분하게 말하는 도원을 MJ는 가만히 지켜보았다. 책상 면에 반사된 불빛 속에서 도원의 눈빛과 목소리는 흔들림 없이 올곧았다.

"개를 인간만큼 친밀한 교감의 대상으로 생각하기에 애니멀 호더Animal hoarder의 모습을 보이는 경우. 다른 하나는 인간에게는 할 수 없는 '길들이는' 과정과 개의 충성심을 지배하려는 욕구로 나타나는 경우. 나는 당신이 후자 쪽에 가깝다고 봅니다."

"흠."

"그러니까 그쪽이 딕이라는 개를 어떻게 대했는지 알고 싶어요.

말해 줄 수 있나요."

명백히 흥미가 떨어진 얼굴을 한 MJ는 도원에게서 시선을 돌렸다. 그는 책상 위에 놓여 있는 편의점 봉투를 열어 보았다.

도원은 상담에 집중하지 않는 MJ를 비난하지 않았다. 참을성 있게 MJ가 하는 모습을 지켜보면서 그가 먼저 말하길 기다렸다.

봉투를 연 MJ가 샌드위치를 꺼냈다. 플라스틱 포장 용기를 벗겨 낸 뒤에 빵 사이에 눌린 스크램블드에그와 양상추 따위를 쳐다보았다. 그러다가 한 손에 샌드위치를 들고 도원에게 가까이 다가왔다.

"입 벌려."

"네?" 하고 되묻기도 전이었다. MJ가 도원의 넥타이를 낚아채서 끌어당기는 바람에 갑작스레 목이 졸렸다. 책상 위로 몸이 부딪치면서 책상과 의자가 부딪치는 작은 소란도 일었다.

반사적으로 기침이 터지는 입에 샌드위치가 쑤셔졌다. 마른 식빵과 퍽퍽한 계란이 입 안으로 쏟아져 들어오는 바람에 도원은 숨 쉬는 것도 잊고 말았다.

벗어나려 할수록 넥타이를 쥔 손에 힘이 들어가 고개를 가눌 수가 없었다. 도원은 넥타이를 쥔 손을 붙잡았다. 숨이 막혀서 어떻게든 MJ의 손을 풀어내려 했다.

"아…… 웃."

도원이 입을 벌리는 순간 마요네즈가 턱을 타고 흘러내렸다. 책상 위로 뚝뚝 떨어지는 소스에서 특유의 강렬한 냄새가 진하게 풍겼다.

도원은 떨리는 눈으로 MJ를 올려다봤다. MJ는 이번에도 웃고 있었다.

"쉬, 어서 먹어. 밥 굶었잖아."

입 안 가득 들어온 음식물 때문에 목소리가 나오지 않았다. 도원은 다시 MJ의 손을 세게 붙잡았다. 놔 달라는 무언의 몸부림에도 MJ는 가차 없었다. 넥타이를 목줄처럼 통제하면서 도원에게 더 강압적으로 굴었다.

"쉬, 쉬, 말 들어야지."

MJ는 긴 몸을 일으켜서 도원의 책상에 한쪽 다리를 올리고 앉았다. 책상의 나무 면으로 떨어지는 불빛 위로 씹지 못한 스크럼블에그와 양상추 덩어리가 떨어지고 있었다.

MJ는 도원의 정수리에 손바닥을 얹었다. 상냥한 주인님처럼 도원의 머리를 쓰다듬으면서 혀끝으로 개를 칭찬할 때 내는 소리를 냈다. 도원을 영락없는 개로 대하고 있었다.

"안 먹으면 벌을 줄 거야. 저번처럼 목줄에 질질 끌려 다니긴 싫지?"

도원은 티슈를 뽑아 음식물을 뱉으려 했으나 MJ가 그런 도원의 손목을 낚아챘다. MJ의 손아귀에서 비틀리는 손목이 욱씬거렸다. 도원은 눈물이 핑가 도는 고통을 참아야만 했다.

MJ는 도원의 목덜미까지 손을 내려 쓸어 만졌다. 목줄을 맨다면 어느 정도의 길이가 필요한지 가늠하는 것처럼 여겨졌다.

"어서, 응?"

먹지 않으면 끝나지 않을 이 신경전 속에서 도원은 결국 턱을 천천히 움직였다. 억지로 한 번, 두 번, 음식물을 씹기 시작하는 도원에게 MJ는 잘했다는 듯 머리를 쓰다듬어 주었다.

"착하네, 내 강아지."

도원은 반은 먹고 반은 흘려 가며 샌드위치를 가까스로 삼켰다.

목이 메어 숨만 가쁘게 내쉬는 도원을 대신하여 MJ가 티슈를 뽑아 입가를 닦아 주었다.

MJ는 숨을 거칠게 몰아쉬는 도원을 내려다보았다. 불안과 혼란 속에서 손끝에 힘을 주어 주먹을 쥐는 도원이었다. 그런 도원의 반응이 예상과는 달랐던 걸까. 억지로 샌드위치를 먹인 당사자가 오히려 입가를 찌푸렸다. 웃는 건지, 화를 내는 건지 모를 묘한 표정이었다.

책상에서 내려온 MJ가 헝클어진 차림새의 도원을 힐끔, 보기만 하고 다시 의자에 앉았다. 도원의 분위기가 심상치 않은 것을 바로 눈치챈 듯했다. 할 말을 아끼는 MJ의 모습에 도원 역시 아무런 말도 하지 않았다.

어색한 침묵이 이어졌다. 이제는 복도에서 사람 소리는 고사하고, 건물 밖에서 웃고 떠드는 소리 하나 들리지 않았다.

"······딕을 어떻게 대했는지 충분히 알겠습니다."

도원은 휴지를 더 뽑아 책상 위에 흘린 음식물까지 치웠다.

MJ는 그런 도원에게서 시선을 떼지 않은 채 도원의 머리카락을 만졌던 손을 쥐었다 펼치길 반복하기만 했다. 머리를 만진 단순한 행동 하나에도 집착하고 있었다. 도원은 머리가 아파 왔다. 가까스로 두통을 참아 내며 말했다.

"숙제를 하나 내 드릴게요."

MJ가 부탁이라는 단어만큼 숙제라는 단어 역시 낯선 표정으로 곱씹었다.

"숙제······?"

도원은 MJ를 마주 보지 않고 말을 이었다.

"개에 대해서 더 생각해 오세요. 아주 작은 얘기들도 상관없어요. TV에서 본 개건, 길거리에서 본 개건, 개에 대한 이야기를 준비하면 됩니다. 굳이 어린 시절일 필요도 없으니까 자유롭게 연상하세요."

그 말에 멈칫하던 MJ가 다급하게 물었다.

"뭐? 그럼 오늘의 상담은?"

"끝입니다."

"그런 게 어디 있어. 아직 하지 못한 얘기가 많아. 내가 여자를 볼 때 하얀 피부를 보고 뭘 했는지 말해 줄게. 그걸 어떻게 핥고 깨물었는지도."

"끝이에요. 이만 돌아가세요."

"선생님."

"그 얘기도 다음에 같이 들어 줄게요. 오늘은 그만 가 보세요."

MJ는 자리에서 일어나지 않고 도원을 바라보기만 했다. 도원은 자신의 행동이 MJ의 포악성을 이끌어 내는 스위치를 누른 건 아닌지 적잖은 불안감을 느꼈다.

모르겠다. MJ랑 이런 식으로 얽혀도 되는 건지 판단이 서지 않았다. 그렇다고 상담을 못한다고 말하면, 부모도 아무렇지 않게 불태워 죽인 사람이 도원의 주변 사람들에게 무슨 짓을 할지 상상이 갔기에 두려웠다.

자신이 근무하는 연구소에 출입하기 위해서 다른 지역의 병원에 방화를 저질러 예행연습을 했다는 그를, 도원은 어디까지 혼자서 감당할 수 있을지도 자신 없어졌다.

빈유미에게 말해야 하는 걸까.

심각하게 경찰의 도움을 고려할 때였다.

"선생님, 화났어?"

자리에서 일어난 MJ가 책상을 돌아 도원의 곁으로 다가왔다. 마지노선이라고 생각한 책상 안쪽까지 MJ가 들어오자, 도원이 급히 자리에서 일어났다.

의자는 그 힘을 견디지 못하고 뒤로 밀려났다. 벽에 가 쿵, 소리를 내며 멈춘 후에도 도원은 MJ와 거리를 벌리기 위해 뒷걸음질 쳤다.

"아니, 괜찮으니까 이만 가셔도 됩니다."

MJ가 허용 범위 이상으로 가까워졌다. 도원의 심장이 미친 듯이 뛰기 시작했다. 줄곧 내색하지 않던 공포심이 그대로 튀어나와 버린 것이다.

도원의 반응에 MJ가 예민하게 반응했다. 그는 으르렁거리며 도원을 압박했다.

"피하지 마."

"안 피해요. 웃, 안 피할게요. 그러니까."

"나 화나게 하지 마."

벽까지 물러선 도원에게 MJ가 바짝 붙어 섰다. 벽과 MJ 사이에 갇힌 도원은 떨고 있었다. 주먹을 움켜쥔 채 어찌할 바를 몰랐다. 정신이 없을 텐데도 일단 침착해지려고 애쓰는 모습이 오히려 대단해 보일 정도였다.

MJ가 도원의 턱과 볼을 한 손으로 잡았다. 자신을 똑바로 보도록 얼굴을 고정시키는 바람에 도원은 어깨를 움츠려야만 했다.

MJ를 똑바로 바라보지 못하는 시선이 정처 없이 허공을 헤맸다.

MJ는 고개를 기울여서 도원의 얼어 버린 얼굴을 사선으로 지켜봤다.

"선생님, 내 왼쪽 얼굴에 손 올려 봐."

MJ의 말이 제대로 귀에 들어오지 않았다. 도원은 지금이라도 MJ에게 살려 달라고 목숨을 구걸하는 게 좋지 않을까 하고 생각했다. MJ가 연이어서 그렇게 말하지 않았다면 눈물을 보였을지도 모른다.

"부탁할게."

부지런히 눈을 돌려 시선을 피하던 도원이 그 소리에 처음으로 MJ를 직시했다. 겁에 질린 것은 여전했지만 MJ를 똑바로 올려다볼 수 있게 되었다.

그제야 MJ도 조금 안심한 듯했다. 으르렁거리며 사납게 다가올 때와 달리 MJ의 시선은 조금이지만 부드럽게 변해 있었다.

도원의 겁먹은 얼굴을 한참이나 지켜보던 그가 고개를 더 기울였다. 키스라도 할 것처럼 가까이 다가온 얼굴 탓에 지척에서 숨소리가 들렸다.

대체, 왜, 어째서.

떠도는 의문들이 하나로 뭉쳐지지 못하고 흩어졌다. 그리고 그 의문들에 대답을 구할 분위기가 아니었기에 일단은 MJ가 하는 부탁을 들어주었다.

도원의 손이 천천히 올라갔다. 손끝이 미세하게 떨리고 있었지만 화상으로 감각이 둔해진 피부는 그런 섬세한 반응을 알아내진 못했다.

MJ는 도원을 빤히 쳐다보는 시선을 유지하고는 고개를 비스듬히 꺾었다. 제 얼굴에 닿아 있는 손바닥에 입술을 묻고 숨을 들이

마셨다. 도원의 살 내음에 만족스러운 듯이 눈을 감기도 했다.

뭐가 그렇게 기분 좋은지, 화상 자국에 닿았을 때는 느끼지 못했던 떨림이 입술로 정확하게 전달되었다.

"겁내지 마. 무서워하지도 말고. 난 선생님을 해칠 생각이 없어. 진심이야. 정말이라고."

MJ는 반복해서 말했다. 도원이 믿을 때까지 계속 말할 것처럼 확신에 찬 어조였다.

"선생님이 미국에서 발표한 논문으로 유명해졌을 때 나는 고등학생이었어. 아, 학생은 아니었네. 학교는 안 다녔거든. 화면에서 선생님을 봤어."

손바닥에 닿은 입술이 움직일 때마다 도원은 몸을 움찔거렸다. 부드럽고 촉촉한 입술의 감각이 지나치게 은밀했다.

"무슨 다큐멘터리였는데 기억이 안 나네. 어쨌든 한창 어린 시절에 성폭행이든 뭐든 나쁜 일 당한 애들이 제대로 심리 치료 못 받아서 다 크고 난 후에 보복 범죄를 벌인다고 사회가 시끄러웠거든."

쪽, 하고 손바닥 안쪽에 입을 맞추기도 했다. MJ의 야릇한 행동을 제지할 새도 없이 이야기가 이어졌다.

"선생님이 유명해진 시기를 잘 탄 거지. 『상징계의 재편성으로 나타난 우발 범죄의 노이로제』. 흐, 나 그 논문 제목도 잊지 않아. 그거 엄청나게 조명받았어. 그 시기의 사회가 필요로 하던 연구 자료라서."

손바닥에 입을 맞추고, 여린 살갗을 살짝 씹기도 하던 그 입술은 서서히 내려와 도원의 손목까지 닿았다.

"딱 보고 알았어. 나한텐 선생님이 필요해. 선생님의 지식도 필요하고, 선생님 자체도 필요해. 그 다큐멘터리만 인터넷으로 수백 번 돌려 봤어. 유튜브에 들어가서 선생님 나오는 시상식 동영상도 다 찾아봤어. 그러니까 나 무서워하지 마. 선생님은 환자 포기 안 한다며. 포기하지 마. 환자가 이렇게 필요로 하잖아, 응?"

MJ는 말을 마치고 손목에서 입술을 떼어 냈다가 다시 고개를 숙였다. 마치 포상을 기다리는 훈련된 개와 같은 동작이었다. 칭찬해 달라고, 머리를 쓰다듬어 달라고 조르는 것 같은 동작.

도원은 망설이던 끝에 결국 MJ의 얼굴을 다시 손으로 만져 줬다. 상처를 쓰다듬는 도원의 태도에 MJ는 비로소 만족했다.

"숙제는 잘해 올게. 개에 대해서 뭐든지 다 생각해 올게."

복잡한 눈으로 MJ를 올려다본 도원이 "그래요."라고 작게 대답했다. MJ가 마지막으로 부탁했다.

"헤어질 때 외국은 우리나라랑 다르게 인사한다며. 나도 그 외국식으로 인사해 줘."

외국식 인사가 대체 뭐지. 도원은 MJ가 무슨 말을 하는지 몰라서 헷갈려하다가 설마 하고 되물었다.

"비쥬bisou요? 인사로 볼에 뽀뽀하는 거 말하는 건가요."

"어, 맞아, 그거."

도원의 표정이 더 복잡해졌다. 이젠 뭘 어떻게 해야 하는지 생각하기도 어려워진 얼굴이다.

"어서."

부자연스러운 자세로 MJ를 가볍게 포옹한 도원이 그의 볼에 자신의 뺨을 가져갔다. 왼쪽과 오른쪽 번갈아 가볍게 볼을 댔다 떼는 인사를 해 주었다.

기대한 것과 달랐는지 MJ가 불만족스러운 표정을 지었지만 그 이상의 요구는 없었다. MJ는 벽과 자신 사이에 가두었던 도원을 놓아주었다.

가만히 코트를 여민 그가 문고리를 돌리자 달칵하고 맞물린 요철이 벌어지는 소리를 냈다.

"오늘 고마웠어, 선생님."

MJ가 문을 닫고 나간 복도에서는 발자국 소리도 들리지 않았다. MJ가 떠나는 소리가 없었기에 그의 존재가 여전히 문밖에 있는 것처럼 느껴졌다.

직접 문을 열고 복도를 확인하여 아무도 없다는 걸 눈으로 보았지만 좀처럼 그가 떠난 것처럼 느껴지지 않았다. 여전히 곁에 있는 느낌이었다. 연구실엔 그가 남기고 간 비릿한 체취가 가득했으니까.

몸에서 힘이 빠진 도원은 그대로 벽을 타고 주저앉았다. 무릎을 세우고 그 위에 두 팔을 덩그러니 올리고선 자신의 발밑까지 길어진 나무 그림자를 쳐다봤다.

"미치겠네."

중얼거리는 목소리는 혼란으로 잔뜩 뒤섞여 있었다.

「사람을 대하는 일은 조심스러워요. 정답이나 공식이 없어서 객관적인 학술 지표를 믿고 따르기도 위험하거든요. 특히 상대를 알아야 그 속의 문제점을 볼 수 있는데 그렇다면 얼마나, 어디까지,

어떻게 알아야 될까요.

　제가 너무 파고들어서 상대를 엉망으로 만들 수도 있지 않을까요? 눈에 보이는 적정선은 없어요. 그래서 저는 사람을 대하는 일이 가장 어렵습니다.」

　화면 속 도원은 거울에서 보는 얼굴과 달랐다. 젊은 도원은 한겨울의 미국 날씨에 몸을 움츠리고 있었다.

　얼굴엔 솜털이 파릇했다. 솜털에 하얀 서리가 끼어서 햇살이 비칠 때마다 반짝거렸다. 눈을 깜빡일 때마다 속눈썹에 달린 고운 눈입자들이 반짝여 싱그럽고 총명해 보였다. 이마가 반쯤 드러난 짧은 머리에는 털모자를 쓰고 양손엔 두꺼운 털실로 짠 장갑을 끼고 있었다.

　실습 수료 기간이었다. 함께 차를 타고 이동하는 친구들은 심리학과가 아닌, 의과 대학 레지던트들이었다. 정신과 학생들은 종종 FBI나 CIA에서 일하고 싶다고 포부를 말했고, 그런 친구들을 보면서 도원은 자신에게는 그런 능력은 없을 것 같다며 고개를 저었다.

　그들에겐 생기가 있었다. 병원에서 수료하는 태도도 열정적이었다. 취미가 카약이라는 정신과 레지던트 하나가 인터뷰에 응했다.

「동양인 중에 왜 철학자나 미학자나 유명한 심리학자가 없는 줄 아나요? 부끄럽지만 저는 그 이유가 인종 차별 때문이라고 생각합니다.

　오리엔탈리즘의 마력이 다한 현대 사회에서 동양인이 합리성과 객관성과 서양적 질서를 가지고 사람을 분석한다는 것에 대해 학술계에서 거부감을 가지고 있는 것 같아요.

　그런 면에 있어서 도원은 대단하죠. 미국인이 아닌데도 미국 학술계에서 인정을 받은 겁니다. 그의 합리성이 동양적 신비주의로 포장되지 않고, 하나의 지표로 인정받았다는 소립니다.

　지젝도, 라캉도 도원처럼 어린 나이에 인정받지 않았어요. 도원은 이름처럼 특별해요. 더 원, 넘버원이죠. 혹시 이것도 동양인이라서 더 특별하게 보는 반대급부가 작용한 걸까요? 그럼 새로운 인종 차별인데. 하하.」

　호탕하게 웃는 파란 눈의 남자가 지나간 후, 도원이 다시 등장했다. 카메라가 도원을 좇았다. 부모님과 함께 지내는 도원이 먹는 음식, 자기 전에 읽는 책, 세미나에서 자신의 논문을 발표하고, 병원의 정신과에서 근무하는 모습.

　다양하고 적극적인 활동을 하는 도원이 다시 인터뷰를 응했다.

「한국 사회요?」

　인터뷰어가 최근 한국 사회의 문제를 말해 주었다. 화면은 시청자의 이해를 돕기 위해 각종 범죄 뉴스와 영상들이 교차 편집되어 빠른 속도로 지나갔다.

　현상을 들은 도원이 어려운 표정을 짓고 있었다. 미간을 좁히고 신중하게 대답했다.

「트라우마가 생긴 어린아이가 커서도 고통받는 일은 생각보다 흔하게 일어납니다. 트라우마는 범죄자가 아닌 평범한 사람들도 모두 겪어요.

그런데도 유독 한국 사회에서 피해자들의 보복 범죄가 커지는 이유는 특유의 문화가 영향을 미친 것이 아닌가 싶어요.

서양은 정신적 육체적 피해를 적극적으로 알리고 치료하려는 시스템이 잘 갖춰져 있습니다. 누구나 겪을 수 있는 일이기에 힘을 합쳐서 극복하려고 생각해요.

한국은 그런 면에서는 미흡하죠. 아동 범죄도, 트라우마도 모두 특별한 것으로 취급해요. 그래서 그걸 알리고 치료하는 것도 부담스러워하고 어려워합니다.

구체적으로 한국에서 어떤 일이 벌어졌기에 이렇게 저를 촬영하는 것인지 알 수 있을까요?」

도원은 영상을 멈추었다. '범죄와의 전쟁'이라는 3부작 다큐멘터리 영상은 유튜브와 해당 방송국에서 제공하고 있었다.

오래전의 영상이라 그런지 댓글의 반응은 거의 없었다. 그 편이 차라리 나았다. 앳된 자신을 다시 보는 것은 부끄러운 일이었다. 그리고 생각하기 싫은 문제들이 알을 깨고 나와 발바닥에 눌어붙는 느낌이라 기분이 좋지 않았다. 인터뷰를 할 당시 도원은 석사 논문을 준비하고 있었다.

박사 논문인 『상징계의 재편성으로 나타난 우발 범죄의 노이로제』가 한국에 번역이 되며 조명을 받았지만, 석사 논문 역시 그에 못지않은 관심을 받았다. 정확히는 한국이 아닌 서양권에서만.

석사 논문의 임상 실험은 모두 실패로 돌아갔다. 실패 사례가 신프로이트학파의 관심을 받으면서 유명세를 탔고, 한국에도 알음알음 알려져 이러한 인터뷰까지 하게 되었다.

솔직히 거북한 일이었다. 정신 분석학에서 임상 실험을 실패했다는 소리는 환자를 치료하지 못했다는 뜻과 같다.

치료하지 못한 한계점이 떠올랐다. 환자들에 대한 죄책감도, 책임감도…… 채 담지 못한 문장들이 논문 속에서 냉정하게 나열되고만 있었다.

피실험자들이 그 논문을 봤다면 무척 상처를 받았을 것이다.

도원의 상담을 치료가 아닌 실험으로 생각했을 여지도 다분했다. 정신이 아픈 자신들을 두고 무슨 짓을 벌인 거냐며 지금에라도 따지고 들면 "죄송합니다."라는 말 외에 무슨 말을 더 할 수 있을까.

무수히 많은 생각들이 도원을 괴롭혔다. 그래서 더는 영상을 볼 수가 없었다.

도원은 컴퓨터 앞에서 일어나 학술 자료들이 나열된 서고로 갔다. 자료실 전체에서 느껴지는 낡은 종이 냄새가 영상을 본 후 심란해진 마음을 안정시켜 주었다.

도원은 영상을 보았던 연도부터 과거 10년 치의 자료를 꺼냈다. 책상 한가득 서류철이 올라왔다. 데이터베이스에 기록되어 있으면 컴퓨터로 직접 찾았을 텐데, 옛날 자료들은 DB에 정리되어 올라오지 않은 것들이 많았다. 종이로 남은 기록을 일일이 찾아야 했다.

범죄자들이 재판에 넘겨지기 전에 판사가 참고할 수 있는 정신병 기록이 많았다. 교도소에 간 사람도 있었고, 병원에 들어간 사람도 있었다. 몇몇은 금치산자로 무죄 판결을 받아 사회에 나오기도 했다.

그 다양한 자료를 도원은 기준대로 분류했다.

MJ가 직접 병원에서 정신병증 이력이 기록될 만한 상담을 받은 적이 없다면, 자료실에 자료가 남아 있지 않는 게 당연했다.

그러나 도원이 영상의 인터뷰를 했을 때는 한국 사회에 어린 시절의 트라우마를 극복하지 못한 보복 범죄가 기승이었다고 했다. 사회 현상이 될 정도의 사건이었다.

MJ 나이 대의 범죄자들의 정신 병증 기록을 살펴보는 것도 충분히 의미 있는 일이 될 수 있다. 영상을 본 시점의 MJ는 자신의 나이가 고등학생이었다고 했다.

그러니 그 나이 대를 기준으로 만 15세에서 25세 사이의 기록을 추렸다. 처음에 뽑아낸 서류철이 반 넘게 줄었다. 도원은 추려 낸 서류철들을 보면서 팔짱을 꼈다. 손끝으로 제 팔뚝을 톡톡 두드렸다. 아직도 양이 많아서 줄이고 싶은데 줄여 낼 만한 실마리가 없었다.

이것들을 다 살펴야 하는 걸까, 고민할 때였다.

"도원 선생님, 여기 계세요?"

자료실 문이 열리고 한 여자가 빼꼼 고개를 내밀었다.

정신과 의사나 심리사는 아니었다. 단정하게 묶은 머리와 사무적인 옷차림새를 보고 원무과 사람인가 싶었는데, 그건 아닌 것 같았다. 낯이 익었다. 고개를 갸웃한 도원은 마침내 그녀가 누군지 기억해 낼 수 있었다.

"아, 소장님 비서시죠."

여자가 환하게 웃어 보였다.

"네, 맞습니다. 소장님께서 도원 선생님 사무실로 전화를 하셨다는데 안 받으셔서요. 찾으러 내려 왔습니다."

"급한 연락인가 봅니다."

"그러신 듯하네요. 전화 받기 곤란한 상황이신가요?"

"아뇨, 올라가겠습니다."

분류에서 탈락된 파일들을 제자리에 꽂고 남은 파일들은 품에 안아 들었다. 연구실로 돌아오자 타이밍 좋게 내선 전화 벨이 울렸다. 도원은 전화기를 어깨와 귀 사이에 끼우고 자료실에서 들고 온 파일들을 넘겨보았다.

"네, 소장님. 전화 바꿨습니다."

〈이야, 우리 도 선생 목소리 들으니 아주 기분이 좋아!〉

도원은 뭔가 이상한 표정으로 수화기를 귀에서 떨어트렸다. 파일을 살피던 눈을 돌려 수화기를 바라봤다. 그 표정은 마치 맹강조 소장의 얼굴을 맞대면한 것처럼 현실적이었다.

"뭡니까, 술 드시고 전화하신 건가요?"

〈지금 술주정이라고 생각하나 본데!〉

"끊어야겠군요."

〈어어, 그런 거 아냐, 아니라고! 우리 도 선생이 나한테 이럼 안 되지!〉

"대체 어디서 전화를 하시는 거죠?"

〈독일이지!〉

도원은 자신의 손목시계를 내려다봤다. 독일과 한국의 시차는 7시간. 지금이 한국 시간으로 오후 2시니까 독일은 아침 7시다. 미친 노인네가 분명했다.

"해장술이라도 마신 게 아니라면 씻고 주무세요."

〈자꾸 나를 술주정뱅이 취급하는데 아니라니까!〉

"소장님 왼쪽으로 고개를 돌려 보세요. 무엇이 보이죠."

〈난 술주정을, 응? 어, 왼쪽엔 창이 보이지.〉

"오른쪽은요?"

〈침대가 있어.〉

"둘 중 하나로 다이빙하시면 최고의 안식일이 될 듯하네요."

〈날 죽일 셈이야?〉

"침대라는 선택지도 있잖아요. 본인이 직접 죽음을 선택하진 마시죠."

소장은 도원의 친절한 제안을 묵살했다.

〈독일 맥주 기대하고 왔건만, 맛이 없어, 맛이! 소시지도 기대 이하야! 최악이지 않아? 옥토버페스트도 참가해 본 적 없지만, 아니 그래서 더 맥주 맛을 기대했지만 이럴 줄은 몰랐어. 유럽 축구 볼 때 트로피 들고 있는 애들한테 샴페인 대신 맥주 뿌리는 게 독일인 이었는데 뭐지, 이 찝찝한 맛은!〉

"그렇군요. 맥주에 대한 에세이는 한국 와서 쓰시면 좋겠는데."

〈벨기에 맥주가 맛있다는데 그리로 가 볼까?〉

"예에."

〈도 선생, 방금 엄청 귀찮다는 대답이었어.〉

"소장님이 하고 싶은 말이 뭔가 고민하는 말투였습니다만."

〈도 선생이랑 술 마시면 이 맛없는 보리수도 와인처럼 달아질까?〉

"해외 전화비 걱정되시나 봅니다. 제가 먼저 끊어 드리겠습니다."

〈아, 거참, 우리 도 선생 한국에 있더니 유머가 사라졌구먼!〉

"한국에서 야근하는 사람 중에 유럽으로 놀러 간 직장 상사의 술 주정을 전화로 받아 주는 사람이 과연 몇이나 될까요."

〈놀러 간 게 아니라 조국과 민족을 대표한 세미나 참석이래도!〉

"예예."

소장이 자신의 위대함을 주장했지만 소용없었다. 결국 소장은 인정하지 않는 도원에게 툴툴거렸다. 안 봐도 입을 댓 발이나 내밀고 삐쭉이고 있을 거다.

도원은 손을 놓았던 서류철을 다시 집어 들었다. 하나둘 넘기면서 보다 보니 공통점이 발견되었다. 어린 시절 정신과나 심리 치료를 받은 기록이 남은 사람들이 범죄를 저지른 경우였다.

트라우마가 있는 아동이 커서 보복 범죄를 저질렀다는 얘기를 다시 떠올려 보았다.

보복 범죄자에게 트라우마가 있었다는 사실을 언론이 어떻게 알고 다큐멘터리까지 찍어서 대중에게 알린 것일까.

알 수 있는 방법은 한 가지다. 범죄자들을 일일이 인터뷰하여 트라우마가 있다는 걸 기록한 경우다. 아니면 실제로 병원 기록상 트라우마 치료가 적힌 경우.

언론의 특성상 범죄자들을 쫓아다니며 트라우마를 확인했을 가능성은 적었다. 기존 자료를 이용해 공통점을 찾았다고밖에 할 수 없다. 해당 다큐멘터리가 탐사 보도상을 수상했다고 하니 그쪽 PD들이 모여서 자료의 공통점을 발견했을 가능성이 유력했다.

〈어제 세미나 끝나고 박사들끼리 모여서 술을 마셨어. 우리 말고도 한국인이 있어서 간만에 외국어 안 쓰고도 웃고 떠들면서 놀았지. 새벽 4시까지 술 마시고 호텔로 돌아왔는데 우연인지, 아니면 세미나 주최 측에서 그렇게 잡아 준 건지, 호텔 동호수도 비슷하지 뭐야! 그래서 조금 전까지 2차를 벌였지!〉

도원은 "예예" 하고 성의 없이 대답하면서 파일들을 더 신속하게 넘겨보았다. 어린 시절 정신과 치료나 상담 기록이 남은 사람과 그렇지 않은 사람을 나누어서 분류했다. 그러는 동안에도 소장의 이야기는 계속해서 이어졌다.

〈도 선생이 받아야 하는 상은 내가 대신 수상했어. 수상 소감으로 앞으로도 책임감 있게 대한민국의 건전 사회 실현에 보답한다고 했어.〉

도원은 눈가를 찌푸렸다가 힘을 풀었다.

"그냥 감사하다고 하면 안 되는 건가요."

〈재미없잖아.〉

"그럼 수상의 영광을 소장님께 돌려주시면 좋겠습니다."

〈네가 미스 코리아야? 미용실 사장님 성함 불러 봐, 그대로 마이크 앞에서 읊어 줄게.〉

"한국 박사랑 술 마시면서 싸웠습니까. 이거 어째 저한테 점점 화풀이하는 것처럼 느껴지는데. 소장님 분풀이는 독일 맥주에게 하는 게 어떨까요."

〈내가 상도 다 챙겨서 받아 주잖아. 또 받아야 되는 일 있으면 받아 줄게.〉

"미용실 사장님 이름 알아 두겠습니다."

〈내 수상 소감은 '사랑하는 미스터 도에게 수상의 영광을'이라고 해 줘.〉

"다행입니다. 제가 소장님 대신 수상할 일이 없어서요."

〈음? 다음 주에 일정 있는데 몰랐는가? 얼른 내 비서한테 물어 봐봐.〉

도원은 분류하던 서류철을 손에서 놓았다. "네?" 하고 되물었지만 소장은 "얼른, 얼른!" 하고 보채기만 했다.

도원은 소장과의 통화를 끊고 내선을 돌리려다가 그만두었다. 사내 메신저로 소장의 비서를 검색해서 물어보면 되었다. 대체 어디서 망할 수상 일정이 있느냐고. 친절한 그녀는 빠르게 대답해 줄 것이었다.

전화기를 반대편 귀로 옮기면서 컴퓨터 앞에 앉았다. 그러나 도원은 모니터를 켜서 비서를 부르는 일련의 행동을 하지 못했다. 까만 모니터 화면에 붙어 있는 메모지를 보고 한동안 그대로 멈추어 있었다.

〈도 선생? 여보세요. 안 들리나?〉

도원은 스카치테이프로 붙어 있는 메모지를 조심스럽게 떼어 냈다.

한 줄뿐인 내용을 확인하고 주변을 둘러보았다. 위화감은 없었다. 지난날처럼 누군가 자신을 쳐다보는 시선이 분명하게 느껴지진 않았다. 사무실을 뒤진 흔적이라든가, 수상한 것을 놓고 간 것도 없었다. 메모지 하나가 전부였다.

"아, 네. 잠시만요."

도원은 모니터를 켜고 메신저로 소장의 비서를 불렀다. 그녀는 바로 답변을 주었다. 맹강조 소장이 다음 주에 있을 협회에서 상을 받는다는 일정을 확인했다.

대리 참석자를 따로 지정하진 않았다. 수상 당일에 다른 사람이 올라가도 될 만큼 분위기는 자유로운 곳이니 걱정 말라는 답변이 잇따랐다.

"확인했습니다. 여기로 가야 한단 소리죠."

〈응, 많이 안 멀지?〉

"영동고속도로 타는 게 소장님 기준에서는 많이 안 멀다니."

〈경부고속도로 타지 않아도 되는 게 어디야.〉

거긴 KTX로 편하게 갈 수라도 있지. 차를 끌고 가서 강원도에 있는 의료 밸리까지 가야 하는 수고스러움이 차고 넘쳤다.

"상을 택배로 받으면 어떻습니까. 강원도까지 가는데 아는 사람도 없고 심심하잖아요. 상은 택배로 받고, 저는 호텔을 1박만 잡아 주면 놀다 오고. 딱 좋을 것 같은데."

도원은 여러 방면으로 소장을 구슬려 보았다. 그 잔머리를 알아챘는지 소장이 갑자기 웃었다.

〈캬, 새로 딴 맥주는 기가 막히는군! 이걸 더 마셔야겠어!〉

못 들은 척 맥주 이야기만 이어 가는 소장이 얄미웠다. 하는 수 없이 도원은 포기했다. 술주정뱅이를 상대로 지적인 대화가 더는 불가능했기에 미련 없이 전화를 끊었다.

도원은 소장을 대신해서 가야 하는 협회 장소와 수상 프로그램 일정을 다시 살폈다. 조찬부터 시작해서 석찬까지 이어지는 일정이었다. 중간에 정부 관계자와 함께 점심을 먹는 시간도 있었다. 이때 빠져나오면 될 것 같았다.

스케줄을 확인한 도원은 손에 쥐고 있는 메모지를 다시 내려다봤다. 책상 위에 굴러다니는 펜으로 적어 내린 한 마디였다.

[언제 시간 돼?]

어설픈 글자들의 조합이 마치 어린애가 쓴 것처럼 보였다. 아무렇게나 휘갈긴 그 글자에 도원의 표정은 한동안 굳은 채 풀릴 줄을 몰랐다.

도원은 직감적으로 이 쪽지의 주인이 MJ라는 사실을 알았다. 저

녘에 사람들의 눈을 피해 돌아다닐 줄만 알았던, 그 MJ가 대낮에
와서 붙여 놓은 것이다.

현상 수배가 걸린 범죄자가 대낮에도 도원의 직장 생활을 위협하
고 있었다. 내담자로 받아 준다고는 했지만 공식적으로 기록이 남
지 않는 내담자다. 도원이 자료실에서 들고 온 문서에도 남지 않
는, 남아서도 안 되는 사람이었다.

도원은 쪽지 귀퉁이를 접으면서 만지작거리다가 한숨을 내쉬면
서 펜을 집어 들었다. 낮에도 연구소를 출입할 수 있는 그를 따로
떼어 놓기로 했다.

[주말.]

그렇게 간단하게만 썼다. 주말에 회사가 아닌 밖에서 보는 게 좋
을 것 같았다. 밖에서 MJ와 함께 있는 모습을 보고 시민들이 신고
하면 일이 더 커지는 게 아닐까, 걱정했지만 MJ의 수배지엔 그의
사진이 없었다. 외모가 알려진 것 같지 않았기에 앞서가는 걱정은
하지 않기로 했다.

자리에서 일어났다. 모니터 화면에는 소장의 비서가 보낸 메시지
가 깜빡거리고 있었다.

[프로그램 다 뽑아 났습니다.]

도원은 연구실을 나와 소장의 비서가 있는 곳으로 향했다. 그곳
에서 준비된 서류를 받아 들고는 뒤늦게 생각난 듯 "아!" 하는 짧은
탄성과 함께 물었다.

"혹시 의사분들 중에 한 분만 소개받을 수 있을까요? 제가 자료
를 정리해야 하는데 제 분야가 아닌 것도 몇 개 섞여 있어서요."

"소장님이 시키신 업무인가요?"

"아뇨, 제 개인적인 일입니다."

"아, 그러면 일단 담당 과장님께 메일 드려 볼게요. 어떤 자료 정리인지 구체적으로 알려 주시면 좋을 것 같아요."

"DB에 없는 자료를 분류하고 있습니다. 제가 입사하기 전이라서 당시 기록을 봐도 잘 모르는 것들이 있네요. 10년 정도 여기서 근무하신 분이 도와주시면 될 것 같아요. 일의 양은 많지 않아 보이는데, 음, 한 이틀이면 되려나."

"네, 그렇게 전해 드릴게요."

상냥한 말투로 웃어 보인 여자는 잠시 뜸을 들였다. 이만 인사를 하고 돌아가도 될까 싶었던 도원을 쳐다보는 시선이 진득했다.

그녀는 얼굴을 붉히며 말을 쉽게 꺼내지 못했다. 한참이나 망설인 끝에 도원에게 조심스럽게 물어보았다.

"저기, 도원 선생님은 주말에 뭐 하실 예정이세요?"

도원은 비서의 질문에 굉장히 낯선 기분이 들었다. 결혼 전에 데이트할 때나 들어 본 문장이었다. 아니면 소설이나 드라마 속 대사라든가. 그만큼 유부남이 된 후 자신과 가깝지 않은 말이었다.

"네?"

"아, 그게, 얘기를 들었는데요, 도원 선생님께서 연말인데도 계속 야근하신다고 하셔서, 혹시 계속 바쁘신 게 아니라면 주말에 저랑 술을 마실 수 있을까 해서요."

술잔을 나눌 정도로 여자랑 친했던가, 그보다 결혼한 남자한테 왜…… 아, 반지를 빼고 다녀서 혹시 다들 알게 된 건가.

의문이 떠나지 않았다. 그리고 술을 마시고 싶다면 하고많은 날 중 왜 하필 주말인지도. 도원은 살며시 고개를 옆으로 기울였다.

"퇴근 후에 마셔도 됩니다."

"그 뜻이 아니라…… 그…….."

여자가 고개를 푹 숙였다. 귓불이 빨갰다. 목덜미도 불이 붙을 것 같았다. 여자의 목소리가 더욱 작아졌다.

"토요일이 크리스마스잖아요."

멈칫, 도원이 그 말을 듣고 정지했다. 벽에 걸린 달력을 보았다. 여느 때처럼 토요일과 일요일이 붉은색으로 표시된 달력이라 모르고 지나쳤다. 25일이 얼마나 특별한지를 달력의 색깔만으로는 구분하지 못한 것이다.

도원의 대답을 기다리는 여자를 신경 쓸 겨를이 없었다. 도원은 황급히 자신의 연구실로 달려갔다. 뒤에서 "도원 선생님!" 하고 부르는 소리가 들렸지만 뒤돌아보지 않았다.

서둘러 자신의 연구실로 돌아온 도원이 주변을 살폈다. 같은 펜으로, 서로 다른 글씨체로 적혀 있는 메모지를 발견했다. 그 짧은 시간에 도원이 써 놓은 '주말'이란 단어 밑에 한 마디가 더 추가되어 있었다.

[찾아갈게.]

도원의 입에서 망할, 이라는 자책감이 섞인 혼잣말이 흘러나왔다.

크리스마스는 딸아이를 만나기로 한 날이었다.

4

4

화이트 크리스마스이브였다. 방화범 관련 기사는 여러 크리스마스 관련 이벤트와 정보성 기사들로 인해 뒤로 밀려났다.

좋건 싫건 떠들썩한 분위기에서 도원은 휴대 전화만 손에 쥔 채 복잡한 표정을 숨기지 못했다. 전부인에게 전화를 걸어서 딸아이를 몇 시에 만나러 가면 되는지를 물어야 했지만 쉽지 않았다. 가족을 만나는 모습을 MJ가 보게 되면 어떡하느냔 초조함이 더 커졌다.

곧 있으면 크리스마스였다. 자정이 다 되어 가는 밤거리에 사람들이 가득한데도, 도원은 집에 들어가지 못하고 카페에 앉아 있었다.

출근할 때 입는 정장 차림 대신 청바지 차림이었다. MJ가 어디선가 지켜보는 건 아닐까 불안한 마음에 챙이 달린 모자까지 쓰고 얼굴을 가렸다. 카페를 적시는 낭만적인 재즈 선율 따위 아랑곳하지 않았다.

주말에 찾아온다고 했지만 그게 꼭 크리스마스인 토요일이 아닐 수도 있다. 일요일에 올 수도 있지 않을까. 그리고 MJ는 도원의 가족을 해치지 않는다고 말했다. 아니, 말했던가. 그런 뉘앙스로 얘기한 것은 기억나지만 확신을 주는 답변은 아니었는데. 전부인과 단둘이 만나는 거면 그나마 나을 텐데. 아이까지 얽히게 되는 건…….

휴대 전화를 쥔 손에 힘이 들어갔다. 새하얗게 불거지는 손등의 뼈가 두드러졌다. 도원은 끝내 누구에게도 연락하지 못했다. 휴대 전화 시계를 보니 시각은 이제 막 자정을 넘어가고 있었다.

25일, 토요일. 붉은색으로 보이는 글자를 쳐다보던 도원은 의자에 몸을 묻었다.

카페에 있는 동안 도원에게 도착한 쪽지는 없었다. 잠깐 화장실을 갔다 온 사이에 테이블에 종이나 냅킨 따위가 놓여 있기를 바랐다. 그러나 카페가 문을 닫는 시간까지 MJ로부터 새로운 메시지는 오지 않았다.

집에 돌아가 뜬눈으로 밤을 새워도 MJ의 연락은 없었다. 그를 초조하게 기다리던 도원은 시간이 지날수록 지쳐 갔다.

[당신이 온다는 말이 없어서 화향이는 친정에 보냈어. 많이 울었으니까 나중에 이 문자 보면 따로 전화해 줘.]

아침에 와 있는 문자메시지를 보고 도원은 자리에 드러누웠다. 선물로 준비했던 로봇도 옷도 모두 소용없어졌다. 달력에 따로 체크해 둔 표시가 아무 의미 없어졌다.

도원은 손등으로 이마를 덮었다. 모든 게 피곤해지고 화가 나서 생각하는 것 자체에 지쳐 버렸다.

아이가 크리스마스 아침마다 받아 왔던 아버지의 선물을 난생처음으로 받지 못해서 어떤 식으로 울음을 터뜨렸을지 생각만으로도 미안하고 죄스러웠다.

산타할아버지 흉내라도 내면서 이브 날 선물을 문 앞에 두고 왔어야 하는 건 아닌지, 이제 와서 후회해 봤자 늦은 일이다.

연구를 할 때도 아프지 않았던 머리가 욱신거렸다. 도원은 아직도 희뿌연 창밖을 보다가 눈을 감았다.

꿈을 꿨다. 꿈에 개가 나왔다. 새까만 털을 가진 덩치가 큰 개였다. 쫑긋 선 귀와 빛나는 안광은 늑대처럼 보이기도 했다.

차가운 겨울바람이 불 때마다 바람이 부는 방향으로 결을 이루어 흔들리던 털 속에는 많은 것이 숨겨져 있었다.

어떤 사냥감도 찍어 누를 수 있는 두터운 네 개의 발과 날카로운 발톱, 가장 밑바닥에서 끓어오르는 듯한 목소리를 가진 성대 그리고 사냥감을 향한 흥분인지, 암컷을 향한 성욕인지 모르게 툭 불거져 나온 붉은 성기.

인간에게 가장 익숙하고 정이 가는 모습을 가진 짐승인데도 도원에게는 맹수처럼 느껴졌다.

개가 보이는 복종과 충성심과는 다른 감정이었다. 그것은 도원의 주변을 빙글빙글 맴돌았다. 그러다가 풍성한 목덜미 털을 도원의 허벅지에 비볐다.

도원이 도망가려 하자 날카로운 이빨이 발목을 물었다. 비명을 지르는 사이 흉기 같은 발톱이 옷을 찢었다. 발목에서 흐른 피로 빨갛게 물든 이빨이 도원의 목덜미에 박혔다. 옴짝달싹도 못하는 도원의 위에 올라탔다. 붉고 커다란 성기가 엉덩이 사이를 파고들었다.

도원은 자기도 모르게 그것을 딕이라고 불렀다. 사람 몸에 성기를 꽂은 짐승은 말을 듣지 않았다. 도원을 찍어 누르며 그대로 허리를 움직였다.

도원은 공포에 질렸다. 공포심은 순식간에 수치심, 당혹스러움, 판단할 수 없음, 괴로움, 아픔, 흥분, 성욕 등으로 뻗어 나갔다.

머릿속이 엉망이었다. 개의 헐떡거리는 숨소리를 들으면서 자신 역시 헐떡였다. 어느샌가 도원은 자신이 암캐가 되어 수캐의 마운팅에 응하고 있었다.

"헉!"

도원은 황급히 눈을 떴다. 물에 빠진 사람처럼 양팔을 허우적거리자 식은땀이 흥건한 손바닥에 곰 인형이 잡혔다. 그 가볍고 부드러운 털을 손으로 쥐어뜯듯이 붙잡았다.

상체를 벌떡 일으켜 세웠지만 몸이 떨려서 중심을 잡지 못했다. 옆으로 넘어진 도원이 양팔로 간신히 바닥을 짚었다.

"하아, 하."

이마에 달라붙은 머리카락을 따라서 뚝, 뚝, 식은땀이 흘렀다. 나뭇결무늬의 장판에 크고 작은 땀자국이 늘어났다.

무언가 자신의 손목을 잡은 순간, 도원이 발작하듯 그것을 밀쳤다. 하지만 밀려나지 않았다. 오히려 반대편 손목까지 쥐었다.

도원은 눈앞이 아찔해지는 것을 느꼈다. 어지러워서 토하고 싶었다. 장판의 나뭇결무늬가 소용돌이처럼 돌아가기 시작하면서 몸이 비틀거렸다.

일어나려는 도원을 억지로 자리에 눕히는 힘이 이어졌다. 말을 거는 소리가 들렸지만 도원은 마치 감이 먼 전화를 할 때처럼, 그 소리가 아득하게만 느껴졌다.

청각뿐만 아니라 촉각이나 시각도 제대로 기능하지 못했다. 눈알 속에서 심장이 뛰는 것만 같고, 피부에 흐르는 땀 소리가 들릴 것만 같았다. 엉망이었다.

"선생님, 선생님!"

손목을 잡았던 것이 이번엔 눈앞에서 딱, 딱, 엄지와 중지를 맞부딪혀 소리를 냈다. 도원은 짧게 숨을 끊어 쉬면서 그 모양과 소리에 집중했다.

장판 무늬가 더 이상 소용돌이치지 않게 되었다. 도원의 눈에서 힘이 풀렸다. 반만 뜬 채 멍하니 올려다보는 시선에 소리를 내며 손가락을 부딪는 행동이 멈추었다. 그 손은 몸을 잡아 주었다.

"괜찮으세요? 저 알아보시겠어요?"

도원은 자신을 내려다보고 있는 얼굴을 응시했다. 눈에 초점이 잘 잡히지 않았지만 목소리도, 말투도, 얼굴도 모두 알아보았다.

"……빈유미 씨."

어른거리던 형상이 비로소 자리를 잡았다. 선명해진 여자의 형상이 도원을 쳐다보며 맹렬하게 고개를 끄덕였다.

"네!"

"갑자기 뭡니까, 이게."

"선생님 부인께서 신고하셨어요. 연락이 안 된다고요. 문 억지로 따고 들어와서 고장 났는데 나중에 물어 드릴게요."

도원은 어수선한 현관문 입구를 바라봤다. 빈유미와 함께 팀을 이루는 형사들이 보였다. 그들은 욕실 안쪽까지 둘러보면서 수상한 게 없는지를 살펴보았다.

아직 오전이었다. 잠을 오래 잔 건 아닌 듯했다. 도원은 어쩐지 아프게 느껴지는 성대를 움직여 간신히 말했다.

"악몽을 꿨어요."

목소리가 거칠었다. 몇 번 기침을 했다. 지독한 가위에 눌려도 이 정도는 아닐 것이다.

"무슨 꿈이었는데 이렇게 힘들어하세요."

MJ의 개가…….

……잠깐, 그게 개가 맞았나.

"선생님?"

도원은 어깨를 움츠리면서 빈유미를 보았다. 여린 목선과 어깨가 전혀 닮지 않았는데도 MJ를 떠올리게 만들었다.

어둠 속에서 미약하게 빛나는 전등 불빛을 마주한 그가 자신의 입에 샌드위치를 밀어 넣고 있었다. 머리를 쓰다듬고 목을 만졌다. 손가락이 조금만 더 길었다면 옷 속으로 들어왔을 것이다. 손톱이 길었더라면 와이셔츠를 찢고 들어왔을까.

도원은 아직도 뒤죽박죽인 머릿속을 정리하지 못했다. 비정상적인 환자들을 몇 번 대면해 왔지만 MJ만큼 감정적으로 동요한 케이스는 처음이었다.

MJ가 직장에 이어 사생활까지 파고드는 불안감이 실체가 되어 가고 있었다. 거리에서 직장으로, 직장에서 집으로, 집에서 하나뿐인 딸아이에게로, 종국엔 언젠가 준비되지 않은 몸까지 파고들 것만 같았다.

벽을 짚고 일어선 도원이 욕실로 향했다. 세면대 물을 틀어 양손에 찬물을 받아 얼굴을 적셨다. 그러고도 부족한지 한 번 더 피부가 시릴 정도로 찬물에 얼굴을 문질렀다.

물을 끄고 고개를 들었다. 거울에는 앞머리가 잔뜩 젖은 남자가 창백하게 질린 얼굴로 자신을 쳐다보고 있었다. 흘러내린 물방울이 턱에 모여 세면대 위로 떨어지는 모습을 멍하니 바라만 봤다.

현기증이라도 난 것처럼 모든 게 다 옆으로 기울어져 보였다. 거울에 비친 빈유미와 형사들을 본 도원은 다시 세수를 했다. 얼굴에서 번진 한기가 현실 감각을 일깨워 주었다.

"크리스마스엔 집에 연락을 해야 했는데 제가 깜빡했습니다. 그것 때문에 그 사람이 걱정되어서 신고한 것 같아요. 보다시피 괜찮아요. 요즘 야근을 많이 해서 몸이 안 좋아졌나 봅니다."

빈유미는 고리타분한 위로의 말이나 상투적인 물음 등 어떤 것도 입에 담지 않았다. 말하지 않아도 어떠한 일을 겪어 왔는지는 빈유미도 잘 알고 있었다. 그녀는 방 안을 둘러보더니 자리에서 일어났다.

"선생님, 밥 먹으러 가요."

도원이 젖은 얼굴을 수건에 닦았다.

"배고프세요?"

"선생님이 뭐 좀 드셔야 할 것 같아서 그럽니다."

"전 괜찮아요."

"세수하면서 거울 안 보셨어요? 쓰러질 거 같아요."

"괜찮다니까. 별일 없는 거 확인했으면 가 봐도 돼요."

"이번엔 못하겠어요."

"성가시긴."

"성가셔도 어쩔 수 없어요. 선생님 요즘 뭔 일 있죠. 감이 좋은 건 선생님뿐이 아니거든요. 딱 보면 아니까 숨기려고 하지 말아요."

"숨기긴요. 좀 더 자고 싶어요. 밥은 친구분들이랑 나가서 드시고."

"이불도 베개도 없는 맨바닥에서 자면 몸 상해요. 밥 먹어요, 밥! 밥! 몰라요, 나 막 멋대로 굴 거예요!"

도원의 표정이 일그러졌다. 이건 또 웬 어린애 투정인지 모르겠다는 얼굴이 되었다.

"주말 아침부터 시끄럽게 하면 옆집에서 신고 들어와요."

"경찰이 이미 출동해 있는데 신고해서 뭐 하겠어요, 밥 먹어요, 바아압!"

"빈유미 씨 안 되겠네."

"언제는 되는 사람이었나요, 먹으러 일어날 때까지 나 안 갈래요."

"크리스마스 날 쉬지도 못하고 출동해서 서럽구나, 지금."

"아, 진짜. 방에 드러누워 있는 홀아비보다는 낫거든요?"

"지금 인신공격했어."

"더 공격할 거예요. 그러니까 듣기 싫으면 밥 먹어요."

도원은 젖은 수건을 목에 둘렀다. 그녀를 지켜보다가 피식 웃고 말았다. 빈유미도 히죽 웃었다. 밥을 먹느냐 잠을 자느냐의 말다툼에서는 빈유미가 이긴 듯했다.

도원은 악몽에서 서서히 벗어나면서 자신의 페이스를 찾기 시작했다.

해야 할 일을 떠올렸고, 자신이 어떤 행동을 해야 주변 사람들에게 폐를 끼치지 않는지를 생각했다. 도원은 제일 먼저 부인에게 전화를 걸었다. 신호음이 가는 동안 빈유미가 무언가를 건넸다.

"아까 말씀 못 드렸는데요, 이 쪽지가 문 앞에 붙어 있었어요. 누가 장난친 건가요?"

도원은 쪽지라는 말에 소름이 돋았다. 통화가 연결된 전화기 안에서 "도원 씨, 도원 씨, 무슨 일 있어?" 하고 묻는 소리가 들렸지만 대답하지 못했다.

쪽지는 자신의 연구실에 있던 펜과 동일한 색과 굵기로 적힌 메모를 떠올리게 했다. 다른 점은 그땐 문장이었지만 이번에는 그림이라는 점이었다.

그림은 단순했다. 어린아이가 낙서한 것처럼 어설픈 선으로 그어진 그림이었다. 개인지, 늑대인지 모를 커다란 짐승의 얼굴만 그려져 있었다. 딸애를 위해 읽어 주었던 '빨강 망토'나 '아기 돼지 삼형제' 같은 동화 속 삽화에 나오는 포식자의 얼굴이었다.

짐승은 눈을 사납게 치켜뜨고 있었다. 날카로운 송곳니를 드러내고 있는 모습은 금방이라도 으르렁거리며 소리를 낼 것 같았다.

흐려지던 꿈이 선명하게 되살아났다. 꿈속에서 짐승은 자신의 발목과 목덜미를 물었다. 하지 말라고 손을 저었지만 이빨은 강하고 질겼다. 도원을 물고 놔주지 않았다.

그 짐승이 몸속으로 파고들었다. 육체의 아픔보다 정신의 아픔이 컸다. 밀려들어 오는 물건을 통해 백 마디 말보다 더 정확한 포식자의 본능을 느꼈다.

거부하지 못했다. 거부하면 그 본능이 다른 곳으로 눈을 돌릴 것만 같았다. 전부인에게, 아이에게, 동료에게, 다른 어떤 무언가에게.

그래서 암캐가 됐었다. 맞다, 그건 혼자 그 꿈속에서 결정한 사안이었다. 아무도 모르는 결정이었다. 암캐라는 결정, 그건, 그건 혼자만의 꿈이었다. 아무도 모르는 꿈. 그런데 어째서 이런 그림을…….

도원은 손에서 메모지를 구겼다. "도원 씨." 하고 부르는 전처에게 사무적으로 대답했다.

"미안. 아무 일도 없었어. 화향이한테도 미안하다고 전해 줘. 해가 바뀌기 전에 연락할게."

도원은 전화를 마치고는 빈유미에게 진지하게 말했다.

"밥은 나중에 먹어요."

"예?"

"잠깐 어디 좀 가 봐야 할 것 같아요."

"어디요?"

"나중에 연락 줄게요. 혹시 날 쫓아오거나 그러지는 말고요."

"당연히 미행할 생각 없어요. 하지만, 선생님."

"연락할게요."

"아, 선생님!"

도원은 차 키만 챙겨서 엘리베이터에 올라탔다. 아무도 만나서는 안 된다는 생각만 끊임없이 되풀이했다. 아무도 없는 곳으로 가야 했다. 주변 사람들과 모두 거리를 두지 않으면 날카로운 이빨과 발톱이 주변을 난자할지도 몰랐다.

지하 주차장에 도착한 도원은 차에 올라타기 전에 비틀거렸다. 아직도 현기증이 가시지 않았다. 빈혈 증상이 느껴지는 몸을 차 문에 기대어 안정시켰다. 눈앞이 빙글 돌지 않게 된 후에야 차에 올라탔다.

차에 타고 나서야 슬리퍼를 신고 나왔다는 걸 깨달았다. 세수하느라 목 부근이 물에 젖은 셔츠가 마르지 않은 눅눅한 빨래같이 느껴졌다.

도원은 룸 미러를 돌렸다. 뒷자리에 아무도 타고 있지 않은 것을 확인한 후에야 차에 시동을 걸었다. 어디로 가야 할지 모른 채 무작정 사람이 없는 곳을 생각하며 핸들을 돌렸다. 주차장을 빠져나온 차가 사람이 적은 도로로 들어갔다.

허공에서 빨갛게 빛나는 점이 가까워졌다. 눈발이 약해진 시야에 고장 난 신호등 불빛만 안개 속 등대처럼 어른거렸다.

지금까지는 꼬박꼬박 멈추어 섰지만 이번만큼은 달랐다. 강제로 누군가 멈추어 세운다고 해도 그대로 무시하고 지나칠 작정이었다. 기어를 바꾸지 않았다. 액셀러레이터에 올린 발도 떼지 않고 조금씩 힘을 주어 밟았다.

이런 식으로라도 저항하지 않으면 가슴이 답답해 가라앉을 것만 같았다. 멈추는 것도 멈추지 않는 것도 모두 도원 자신의 결정이지 누구도 강요할 수 없다고 생각했다. 하지만 속도가 충분히 나기도 전에 도로 한복판에 서 있는 검은 형상을 보았다.

안개 속에 사람이 우뚝 서 있었다. 희미한 윤곽은 오래된 명화에서나 볼 법한 괴물처럼 보였다. 전기톱이나 총을 들고 안개 속을 걸어 나올 살인귀도 당장 눈앞의 남자보단 덜 무서울 것 같았다.

멈추지 않으려 했는데. 이번만큼은 다 무시한 채 달려가 버리려고 했는데. 그 결심은 얼마 못 가 무너졌다.

도원은 다급히 브레이크로 발을 옮겼다. 핸들을 단번에 왼쪽으로 꺾었다. 끼익, 눈에 젖은 도로였음에도 타이어가 거칠게 마찰하는 소리를 냈다.

중심을 잃은 자동차가 신호등 아래까지 미끄러졌다. 안개 속에 서 있는 검은 형상이 그런 도원에게로 다가왔다.

"난 이래서 선생님이 좋아."

조수석 문이 열렸다. 거칠어진 숨만 내뱉는 도원의 귀에 인상적인 목소리가 박혀 들어왔다. 아니길 바랐고, 그래서 멀어지려고 무작정 차를 타고 속력을 내려 했다.

하지만 소용이 없었다. 그의 눈과 목소리는 잠을 자던 전의식의 순간에도 파고들지 않았던가. 목을 움켜쥐고 사지를 묶어 놓은 채 몸속까지 파고들던 공포의 현신이 바로 옆에서 속삭이는 남자였다.

"선생님은 내가 굳이 설명하지 않아도 다 알아채거든. 쪽지만 남겼는데 바로 알아봐 주잖아. 우리, 생각보다 잘 통하지 않아?"

남자는 짧은 머리를 손바닥으로 쓸어 넘겼다. 화상 자국이 난 얼굴이 선명하게 드러났다. 어둠 속에서 흐릿하게 구분했을 때와 달리 이번엔 색깔도 피부의 질감도, 얼굴에 위치한 방향까지 분명하게 구분할 수 있었다.

"주말에 보자고 한 건 선생님이야. 나한테 준 시간을 다른 사람한테 쓰는 건 용납 못해. 이틀 동안 할 얘기를 생각해 왔어. 물론 숙제도 잘해 왔어. 선생님이 다른 사람들 걱정을 많이 하는 거 같으니까 신경 쓰이지 않는 곳으로 가자."

MJ가 내비게이션에 목적지를 입력했다. 처음 보는 낯선 주소였다.

도원의 머리를 쓰다듬으면서 쪽쪽거리듯이 혀끝으로 소리를 냈다. 키우는 개를 길들이는 듯한 행동이었다.

MJ가 고개를 숙였다. 고막 안까지 MJ의 숨소리가 파고들었다. 느리고 깊은 숨이었다. 냄새를 맡는 것도 같았고, 자신의 생각을 정리할 때 호흡을 깊게 뱉는 습관으로 느껴지기도 했다.

도원의 옆머리를 타고 미처 닦지 못한 물방울이 떨어졌다. MJ가 콧잔등에 떨어진 그 물방울의 감촉에 이를 드러내어 웃었다.

"아무도 모르는 곳이야. 안심해."

으르렁, 꿈속에서 들었던 소리가 도원의 바로 옆에 있었다.

⟨⟩

창밖으로 같은 풍경이 계속되었다. 앙상한 나무들이 드문드문 서 있는 도로에서 싱그러운 활기 같은 것은 보이지 않았다. 물이 마른 논엔 고랑과 이랑이 구분 없이 버려져 있었다. 황색으로 말라 버린 잡초 사이에서 겨울 철새들이 먹잇감을 분주하게 찾아다니고 있었다.

크고 작은 건물들과 지평선 방향으로 뻗어 있는 고가 도로로 엉켜 있는 도시와 달리 모든 게 황량했다. 도시에서는 좁았던 하늘이 넓어 보였다. 전신주의 전선조차 하늘을 가리지 못했다.

덜컹, 차바퀴에 무언가가 걸렸다. 흠칫 놀란 도원이 핸들을 꺾어 차를 멈추어 세웠다. 사이드 미러로 왔던 길을 돌아보자 죽은 개의 사체가 보였다.

네 다리가 비포장도로에 달라붙어 있는 개는 회색 혀를 길게 빼 물고 있었다. 파리도 구더기도 꼬지 않는 몸은 눈 속에 반쯤 파묻혀 있었다. 딱딱하게 굳어 있었다. 도원이 밟고 지나갈 때 커다란 돌부리에 걸린 거라 착각할 만했다.

도원은 사이드 미러에서 눈을 떼고 앞을 돌아봤다. 끝없이 펼쳐진 논둑 사이의 길이 오랫동안 이어졌다.

내비게이션은 목적지까지 1㎞가 남았다고 알려 주었다. 1㎞ 뒤에도 이 끝없는 길이 이어질 것 같았기에 도원은 멈춘 차를 쉬이 출발시키지 못했다.

"선생님, 아까부터 이상하네."

옆자리에서 낮은 목소리가 울렸다. 핸들을 쥔 손에서 순식간에 힘이 빠져나갔다. 손끝의 피가 말라 버리는 기분이었다. 시선을 어디에 둬야 할지 몰라서 차의 계기판만 쳐다봤다.

물끄러미 도원을 응시하는 MJ가 도원의 떨리는 속눈썹 한 올까지 셀 듯이 가까이 다가왔다.

"왜 이렇게 긴장했어?"

지척에 있는 얼굴을 옆으로라도 흘끗 볼 수가 없었다. 눈을 마주치면 속으로 참고 있던 말을 뱉을지도 몰랐다. 도원은 MJ에게 그런 식으로 약점이 잡히기 싫었다.

"아뇨, 잠을 못 자서."

도원의 변명에 MJ는 눈을 가느다랗게 뜨고 목 너머를 울렸다.

"흐응."

"출발할게요."

도원이 다시 액셀러레이터에 올려 둔 발에 힘을 주려 할 때였다. MJ가 손을 뻗어 기어를 멋대로 주차에 맞추었다. 출발하려던 차가 덜컹거리면서 다시 멈추었다.

미약한 엔진의 진동음이 도원의 전신을 타고 올라왔다. 도원은 여전히 기어를 잡고 있는 MJ의 손을 봤다. 차 안의 공기가 순식간에 얼어붙는 기분이 들었다.

"나 봐 봐."

명령조였다. 기어를 쥐고 있는 투박한 손끝이 톡톡, 스틱의 머리를 두드리기 시작했다.

"나 보라고 했어."

도원은 눈을 감았다. 아랫입술을 살짝 깨물었다가 놓자, 그 끝이 톡하고 터지듯 튕겨 나갔다. 눈을 뜬 도원은 천천히 고개를 들어 MJ와 시선을 마주했다.

MJ는 도원을 관찰하고 있었다. 도원의 피부 밑 근육의 움직임 하나도 놓치지 않으려는 것처럼 집요하게 곳곳을 살폈다. 경직된 표정 너머에서 무엇을 읽어 내기라도 할 기세였다.

MJ는 기어를 쥐고 있던 손을 뻗어 도원의 얼굴을 만졌다. 엄지 끝이 도원의 속눈썹과 눈가를 문질렀다. 얼어붙었다고 생각한 차 안의 공기가 넘실대는 것 같았다. MJ의 기분을 파악할 수가 없었다.

"속눈썹이 기네."

MJ는 그렇게 말하며 손끝으로 속눈썹을 반복해서 쓸어 만졌다. 그가 만지는 탓에 눈을 반밖에 뜨지 못한 도원은 얌전히 MJ의 손 길을 받아들였다.

"떨지 마. 누가 보면 내가 선생님 잡아먹는 줄 알겠어."

"추워서 그런 겁니다."

"아깐 졸려서 그렇다더니. 이젠 춥기까지 해?"

"차림새가 이 모양이라서."

"그러게 왜 반팔 셔츠 하나만 달랑 입고 나왔어. 양말도 안 신었네. 누가 보면 어디 도망가는 줄 알겠어."

이를 드러내어 씩 웃는 MJ의 말에 도원은 어색한 표정을 숨겼다. 알면서 저렇게 말하는 건지, 모르고 아무 생각 없이 내뱉는 말인지. 몸의 떨림이 좀처럼 잦아들지 않았다. 도원은 얼굴에서 MJ의 손이 떨어져 나가자 정신을 가다듬었다.

그가 멋대로 바꾸었던 기어를 주행으로 돌려놓고 핸들을 잡았다.

얼마 안 남은 목적지까지 논길이 이어졌다.

주민 한 명 보이지 않는 황량한 갈색 땅을 지나자 내비게이션이 상냥하게 말했다. 목적지에 도착했습니다. 목적지라고 불린 곳은 슬레이트 지붕을 쌓아 올린 정체불명의 집이었다.

"추우니까 여기서 기다려."

MJ가 문을 열고 나갔다. 하얀 입김을 뱉으면서 여유롭게 슬레이트 지붕의 건물 안으로 들어갔다. 집 안에서 웅성거리는 소리가 들렸다.

도원은 창문을 살짝 내리고 들려오는 소리에 귀를 기울였다. MJ와 대화를 나누는 사람이 있었다. 같은 남자였다. 목소리는 젊었다. 담 안쪽에 서 있어서 체형이나 얼굴은 보지 못했다.

"밖에 차 가져왔어."

"봤어, 일제 차더라."

"내일 저녁에 받으러 올 테니까 그쪽 차 키 줘."

"저렇게 값나가는 차인 줄은 몰랐는데 범죄 기록 있는 건 아니지?"

"헛소리하지 마. 너랑 수지 안 맞는 거래해서 짜증 나는데 그러다 죽여 버리는 수가 있어."

"또 이러네. MJ, 난 네 편이라니까. 봐 봐, 여기 자동차 번호판도 여분으로 몇 개 더 준비해 줬잖아. 볼트 빼서 새로 갈아 끼우면 돼. 면허 취소 차량들이라서 경찰이 검색해도 안 걸리는 애들이라고."

"알았어, 내일 다시 차 받으러 올 거야. 그때까지 차에 장난질해 놓으면 각오해."

"알았다니까."

뒤섞인 목소리들이 낯선 이야기를 주고받은 끝에 MJ가 다시 모습을 드러냈다. 그는 도원이 앉은 운전석 문을 열었다.

"선생님, 내려. 차 갈아타고 갈 거야."

MJ는 차 키를 뽑아서 자동차 지붕 위에 올려놓았다.

"내일 저녁에 다시 받으러 오기로 했어. 차는 걱정 마. 야, 여기 키 놓고 간다."

건물 안쪽을 향해 소리친 MJ가 길에 서 있는 검은 차의 운전석에 올라탔다. 양팔을 문지르면서 도원이 뒷좌석에 탔다. 차에 시동을 걸면서 MJ가 말했다.

"옆으로 와."

"뒷자리가 더 편합니다."

"알았으니까 내 옆에 앉아. 이런 걸로 말싸움하고 싶진 않을 거아냐."

도원은 슬리퍼 밖으로 삐쭉 튀어나온, 파랗게 질린 발끝을 보다가 한숨을 삼켰다. 조수석에 올라타자 MJ가 자동차를 후진시켰다.

과속 방지 턱에 걸린 것처럼 차가 한 번 덜컹했다. 무엇을 밟았는지 일부러 보지 않았다. 도원은 개의 사체가 더 납작해진 것 같다고 생각하며 애써 고개를 돌렸다.

MJ는 양옆으로 펼쳐진 논밭만 1㎞에 달하는 평원 길을 거꾸로 질주하여 돌아갔다. 차가 포장된 도로에 진입하자마자 MJ가 핸들을 꺾었다.

단번에 코너링한 자동차가 알 수 없는 길을 달렸다. 내비게이션도 없는 차였다. 일대가 어딘지 알고 싶어도 간혹 보이는 표지판의 지명만으로는 알기 힘들었다.

아까와는 정반대 방향으로 가고 있었다. 어느새 나무들이 촘촘히

늘어선 길로 접어들었다. 산속으로 빠지는 듯 주변이 순식간에 어두워졌다. 키 큰 상록수 사이로 구불구불 이어진 길을 따라갔다.

MJ는 속력을 늦추지 않았다. 어디로 가는지 묻지도 못하고, 도원은 차의 시트에 기대어 빼곡한 상록수만 쳐다보는 게 전부였다.

낮인데도 사방이 온통 어두컴컴했다. 울창한 상록수 나무 그늘에 흙이 눅눅해 보였다.

도원은 MJ를 돌아봤다. MJ는 한쪽 팔을 옆 유리창에 대어 놓고 한 손으로 핸들을 돌리고 있었다. 익숙하고 자연스러운 모습에 이 산길을 한두 번 오고 간 게 아니란 걸 바로 알아차렸다.

그러나 길이 험해질수록, 길이 사라져서 자동차가 우거진 나뭇가지를 모두 부서뜨리고 앞으로 나아갈수록, 묻지 않으려고 애썼던 질문이 도원의 목구멍까지 넘어왔다.

까악, 깍.

머리 위에서 까마귀 수십 마리가 불길하게 울고 있었다.

"MJ."

도원이 부르자 남자가 고개를 돌렸다. 불안하게 쳐다보는 도원을 보면서 MJ는 어쩐지 즐거워했다.

"곧 도착해."

물어보기도 전에 대답하는 MJ의 눈치에 도원은 쭈뼛, 소름이 돋았다. 속이 꿰뚫리는 것은 기분 좋은 경험이 아니었다. 도원이 이곳이 어디냐고 묻기 전에 자동차가 목적지에 도착한 듯 속력을 줄였다. 까마귀 소리가 더 크고 선명하게 들리는 곳이었다.

MJ는 자동차를 멈추어 세웠다. 도원은 자갈길이 이어진 끝에 자리한 집 한 채를 발견했다. 나무와 흙으로 만들어진 집은 폐가에 가까웠다.

차에서 내린 MJ가 집 안으로 들어가자 도원이 그제야 차 밖으로 나왔다. 공기부터가 달랐다. 폐부 아래까지 묵직하게 잡아끄는 공기는 도시에서 맡았던 냄새와 전혀 다른 냄새가 섞여 있었다. 살아 있는 냄새로 가득했다. 이 공기를 먹고 크는 모든 것이 살아서 움직일 것만 같았다.

도원은 사위를 알 수 없는 우거진 나무가 몸을 길게 내밀고 자신을 쳐다보는 듯한 착각이 들었다. 멀리서 메아리치는 까마귀 울음소리는 산속에서 시체가 발견되어도 이상하지 않을 것 같았다. 조난을 당해서 신고를 해도 구급 대원들이 찾아오지 못할 정도로 깊었다.

도원은 아무 장비 없이 이 산속을 나갈 엄두가 나지 않았다. MJ가 마음이 바뀌어 이곳을 떠나지 않는다면 그것이야말로 최악의 시나리오가 될 것이다.

"선생님."

MJ가 건물 안쪽에서 도원을 불렀다. 찬바람에 소름이 돋는 팔을 문지르는 도원에게 고갯짓을 해 보였다.

"들어와. 감기 걸려."

아무렇지도 않게 일상적인 말을 내뱉는 그에게 오히려 화가 났다. 멋대로 데려와서는 마음대로 나갈 수도 없게 만드는 이 분위기에서 할 말은 아니었으니까.

도원은 슬리퍼를 끌듯이 앞으로 나아갔다. 여기까지 온 이상 확신을 얻고 가야 했다. 도원이 어떤 행동을 해도 MJ가 주변을 위협하지 않을 것이라는 확신. 그 확신을 받지 못한다면 도시로 돌아가

자마자 경찰과 검찰에 MJ를 넘기겠다고 다짐했다.

　　　　　　　　　◐

"씻고 싶으면 욕실 써도 돼. 지하수로 끌어 올리는 거라 온수는
전혀 안 되지만."

외투를 벗은 MJ가 거실 소파에 앉았다. MJ를 따라 집 안으로 들
어온 도원은 사람의 손길이라곤 느껴지지 않는 내부 풍경을 확인
했다.

벽지도 귀퉁이가 말려 내려와 반쯤 벗겨져 있었다. 다리가 세 개
밖에 남지 않아 벽에 간신히 기대어 서 있는 테이블과 가죽이 다
터진 소파가 그나마 사람이 쓸 수 있는 물건 중 하나였다.

바닥에는 카펫이 먼지를 뒤집어쓰고 있었다. 깨끗한 물건은 잠을
잘 수 있는 매트리스와 이불, 베개 정도였다.

얼핏 봐도 MJ가 사는 곳은 아니었다. 자신의 주거 지역으로 타
인을 데려올 만큼 MJ는 성격이 무른 편도 아니었다. 가끔 필요할
때 이용하는 폐가라는 확신이 들었다.

도원은 벽에 기대어 섰다. MJ를 정면으로 볼 수 있는 거리였다.
다리를 벌리고 소파에 앉아 있는 MJ는 도원의 시선을 마주했다.
얌전한 시선이었다. 가끔 흥분할 때 보이던 공격성은 드러나지 않
았다.

"이런 깊은 곳까지 와야 했습니까."

질문을 받은 MJ가 빙긋 웃었다. 아이처럼 천진한 미소였다.

"선생님이 신경 쓰는 게 싫어서. 여긴 아무도 신경 안 써도 돼서 좋아."

"굳이 나 혼자서 돌아갈 수도 없게 이중, 삼중으로 계획을 짠 건 아니겠죠."

"그 정도로 선생님을 억압할 생각 없어. 그럴 거였으면 애초에 목줄부터 준비했을 거야. 쪽지로 날짜를 세는 건 번거로운 일이잖아."

MJ는 죄책감이 없었다. 누군가를 억압하는 일상에 익숙해져 있는 듯했다. 사고방식과 논리 체계가 모두 자기 본위로 돌아가기에 꾸밀 수 있는 짓이었다.

"당신을 도와주는 사람이 있습니까."

"음? 그게 무슨 소리지?"

"보안이 철저한 연구소와 제 오피스텔에 쪽지를 두고 가려면 조력자가 있어야 할 것 같아서요."

"흐응, 글쎄."

MJ는 제대로 된 대답을 할 생각이 없어 보였다. 모호한 말들이 MJ에 대한 신뢰를 깎아 먹었다.

"나는 치료받고 싶어 하는 환자를 의심하고 싶지 않아요. 당신이 숨기려고 할수록 나도 할 수 있는 말이 적어질 겁니다. 이런 식의 상담이 그쪽에게 어떠한 도움을 줄지도 잘 모르겠군요."

MJ는 벌린 다리 위에 한 손을 올렸다. 손끝으로 무릎을 톡톡, 두드리는 것이 뭔가를 생각하는 눈치였다.

"나는 숨기는 게 없는데 선생님 혼자 의심하는 거 같아. 내가 뭘 숨긴다고 생각해?"

"설명이 필요한 많은 일들이요. 내게 왔고, 곁에 머물고 있는 다양한 방법들."

"소문난 맛집에 간다고 주방에서 맛의 비법을 알려 주나?"

"내 주변에서 꾸미는 일들을 맛의 비법으로 비유할 줄은 몰랐는데요."

"영업할 때 까고 시작할지 안 까고 시작할지 정하지. 난 안 까기로 했어. 경찰들이 반년 동안 날 찾고 있어도 잡혀 줄 생각이 없어. 선생님한테도 마찬가지야. 나랑 연락하기 어려울까 봐 일부러 쪽지 등의 수고스러운 일을 했는데 칭찬은 안 해 주고 대뜸 혼내기나 하고 말이야."

묘하게 신경을 건드리는 말투에 도원은 어금니를 악물었다.

MJ는 내담자로 곁에 있고 싶은 게 아닌 듯했다. 그와는 다른 의미의 무슨 특별한 관계를 원하고 있었다. 그가 쓰는 말, 보여 주는 표정, 취하는 행동, 모든 것이 도원에게 집요하게 집착하고 있었다.

도원은 조금 더 낮은 목소리고 단호하게 말했다.

"모르는 것에 대해 불안해하는 건 인간의 본성입니다. 그쪽이 하는 일은 그런 불안을 키워요."

"그래? 어떤 불안일까. 내가 무섭다거나 그런 거겠지."

"MJ, 내 말뜻은."

"난 말이지, 내 안에 이해 못할 강박증들이 더 괴물 같아. 난 이것들을 전부 없애고 싶어. 전부 다 깨끗하게 지워 버리고 싶다고. 선생님은 적어도 날 죽여 버리고 이 세상에서 없애 버리려는 생각은 안 하잖아."

도원은 스스로를 부정적으로 보는 MJ의 반응에 표정을 굳혔다. 내부에 끈적끈적하게 쌓여 있는 덩어리가 많은 사람이었다.

그것이 방화라는 행동이나 타인을 위협하는 방식으로 발현되고 있다면, MJ가 말한 자기 안의 괴물을 죽여서 상태가 호전될 수도 있을 것 같았다. 괴물들을 하나씩 끄집어내면 감당할 수 있을지는 별개의 문제일 테지만 말이다.

"하아."

정신적으로 지친 도원은 한숨을 내쉬었다. 앞머리를 쓸어 올리면서 곰팡이가 슨 벽지만 바라봤다. 앉을 곳이 마땅치 않아서 더러운 바닥에 엉덩이를 붙이려니 MJ가 매트리스를 권했다.

"저기 앉아. 저긴 깨끗해."

도원은 매트리스와 MJ를 번갈아 보았다. 잠자리를 권한 MJ의 말뜻을 잠시 고민했다. 아무런 의미가 없을 수도 있다. 반대로 아주 큰 뜻을 담았을 수도 있다. 극단적으로 양분될 수 있는 한마디였다.

"싫어? 그럼 어떡하지. 여긴 앉을 만한 데가 이 소파 아니면 매트리스뿐인데. 그럼 이리 와 볼래?"

이 상황이 재밌나? 그러니까 저렇게 밝게 말하는 거겠지? 누군 신경 줄이 타들어 갈 것 같은데 이렇게 태연하다니.

"됐습니다."

"아냐, 이리 와."

"지금 본인이 하는 말은 알고 내뱉는 건가요."

"나쁜 뜻은 전혀 없는데."

"그래서 문제인 겁니다. 나한테 비정상적인 애착을 보이니까."

"내 귀한 선생님한테 애착 갖는 건 정상이지."

"방법이 잘못됐어요."

"그래?"

MJ는 비스듬히 웃어 보였다. 그는 손끝을 까딱거렸다. 물러서지 말기로 마음먹은 도원이었기에 두려움을 억누르고 MJ에게 다가갔다.

MJ는 도원의 허리에 팔을 감아 자신의 무릎에 앉혔다. 도원의 인상이 구겨졌다. 분명히 잘못됐다고 말했는데도 오히려 더 표현을 강화한 MJ에게서 아주 삐뚤어진 애착이 느껴졌다. 그는 도원이 자신을 내담자로 인식하지 못하게 그 생각을 자꾸만 흐리게 만들고 있었다.

MJ는 알면서 그러는지, 모르는데 본능으로 움직이는지, 도원을 자주 '선생님'이 아닌 다른 존재로 여겼다. MJ가 자신의 기준에 맞추려는 것에 마냥 끌려갈 수 없었다. 도원은 결국 직접적으로 물었다.

"MJ, 나한테 성욕을 느끼나요."

상담 치료의 일환으로 꼭 짚고 넘어가야 하는 문제인 것처럼, 도원의 표정은 진지했다.

MJ는 별로 놀란 표정이 아니었다. 부끄러워하지도 않았다. 불쾌해하는 감정도 물론 없었다. 도원이 MJ를 성적으로 인식하는 사실을 오히려 마음에 들어 하는 것처럼 보였다.

"티 났어?"

그는 연신 싱글벙글 웃었다. 속내를 들키자 아예 대놓고 행동하기 시작했다. 도원의 허리에 감은 팔을 움직여 티셔츠 안쪽으로 들어오려고 했다.

도원은 그 손을 꽉 쥐고 움직이지 못하게 해 버렸다. 등골에 닿은 MJ의 손이 더 여린 살로 파고들지 못하도록 막아 세웠다. 그럼에도 그는 입술을 혀로 축이면서 즐거워했다.

"그럼 여긴 알면서 따라온 거야? 우리 선생님 대담한 거야, 무모한 거야."

"저번에 말한 흰 피부 때문에 나한테 이러는 건가요."

"아아, 순서가 잘못됐네. 선생님이기 때문에 흰 피부가 좋은 거야. 하얀색 페티시즘은 선생님 때문에 생긴 거라고."

"고등학생 때 봤다는 내 영상 때문인가요. 다큐멘터리요."

"뭐, 그럴 수도 있는데. 그보다 선생님 별로 안 놀라네. 남자랑 사귀어 본 적이라도 있나 봐."

"없습니다."

"그런데도 이렇게 계속 만져도 돼?"

"고민하고 있어요. 손가락을 부러뜨려 버리면 더는 이런 짓을 안 하려나."

"손가락 하나로 선생님을 마음껏 만질 수 있다면야. 내가 이득이지."

"……이런데도 본인의 애착이 비정상이라고 인정 안 할 건가요."

"정상이야. 이 정도의 관심과 애착은 지극히 정상이라고."

MJ는 도원에게 잡힌 손 중 자유로운 손가락들만 이용해서 등을 부드럽게 쓸어 만졌다. 자신의 찌그러진 피부와는 다른 감촉에 MJ의 표정이 기묘하게 변했다. 조금이지만 황홀하게도 보였다.

부드럽고 하얀 피부에 갖는 애착은 단순한 성욕 이상이었다. 동경이자 절대성이었다. MJ는 도원을 중세 시대 이전에 유행했던 뮤즈라도 대하듯 자신의 다양한 감정을 투영하고 있었다.

도원은 등 뒤에서 느껴지는 감각에 애써 무심해지려고 노력했다. 여기서 휘말리면 MJ가 원하는 방향으로 끌려갈 것이다.

"환자들에게서 동성애적 성향은 쉽게 관찰됩니다."

MJ가 과장되게 놀란 표정을 지었다.

"정말?"

"성애만이 아니라 정신적인 의존에서요. 그쪽처럼 구는 게 특별한 건 아니에요. 이걸 행동으로 표현하는 건 처음이라 당혹스럽긴 하지만."

"그럼 선생님 말처럼 비정상이 아니란 소리네."

"애초에 날 찾아와서 상담받는 사람들은 자신에게 문제가 있다고 여겨요. 그런 사람들이 하는 생각이나 행동 자체가 사회 규범에서 어긋난다고요. MJ, 계속 만지면 나도 가만있지 않을 겁니다."

"정상적인 행동이야."

"본인에게는—."

"정상이라고."

MJ는 차가운 눈으로 도원을 올려다보기만 했다. 도원이 더는 비정상이라고 하지 않자 멈추었던 손을 움직였다. 남자치고는 가는 허리를 더 가까이 끌어왔다.

도원의 표정은 흐트러지지 않았다. 이마께에서 살랑거리는 머리카락만 움직였다. MJ의 시선이 도원의 얼굴에 못 박히듯 붙어 버렸다.

"다른 환자들 얘기 좀 해 줘."

MJ는 모든 것이 제멋대로였다. 어린애를 상담할 때도 이렇게 막무가내인 경우는 없었다. 이런 사람과 상담한다는 것은 인내심과 싸우는 일이었다.

"그건 내 환자들 문제라서 말할 수 없습니다."

"아아, 그러면 학술적인 케이스로 얘기해 줘. 증례 같은 거."

"그쪽이 싫어하는 학술 용어가 난무할 텐데요."

"상관없어. 난 선생님 목소리 듣는 것도 좋으니까."

도원은 한참 입을 다물고 있다가 옅은 한숨을 뱉으며 말했다.

"애초에 페니스를 가지고 태어나면 페니스의 세계에 종속되게 돼요. 여자는 태어날 때부터 거세된 존재여서 사고 체계가 남성 권위적인 것에 쉽게 종속되지 않죠. 몇 번 걸러서 생각하니까요."

페니스란 단어에 MJ가 유독 흥미를 보였다. 그는 입술을 혀로 훑으면서 만족해했다. 도원은 그 반응에 당황하지 않고 말을 이었다.

"남자는 남자가 지배하는 사고 체계를 아주 자연스럽게 받아들이게 돼요. 아버지의 법칙에 종속된다고 표현합니다. 실재하는 친부가 아니라도 권력이나 힘, 법, 위계질서 같은 우뚝 선 규율을 말하는 겁니다."

"그게 선생님한테 의존하는 태도랑 관련 있어?"

"상담할 때는 보이지 않는 위계질서가 만들어지죠. 환자는 상담사 말을 절대적으로 믿고 따라야 해요. 그러니 신경질적인 환자들은 그 규율을 사랑이나 애착으로 변질되게 느껴서 동성애적인 태도를 띠기도 하죠."

"어떤 태돈데."

"섹스 얘기를 잘해요."

"오."

"내 눈을 똑바로 보면서 자신의 섹스 타입이나, 어떤 식으로 섹스를 하고 싶어 하는지, 아주 구체적으로, 상세히, 자세하게 풀어놓아요. 나는 그런 환자들에게 익숙해요. MJ, 당신이 이렇게 행동해도 놀라지 않습니다."

"상담실에서 선생님은 환자들한테 여자 취급을 당했다, 이거네."

"반대의 경우가 더 많습니다. 나한테 여자처럼 안기고 싶어 하는 경우."

"그래, 권위에 복종하고 싶어 하는 환자들은 선생님한테 안기고 싶기도 하겠네. 그래서 직접 경험한 적은?"

"없습니다."

"그럼 나랑 한 판 어때?"

"……예?"

MJ는 도원에게 붙잡혀 있는 손목을 틀어서 빠져나왔다. 다급해진 도원이 다시 붙잡기도 전에 MJ의 손이 도원의 셔츠 속으로 들어와 등골을 타고 올라갔다. 셔츠가 말려 올라가면서 배의 맨살이 드러났다.

흔들리는 앞머리 아래로 보이는 도원의 시선이 경직되었다. MJ는 그 시선을 몰입하여 바라보았다. 도원은 제 맨살을 더듬는 손을 힘으로 잡아 빼지 못했다. 입술을 깨물었다 풀면서 MJ를 노려봤다.

"강박증을 치료하고 싶다고 했으면서 자꾸 이럴 겁니까."

"치료하고 싶어. 그건 아직도 변함없어."

"그럼 놔요. 손 빼세요."

"이것도 치료의 과정일 수 있잖아?"

"그쪽은 분명히 내 방식을 따라온다고 했고, 내가 그 조건을─."

"개 말이야. 내가 왜 불난 집에 뛰어들어서 딕을 구해 왔는지 알아?"

도원의 말은 아랑곳하지 않고, MJ는 자신의 이야기를 했다. 도원의 셔츠 안쪽으로 들어간 손은 도원의 등과 어깨를 마음껏 주물렀다. 자신보다 가는 뼈대와 마른 근육들을 만지면서 도원에게 속삭였다.

"딕이 내 부모님처럼 느껴졌어. 내 아빠 같았어. 왜였을까. 딕은 그냥 페니스가 큰 개였거든. 나는 그 개를 데리고 동네를 자주 산책하기만 했고. 그런데 왜 아빠 같았을까. 선생님은 뭐 짚이는 거 있어?"

도원은 MJ의 화법을 비로소 알게 되었다. 그는 자신이 내키는 대로 얘기하는 척 굴면서 실상은 가장 유리할 때 본격적인 이야기를 끄집어냈다.

평소에는 시답지 않은 이야기로 눈길만 끌고, 결정적일 때 자신이 주도권을 잡고 있어야만 하는 이야기를 풀어냈다. 시시콜콜한 이야기는 모두 진실만을 뱉으면서 판단을 요구하는 단 한 가지에 거짓을 섞었다.

개는 특별하지만 부모님은 특별하지 않다고 했다. 어린 시절 집에 불 질러 죽인 것처럼 말했으면서, 실은 아버지만큼 특별하게 여겼다니. 앞뒤가 맞지 않았다. 부모님이 특별하지 않았다면 개를 그것의 대체품으로 생각하는 것 자체가 오류였다.

그러니 둘 중 하나는 거짓말이었다. 개가 하찮거나 부모님이 하찮거나. 대체 어떤 거짓말을 섞으면서 얘길 하는 것인가.

"산책을 어디로 다녔나요."

음, 하고 MJ가 연극적으로 목을 울렸다.

"동네 근처. 내가 살던 곳은 주택 단지였어. 공원이나 광장 같은 것도 없는 곳이라 골목들을 돌아다니는 게 전부였어."

"딕에 대해서 가장 기억이 남는 장면이 있나요."

"응, 산책을 하다가 아이스크림이 먹고 싶어서 가게에서 하드를 사서 나왔는데 그사이에 밖에 묶어 놨던 딕이 암캐 위로 올라탄 거야. 새빨간 페니스를 꺼내서 암캐 몸속에 쑤셔 박았어. 암캐는 낑낑거렸고. 그거 좋아서 내는 소리였는지 아니었는지 모르겠네.”

섹스. 섹스 장면. 도원의 머리가 빠르게 굴러갔다.

“MJ, 부모님의 섹스 장면을 본 적 있나요.”

“있어.”

“몇 살 때였죠?”

“글쎄, 다섯 살? 여섯 살? 어렸을 때야.”

“어쩌다 봤어요?”

“밤중에 깨어났어. 화장실에 가려고 거실로 나왔는데 안방에서 이상한 소리가 들리더라. 몰래 가서 문틈으로 봤어.”

“섹스 자세 생각나요?”

“응. 후배위.”

“후배위라면 어머니는 엎드리고 아버지는 서 있는 자세네요.”

“맞아.”

“딕이 암캐한테 매달려서 하던 그런 자세.”

“그렇네.”

등을 만지던 MJ의 손이 앞으로 돌아 나왔다. MJ는 도원의 배를 만졌다. 도원의 이마에 맺힌 식은땀이 떨어져 그런 MJ의 손등을 타고 흘러내렸다.

MJ는 하얀 배를 만지작거리면서 도원에게 더 가까이 얼굴을 붙였다. 웃고 있던 얼굴에서 웃음기가 완전히 사라지고 없었다.

“나도 섹스할 때 후배위를 선호해.”

멈칫하던 도원이 입술을 달싹였다.

"사람에게 올라타는 게 좋은가요."

"그런 것 같아."

"다른 이유는 없습니까. 그냥 여자를 올라타면 좋은 건가요? 개처럼, 당신의 아버지처럼 그냥 그 자세면 되는 거예요?"

미간을 좁힌 MJ가 고개를 갸웃했다.

"섹스할 때, 여자를 어떻게 하고 싶으신가요."

도원의 질문에 MJ는 진심으로 고민하는 기색을 보였다. 도원의 배를 쓸어 만지던 손이 올라왔다. 가슴께를 부드럽게 쓰다듬는 손길은 무의식적으로 보였다.

"여자의 얼굴을 보기 싫은 것 같아. 후배위는 얼굴이 안 보여서 좋아."

"왜죠."

"엄마가 인상을 찌푸리고 있었거든. 싫어하는 얼굴이었어."

"그리고 또 없나요."

"음, 딕이, 딕이 그 암캐에게 올라탔을 때, 암캐가 울었어. 싫어하는 소리였던 것 같은데, 싫었겠지. 원치 않는 교접이었을 수 있잖아."

"그럼 여자가 싫어하는 표정을 짓는 걸 보기 싫어서 후배위로 섹스하는 걸 선호한다는 거죠."

가슴께를 쓰다듬던 손이 멈추었다. MJ가 새까만 눈으로 도원을 응시했다. 이마에 땀방울이 고여 있었다. 그 물기가 언제 떨어질지를 지켜보는 것처럼 MJ의 고개가 조금 더 옆으로 기울었다.

"아니."

도원을 조금 더 자신의 품에 안으면서 MJ는 숨소리가 들릴 만큼 얼굴을 붙였다.

"사정하고 난 후의 암컷 얼굴이 보기 싫은 거야. 하는 도중은 상관없어. 사정한 후엔 아무렇지도 않은 얼굴들이잖아. 마치 귀찮은 걸 끝냈다는 얼굴로 엄마도, 그 암캐도, 씨팔, 너무 아무렇지 않았어."

MJ가 도원의 셔츠를 잡고 위로 벗겼다. 뒤로 물러서는 도원을 잡은 MJ가 소파에서 일어나 자신이 앉았던 자리에 도원을 앉혔다.

도원의 심장 뛰는 소리가 MJ의 귀에도 들렸다. 선생님의 가면을 쓰고 있지만 그 안의 도원이 얼마나 동요하고 있는지 MJ는 알고 있었다.

동성애적 반응을 보이는 환자가 익숙하다고 했지만 그 말은 거짓말 같았다. 동성애란 것을 학술적으로나 공부했을 것이다. 정말로 익숙하다면 이렇게 생각하기 버거워할 리가 없었다.

"정상위 말이야. 섹스할 때 얼굴을 마주 보고 해 본 적이 없어. 선생님이 가르쳐 줄 수 있어?"

MJ가 키스를 할 것처럼 얼굴을 가까이 가져왔다. 도원은 고개를 옆으로 돌리면서 어찌할 바를 몰랐다. 싫은 소리를 내거나 아무렇지 않은 표정을 지으면 MJ의 기억 속 여자들과 다르지 않을 것이다.

치료가 효과 없을 수도 있다. 효과가 없다는 걸 알면 MJ는 이 산장에 불을 지를지도 모른다. 어린 시절 자신의 부모님에게 그랬던 것처럼.

"흰 피부에 집착하는 강박증을 고치고 싶다고 했잖아요. 나한테 거짓말한 겁니까."

MJ는 옆으로 고개를 돌린 도원의 턱을 잡아 똑바로 자신을 보게 했다. 진정하려고 애쓰는 이 얼굴이 무너지는 것이 보고 싶었다.

단정한 얼굴이 흐트러져서 갈피를 잃는 모습을.

"아니, 고치고 싶어. 선생님 나오는 화면을 보며 자위하는 것도 지쳐서 고치려고 했어."

"그런데, 왜—."

"자위했던 상대가 눈앞에 있잖아. 선생님, 나 한 번만. 못 참겠어."

"난 아직 그쪽 얘길 더 듣고 싶어요."

"해 줄게, 할게, 할 수 있어."

"딕이랑 연관되는 걸 말해 줘요. 전혀 관계없어도 되니까."

"딕, 딕이랑 산책할 때 본 길가에 핀 꽃들. 아아, 그래, 나 꽃을 굉장히 좋아해. 엄마가 자주 사 오기도 했지만, 활짝 핀 꽃이 좋아. 가끔 뜯어먹기도 했어. 나비도 좋아. 팔락거리는 날갯짓이 야하게 느껴져. 왜지. 왜야, 선생님?"

"꽃이나 나비는 사람들이 다 좋아하는······."

"아냐, 실은 알고 있잖아. 내 증상이랑 관계 지어서 말해봐."

"MJ."

"빨리. 그래, 난 활짝 핀 꽃이랑 그 꽃에 앉아서 날갯짓하는 나비의 모습을 자주 떠올린다고."

가까이 다가온 숨결이 아랫입술에 닿았다. 이를 드러내고 도원의 입술을 물었다 놓았다. 이혼하고 느껴 본 적 없던 감촉이 도원의 기억을 되살렸다. 기억 속의 그 어떤 키스보다도 MJ가 물었다가 놓는 감촉은 거칠었다.

"꽃은 식물에게 성기에 해당해요. 그게 활짝 피어 있다는 건, 성욕이······ 아니, 이건 자의적인 해석이니까."

"계속해 봐."

"생각할 시간을 줘요."

"아니, 선생도 나랑 똑같아. 생각나는 대로 말해 봐. 그래서? 나비는? 나비의 날갯짓은 뭐야?"

"꽃에 앉은 게 벌이 아니라 나비라면 그냥 성기를 찌르고 파고드는 의미에서 나비를 기억하는 건 아닐 거예요. 나비를 보면 뭐가 연상되나요."

"엄마."

"어떤 엄마가……."

"벗은 엄마. 아빠랑 섹스하는 엄마."

"날갯짓이 벌렸다 오므리는 다리 모양이라도 된다고 생각하는 건가요."

"아아, 그렇구나, 그럴지도 모르겠어. 난 뒤로만 박아 봐서 벌린 다리가 뭔지 모르니까, 그래서 계속 나비나 활짝 핀 꽃을 본 건가."

"내가 지금 말하는 건 귀담아듣지 마요. 생각할 시간을 주세요."

"아니, 훌륭해. 훌륭한 해석이야, 선생님."

"읏, MJ, 날 봐요."

도원이 거칠어지려는 숨을 다잡으면서 가까스로 말했다. 도원의 아랫입술을 물었다 놓은 것만으로 황홀한 표정을 짓던 MJ가 잠시 고개를 떼어 냈다. 흐트러진 도원의 모습에 시선이 멍해졌지만 도원의 이야기를 흘려듣진 않았다.

"이런 식으로는 아무것도 치료할 수 없어요. 치료할 마음이 없으면 난 더 이상 그쪽을 내 환자로 보지도 않을 겁니다."

마음에 들지 않는 이야기였다. MJ는 인상을 찌푸리며 으르렁거렸다.

"선생님."

"모든 걸 성적으로 해석하면 못할 것도 없어요. 다 의미 부여할 수 있다고요. 그쪽은 문제의 답을 찾고 싶은 겁니까, 아니면 답은 어찌 되어도 상관없고 자기 합리화할 방법만 찾으면 되는 겁니까."

"왜 그렇게 생각하는 거지? 본인이 대답했잖아."

"이렇게 강요해서 대답을 듣고 싶어요?"

"나한테는 무의식적으로 말하라고 하면서 본인은 이성을 지키려 들어? 이런 불공평한 게 어디 있어!"

"MJ! 나랑 섹스하고 싶으면 해! 대신, 하고 나면 무슨 수를 써서라도 그쪽을 감방에 처넣을 거니까 알아서 해!"

MJ는 움직이지 못했다. 씨근덕거리는 도원을 보며 MJ도 흐트러진 호흡을 골랐다. 그는 다시 도원에게 키스를 하려다가 고개를 틀었다. 손끝만 꿈틀거리면서 무언가를 시도할 엄두를 내지 못했다.

MJ의 얼굴이 화난 듯 일그러졌다. 고개를 돌리고 바닥을 보면서 "씨팔." 하고 욕을 했다. 도원을 위협하려고 뇌까린 욕이 아니었기에 도원은 그 욕설에 겁을 먹거나 두려워 떨지 않아도 되었다. MJ가 자리에서 일어나더니 도원의 얼굴을 만지면서 말했다.

"이것마저 막으면 정말 가만 안 둘 거야."

"뭐 하는……."

도원은 눈높이에 놓인 MJ의 바지춤을 바라봤다. 부풀어서 커져 있는 속사정은 그냥 보기에도 힘겨워 보였다. 이렇게 노골적으로 성욕을 비치는 MJ를 보며 다시 한번 당황했다.

섹스를 할 수 없으니 자위라도 하겠다는 심산인가……. 순간 도원의 머리가 얼어붙었다.

MJ는 바지춤을 풀었다. 검은 속옷 안에서 자신의 성기를 꺼냈다. 이미 젖어 있는 성기가 사납게 머리를 끄떡였다. MJ의 큰 체격만큼 페니스 역시 굵기와 길이 면에서 모두 평균 이상이었다.

힘줄이 툭 불거진 검붉은 성기가 뜨거운 열기를 흘렸다. 굶주린 짐승처럼 헐떡이는 모습에서 도원은 적잖은 충격을 받았다.

흥분한 남성의 성기는 몇 차례 봐 왔지만 이 정도로 모든 욕정이 밀집되어 있는 국부는 처음이었다. 감당하기 어려울 정도로 기세가 맹렬했다.

MJ는 소파 팔걸이에 한쪽 무릎을 걸쳤다. 그제야 도원은 MJ가 어떤 식으로 자위를 하려는지 눈치챘다.

"자, 잠깐, MJ."

도원이 다급하게 말렸지만 한발 늦었다.

"하아, 웃, 하아, 아아."

눈앞에서 MJ가 성기를 잡고 흔들기 시작했다. 충격을 받은 도원이 소파 안쪽으로 몸을 묻었다. 눈앞까지 성기가 따라왔다. 귀두부터 음낭까지 손바닥이 훑고 만지고 흔들면서 사납게 선 성기를 더 흥분시켰다.

거센 손놀림에 젖은 페니스가 도원의 볼이나 입술을 때리기도 했다. 도원이 손을 들어 그를 밀치려 했다. MJ는 그런 도원의 머리카락을 움켜쥐었다.

"아, 웃."

짧게 비명을 지른 도원이 고개를 젖혔다. 두피가 당겨지는 아픔에 힘겨워하는 도원의 얼굴 위로 흥분한 페니스를 더 세게 문질렀다.

"허억, 헉, 아, 선생님, 아아, 헉."

흥분한 목소리가 점차 고조되었다. 도원은 얼굴을 때리는 불덩이 같은 것에 눈앞이 아득해졌다. 이성을 잃은 그를 불러 보았지만 역효과였다. 이름을 부르는 입술에 더 흥분해서 귀두 끝을 입 안으로 밀어 넣거나 볼에 대고 탁탁 때리기도 했다.

"하윽, 하아!"

성기가 온 얼굴을 문대면서 절정에 달했다. 도원의 얼굴 위로 하얀 액체가 쏟아졌다. 점성이 강한 액체는 도원의 이마와 볼을 타고 목을 따라 흘러내렸다.

도원은 꽉 감고 있던 눈을 뜨고 MJ를 노려봤다. 아직도 숨이 가빠 있는 MJ는 거친 호흡만 쏟아 뱉으면서 그런 도원을 내려다보고 있었다. 속눈썹에 묻은 하얀 덩어리들을 너무도 황홀하다는 듯이.

꿈틀거리면서 다시 커지려는 페니스를 본 도원이 제 머리를 움켜 쥔 손을 치우고 자리에서 일어나 욕실로 들어갔다. 잠긴 문 너머에서 한동안 세면대에서 쏟아지는 물소리가 끊이지 않았다.

MJ는 소파에 닿아 흘러내린 흔적을 보았다. 도원이 앉아 있던 자리는 움푹 파여 따뜻했다. 싸구려 소파는 찢어진 가죽을 복원하지 못하고 도원의 체형 그대로 꺼져 박제되었다.

MJ는 몸을 숙여 그 소파에 볼을 기댄 채 도원이 앉아 있던 위치에 페니스를 대고 다시 손으로 흔들었다.

"아아, 아, 아."

흥분한 소리 끝에 여전히 농도가 짙은 액체가 분출되었다. 도원이 앉아 있던 자리에 흰 액체가 흘러내렸다. 젖은 가죽과 정액이 만나 비릿한 냄새가 배가되었다.

욕실에서 나온 도원을 돌아보면서 MJ가 입꼬리를 당겨 웃었다.

도원은 엉망이 되어 있는 소파를 보고 창백해진 얼굴을 손바닥으로 쓸어 만졌다.

뭔가 한계에 다다른 듯한 표정이었다. 그에 반해 MJ는 후련하고 자유로워진 미소를 지어 보였다.

"배고프지. 뭐라도 먹자."

어쩌면, 고삐가 풀린 미소였을지도 모른다. 자리에서 일어난 MJ가 밖으로 나갔다. 신발 밑창을 끌면서 나아가는 걸음걸이는 여유로웠다. 보폭이 벌어졌다 좁혀지는 불규칙적인 발자국이 무용 스텝을 밟는 것처럼 즐거워 보이기까지 했다.

MJ가 자동차 트렁크를 열었다. 그 안에는 볼트와 너트, 못과 펜치 등이 쌓여 있는 공구 박스가 있었다. MJ는 공구 박스 옆의 비닐봉투를 집어 들었다. 그 안에 있는 건 털이 벗겨진 생닭이었다.

가스버너와 압력솥을 챙겨 온 MJ가 도원을 지나쳤다. 싱크대 앞에 선 MJ가 칼을 꺼냈다. 도마도 없이, 맨몸으로 싱크대 안에 놓인 생닭의 모가지를 날려 버렸다. 세로로 똑바로 선 칼끝이 부푼 배를 찢고 가르는 순간, 도원은 고개를 돌렸다.

소파에서 흘러내린 정액이 하얗게 말라 가기 시작했다. 도원의 시선이 아직 굳지 않은 흔적에 가서 멈추었다. 지치고 피곤한 표정이 소파에 앉아서 쉬고 싶은 욕구와 힘겨루기를 시작했다.

차라리 붙잡고 있는 걸 놓는 기분으로 소파 너머의 깨끗한 이불에 몸을 뉘어도 좋을 것 같았다. 꿈에 나왔던 커다란 개가 등 위에 올라타는 일이 현실이 되어도, 그 잠깐의 고통을 참으면 속이 후련해질지도 몰랐다.

그러면 오히려 확실한 것을 얻을지도 모른다. 그가 원할 때 다리를 벌려야 할지도 모르지만 성적 수치심이나 자존심을 잠깐 잊으면 될 일이 아닐까.

도원은 뒤돌아 MJ를 보았다. 싱크대 앞에서 닭을 손질하는 MJ의 등은 넓었다. 단단하게 뭉친 근육이 칼질을 할 때마다 솟아올랐다. 거추장스러울 정도로 큰 근육은 없었다. 그러나 그 밀도와 경도는 도원이 아는 어떤 남자보다 우위에 있었다.

힘의 법칙에서는 단연 정상에 있는 사람이었다. 상대를 제압하면서 살아왔기에 오직 그 방면의 해결책만 아는 사람. 찍어 누르는 것과 파고드는 것에 익숙한 사람. 수평과 균형이 깨어져 있는 사람.

닭 껍질을 잡아 뜯는 손과 터진 내장을 물에 씻어 내는 일련의 과정을 도원은 눈 한 번 깜빡하지 않고 지켜보았다.

시선을 느낀 MJ가 칼질을 멈추고 도원을 보았다. 도원은 마주친 시선을 피하지 않았다. 그 어떤 분노나 경멸로 맞받아치지도 않았다. 그저 쳐다볼 뿐이다.

도원은 MJ에 대해서 다시 생각하기로 했다. MJ의 힘의 법칙 안에서 해결책을 찾을 것이 아니라, 그가 고려하고 있지 않은 수평의 법칙에서 해결책을 찾고자 했다.

"선생님, 쉬고 있어. 닭 삶아 줄게."

도원을 대하는 태도가 이전보다 살가웠다. 선생님이라는 호칭을 쓰고 있어도 그보다 가까운 사람에게나 표현할 감정과 표정을 보였다.

거리 재기를 그만둔 것이다. 가까이 다가오다가 결국 완전히 잡아먹으려고 할 것임을 도원은 잘 알고 있었다.

"MJ."

"응?"

"강간은 섹스가 아니에요."

수도꼭지에서 떨어지는 물소리가 요란했다. 닭의 내장을 모두 긁어내고 그 안쪽을 물로 깨끗이 씻어 내던 손이 멈추었다. 도원은 턱을 당겨서 최대한 어금니를 악물었다.

"당신이 나한테 하고 싶어 하는 짓은 강간이라는 소리입니다. 섹스가 아니라."

MJ가 수도꼭지를 잠갔다. 압력솥에 툭, 던져 놓듯이 손질한 닭을 집어넣었다. 챙겨 온 감자나 당근, 파나 마늘 같은 것은 손질하지 않고 그대로 내버려 둔 채였다.

MJ는 완전히 몸을 돌려 도원을 내려다보았다. 얼굴에 웃음기가 보이지 않았다. 아주 민감한 것을 건드렸다는 것을 온몸으로 표현하고 있었다. MJ가 알고 있는 성행위를 전면에서 부정했기 때문이다.

도원의 명백한 거부에 MJ 역시 이전의 애정 어린 호칭으로 받아주지 않았다. 도원이 자신을 거부하는 일 자체에 화가 난 표정을 짓고 있었다.

도원은 자신이 잘못되는 한이 있어도 여기에서 멈출 수 없다고 생각했다. 고삐가 풀린 것은 MJ만이 아니었다.

"날 여기로 데려왔을 때 어느 정도 알았어요. 그런 걸 모를 정도로 둔하지는 않아서. 아니, 오히려 예민한 편이에요. 예민한 편일 거예요. 미안해요. 정확하게는 말 못하겠어."

"이상하네. 말투가 이상해, 선생님."

"말투는 중요한 문제가 아니죠."

"아니, 중요해. 겁먹은 건지, 나한테 반발하려는 건지 모르겠어."

"내가 계속 겁먹고 긴장해 있어야 그쪽이 조종하기도 편하고 마음대로 굴 수도 있겠죠. 그런데 내가 그걸 따르지 않아서 마음에 안 든다는 표정이네요."

MJ의 입매가 일그러졌다. 도원을 이상하게 바라보는 얼굴이었다. 도원이 침착하고 이성적인 사람이란 건 MJ도 잘 알고 있었다. 그래서 스트레스를 받는 상황에서도 쉽게 무너지지 않을 거라 믿었다.

이러한 도원의 반응은 MJ의 계산에 들어 있지 않았다. '갑자기 왜?' 하면서 도원을 살피려고 했지만 도원은 그럴 여유를 주지 않았다.

도원이 먼저 MJ에게 다가갔다. 피하다 못해 경멸하며 멀리서 쳐다볼 줄만 알았던 도원의 행동을 MJ는 따라가지 못했다. 당황스러움이 MJ의 눈에 스쳤다. 도원은 그 눈빛을 놓치지 않았다.

MJ가 의식하지 못하는 곳을 파고들었다. 그가 우위를 선점했다고 생각하는 것의 위계질서를 파괴하기로 했다. 폭력적인 그에게 폭력으로 맞서는 방식이 아닌, MJ가 지금까지 겪어 본 적 없는 방식으로 말이다.

"발정해도 받아 주겠습니다. 그 흉기를 나한테 넣고 싶으면 그러도록 해요. 단, 이거 하나는 명확하게 말할게요. 이쪽 흉기를 쓰는 순간 그건 섹스가 아니라 강간입니다."

MJ가 뭐라 말하고 싶어서 입을 벙긋했지만, 도원은 그럴 기회조차 용납하지 않았다. 분위기는 순식간에 도원에게 유리한 방향으로 바뀌었다.

"몇 번이나 계속 반복해서 말할 거예요. 당신이 하는 건 섹스가 아니라 강간이라고. 몇 번이나, 쭉."

칼을 잡고 있는 MJ의 손이 움찔했다. 손에는 물과 닭의 피가 섞인 액체가 흘러내리고 있었다. 칼을 쥔 손이 꿈틀거리더니 이내 칼을 놓아 버렸다. 싱크대 안에서 철그렁, 쇳끼리 부딪는 소리가 났다.

칼을 쥐고 있던 MJ의 두 손이 이제는 도원의 허리를 잡았다. 잡은 몸을 자신 쪽으로 더 가까이 붙였다.

도원의 몸에 손을 더 많이 댈수록 MJ의 눈빛도 날카로워졌다. 도원을 먹잇감으로 여기면서도 닭의 모가지처럼 한번에 숨을 끊지 않으려고 노력하고 있었다. 반발하는 도원을 닭을 해체하는 것처럼 잔혹하게 처리하지 않으려 했다.

"둘의 차이가 뭐야."

으르렁거리는 목소리가 한결 낮아졌다. 행동에도 거침이 없어졌다. 도원의 이마로 입술이 가까워졌다. 이대로 허리를 쥔 손이 셔츠 안으로 들어와서 소파 위에서 벌였던 행위의 연장이 될지도 몰랐다. 피 묻은 손이 닿은 셔츠 자락이 붉어졌다.

도원은 자신의 피부 위로 살 냄새를 맡는 듯이 구는 MJ를 똑바로 쳐다보려 노력했다. 하반신이 밀착해서 부풀어 오르는 감각이 느껴졌지만 침착함을 유지했다.

"그렇게 물어보다니 의외네요. 둘의 차이를 모릅니까."

"알아. 알긴 하지만 선생님이 반복해서 말하니까 이상해서 그래."

"섹스는 성관계예요."

"강간도 성관계야."

"아뇨, 그건 폭력이고요."

"주먹질과 달라. 페니스잖아."

"그래요, 그 페니스로 조금 전에 그쪽은 내 얼굴에 폭행을 했어요."

"폭력은 주먹질이잖아."

"똑같아요."

"달라."

"당하는 사람이 똑같다고 느끼면 똑같은 거예요. 나는 폭력은 얼마든지 받아 줄 수 있어요. 그러니까 이걸 흉기로 쓰고 싶으면 마음대로 해요. 단, 나는 절대 그걸 섹스라고 생각할 마음 없으니까 이후의 관계는 내 쪽에서 끝내겠어요. 환자에게 폭력을 당한 후에도 그 가해자를 심리 상담해 줄 사람은 아니거든요."

주먹질과 좆질이 똑같은 폭력이라는 말을 MJ는 이해하지 못했다.

도원은 MJ의 일방적인 사고방식을 침착하게 들여다보았다. MJ가 결국 자신을 강간한다면 도원은 MJ의 폭력 기제를 정확하게 인식할 수 있겠다는 확신이 들었다.

MJ에게 강간을 당한다는 일은 생각만으로도 끔찍했지만 한편으로는 그만큼 명확하게 MJ를 이해하는 방편이 될 수 있을 것 같았다. 도원이 MJ를 무서워한 이유는 단순했다. 그가 어떤 식으로 행동하는지 예측할 수 없기 때문이다.

도원의 가족을 인질 삼아 협박을 할 수도 있고, 동료와 주변 사람들의 몸에 불을 지를 수도 있다. 달려오는 차로 박든, 납치하여 폭력을 가한 뒤 살해를 하든, 방법은 다양하다.

그러나 MJ가 어떤 것에 흥분하고 어떤 식으로 그 흥분을 발산하는지를 알면 얘기가 달라진다.

MJ의 공격 기제와 범죄 방법을 구체적으로 파악할 수 있다면 대처가 가능해질 것이다. 미지가 아닌 MJ는 더 이상 무서운 존재가 아니다. 그렇다면 경찰도 그를 추적할 수 있겠지. MJ가 도원에게 성기를 들이미는 순간, 중요한 단초를 잡을 수 있을 것이다.

"왜 이걸 폭력이라고 하는 거야? 하, 선생님, 날 화나게 하려는 거면 좋은 방법을 찾았네. 이런 식으로 말할 줄 몰랐어."

"몰랐다니, 그게 더 놀랍네요. 내가 그쪽 키스와 자위를 설레면서 받아 줄 줄 알았다는 거잖아요."

"난 선생님이랑 기분 좋은 걸 해 보고 싶은 거야."

"미안하지만 기분 좋아질 것 같지 않은데요."

"해 보지도 않고 장담하지 마."

"장담할 수 있어요. 설령, 당신이 이걸 써서 날 기분 좋게 해 준다고 해도 그건 폭력이에요. 섹스가 아니라."

반복된 도원의 거부에 MJ는 결국 참지 못하고 크게 소리쳤다.

"페니스로 기분이 좋아지는 게 왜 폭력이야! 난 선생님을 이걸로 기분 좋게 하고 싶은 건데!"

산장이 울릴 정도로 큰 목소리에 몸이 떨릴 법도 하건만 도원은 이를 악물었다. 눈에 힘을 주고 MJ의 시선을 정면으로 맞받아쳤다. 아무리 폭력적인 위압을 써도 소용이 없다는 걸 몇 번이나 강조했다.

"섹스와 강간의 차이를 모르는 것 같으니 알려 줄게요. 강간은 폭력이에요."

"그러니까 나는……!"

"상대방이 기분 좋건 말건, 중요한 건 그게 아닙니다!"

"선생님."

"페니스로 힘을 발휘하려는 시점에서 육체적, 정신적인 교감을 동반하는 섹스의 본질은 모두 파괴돼요! 그쪽은 페니스로 내 인간성, 자존심, 사회적 신분, 상담사와 내담자라는 관계, 남성의식 모든 걸 파괴하려고 해요!"

소리치려는 MJ에게 말할 기회조차 주지 않았다. 도원이 더 빠르고 정확한 언어로 MJ를 압도했다.

"나는 그런 작용을 불러일으키는 행동이 아무리 성적인 만족을 준다고 해도 섹스로 여길 생각 없어요. 폭력입니다!"

"그건!"

"폭력이에요! 내가 억지 부리는 게 아니라 진실이에요!"

도원의 허리를 안고 있던 MJ의 손에 힘이 들어갔다. 맞붙은 하체가 뜨거워졌다. 사타구니에 비비고 싶은 충동이 치밀어 오르는 것을 억제하는 듯 보였다. MJ는 도원의 얼굴에 자위를 하던 때처럼 마음껏 움직이지 못했다.

생각지 못한 브레이크에 걸렸다. 원하는 대로 움직이면 도원과의 관계는 엉망이 되어 버린다는 생각이 그 브레이크가 되었다.

MJ의 표정이 일그러졌다. 도원을 꽉 안고 있던 손에서 조금씩 힘이 풀어졌다. MJ는 솥에 담긴 생닭을 보기만 했다. 아주 어려운 수학 문제에 당면한 얼굴로 한동안 말이 없었다. 손을 움찔하면서 도원의 허리를 잡으려고 했지만 망설였다.

그 모습을 보면서 도원은 MJ가 생각보다 충동성을 제대로 조절하지 못한다고 여겼다. 충동성을 의식이 거의 통제하지 못했다. 하지 말자고 생각하는 얼굴이면서도, 손이 머리의 명령을 듣지 않고 장애처럼 불쑥 튀어나왔다가 제자리로 돌아가길 반복하고 있었다.

"그럼 어떻게 해야 선생님이랑 할 수 있어?"

MJ는 씨근덕거리는 숨결로 물었다. 그 질문은 초점이 어긋나 있었다.

도원과 MJ는 성행위라는 같은 주제로 다른 이야기를 하고 있었다. 도원은 MJ가 더 이상 성을 폭력적으로 이용하지 않길 바라기에 자신에게 어떤 위해를 가한다 해도 감당할 마음으로 꺼낸 말이었지, 폭력적이지 않은 성관계가 무엇인지 모색하려고 꺼낸 말이 아니었다.

중요한 것은 페니스를 흉기로 삼으려는 MJ의 가치관을 바꾸려는 것이었다. 페니스를 페니스 그 본연의 기능으로 사용할 방법을 찾는 것이 아니었다. 도원은 일그러진 얼굴로 물었다.

"나한테 넣고 싶어요?"

MJ가 고개를 끄덕였다. 고삐 풀린 망아지 같은 반응에 도원이 오히려 당황했다. 아니, 이러려고 꺼낸 말이 아니었는데.

"폭력은 안 된다고 말했잖아요."

"알았어. 강간하지 않는 방법을 알려 줘."

"뭐라는 겁니까."

"선생님한테 강간하지 않고 넣는 방법. 폭력이라고 여기지 않는 거. 그걸 알려 달라고."

"뭔가 대화가 이상한데요. 나를 힘으로 누르고 싶은 거 아니었나요. 마음대로 하고 싶으니까."

"맞아. 마음대로 다루는 거. 그걸 방법이라고 생각했어. 선생님이 자꾸 나를 피해서 억지로 피하지 못하게 하려면 힘을 써야 하잖아."

"그러니까 목적은 나를 제압하고 우위에 서려는 자기만족적 폭력이 아니라는 거죠."

"그런 종류가 아니야. 저번에도 말했어. 난 선생님이 화내는 것도 싫고, 날 피하는 것도 싫어."

"왜요? 우린 상담사랑 내담자 관계예요. 환자가 상담사에게 반발하는 건 그 상담사가 가지고 있는 권위 때문인 경우가 커요. 난 당연히 그쪽이 나를 굴복시키기 위해서 일종의 약점 같은 걸 만들려고 이러는 줄 알았는데요."

"상담하면 내 속을 상담사한테 다 말해야 한다고 알고 있었어. 상담사가 원하면 내가 말하기 싫은 것도 말해야 한다고. 그래서 다른 사람한테 가기 싫었어. 난 선생님한테 치료받고, 내 속을 꺼내고 싶었고, 얘기하고 싶었어."

상담 요인이 지나치게 인간적이었다. 방화, 범죄, 강간 같은 무거운 단어로 얽혀서 살아온 MJ에게서 기대도 하지 않은 부분이었다.

특별한 목적이 있어서가 아니라 순수하게 도원이라는 사람이 좋아서 찾아왔다니.

도원은 MJ가 무덤덤하게 꺼내는 이야기들이 사실인지 구분할 수가 없어서 입을 다물었다.

"뭐가 잘못된 건데?"

MJ는 초조한 기색을 보였다. MJ 방식의 성행위를 강간이고 폭력이라고 정해 버린 상황에서 도원이 또 어떤 것을 거부할지 몰라 답답해 보이는 얼굴이었다. 도원은 손으로 입을 가렸다. 생각할 시간이 필요했다.

"……아무것도요. 내가 너무 많은 걸 착각해서."

"문제 있어?"

"꽤 많이요."

"그럼 난 결국 선생님이랑 섹스할 수 없는 관계로만 있어야 한다는 건가."

도원은 상담사와 환자 이상의 감정이 포함된 대화를 했던가 하여 지난 일들을 머릿속으로 복기해 보았다. 상담 내용을 녹음하거나 기록하지 말라는 조건이 있었기에 객관적으로 당시 대화나 분위기를 떠올리기는 무리였다.

대화 내용과 분위기는 생각해 낼 수 있지만 그 내용이 정말로 객관적인지에 대한 확신이 없었다. 도원 자신의 기억 속에서 각색된 것일 수도 있었다.

MJ가 처음부터 도원과 섹스하려고 접근했던가. 유럽식 인사법이라는 게 단순 인사가 아니라 어떤 애정을 갈구하던 표현이었을까. 이제 와서 지난 대화를 떠올리려니 혼란스러운 것투성이였다.

과거의 기억에서 노이로제처럼 이어진 후배위에 대한 집착, 방화하는 강박증, 페티시즘, 타인의 얼굴에 자위를 하거나 손을 가만히 내버려 두지 못하는 충동 조절 장애 그리고 자신의 감정을 표현하는 가학적인 방법까지.

도원은 MJ가 생각보다 더 많은 증상이 있고, 그 증상을 치료하고자 찾아온 자신에게 특별한 감정까지 가지고 있는 이 복잡한 상황을 어떻게 풀어야 하는지 명쾌한 답을 내리지 못했다.

차라리 감정이라도 배제되어 있으면 증상들을 하나씩 치료해 볼 수 있었을 텐데. 문제는 MJ가 도원에게 보이는 감정이 집착, 페티시즘, 충동성, 표현 방법 그 모두에 고르게 영향을 미치고 있다는 점이다.

MJ의 감정을 무시한 채 상담을 진행하는 건 무리였다. 내담자가 상담사에게 애정을 보이는 경우는 그리 드문 케이스가 아니었다. 착각으로 발현되는 사랑의 증상도 있었다.

도원은 MJ가 그런 케이스라고 여겼다. 다큐멘터리 영상을 반복해서 돌려 보며 자위를 했지만 그게 어떤 특정한 이유가 있어서 발현된 애정이라면. 가능성이 정말 적긴 하지만, MJ가 좋아하는 어투나 외모나 그런 것 때문에 자신을 특정한 상담사로서 좋아하는 거라면.

MJ의 착각을 반영한 상담 방법을 고려해야 했다. 그 물음에 대한 대답을 듣기 전까지 도원은 그렇게 논리적으로 해결 방법을 모색하고 있었다. 그 대답을 듣기 전까지는 말이다.

"나에 대해서 어떻게 생각하고 있는지 구체적으로 말해 줄 수 있어요?"

도원의 분위기가 이전보다 온화해졌다고 생각했는지, MJ의 얼굴에서도 긴장이 가셨다. 도원을 한참이나 바라보던 MJ가 천천히 입을 뗐다.

"선생님이 원치 않는 이야기일 텐데."

별의별 소리까지 다 오고 갔는데 이제 와서 말해도 되는 얘기의 범위를 설정하는 것도 이상한 일이다.

"상관없습니다."

"어떻게 말하든 상관없어?"

"예."

도원을 안고 있는 MJ의 손이 자연스럽게 움직였다. 도원의 등과 목을 매만졌다. 도원은 옷 위를 애무하는 손길에 거의 반응하지 않았다. 눈 한 번 깜짝하지 않고 MJ의 이야기에 감각을 곤두세웠다.

"선생님을 보면서 섹스하는 꿈을 꿨어. 그것도 아주 자주. 계속 얘기해도 돼?"

도원이 고개를 끄덕였다. 몽정 내용을 들어서 자신에게 해가 되리란 생각은 하지 않았다.

"후배위를 선호하는데도 이상하게 꿈속에 선생님이 나오면 정상위를 하게 돼. 선생님은 나보다 작아서 내가 똑바로 눕히면 힘으로 잘 벗어나지 못했어. '하지 마세요.' 하고 당혹스러운 얼굴로 말했고, 나를 양손으로 밀어내려고 했지만 나는 그게 오히려 더 흥분되는 거야."

구체적인 이야기에 도원은 멈칫했다.

잠깐…… 이런 얘기를 들으려던 게 아니었는데…….

그러나 MJ를 말릴 틈도 없었다. 그는 눈앞의 도원과 몽정할 때 상상했던 도원을 겹쳐 보기 시작했다.

"내가 좋았던 건 그거야. 섹스를 하는 도중이나 끝나고 난 후에 후련한 얼굴을 하지 않았다는 거. 직접적으로 내 성기에 반응하고 그걸 즐기거나 느끼는 표정을 짓고 여운까지 이어지는 거. 선생님은 내 걸 받아들이기 힘들어하며 숨을 헐떡였고, 얼굴을 빨갛게 붉혔어."

도원의 얼굴이 순식간에 붉어졌다. 새빨갛게 익어 가는 얼굴을 보면서 MJ는 마른침을 삼켰다. 꿈속에서 섹스를 버거워하던 도원이 짓는 표정처럼 보여서다.

"내가 윤활유 같은 걸 쓰지 못할 정도로 흥분해서 먼저 사정을 해 버리면 그 정액을 손가락으로 떠서 선생님의 비좁은 아래를 벌렸지. 그리고 조금 풀어진 그곳을 파고들었어."

MJ의 숨소리가 거칠어졌다. 도원을 매만지는 손길도 훨씬 노골적이 되었다.

"아아, 끝내줬어. 선생님이 아파서 아, 하고 비명을 터뜨렸는데 내가 그런 선생님을 제대로 살펴보지 못했어. 정말 너무 흥분했거든. 그래서 선생님, 선생님, 부르면서 허리를 움직였어."

더는 들을 수 없는 도원이 어렵사리 입을 뗐다.

"……MJ."

MJ는 들은 척도 하지 않았다.

"선생님은 내 등과 어깨에 손을 두르고 매달렸어. 손톱을 세워서 내 등에 박아 넣었지. 화상 자국 위에 선생님의 손톱자국이 늘어났어. 아주 깊이 박혀서 새빨간 상처를 또 입혔지. 흥분했어. 참을 수 없었어. 선생님의 허리를 잡고 마구 흔들었어. 선생님이 좋아했어. 내 이름을 부르면서 젖은 눈으로 올려다보면, 아아, 그때 싸는 거야. 어때, 더 말할까?"

도원은 붉어진 얼굴로 아무 말도 하지 못했다. 목에서부터 붉어진 열기가 귓불의 색까지 바꾸었다. 도원은 입만 벙긋했다. 얼굴이 화끈 달아올라서 벌어진 입을 다물지 못했다. MJ는 바지 앞섶까지 부풀리면서 꿈속 이야기를 풀어놓았다.

"선생님은 꿈속에서 언제나 엉덩이 사이가 젖어 있었어. 새하얀 엉덩이 골과 허벅지를 타고 내 흔적이 흘러내리는 모습이 좋았어. 지쳐서 가슴까지 들썩이면서 숨을 고르는 모습도 좋았고, 내게 온몸이 빨려서 붉은 자국으로 덮여 있는 모습도 좋았어."

"MJ, 그만……."

"쉬이, 더 들어 봐. 영어를 잘하는 선생님은 가끔 그 외국어로 나를 유혹하기도 했어. 다큐멘터리에서 봤던 그 부드러운 어조로 퍽 미(Fuck me)라고 하는데 내가 참을 수 있을 리가 없잖아."

도원은 미칠 것만 같았다. 온몸이 화끈거렸다.

"난 자주 선생님 것도 빨았어. 선생님이 깜짝 놀라서 몸을 떨었는데 그래도 참지 못하고 신음을 토할 땐 싫어하는 것처럼 들리지 않았고. 음. 물론, 선생님도 자주 내 걸 빨아 줬어. 선생님의 작은 입으로 적신 내 페니스가 몸을 꿰뚫을 때 얼마나 좋아하던지. 최고였지."

도원은 처음으로 옷 위를 애무하는 손길을 의식하게 되었다. 참을 수가 없었다. MJ의 손을 밀어내면서 뒤로 물러났다.

"그만 들을게요."

"아직 남았어. 선생님은 흥분하면 먼저 허리를 흔든단 말이야. 맞물린 데가 완전히 밀착해서 쫀득하게 물고 놔주질 않아, 아아, 상상만으로도 설 것 같아."

"MJ……."

"너무 많이 꿈을 꾸다 보니까 나중엔 진짜처럼 느껴지더라. 정말로 선생님이랑 섹스한 것 같은 착각으로 하루 종일을 살게 되더라고."

"그……."

"보여? 흥분했어. 선생님한테 넣고 싶어."

"……안 돼요."

"참기 힘들어."

"MJ, 나를 어떻게 생각하는지 듣고 싶다고 했지, 이렇게까지 자세히 말해 달라고는 안 했어요."

"제발, 미칠 것 같아."

도원은 눈앞에서 흉흉하게 부풀어 오른 앞섶을 바라봤다. 그것은 바지를 뚫고 나올 기세로 커져 있었다. 상상만으로도 흥분하여 다스리지 못하는 그에게 도원은 손가락 하나 내밀지 못했다.

"상담 방향을 다시 생각해 보겠습니다."

MJ가 턱을 들었다. 눈을 가느다랗게 뜨고, 흥분한 바지 앞을 손으로 만졌다. 외설적인 손의 움직임에 도원은 눈 둘 곳을 찾지 못했다.

도원은 목이 말랐다. 수치스러움에 속이 까맣게 타들어 가는 기분이었다.

"선생님은 너무 학술적으로만 파고들어. 이야기를 자꾸 복잡하게 만들잖아. 조금 더 직관적이고 명확하면 좋겠는데, 뭐, 학자라 그런 거겠지. 이해해 볼게."

"상담을 잠깐 중단하는 건 어떤가요."

"누구 마음대로."

"……내가 잘못 알고 있던 게 있어서요."

"그건 이틀 동안 다시 정리해 봐. 그보다 아직 대답 못 들었어."

"……예?"

"어떻게 해야 선생님이랑 할 수 있냐고, 그 대답 말이야."

도원은 바지 앞섶의 색이 짙어지는 MJ를 완전히 외면했다. 얼굴이 터질 것 같아서 밖으로 뛰쳐나가고 싶었다. 소파에서 맡았던 비릿한 냄새를 눈앞에서 맡고 있었다.

"페니스를 흉기로 쓰지 않는 법을 먼저 배운 후에 이야기하면 안 되겠습니까."

MJ를 분명하게 내담자 혹은 범죄자로만 생각하던 도원의 눈빛이 달라져 있었다. 내담자나 범죄자에게는 보이지 않을 감정이 보였다. 당혹스러움과 민망함을 숨기지 못했다.

솔직하게 자신의 고통을 표현하는 도원이었다. MJ는 그 눈빛이 마음에 들었다. 도원에게서 본 것 중 가장 인간적이었다.

"응, 좋아. 알려 줘."

"일단 충동 조절부터 해 보죠. 그…… 거길 그만 만졌으면 합니다."

MJ는 바지 위를 문지르던 손을 놓았다. 도원은 여전히 바닥 옆면만 볼 뿐, 시선을 맞추지 못했다.

"충동을 참을 수 있도록 계속 의식적으로 말하는 것부터 시작해요."

"어떤 걸 말하면 될까."

"생각한 대로 혹은 본능적으로 움직이기 전에 그러지 않겠다고 말하면 돼요. 계속 말하다 보면 의식적으로 행동이 생각을 앞서가면 안 된다는 걸 몸이 배울 겁니다."

"아, 조금 전에 그랬어."

"어떤 충동이었는데요?"

"선생님한테 넣고 싶었는데 참았어."

해맑은 대답에 도원이 입가를 일그러뜨렸다. 이런 상담 환자는 처음이었다. 적어도 다들 해야 할 말과 하면 안 되는 말 정도는 구분하는 지능을 가진 내담자들이었다.

MJ는 지능이 낮은 것도 아니면서 어린애들보다 더 욕구와 충동을 조절 못하는 비정상적인 태도를 보였다. 도원 혼자서 감당하기에는 솔직히 벅찼다.

그러나 여기에서 포기하면 그와 함께 보내야 하는 이틀이 두려움과 공포로 물들 것이다. 버겁더라도 문제점을 정면에서 보고 해결해 가야 했다.

"······잘했어요. 앞으로 충동 조절할 때마다 보상을 드릴게요. 못해서 벌을 내리는 것보다 긍정적이어서 변화가 빠를 거예요."

"보상이라면 어떤 걸까."

"어떤 걸 받고 싶으세요. 일상적이고 평범하지만, 충족감이 느껴지는 것이어야 해요. 어린아이들은 잘했다고 칭찬받거나 머리를 쓰다듬어 주는 걸로 대신하기도 해요."

"개를 훈련시키는 것 같네."

"비슷합니다."

MJ는 잠깐 고민하더니 자신의 볼을 손으로 두드렸다.

"여기 뽀뽀해 줘."

"비쥬 말이죠."

"음, 아니, 그건 내가 생각하던 외국식 키스가 아니었어. 내가 아는 건 볼과 볼이 맞닿는 게 아니야. 볼에 입술을 꾹, 눌러 주는 거야. 안 돼?"

"안 될 건 없지만······."

"그럼 아까 참은 거 상 줘."

MJ가 허리를 숙였다. 도원이 쉽게 입을 맞출 수 있도록 비스듬히 얼굴을 기울여 보였다. 도원은 어린애와 동물적인 본능을 모두 가지고 있는 MJ의 태도에 익숙해져야 한다고 생각했다.

브레이크를 걸 만한 도구를 적절하게 잘만 이용하면 MJ의 돌발 행동이 멈출 수도 있지 않을까. 미국에서 어린 환자들에게 해 주었던 것을 떠올리면서 도원은 MJ의 볼에 입을 맞추어 주었다.

MJ의 표정이 이상하게 변했다. 도원은 그가 원하는 대로 볼에 입술을 도장처럼 눌러 주었는데 무엇이 잘못되었는지를 살폈다.

자세히 살펴보니 MJ의 표정이 훨씬 밝아진 것 같았다. 기분이 좋아 보였다. 도원의 얼굴에 정액을 뿌리고, 귀두를 입술에 문질렀던 때보다 더 만족스러운 표정이었다.

MJ는 도원의 입술이 닿았던 볼을 손으로 만지작거리면서 피식 웃었다.

"누가 볼에 입 맞춰 주는 건 처음이야."

여자와 섹스를 하면서 입술로 키스는 해 봤을 사람이 이런 나이가 될 때까지 볼에 입을 맞춰 본 적 없다니.

"응, 이런 거면 참을 수 있어. 선생님, 나 욕실에서 빼고 올게. 빼고 오면 또 입 맞춰 줄 수 있어?"

"……네, 그럴게요."

"빼는 동안에 상상으로 선생님과 섹스하는 건 괜찮지? 나 아직 섹스랑 강간의 차이를 모르겠다고. 선생님이 말한 거 제대로 이해 못하겠어. 이걸 어떻게 선생님한테 써야 하는지 제대로 된 대답도 못 들었고."

"머릿속까지 건드리는 건 너무하겠죠. 그 정도는 괜찮다고 해 줄게요."

"고마워."

도원은 MJ가 문을 닫고 들어간 욕실을 바라봤다. 신음하는 소리가 들렸다. 웅웅거리며 울리는 소리 속에서 자주 도원의 이름이 언급되었다.

도원은 문 하나를 사이에 두고 상상 속에서 MJ에게 범해지는 자신을 마주하고 있었다. MJ가 꿈에서 보았던 외설적인 자신을 떠올린 도원은 입가를 뭉그러트렸다. 정말 이대로 괜찮을까, 하는 자신 없는 표정이었다.

욕실에서 나온 그가 볼을 내밀었다. 도원은 그 볼에 입을 맞추어 주었다. MJ가 기분 좋게 웃었다. 그는 입맛까지 다시면서 자신이 어떤 충동을 더 참을 수 있는지를 생각했다.

비쥬 하나에 많은 의미를 담는 MJ에게서 도원은 문득, 그의 어린 시절이 상당한 애정 결핍으로 이루어져 있을지도 모르겠다는 생각을 했다.

볼에 키스하는 것은 친애와 애정이 없으면 한국에서는 불가능한 일이었다. 입술끼리의 키스보다 더 어려운 일일 수도 있다. MJ에겐 볼에 입을 맞춰 줄 사람이 주변에 없었을지도 모른다.

MJ는 칼을 들고 껍질을 벗긴 양파를 반으로 자르면서 도원에게 말했다.

"앉아서 쉬고 있어. 밥 다 되면 부를게."

도원은 매트리스 위에 앉았다. 생각했던 것보다 폭신했다. 소파 가죽이나 바닥의 카펫 털이 삭은 것처럼 오래된 이불이 아니었다. 도원이 오기 전에 새로 준비해 둔 깨끗한 침구인 듯했다.

MJ는 나머지 채소를 손질하고 솥에 닭을 넣어 삶기 시작했다. 수증기를 뱉는 압력솥의 추가 흔들렸다. 종처럼 울리는 추에서 가끔 휘파람 소리가 났다. 가느다랗고 긴 소리였다.

가스버너의 불을 조절한 MJ가 이불 위에 앉은 도원이 꾸벅, 조는 모습을 보았다.

도원은 긴장이 풀려서 밀물처럼 밀려오는 졸음을 참지 못하고 있었다. MJ는 싱크대에 기대어 서서 그 모습을 지켜봤다.

음식이 다 되어 가도, 도원을 깨우지 못했다. 도원이 일어나면 이것도 충동을 조절한 거냐며, 상을 받을 만한 일이냐고 물어봐야겠다고 생각했다.

강간이 아닌 섹스, 폭력이 아닌 절정이 뭔지를 심각하게 고민하면서 도원이 입을 맞춰 주었던 볼을 오래도록 문질렀다.

◐

MJ가 잠을 깨웠을 때, 도원은 자신이 잠들었다는 사실을 인지하지 못했다. 느리게 눈을 감았다 떴다. 피곤함 때문에 사고가 닫혀서 굳어 있었다. 생각이 이어지질 못했다. 멍한 눈으로 눈앞에 차려진 닭백숙을 쳐다봤다. MJ가 앞에서 뭐라고 말을 하는데도 알아듣지 못했다.

뽀얀 속살 안에서 빠져나온 통마늘이 국물 속으로 굴러들어 오고 있었다. 조미료라고는 소금과 통후추 정도밖에 안 보이는 음식.

누가 봐도 시중에서 파는 음식이 아니라 직접 조리한 음식이었다.

"이혼하고 처음이네요."

누가 자신을 위해 음식을 만들어 주는 것은. 뒷말을 중얼거린 도원은 숟가락을 들어 국물을 뜨다가 다시 눈을 감고 고개를 숙였다. 크리스마스이브에 밤을 새고 그다음 날까지 단 한 순간도 긴장을 놓지 못했던 것이 그간 야근을 하며 쌓인 피로와 함께 졸음으로 찾아왔다.

도원은 몇 번 눈을 떠 보려다가 포기했다. 숟가락을 내려놓았다.

MJ가 그릇을 옆으로 치웠다.

"선생님, 편하게 누워서 자."

MJ의 편안한 음성에 도원은 반만 뜬 눈을 깜빡였다. 불편할 테니까 옷은 벗고 자라며 MJ가 바지 버클을 풀었다. 그 순간에 도원은 베개에 얼굴을 대고 쌔근거리는 고른 숨을 내쉬었다.

산 공기는 차가웠다. 바람을 막아 주는 벽이 있고, 몸을 따뜻하게 감싸 주는 이불이 있었지만, 도심보다 체감 온도가 낮았다.

산의 낮은 짧아서 오후 5시만 되어도 어스름이 내려앉았다. 상록수가 빽빽하게 들어선 폐가는 4시부터 늦은 저녁처럼 어두웠다.

멀리서 들렸던 까마귀 울음소리가 둥지를 찾아오듯 가까워지면 좀 더 깊은 산속에서는 정체를 알 수 없는 들짐승의 소리가 섞여 나왔다.

눈에 젖은 낙엽을 밟는 짐승의 발자국 소리. 땅을 파헤치고 비쩍 마른 나무 기둥에 발톱을 긁는 소리. 이름 모를 산짐승들이 동료를 찾듯 목 안쪽으로 울거나, 침입자를 쫓아내기 위해 비명처럼 짧은 소리를 터뜨리기도 했다.

도원은 이불 속에서 몸을 웅크렸다. 난방 기구가 없는 건물에서 반팔 차림으로 지낸 탓인지 컨디션이 좋지 않았다. 이불을 코밑까지 끌어올리고 허벅지와 무릎을 가슴 밑에 끌어모았다.

찬바람에 딱딱하게 얼어붙었던 청바지의 감촉 대신 맨살의 감촉이 느껴졌다. 바지를 언제 벗었는지 기억이 나지 않았다.

바지를 찾아보려고 눈을 떴다. 사방이 컴컴해서 물건들의 실루엣도 분간할 수 없었다.

어둠 속에서 눈만 깜빡이던 도원이 상체를 일으켰다. 그나마 속옷과 셔츠는 그대로 입고 있어서 당혹스러움이 덜했다.

도원은 컴컴한 실내를 돌아봤다. 부서진 테이블과 털이 삭은 카펫도 보이지 않았다. 등 뒤로 팔을 돌려 벽을 더듬어 보고, 이불 아래의 먼지가 자욱한 바닥을 더듬어 보아도 그 깊이와 끝이 느껴지지 않았다.

낮에 보았던 모습을 한 치 앞도 구분할 수 없게 되었다. 어둠에 숨이 막힐 것 같았다. 불빛 하나 없는 어둠이란 것을, 도원은 살면서 처음 접하고 있었다.

"MJ?"

같은 공간에 있어야 할 사람을 불러 보았다. 인기척은 없었다. 밤이 되어 더 차가워진 공기에 도원은 숨을 빠르게 내쉬었다. 낮이었다면 하얗게 입김이 나오는 모습을 눈으로 확인할 수 있을 듯했다.

도원은 이불을 움켜쥐고 자리에서 일어났다. 외투처럼 이불로 몸을 감쌌다. 한 걸음 걸을 때마다 발아래에 뭔가가 걸려서 나뒹굴었다. 아무것도 보이지 않는데 쿵쿵거리며 물건 굴러가는 소리만 들렸다.

덜컥 무서워졌다. 두려움은 어둠처럼 깊은 곳에서 꿈틀거리며 기어 올라오는 존재였다. 아무리 괜찮다고 자위해도 빨라지기 시작한 심장 소리를 진정시킬 수 없었다.

벽을 짚고서 문을 찾아 나가려 했다. 어둠에서 벗어나야 한다는 생각으로 무작정 움직일 때였다.

"그 차림으로 나가면 감기 걸려."

"아."

도원의 입에서 안도의 탄성이 터졌다. 이불 위로 MJ의 팔이 둘러지는 섯을 느꼈다. 도원은 그 팔의 안쪽으로 끌려 들어왔다. 어느덧 MJ의 허벅지에 앉게 되었다. 흘러내리는 이불은 MJ가 다시 추슬러 주었다.

MJ의 태도는 여유로웠다. 아무것도 보이지 않아서 어설퍼진 도원과 달랐다. 까마득한 어둠 속에서도 MJ는 다 볼 수 있는 것처럼 행동이 자연스러웠다.

도원이 눈에 보이는 것처럼 굴었다. 도원의 맨살이 드러나지 않도록 이불을 잡아 주기도 했다. 도원이 어딜 봐야 하는지 몰라서 고개를 숙일 때, 직접 턱을 들어 자신의 얼굴을 향해 방향을 맞춰 주기도 했다.

도원은 눈을 깜빡였다. MJ의 실루엣은 보이지 않았다. 이마께에서 숨소리가 들렸기에 그것을 따라 손을 들어 올렸다.

손끝이 턱과 입술을 만졌다. 아무것도 보이지 않아서인지 평소보다 예민해진 손끝이 MJ의 여러 가지를 포착해내고 있었다. 그동안 질긴 돼지고기 같은 화상 자국만 의식했나 보다. 멀쩡한 피부는 이렇게 부드럽고 따뜻했다.

도원의 손가락 위로 느리게 숨을 쉬는 코가 닿았다. 손가락을 조금 옆으로 돌리자 그동안 MJ를 구성하는 부위 중 가장 인상 깊은, MJ 그 자체로 느껴지는 화상 자국이 손끝에 우둘투둘하게 만져졌다.

"지금 몇 신가요."

도원의 물음에 MJ가 대답했다.

"아직 크리스마스야."

"불을 켜 주면 안 될까요. 전기가 없어서 이러는 거면 촛불이라도."

"여기서 저녁에 불을 켜면 산짐승이 내려와. 배고픈 짐승들에게 잡아먹히고 싶진 않잖아. 이대로 밤을 보내는 게 현명해."

"그럼 잠자리에 들지, 왜 여기 앉아 있어요."

"생각할 게 많아서. 머릿속이 복잡해. 잠이 잘 안 와."

MJ가 손을 꿈지럭거렸다. 앉아 있을 때는 무릎 위에 팔을 올리고 손끝을 세워 툭툭 두드리는 등, 가만히 내버려 두질 못하고 있었다. 이번에는 이불 위에서 도원을 쓰다듬고 있었다. MJ의 손은 MJ의 신체 기관임에도 독자적으로 행동하는 자아가 있는 것처럼 보였다.

"손이 비어 있으면 불안해져. 평소엔 라이터를 쥐고 있는데 그러다 보면 자꾸 불을 지르더라고. 아무것도 없이 지내려니까 힘드네."

MJ의 목소리가 낮보다 얌전했다. 감정의 폭이 크지 않았다. 이성적인 상태라는 소리다.

"못 견딜 거 같으면 사창가를 가거나 불을 질렀어. 여자 엉덩이라도 쥐고 있지 않으면 자꾸 라이터를 찾더라고. 난 담배도 안 피우는데 말이지. 선생님, 그래서 말인데 선생님 몸 좀 만지면 안 될까. 아무 짓도 안 할게."

이미 만진다는 점에서 아무 짓이 되어 버리는데.

도원은 그 사실에 경각심을 주고 싶었지만 날을 세우고 거부하지 않았다.

낮 동안 섹스에 대해 이야기하는 MJ를 보면서 느낀 것이 있었다. MJ의 사고 체계는 단순했다. 그의 생각과 행동은 은유법이 없었다. 직설적이고 정확했다. 과녁에 쏘아지는 화살처럼 명확했다.

비록 그 생각과 행동이란 것이 일반적인 사회화 과정을 거치지 못해서 문제였지만 난해하다고 해서 어렵게 생각할 필요는 없었다.

MJ 같은 케이스는 억압 기제를 많이 설정할수록 반발심을 보이는 부류였다. 하지 말라고 부정적으로 말하면 공격적인 범죄 심리로 터져 나오는 양상이었다.

　그러니 내버려 둘 필요가 있었다. MJ가 선을 넘지만 않는다면 어느 정도 자유롭게 풀어 줘야 충동성이 공격성으로 폭발하지 않을 것이었다.

　MJ에게는 비쥬라는 브레이크가 있었다. 브레이크로 적절하게 제동을 걸어 준다면 너무 많은 억압을 주지 않은 상태에서 자연스럽게 MJ의 충동성이 다른 방향으로 분출될 길을 열 수가 있었다.

　"응, 그래요, 괜찮아요."

　도원의 대답이 끝나기 무섭게 MJ의 손이 이불 속으로 들어왔다. 낮 동안 허리와 등을 배회했던 손이 대범하게 도원의 엉덩이를 움켜쥐었다.

　도원의 얼굴이 화끈, 달아올랐다. 어둠 속이어서 시력을 잃은 대신 촉각이 민감해졌다. MJ의 손 모양을 머릿속으로 그려 내려니 지나치게 외설적이었다.

　"선생님, 이혼 왜 했어?"

　속옷 위를 주무르는 손길에 도원은 몸을 움찔거렸다. 그는 도원의 엉덩이를 여자 엉덩이를 대하듯 주물렀다. 굳이 섹스하는 상대의 신체 기관으로 치환하여 만지는 것 같아 부끄러웠다.

　이건 폭력이라 하기 애매해서 강간이란 말을 갖다 붙일 수가 없었다. 도원은 안절부절못했지만 이내 그 손을 내버려 두기로 했다.

　"그건 왜 물어보나요."

　"궁금해서. 선생님 성격도 좋고, 잘생겼고, 직업도 번듯하고, 돈도 잘 벌잖아. 굳이 이혼할 필요는 없었을 것 같은데."

"개인적인 문제라서 대답할 이유는 없는 것 같습니다."

"나도 개인적인 얘기 많이 했잖아."

"당신은 내게 솔직한 얘기를 털어놔야 하는 사람이니까요."

"그래도 듣고 싶어. 선생님 같은 사람이 왜 결혼에 실패했는지 잘 이해가 안 돼."

도원의 엉덩이를 만지던 손이 앞으로 돌아 나오려 했다. MJ는 그 충동적인 반응에 스스로 움찔했다. 꿈틀거리던 손이 멈추더니 MJ의 숨이 약간 거칠어졌다.

숨을 작게 고르는 반응에서 MJ가 도원이 싫어할 만한 짓을 억지로 멈추었다는 것이 느껴졌다. 충동성을 의식적으로 멈추려고 하는 게 얼마나 스트레스인지 알고 있었다.

도원은 MJ의 볼에 입을 맞추어 주었다. 쪽, 하고 소리를 내어 입술을 붙였다 떼어 냈다. 그러자 거칠어지던 숨소리가 조금씩 본래의 호흡 속도로 돌아왔다.

MJ의 손이 다시 도원의 엉덩이에 붙었다. 만지는 것을 그만두려고 끊임없이 생각하는 것이 느껴졌다. 그런 MJ의 노력을 알기에 도원은 그의 질문에 성실하게 대답해 주었다.

"부인과 아이가 위험해져서 결혼 생활을 지속할 수가 없었어요."

숨을 고른 MJ가 고개를 틀었다. 육안으로 보이진 않지만 도원을 주시하는 시선이 느껴졌다.

"뭐가 위험했어?"

"미국에서 한국으로 돌아오자마자 경찰청에서 일했습니다. 그땐 프로파일러와 한 조로 움직였어요. 범죄 심리학 전문가들 쪽에 투입되었거든요."

"그쪽 전공 아니라면서."

"아니었는데 인원이 부족했나 봅니다. 범죄 심리든 임상 심리든, 어쨌든 전문가의 손길이 필요한 정신 이상자를 확인하는 작업이면 똑같다고 본 것 같았어요. 내 첫 번째, 두 번째 논문 모두 범죄에 연루되었던 사람을 심리적으로 분석한 거라서 비슷한 분야라고 여긴 거겠죠."

"그런데 뭐가 위험한 거야? 경찰도 아니잖아. 사건 현장에 갈 필요도 없는데."

"조사실에 불려 온 폭행범이 있었어요. 조사받을 때 저를 우연히 봤나 봐요. 자길 압박하고 호통치는 형사들이 날 보고 고개를 숙이면서 선생님, 박사님, 하는 게 인상적이었던 것 같아요. 증거 불충분으로 잠깐 풀려났을 때 나를 쫓아왔어요."

멈추었던 손이 움직였다. 본능이었다. 도원의 엉덩이를 움켜잡은 MJ가 그대로 자신의 국부에 세게 눌렀다. 하반신이 진득하게 눌렸다. 얇은 속옷 차림이었기에 도원의 성기와 음낭이 정확한 모양과 방향으로 짓눌렸다.

도원은 잠깐 말을 잇지 못했다. 윽, 하고 신음하는 입가를 손으로 가리다가 애써 의식하지 않으려고 노력한 뒤에야 입술을 열 수 있었다.

"처제를 만나는 날이었습니다. 그 사람이 나와 처제를 동시에 위협하는 바람에 처제가 크게 다쳤어요. 남자는 결국 실형을 받았는데 2년 6월밖에 안 됩니다. 그날 이후 처제는 저랑 만나는 걸 극도로 무서워하게 되었고 친정에서 부인에게 압박을 주었죠."

"……흐음."

"경찰청을 그만두고 연구소로 옮겨 올 때쯤엔 별거를 했어요. 안전해지면 다시 합치려고 했는데 부인은 버티기 힘들었나 봐요. 너무 오랫동안 혼자 둔 내 탓이죠. 그래서 이혼했어요. 얼마 안 됐네요."

MJ가 손을 놓았다. 짓눌리던 하복부가 자유로워지자 도원은 허리를 구부정하게 숙이고 짧게 숨을 몰아쉬었다. MJ는 자신의 목 부근에서 흩어지는 도원의 숨소리에 몸을 들썩였다. 주먹을 쥐었다 폈다 하면서 끙끙거리는 기색을 보였다.

도원이 굽힌 상체를 억지로 똑바로 세웠다. 도원은 어두워서 아무것도 보이지 않는다고 생각한 와중에 MJ의 안광은 구분할 수 있다는 착각이 들었다. 그는 어쩐지 화가 나 있는 듯했다.

"선생님 잘못이 아니잖아. 근데 왜 이혼한 거야?"

MJ의 성향상 감정이 정상 범주를 넘으면 충동 조절 훈련이고 뭐고 소용이 없다. 도원은 MJ의 머리와 화상 자국을 쓰다듬어 주면서 달래듯이 말했다.

"잘못이 없다는 것은 나도, 전처도 다 알아요. 그래도 위험하니까 이혼한 거예요."

"그러니까 왜? 그걸 부인이 이해도 못해 줘? 선생님 사랑해서 결혼한 거 아니었나."

"아이도 있어서 가족이 위험해지면 안 된다고 생각했어요. 사랑만으로 해결할 문제가 아니었거든요."

"선생님 직업이 애한테 나쁜 일을 겪게 할까 봐, 선생님을 버렸다는 소리 아냐, 지금."

"쉬, 쉬, MJ, 대신 화내 줘서 고마운데 이러면……."

"선생님만 위험한 사람 취급하는 건 가족이 할 짓이 아니잖아. 도마뱀 꼬리 자르듯 잘라 버리면 다 끝난다고 여기는 건 믿을 수 없어."

"이혼 서류는 내가 먼저 내밀었어요."

"선생님이 이런 식으로 혼자 책임지는 게 싫다는 소리야."

"내가 결정한 거예요."

"그러니까 왜!"

"내가 환자를 포기 못하겠으니까. 가족보다 환자가 우선이니까. 앞으로도 분명히 그럴 테니까."

흥분한 MJ가 멈칫하는 게 느껴졌다. 거칠어진 숨을 들썩거렸다. 이 정도면 양호했다. 도원은 MJ의 볼에 입을 맞췄다.

쪽, 하는 소리에 MJ의 흥분이 빠르게 수그러들기 시작했다. 이럴 때는 MJ가 도원에게 애정을 갖고 있는 게 다행이었다. 뽀뽀 하나로 흥분이 컨트롤될 수 있다는 건 아주 좋은 브레이크였다.

"잘하고 있어요. 이렇게 계속 노력하면 증상이 좋아질 거예요."

도원은 MJ의 몸에서 내려왔다. MJ도 일어났다. 삐거덕거리는 소파의 비틀린 못 소리를 뒤로하고 매트리스 위로 돌아왔다.

도원이 매트리스 위에 눕자 MJ가 도원을 감싼 이불 속을 파고들었다. 도원은 설마 이 좁은 데서 한 이불을 덮고 잘 줄은 몰랐기에 곤란해졌다.

MJ의 지금 행동은 아슬아슬했다. 선을 넘을 듯 넘지 않았다. 위태로운 균형을 유지하고 있었다. MJ가 도원에게 표현하는 관심에는 직업상의 의존도 이상이 들어 있었다.

"나는 전문가가 아니지만 선생님이 책임 의식에 강박이 있는 건 알겠어."

MJ가 내담자 이상의 위치를 바라면 그걸 받아 줄 수 있을까.

도원은 사적으로 얽힐 수 있는 가능성을 생각해 보았다. 친구 사이는 불가능했다. 연인 이상으로만 갈 수 있었다. MJ가 도원에게 섹스 판타지를 표출하는 이상 그것을 받아들일 수 있는 관계는 연인 이상뿐이었다. 그것은 도원이 원치 않았다.

"나도 트라우마 하나쯤은 있는 평범한 사람이니까요."

상담사와 내담자 관계를 언제까지 지속할 수 있을지는 MJ의 의지에 달려 있다. 이혼처럼 사적인 부분에 관심을 가지는 그에게 이것을 지적해야 하는지 고민하는 동안에도 MJ는 여전히 자신의 호기심을 내보였다.

"왜 안 고쳐?"

"병증으로 나타날 만큼 심하지 않아서요. 트라우마를 가진 사람이 전부 정신과를 찾거나 심리 상담을 받지 않는 것처럼요."

"트라우마가 심한 강도랑 심하지 않은 강도는 어느 정도일까."

"가정 폭력으로 생긴 트라우마는 참전 용사의 트라우마만큼 강력해요."

"말도 안 돼."

"거짓말이 아니에요. 그리고 우리나라에 가정 폭력을 당하는 아동과 여성이 10명 중 5명은 된다는 통계가 있고요. 나는 그 많은 숫자가 모두 전쟁 트라우마만큼 괴롭지 않길 바라요. 버틸 수 있으면 좋겠어요. 그러지 않으면 사는 게 너무 불행할 테니까."

"선생님은 그 정도는 아니란 말이지."

"예. 그렇게 믿어요."

"자신 없는 말투네."

"중이 제 머리 못 깎는대요. 제가 저를 분석하는 건 무리라서."

MJ가 옆으로 누워 도원을 품에 안았다. 답답해하는 도원의 몸에 바싹 붙어 허리 아래를 움직여 유사 섹스라도 하듯 움직였다. 도원의 엉덩이를 손으로 주물거리고, 도원의 국부에 자신의 아래를 비비기도 했다.

MJ의 태도는 남근기의 어린아이 같았다. 성기에 관심을 가지게 되는 어린아이가 배뇨 때 이외에도 성기에서 쾌감을 얻으려고 하는 행동.

이것이 잘못되었거나 자연스러운 현상이라는 걸 구분해서 알려 줘야 할 정도로 제대로 된 성 고착이 안 된 느낌이었다.

"MJ."

숨을 거칠게 내쉬면서 도원에게 비비던 움직임이 멈추었다. 그는 힘겨운 듯 목 안으로 으르렁거리는 소리를 냈다. 도원이 MJ의 볼에 뽀뽀를 해 주었다. 으르렁거리던 MJ의 목소리가 잦아들었다. 더 이상 이불 속에서 들썩이며 허리를 흔들지도 않았다.

비로소 도원이 눈을 감았다. 자다가 잠깐 깨어났기 때문인지 곧바로 졸음이 밀려왔다. MJ는 도원의 헝클어진 머리카락을 조심스럽게 넘겨 주었다. 도원의 코밑에서 고른 숨소리가 들렸다. MJ는 마음 놓고 도원을 쳐다봤다.

"늦었지만 메리크리스마스, 선생님."

혼잣말처럼 중얼거린 MJ가 도원의 볼에 뽀뽀를 해 주었다. 묘한 표정을 지은 MJ는 그 후로도 몇 차례나 도원의 볼에 자신의 입술을 묻었다.

볼에 입을 맞춘다는 것은 생각보다 더 사랑스러운 행위였다.

　　　　　　　　　　🌑

　도원은 MJ가 트렁크에서 꺼내 준 옷을 받아 들었다. 자신의 사이즈에 맞는 니트 티와 바지였다. 온수가 나오지 않는 물에 머리를 감고 세수를 해서 창백하게 질려 있던 도원의 얼굴에 화색이 돌았다.

　포근한 옷에 얼굴을 묻은 도원이 안심하듯 깊게 숨을 뱉는 모습을, MJ는 모른 척 쳐다보면서 웃었다.

　집에 남은 흔적을 지워 낸 MJ가 산장으로 들어올 때 부러진 나뭇가지를 이정표 삼아 다시 산을 빠져나갔다. 자동차는 해가 뜨는 방향으로 달렸다.

　낯선 길에서 다른 차나 사람을 마주치는 일은 없었다. 자욱하게 깔린 아침 안개 속으로 남의 번호판을 달고 있는 검은 차가 굽이진 산길을 홀로 달렸다.

　"내가 살았던 곳에 갈 거야."

　고르지 못한 포장도로에 자동차가 덜컹거렸다. 운전하는 MJ의 옆모습에서 생각을 읽어 낼 만한 표정은 없었다.

　"별로 많은 걸 기억하지는 못하는 곳이야. 선생님의 도움을 받고 싶어."

　"떠올리고 싶은 게 있나요?"

　"응. 기억이 끊어졌거든."

　"끊어졌다는 게 무슨 뜻인가요?"

"중요한 게 별로 생각이 안 나. 대충 무슨 일이 있었는지는 알겠는데 선명하지가 않아. 혼자서 몇 번 가 봤었는데 소용이 없었어."

"어떤 기억인지 말할 수 있어요?"

"첫 번째랑 두 번째 방화야. 방화를 저지르는 충동이나 강박증이 고쳐지지 않는 이유가 아무래도 그것들 때문인 거 같아. 어린 시절의 그것들이 열쇠인 거 같은데 모르겠어."

"기억의 시초 말이군요."

"맞아. 선생님이 좋아하는 단어, 트라우마. 그거의 원인."

"그걸 정면으로 접할 자신이 있습니까. 가정 폭력이 참전 용사들의 스트레스만큼 심한 것은 그때의 기억이 그만큼 강하기 때문이에요. 기억 속의 아픔이 전쟁터 한복판으로 바뀌는 거죠. MJ, 무리하는 거면 안 해도 괜찮아요."

"무리는 아닐 거야. 난 어린 시절에 별로 나쁜 기억이 없어. 마주해 봤자 전쟁터 같은 거랑 비교할 만한 충격을 받을 게 없는 걸. 이번 일 끝내고 바로 온천 가자. 근처에 괜찮은 온천이 있어. 할머니 혼자 운영하는 데라 좀 작긴 한데 사람도 없고 좋아. 거기서 쉬고 선생님은 집에 돌아가면 돼."

산을 넘은 자동차가 생소한 마을로 접어들었다. 주택가에서 외따로 떨어진 작은 소도시가 섬처럼 느껴졌다.

높은 산맥에 둘러싸여서 다른 도시와의 교류가 활발하지 않을 것 같은 동네. 신축 아파트가 공사 중이었지만 몇 동 되지도 않았다. 대다수가 붉은 벽돌을 쌓아 올린 주택이었다.

안쪽으로 들어갈수록 아파트나 빌딩이 보였고, 외곽으로 빠질수록 정원이 넓은 개인 주택 위주였다. 높은 회색 담으로 둘러싸인 건물들은 별장에 가까웠다.

도로 사정이 나빴던 산길과 반대로 담벼락 높은 집을 우회하는 포장도로는 쓰레기 하나 없이 깨끗했다.

여기저기서 감시 카메라의 파란 불빛이 반짝거렸다. 금방이라도 경비업체 직원이 달려 나와 MJ의 차를 검문이라도 할 것처럼 적막하고 살벌했다.

MJ는 카메라에 찍히지 않는 길 위에 차를 세웠다. 상류층 사람들이 모여 사는 곳이라고 짐작하는 도원에게 MJ가 집 하나를 가리켰다.

"저기서 태어나서 8살까지 살았어. 엄마, 아빠, 딕과 함께. 집은 모두 불타서 없어졌으니까 저건 새로운 주인이 새롭게 세운 집일 거야."

MJ가 가리킨 곳에는 거대한 벚꽃 나무가 서 있는 3층짜리 집이 있었다. 불에 전소되었던 흔적은 찾아볼 수 없이 새것 그 자체였다. MJ가 골목 끝으로 손가락을 옮겼다.

"저쪽에 내가 말한 구멍가게도 있었는데 지금은 없어졌네. 골목도 막혀 있지만 원래는 뚫려 있었어. 미로처럼 도로가 얼기설기 얽혔거든. 지금은 다 막혀서 어디에 뭐가 있었는지 잘 못 알아보겠어."

도원은 정갈하게 정리된 집들을 돌아봤다. 내려서 확인해 봤자 과거의 흔적이 깨끗하게 지워진 곳에서 MJ의 기억을 떠올릴 만한 단서를 찾을 수는 없을 것 같았다. 그렇기에 MJ는 차를 더 운전하지도 않고 기어를 바꾼 채 물끄러미 방관자처럼 쳐다보는 것에 그쳤다.

향수가 사라진 옛 자리에서 잊혔던 기억을 불러일으킬 방법은 없다. 다른 방법이 필요했다.

"집에 대한 건 남은 게 없네요."

"응. 추억할 게 없지."

"그럼 생각에 의존해야 할 텐데 기억나는 걸 말해 보겠어요?"

MJ가 핸들을 손으로 톡톡 두드리기 시작했다.

"음. 이층집이었어. 마당이 넓었고. 집안일을 도와주는 아줌마도 한 분 있던 걸로 기억해. 다른 건 잘 기억 안 나는데 안방 인테리어는 기억나. 짐승들이 많이 박제되어 있었어."

안방에 짐승 박제라고?

도원은 그 풍경이 머릿속에 잘 그려지지 않았다. MJ가 설명을 이으면서 손가락을 하나씩 꼽았다.

"사슴 머리가 벽에 걸려 있었어. 뿔이 컸어. 꽃사슴 같은 건 아니었고, 다큐멘터리에서 가끔 보는 외래종이었어. 개머리도 있었고, 멧돼지 머리도 보였어. 침대 위쪽에."

"짐승의 머리만 박제되어 있었던 건가요."

"아니, 가죽 카펫도 있었어. 무슨 동물인지 모르겠어. 색깔도 털무늬도 잘 기억이 안 나. 특별하지 않았나 봐. 무난하게 어디서나 볼 법한 단색의 뭔가가 아니었을까."

"짐승 박제나 털이 있다는 건, 아버지나 어머니가 그쪽 일을 하셨다는 소리로 들리는데요. 혹시 직업은 기억나요?"

"모르겠네."

"직업을 유추할 만한 물건이나 이런 것도 안 떠올라요?"

MJ는 핸들에서 손을 놓고 무릎에 손을 올렸다. 핸들 대신 무릎을 손끝으로 두드렸다.

"총. 창고에 꽤 많았어."

한국에서 총이라니. 사냥 허가를 받은 사람일 가능성이 있었다. 그러나 도원은 아직 그의 부모님이 구체적으로 그려지지 않았다. 조금 더 파고들기로 했다.

"총은 누구 것이었나요."

"아빠. 엄마는 그 총에 별로 관심이 없었으니까 아빠 것일 거야."

"아버지가 총을 쏴서 짐승을 사냥하고, 그 사냥감을 안방에 전시했다면 성격이나 행동이 특별했을 것도 같아요. MJ가 보기엔 어땠어요?"

"특별한 거? 모르겠는데. 내 기억엔 좋은 사람이었던 거 같아. 아마도."

이번에도 말이 바뀌었다. 부모님을 긍정하던 첫 번째 상담과 부모님을 부정하고 딕을 긍정했던 두 번째 상담. 그러다가 이번에는 다시 긍정.

역시 MJ는 기억에 문제가 있었다. 도원은 부모님에 대한 평가와 딕을 대하던 MJ의 행동이 불일치하는 지점이 결정적인 힌트라고 확신했다.

"어떤 면에서 좋은 사람이었어요?"

MJ가 음, 하고 목을 울렸다. 그는 생각나는 대로 늘어놓기 시작했다.

"나를 별로 혼내지 않았어. 나를 때리거나 공부하라고 닦달하지도 않았고. 이 동네는 그때도 잘사는 사람들이 많았어. 아빠가 이런 곳에 집을 가지고 그 큰 개를 키우면서 가정부인지 하는 여자를 고용했으니 돈도 많았을 거야. 나한테 나쁜 사람은 아니었어."

"그런데 왜 좋은 사람이었다는 것에 확신을 못하죠. 나쁜 면을 본 적이 있나요?"

"어른이 되고서야 그게 잘못되었다는 걸 알았거든. 그때는 잘못된 걸 몰랐어."

"어떤 거였습니까."

"나를 딕과 함께 창고에서 키웠어. 내 방이 따로 없었어. 창고에서 개 밥그릇에 밥을 먹었거든. 총으로 둘러싸인 그 어두운 창고 말이야."

도원은 다소 충격을 받은 얼굴로 MJ를 응시했다. MJ는 여전히 표정에 변화가 없었다. 창고에서 생활했다는 과거를 떠올려 봐도 딱히 슬프다거나 분하지는 않은 듯했다. 그게 정상인 듯 생활해 왔기에 이제 와 분노하고 억울해할 감정이 생기지 않는 것이다.

MJ는 어둠과 함께 큰 아이였다. 딕을 아버지처럼 여긴 것도, 왼쪽 몸에 화상을 입으면서까지 화재가 난 집에서 딕을 살려 나온 것도, 그렇게 살린 딕에게 입을 억지로 벌리고 먹이를 처먹인 것도, 모두 그 창고 안에서 자라난 어둠이 만들어 낸 감정이었고 본능이었다.

불은 어둠 속에서 선명해지는 속성을 가지고 있다. 주변이 어두워야 몸집을 키우며 자라난다. 불은 모든 걸 삼키고 까만 재만 토한 뒤 사라진다.

MJ는 포근하고 따뜻한 침대와 이불, 부모님의 사랑 대신 어둠의 공포와 불의 절대성에 대해 본능적으로 깨우친 것이 아닐까. 그래서 방화에 집착하게 된 것은 아닐까.

"창고에서…… 뭘 하고 지냈는지 기억납니까?"

도원의 목소리가 조심스러워졌다. MJ는 자신의 살았었던, 지금은 신식 주택이 들어선 곳을 응시했다. 창고는 부모님의 박제품이 걸려 있는 이층집과 분리되어 있는 작은 나무 오두막이라고 했다.

"잘 모르겠어. 밥 먹고 총을 본 기억밖에."

"기분이 어땠어요?"

"더러웠어. 지금 생각하니까 무척 더러워. 왜 그때 가만히 지냈는지 모르겠네. 그럴 필요도 없었는데."

도원은 MJ의 내면을 건드리지 않기 위해 노력했다. 선을 그어야 했다. 상담사라고 해서 상대에게 끝없이 들어갈 수는 없는 법이었다. 건드리더라도 시간을 두고 조심스럽게 접근해야 할 부분이었다.

MJ의 창고.

아직은 어둠 속에 잠겨 있는 그 문을 열 때가 아니었다.

"집을 불태웠을 때가 첫 방화였는지도 말해 줄 수 있을까요."

창고에 대한 이야기를 잠시 묻어 두기로 한 도원은 화제를 전환했다. MJ는 이야기 주제가 바뀌어도 개의치 않아 했다. 도원의 상담 방식을 신뢰하고 있었다.

"두 번째였어."

"첫 번째는요?"

"더 어렸을 때. 그게 몇 살이었지."

"그것도 집에 불을 낸 건가요?"

"아니, 저 뒷산에 불을 냈어."

MJ가 몸을 비틀어 차 뒤를 가리켰다. 빼곡하게 자란 상록수 속에서 화재의 흔적은 보이지 않았다. 그 흔적이 있더라도 눈과 낙엽에 모두 묻혔을 것이다. 집이 아닌 산에 방화를 저질렀다는 것이 의외였다.

"왜 산에 불을 질렀습니까."

도원의 질문에 MJ는 미간을 찌푸렸다. 무릎을 톡톡 두드리던 손을 멈추고 팔짱을 꼈다. 교차한 팔뚝을 손끝으로 두드리면서 다리를 떨었다.

생각나지 않는 것을 억지로 떠올리려고 노력하고 있었다. 생각을 떠올리는 것만으로도 스트레스를 받고 있었다.

MJ는 생각을 할 뿐이었지만 온몸이 다른 불안정한 증상을 보였다. 충동 조절 장애였다. MJ를 너무 자극하면 다시 증상이 튀어나올 것만 같았다. '창고'에 이어서 '첫 번째 불'을 아직 대면할 준비가 안 되었다면 그것에 접근해도 좋을 다른 이야기를 하면 된다고 생각했건만.

"MJ, 억지로 생각해 내지 않아도 되는……."

말이 끝나기도 전에 MJ가 도원에게 손을 뻗었다. 너무 갑작스러운 움직임에 도원은 아무 방어도 하지 못했다. 니트 멱살이 잡힌 도원이 MJ의 코앞까지 끌려왔다. 도원은 다급히 자동차 계기판을 손으로 짚으면서 몸이 중심을 잃지 않도록 했다.

한 뼘 거리에서 응시하고 있는 MJ의 눈빛을 정면에서 마주했다. MJ는 눈꺼풀을 한 번도 깜빡이지 않았다. 아주 오랜 시간 도원을 보고 있었다.

그 시선은 섬뜩했다. 검은 동공과 홍채가 불빛 한 점 없던 폐가에서 맞은 저녁처럼 끝도 없이 깊었다. 사냥감을 쳐다볼 때의 포식자처럼 손아귀에서 우그러트린 니트 티를 잡고 놓지 않았다.

MJ는 느리게 숨을 뱉었다. 깊고 차분했다. MJ가 지금까지 보였던 충동적이고 폭력적인 태도와 정 반대였다. 도원은 본능적으로 위험을 느꼈다. 끓어오르다 못해 넘쳐서 밑바닥에 자욱하게 깔리는 어둠이 MJ를 집어삼키고 있었다. MJ가 바싹 마른 입술을 열었다.

"뽀뽀해 줘."

MJ의 눈빛은 온화해지지 않았다. 깊었던 숨이 조금 빨라진 것 외에 달라진 것은 없었다. 흔들리는 시선으로 MJ를 보던 도원이 천천히 고개를 숙였다.

볼에 닿는 말캉한 감촉에 MJ가 눈을 감았다. 움켜쥐고 있던 도원의 멱살이 스르륵 풀려 나왔다. 자리로 돌아온 도원은 조심스럽게 MJ를 바라봤다. 섬뜩한 분위기는 그대로였다.

여전히 MJ는 흥분을 눌러 삼키는 것처럼 일부러 숨을 깊게 몰아쉬었고, 눈꺼풀을 움직이지 않았다. MJ가 무슨 짓을 저지를지 예측할 수가 없었다.

"불을 내라고 한 사람이 있었어."

MJ가 의자에 머리를 기대고 눈을 감은 채 말을 이었다.

"나랑 같이 도망가던 사람. 그 사람이 시킨 거야. 살기 위해선 불을 내야 했어. 이미 내 앞에서 8명이 죽었거든."

도원은 심장이 발등까지 떨어졌다가 튀어 오르는 아득한 느낌이 들었다.

살인이라고. 살인 현장에 있었다고, MJ가?

"잠깐만요, MJ. 무슨 얘기예요. 지금 산에 불을 냈던 이야기를 하는데 누가 죽었다는 말을 하면—."

"우리를 사냥하던 남자가 있었어."

도원의 말꼬리를 자른 MJ는 눈을 부릅뜬 채 자신의 말만 이어 갔다. 냉정하려고 애를 쓰던 목소리가 순식간에 부서져서 열기를 띠기 시작했다.

"총을 들고 쐈어. 같이 도망가던 애들이 맞고 쓰러지는 걸 봤어. 아, 그랬네. 맞아, 죽었어. 발이 꼬인 애들이 마른 나무토막처럼 픽픽 쓰러졌거든."

"MJ."

"낙엽이 많았어. 가을이었던 거 같아. 아니, 초겨울인가. 입김이 나기도 했으니까. 남자의 총은 컸어. 사슴이나 멧돼지를 잡으면 좋았을 총이야. 그런데 왜 쐈지? 애들인 걸 알면서 쐈던 건가. 아는 것도 같았어. 맞아, 웃고 있었거든. 장전하고 방아쇠를 당기고 탕, 소리가 나면 시시덕거렸던 거야. 엄청 즐겁다는 듯이 히히."

"쉬이, 쉬, MJ, 진정해요. 천천히 숨 들이마셔요."

"아빠 창고에서 봤던 그런 총들이야. 총알이 크고 두꺼워서 어른 키만 한 멧돼지 머리를 한 번에 날려 버릴 수 있는 총. 얼굴은 못 봤어. 아빠는 아니었던 거 같아. 아빠가 안방에 사냥감을 전시하려면 머리가 온전해야 할 거 아냐. 그 남자는 머리도 잘 쐈거든. 눈앞에서 몇 명의 머리가 날아갔어."

"MJ!"

"필사적으로 도망쳤어. 너무 무서워서 오줌을 지렸던 거 같아. 나도 언제 머리가 터질지 몰라서 계속 울었어. 남은 사람은 둘이었어. 살려면 불을 내랬어. 그가 시켰어. 그래서 불을 질렀어. 산이 아니라, 그 총을 든 남자한테."

거칠어진 숨결 속으로 MJ가 완전히 몰입해 버렸다. 도원이 아무리 불러도 거의 반응하지 않았다. 눈꺼풀 한번 깜빡이지 않은 채 두 눈을 희번덕 뜨고 중얼거릴 뿐이었다.

"걔가 낙엽을 남자한테 집어 던졌고 내가 옷에 불을 붙였어. 남자가 불붙은 옷을 벗지 못하고 머리랑 살로 불이 옮겨졌어. 남자의 몸을 태우는 불이 산으로 번지면서 산불이 되었던 거야."

MJ가 도원의 멱살을 다시 잡았다. 도원이 차 문을 열고 밖으로 나가려 했지만 그보다 빠른 반사 신경을 가진 MJ는 모든 차 문을 한꺼번에 잠그는 버튼을 눌러 버렸다.

열리지 않는 문고리를 잡고서 도원은 MJ를 보며 숨을 몰아쉬었다. 이전보다 강한 힘이 멱살을 끌어당겼다. 도원의 호흡이 흐트러졌다.

MJ의 눈은 흰자위까지 새빨갛게 변해 있었다. 오랫동안 눈을 깜빡이지 않아 붉은 핏줄들이 툭툭 불거져 나와 있었다. 잠깐 내려다보니 MJ의 바지 앞섶이 부풀고 있었다. 그가 중얼거렸다.

"못 참겠어."

도원은 입술을 깨물었다. 차 안의 공기가 뜨거워서 기침이 자꾸 나왔다. 기침을 삼키자 상체가 펄떡거렸다. 그물에 잡힌 고기라도 된 것처럼 온몸으로 MJ의 접근에 거부 반응을 보였다.

"MJ, 그만."

도원은 양손으로 MJ의 어깨를 밀어내 보았다. MJ는 밀리지 않았다. 도원의 심장 소리가 빨라졌다. 호흡도 덩달아 흐트러져서 차 안의 온도가 높아졌다.

"못 참겠다고."

쿵쿵, 울리는 심장 소리가 도원의 귓가에서 뛰는 것만 같았다. 두려움에 MJ를 바라보던 도원은 조심스럽게 MJ의 얼굴을 붙잡고 볼에 입을 맞췄다.

볼에 닿은 따뜻함을 느낀 MJ가 눈을 깜빡였지만 멱살을 잡은 손을 놓지는 않았다. 아직 이성을 잃을 정도는 아닌데 도저히 뭔가를 붙잡을 수 없는 듯했다. MJ가 가까스로 이성을 붙잡고 도원을 죽이거나 강간하지 않는 걸 그나마 다행이라고 여겨야 하는 수준 같았다.

"뭘…… 어떻게 하고 싶은데요."

도원의 목소리가 떨렸다. MJ가 대답과 동시에 움직였다.

"조금만. 총구가 날 겨냥했었던 거, 그것만."

MJ가 제 몸을 사선으로 옮죄고 있던 안전벨트를 풀었다. 그가 도원이 앉은 옆자리로 옮겨 왔다. 좁은 차 안에서 덩치 큰 MJ의 압박까지 견뎌야 하는 도원은 입 밖으로 짤막한 신음을 터뜨렸다. MJ는 신경 쓰지 않고 도원을 온몸으로 내리눌렀다.

"아버지였어. 나한테 불을 지르라고 시킨 사람."

MJ의 입술이 도원의 입술에 닿았다. 도원은 자신의 아랫입술을 깨무는 MJ를 받아 주었다. 벌어진 입술 사이로 혀가 넘어오기 전에 가까스로 물었다.

"딕과 함께, 읏, 창고에 가두고 키웠던 친부를 말하는 거예요?"

넘어온 혀가 도원의 입천장을 훑었다. 고개를 비틀어 요철처럼 맞물린 입술을 벌렸다 닫으면서 MJ는 거칠어진 숨을 쏟아 냈다.

멱살을 쥐었던 손을 놓고 도원의 머리를 감싸 안았다. 뜨거운 혀가 금세 도원의 입 안을 파고들었다. 이와 잇몸을 훑던 혀가 더 깊은 곳, 도원의 가장 안쪽 목구멍까지 닿았다.

도원이 혀를 움직여 그런 MJ를 밀어내려 했지만 MJ는 고개를 틀어 가며 입술을 더 세게 물었다 놓을 뿐이었다.

도원은 잡아먹히는 것 같다는 생각을 했다. MJ의 키스는 그의 존재감만큼이나 강렬했다. 키스만으로 자신의 몸 안쪽 어딘가를 찔러 버리는 느낌을 주었다.

"아니, 딕이랑 나를 창고에 가둔 아버지 말고."

도원의 다리 사이에 자리 잡은 MJ가 도원의 다리를 제 허리에 감도록 했다.

옷 위로 느껴지는 뜨거운 기세가 도원의 국부에 문질러졌다. 도원은 온몸으로 억압하는 그 힘에 숨을 헐떡였다. 옷을 입은 채 유사 섹스를 시작했다.

MJ는 자신의 성기를 도원에게 문지르면서 상상만으로 도원을 안았다. MJ의 머릿속엔 죽음에 대한 공포와 자신을 구원해 줄 수 있다고 생각하는 유일한 사람인 도원에 대한 욕구가 동시에 부딪치고 있었다.

"빛, 권위, 그 빌어먹을 씹새끼."

좁은 의자에서 다리 한쪽이 들린 도원이 아픈 목소리로 신음했다. 손을 뻗어 옆 유리창을 짚었다. 거칠게 손이 닿은 유리창에 도원의 손자국이 찍혔다. 짧은 시간 내 식은땀으로 젖어 버린 손이 차가운 차 창문에 닿으며 뿌옇게 흔적을 남기고 있었다.

도원은 옷 위로 퍽퍽, 두드려지는 MJ의 성기를 느꼈다. 금방이라도 옷을 찢고 나와 도원의 벌어진 엉덩이 사이로 박힐 듯했다. 유리창을 짚고 있는 손바닥이 미끄러져 내렸다.

도원은 옷 위로 느껴지는 뜨거움에 몸을 떨었다. MJ의 힘이 세서 진짜로 꿰뚫린 것이 아닌데도 몸이 크게 들썩였다.

흔들리는 다리가 차 이곳저곳을 때렸다. 도원은 유리창에 간신히 몸을 지탱하면서 이마께에서 머리카락이 흐트러질 만큼 강렬한 유사 섹스를 받아 주었다.

어떻게든 멈추어 보려는 도원을 MJ가 더 세게 끌어안았다. 중심을 잃은 도원의 팔이 결국 유리창에서 미끄러졌다.

MJ는 차 내부에 부딪히는 도원의 다리를 접어서 제 허리를 감싸도록 고정했다. 바지를 조금만 내리고 속옷을 뒤집으면 새하얀 엉덩이를 쑤시고 들어갈 수 있을 것만 같았다.

그 좁은 구멍이 꿈틀거리며 자신의 핏줄 선 페니스를 삼키는 모습을 상상했다. 상상 속의 도원은 전립선을 자극당해서 고개를 뒤로 젖히고 야한 신음을 뱉었다.

MJ는 당장이라도 도원을 벗기고 싶었다. 끊어질 듯 얇아진 이성에서 그나마 살아 있는 것은 도원이 반복적으로 말했던 한마디였다.

―강간은 섹스가 아니에요. 폭력이에요!

"……씨발."

바지를 벗겨도 되나. 아니야, 벗기면 안 돼. 섹스가 아니라잖아. 하지만 이런 상황에서 섹스를 해 보지 않은 적이 없어. 언제나 불이나 섹스로 달래 왔는데 왜 이번에는 할 수가 없는 거야.

안절부절못하는 MJ는 멈출 수가 없었다. 보상으로 받던 뽀뽀만으로는 무리였다. 처음으로 떠올린 그때의 기억이 참을 수 없을 만큼 화가 나고 힘들어서 도원이 필요했다. 도원의 입에 혀를 밀어 넣으면서 몸을 들썩였다.

힘없는 자동차 의자가 삐거덕거렸다. 싸구려 자동차도 함께 끼익 끽 소리를 내며 들썩였다. 도원은 그런 MJ에게 안겨 있었다. 의자의 머리 받침대 너머로 고개가 젖혀졌다가 다시 본래의 자리를 되찾는 거센 움직임에 정신을 차리지 못했다.

MJ는 입을 맞추던 도원을 헐떡이며 응시했다. 겁을 먹은 도원의 얼굴은 붉어져 있었다. 놀라고 당황해서 바라보는 그 시선에 MJ의 숨소리는 더욱 거칠어졌다.

MJ에겐 지나치게 자극적인 반응이었다. 충격을 받은 도원은 벌어진 입을 다물지 못했다. 미처 삼키지 못한 침이 그 벌어진 입 밖으로 흘러내렸다.

"MJ……."

힘겹게 부르는 그 젖은 입술에 MJ는 결국 몸을 비비던 속도를 높였다. 흥분이 최고조에 오르면서 바지 속에서 사정을 했다. 뜨거운 액체가 속옷까지 적셔서 불쾌감을 일으켰다. MJ는 뜨끈한 것이 바지 속에 가득해지자 거친 숨을 고를 수 있게 되었다.

MJ는 그제야 도원을 살폈다. 도원은 많이 놀라서 숨만 가쁘게 내쉬고 있었다. 정신없이 뛰는 심장소리가 다 느껴졌다. 흘러내린 침을 손등으로 닦을 생각도 못하고 온몸을 움찔거리며 당황해했다.

MJ의 정신이 차츰 되돌아왔다. 눈앞에 보였던 새까만 총구만큼 겁먹은 도원의 표정 때문에 발밑이 아득해졌다. 도원은 아무 소리도 내지 못했다. 당연했다. 무슨 말을 할 수 있는 상황이 아니었다. MJ도 도원도 거칠게 숨을 몰아쉬는 것이 전부였다.

MJ는 도원에게서 몸을 떼어 내 운전석으로 돌아갔다. 도원이 말을 붙이려고 하자 기어를 바꾸고 핸들을 돌렸다. 거친 운전에 도원은 움찔거리면서 MJ를 바라만 봤다.

MJ는 "씨발."이라는 욕설만 반복해서 중얼거렸다. 도원의 표정이 굳어져 갔다. MJ가 아랫입술을 꽉 깨물었다가 놓았다.

"선생님 차 맡긴 곳으로 데려다줄게. 집에 가서 쉬어. 주말 동안 수고했어. 온천은…… 온천은 나중에 가자. 미안해. 정말 미안. 아버지에 대한 건 다시 생각해 볼 테니까."

도원은 주변 풍경이 빠르게 흘러가는 옆 창문으로 고개를 돌렸다. 창문에 제 손바닥이 미끄러진 흔적이 고스란히 남아 있었다. 키스 때문에 삼키지 못한 침이 턱을 타고 목까지 내려온 것도 창문에 비친 모습을 보고 알았다.

손바닥으로 타액을 닦으며 MJ를 불안한 시선으로 살폈다. MJ는 화가 많이 난 얼굴이었다. 자기 자신을 향한 분노였다. 도원은 MJ의 반응을 이질적으로 지켜보았다. 이러다간 뽀뽀라는 브레이크를 만들어 낸 성과가 소용없어질 판이 아닌가.

도원은 당황했지만 자신의 육체에 큰 위해가 있는 것도 아니었으므로, 일단 MJ를 진정시키고자 했다. 자책이 심해진 MJ가 그 감정을 폭발시켜 누구를 죽이거나 방화를 다시 저지르면 걷잡을 수 없이 일이 커질 것이다.

"지금까지 충동성을 잘 참다가 한 번 실패한 거니까 괜찮아요. 미안해하지 말아요."

"씨팔."

"앞으로 잘 참으면 계속 뽀뽀해 줄게요. 내가 상담을 그만둘 거라고 무서워하지 않아도 돼요."

"미안해, 다음엔 생각을 잘 정리할게. 선생님 만났을 때 이성을 잃지 않도록 조심할 테니까."

"아뇨, 그러지 마요. 생각하지 마세요. 나랑 약속해요. 아버지에 대해서 억지로 떠올리려고 하지 마세요. 나랑 있을 때에 같이 생각하기로 해요. 혼자서 생각하다가 잘못하면 또 방화를 저지를지도 모르니까요. 내 말, 무슨 뜻인지 알죠?"

산길로 되돌아가던 차가 천천히 멈추더니 앞만 바라보고 있던 MJ가 다시 도원을 돌아봤다. 자신이 두 번이나 멱살을 잡아서 니트의 목 부근이 형편없이 늘어난 도원이 MJ의 시선을 피하지 않고 있었다.

버려진 폐가에서처럼 적대적이지 않은 시선이었다. 어떻게든 MJ를 배려해 주려고 노력하는 눈빛이었다. MJ는 울고 싶은 기분이 들었다.

도원이 조심스럽게 손을 내밀었다. MJ는 그 손을 쳐다만 보고 다가오지 않았다. 도원이 손을 흔들어 보였다. 가까이 다가오라는 표현에도 MJ는 가만히 있었다.

도원이 다시 손을 흔들자 그제야 고개를 움직여 도원의 손이 있는 곳으로 얼굴을 가까이 가져갔다.

도원은 자신의 손에 닿은 MJ의 볼을 잡았다. 그리고 그 볼에 뽀뽀를 해 주었다. MJ는 그런 도원을 한참 동안 아무 말 없이 바라만 봤다. 서로를 보는 시선이 길어지면 침묵이 그 사이를 메우고 어색해질 법한데, 둘 중 누구도 그 분위기를 거부하지 않았다.

MJ가 무언가를 말하려는 듯이 입을 열었다가 다물었다. 불쾌한 짓을 했는데도 그 행동에 책임을 묻지 않는 도원의 표정은 가식이 아니었다.

진심으로 괜찮아하고 있었다. 그래서 더 미칠 것 같았다. 다른 사람도 아닌 도원에게 해서는 안 될 짓을 해서. 하지 말라고 그렇게 당부한 짓을 해 버려서.

"미안해."

MJ는 도원의 손에 얼굴을 묻었다. 멈추어 선 차 속에서 MJ는 몇 번이나 사과를 했다.

"미안해. 정말로."

도원은 그런 MJ를 안쓰럽게 보았다. 멋대로 충동적인 행동을 하고 사람을 위협할 줄만 알던 이가 그런 자신의 본성 때문에 괴로워한다.

하고 싶지 않은 행동을 할 수 밖에 없는 고통이 도원에게도 여실히 전달되었다. '씨팔'거리는 욕설이 무섭기보다는 안타까웠다. 볼에 해 주는 뽀뽀도 소용이 없는 것 같아서 도원은 MJ를 끌어안아 주었다.

괜찮다는 말에 정말 괜찮아질 때까지 도원은 MJ를 놓지 않았다.

도원은 욕조에 물을 받았다. 오피스텔의 욕실은 작아서 주로 샤워 부스 칸만 이용해 왔다. 써 본 적 없는 욕조에 물을 받는 것은 그만큼 생소한 일이었다.

바짓단과 소매를 걷은 도원은 욕조 앞에 쭈그려 앉았다. 샤워기에서 힘차게 떨어지는 물이 수증기를 피워 올렸다. 좁은 욕실이 뿌옇게 흐려지는 것도 순식간이었다.

욕조 속 수면이 높아지는 모습만 가만히 쳐다보던 도원이 옷을 벗고 물을 받아 놓은 욕조에 들어갔다.

수면은 반 뼘 정도 차올라서 바닥에 벗어 놓은 옷을 적실 듯 말

듯 찰랑거렸다.

욕실에 들고 오면 안 된다는 걸 알면서도 도원은 휴대 전화를 만지작거렸다. 물에 젖지 않도록 팔 하나를 욕조 밖으로 빼낸 다음 그 팔에 머리를 기대었다. 일단 휴대 전화로 빈유미에게 문자 메시지를 남겨 두었다.

[저 집에 돌아왔어요. 도어 록 교체한 거 잘 되네요.]

빈유미가 깜찍한 반응으로 화답했다.

[내일 시간 되면 술 마셔요!]

[이틀 뒤에 세미나 다녀오는데 그 후에 봐요.]

[ㅠㅠ]

우는 이모티콘에 피식 웃음을 흘렸다. 전부인에게는 메리크리스마스, 라고 문자를 적어 보내려다가 그만두었다.

그녀와는 매번 이런 식으로 접점이 어긋났다. 중요한 지점을 빗겨나 그 주변부에 떨어지는 화살 같았다. 한 번도 과녁에 맞지 않았다. 며칠 전에 전화기 속에서 걱정하던 목소리를 들었는데 그 걱정을 안심시켜 줄 행동 하나 못하고 시간을 흘려보냈다.

그런 주제에 늦은 성탄 축하 인사가 무슨 소용일까. 휴대 전화를 옷보다 더 먼 바닥에 내려놓았다.

도원은 한 팔로 이마를 가리고 천장에 빛나는 형광등만 멍하니 올려다보았다. 뿌연 수증기 때문에 빛은 강렬하지 않았다. 하얀빛은 수직으로 떨어지는 대신 수평으로 넓어져서 똑바로 쳐다봐도 눈이 아프지 않았다.

빛, 권위, 아버지.

연결되는 단어들을 떠올린 도원이 몸을 돌렸다. 한차례 물살이 일어나 욕조 밖으로 물이 밀려 나간 탓에 벗어 놓은 옷이 젖었다. MJ가 준 니트 티는 본래의 색보다 짙은 색으로 물들어 갔다.

도원은 생각을 정리했다. 박창구 형사와 MJ의 반응으로 볼 때, 아버지라는 존재는 다수의 광신도를 가지고 있으며, 이들은 사냥을 허가받은 단체 소속이다.

그들의 모임을 '동창회'라고 칭했던 것은 단체의 성격이 동호회보다는 교육 집단의 의미를 가지고 있다는 것. 즉, 아버지는 단순한 집단 지도자 이상으로 사람들을 이끄는 힘이 있다는 의미다.

박창구는 정상적인 가정을 가진 사람이다. 아이들을 키우는 가장이기도 했다. MJ처럼 사회화가 되지 않은 케이스가 아니다. 정상적으로 사회생활이 가능하고 원만한 대인 관계를 유지할 수 있는 사람이 그런 집단에 빠져들었다는 것은 의미가 컸다.

아버지란 사람의 논리가 일반인도 비상식적인 행동을 할 수 있게끔 매력적인 걸까. 그 정도로 매력적인 사람이 한때는 MJ와 같은 경험을 했다는 것이고.

도원은 MJ의 핏발 선 눈을 떠올렸다. 과거의 강렬했던 장면에 묶여 버렸던 MJ는 자신의 처음 방화를 아버지가 부추겼다고 말했다.

MJ가 떠올린 장면이 거짓된 회상이나 상상인 것 같지는 않았다. 조현병을 앓고 있는 사람도 자신이 만들어 낸 환상에 그렇게 발작적으로 붙잡혀 드는 경우는 극히 드물었다. MJ가 말한 것은 사실이 분명했다.

그렇다면 아버지는 MJ와 함께 사냥에서 살아남은 사람. MJ가 쫓기던 이들을 모두 어린애들이라고 칭한 걸로 봐서는 아버지의 나이가 MJ와 비슷하다는 소린데. 이십 대의 어린 남성을 보고 박 형사처럼 이성적인 중년 남성이 아버지라고 믿고 따른다고?

젊은 사람으로 추정되는 아버지가 도원 자신을 알고 있다고 했다. 그리고 그의 얼굴을 알고 있는 사람은 도원이 유일하다고 했다.

짐작 가는 사람이 없었다. MJ 또래의 남자 중 중년 남성까지 광신도로 만드는 비정상적인 매력을 가진 사람은…… 쉽게 떠오르지 않았다.

아버지란 존재를 어디서 어떻게 만났는지가 중요했지만 아무리 깊게 생각해 봐도 생각나는 것이 없었다. 단서들이 비어 있었다. 결정적인 증거는 없고, 그 주변부 이야기들만 차곡차곡 쌓여 갔다.

생각의 수면이 욕조에 물을 받을 때처럼 높아졌다. 내버려 두면 넘쳐서 흘러내릴 기세였다. 도원은 가상의 수도꼭지를 비틀어 잠갔다. 생각이 적정량 차오르면 정리하고 비워 내기도 해야 했다. 언제까지 계속 쌓아 올릴 수만은 없었다.

지금이 물을 잠그고 수면이 낮아지길 기다려야 하는 때였다.

—선생님.

낮아진 수면에서 복잡한 사건사고 대신 묵직한 목소리가 떠올랐다.

—미안해, 미안해, 선생님.

도원은 까마득하게 발밑에서부터 차올라 오던 어떤 감정을 느꼈다. 머리에서 먼 감각 기관이 가장 먼저 느낀 감정. 그건 직감이었고, 경험을 토대로 알 수밖에 없는 본능이었다.

MJ의 눈이 집착적으로 도원을 좇았다. 얼굴을 만졌다. 입에 키스를 하고, 혀를 넣었고, 몸을 뒤로 빼는 허리를 잡아 손목을, 그리고 다리가…… 다리 사이로…….

"읏."

얼굴이 홧홧해진 도원이 손바닥으로 물을 떠 올렸다. 얼굴을 적시고 뜨끈해진 귀와 목뒤도 매만졌다. 참기 힘들 정도로 부끄럽고 당혹스러웠던 감정들 때문에 어찌할 바를 몰랐다.

머리가 덜 여물었던 청소년 때도 한 사람의 말과 행동에 이 정도로 휘둘린 적은 없었다. 어른이 된 지금이 아이 때보다 나아진 게 없어 보였다.

폭발적인 감정을 조절하지 못한 MJ가 도원의 손바닥에 얼굴을 묻었었다.

이 손바닥에서 퍼진 숨결. 그리고 미안하다는 그 말.

그 두 가지로 MJ의 감정을 알게 되었다. 머리보다 발이 먼저 느꼈다. 걸음이 묶여 버린 듯한 감정을 말이다.

뿌연 수증기 너머에서 형광등 불빛이 일렁였다. 수증기 모양으로 흔들리는 불빛을 멍하니 바라봤다. 수증기가 가득 찬 욕실 천장에 물방울이 맺히고 결국 아래로 떨어져 수면에 파문을 만들었다.

똑, 또옥, 욕조 위로 떨어지는 물방울 소리가 유난히 크게 들렸다. 도원이 쏟아 내는 한숨만큼 공허한 소리가 빈 벽을 울렸다. 긴 하루가 끝나 가고 있었다.

5

5

연락을 받은 도원은 노크를 하고 문을 열었다. 평소 입는 흰 가운 차림 대신 허벅지까지 내려오는 감색 코트 차림새였다. 손에는 고급스러워 보이는 검은색 가죽 장갑도 끼고 있었다.

하얀 입김을 뱉으면서 문을 연 도원이 어깨를 들썩였다. 밖에 있다가 제법 급하게 돌아온 눈치였다.

연구소에서 도원에 대한 평은 대체로 좋은 편이었다. 대인 관계에 관심이 많지 않은 사람치고는 주변 사람들이 그를 호의적으로 본다고 할 수 있었다.

그 나이 대에 이루는 성과보다 더 많은 실적을 쌓았기 때문인지, 한쪽에서는 부담스러워하는 기색도 있었다. 그렇다고 능력이나 인성을 인정하지 않는 분위기는 아니었다.

굳이 도원을 평가할 때 가장 큰 요소가 뭔지를 고르자면, 그가 결혼을 했다는 사실 정도였다.

도원의 덤덤한 성격과 사교성이 부족한 태도는 기혼이기에 가질 수 있는 여유로 여겨졌다. 금전 감각이 별로 없지만 그건 다 집사람에게 경제권을 줘서라고 생각했고, 그 나이 대 남자들이 좋아하는 술이나 담배를 즐기지 않는 모습은 단정하다고 칭찬했다.

여직원들에게는 상냥하지만 그 상냥함이 도를 넘거나 특정인에게 쏠리지 않는 중용적인 태도를 지닌 것도 도원만의 매력으로 작용했다.

그렇기에 도원이 이렇게 연구소 내에서는 결코 보이지 않는 차림새로 급하게 달려온 것은 의외의 일이었다. 도원에게는 차림새가 흐트러질 만큼 달려오는 인간미가 없다고 평가되었으니 말이다.

50대 중반의 남성은 그런 도원을 올려다보았다. 볼을 긁적이면서 도원에게 책상 앞 의자를 권했다.

"앉으세요."

도원이 어깨에 메고 있던 가방을 바닥에 내려놓고, 허리를 세워 의자에 앉았다. 소문으로만 들어 왔던 연구소의 인기인을 눈앞에 둔 남자는 사무실 문에 난 창으로 여직원들이 힐끔거리는 시선을 느꼈다.

역시나 도원은 그 시선을 전혀 알아채지 못했다. 이혼을 했다는 소문이 퍼지면서 많은 여자들의 관심을 받았지만 본인만 몰랐다. 알면서 모른 척하기엔 그다지 요령이 좋지 않은 사람으로 보였다. 정말로 모르는 눈치다.

남자는 테이블 위에 놓여 있는 안경을 썼다. 의자와 책상에 비해 작은 몸을 웅크리고 종이를 들여다봤다. 몸을 다 덮을 것처럼 큰 가운에는 신경 정신과 전문의라는 명찰과 함께 그를 부를 수 있는 이름 석 자가 수놓여 있었다.

도원이 소장의 비서를 통해서 환자 진료 기록을 함께 살펴봐 줄
수 있는 의사를 알아봐 달라 부탁했었다. 연휴가 껴 있었는데도 의
사는 성실하게 도원을 도와주었다. 도원은 솔직하게 고마움을 표
했다.

"선생님 덕분에 빨리 확인할 수 있게 되었습니다. 감사합니다."

정중한 인사를 받은 남자가 안경 너머로 힐끗 쳐다보았다.

"별로 어려운 일이 아니었는걸요. 몇 명은 내 담당 환자기도 했고."

"정리하는 데에 오래 걸리셨나요."

"아니요, 오늘 하루 만에 다 했습니다. 그렇게 미안해할 필요 없
어요. 오히려 내가 미안하네요. 퇴근하는 길이었으면 내일 와도 됐
는데 가는 사람 붙잡은 게 아닌가 몰라."

마지막 장까지 확인한 파일이 도원에게 건네졌다. 도원이 그 문
서를 손에 들면서 웃었다.

"아닙니다. 오늘 확인하면 저야 좋죠. 내일은 소장님이 맡기신
일이 있어서 연구소에 출근하지 않을 것 같습니다."

"그럼 다음 날 와도 됐는데 급한 일인가 보네요."

"아, 그런 건 아니지만요."

"멋있게 옷을 입고 와서 그러지. 딱 봐도 저녁에 누구 만날 약속
을 잡은 것 같은데요. 젊은이 약속 방해한 늙은 꼰대 되는 거 아닌
가 몰라."

"하하, 약속이라도 있으면 좋겠습니다. 아쉽지만 이러고 집에 가
야 할 분위기네요."

"젊은 분이니 연말엔 많이 놀고 그래야지. 그 자료들은 도원 선

생님께서 부탁하신 것들만 따로 체크해서 정리한 겁니다. 이미 10년도 더 된 임상이라 연구 자료로 쓰기엔 부적합할 것 같아서 잘 모르겠군요."

도원은 남자가 보던 서류를 확인했다. 환자의 진료 기록에는 치료 약물의 종류와 효과들이 정리되어 있었다.

도원이 연구 자료로 환자의 지난 기록을 다시 살핀다고 생각했던 모양이다. 몇 개의 약물은 현재는 시판되지 않아 대체품을 적어 주기도 했다.

모든 환자에게 거의 빠짐없이 투약된 항우울제는 종류가 많았다. 삼환계에만 적용되는지, 세로토닌 신경계만 적용되는지, 모두 구분해 표시되어 있었다.

자주 봐서 알고 있는 약품들이 주로 도원의 눈에 띄었다. 그것들을 제외하면 도원에게 생소한 약물도 많았다. 최소 2주에서 최장 2년 동안 처방받은 약의 종류가 스무 가지가 넘는 환자도 있었다.

도원은 약물이 정리된 내용 다음 장에 있는 사건 기록들도 훑어보았다. 환자들은 사건 케이스별로 분류되어 있었다. 그중에는 집단 트라우마를 일으킨 환자들이 기관으로 온 기록이 추려져 있었다.

일반 병원에서 치료하기 힘든 사건 피해자들. 다수의 환자를 치료하기에 적합한 국가 기관에서만 볼 수 있는 사건들이었다.

건물 붕괴 사고의 생존자, 운송수단 사고 피해자, 군 문제, 종교 기관의 강요된 성생활에 따른 집단 발작 등 그 스케일 또한 큰 편이었다.

도원은 꼼꼼하게 정리된 내용을 모두 살펴본 후에 파일을 덮었다. 남자의 책상으로 의자를 끌어당겨 앉으면서 조심스럽게 물어

보았다.

"선생님, 혹시 총기 사건 피해자들 얘기를 들어 본 적 있나요."

생소한 이야기에 남자가 안경을 고쳐 썼다.

"총기 사건이라면 어느 나라 사례를 말하는 건가요?"

"우리나라요."

"음? 우리나라?"

"예, 몇 년 되었습니다."

"우리나라는 총기류 소지가 불법이라 군에서의 문제가 아니라면 찾기 어렵겠는데. 군 문제는 우리 기관보다 국방부 산하 기관에 요청하면 더 자세히 알 수 있을 것 같네요."

"아, 아뇨, 군인이 아닌 일반인 케이스로 찾고 있습니다."

"흐음. 일반인 총기 사건이라."

"어린아이가 8명 이상 죽은 사건이에요. 절대 가볍게 다뤄질 내용이 아니라서 분명히 우리나라에서도 이슈가 됐을 겁니다."

안경알 너머에서 눈동자를 굴리던 남자가 잠깐 고민하다가 혹시나 하고 되물었다.

"유치원 차량을 유괴해서 총기 난사한 사건 말하는 건가요?"

도원은 대답 대신 미간을 좁혔다. 자기가 아는 내용과 눈앞의 의사가 말하는 내용이 일치하는지 확신할 수 없었다.

"그땐 8명이 아니라 20명 이상이 죽었습니다."

남자가 사건이 벌어진 연도와 날짜를 구체적으로 말해 주었다. 도원이 미국에서 공부할 때였다. 미국의 학업을 따라가는 것만으로도 벅차서 한국 사정에 어두웠을 때의 이야기였다.

40대 중년 남성이 유치원 통학 차량을 훔쳤다. 차량을 훔친 남자는 운전자를 사살하고 직접 차를 몰았다고 했다. 남자는 민가에서 떨어진 깊은 산으로 가 아이들을 풀어놓았고, 산탄총을 장전해서 아이들을 쫓았다.

차량 유괴는 총 3회에 걸쳐서 벌어졌다. 첫 차량에서는 5명의 사상자가 발생했다. 총에 맞아 숨진 이는 운전자뿐이었다.

두 번째 차량을 도난당했을 때는 15명의 아이가 타고 있었다. 총에 사살된 아이는 2명이었고, 다른 1명은 도망치던 중 다리를 다친 후 구조를 받지 못해 숨졌다.

세 번째 차량이 도난되었을 땐 사상자가 8명으로 늘었다. 2명만 살아남았다. 쫓기던 아이 하나가 범인의 몸에 불을 질렀고, 범인은 사건 현장에서 불에 탄 시체로 발견되었다.

그 사건은 나라를 발칵 뒤집었다. 총기 허가를 원천적으로 금지하자는 시위가 지방에서 시작되어 광화문과 청와대 앞까지 이어질 정도였다고 했다.

반년 이상 해당 사건에 대한 이슈가 이어졌다. 이 문제를 좌시할 수 없도록 압박받은 국회가 적극적으로 대처하는 모습을 보여야 했다.

그 결과 총기 사용 법률이 대폭 강화되었다. 미허가 총기 사용에 대한 처벌은 엄중해졌고, 관련 신고처의 역할도 커졌다.

이 때문에 사냥 단체 수가 급격히 감소했다. 사냥꾼에 대한 인식이 악화되어 많은 사람들이 '손을 털었다'고도 했다. 웅담 채취나 곰 발바닥이 더 돈이 될 것이라면서 중국이나 연변 쪽으로 아예 넘어간 사람도 있다고는 했지만 확인할 길은 없었다.

도원은 많은 이야기 중 용의자 몸에 불을 지른 아이라는 대목에 집중했다. 살아남은 두 아이의 기록에 대해 물었다.

"선생님, 그 생존자들에 대한 기록을 볼 수 있을까요?"

도원의 요청에 의사는 고개를 저었다.

"우리 쪽에서 해당 환자를 받은 적이 없어요."

"어느 기관에서 받았나요?"

"잘 모르겠군요. 사회를 워낙 떠들썩하게 만들었던 사건이라 유명한 아동심리 치료사들이 대거 투입된 걸로만 알아요. 그들이 속한 기관이나 병원에서 치료하지 않았을까요?"

"확인할 수 있는 방법이 있을까요."

"글쎄. 경찰에 물어보는 게 제일 빠를 것 같은데."

도원은 장갑 낀 손을 만지작거렸다. 고민하는 기색이었다. 남자는 그런 도원을 의아하게 보았다. 경찰청에서 근무했던 전적이 있어서 경찰 수사 기록을 요청하면 어렵지 않게 내용을 열람할 수 있을 사람이 바로 도원이었다.

이미 공소시효가 만료된 사건이었다. 경찰이 도원의 부탁에 난색을 표하며 거부할 사안은 아니었다. 도원도 그 사실을 알고 있을 텐데 고민하는 모습이 이상했다. 남자는 도원의 반듯한 옆모습을 보면서 흐음, 하고 목을 울렸다.

"알려 주셔서 감사합니다."

도원은 정리된 문서를 가방 안에 넣었다. 자리에서 일어나는 도원을 따라서 남자가 몸을 일으켰다. 도원이 가방을 챙겨서 사무실을 나가기 전에 남자가 "잠깐." 하고 그 걸음을 멈추어 세웠다.

돌아보는 도원의 얼굴은 의사가 보기에도 젊었다. 젊은 사람이 빠르게 자기 분야에서 성과도 이루고 남들의 기대도 충족하고 있지만 그런 사람일수록 조심해야 할 것이 있었다.

도원이 아무리 똑똑하다 해도 경험은 부족했다. 임상 심리에서 경험이 부족하다는 것은 곧 환자를 치료할 때 실수로 이어질 가능성이 크다는 뜻이었다.

"그 사건에 관심이 많은 것 같아서 노파심에 한마디 합니다만 추적 조사는 하지 말아요. 집단 살인이 벌어진 경우, 환자들은 거의 평생 동안 치료받으면서 살아야 해요. 정기적인 치료를 받지 않는 환자가 있다면 그건 기억을 덮어 버렸다는 뜻입니다."

괴로운 일을 완전히 잊고 지내는 것은 불가능하지만, 트리거만 당기지 않으면 잊은 척 지낼 수 있는 것은 인간의 생존 본능이다.

어린 시절의 연약한 기억은 그만큼 강력한 트리거가 되어 성인이 된 사람의 몸과 정신을 모두 파괴할 수도 있다는 얘기를 하고 있었다.

"덮은 기억을 다시 끄집어내는 일은 아주 위험해요. 한 사람의 인생을 망칠 수도 있습니다. 그 사건과 관련된 사람들을 추적 조사해서 어떤 결과를 찾아내려다간 더 큰 문제가 발생할 수 있어요. 이렇게 말하지 않아도 도원 선생님은 당연히 아시겠지만 그래도 늙은이 노파심이려니 새겨 주면 고맙겠군요."

심리 치료의 임상 실험 실패 사례는 많은 경우에 환자의 인생을 뒤바꾸는 결과를 낳았다. 저명한 학자와 의사들도 다분히 겪을 수 있는 문제였다. 도원이 깊숙하게 관여할수록 환자가 더 힘들 것이라고 말하는 것이리라.

"선생님 말씀 새겨듣겠습니다. 정리해 주신 자료는 유용하게 잘 쓰겠습니다."

"허허, 그래요. 조심해서 퇴근하세요."

"네, 선생님도 잘 들어가세요."

도원은 의사의 경고를 다시금 생각해 보았다. 관여하지 않는 것이 최선이라고 하지만, 글쎄. 도움을 필요로 하는 사람이 있다면 그게 어떤 문제건 환자 편에 서는 게 좋지 않을까. 특히나 상대가 그만큼 절박하게 원하고 있다면.

도원은 근처 정류장에서 버스를 기다렸다. 버스 맨 뒷자리에 앉아서 창밖을 내다봤다. 거리는 눈이 녹아 지저분했다. 사랑스러웠던 하늘의 흔적이 사람들 발에 짓밟힌 더러움으로 남아 있었다. 멀리서 보면 찬란한 눈송이가 실은 언제든 짓이겨질 준비가 되어 있는 것처럼 느껴졌다.

추울 때만 아름답고 뜨거워지면 질척해지는 것이 마치 새로 사귀는 인간관계 같았다. 도원이 싫어하는 배려의 관계였다. 드러내는 것보다 숨기는 것을 우선시하기 때문이다.

그런 것과 비교해 MJ는 솔직했다. 진창을 알면서도 녹은 눈으로 다가온 사람이었다. 그렇게 아름다운 수식어가 어울리는 부류의 사람은 아니었지만 도원이 오랫동안 잊고 있던 관계성을 되새기게 만들기 충분했다.

"내 방식으로 도와줄 수밖에 없겠죠."

중얼거리던 도원은 버스가 세 정거장쯤 지났을 때, 깊게 숨을 들이마셨다. 이것 말고는 마땅한 수가 생각나지 않았다.

경찰 쪽 정보 없이는 당시 사건에 접근하는 것 자체가 어려웠기에, 경찰을 속이기로 했다. 방화범의 심리 치료를 하기 위해서는 그의 과거에 접근해야 한다고 솔직하게 말할 수는 없으니 말이다. 도원은 가방 안에서 휴대 전화를 꺼냈다.

"빈유미 씨, 난데요. 자택에 격리되어 있다는 박 형사님을 좀 만날 수 있을까요."

휴대 전화기 건너편이 경직되었다. 도원은 신경 쓰지 않고 말했다.

"중요한 문제입니다. 아무래도 아버지라는 사람한테 관찰당하는 거 같거든요."

시선은 어디에서도 느껴지지 않았지만 그런 척 굴었다. 아주 빈말은 아니었다. 과거 한때 그런 비슷한 시선을 느꼈으니 그 사실을 살짝만 비틀어도 죄는 아닐 거라 생각했다.

전화기 속 빈유미는 강력하게 반발했다. 도원을 위협했던 사람을 절대 따로 만나게 할 수 없다는 이유에서였다. 도원이 예측했던 대답이었다. 그리고 그 대답에 따른 거짓말도 준비해 두었기에 상관없었다.

"아버지가 누군지 알 것 같아서 그래요."

그 말에 빈유미가 놀라서 물었다.

〈정말인가요?〉

"네."

결정적인 단서를 찾은 도원에게 빈유미는 협조를 안 할 수가 없었다. 그녀는 잠시 기다려 보라고 말하더니 전화기를 내려놓은 채 어딜 다녀오고 나서 말을 이었다.

〈지금 저녁에 당장 만나는 건 무리입니다. 내일 낮에 만나게 해 드리는 건 안 될까요?〉

"내일은 출장 일정이 있거든요."

〈그러면 돌아오신 다음 날이요.〉

"그럼, 그래요. 내일모레도 괜찮아요. 그러면 만나기 전에 통화라도 잠깐 안 될까요."

〈그럴 줄 알고 전에 한 번 물어봤어요. 팀장님이 된대요. 눈치하면 이 빈유미니까요.〉

"그래서 지금 도청기 돌리고 있구나. 음질이 달라졌거든요."

〈네, 역시 선생님은 따로 설명 안 해도 다 이해해 주시는군요. 감사합니다. 바로 박 선배네 집으로 통화 돌려 드릴게요.〉

도원과 나누던 빈유미의 목소리가 사라지고 휴대 전화 연결음이 이어졌다. 연결음 소리가 길어질수록 도원의 심장이 빠르게 뛰기 시작했다.

지난밤부터 퇴근 전까지 고민했던 문제였다. 관여하지 않아도 괜찮았을 일이지만 관여하지 않고 뒷짐을 진 채 지켜보기엔 도원의 마음이 불편했다.

내담자가 고통받는 모습을 보면서도 두 손 놓고 있을 수 없었다. 그것도 도원이 직접 해결할 수 있는 문제임에도 좌시하는 것은 내담자를 대하는 태도로 옳지 않았다.

도덕적으로도 윤리적으로도 직업적으로도 도원과 맞지 않은 방식이었다. 그러니 이제 와 돌이킬 수는 없었다. 전화를 끊어 버리기엔 너무 늦어 버렸다. 길지 않은 연결음 끝에 익숙한 남자의 목소리가 들렸다. 도원은 목소리를 가다듬었다.

"박 형사님, 저예요. 잘 지내고 있으세요?"

도원의 목소리를 알아들은 박 형사가 "어라."하고 놀란 소리를 냈다. 도원은 자신의 거짓말이 들키지 않도록 박 형사가 생각할 시간조차 주지 않고 말했다.

"형사님의 아버지요, 누군지 알 것 같아서 전화 드렸어요."

도원은 준비한 세 번째 거짓말을 풀었다.

"제 환자였어요."

아무리 형사라도 진위 여부를 확인할 수 없는 거짓말. 영장을 들고 오지 않는 이상 열람할 수 없는 환자의 개인 기록에 대해서 걸고넘어지는 방법. 도원의 직업상 충분히 가능성이 있는 거짓말이었고, 가장 그럴듯했다.

이 통화를 듣고 있을 경찰청 관계자들이 정말로 압수 수색 영장이라도 신청하면 곤란해지겠지만 그리 서툰 짓을 하지 않으리란 믿음이 있었다.

경찰도 용의자를 앞에 두고 유도 신문을 한다. 상담사라고 그러지 말라는 법은 없다. 아무 소리도 들리지 않는 휴대 전화를 반대편 귀로 옮기면서 도원이 이 전화의 목적을 직접적으로 드러냈다.

"아버지란 사람한테 날 찾아오라고 전해요. 이 말 하려고 전화한 겁니다."

가만히 있던 박 형사가 발작적으로 소리 질렀다.

〈선생님 환자라는 게 사실이야? 언제, 어떤 식으로 만난 거야? 아버지는 어떤 병증이 있어요? 어떻게 생겼어요? 키는? 외모는? 성격은? 어떤 식으로 먹고 생각해요? 예? 도 선생! 대답 안 하고 뭐 해! 이봐, 도원! 씨팔, 혼자만 선택받은 개 같은 새끼가!〉

찢어지는 비명 소리에 도원은 애써 그 말들을 무시했다.

"내일모레까지 찾아오라고 해 주세요."

〈선생!〉

도원은 전화를 끊었다. 두근거리는 심장이 진정되지 않았다. 박 형사가 그렇게 발작하는 소리를 전화로만 들었을 뿐인데도 무서웠다.

당장이라도 자신의 집 앞까지 쫓아와 문을 두드릴 것 같았다. 문을 열어 주면 체인이 걸려 있는 한 뼘만 한 공간으로 얼굴을 들이밀고 눈을 시뻘겋게 뜨고 있을 것만 같았다. 히히, 소릴 내어 웃다가 비명을 빽 지르면서 좁은 틈으로 손을 밀어 넣고 도원을 잡기 위해 발작적으로 문을 흔들 것도 같았다.

자극하면 안 되는 사람이지만 어쩔 수 없었다. 자극하지 않으면 박 형사가 도원과 아버지를 대면시켜 줄 것처럼 느껴지지 않았다.

아버지를 만나야 MJ와 관련된 일의 실마리를 풀 수 있을 것이다.

한국에서 총기 범죄가 일어난 시점과 도원이 정신 분석학을 본격적으로 공부하던 때가 일치하지 않았다. 아버지가 MJ의 또래가 맞다면, 그 일이 벌어졌을 때 도원은 고등학생이었을 것이다.

임상 심리 상담을 하던 석사 과정 때도 상대는 초등학생일 테고 나이가 많아 봤자 중학생에 불과했을 것이다.

도원은 미성년자를 상담실에서 마주 보고 앉은 적이 단 한 번도 없었다. 아버지란 사람이 직접 도원과 대면했을 가능성은 없었다.

하지만 성인이 된 후의 아버지가 도원을 내담했고, 아버지가 의식적으로 그 이야기를 꺼내지 않았을 가능성을 배제하지 않았다. 광신도들을 이끄는 집단 지도자라면 똑똑하고 영리할 것이다. 그런 사람이 자기를 숨기는 것은 일도 아니다.

손에 꼭 쥐고 있는 휴대 전화가 부르르 울렸다. 빈유미가 끊어져도 몇 번이나 반복해서 전화를 걸었다. 도원이 전화를 받자 곧바로 빈유미가 말했다.

〈이 시각을 기점으로 선생님 주변에 있는 형사들은 보호 근무태세에 돌입하겠습니다.〉

말이 좋아 보호지, 잠복하여 감시한 뒤 불상사를 막겠다는 의미다.

"알겠습니다."

도원은 통화를 마친 휴대 전화를 손에 쥔 채 버스 창밖을 쳐다봤다. 도원의 시야 뒤로 사람과 기둥, 전광판과 빌딩들이 사라졌다. 노출 시간을 열어 놓은 카메라 속 밤 풍경처럼 도원의 시야에는 많은 네온사인 불빛들이 긴 꼬리를 남기며 사그라지고 있었다.

도원은 혼잣말로 중얼거렸다.

"일단 내가 할 수 있는 건 다 해 볼게요."

멍하게 생각에 잠기던 시선은 이제 더 이상 보이지 않았다. 또렷한 눈으로 어둠 속 빛을 응시했다.

◯

「안녕하세요, 도원 선생님. 아, 여기에 앉으면 되나요? 아, 아뇨, 생각했던 것과 달라서요. 저는 경찰청 조사실에서처럼 커다란 테이블을 선생님과 저 사이에 두고 매정할 정도로 차가운 수갑으로 손이 묶인 채 딱딱한 의자에 앉을 줄 알았어요. 이렇게 푹신하고 고급스러운, 그러니까 유럽에서 수입한 것 같은 안락한 소파에 대부호 흉내라도 내듯이 비스듬히 앉아도 되는지 몰랐네요. 교도소 보내기 전에 베푸는 아량이라면 감사합니다. 하하.」

'딸칵.'

「좋아요. 몇 가지 얘기를 해 드릴게요. 동화 같은 이야기죠. 어린 아이에게는 들려줄 수 없는 동화요. 아이들에게는 신데렐라 로맨스를 말해 줘야 하잖아요. Happily ever after ending. 그들은 오래오래 행복하게 살았습니다.

사건이 해결되고 갈등이 사라진 행복이 영원토록 유지될 것이라는 것. 제 얘기는 동화인데 그런 행복이 없어요. 비교하자면 다음과 같아요.

그들은 오래오래 행복하게 살았습니다.

그들은 마침내 행복해질 수 있었습니다.

문법적으로 틀린 점은 없는 두 문장이죠. 하지만 느낌만으로 어떤 차이가 있는지 아시겠어요? 제 동화의 마무리는 많은 시련과 역경을 극복한 주인공들이 행복해져요. 그뿐이죠. 심플해요. 불행을 극복했으니까 행복해진 거예요.

하지만 그 행복이 오래 갈까요? 글쎄요. 이후에 다시 역경이 와서 불행해지든 말든 제가 알 필요는 없는 거잖아요. 사람 사는 게 얼마나 복잡한데 한순간의 행복이 영원히 이어지리라고 말하는 건, 너무 무책임한 작가 자세가 아닌가 싶어요.

생각해 보세요. 이야기는 끝났다고 마침표를 찍었지만 그들의 이야기가 그 후에도 이어진다면 영원토록 행복하리라는 확신을 할 수가 있을까요. 그건 기만이죠. 사는 게 그렇게 단편적이고 평면적일 수 없잖아요. 꾸며 낸 얘기라고 해서 현실과 다를까 봐요.

얘기가 길어졌네요. 제 취향을 말하다 보니까 말이 술술 나왔어요. 저는 행복한 순간의 반짝임이 광물처럼 오래 지속되는 게 싫어요. 그러니 제 얘기를 감히 이렇게 말할게요. 동화 같은 결말을 좋아해요. 단 아이들에게는 보여 주지 않았으면 하는, 아주 더러운 사실주의 동화인 거죠.」

'딸칵.'

「선생님과 선생님의 처제를 공격해서 죄송해요. 처음부터 그럴 의도는 아니었어요. 술에 취하면 다른 형편없는 사람들과 마찬가지로 세상을 향해 조까라 마이싱하고 가운뎃손가락을 날리거나, 여자 친구가 자꾸 제 허물을 들쑤실 때마다 '아, 죽고 싶다'라고 말하던 제가 무슨 생각으로 다른 사람을 해치려고 하겠어요. 저한텐 그럴 배짱이 없어요.

죽고 싶다는 말은 습관처럼 내뱉었지만 죽이고 싶다는 말은 한 적 없어요. 아주 큰 차이죠. 능동형과 사동형의 극적 차이를 알기 때문에 함부로 내뱉는 것도 무서워하던 모지리였거든요.

그런 제가 선생님을 공격한 거요?

네, 선생님의 서사에도 저처럼 굴곡이 있겠죠. 분명 시련과 역경과 고난이 있을 거예요. 선생님처럼 엘리트 코스를 밟고 인텔리가 된 사람에겐 보통 사람과 다른 수많은 기승전결이 있겠죠.

첫 번째 기승전결이 끝나면 두 번째가 이어질 테고 세 번째, 네 번째가 될 테고. 그런데 딱 보면 알아요. 선생님은 모든 에피소드를 끝낼 때마다 더 좋은 보상을 받을 게임 캐릭터 같다는 걸.

선생님에게 엔딩은 Happily ever after인 거죠. 픽사가 아니라 디즈니 엔딩이요. 오래오래 행복하게 살았습니다. 너무 순탄해서 보는 사람이 카타르시스도 느끼지 못하는 판타지.

그거예요. 내 조까라 마이싱이 선생님을 향하게 된 거.」

'딸칵.'

「예술가는 가난해야 한대요. 그걸 강력하게 주장해서 유명해진
사람 있잖아요. 아? 예, 맞아요, 그 사람이요. 철학자 아도르노.

아우슈비츠 이후의 서정시는 없다, 그 유명한 말을 한 사람. 선
생님 철학을 복수 전공했댔나, 뭐 그런 얘기 들은 거 같은데 맞나
보네. 그 사람 제가 전공할 때도 관심 없는 사람이 다수였는데 말
이에요.

아무튼 자본주의 시대에서 자본과 떨어진 예술만이 진정한 예술
이다, 그 말 한 사람이요. 그 사람도 조까라 마이싱이에요. 살면서
제일 싫어하는 말이에요.

가난한 예술가에 대한 환상은 혼자 지껄이라고 해요. 굶어 죽는
거 지가 책임질 것도 아니고, 제일 무책임해요. 내가 이래서 이빨
까는 사람들이 싫다니까요. 책임지지 못할 말이면 아가리 닥치고
구석에 짜져 있든가.

그런데 머리로는 그 말이 싫다는 걸 아는데 심정적으로 어느 정
도 이해되는 부분이 있을 때가 있어요.

예술가가 꼭 가난할 필요는 없죠. 그러라고 주변에서 시키는 것
도 폭력이고요. 그런데 선생님이라면 고난과 역경과 슬픔도 모르
는 예술가가 만든 작품을 감상하고 싶으세요?

금 숟가락 물고 태어난 사람이 빈민가 어린애를 주인공으로 한
예술 작품을 그렸는데 그 앞에서 슬프다고 공감할 수 있으세요? 아

니, 작가도 모르는 세계를 화폭에 담은 걸 어떻게 공감해요?

그거예요. 기만. 아주 큰 기만이에요. 설득도 못할 행복, 슬픔, 이런 걸 작가들이 말하고 있으니 얼마나 기만적이에요. 예술가가 가난할 필요는 좆도 없는데 가난해 본 적 없는 예술가가 만든 가난에 대한 예술 작품은 안 사 볼 거예요. 미안한데 그게 내 심정인 거죠.

그래서요, 선생님. 선생님처럼 잘 먹고 잘 산 사람이 나 같은 모지리를 상담한다고 앞에 앉아 있는 게 너무 기만적이라 그겁니다.

나는 이 순간의 에피소드 엔딩이 언제 행복하게 끝나는지 몰라서 전전긍긍하는데 선생님은 해피엔딩이 보장되어 있잖아요. 매번 행복해 본 사람이 불행한 사람을 공감하는 일을 하고 있다니.

재벌 2세가 가난에 대해 그림 그리는 거랑 뭐가 달라요? 차라리 하루 벌어먹고 하루를 근근이 살아가는 사람을 공부시켜서 나한테 데려와 줘요. 적어도 선생님께 얘기하는 것보다 훨씬 많이 의지하면서 말할 수 있을 것 같으니까요.」

'딸칵.'

「조심해요, 선생님. 당신처럼 눈에 띄는 사람에겐 분명히 극단적인 사람들이 몰려들 거예요. 나처럼 콤플렉스가 심한 사람들이 애정이든 증오든, 아주 직접적으로 당신에게 다가가고 싶어서 안달이 날 거라고요.

선생님이 먼저 유리 계단을 내려온 거예요. 당신은 그 높은 성벽 위에서 당신 급수에 맞는 사람들이랑 어울리며 놀아도 되는데 씨발, 그놈의 기만적인 짓거리를 하려고 밑바닥까지 내려온 거라고요.

그러니 밑바닥 인생들이 가만히 있겠나. 나처럼 선생님의 해피엔
딩을 끊고 싶어서 달려드는 사람도 있을 테고, 그 순항하는 해피엔
딩 열차에 동승하고 싶어서 달려드는 사람도 있을 거예요.

어디 한 번 그런 사람들도 이해해 보려고 해 보세요. 당신이 쓴
논문이 정말로 도움을 필요로 하는 사람들을 도와줄 수 있는지 한
번 고민해 보라고요.」

'뚝.'

도원은 이어폰을 귀에 꽂고 한쪽 손으로 입가를 가리고 있었다.
몇 번이나 반복해서 녹음된 파일을 들었다.

도원이 경찰청을 그만둔 직접적인 이유를 제공한 사람이었다. 웃
음기가 가득한 목소리는 도원을 조롱하고 있었다. 졸속한 도발로
도원의 기분을 언짢게 만들기도 했다.

남자는 도원과 처제의 뒤를 쫓아 흉기로 위협하고 도원의 처제에
게 직접적인 폭행을 가해서 실형을 받았다.

그가 교도소에 들어가기 직전에 도원에게 상담을 요청했다. 전처
의 친정 식구들이 강력하게 반대했지만 도원은 가해자를 만났다.

가해자는 자신 때문에 도원의 결혼 생활이 파탄 나는 것 아니냐
며 미소를 지어 보였다. 환하게 웃으면서 킬킬거리던 목소리는 도
원의 기억에 선명하게 남아 있었다.

도원은 어제부터 자신이 주도한 상담 중 실패한 사례만을 찾아서
확인하고 있었다. 사례 중에는 잊고 싶었던 기억을 떠올리게 하는
사람도 있었다. 묻어 두었던 불편함을 들쑤셔서 꺼내는 기분이 들

기도 했다.

성공 사례를 복기할 때는 뿌듯하거나 자랑스럽기라도 할 텐데 명백하게 실패한 이야기를 다시 뒤적거리고 있으려니 회의감이 들기도 했다.

제법 정신력이 소모되는 일이었다. 마른세수를 해도 우울함이 사라지지 않았다. 그래도 무표정을 고수하며 견뎌 냈다. 지쳐서 그만두지 않으려고 참아 내는 일을 연습 중이었다.

박 형사를 만나는 일은 실패가 예정된 상담이 될 것이 분명했다. 박 형사는 도원을 신뢰하지 않을 뿐 아니라 적으로 간주하고 있었다.

그는 도원을 향한 적의를 서슴없이 드러냈다. 라포Rapport: 상담자와 내담자 사이의 친밀한 관계성가 형성될 수 없는 내담자와 이야기를 나눌 때는 위협받는 상황, 적의를 받아들이는 방법 등을 몸에 익혀야 했다.

상담이 실패했던 이유, 그들이 보인 공격성의 공통점을 확인하여 박 형사를 만날 때 같은 실수를 반복하지 않으려 했다.

도원이 운전하는 차는 고속도로를 빠져나와 시내에 있는 유명 호텔로 접어들었다. 고속도로에서는 찾아보기 힘들었던 자동차들이 호텔 정문 앞에 북적였다. 주차장으로 줄 맞춰 들어가는 앞차들의 뒤를 따라갔다.

발레파킹에게 차 키를 맡긴 도원은 정문에서 신원을 확인한 후 호텔 안으로 들어갈 수 있었다. 호텔은 정문 로비에서부터 사람들로 가득 차 있었다. 대다수가 고급 양복 차림의 중년 남성들이었다. 화창한 날을 고려하여 두꺼운 코트 대신 가볍고 깔끔한 스웨터 차림새가 많았다.

그들은 처음 보는 도원을 힐끔 쳐다보기만 할 뿐, 시상식에 초대

된 사람들의 평균 연령에 훨씬 못 미치는 나이를 가늠하고 관심을 거두었다.

도원은 행사 도우미가 나눠 주는 프로그램 일정이 적혀 있는 책자를 받아 들었다. 시상식이 곧 진행될 예정이었다. 리셉션 홀의 위치를 확인하는 도원에게 행사 진행 관계자가 다가왔다.

"실례합니다, 도원 박사님 되시나요?"

도원이 의아한 시선으로 바라보자 남자가 프런트 데스크를 가리키며 정중하게 말했다.

"박사님을 찾는 전화가 왔습니다. 확인 부탁드리겠습니다."

"누구 전화인가요?"

"형사님이라고 하시는데요."

누가 전화를 했는지 알 것 같은 기분으로 직원을 따라 데스크로 향했다. 도원이 수화기를 건네받자마자 커다란 한숨 쉬는 소리가 들렸다.

〈전화 안 받으셔서 무슨 일 생긴 줄 알았잖아요.〉

빈유미의 말에 "응?" 하고 소리를 낸 도원이 양복바지와 재킷 곳곳을 더듬었다. 휴대 전화가 만져지지 않았다.

"아, 이런. 차에 놓고 내렸나 봐요."

〈예정된 시간에 연락 주시기로 했는데 아무 연락 없으셔서 졸았어요.〉

"하하, 날 이렇게나 신경 써 주다니. 이거 뭔가 할리우드 스타라도 된 기분인데요."

〈진짜, 이거 웃을 일 아니라니까요. 누가 보면 경찰이 도원 선생님 유명해서 쫓아다니는 파파라치 기자인 줄 알겠어요. 평소 사태

와는 달라서 선생님의 신변 보호를 조금 더 타이트하게 할 수밖에 없습니다. 부디 약속한 시간에 연락 주시고 이동시에 말씀해 주시고 그래 주세요.〉

빈유미의 걱정이 기특하기도 하고 우스꽝스럽기도 해서 도원은 소리 없이 웃고 말았다. 본격적으로 움직이는 빈유미 소속 광역수사대가 도원의 동향에 촉각을 곤두세우는 것이 내심 불편하기도 했다.

이번 행사까지 밀착경호를 해 주겠다는 제안을 질색을 하며 거절하지 않았다면 빈말로 뱉은 할리우드 스타의 기분을 체감했을지도 모를 일이었다.

화기애애한 의사들 사이에서 수상쩍은 차림의 남자들이 감시하는 정신분석학자라니. 가십거리만 만들 것 같아서 절대 그러지 말라고 엄포를 놓은 게 다행이었다.

덕분에 수사대 인원들은 현재 박 형사의 자택 근처에서 대기 상태였다.

〈박 형사님은 자택에 계신 걸로 확인했습니다. 사모님과 아이들이 집을 나왔는데 여전히 불이 켜져 있기도 하고, 나간 흔적은 없어서요. 선생님 댁과 연구소 근처에서도 수상한 움직임은 없습니다.〉

"나한테 그런 내용 말해 주지 않아도 되는데요."

〈당연히 아셔야죠. 그리고 핸드폰은 잘 들고 다니세요. 위치 추적기랑 도청기 거기에만 붙였습니다.〉

"오케이, 이해했어요."

〈오늘 일정 어떻게 되세요? 시상식 진행 중에는 연락할 수 없으니까 선생님께서 연락할 시간 정해 주시면 그때까지 대기하고 있

을게요.〉

도원은 손에 들고 있는 프로그램 일정표를 확인했다. 조찬 이후 협회 대표의 인사말, 연간 실적을 발표하는 자리가 3시간 동안 이어질 예정이었다.

리셉션 홀에서 진행하는 걸 보니 자유롭게 음식을 먹을 수 있는 분위기 같지만, 그 자유로운 분위기만 믿고 상만 받은 뒤에 바로 빠질 수도 없었다. 정부 관계자와 점심을 먹는 때에 자연스럽게 나오면 될 것 같았다.

수상하는 맹강조 당사자가 아닌 대리 참석자이므로, 그 정도는 이해받을 수 있을 것이다.

"12시에 연락 줄게요."

〈알겠습니다. 그때 일정 마치시는 건가요?〉

"아마도요. 배고프면 점심까지는 먹고 끝낼 거고요. 으음. 늦어도 오후 2시엔 전화할 수 있을 거예요."

〈서울 오시면 제가 밥 사 드릴게요.〉

"봉고차에서 짜장면 시켜 먹는 거 아니죠?"

〈요즘 때가 어느 땐데 봉고차에서 짜장면이라니…… 이래서 우리나라 경찰 다루는 영화랑 드라마는 사전 심의를 거쳐야 해요.〉

"알았어요. 그만 놀릴게요. 밥은 여기서도 공짜로 주니까 배고프면 먹고 갈게요. 굳이 빈유미 씨 주머니 신세를 질 필요는 없잖아요."

〈그럼 진짜 2시에는 서울로 출발해 주세요. 너무 늦으시면 저희가 강원도로 출동할 거예요.〉

"네에."

도원의 성의 없는 대답에 빈유미가 툴툴거렸다. 이렇게 살갑게 대화를 하자니 경찰청에서 함께 일할 때가 생각났다.

열정적으로 뛰어드는 그녀와 뒷짐 지고 걸어가는 도원을 박 형사가 보면서 킬킬거리며 웃던 때였다.

기묘하지만 잘 어울리는 조합이었다. 일하는 스타일과 개인적인 성향 모든 면에서.

"걱정 마세요."

도원은 전화기를 반대편 귀로 옮겼다.

"나도 준비 많이 하겠습니다. 빈유미 씨 너무 걱정시키지 않게 잘 할게요."

도원의 말에 우물쭈물하던 빈유미도 알겠다면서 전화를 끊었다. 도원은 끊어진 수화기를 직원에게 넘겨주었다. 직원이 고개를 숙여 건네는 인사를 받으면서 도원은 엘리베이터로 걸어갔다.

일정을 마치고 서울로 돌아간 뒤에 박 형사를 만나면 아버지에 대한 정보를 얻을 수 있을 것이다. 그러면 MJ를 상담할 때 객관적인 지표가 하나 추가되는 셈이니 감정적으로 끓어오르는 MJ를 제어할 수 있겠지.

MJ와 아버지, 두 인물 모두 경찰들이 쫓고 있으므로 그들의 수사 노선과 별도로 정보 수집을 하기 위해서 도원이 할 수 있는 최선의 방법이었다.

엘리베이터 버튼을 누르자 고층에 머물러 있는 엘리베이터가 전광판의 숫자를 바꾸면서 천천히 내려오기 시작했다. 줄어드는 숫자를 보면서 다시 한번 머릿속을 정리했다.

MJ에게 다시 연락할 방편을 먼저 알아보는 게 순서인지를 따져 보았다. 크리스마스 연휴 이후 메모지로 전달되던 연락은 끊어졌다. 그러나 MJ가 본인 스스로 준비되었다고 여기면 먼저 연락할 것이라고 믿었다.

조급해하지 않기로 했다. MJ의 치밀함이라면 도원 주변에 포진된 경찰들의 상황을 눈치챘을 것이다. 쪽지 외의 방법으로 연락이 오길 기다리는 수밖에 없었다.

도원이 의식해야 하는 것은 여러 이해관계가 얽힌 지인들과 자신 사이의 균형 감각을 잃지 않는 일이었다. MJ의 연락이 오기 전까지는 이 균형 감각을 유지하는 일에 최선을 다하기로 했다.

엘리베이터는 맑은 종소리를 내며 1층에서 멈추었다. 양옆으로 벌어지는 문 너머에 한 여자가 타고 있었다. 단정한 정장 차림이었다. 여자는 심한 독감에 걸렸는지 파란색 호흡기 질환용 마스크를 쓰고 있었다. 눈을 덮은 앞머리와 긴 뒷머리로 인해 얼굴은 보이지 않았다.

여자를 힐끔, 쳐다본 도원이 엘리베이터에 올라탔다. 안내 책자에 적힌 대로 리셉션 홀이 있는 층수의 버튼을 누르려 할 때였다.

딱, 딱.

낯선 소리가 들렸다. 밀폐된 엘리베이터의 좁은 공간을 울리는 소리가 불규칙적이었다. 무언가가 깨져서 쪼개지는 소리 같기도 했고, 철에 부딪혀서 나는 마찰음 같기도 했다.

도원은 소리가 들린 방향을 쳐다봤다. 발아래서 정체 모를 것이 불에 타들어 가고 있었다. 깨끗한 흰색 덩어리는 엄지손톱만 한 크기였다. 소금 결정체처럼 겉면이 뾰족하고 날카로웠다. 못생기게 깨어진 흰색의 투명한 돌 같기도 했다.

불붙은 덩어리는 여러 조각으로 쪼개지면서 엘리베이터 바닥과 옆면으로 튀어 부딪히고 있었다.

그것은 순식간에 드라이아이스처럼 연기를 품으며 기화되기 시작했다. 그리고 발밑에서부터 올라온 연기를 들이마신 순간, 도원은 중심을 잃고 그대로 넘어지고 말았다.

쿵, 하고 요란한 소리가 울렸지만 옆에 서 있던 여자는 부축해 주지 않았다.

갑자기 현기증이 일었다. 눈앞이 아찔해서 몸을 가눌 수가 없었다. 엘리베이터가 위아래로 들썩이는 것 같았다. 손을 뻗어 엘리베이터의 열림 버튼을 누르려 했지만 몸의 균형을 유지하기도 힘들었다.

"하아, 하."

숨을 쉬는 게 괴로웠다. 호흡 곤란이라도 온 것 같았다. 생각이 뒤죽박죽으로 변하면서 아무것도 눈에 들어오지 않았다. 허리의 힘이 빠져서 옆으로 넘어지는 몸을 왼쪽 팔꿈치로 겨우 버티어 앉았다. 바로 눈앞에서 연기를 뿜는 흰색 결정은 기화되어 흔적도 없이 사라지고 있었다.

환각제. 기화시켜 연기로 흡입하는 방식의.

거기까지가 도원이 정상적으로 추론할 수 있는 내용의 전부였다. 구체적인 약의 성분이나 종류를 떠올리기도 전에 사고 체계가 엉망이 되었다. 도원은 처음 겪어 보는 강력한 환각 증세에 숨을 제대로 쉴 수가 없었다.

"하아, 하, 읏."

바닥에서 몸을 일으킬 수 없었다. 힘이 들어가지 않는 다리와 팔을 떨기만 했다. 연기가 만들어 낸 환각은 도원의 생각과 감각을 뒤섞어 버렸다.

서로 색이 다른 잉크가 물속에 번져 검은색으로 합쳐진 것처럼, 도원은 상상과 실재를 구분할 수 없는 상태가 되어 버렸다.

엘리베이터가 거대한 힘에 짓눌려 으깨졌다. 양옆에서 좁혀 들어온 사각의 공간이 찌그러진 상자로 변했다. 날카롭게 부서진 철근이 도원의 척추에 꽂혔다. 실제로 몸이 반 토막 나는 느낌이었다.

"아악!"

비명을 터뜨린 도원이 손톱으로 바닥을 긁었다. 힘을 조절하지 못하는 손톱이 고통도 모른 채 살점과 함께 들렸다. 손톱 밑에서 핏물이 배어 나왔지만 도원은 자신의 몸에 난 상처도 인지하지 못했다.

도원의 몸이 구겨진 세상에서 끝없이 밑으로 추락했다. 발이 닿지 않는 어둠 속으로 빨려 들어갔다. 몸이 공중에 떠 있었다. 아니 목까지 차오른 물에 잠겨 가는 것 같았다. 사방으로 움직여 보아도 부유하는 몸을 잡아 주는 것이 없었다.

그것은 공포였다. 몸을 어디에도 기댈 수 없다는 불안함에 구토 증상까지 일었다.

머릿속이 핑 도는 순간에 끝없이 떨어지던 몸이 심해에 던져진 듯 차가워졌다. 오한이 드는 추위와 손에 잡히는 것 없는 끝없는 어둠 속에서 도원은 발버둥 쳤다.

모래 속에 숨어 있던 문어가 수면 위로 올라가고 싶어 하는 도원의 발목을 잡아당겼다. 피부에 흡착되는 빨판이 피부에 흔적을 남겼다.

끈적거리는 점액질이 도원의 몸속으로 기어들어 왔다. 옷 속을 파고들어 온 여덟 개의 다리가 도원의 온몸을 감기 시작했다.

도원은 필사적으로 손을 들었다. 주먹을 움켜쥐고 옆을 내리쳤다. 쾅. 세상이 울리는 것처럼 큰 소리가 났다. 청각이 제대로 기능하지 못해서 공기를 울리는 소리가 가까이 다가왔다 멀어지는 공명 현상이 벌어졌다.

정작 벽을 내리친 주먹은 아프다는 느낌이 들지 않았다. 통각이 엉망이 되어서 신경 체계가 따라오질 못했다. 문어의 감촉이 더 선명해졌다.

문어의 다리라고 생각한 것은 실제로 해삼 속살처럼 물컹하고 부드러웠다.

그것은 도원을 성적으로 흥분시키고 있었다. 감각할 수 없는 몸 상태가 이상한 상황에서도 성적 흥분만큼은 분명하게 느껴졌다. 페니스가 솟아오를 듯한 기분에 좋은 건지, 싫은 건지도 구분할 수 없는 상태가 되었다.

미칠 것 같았다. 감각들이 수시로 흥분했다. 제어할 수 없는 방향으로 사소한 것에 쉽게 동요하고 있었다. 얼음에 문질러지듯 차가워졌다가 불이 붙은 듯 뜨거워졌다. 오감이 엉망이 된 것 같았다.

도원은 다시 한번 주먹을 휘둘렀다. 도원의 주먹이 운 좋게 엘리베이터 버튼을 내리쳤다. 문이 열리면서 고여 있던 연기가 빠져나갔다. 도원은 뭍으로 머리채가 잡혀 끌려 올라온 듯한 고통과 괴로움 속에서 바닥을 기듯이 나올 수 있었다.

"쿨럭, 쿨럭!"

어디선가 비명이 들렸다. 소리가 날카로워서 머릿속이 깨질 것 같았다. 무언가가 도원을 잡고 일으키려 했다. 도원은 공격당한다는 생각에 정신없이 그들을 밀쳤다. 웅성거리는 소리가 커지며 피부를 타고 올라오는 문어 다리의 끈적임도 강해졌다.

"허억, 헉."

숨을 제대로 쉬지 못하는 도원에게 사람들이 선뜻 다가오지 못했다. 어디선가 "환각제예요, 다들 숨 쉬지 마세요, 흡입 직후 바로 강력한 환각 작용이 일어나는 것 같습니다!"라고 외치는 소리가 구멍 뚫린 꽹과리 소리처럼 쨍쨍거리며 깨져 나갔다.

피부의 발열과 오한이 한꺼번에 느껴지고, 성적 흥분과 공포심이 겹쳐졌다. 극단적인 감각의 유린 속에서 도원은 필사적이었다. 연기가 흩어질 때까지 선뜻 다가오지 못하는 전문가들을 앞에 두고 도원은 구토와 사정을 동시에 하고 말았다.

헐떡이는 도원의 몸을 누군가 잡아 일으켰다. 도원은 무서워서 그 손길을 뿌리쳤다. 손길은 도원의 멱살을 움켜쥐고, 그대로 등에 업어서 호텔을 빠져나갔다. 의사들이 쫓아와 도원을 내려놓으라고 소리쳤지만 그는 듣지 않았다.

호텔 정문에 세워 놓은 차에 올라타더니 도원을 옆자리에 던지듯이 앉혔다. 누군가 차창을 손바닥으로 두드렸다. 아직도 심해 깊은 바닥에 잠겨 있는 도원은 창밖을 두드리는 사람을 알아보지 못했다.

그것은 그냥 일렁이는 파도일 뿐이었다. 사람 목소리와 흡사하게 철썩 내려치는 파도였다.

차가 출발했다. 감각 이상은 그 후로도 한참 동안 도원을 흥분시켰다. 멋대로 뜨거워지는 몸에 도원의 눈가가 젖어 들었다. 두려움과 쾌감이 너무 빠른 속도로 반복되고 있어서 머리가 어떻게 될 것 같았다.

"허억, 헉, 헉."

붉어진 얼굴로 빠르게 숨만 내뱉던 도원이 목을 젖히면서 숨을 들이마시려고 했다. 생각만큼 폐 안으로 들어오는 공기량이 많지 않았다. 숨을 제대로 쉴 수가 없어서 어지러웠다. 어지럼증이 등골을 따라 올라오는 성적 흥분과 섞여 혀끝을 아릿하게 만들었다.

차창 밖의 도로와 도로를 따라 심어 놓은 관상용 나무를 구분하기까지 오랜 시간이 필요했다. 오전의 햇살도 똑바로 바라보지 못하고 눈앞이 그 밝은 빛으로 일렁인다고만 여기는 환각이 지속되었다.

"하아…… 하."

도원은 숨을 몰아쉬었다. 몸을 가누기도 힘들던 공포와 두려움이 차츰 사라지고 있었다. 비정상적으로 휘몰아치던 감각들이 진정되자 도원도 주변을 알아보기 시작했다.

자동차 안이다. 그 한 가지 사실만 인지했다. 도원은 멍한 시선을 돌렸다. 운전석에 한 남자가 앉아 있었다. 도원의 시선을 느끼고 쳐다보는 얼굴이 익숙했다.

"10분 정도 더 환각 증세가 이어질 거예요. 도원 선생님."

……박 형사.

도원은 그 이름을 입에 담지 못하고 몸을 꿈틀거렸다. 공포가 가신 몸에 성적 흥분이 선명하게 남아 있었다. 힘들어하는 도원을 웃음기 섞인 목소리가 조롱했다.

"미국에 있었다면서 크랙Crack도 몰라봐요? 연기 피어오르는 걸 보고 바로 뛰쳐나왔어야죠. 선생님 보기보다 순진하네. 공부만 하던 사람이라 그런가 봐요."

신호에 걸린 차가 멈추어 섰다. 박 형사는 쓰고 있던 캡 모자를 벗었다. 입고 있던 점퍼도 벗어서 안쪽과 바깥 면을 뒤집어 입었다.

선글라스를 쓰고 담배를 입에 물었다. 라이터로 불을 붙여 연기를 들이마시는 모습을 도원이 멍하게 쳐다보았다. 박 형사는 그런 도원을 힐끔 본 후에 다시 초록색 신호에 맞춰 차의 핸들을 돌렸다.

"그 마약이 주는 환각 작용이 기분 좋은 것들인데 선생님은 아니었나 봐요. 자아도취, 탈진감, 성적 흥분, 뭐 그런 거. 선생님, 뭘 봤기에 그렇게 놀라는 거예요?"

박 형사의 말을 거의 알아듣지 못했다. 도원은 손가락 하나 까딱하기 싫은 무기력함과 페니스로 몰리는 흥분에 허리를 들썩였다. 갑자기 사정을 한 탓인지 속옷이 축축했다.

젖은 속옷에 감싸인 페니스가 다시 일어서려 했다. 도원은 차 시트에 얼굴을 기대었다. 허리가 멋대로 들썩여서 힘겨웠다.

시트에 얼굴을 기댄 채 박 형사를 바라봤다. 박 형사가 입에 물고 피우는 담배 끝에서 시선을 뗄 수 없었다. 연기가 일렁이면서 도원을 흥분시켰다.

"크랙?"

도원이 갈라진 목소리로 웅얼거렸다. 한 손으로 핸들을 돌리면서 어딘가로 향하는 박 형사가 전방 대신 도원을 쳐다봤다. 도원의 눈은 아직 초점이 돌아와 있지 않았다.

"네, 크랙이요."

"크랙, 하아, 연기, 아."

"뭐요? 크랙 더 있냐고요?"

"아, 네."

"선생님, 여기서 흥분하면 내가 곤란해. 닥치고 가만히 있어 봐요."

박 형사는 도원의 본능적인 행동에 혀를 찼다. 죽음의 마약이라는 별명이 괜히 붙은 게 아닌 모양이었다. 크랙 중독자 절반 이상이 죽었다는 소리를 들었다. 이런 걸로 멀쩡한 사람을 미치게 만들었다는 사실에 박 형사가 중얼거렸다.

"하여튼 극단적이라니까."

박 형사는 차를 길가에 세웠다. 반 정도 피운 담배를 차창 밖으로 튕기듯이 버리고 도원에게 손을 뻗어 반듯하게 매고 있는 넥타이를 풀어 주었다.

도원은 박 형사의 입에 잔향처럼 남은 담배 연기를 집착적으로 좇았다. 마치 키스라도 할 것처럼 가까이 다가오는 도원을 박 형사가 손바닥으로 밀어냈다.

손가락 사이로 보이는 도원의 눈은 이미 정상이 아니었다. 힘이 풀려서 초점을 맞추지 못했다. 손바닥에 엷게 퍼지는 숨도 거칠고 뜨거웠다. 흥분해서 온몸이 발열 기관처럼 변해 있었다.

박 형사는 넥타이로 도원의 양손을 묶어 버렸다. 도원이 움직이지 못하도록 안전벨트로 몸을 고정해 버렸다.

차가 다시 출발하자 도원은 묶인 손을 들썩였다. 상체를 부자연스럽게 얽맨 안전벨트에도 힘겨워했다. 몸이 녹은 젤리처럼 아래로 흘러내렸다. 허리가 상체를 받치지 못하고 자꾸만 무너졌다. 안전벨트가 아니었으면 대시 보드에 고개를 처박고 헐떡였을 것이다.

도원은 차가운 차창 유리에 볼을 기댔다. 문어였는지, 해삼이었는지, 실은 바다 속에서만 자라는 정체불명의 해초였는지, 알 수 없는 것들이 아직도 몸에 휘감기어 있는 착란적인 장면이 계속되고 있었다.

현실과 환상이 뒤섞여서 기분이 이상했다. 싫은 것은 아니었다. 좋은 쪽에 속했다. 뭔가가 끊임없이 성기를 만져 주고 있어서 그 흥분과 쾌락에서 빠져나올 수가 없었다.

사람이 아닌 것의 애무가 불쾌한데도 사정하고 싶었다. 흥분이 간질거리면서 몸 안을 기어 다녔다. 물컹한 생명체가 페니스에 휘감기면서 요도를 타고 몸 안으로 들어온 것만 같았다.

"선생님, 못 참겠어요?"

"하아, 아."

"이래서 어떻게 데려가라고. 좀 참아 봐요. 아버지 만나면 나아질 테니까. 아니면 크랙을 더 줄지도 모르고."

"크랙, 아."

"마음에 들었나 봐요? 이성적인 사람이 이런 모습 보이니까 재밌네."

"아, 간지러워."

"참으래도요. 난 말이에요, 선생님. 선생님을 없애야 한다고 주장했거든요. 그래서 방화범한테 넘긴 건데 뭔가 잘못됐나 봐요. 그쪽에서 이용하고 처리할 줄 알았는데 왜 살려 둔 걸까요. 아직 다 이용 못했나. 방화범은 기다리는 건 영 못하는 성격이던데. 방화범 만나긴 했죠? 둘이 무슨 일 있었는지 궁금한데 말해 볼래요?"

도원은 구두 속에서 발끝을 말았다. 기분이 이상해서 입이 저절로 벌어졌다. 신음을 삼키던 입에서 허밍처럼 노래 구절이 나왔다. 어린 시절 엄마가 들려주었던 동요를 따라 불렀다. 박 형사는 그런 도원을 보며 인상을 찌푸렸다.

"환각 작용이 코카인의 몇 배랬더라……."

중얼거리는 박 형사의 혼잣말은 도원의 귀에 들리지 않았다.

도원은 제 의지와 다르게 움직이는 입을 제어하지 못했다. 흐트러진 정장 차림으로 아기처럼 동요를 부르고 사정감에 몸을 움칫거리는 모습이 인간보다는 동물에 가까웠다.

도원은 넥타이와 안전벨트에 묶인 상체를 대신해서 하체를 움직였다. 무릎을 세워 의자 위로 모은 다음 허리를 비틀었다. 좁아진 사타구니 사이로 페니스를 비비며 작게 신음했다.

"아, 으응⋯⋯."

도원은 오금을 오므리면서 몸을 들썩였다. 불이 붙은 듯 간지러웠던 팬티 속이 기분 좋은 쾌감으로 물들었다.

"어제 선생님한테 전화 받고 바로 집을 나왔어요. 아버지한테 연락하려고요. 그리고 오늘 새벽에 집에 들어가려고 보니까 경찰들이 쫙 포진해 있대?"

약에 취한 도원의 모습을 비웃으며 박 형사가 느긋하게 말했다.

"경찰청에서 봤던 과장님이랑 빈유미 형사랑 광역수사대 절반은 와 있는 거예요. 아, 나 좆 될 뻔했네, 싶었죠. 어제 집에서 나와 있어서 다행이었어요. 안 그랬으면 이렇게 선생님 모시는 일도 못했을 거 아니에요."

차의 속력이 빨라졌다. 도원은 흥분을 해소하는 데에 몰두했다. 머릿속은 오직 그것에만 집중하고 있었다.

"아버지가 나보고 선생님을 데려오래요. 직접 만날 수 있는 기회예요. 대단하지 않아요?"

차의 속력만큼 박 형사의 목소리도 빨라졌다. 그는 입술을 혀로 핥으면서 눈을 부릅떴다.

"이번에는 아버지가 날 인정해 주는 것 같아. 그러니 아버지도 이제 다른 사람 통해서 나한테 연락하는 거 그만두지 않을까. 바로 연락하면서 날 불러 줄 거야. 그러지 않고서야 나한테 이렇게 중요한 일을 시킬 리 없겠지. 이게 얼마나 중요한지 알죠?"

도원은 오금을 접었다. 넥타이에 묶여 있는 양손을 내려서 바지 위를 만졌다. 서서히 몸속을 간질이는 흥분이 페니스로 몰렸다. 만질수록 흥분하고 커졌다.

기분이 좋았다. 자위를 하면서 이렇게 기분이 좋은 적이 있었는지 모르겠다. 황홀해서 어디든지 박고 싶다는 생각마저 했다.

"오해하지 마요. 난 아직도 선생님이 싫어요. 그 완벽한 사람에게 유일하게 약점이 선생님인 것 같아서 못 참겠어. 왜 선생님만 이렇게 특별 취급을 할까요. 나 같으면 진즉 없애 버렸을 텐데, 왜 안 그랬을까. 일은 내가 더 오랫동안 잘했는데. 나한텐 얼굴도 안 보여 주면서 왜 선생님한테만 보여 줄까. 응? 왜 그럴까?"

빠른 속도로 달리던 차가 속력을 줄이기 시작했다. 사방에 오가는 차가 적고 나무가 우거진 곳이었다. 밝게 비치던 햇살이 상록수 이파리 사이로 조각나 떨어지는 곳에서 차가 멈추었다.

바람이 한차례 불며 파도 소리가 났다. 여름철 나뭇잎들이 부대끼는 싱그러운 소리와 다른 스산함이었다.

박 형사도 주변 분위기를 살피는 것이 애초에 생각했던 목적지와 다른 곳인 듯했다. 가야 할 길이 남았음에도 차가 없는 도로변에 멈췄다.

박 형사가 도원의 멱살을 잡아당겼다. 도원의 얼굴은 발갛게 상기되어 있었다. 흥분해서 붉어진 얼굴은 "아⋯⋯." 하면서 흘러나오는 신음을 삼키고 있었다.

"아버지한테도 이렇게 암캐처럼 굴었어요? 응? 대답해 봐요, 선생님."

도원의 눈이 느리게 깜빡였다. 초점은 아직 흐렸다. 그러나 바지 위를 주무르던 손의 움직임은 멈추었다. 입에서 흘러나오던 노랫소리도 그쳤다.

멍하니 박 형사를 쳐다보던 도원이 눈을 깜빡였다. 간혹 눈가를 찌푸리면서 눈을 세게 감았다 뜨기도 했다. 머리가 어지러워서 몸을 가누지 못했으나 환각 증세에서 조금씩 벗어나는 반응이 확실했다.

박 형사는 도원의 멱살을 거칠게 놓았다. 그 반동으로 문에 부딪혔다. 도원은 욱신거리는 머리를 흔들어 털었다. 호흡은 여전히 빨랐지만 본인의 의식으로 작은 행동들을 제어하는 반응을 보였다. 박 형사는 뒷자리에서 무언가를 꺼냈다.

철컥.

총이었다. 공이치기가 날카로운 쇳소리를 울렸다. 장전된 엽총이 도원의 옆구리를 쑤셨다. 산탄 총알을 넣을 수 있는 긴 총신이 도원의 갈비뼈 안쪽까지 짓눌렀다.

"이 거리에서 맞으면 몸 안에 산탄들이 다 박힐 거예요. 내장이 아주 난도질당하겠지. 수술해도 죽을걸요. 이 거리에서 맞고 수술해서 산 사람은 들어 본 적이 없어요."

도원이 다시 눈을 깜빡였다. 옆구리를 세게 눌러 오는 아픔이 느껴지기 시작했다. 아픔은 아주 천천히 그러나 확실하게 도원의 의식을 깨웠다.

도원은 숙이고 있던 고개를 들었다. 두 눈에 초점이 돌아오고 있었다. 거칠게 몰아쉬던 호흡이 안정적으로 변해 갔고, 허리를 똑바로 펴지도 못하던 몸이 비틀거리면서도 중심을 잡아 갔다.

박 형사는 다시 담배를 입에 물고 불을 붙이면서 그 모습을 느긋하게 지켜봤다. 그는 의지력이 강한 사람이 강제적으로 이렇게 흐트러진 꼴이 제법 볼 만하다고 생각했다.

"아버지한테 인정받는 거 좋아요. 좋은데, 선생님이 아버지한테 가면 안 된다는 생각이 들어요. 선생님은 애초에 아버지한테 별로 호감이 없잖아. 그 좋은 머리를 굴려서 아버지를 난감하게 만들면 어떡하라고."

박 형사가 도원의 옆구리에 박았던 총구를 들어 올렸다. 새까만 구멍이 도원의 볼을 눌렀다.

"아버지랑 우리가 어떻게 여기까지 왔는데요. 선생님이 다 망쳐 놓으면 그땐 죽이는 걸로도 시원찮을 거예요. 안 그래요?"

도원의 시선이 박 형사의 얼굴에서 총으로 옮겨 갔다. 몸이 생각처럼 따라 주지 않았지만 의식은 완전히 되돌아왔다. 도원이 필사적으로 정신을 차리려는 모습을 보고 박 형사가 킬킬 소리를 내어 웃었다.

"크랙으로 좋은 것만 떠올리고 죽으면 딱 좋았을 텐데, 그러지 못한 건 좀 아쉽네요. 그래도 흥분한 상태에서 죽으면 사정은 한다고 하더라고요. 몸은 편해질 거예요."

도원은 눈동자만 내려서 젖은 바지 앞섶을 보았다. 페니스로 몰려 있는 열감은 그대로였다. 그럼에도 도원은 온몸이 차게 식는 것을 느꼈다.

감각들이 돌아오고 있었다. 이상한 환각에 질려 있던 공포심이 비로소 현실적인 것에 대한 두려움으로 바뀌었다.

"아, 내가 하는 말 잘 못 알아듣겠어요? 거기요, 그거. 아까부터 젖어 있는 그거. 여자라도 하나 잡아다가 안겨 줄까요? 여자 속에 박은 채로 죽는 것도 볼 만할 텐데."

끝없이 추락하던 상상 속 공포가 아니었다. 총에서 발사되는 조각난 탄환이 얼굴과 뇌에 쑤셔 박히는 사실적인 두려움이었다.

"박…… 형사님."

박 형사가 대답 대신에 담배 연기를 후, 불었다. 도원의 얼굴로 뿌연 연기가 흩어졌다. 도원은 기침을 했다. 엘리베이터에서 맡았던 연기가 떠올라서 또다시 그 정체 모를 두려움에 처박힐까 봐 몸이 떨렸다.

도원이 사태 파악을 하고 제정신에서 느낄 수 있는 공포를 알아가는 모습을 박 형사가 제법 귀엽다는 듯이 보았다.

"혀, 형사님."

박 형사는 자신을 재차 부르는 도원의 억눌린 목소리에 비로소 화답했다.

"아직 발음은 부정확하네요."

도원의 심장이 빠르게 뛰었다. 흥분한 페니스가 식지 않았다. 두려움과 쾌감이 또다시 종이 한 장 차이로 도원을 괴롭혔다.

"총, 내려놓으세요."

"이제 환각이 좀 깼어요? 크랙 달라고 조르는 거 귀여웠는데. 노래도 잘 부르시더라고요. 어렸을 때 엄마가 불러 주던 노래였나 봐요."

"총 내려놓고 나랑 얘기 좀 해요."

"얘기는 지금 하고 있는걸요."

"아뇨, 형사님이 이러신다고 나아질 건 없어요."

"나빠질 것도 없죠. 그러니 머리 굴리지 마세요. 약 때문에 잘 굴러가지도 않으면서."

"상황이 나빠질 겁니다."

"여기에서 뭐가 더 나빠질까요? 뭐, 나빠진다고 해도 이제 이런 나를 구원해 줄 사람은 아버지뿐이에요."

"아, 아니에요. 그 아버지란 사람에게 그만 집착하고 나랑 제대로 애기 좀 해요."

"그, 아버지란 사람? 지금 뭐라 그랬냐?"

"형사님 가족들도 있잖아요. 이러고 집에 어떻게 돌아가려고요."

"선생님이 씨팔, 지금 내 가족 걱정할 때야? 아버지도 업신여기는 새끼가 뭐? 아버지란 사람? 그분이 네 아래에 있는 새끼야? 어디서 주둥아릴 함부로 놀려?"

"박 형사……."

"형사, 형사, 씨팔, 존나 시끄럽게! 형사 잘린 지가 언젠데! 니 새끼가 자꾸 눈에 거슬리는 짓을 하니까 내가 이렇게 된 거 아냐!"

총구로 볼을 누르던 박 형사가 도원의 입 안에 총을 쑤셔 넣었다. 손을 묶은 넥타이가 팽팽하게 잡아당겨졌다.

도원은 필사적으로 손을 풀려 했다. 목젖까지 찔러 오는 총구에 헛구역질이 났다. 두려움과 공포가 뒤죽박죽으로 섞였다. 흥분한 페니스가 정액을 사출하는 대신 오줌을 지릴 것 같았다.

박 형사가 찢어지는 목소리로 빠르게 말을 이었다.

"나는, 아버지 도우려고 직장까지 잘리고, 애새끼랑 부인 년한테

싸잡아 욕먹고 있고, 인생이 좆같아졌는데 넌 뭐야, 어? 아버지란 사아아라암? 이 새끼가 진짜 죽고 싶어서 아주 생지랄을 하지, 어?"

공포에 질린 도원의 눈가가 젖었다. 입에 쑤셔 박힌 총의 차가운 금속에서 녹슨 쇠 비린내가 났다. 말하고 싶어도 아무 말도 나오지 않았다. 화약 냄새가 나는 산탄총 때문에. 그리고 아버지라는 존재에 극도로 흥분하며 앞뒤 가리지 않는 박 형사 때문에.

담배를 퉤, 바닥에 뱉어 낸 박 형사가 씨팔씨팔거리면서 도원의 입속에 총을 더 쑤셔 넣었다. 총구가 도원의 목젖을 누르는 바람에 그가 헛구역질을 했다.

"잘 대답하면 살려서 데려가 주고, 아니면 씨팔 여기서 뒈지시든가. 아버지에 대해서 아는 대로 말해 봐."

하아, 하, 빨라진 숨을 몰아쉬면서 도원은 눈가에 맺힌 눈물을 흘렸다. 겁에 질린 도원을 보고 방아쇠에 얹은 손가락에 힘이 들어갔다. 박 형사는 다시 한번 총구로 입 안을 쑤시면서 핏발 선 눈을 부릅떴다.

"말해! 말하라니까! 이 씨팔 새끼가!"

폭발적인 비명 소리에 도원이 필사적으로 총신을 잡았다. 박 형사를 자극하지 않으려고 최선을 다하면서 입 안을 쑤시는 총에 눌린 혀를 움직여 가까스로 대답했다.

"이십 대, 이, 이십 대 중후반 나이."

박 형사가 울고 있는 도원을 보며 소리를 내어 웃었다.

"그리고?"

"어, 어려서 집단 살인의 트라우마가 있는."

"또?"

"방화범이랑 아는, 아, 아는 사이."

"역시나! 그 새끼 뭔가 이상하다 싶었는데 아버지랑 아는 사이였 어! 그래서 또 뭔데?"

"혀, 형사님."

"또 뭐 있냐고."

"제발, 형사님."

"씨팔, 또 뭐 있냐고 물었잖아!"

입 안을 마구 쑤시는 총신에 피가 묻어났다. 도원의 입가가 찢어 졌다. 입 안이 날카로운 것에 찢기면서 입술과 턱을 따라 핏줄기가 흘렀다. 우는 도원이 더 이상 대답할 수 없다는 걸 알자 박 형사가 방아쇠를 반쯤 잡아당겼다.

"아버지가 네 환자였다며? 어떻게 알았어? 어? 아버지가 그 얘기 듣고 얼마나 기뻐했는지 모른데! 드디어 선생님이 기억해 냈다고 엄청 좋아했다고 말했단 말이야! 어서 널 데려와야겠다고 흥분해서 얘기했다는데 그 말을 전해 들은 내 기분이 어땠는지 아냐고!"

"형, 형사."

"아버지가 무슨 병으로 널 찾았는지는 몰라도, 네 새끼가 아버지 약점 잡고 있는 건 확실하네! 뒈져, 씨팔! 더 이상 우리 쪽 일에 방 해 말고!"

뭔가 깨지는 소리가 울렸다. 그것은 터지거나 폭발하는 것에 가 까운 소리였다. 귀가 먹먹해져서 이명이 번졌다. 날카롭고 높은 소 리가 귓속에서 벌처럼 돌아다녔다. 도원은 숨마저 멈춘 채 턱을 타 고 흐르는 피 맛을 느꼈다.

도원의 바지 앞섶은 점차 축축해졌다. 번져 가는 오줌이 차의 시트를 적시고 바닥으로 떨어졌다. 입 안에 박혀 있던 총은 천천히 입 밖으로 밀려나갔다. 산탄총은 콘솔 박스 위로 떨어졌고 운전석 풋레스트 쪽으로 미끄러졌다.

도원은 과호흡에 걸린 환자처럼 "허억, 헉." 숨을 크게 들이마시면서 온몸을 떨었다. 총을 놓친 박 형사가 눈을 부릅뜬 채 도원을 보고 있었다. 깜빡임도 없이 도원에게 시선을 고정한 상태였다.

운전석 쪽 시트에 기대어 앉은 그의 머리에서 피가 흘렀다. 관자놀이를 관통한 총알이 운전석 시트를 뚫고, 뒷자리에 박혀 있었다.

자신을 노려본 채 즉사해 버린 박 형사를 보고 도원은 정신을 차리지 못했다. 앞 창문을 바라봤다. 총알이 통과할 수 있는 단 하나의 구멍이 어느 틈에 생겨나 있었다.

구멍 주변으로 거미줄 같은 실금이 번져 나갔다. 어디서 날아왔는지 모를 총알에 도원은 살았다는 안도를 할 수가 없었다.

좁은 차 안에 피비린내가 진동했다. 아직도 환각 증세에서 깨어나지 못한 것만 같아서 도원은 사시나무 떨듯 몸을 떨었다.

도원은 덜덜 떨려서 힘이 들어가지 않는 손으로 간신히 안전벨트를 풀었다. 손목을 조이는 넥타이는 꽉 묶어 놔서 혼자 풀 수가 없었다.

묶여 있는 두 손으로 문을 열려 했다. 하지만 문은 잠겨 있었다. 운전석에서 버튼을 조작해 조수석 문을 강제로 열 수 없게 만든 것이다.

"웃……."

도원은 울컥 터지는 눈물을 참을 수 없었다. 뭘 어떻게 해야 하는지 몰라서 하염없이 쏟아지는 눈물을 손바닥과 손등으로 닦아 냈다.

몸을 웅크렸다. 아직도 저를 노려보는 시체 때문에 겁이 나서 고개를 들 수 없었다. 차라리 정신을 잃으면 속이라도 편할 텐데 기절조차 쉽지 않았다. 운전석을 붉게 물들이는 피와 자신을 노려보는 시체의 시선을 모두 감당할 수가 없었다.

"읍, 하읍, 윽!"

발밑에 구토를 한 도원은 다시 눈물을 터뜨렸다. 잠겨 있는 문을 흔들면서 창문을 두드렸지만 소용없었다. 문을 열려면 운전석에서 잠근 도어 버튼을 조작해야 했다. 문에 기대어 죽은 사람의 몸을 치우고 버튼을 눌러야 한다는 뜻이다.

도원은 쏟아지는 눈물을 소매로 연신 닦았다. 피비린내와 오줌, 구토 냄새가 뒤섞여 정신이 이상해질 것 같았다.

도원은 중심도 제대로 잡지 못하는 몸을 가까스로 일으켜 하얗게 핏기가 가신 두 손으로 조심스럽게 박 형사의 몸을 잡았다. 차갑게 굳어 가는 몸을 느끼자 흠칫 놀라서 자리로 돌아갔다.

울면서 시체를 바라보다가 입술을 깨물었다. 다시 한번 박 형사의 몸을 조심스럽게 옆으로 밀었다. 박 형사의 몸이 밀리면서 하체가 운전석 밑으로 빠졌다.

그리고 갑자기 차가 움직이기 시작했다. 박 형사가 발로 누르고 있던 브레이크 대신 쓰러진 몸이 액셀러레이터를 누른 것이다.

"아, 아, 아니, 이게 아니라."

당황한 도원이 손에 힘을 주었다. 급히 박 형사의 몸을 잡아 올리려 했지만 늦었다. 성인 남성의 체중 일부가 실린 액셀러레이터는 급발진을 하듯 바퀴를 세차게 굴렸다.

계기판의 바늘이 용수철처럼 튀어 올라 시속 70㎞를 넘겼다. 도원은 차의 갑작스러운 속력에 몸의 중심을 잡지 못하고 여기저기 부딪혔다.

도로를 질주하는 자동차에 도원의 얼굴이 새파랗게 질렸다. 기어라도 바꾸고 싶었지만 스틱은 철심처럼 콘솔 박스에 박혀서 꿈쩍도 하지 않았다.

자동차가 산길로 향하는 오르막길을 사정없이 달려 나갔다. 도원은 하얗게 질린 손으로 핸들을 잡았다. 적정 속도로 달리는 앞차를 들이박을 것 같았기에 핸들을 급히 옆으로 꺾었다.

결국엔 중앙선을 침범했다. 반대쪽에서 달려오는 트럭이 경적을 울리면서 급브레이크를 밟았고, 도원은 또다시 반대 방향으로 핸들을 꺾어야 했다.

계기판의 속도는 130까지 올라 있었다. 발을 뻗어 시체를 밀어내고 브레이크를 밟으려 했다. 시체에서 물컹하게 밟히는 손바닥의 느낌에 도원은 다시 눈물을 터뜨렸다.

이젠 아무것도 생각할 수가 없게 되었다. 눈앞에 커브 길이 나타났다. 낮은 가드레일이 오래되어 삭은 합판으로 이어져 있었다.

도원은 있는 힘껏 핸들을 돌렸다. 150까지 올라간 차가 옆면으로 미끄러졌다. 긴 타이어 자국을 남기면서 그대로 가드레일을 들이받았다. 오래된 가드레일은 힘없이 부서지고 자동차는 그 너머로 튕겨 나갔다.

차가 허공으로 떠올랐다. 환각 상태에서 느꼈던 무중력은 현실이 되었다.

핸들을 쥐고 있는 도원의 몸이 반쯤 떠올랐다. 흩날리는 머리카락 사이로 도원은 멀게 느껴지는 산비탈을 아득하게 쳐다봤다.

가드레일 밑으로 펼쳐진 산 중턱의 가파른 경사면은 뾰죽한 나무들로 울창해서 바닥이 어디인지조차 볼 수 없었다.

차가 나무에 부딪히는 동시에 에어백이 터졌다. 사방에서 터진 에어백에 도원의 몸이 크게 휘청거렸다. 안전벨트를 매지 않은 도원의 몸이 시체 위로 엎어졌다. 부릅뜬 시선을 한 뼘 거리에서 보면서 도원은 정신을 잃을 것 같은 아찔함을 느꼈다.

눈앞이 에어백의 새하얀 풍경으로 뒤덮이는 순간, 차가 옆의 바위를 들이받고 튕겨 올랐다. 차가 옆으로 뒤집어지려다 아슬아슬하게 중심을 유지했다. 휘청거리던 차는 단숨에 경사진 면을 미끄러졌다. 가파른 경사면을 가속된 상태 그대로 빠르게 내려갔다.

몇 번 나무에 받히고 바위에 부딪히면서 이리저리 뒤흔들렸지만 자동차는 멈추지 않았다. 거대한 소나무를 정면으로 들이받아 엔진과 주행 장치들이 모두 고장 난 후에야 차가 새하얀 김을 뿜으며 멈추었다.

도원은 손을 뻗어 자동차 문고리를 잡아당겼다. 찌그러진 문은 고장 나서 열리지 않았다. 에어백 때문에 시야는 하얗기만 하고 보이는 것이 없었다.

다행히 나무를 들이받으면서 총알이 뚫고 지나가 실금이 가 있던 앞 유리창이 산산조각 나 있었다. 시체를 밟고 일어선 도원이 기어가듯이 대시보드 너머로 몸을 올렸다.

깨진 유리창의 잔해로 가득한 반 토막 난 보닛에서 미끄러졌다. 몸에 힘을 주지 못해 바닥에 그대로 엎어졌다.

도원의 온몸은 피투성이였다. 자신의 몸 어딘가에 상처가 난 것인지, 시체를 끌어안으면서 온몸이 시체의 피로 물든 것인지 구분이 가지 않았다.

누가 주인인지도 모를 피가 눈 속에도 들어가는 바람에 시야까지 새빨갛게 흐려져 있었다.

어지러워서 걸을 수가 없었다. 몇 걸음 도망가려다 그대로 언 땅에 엎어졌다.

살얼음이 진 딱딱한 흙 위로 눈물을 뚝, 뚝 흘리던 도원이 고개를 들어 차가 떨어진 위를 쳐다봤다. 몇몇 사람들이 추락한 차를 내려다보며 다급히 전화를 걸고 있었다.

그러나 워낙 나무가 빽빽하게 자라서 도원이 살아 있는지는 확인하지 못하고 있었다.

"살려 주세요……."

도움을 청하는 목소리는 크게 터지지 못하고 입 안으로 삼켜졌다. 도원은 비틀거리는 몸을 일으켜 세웠다가 다시 주저앉았다.

"살려…… 주세요."

이번에도 소리가 되지 않은 말이 입 안에서 사라졌다. 넥타이에 묶여 있는 손목은 더 세게 조여져 섬유끼리 엉켜 버렸다. 가위로 자르지 않는 이상 풀 수 없는 수갑이 되었다.

"사, 살려 주세요."

떨리는 목소리로 세 번째 입을 벌렸을 때, 누군가가 도원의 어깨를 잡아 돌렸다. 도원은 발작적으로 그 힘을 밀쳤다.

"하아, 하, 아."

무서워서 도망치려는 도원을 손의 주인이 다시 붙잡았다. 무작정 상대를 밀어낸 도원이 힘이 풀린 다리를 움직여 산 아래로 뛰어갔

다. 뒤에서 뭐라고 소리를 치지만 아무것도 생각할 수 없었다. 무
조건 도망가야 한다는 본능만 남아 있는 상태였다.

얼마 달아나지도 못하고 다시 붙잡혔다. 도원은 눈물을 터뜨렸다.

"사, 살려 주세요. 제발."

밀어내는 손을 상대는 힘주어 붙잡고 놔주지 않았다. 도원은 참
지 못하고 계속 눈물을 흘렸다.

도원의 이마 위에서 다급한 숨소리가 뿌려졌다. 상대방은 강제적
으로 도원의 턱을 들어 올려 도원이 억지로 얼굴을 확인하게 만들
었다.

도원을 잡은 사람은 얼굴과 온몸에 생채기가 나 있었다. 나뭇가
지에 피부가 잔뜩 긁혀 있었다. 급히 달려왔는지 호흡도 엉망이었
다. 숨이 막혀서 말도 잇지 못하는 얼굴이 창백했다. 그가 가까스
로 목소리를 냈다.

"선, 선, 선생님."

멍하니 그 얼굴을 보던 도원의 눈에 다시 눈물이 차올랐다. 이번
엔 왈칵, 쏟아져 내렸다. 피가 뒤섞인 물이 볼을 타고 내려 턱 밑으
로 방울져 떨어졌다.

상대방의 옷을 붙잡은 도원이 그의 가슴과 어깨에 얼굴을 묻었
다. 터질 것처럼 쿵쾅쿵쾅 뛰는 심장 소리에 서러움과 무서움이 폭
발하여 울음을 터뜨렸다.

몸에서 힘이 풀린 도원은 무릎이 꺾여 주저앉았다. 그가 도원을 따
라 자리에 앉고는 도원의 몸을 세게 안아 주었다. 누구도 도원을 데
려갈 수 없다는 듯이 양팔로 부서질 듯이 도원의 등허리를 감쌌다.

"괜찮아, 쉬이, 쉬, 선생님, 괜찮아."

안절부절못하며 달래 주는 목소리에 도원은 한참이나 울었다.

MJ, MJ.

쉰 목소리로 대체 몇 번이나 그의 이름을 불렀는지도 모를 만큼이나.

　　　　　　　　◑

"알아봐. 아버지 쪽 사람 하나가 죽었어. 아니, 와 보니까 총에 맞아서 죽었더라. 왜 그런지 나도 모르지. 어, 선생님은 데리고 나왔어. 선생님 쪽 사람들에겐 안 알렸어. 도청기나 추적기는 없어. 그래, 못 찾아."

MJ의 목소리가 욕실 밖에서 들려왔다. 도원은 열린 문틈 사이로 전화기를 든 MJ를 지켜봤다.

침대에 걸터앉아서 통화하는 MJ의 표정이 굳어 있었다. MJ는 딱히 통화 내용을 숨기지도 않았다. 어려운 암호를 섞어 가며 말하는 것도 아니어서 도원은 그 이야기를 모두 알아들을 수 있었다.

그러나 MJ의 목소리를 듣는 것일 뿐, 그 내용을 머리에 저장하기엔 무리였다. 목소리를 소리로만 인식하고 내용은 어딘가로 흘러나갔다.

"아니, 분위기가 안 좋아. 그쪽 움직임이 이상해. 선생님을 경찰에 맡겨도 되는지 솔직히 잘 모르겠어."

MJ가 도원의 시선을 마주했다. 탁상 위 스탠드 불빛만 켜 두어서 방 안은 흐리고 먹먹했다. 도원은 뿌연 그림자 속에서 MJ 외의 것은 보지 않고 있었다.

시선이 마주치면 슬그머니 고개를 돌리거나 난처한 표정을 지어 보이던 때와 달랐다. 경계심이 전혀 느껴지지 않았다. MJ를 흐리게 감싸고 있는 어둠만큼이나 모호한 표정이었다.

MJ는 짜증스럽게 내뱉던 목소리를 삼켰다. 그는 통화 상대에게 "응, 어, 그래." 하고 빠르게 대답하고는 통화를 마쳤다.

MJ가 욕실 문을 열고 들어왔다. 다가오는 MJ를 보고 도원은 그제야 시선을 피했다. 욕조에 더 깊이 몸을 묻고 사지를 떨었다.

도원을 한참 동안 바라보던 MJ가 물에 손을 집어넣었다. 따뜻하고 향긋한 물이 MJ의 손목까지 감겼다. 물의 온도는 도원이 몸을 떨 만큼 낮지 않았다. 오히려 뜨거운 편에 속했다.

MJ는 손바닥으로 뜬 물을 도원의 머리 위로 부었다. 웅크리고 있던 도원이 움찔하며 고개를 들었다. 눈이 마주친 MJ가 그런 도원을 묘하게 내려다보고 있었다.

도와 달라는 말 한마디 없는 도원이었지만 누가 보아도 절실하게 도움을 갈구하는 눈빛에 MJ는 뭘 어떻게 해야 하는지 알 수 없어졌다.

MJ는 욕조 바닥의 캡을 열었다. 도원을 빨갛게 물들였던 핏물이 길게 이어졌다. 소용돌이를 치면서 욕조 밑으로 빨려 내려가는 피가 끊임없이 도원의 젖은 옷에서 흘러내렸다.

"물, 새로 틀어 줄게."

MJ는 그렇게 말하며 벽에 걸려 있던 샤워기를 잡아 내려서 따뜻한 물을 틀어 주었다.

머리카락을 타고 내려오는 물에 도원은 다시 고개를 숙였다. 물의 온도가 어떤지는 말하지 않았다. 구분할 수 없는 표정이었다. MJ는 물줄기에 손바닥을 대면서 온도를 확인하고 다시 도원의 머리 위에 새로운 물을 뿌렸다.

도원은 얌전히 그 물줄기를 받아들였다. 물은 따뜻했는데도 도원은 여전히 떨고 있었다. 창백한 얼굴을 젖은 머리 아래에 숨기고 하얗게 살이 일어난 입술을 벌린 채 가만히 욕조 바닥을 내려다보는 게 고작이었다.

도원의 반응을 신중하게 살피던 MJ가 샤워기를 벽에 고정시켰다. 떨어지는 물줄기 아래에서 같이 물을 맞고 앉은 MJ가 도원의 젖은 머리카락을 뒤로 넘겨주었다. 아직도 울고 있는지, 물이 들어가서인지, 도원의 눈이 젖어 있었다.

MJ는 도원의 손목을 잡았다. 넥타이에 묶였던 손목에 새파란 피멍이 들어 있었다. 얼마나 필사적으로 손을 풀려고 했는지 상상이 갔다. 검푸른 피멍을 안쓰럽게 보던 MJ가 도원의 몸을 조심스럽게 손으로 쓸어 만졌다.

물에 젖은 셔츠 단추를 하나씩 풀어 주었고, 바지 버클도 풀었다. 도원은 주저하는 기색은 보였지만, 그래도 얌전히 MJ가 옷을 벗기는 것을 내버려 두었다. 속옷마저 벗겨 전라가 되었을 때에도 수줍음이나 부끄러움 같은 감정을 보이지 않았다. 그저 떨기만 했다.

젖은 옷을 욕조 구석으로 밀어낸 MJ가 도원의 맨몸을 살폈다. 차가 굴러떨어질 때 대시보드와 문, 의자 등에 뒤죽박죽으로 부딪히느라 곳곳에 멍이 들고 긁힌 상처가 많이 보였다.

하지만 눈에 띄게 다친 곳은 없었다. 안전벨트를 매지 않았어도 시체를 꽉 끌어안고 있던 탓에 에어백과 시체가 동시에 쿠션 역할을 충실히 해 준 듯했다.

그 덕분에 짓눌린 시체에서 피가 터져 나왔고 도원이 피 칠갑을 하긴 했지만 흔한 염좌도 생기지 않았다. 다행일 정도로 멀쩡했다.

"MJ."

도원이 처음으로 입을 뗐다. MJ는 도원의 젖은 눈을 내려다봤다. 그 시선을 마주하는 것만으로도 MJ의 손이 움찔거렸다. 도원을 끌어안고 토닥여 주고 싶은데 그래도 된다는 허락을 받지 못해서 아무것도 하지 못했다.

MJ는 도원의 명령을 기다리는 것처럼 얌전히 바라보기만 했다. 도원이 머뭇거리더니 낮고 편안한 음성으로 말했다.

"미안해요. 아버지에 대해 알아내려고 했는데 박 형사님을 자극해서 일이 커졌어요. 내가 실수했어요. 이렇게까지 극단적인 일이 벌어질 줄은 몰랐어요."

말하는 어조는 높낮이가 없이 평이했다. 기계적인 말투였다. 이미 지칠 대로 지친 사람이 자기 정신이나 돌볼 것이지 남의 기분이나 살피고 있었다.

미안하다니. 그게 지금 상황에서 할 소린가.

MJ는 눈살을 찌푸렸다.

"누구한테 미안하다는 건지 모르겠어."

"당신한테요."

"됐어. 그 새끼가 또라이니까 신경 쓰지 마."

"한국에서 크랙 같은 강력한 마약을 쓰리라고는 상상도 못했습니다. 미국에서도 갱 집단 내부에서나 거래되는 거라 일반 마약 사범들 사례도 못 봤었거든요. 그 마스크 쓴 여자가 제가 엘리베이터

타는 타이밍에 크랙에 불을 붙였다는 건데…….”

크랙에 취했을 때 겪었던 환각들이 다시 도원을 엄습했다. 통제할 수 없던 공포심에서 벗어나자마자 눈앞에서 사람이 죽는 공포와 맞닥뜨렸다.

연달아 일어난 고통스러운 일에 잠식당하지 않기 위해서 도원은 필사적으로 이성에 매달렸다.

“그 사람도 아버지 쪽 사람이겠죠? 협회에서 시상식을 진행한다고 호텔을 예약했어요. 그 시간에 호텔을 들락거렸다면 여자도 협회 사람일지 모르겠네요. 아니, 그냥 들어온 걸 수도 있겠지만 그 정도로 명단 관리가 허술해 보이진 않았는데.”

끊임없이 이어지는 생각의 고리를 MJ가 끊어 버렸다.

“됐으니까 그만 생각해.”

“내가 너무 일을 키운 것 같습니다.”

“선생님이 잘못한 건 하나도 없어. 그만해.”

“미안해요.”

“하아.”

깊은 한숨을 내쉰 MJ가 도원의 얼굴을 양손으로 잡아 올렸다. 도원의 볼에 입을 쪽, 하고 맞춰 주자 도원이 멈칫하고 MJ를 올려다보았다.

건조하게 대답하던 도원은 더는 말을 잇지 못했다. 도원의 표정을 내려다본 MJ가 다시 고개를 숙였다. 맞은편 볼에도 입을 맞춰 주었다. 그래도 아직 도원의 몸에서 떨림이 느껴졌기에 MJ는 턱을 비스듬하게 꺾었다.

양 볼에 맞춰 주던 입술이 도원의 입술을 물었다. 쪽, 쪽, 가볍게

만 닿았던 입술은 어느덧 벌어져 혀를 내밀었다.

도원은 저도 모르게 입을 벌렸다. MJ의 혀가 입 안으로 들어왔다. 움직임은 부드러웠다. 도원의 입천장과 혀뿌리 안쪽을 자극했다. MJ는 고개를 꺾어 가면서 몇 차례나 더 도원의 입술에 자신의 입술을 비볐다.

아랫입술을 물었다 놓기도 하고, 도원의 혀를 빨아들이듯이 자신의 입 안으로 끌고 오기도 했다. 키스는 연인이 해 주는 것처럼 부드럽고 다정했다.

키스를 마친 MJ가 고개를 들자 도원은 멍한 눈으로 그런 MJ의 시선을 마주했다. 현실 감각이 부족한 눈으로 MJ의 얼굴을 쳐다보았다.

샤워기에서 흘러내린 물줄기가 눈에 들어가서 눈을 자주 깜빡였다. 그때마다 MJ는 눈꺼풀이나 코, 볼과 입에 입술을 묻고서 쪽쪽거리는 소리를 냈다.

"……환자에게 위로받긴 처음인데."

중얼거리는 도원을 보며 MJ가 피식 웃었다. 샤워기를 끈 MJ가 도원의 허리를 잡고 자신 쪽으로 끌어당겼다.

"위로보다는 선생님 발가벗고 있는 게 너무 당겨서."

"아, 음."

"부끄러워하긴. 환각 작용은 괜찮아? 크랙은 하루 정도 몽롱한 기운이 갈 수 있다고 하던데."

"모르겠어요. 제정신은 아닌 것 같기도 해요. 그 높이에서 굴러떨어졌는데도 별로 아프지 않아요."

"그러게. 선생님 제정신 아닌 거 같아. 이렇게 얌전하잖아."

안고 있는 도원의 등과 뒷머리를 쓸어 만져 주었다. 애무와 달리 담백한 손길이었다. 위로가 서툰 아이가 최선을 다해서 상대를 위로하는 느낌이었다. 도원은 MJ의 품에 가만히 몸을 기대었다.

생각이랄 것이 드문드문 이어지다가 어느 순간엔 용량이 초과되어 멈추어졌다. 다시 마음을 다잡고 생각해도 노력만큼 냉정한 판단력을 보이지 못했다. 몸이 많이 지쳐 있었다.

생각이 삐거덕, 녹슨 쇳소리를 울리면서 자꾸만 가다 서길 반복했다. 이럴 때 더 많이 생각해서 상황을 파악해야 하는데 쉽지 않았다. 바보가 된 것 같았다. 도원은 살면서 이렇게까지 무력한 스스로를 처음 봤다.

"씻고 나가서 쉬자."

욕조에 걸터앉은 MJ가 손수 도원의 머리를 감겨 주었다. 맨몸에도 거품칠을 해 주었다. 얌전히 손길을 받아들이는 도원을 MJ는 하나씩 꼼꼼하게 살폈다. 멍이 든 부위를 피해 가며 핏물이 젖은 살갗을 정성스럽게 닦아 주었다.

다 씻은 몸의 물기를 닦아 주고 목욕 가운도 입혀 주었다. 창백해서 더 새하얘진 몸에 하얀 목욕 가운을 걸치자 MJ는 자기도 모르게 꿀꺽, 침을 삼켰다.

불순한 생각을 하지 않으려고 노력했지만 아무래도 무리였다. 상대의 상태를 알면서도 절제를 할 수가 없었다. 이미 많이 참고 있었고, 더는 버티기가 힘들었다.

"잠깐만 해도 돼?"

도원이 한 박자 느리게 물었다.

"네?"

나사가 빠진 그 반응에 MJ는 다시 마른침을 삼켰다.

"아주 조금만."

"아…… 뭐라고요?"

"아니, 그냥 선생님은 가만히 있으면 돼."

MJ는 도원을 벽에 세우고 가운 안으로 손을 집어넣었다. 물기에 젖은 피부를 쓰다듬은 손이 뒤로 돌아가 엉덩이를 쥐었다.

도원이 저항할 타이밍을 놓쳐서 어, 하는 사이에 한 손으로는 엉덩이를, 다른 손으로는 오목하게 파인 등골을 따라 손가락을 움직였다.

"아, 응……."

도원의 허리가 조금씩 뒤로 젖혀졌다. 도원은 짧게 신음을 흘렸다. 등골을 타고 올라온 손가락이 목덜미와 귀를 매만지는 바람에 속눈썹이 파르르 떨렸다.

MJ는 자신의 바지 버클을 풀었다. 흘러내린 바지가 무릎 사이에 걸렸다. MJ는 바지가 걸린 다리를 최대한 벌리고 도원의 다리 사이로 자신의 국부를 비볐다.

속옷 안에서 팽팽하게 일어선 성기가 도원의 음낭 밑을 찔렀다. 사타구니 사이를 비비고 엉덩이 사이에 부드럽게 문질러졌다.

"하아, 하."

MJ는 숨을 몰아쉬면서 자신이 제어할 수 있는 정도의 고양감만을 유지했다. 도원의 몸을 필요 이상으로 만지지 않으려 했다. 손가락에 감기는 피부에 집착하다가는 이성을 잃을 것 같았기 때문이다.

MJ는 도원이 거부하면 언제든 비켜서려고 도원의 얼굴에서 눈을 떼지 않았다. 도원은 몸을 들썩이게 하는 감각에 작은 신음을 삼켰다.

"아, 아읏…….."

거부 반응은 없었다.

환각제 때문인가.

MJ는 도원이 크게 기분 나빠 하는 것 같지 않아서 조금 더 대범하게 도원의 아래에 자신의 물건을 비볐다.

속옷을 빠져나온 성기 일부와 음모가 도원의 하얀 살을 쿡쿡 찔렀고, 새빨갛게 용솟은 성기가 도원의 다리 사이에 비벼졌다. 그럴 때마다 도원의 허리가 움찔거리며 숨이 깊어졌다.

"하아, 아, MJ."

믿을 수 없을 만큼 야한 얼굴이었다. 너무 야해서 식은땀이 날 정도였다.

MJ는 본능과 싸웠다. 허리를 조금만 돌리면 이대로 도원의 속으로 빨려 들어갈 수 있을 것 같았다. 극락 같은 쾌감에 정신을 잃고 허리를 흔들 수도 있을 것 같았다.

도원이 훌쩍이면서 자신에게 매달리는 모습을 상상하는 것만으로도 사정할 것 같았다.

도원을 상상하며 자위를 수백 번도 더 했는데 도저히 지루해지질 않았다. 상상 속보다 더 매력적인 상대의 알몸을 두고 그저 성기를 비벼야만 하는 것은 고통에 가까웠다.

짧게 내뱉는 숨소리에 묻힌 모든 상상과 충동이 이성과 싸워야 했다.

"헉헉, 아, 선생님."

귀두 끝이 열리면서 쿠퍼액이 찔끔 새어 나오기 시작했다. 물기를 머금은 도원의 젖은 머리에 입을 맞추면서 MJ는 사정 직전에 도원을 놔주었다.

도원의 몸이 아닌 벽으로 정액이 튀었다. 덩어리진 하얀 액체가 바닥의 물과 만나 희석되었다.

"허억, 헉."

MJ는 다소 거칠어진 숨을 몰아쉬었다. 도원의 가운이 흐트러져서 어깨 밑으로 흘러내렸다. 적나라한 속살에서 달콤한 냄새가 나는 것 같았다. 이번에 흥분하면 정말로 이성을 잃을 것 같았다.

MJ는 급히 도원의 가운을 바로 해 주었다. 허리끈도 단단하게 여며 주었다. 속옷과 바지를 고쳐 입은 MJ가 도원을 데리고 침대에 앉았다.

침대에 누운 도원은 그대로 기절하듯 잠에 빠져 버렸다. 지치게 한 많은 것에서 자신을 놔 버리듯 순식간의 일이었다.

MJ는 잠이 든 도원에게서 시선을 떼지 못했다. 창백하게 질린 얼굴을 오랫동안 지켜보면서 손으로 이마와 코, 볼과 입술을 만졌다. 참을 수가 없었다. 미친 게 아닐까, 싶으면서도 제어를 할 수 없었다.

도원이 이 상태에서 눈을 뜨고 비쥬라는 브레이크를 잡아당겨도 과연 멈출 수 있을까 의심이 들 정도였다.

MJ는 도원을 보면서 바지 속으로 양손을 집어넣은 채 도원의 얼굴에 시선을 고정했다. 페니스를 쥐고 흔들었다.

"흐웃, 웃."

고개를 숙인 MJ의 입에서 다시금 거친 숨소리가 터졌다. 그는 도원의 볼에 쪽쪽, 뽀뽀를 하면서 숨을 헐떡였다.

"하, 으으, 선생님, 으음."

결국 두 번째 사정으로 침대 다리를 더럽혔다. 도원의 코에 자신의 코를 비비면서 만족스러운 숨을 몰아쉬었다.

"후우, 후……."

이대로 도원의 평온한 얼굴을 감상하다 잠이 들면 완벽한 하루가 되었을지도 모른다.

그러나 산에서 만난 도원이 피에 젖어서 이성을 잃고 울던 모습이 머릿속에서 지워지지 않았다. 어떤 상황에서도 이성적으로 대처하던 강한 사람이었는데 죽음 앞에서 속절없이 울음을 터뜨렸다.

MJ는 주먹을 쥐었다. 도원의 얼굴을 사랑스러운 표정으로 구경하기엔 뱃속이 끓어올랐다.

MJ는 결국 자리에서 일어났다. 그는 조금 전에 통화했던 상대에게 다시 전화를 걸었다.

〈또, 왜?〉

MJ는 더 이상 참지 못하고 말했다.

"이쪽에 오기 전에 내가 말했던 곳에 불 지르고 와. 다 태워 버려."

놀라서 비명을 지르는 상대에게 MJ가 짓씹어 뱉듯이 말했다.

"아버지, 그 개새끼가 먼저 건드렸어. 절대 그냥 안 넘어가."

◐

도원은 깊은 잠에 빠지지 못했다. 2시간마다 깨어났다. 상체를 일으켜 벽을 짚다가 비틀거리면 어디선가 튀어나온 손이 도로 자리에 눕혀 주길 반복했다.

온몸이 아프고 긴장되는 한편, 머릿속이 뿌옇고 현실 감각이 떨어졌다.

무엇이 실재고 가짜인지를 잘 구분하지 못하는 부유감 속에서 도원은 자주 몸을 들썩였다. 옆에서 잡아 주는 손길이 없었으면 더 심하게 발작했을지도 몰랐다.

잠이 들라치면 피를 흘리는 눈이 어둠 속에서 자신을 쳐다보고 있었다. 긴 총을 꺼내 입에 물리고 방아쇠를 당기면 조각난 산탄이 도원의 눈과 입, 뇌에 박혔다.

그는 웃고 있었다. 즐거워했다. 같이 피를 흘린다며 도원이 환각에 시달리는 동안 불렀던 동요를 따라 부르기도 했다. 발밑에서부터 꿈틀거리며 기어 올라오는 문어, 해삼, 해초의 질척이는 감각이 공포를 극대화했다.

도원은 울음을 참을 수 없었다. 자신을 붙잡고 있는 손이 당황해서 움칫거릴 정도로 힘겨워했다. 그 손은 도원을 조심스럽게 안아 주었다. 등을 토닥여 주고 머리를 쓰다듬어 주었다.

도원은 그 손에 매달렸다. 가드레일을 들이받은 차가 추락하던 무중력감을 두 번 다시 생각하고 싶지 않아서 손을 놓지 않았다.

자신이 MJ의 품에 파고들어 옷을 꼭 쥐고 놓지 않는 것을 인지하지 못했지만, MJ는 자신에게 매달리는 도원을 복잡한 눈으로 지켜보느라 한숨도 잘 수가 없었다.

"겉보기에 어디 부러진 데는 없는 것 같아."

파마를 한 금발의 남자는 익숙한 듯 도원의 뼈를 손가락으로 눌러 가며 살폈다. 뼈를 다치진 않았다며 멍과 찰과상에 바를 약을 꺼내 손목에 약을 발라 주었다. 손톱이 깨진 손에도 약을 바른 뒤 손톱이 더 이상 들리지 않도록 밴드와 골무를 끼워 주었다.

금발 남자의 진단에 MJ는 말이 없었다. 가운 밑으로 나온 하얀 발목을 금발이 쥐고 쳐다보는 것도 불쾌해서 인상만 찌푸리는 게 전부였다.

"병원 가서 자세히 검사해 봐야겠지만 높은 데서 떨어진 것치고 는 진짜 양호하네. 차가 뒤집히지 않고 똑바로 떨어져서 그나마 덜 다친 것 같긴 하지만."

MJ의 시선을 느낀 금발이 멍이 크게 든 허벅지를 손으로 만지려 다 그만두었다. 침대 헤드에 기대어 앉아 있는 MJ의 위협적인 시 선을 피해 한 걸음 물러났다.

그는 양손을 들고 어깨를 으쓱였다. 더는 만지지 않겠으니 위협 하지 말아 달라, 그렇게 요구하는 몸짓이었다.

"이 선생님 몇 시간째 자고 있는 거야?"

금발은 들고 온 비닐봉지에서 물건을 꺼냈다. MJ가 시켜서 사 온 막대사탕 박스와 아로마 향초였다. 사탕 박스를 건네주자 MJ가 받았다.

그는 철제 통의 뚜껑을 열고 굳이 딸기 맛을 찾아 꺼냈다. 껍질 을 까서 입에 넣은 뒤 오도독, 씹었다. 딱딱한 사탕이 조각나서 MJ 의 입 안에서 부서졌다. MJ는 빈 막대만 침대 밑으로 뱉어 내고 대 답했다.

"제대로 잠잔 건 몇 시간 안 돼. 계속 자다 깨다 해서."

"뭐라도 먹여야 하는 거 아냐? 계속 빈속이면 몸 상태 더 안 좋아질 텐데."

"안 먹어."

"안 먹어도 먹여야지."

"싫어."

"웬일이래. 너네 집 개 거식증 걸렸을 때는 억지로 사료를 목구멍에 처박아 버린 놈이."

금발은 자신을 노려보는 MJ의 시선을 냉큼 피하며 주머니에서 라이터를 꺼냈다. 상점 직원이 선물용으로 포장해 준 향초를 뜯어서 심지에 불을 붙였다. 나무 심지는 타닥거리며 양철 지붕을 두드리는 빗소리처럼 편안한 울림을 냈다. 방 안에 부드러운 향기가 퍼졌다.

MJ는 품에 안겨 있는 도원의 머리를 만지면서 얼굴을 살폈다. 건강하지 않은 혈색이지만 곤히 잠든 것만으로도 다행으로 여겼다.

도원은 이제 다른 사람들의 대화 소리도 못 들을 만큼 잠에 빠져 일어나지 못하고 있었다. MJ의 손을 꽉 잡고 있는 상태에서는 그럭저럭 잠을 잘 만큼 편안해했다.

"불은 잘 냈겠지."

MJ의 말에 금발이 휴대 전화를 꺼냈다. 사진 앨범을 열어 직접 찍은 사진을 보여 주었다. 사진 속 목조 건물은 화재로 전소되어 새까만 터만 남아 있었다. 곳곳에 동물 사체로 보이는 덩어리들이 연기를 뿜고 있었다.

"애꿎은 사슴 40마리는 뒈졌지만."

MJ는 휴대 전화를 받아 들고 다각도에서 찍은 사진 여러 장을 일일이 확인했다. 멀리서 줌인 한 사진이기에 화질은 좋지 않았다.

불에 탄 건물 안쪽도 사진만으로는 구분하기 어려웠다.

"건물에 있던 물건들은?"

"다 탔어."

"확인하고 왔겠지."

"분명히, 전부, 모조리 다 탔어. 흔적도 없이 말이야."

"이번 게 마지막이었던가. 속이 다 후련하네."

"허이구, 하여튼 아버지 엿 먹이는 건 존나게 좋아하는 놈이야."

"그쪽에서 먼저 선생님을 이 꼴로 만들었으니까."

"글쎄. 그 선생님한테 벌어진 거, 내가 보기엔 아버지가 시켜서 한 짓은 아니고 밑에 애들이 지 꼴리는 대로 군 거 같은데."

"밑의 애들 하, 그래, 그 미친 새끼가 있었지."

금발은 MJ가 침대 헤드에 기대어 앉아서 연신 도원을 만지작거리는 모습을 생소하게 쳐다봤다. 무언가를 태우거나 움켜쥘 줄만 아는 손이 쓸어 만지거나 토닥일 줄도 알았다.

명령과 위협에 특화된 말투로 향초와 사탕을 사다 달라고 부탁하는 것도 이상한 일이었다. 다른 사람과 교류할 필요성을 느끼지 못해서 제멋대로 살아온 사람이 처음으로 상대방의 눈치를 보고 신경을 쓰기 시작한 것을 어떻게 받아들여야 할까.

지금까지 본 적 없는 인간적인 모습에 이걸 좋아해야 할지 슬퍼해야 할지 알 수 없어졌다.

……인간다워지는 MJ라.

금발은 속으로 중얼거리다가 더 이상 신경 쓰지 않기로 했다. 아직까지는 나쁜 방향의 변화로 보이지 않았다. 내버려 둬도 될 것 같았다.

"뉴스에 저 사람 기사 쫙 떴어."

금발의 말에 MJ가 다시 그 섬뜩한 시선을 돌렸다. 도원을 내려다볼 때 보이던 다정한 빛은 감쪽같이 사라지고 없었다.

"확인 못했어. 뭐라 지껄여?"

"크게 교통사고 난 거로만 보도되고 있어. 경찰들이 쉬쉬하나봐. 사고 현장 가 봤더니 실제로는 교통사고가 아니라 총기 사고로 죽은 시체만 있었잖아. 게다가 그 시간대에 무슨 호텔에서 의사 협회 모임 있었다며. 판이 커진 거지."

제법 정확한 정보를 전달해 주는 금발을 MJ는 의심하지 않았다. 이런 방면으로는 특화된 사람이라는 걸 알고서 믿는 얼굴이었다.

"수사 상황은 어디까지 진행됐어?"

"진행은 무슨. 저 선생님이 어디 있는지 전혀 모르는 상황이야."

"앞으로 며칠 정도면 알게 될 것 같아?"

"네가 저 선생님 데려올 때 너무 흔적을 없애 놔서 못 찾을걸. 경찰들이야 절차대로 통화 기록 수사하고 지역 일대 목격자 찾고 할 텐데, 네가 그 절차에 흔적이라도 남겼냐. 못 찾지."

"그럼 내버려 둬. 경찰들이 지네 맘대로 해도 무시해."

"정말? 실수로 단서라도 하나 흘렸으면 너도 꼬리가 잡힐 텐데."

"그럴 리가 있냐."

"확신하는 거 봐. 재수 없어라."

"걔네들은 선생님이 아니라 아버지 쪽 인물을 찾아보려고 할 거야. 형사가 총에 맞은 건 큰일이니까 그쪽에 비중을 두겠지. 선생님 찾는 건 더뎌질 거다."

"그러다가 형사들이 아버지한테 접근하면 어쩌려고."

"접근하면 접근하는 거지."

"경찰이 아버지 쪽을 찾게 만들게?"

"어."

"그럼 일이 더 커지는 거 아냐?"

"그렇게 빨리 못 찾을걸. 찾을 수 있었으면 벌써 찾았겠지. 선생님에게 쏠린 관심만 잠깐 떨어져 주면 그만이야. 그 이상은 바라지도 않아."

금발은 눈을 가느다랗게 뜨고 MJ를 쳐다봤다. 의심하거나 미심쩍어하는 시선이었다. 금발의 시선을 MJ가 본능적으로 적대시했다.

눈가를 찌푸리고 입가를 씰룩이자 금발이 진정하라면서 손사래를 쳤다. MJ와 대적할 생각은 추호도 없어 보였다.

"넌 어쩌려고 이러냐."

MJ는 금발의 질문을 잘 이해하지 못했다. 금발은 친절하게도 그의 품에 안겨 있는 도원을 턱 끝으로 가리키며 말했다.

"그 선생님 우리 일에 말려들게 할 거야? 아니, 이미 말려들었나."

"몰라. 그건 좀 더 생각해 봐야겠어."

"그 사람 걱정되면 그냥 연락 끊고 잠시 동안 쉬어. 나중에 안전해지면 다시 연락해도 되잖아."

"안 돼."

"네 강박증도 좀 나아진 거 아냐? 요즘 여자도 안 찾고 습관적으로 불도 안 지르잖아. 그 정도면 어느 정도 컨트롤되는 거 같은데, 그 선생님 도움 없이도 몇 달은 버틸 수 있지 않겠어?"

"안 된다고."

"충분히 잘하고 있는데 뭐가 문제야, 대체."

"내가 이 사람이 필요해."

"아니, 그러니까 내 말은."

"내가 이 사람이 필요하다고. 내 말 못 알아들어?"

MJ가 당장이라도 다가와 흉포한 손아귀로 금발의 목을 잡고 벽에 처박을 듯했다. 금발은 그런 식의 폭력을 몇 번 경험한 듯 위험수위까지 올라간 MJ의 분위기에 말을 삼켰다.

도원이 MJ의 손을 잡고 있지 않았다면 MJ는 자리에서 일어나 일찍이 금발의 머리채를 잡았을 사람이었다. MJ는 도원에게 잡힌 손을 빼기 싫어서 참고 있는 것뿐이다.

"너랑 그 선생, 환자랑 치료사 사이 안 같아. 치료해 주는 사람한테 바라는 게 너무 많잖아. 무슨 관계가 되고 싶은 거냐, 너."

MJ는 손가락으로 문을 가리켰다. 당장 꺼지라는 제스처에 금발은 한숨을 내쉬며 문을 열었다. 금발이 문을 닫고 나간 자리만 말없이 노려보는 MJ였다.

문밖에서 금발의 인기척이 사라지기를 기다렸다. 현관문이 열리고 닫는 소리까지 확인한 후에야 MJ는 위협적으로 찌푸리고 있던 표정에서 힘을 풀었다.

조용해진 방 안에 도원의 숨소리만 들렸다. MJ는 도원의 얼굴을 만졌다. 부드러운 피부를 쓰다듬으면서 도원에게서 눈을 떼지 못했다. 평온하게 잠이 든 모습에 안심을 하듯 숨을 깊게 내뱉었다.

타닥, 타닥, 나무심지가 타들어 가는 향초를 도원의 머리맡에 위치한 테이블에 올려놓았다. 도원이 잡고 있는 손을 MJ가 더 세게 잡은 뒤 팔베개를 해 주듯이 조심스럽게 도원의 머리를 끌어안았다.

도원은 한품에 다 들어왔다. 몸을 웅크리고 자고 있어서 안 그래도 날씬한 체구가 한층 더 작게 느껴졌다.

그렇게 작은 사람이 아니라는 것은 MJ도 알고 있었다. 도원은 한국 남성의 평균보다 키가 큰 편이었다. 여성들은 물론 거의 대부분의 남성들도 도원을 올려다보는 키였다.

마른 편이라서 더 기름하게 느껴지는 몸은 단정한 정장 차림에도 허술한 가운 차림에도, 심지어 벗고 있을 때도 아름다웠다.

그 정갈한 신체의 어딘가가 부러지거나 다치지 않아서 다행이었다.

금발의 말대로 차가 뒤집히지 않은 게 천운이었다. 어디 한 군데 이상이 생겼으면 이렇게 누워서 휴식을 취하기보다는 이딴 일을 벌인 '크랙'을 찾아가 모두 엎어 버렸을 테니까.

멍 자국이 있는 도원의 이마와 눈가로 입술이 옮겨 왔다. 쪽, 소리 내며 뽀뽀를 했다. 그 한 번으로는 갈증이 해결되지 않은 듯 몇 번이나 입맛을 다셨다.

결국 참지 못한 MJ가 도원을 침대에 똑바로 눕혔다. 그러곤 그 위에 올라타서 도원의 위에 제 몸을 포갰다.

"선생님…… 선생님."

자꾸만 타들어 가는 목을 달래려는 것처럼 끊임없이 부르며 도원의 얼굴 곳곳에 입을 맞췄다.

"……선생님, 으음……."

작게 앓는 소리를 삼키면서 MJ는 끝없이 도원의 얼굴에 자신의 입술을 묻었다. 반쯤 벌어져서 색색, 고른 숨을 내쉬는 입술에 혀를 살짝 밀어 넣기도 하고, 아랫입술을 자근거리며 빨기도 했다.

입 안에서 씹어 삼키던 사탕 맛이 도원의 입 안으로 흘러들어 가는 느낌이 못 견디게 좋았다. 인공적인 과일 향이 서로의 입술에 묻어 있었다.

MJ는 사탕 대신 그 입술을 빨면서 한참이나 시간을 보냈다. 오랫동안 입술을 지분거린 탓인지 도원의 숨소리가 흐트러졌다.

도원이 눈을 반쯤 떴다. MJ와 눈이 마주치자 MJ는 자신이 도원을 깨운 줄 알고 멈칫했다.

다행히 도원은 MJ를 확인한 후에 다시 눈을 감았다. 새근거리는 숨소리가 평온해졌다. MJ라면 안심할 수 있다는 태도였다.

MJ는 도원이 무의식중에 보인 그 행동에 얼굴이 화끈 달아올랐다. 갑자기 가슴 안쪽이 어수선해졌다. 이렇게 심장이 뛴 적이 있을까. 갈비뼈 안쪽이 아플 지경이었다.

뜨거워진 볼을 도원의 이마에 올렸다. 조급해지다가 당황하고 그러다가 다시 심장이 뛰고, 이상했다. 몸의 반응이 하나같이 처음 느껴 보는 것들이라 뭐라 정의해야 할지 알 수 없었다.

도원의 평온한 얼굴을 연신 내려다보았다. MJ를 확인하고 다시 잠이 든 도원이 사랑스러워서 자꾸만 목 안이 타들어 갔다.

"하아, 하, 어떡하지."

혼잣말을 중얼거리면서 MJ는 안절부절못했다. 머릿속에 너무 많은 야한 생각들이 떠올랐다. 가운 속으로 보이는 도원의 하얀 살에 무슨 짓을 하고 싶은지, 그 욕구가 점차 선명해졌다.

MJ는 조심스럽게 도원에게 몸을 밀착했다. 얼굴만큼 뜨거워진 하체가 도원의 사타구니 사이로 묵직하게 파고들었다.

양손으로는 벌어진 가운 안의 살결을 매만졌다. 부드러워서 손끝이 녹을 것만 같았다. 도원의 맨몸에서 딸기 사탕보다 더 진한 단내가 풍기는 것만 같았다.

사탕처럼 그 안을 빨고 싶었다. 몸속에 자신을 묻고 그 달콤하고 끈적한 액체를 맛보고 싶었다.

"하아, 하."

들썩이는 이불 안에서 MJ는 기분 좋은 한숨을 내뱉었다.

"……무슨 관계가 되고 싶냐고?"

금발의 질문을 떠올리면서 MJ는 중얼거렸다.

"섹스를 하면서 서로 기분 좋은 관계가 되고 싶어."

그 어느 때보다도 명백한 욕구를 담은 말이었다.

6

6

도원은 침대에 홀로 앉아 있었다. 흘러내린 가운을 고쳐 입지도 않고 어리둥절한 표정으로 주변을 보았다.

처음 보는 낯선 방이었다. 창밖에는 녹지 않은 눈으로 뒤덮인 새하얀 산이 보였다.

계곡 사이에 자리 잡은 산장 같은 느낌이었는데 일대가 워낙 조용해서 놀러 오는 별장처럼 느껴지진 않았다. 오히려 며칠 밤을 지새우며 살 오른 멧돼지를 기다리는 사냥꾼의 거처처럼 느껴졌다. 나무와 황토로 만들어진 집은 그 분위기만으로도 낯설기 그지없었다.

침대 밑의 부드러운 털 슬리퍼에 발을 끼운 도원은 방문을 조심스럽게 열었다. 1층으로 내려가는 계단이 있었기에 그것을 밟고 내려왔다.

계단 밑의 풍경은 창밖을 내다볼 때처럼 낯설게 다가왔다. 사방이 지도였다. 벽지 대신 지도를 붙인 듯한 착각까지 들었다.

지도에는 전국 모든 거리와 산과 집이 표시되어 있었다. 구멍가게 단위마저 적혀 있는 정교함에 도원은 국내 지리를 연구하는 연구소에 온 기분마저 들었다.

지도에 형광펜과 유성 펜으로 무언가를 표시한 흔적이 보였다. 어떤 곳은 압정이나 포스트잇이 붙어 있고, 붉은 별표를 쳐 둔 곳도 있었다.

"깼네."

MJ가 커다란 소파에 앉아 뭔가를 오도독, 소리 내어 씹고 있었다. 그는 다가오지 않는 도원에게 손짓했다. 도원은 주변을 둘러보면서 천천히 발을 떼어 냈다. 도원이 소파까지 다가가자 MJ가 손에 들고 있던 것을 보여 주었다.

"사탕 먹어."

막대 사탕이었다. 그것도 딸기 맛의.

도원은 딸기 향과 MJ의 조합에 잠시 할 말을 잃었다. 저도 모르게 기이한 눈으로 쳐다보았지만 그 부조화를 모르는 당사자는 손을 더 내밀 뿐이었다.

"얼른."

뒤늦게 정신을 차린 도원이 대답했다.

"아, 괜찮아요."

부드러운 거절에도 MJ는 들은 척도 하지 않았다. 직접 사탕의 봉지를 까더니 도원의 입술에 사탕 머리를 밀어 넣고 부드럽게 돌렸다.

벌어진 입 안으로 달콤한 딸기향이 들러붙었다. 평소 사탕을 즐겨 먹지 않는 도원은 그 인공적인 향이 너무 강하다고 생각했다.

"이따가 죽 끓여 줄게. 밥을 너무 오랫동안 안 먹어서 속 다 버렸겠어."

"……괜찮은데요."

"몸이 안 괜찮아. 당분이라도 섭취하고 있으라고."

"식욕이 없어서요."

"먹어. 그러다 쓰러지게?"

"……아뇨, 챙겨 주시면 잘 먹겠습니다."

"그래, 잘 챙겨 먹어. 선생님은 살 좀 쪄야 할 것 같아."

다른 사람도 아닌 MJ에게 훈계를 듣다니. 도원은 이 기분을 말로 형용할 수 없었다. MJ가 남을 생각한다는 사실이 신기했다.

왜 안 하던 짓을 하는 거지.

걱정스러운 시선으로 MJ를 살폈다. 그의 얼굴 곳곳에는 생채기가 나 있었다. 날카로운 것에 찢어져서 양옆으로 벌어진 살점 아래에는 그물처럼 얇게 포개진 핏줄이 서 있었다.

간혹 그 길이 끊어져서 피가 맺혔거나 부어오르기도 했지만 시간이 지나면서 자연스럽게 아물었기에 딱지가 진 자국이 대다수였다.

거친 숨을 몰아쉬면서 달려왔던 MJ의 모습이 떠올랐다. 왜 그렇게 MJ가 급하게 달려왔는지, 기억을 복기하기 시작하자 잊고 있던 감각들이 선연하게 되살아났다.

피와 죽은 몸, 총, 낙하, 눈물, 구토.

자극적인 기억들이 MJ의 딱지가 앉은 피부 위로 연기처럼 기어 올라왔다. 죽어버린 박 형사의 눈이 도원에게 달라붙어서 떨어지질 않았다.

도원의 손끝이 창백하게 질렸다. 감당하기 어려운 기억들이 되살아나자 몸에서부터 거부 반응이 일어났다. 입 안에 물고 있던 막대 사탕을 뱉은 도원이 손으로 입을 막고 헛구역질을 했다. MJ가 도원의 어깨를 붙잡았다.

"선생님."

도원이 시선 둘 곳을 찾지 못해서 바닥 이곳저곳을 쳐다봤다. 고개를 들면 새까만 아가리를 벌리고 있는 총구가 보일 것 같았다. MJ가 그런 도원을 붙잡아 옆에 앉혔다.

"선생님, 나 봐 봐."

도원은 고개를 들지 못했다. MJ가 그런 도원에게 바싹 다가왔다.

"선생님. 쉬이, 괜찮아."

다정하게 달래는 목소리에도 도원의 시선은 정처 없이 바닥을 긁기만 했다.

"쉬이…… 괜찮대도. 나 봐."

MJ는 억지로 도원의 턱을 잡아 올렸다. 정처 없이 흔들리던 눈동자가 MJ를 마주 봤다. MJ는 잘게 떨리는 눈꺼풀에 입술을 내려 앉혔다. 주먹을 움켜쥐고 있는 도원의 손을 토닥이면서 한 마디 더 해 주었다.

"괜찮아."

도원은 금방이라도 울 것 같은 얼굴로 참아 내고 있었다. 견디는 얼굴로 입을 꾹 다물었다. 숨을 고르면서 애써 진정한 덕분에 박 형사의 눈빛과 피 냄새를 겨우 현실에서 분리하여 기억 한편으로 밀어 넣을 수 있었다.

"여긴 어딘가요."

아직도 불안정한 목소리가 신경 쓰였기에, MJ는 일부러 더 짙은 다정함을 담아 말했다.

"내가 자주 쓰는 집."

"이런 데에 절 데려와도 되나요."

"안 될 게 뭐가 있어?"

"나중에 또, 아버지 쪽 사람을 만나면 방화범인 그쪽 얘기를 하게 될지도 모르잖아요."

덤덤하게 말하는 도원의 태도가 MJ는 마음에 들지 않았다. 욕실에서 씻겨 줄 때와 비슷했다. 애써 아무렇지 않은 척하려 했다.

내담자를 앞에 둔 상담사니까 그러려는 마음은 이해했다. 자신이 흔들리면 내담자에게 신뢰를 주지 못하는 직업의식 때문에 자신의 고통이나 불행을 최대한 표현하지 않으려고 억누르고 있는 것이다.

이러니까 상담사들은 상담사들끼리 혹은 정신과 의사한테 가서 정신 치료를 받는 게 아닌가. MJ는 도원에게 완전히 몸을 돌려 앉았다.

"선생님."

그의 부름에도 지친 표정을 짓고 있는 도원이었다. MJ는 생기 없는 도원을 한참 내려다보다가 입을 열었다.

"나랑 하나만 약속해."

······약속?

MJ의 입에서 약속이라니. 도원은 그 어색한 표현에 눈만 깜빡거렸다. MJ가 입에 담은 '약속'은 MJ 자기 자신을 위한 말이 아닌 도원을 위한 말이었다.

"난 선생님과의 약속을 지켰어. 선생님이 아버지에 대해서 생각하지 말라고 해서 지금까지 한 번도 깊게 생각하지 않았어. 첫 번째 방화나 아버지 생각이 나려 하면 선생님을 생각하면서 자위했어. 그러니까 난 약속을 지킨 거야."

도원은 약속을 지켜 줘서 잘했다고 칭찬을 해야 하는지, 왜 자꾸 자기를 자위 도구로 이용하냐고 난색을 표해야 할지 갈피를 잡지 못했다. 그러는 사이 MJ는 자신의 요구 조건이 정당하다는 어투로 말을 이었다.

"그러니까 선생님도 약속해. 어제 일 절대 생각하지 마."

도원은 다시 주먹을 움켜쥐었다. 어제라는 구체적인 시간을 언급했기 때문에 닫아 두고 덮어 두려 한 기억 속 장면들이 자꾸만 헤집어지고 있었다.

엘리베이터에서 느꼈던 환각과 박 형사의 정신 나간 시선. 추락하는 고통과 두려움. 발밑이 차가워지는 기분에 잠식당할 것만 같았다.

도원은 불안정하게 MJ를 보다가 눈을 감았다. 스스로 호흡을 고르려고 노력했다. MJ가 그런 도원의 머리를 쓰다듬어 주면서 최대한 부드럽게 말을 이었다.

"생각하고 싶으면 나랑 얘기해. 다른 사람한테 말하지 말고 나랑만. 지금 얘기하고 싶어?"

"……아뇨."

"좋아. 그러면 당분간 생각하지 마."

"경찰에 연락해야 합니다."

"생각하지 말라고 했잖아. 왜 선생님은 나랑 약속을 안 지키려 해."

"내가 유일한 목격자입니다."

"아니, 목격자도 행방불명 상태야. 경찰의 현재 수사 결과야."

"하지만."

"선생님도 나랑 똑같은 걸 경험한 것뿐이야. 미친 새끼가 눈앞에 총구를 들이민 거라고. 그게 뭔지 아니까 선생님은 생각하려고 하지 마. 생각은 내가 대신 할게."

충격에서 벗어나기까지 시간이 걸릴 것이다. 당장은 생각하지 않는다고 해도 도피밖에 되지 않는 방법이었다. 이런 식으로 기억을 위장하면서 충격이나 고통을 묻어 버리는 게 얼마나 괴로운 짓인지는 MJ가 누구보다 잘 알고 있었다.

차라리 도원이 사리 분별 모르던 어린아이 때 이런 일을 당했으면 무섭다고 울면서 넘어갈 수도 있을 텐데.

사회적으로 많은 제약과 억압에 갇혀 있는 그는 마음 편히 울지도 못하는 상황이었다. 어찌 보면 똑같은 총구의 위협 앞에서 MJ보다 도원이 겪은 경험이 더 버거울지도 몰랐다.

MJ는 도원을 토닥여 줬다. 화제를 돌리는 게 낫다고 판단했다.

"선생님. 나 궁금한 거 있는데."

MJ는 도원이 지난 기억의 강렬함에 침몰하지 않도록 붙잡아 주었다. 더 가라앉기 전에 수면 밖으로 끄집어내기로 했다. 도원이 엉뚱하게 여길 질문을 MJ는 새삼 진지하게 물었다.

"선생님, 이혼하고 나서 섹스 언제 해 봤어?"

역시 MJ의 예상은 빗나가지 않았다. 두려움에 몸을 떨던 도원은 MJ의 질문에 멍한 얼굴이 되었다. 자신이 무슨 말을 들었는지 잘 인식하지 못하다가 뒤늦게 미간을 찌푸렸다. 헛것을 들었나 싶어 다시 되묻기까지 했다.

"네?"

그제야 MJ는 입꼬리를 올려 웃을 수 있었다.

역시 불쾌한 기억에 힘겨워하는 모습보다는 지금처럼 약간 얼빠진 도원이 훨씬 사랑스러웠다. 겉보기엔 단정하고 뭐든 완벽할 것 같은 남자가 실은 허술한 사람이라는 것을 혼자만 알고 싶다는 욕심이 생겼다.

MJ의 시선이 자연스럽게 도원의 흐트러진 가운 안을 향했다. 살집이 없는 어깨와 도드라지는 가슴에 시선을 고정했다.

이렇게 예쁜 몸에 어떤 여자가 안겼을지, 아주 횡재했겠네.

그리 생각하면서 한마디 거드는 것도 놓치지 않았다.

"섹스 말이야. 언제 여자 질 속에 들어가 봤어?"

도원은 MJ에게 머리채가 잡혀 기억의 수면에서 강제로 끄집어내진 기분이 들었다.

이게 대체 무슨 질문인 거야.

도원은 당황한 기색을 숨길 수 없었다.

"저기, 네?"

"섹스 몰라? 섹스, 선생님 그걸로 여자 질을 들락날락."

"아, 아니, 그렇게 구체적으로 말하지 마세요."

"여자에 관심이 없어 보여서. 이혼했다고 독수공방이 장래 희망이 된 건 아니잖아."

"지금 그게 중요한 이야기인가요."

"나한텐 중요해. 빨리 말해 봐."

도원은 움칫거리면서 망설이다가 조그마한 목소리로 대답했다.

"좋은 사람 있으면 만날 겁니다."

"그럼 독신주의자는 아니라는 소리고. 섹스는 언제 해 봤어?"

"이 질문이 어디에 유용한지 알면 대답해드릴게요."

"선생님한테 꼭 하고 싶은 말이 있어서 그래."

MJ의 화법은 호기심을 유발하고 있었다. 섹스를 언제 했는지 알려 주면 자신도 도원에게 하고 싶은 말을 해 준다는 조건식 발화법이었다.

도원은 무엇 때문에 MJ가 이런 걸 묻는지 궁금했다. 상대가 섹스에 관해서 이야기하기 곤란한 미성년자도 아니었으므로 담백하게 대답해 주었다.

"처와 별거한 이후론 한 번도 안 했습니다."

MJ의 눈이 빛났다. 별거를 언제부터 했는지 모르겠지만 어쨌든 몇 달 됐다는 소리다.

도원은 성욕이 아예 없는 것은 아니지만 딱히 그에 휘둘리지 않는 타입이었다. MJ와 정반대의 성향이었다. 성적 충동을 조절하지 못하는 자신과 달리, 성적 감흥 자체를 외면하는 사람.

옛 여자와 헤어진 지 얼마 안 되었다고, 다른 곳에서 아래를 쓰지 않는 사람이 정말 현실에 존재할 줄은 몰랐다.

전처를 위해 인간적인 도의는 다 하려는 걸까. 몇 달 동안이나 섹스도 참으면서? 아니면 섹스리스에 가까운 건가? 로맨티스트인 거야, 성기능 장애인 거야.

호기심이 가득한 시선으로 도원을 바라보던 MJ가 비로소 하고 싶은 말을 뱉었다.

"선생님이랑 섹스하고 싶어."

도원이 입을 벙긋거렸다가 그만 말문이 막힌 얼굴로 MJ를 쳐다봤다. MJ는 도원의 아래를 손가락으로 가리켰다.

"거미줄 치면 아깝잖아. 모양도 색도 예쁘던데."

거의 부서트려 먹어서 잔해만 남은 사탕을 오도독, 오도독, MJ는 잘도 씹어 먹었다. 그 날카롭고 딱딱한 소리를 울리는 입이 웃고 있었다. 도원은 한참 후에야 침착함을 되찾았다.

"내가 강간은 폭력이라고……."

MJ는 도원의 말을 잘랐다.

"그 말 지겹도록 들었어. 알아. 나 선생님 강간할 생각 없어."

"아니, 왜 갑자기 이런 얘기를 하는 거죠?"

"전에 선생님이 강간이 아닌 섹스가 뭔지 알려 준다고 했는데 말해 주지 않았잖아. 일단 폭력적으로 하지 않는 법부터 배우라고 대답을 미뤘어. 언제까지 기다려야 하는 거지."

"그래요. 페니스가 흉기가 아니란 걸 배워야죠."

"배웠어. 지금도 잘 참고 있고."

"하도 저랑 같이 붙어 있다 보니까 리비도가 이상하게 작용하는 것 같은데요."

"리비도?"

"성 본능이요. 지금 페니스에 몰린 리비도를 다른 데로 발산시켜도 충분히 괜찮은 단계인데도 여기에만 자꾸 집착하네요. 어린애들이나 보이는 반응이에요, 이건."

"뭔 소린지 모르겠는데 내 물건은 지극히 정상적으로 작동하고 있어."

"아뇨, 모르는 것 같습니다."

그렇게 말해도 MJ는 여전히 멀뚱한 시선으로 보고 있었다. 도원은 좀처럼 대화를 이어 가기 힘든 그의 반응에 망설이다가 어쩔 수 없이 자신의 생각을 솔직하게 털어놓았다.

"저는 남자고, 당신이 동성애를 추구하는 부류가 아니라면 폭력이 아닌 섹스는 다른 여성에게 할 수 있는 자연스러운 행동입니다. 내가 나온 동영상을 보면서 자위한 건 리비도와 다른 개념의, 동경 같은 작용이 있었다고 봅니다. 날 만나기 전까지 여자랑 성관계 하는 데에 무리가 없었잖아요. 그런데도 현재의 나한테 집착하는 건 잘못된 거 같아요."

자세한 설명에 말 잘 듣는 착한 학생처럼 고개를 끄덕인 MJ가 대답했다.

"어, 알았으니까 선생님과 섹스하려면 어떻게 해야 하는지 얘기해 봐."

……이게 어디가 이해했다는 소린지.

도원은 황망하게 입을 뗐다.

"제 말은……."

"알았다니까."

들을 태도가 전혀 안 되어 있었다. 그의 관심은 오로지 도원 하나였다.

MJ의 시선은 곧았다. 잠깐의 장난도 아니고, 어린아이의 불장난 같은 호기심도 아니었다. 그는 진심으로 궁금해하고 있었다. 도원과 섹스를 할 수 있는 방법을 끝까지 찾아내고 추적하려는 의지마저 보였다.

MJ의 집요한 시선과 관심사가 넓은 실내에 긴장감을 형성했다. 그를 접할 때 느끼곤 했던 강압적인 두려움과는 다른 긴장감이었다.

이건…… 도원도 너무 오랜만에 느끼는 감정이었다. 상대방이 이토록 노골적이다 못해 순수할 지경으로 성적 관심을 표출하는 것은.

어쩌려고 이러는 거야.

도원은 MJ의 반응에 원망스러운 목소리로 말했다.

"저랑……."

목소리가 너무 작았던 탓일까. MJ가 고개를 숙이고 도원의 대답에 집중했다. 도원은 머뭇거리다가 마지못해 입을 뗐다.

"저랑 그렇게 섹스해 보고 싶으세요?"

도원이 머뭇거리다가 내뱉은 '섹스'라는 단어를 듣자 MJ는 절로 미소가 지어졌다. 학술적으로만 늘어놓던 섹스와 달랐다. 복잡한 감정이 얽혀 있는 섹스였다.

도원이 드디어 페니스를 사용하는 법을 알려 준다는 생각에 한결 기분이 좋아졌다.

"응. 선생님이 폭력이라 느끼지 않는 섹스가 뭔지 말해 봐."

"나는 섹스를 그렇게 좋아하지 않아요."

"그런 거 같네. 이혼한 상대 이후에 잔 적이 없다고 할 정도면 아주 욕망을 잘 참는 대단한 사람이라는 걸 알겠어."

"섹스를 그다지 즐거움을 추구하는 방향으로 생각하지도 않고요. 어떤…… 원만한 부부 관계를 위한 방향으로만 여깁니다."

"부부 관계가 아니면 아예 하지도 않는 거야?"

"연인일 때는 하겠죠."

"연인. 연인이라."

"그…… 좋아하는 사람하고 섹스하는 것에 의미를 둡니다. 그러니까, 그…… 성욕 해결만으로는 잘 안 해요."

"일단 사귀어야 시도한다는 거지? 선생님은 어떤 사람이랑 사귀어?"

대화의 목적이 성교육인지 연애 상담인지 근본을 알 수 없어졌다.

"좋아하는 사람이랑 사귀는데요."

"좋아하는 사람이라는 건 어떻게 구분해?"

MJ의 질문이 재차 따랐다. 도원은 거의 울상이 되었다.

"좋아하는 마음을 구분하는 방법을 알려 달라는 거라면…… 그런 구분법은 없습니다."

"선생님 기준에서 섹스해도 좋을 만큼 좋아하는 사람이 있을 거 아냐. 그 기준이 뭐냐고."

"아니, 저, 좋아하는 마음은 상대적인 거라 절대적인 기준이 없어요."

"아무것도 없어?"

"아, 음. 절대적인 기준으로 말하면…… 생물학적 반응뿐이겠죠. 심장이 평균 횟수보다 몇 회 더 뛰고 눈동자가 확장되고 땀샘이 열리고 피부는 발열되고, 그런 과학적인 증상들이요."

"그건 흥분할 때 누구나 하는 반응이잖아. 흠. 그럼 최소 조건."

"네?"

"좋아한다는 최소 조건. 뭐든 좋아."

도원은 살면서 깊게 생각해 본 적 없는 문제에 빠져 버렸다. 이게 대체 뭐라고 문답을 하는지도 모르겠고, 어린아이를 앉혀 놓고 설명해도 이보단 쉬울 것 같다는 괴로움만 팽창했다.

"좋아한다고 말로 표현해야 하지 않을까요. 좋아한다는 것을 상대방에게 인지시키는 것이죠. 그게 시작점일 겁니다."

말이 끝나기 무섭게 MJ가 입을 벌렸다.

"좋아해."

도원은 마른기침을 뱉었다. MJ의 어깨를 밀어내면서 슬그머니 뒤로 물러났다. 몸이 화끈 달아올라서 식은땀이 났다. 부끄러움과 당황스러움이 혼합되면서 몸 안쪽이 홧홧해졌다.

뭔가 잘못됐다는 걸 알았지만 어떻게 상황을 빠져나와야 하는지에 대해서 머리가 굴러가지 않았다. 도원은 논리성을 잃고 두서없이 말을 내뱉었다.

"아뇨. 좋아하는 것도 중요하지만 그래도 교제하는 사이가 되어야……."

"사귀자."

"그…… MJ."

"또 뭐가 더 있어. 말해."

MJ의 손가락이 톡톡톡톡 소파 팔걸이를 두드렸다. 충동성이 발현될 때마다 신호로 나타나는 행동이었다.

MJ가 저지르던 섹스를 자꾸 제어해서 스트레스 반응으로 나오고 있었다. MJ가 이 장애를 의식적으로 제어하려 해도 단기간에 없애는 건 불가능해 보였다.

도원의 가슴을 보던 MJ가 고개를 뒤로 젖히고는 깊은 한숨을 내쉬었다. 나른하고 습기 찬 한숨에 참고 있는 욕정이 뜨겁게 실려 나갔다.

고인 열기를 뱉어 낸 MJ가 도원에게 볼을 내밀었다. 도원은 칭찬의 의미로 MJ의 볼에 뽀뽀를 해 주었다. 그러면서 슬그머니 흐트러져 있던 가운을 바로 입었다.

볼에 뽀뽀를 받은 후에도 MJ는 도원의 벌어진 가운 속을 자꾸 쳐다봤다. 한숨 소리가 짙어지며 신음으로 바뀌었다.

"……으음."

억누르는 목소리를 듣고 도원은 한 발자국 뒤로 물러났다. 그런 도원에게 바싹 다가온 MJ가 반대편 볼을 내밀었다. 도원이 주저하다가 볼에 입술을 가져가 댔다.

쪽, 하는 소리를 들어도 만족하지 못하는지 다시 반대편 볼을 내밀었다. 도원이 반복해서 뽀뽀를 해 줘도 소용없었다. MJ는 계속해서 볼을 내밀며 신음했다.

"음…… 선생님."

MJ가 도원에게 몸을 기울였다. 도원은 더 이상 입을 맞춰 주지 못했다. 브레이크로 삼았던 비쥬는 이제 새로운 액셀러레이터가 되어서 MJ를 흥분시키고 있었다.

"MJ, 잠깐만요."

당황한 도원이 말려도 MJ는 거칠게 숨을 몰아쉬면서 도원의 다리 사이로 들어와 앉았다. 소파에 한쪽 무릎을 세우고 누워 있던 도원이 MJ의 가슴팍을 밀어냈다. 다가오던 것이 잠깐 멈추긴 했지만 그만두진 않았다.

허리를 둥글게 구부린 MJ가 도원의 몸에 자신의 아래쪽을 밀착했다. 가운 안쪽 맨살에 MJ의 국부가 눌렸다. MJ가 입고 있는 얇은 트레이닝복이 딱딱했다. 뜨겁고 묵직했다. 반쯤 젖어 있기도 했다.

짙은 색으로 변해 있는 하의를 본 도원이 황급히 가운 자락을 붙잡아 자신의 맨몸을 가리려 했으나 MJ가 그런 도원의 양 손목을 잡았다.

"아!"

도원은 새파랗게 멍이 든 손목이 아파서 MJ의 손아귀 힘에 버거위했다. 그렇게 짤막하게 내뱉은 비명 소릴 듣고 MJ는 황급히 손을 떼어 냈다.

"미안해."

그러나 이대로 물러서긴 너무 늦은 듯했다. 한번 제어가 풀린 MJ는 아파하는 도원을 보며 안절부절못하면서도 그만두질 못했다. 팔목 대신 팔뚝을 잡았다. 타박상과 멍이 든 부분을 아프게 하지 않으려고 조심하는 기색이었다.

"멈추지 못하겠어."

MJ는 도원의 맨살 위로 자신의 아래를 비볐다. 단순히 비비거나 문지르는 것과는 달랐다. 피스톤질에 가까웠다. 허리를 꿈틀거리면서 도원의 성기에 자신의 국부를 내려치며 누르고 있었다.

도원은 야릇한 기분을 느꼈다. MJ와 마찬가지로 뜨거워진 숨을 뱉은 도원은 몸을 들썩이는 MJ를 올려다보았다. 혹여나 도원이 경멸하진 않을지, MJ는 도원의 분위기를 면밀히 살피고 있었다.

MJ가 조금 더 몸을 낮추자 도원의 다리가 MJ의 허리에 자연스럽게 감겼다.

"하아, 하. 선생님 만나고부터 못했어."

"경찰이 그쪽 찾는 걸 공개수사로 돌려서, 웃, 여, 여자 찾기가 어려워진 건가요?"

"선생님이랑 하고 싶어서 참고 있었어, 하아."

"하지만 나한테 이러는 건……."

"하아. 이것도 강간이야?"

"네?"

"이러는 것도 강간이냐고."

도원의 표정이 복잡해졌다. 상대방을 살피면서 성욕을 내비치는 걸 강간이라 할 수 있나. 그만하라고 딱 잘라 말하면 몸을 떼 내고 제 손으로 자위를 할 사람인데.

물론 지금은 한두 마디로 그만둘 것 같진 않지만…… 그래도 정색하며 거부할 때 억지로 밀어붙이지 않으리란 믿음은 생긴 상태였다.

아랫입술을 살짝 깨무는 도원에게 MJ의 시선이 따라붙었다. 윗니에 눌린 아랫입술이 미끄러지면서 튕겨 나오는 모습을 조금도 놓치지 않고 쳐다보고 있었다.

MJ에게 하지 말라고 제어를 줘야 하는 영역이 정상과 비정상의 범주를 아슬아슬하게 오갔다.

섹스와 강간의 차이를 모르겠다는 사람이 그 기준점을 알아 가기 시작했다. 그건 설명으로 깨닫는 게 아니라 본인이 스스로 체득하는 방식이었다. 상대인 도원을 살피면서 무엇이 가능하고 불가능한지의 기준을 세우고 있었다.

여기서 제어를 걸어 버리면 행여나 MJ에게 성급한 기준을 각인시킬 것 같았다. 도원 자신의 반응이 MJ의 적정한 사회상을 재설정하는 기준이 되어 버렸다.

한 사람의 가치관에 기준이 된다는 것. 그것은 무거운 책임감이 뒤따르는 일이었다.

도원은 이걸 감정적으로 대응하다간 오히려 부작용이 클 수 있다고 여겼다.

"이건…… 강간이 아니에요."

도원의 대답에 MJ가 결후를 울리며 침을 삼켰다.

"섹스야?"

"······섹스의 일부죠."

"섹스에도 구분이 있나."

"전희요."

"전희."

도원의 말을 복창한 MJ가 고개를 끄덕였다. 애무를 받고 있는 도원에게 MJ가 다시 물었다.

"전희는 구체적으로 어떤 거야?"

"상대를 만져 주는 거. 아, 아니, 조금 다른데, 아니, 지금 MJ가 하는 거랑 전희는 다른 건데, 읏."

딸아이에게도 해 준 적 없는 성교육을 다 큰 성인에게 하고 있자니 도원은 머리가 아팠다. 남자 간의 성관계에 무지하진 않아도 직접 해 본 적이 없어서 제대로 알려 줄 수가 없었다.

남자끼리 국부를 비비는 게 전희가 맞을까. 맞겠지. 삽입으로 가기 위한 모든 과정을 전희라고 봐야 한다면 이것도 전희겠지.

도원의 복잡한 표정을 가만히 내려다보면서 MJ는 그가 했던 말 중 '상대를 만져 주는'에 주목했다.

여자를 엎드리게 하고 허리를 잡아 쑤셨던 섹스만 해 본 MJ는 상대를 만지는 전희에 관심이 없었다. 손에 잡히는 둥근 가슴을 주무르는 게 다였다. 그래서 도원의 가슴팍에 양손을 올렸다. MJ가 아는 대로 도원을 만져 보았다.

"아."

놀란 도원이 눈을 크게 떴다. MJ가 갑자기 가슴을 양손으로 쥐고 주물러서 머릿속이 하얗게 변했다. 여자의 가슴처럼 만지작거리는 행동에 놀라기도 했지만 의도적으로 젖꼭지를 손가락으로 누르고 꼬집으면서 성적 반응을 이끌어내기에 순간적으로 화끈한 아픔과 쾌감을 느꼈다.

가슴은 전처가 빨아 주던 유일한 성감대였다. 그녀는 침대에서 자주 도원의 가슴을 입에 물고 깨물며 장난을 쳤다. 부드러운 여성의 입술과 가느다란 손가락의 애무만 익숙해져 있던 가슴에 거친 자극이 닥치자 정신이 없었다.

"웃, MJ, 거긴."

도원의 표정이 한순간에 무너졌다. 침착하고 단정하던 얼굴이 붉게 달아올라서 숨을 몰아쉬고 있었다. 그 모습을 지켜보는 MJ의 숨결도 거칠어졌다.

MJ는 도원의 얼굴을 눈 한 번 깜빡하지 않고 바라봤다. 가슴을 만지자 이전에 본 적 없는 반응이 나왔다. MJ의 손을 치우려고 애쓰는 도원은 눈가까지 붉어져 있었다.

흐트러진 검은 머리카락 아래 붉게 물든 눈가라니. 상상도 못한 색정적인 반응에 MJ는 본능을 참지 못했다.

"하아, 하, 선생님, 아, 좋아."

MJ는 도원의 가슴을 한 손으로 주무르면서 다른 한 손을 바지 속으로 집어넣었다. 속옷에서 꺼낸 성기를 도원의 성기에 직접 비볐다.

이미 한차례 흘러나온 쿠퍼액에 MJ의 성기는 미끄러웠다. 젖은 귀두가 도원의 사타구니를 쿡쿡 찌르며 음모가 엉키듯이 비벼졌다. 도원의 페니스에는 MJ의 두터운 기둥이 마찰되었다. MJ의 자극적인 행동에 도원도 이성이 순간적으로 끊어지다가 이어졌다.

"아, MJ, 잠깐, 잠깐 멈춰."

뜨겁게 비벼지는 아래쪽에 도원은 정신을 차릴 수가 없었다. 너무 오랜만에 느껴 보는 자극이라, 이러한 자극에 어떻게 대응해 왔는지를 쉽게 기억해 낼 수가 없었다.

"하웃……."

짧게 탄식을 내뱉은 도원이 발끝을 동그랗게 말았다. 발끝에서부터 긴장된 근육이 허리에 감겨 있는 다리 전체로 번져 나갔다. MJ가 만지는 가슴은 빨갛게 부풀어 올랐다. 소파가 들썩이는 움직임에 따라 도원의 몸도 흔들렸다.

전처가 도원의 몸 위에 올라타서 허리를 세우고 직접 몸을 흔들 때와는 비교할 수 없는 흥분이었다. 누워서 애무를 받는 건 부인의 기승위 때 말고는 없었다.

여자와의 성교에서는 느낄 수 없는 체위와 흥분에 도원의 정신이 흐트러졌다. 너무 오랜만에 느끼는 흥분이었다. 흥분 지점을 예측할 수 없었기에 속수무책으로 MJ에게 끌려갔다.

"아, 선생님, 아아, 좋아, 젠장."

몸을 낮춘 MJ의 가슴이 도원의 가슴에 비벼졌다. 성기와 가슴이 동시에 비벼지는 적나라한 쾌감 속에서 도원은 거친 숨만 몰아쉬었다. MJ가 도원을 끌어안고 물었다.

"넣어도 돼? 하아, 선생님, 응?"

도원이 마지막 남은 이성으로 MJ의 머리를 밀어냈다.

"넣지 마, 웃."

"못 참겠어, 하아, 넣고 싶어."

"안 돼. 안 된다고, MJ."

"아, 쌀 거 같아. 제발, 선생님."

"하아, 안 돼. 하지 마."

도원이 끝까지 MJ의 삽입을 거부하자 MJ도 더는 도원의 엉덩이 사이로 파고들 수 없었다. 사정감이 가까워진 MJ는 삽입을 포기하고 도원의 국부에 자신의 성기를 마저 비볐다.

"하웃, 아, 아."

신음을 뱉는 MJ의 움직임이 빨랐다. 허리를 들썩이는 힘 또한 컸다. 도원은 MJ가 움직이는 방향으로 흔들렸다. 머리가 어지러워서 양손을 뻗어 MJ의 등을 감쌌다. 질긴 화상 자국이 만져졌다. 그 등에 꽉 매달려서 MJ가 절정으로 치닫는 움직임에 동승했다.

"아, 아!"

MJ가 허리를 펴면서 도원의 배에 정액을 쏟았다. 함께 절정에 달한 도원 역시 MJ의 등에 손톱을 박아 넣으며 작게 신음을 쏟아 냈다.

"아, 응……."

자신의 몸과 MJ의 아랫배가 진한 정액으로 젖어 갔다. 오랜 시간 사정하지 못했던 성기는 길고 끈질기게 요도 밖으로 정액을 밀어냈다.

멈추고 싶지만 그만둘 수가 없었다. 한 번에 그치지 않고 두 번으로, 두 번에 이어 세 번으로, 도원은 MJ가 자리 잡고 있어서 오므리지도 못하는 다리를 떨면서 진하게 이어지는 여운에 몸서리쳤다.

"하응, 아……."

그런 도원을 MJ는 믿을 수 없다는 듯이 내려다보고 있었다. 꿀럭거리며 계속해서 밀려 올라오는 정액과 그 정액을 컨트롤하지

못해서 온몸으로 힘겨워하는 도원의 모습은 그 자체만으로도 배덕
감을 불러일으키기 충분했다.

"하아, 아······."

탈력감에 도원이 무너져 내렸다. MJ의 허리에 감고 있던 다리가
풀리고 등을 안았던 팔도 풀었다.

도원이 가슴까지 들썩이면서 숨 가쁘게 호흡했다. 어쩐지 멍하게
보이는 시선이었다. 자기가 대체 무슨 짓을 한 건지, 놀라서 패닉
에 가까운 상태에 빠져 버렸다.

MJ는 그런 도원의 얼굴 위로 거친 숨을 뱉었다. 믿을 수 없을 만
큼 기분이 좋아서 온몸이 간질거리고 짜릿했다.

손끝이 떨릴 정도로 행복한 이런 기분을 인생을 통틀어 몇 번이
나 꼽을 수 있을까. 처음 보는 도원의 모습을 단연 첫 번째로 꼽을
수 있을 지경이었다.

MJ는 주무르던 도원의 가슴에 얼굴을 묻었다. 입술로 유두를 빨
고 유륜을 혀로 핥았다. 도원이 몸을 바르작거리면서 MJ의 머리통
을 밀어내려 했지만 효과는 없었다.

"전희, 계속 해 줄게."

도원은 아직도 눈가가 붉어진 채 가슴에 볼을 기대고 올려다보는
MJ를 마주했다. 믿을 수 없는 부끄러움에 도원이 아랫입술을 살짝
깨물었다.

"······지금 하는 건 후희예요."

"아, 그래?"

도원은 몸에 뿌려진 정액을 닦지도 않고 가슴을 빨고 있는 MJ
때문에 다시 흥분했다. 이번엔 MJ가 도원의 페니스를 잡고 흔들어

주었다. 도원은 그 손을 말리기 위해 자신의 손을 포갰다. 통제할 수 없는 방식으로 세 번이나 사정한 여운을 또 느낄까 봐 두렵기까지 했다.

"하, 하지 마요, MJ."

MJ는 도원의 손길을 무시한 채 정액에 뒤덮인 페니스를 위아래로 흔들어 주었다. 도원은 눈을 질끈 감으면서 숨을 몰아쉬었다.

"하웃, 하, 하지 마, 아, 앗."

MJ는 자칫 욕설을 뱉을 뻔했다. 눈앞의 도원이 지나치게 야해서. 그토록 꿈속에서 상상했던 모습들을 모두 통틀어도 이 정도로 야한 적은 없어서. 상상을 훨씬 뛰어넘는 도원의 모습에 흥분이 고양되었다.

"괜찮아, 한 번 더 싸."

"MJ, 앗, 아아."

"아, 진짜 예쁘다, 선생님."

"하지…… 아응, 아, 아!"

거칠게 굳은살이 박인 손바닥의 자극에 결국 도원은 한 번 더 쏟아 내고 말았다. 그것도 모두 네 번이나. 이렇게 짧은 시간 동안 흥건하게 사정한 것은 처음이었다.

숨을 헐떡이던 도원은 거의 자포자기한 심정이 되고 말았다. 두 손으로 얼굴을 가렸다. 믿을 수 없는 부끄러움과 자기 자신을 과신한 민망함이 물밀 듯이 몰려왔다. MJ는 여전히 도원의 몸에 기대어서 가슴과 어깨를 쪽쪽 빨았다.

멍과는 다른 색으로, 멍과 비슷하게 흔적을 남기며 도원의 피부색이 변해 갔다.

도원은 딸에게도 아직 해 본 적 없는 성교육이란 것이 이렇게 대책 없고 위험한 일인 줄 처음 알게 되었다.

'아빠, 아이는 어떻게 생겨?'

그 질문을 받으면 다리 밑에서 주워 왔다거나, 엄마랑 침대에서 이불 덮고 자면 생긴다는 대답은 하지 않으리라 다짐했었다.

사람은 아주 작은 세포가 자라서 커지는 것이고, 그 세포를 만들 수 있는 재료를 엄마랑 아빠가 가지고 있다고. 그래서 재료가 어떻게 만나는지도 아주 정성스럽게 대답하려고 준비하고 있었건만.

등 밑으로 흘러내린 가운을 아예 잡아 벌리는 MJ의 손을 도원이 울 것 같은 얼굴로 쳐다봤다. 도원과 MJ가 사출한 정액이 뒤섞여서 젖어 있는 국부가 다시 드러났다. 아이에게 말해 주어야 할 재료가, 그 재료가…….

"그만해요, MJ."

"왜 말려."

MJ의 질문에 도원이 붉어진 얼굴로 원망스럽게 말했다.

"사정했어요. 사정하면 섹스는 끝인걸요."

"흠. 선생님이 하는 말은 거의 다 믿지만 지금 이게 틀린 답이란 건 나도 알아."

"정말이에요."

"아직 중요한 걸 안 했어. 삽입 말이야, 삽입."

"그, 그, 진짜 넣으려고요?"

"이건 강간이 아니잖아. 섹스야."

"섹스가 될 수 있어도, 의미가 달라요."

"전희, 후희, 다 했잖아. 뭐가 더 필요한 거야."

"MJ, 초조해하지 말고 내 얘기 들어 봐요."

"왜 이렇게 복잡하지. 후배위는 뒤로 바로 넣으면 됐는데 정상위는 원래 이런 게 다 필요한 거야?"

"나는 당신의 성욕 처리 도구로 쓰이고 싶지 않아요. 사정을 했는데도 계속 흥분해 있는 건…… 만족할 때까지 저랑 이러고 싶다는 거잖아요. 이건 좋은 치료법이 아니에요."

도원의 얘기에 MJ는 인상을 찌푸렸다. 도원의 관점이 뭔가 마음에 안 드는 듯했다.

"치료가 아니라."

MJ는 가운을 반쯤 벗겨 놓은 도원을 내려다봤다. 정액으로 사타구니가 젖어 있는 남자는 자세 때문에 다리가 들려 있는 상태였다.

이 모습을 보며 흥분하는 것도 사실이고, 성기를 비비는 것만으로는 만족하지 않는 것도 맞지만, 도원의 표현처럼 성욕 처리 도구로 생각하는 것은 아니었다. MJ는 고민하다가 자신이 아는 언어로 말했다.

"선생님이 기분 좋게 흔들리는 걸 보고 싶어. 내 만족이 아니라 선생님 만족으로. 선생님이 나 때문에 좋아 죽는 그런 거. 여자들에게 박아 주면 좋다고 하면서 계속 비명 지르던 걸 선생님에게 해 주고 싶다는 뜻이야. 여자들이 내 물건에 만족하지 못한 적은 없었는데."

도원의 시선이 MJ의 허리 아래로 향했다. 여자들이니까 좋아할 수 있는 그 물건은 만약 도원이 여자의 역할로 받아들인다면 상당히 부담스럽고 위협적일 수밖에 없는 크기와 두께를 지니고 있었다.

도원은 여성들이 느끼는 성적 만족을 주고 싶다는 MJ의 발언을 다시금 생각했다. 그 발언에 도원은 너무 많은 것이 자신과 MJ 사이에 엉켜 버렸다는 걸 깨닫고 말았다.

상담자와 내담자 이상의 관계를 원하는 발언이다. 섹스를 성욕의 해결이 아닌, 서로의 만족의 단위로 쓰고 싶다는 의미이다.

MJ 본인은 자신이 무슨 말을 하는지도 모르는 표정이었다. 생각나는 대로 말할 뿐. 이해하는 도원의 입장만 난처해졌다.

할 말을 고르는 도원을 보던 MJ가 고개를 숙여 도원의 볼에 입을 맞추었다. 흘러내린 가운 안으로 들어온 팔이 도원을 끌어안았다.

도원은 벌어진 다리 사이로 다시 느껴지는 뜨거움에 움찔했다. 오금을 모으고 무릎을 당겨 보아도, 다리 사이에 자리 잡은 MJ를 밀어내기는 힘들었다.

몸을 밀착한 MJ는 느리게 몸을 비볐다. 지극히도 동물적인 행동이었다. 성욕을 참지 못하고 계속 분출했다. 표현하는 데에 절제가 없었다.

"후우, 후······. 이렇게 비비는 건 괜찮지?"

안 괜찮다고 해도, 이것마저 통제하면 정말 화가 나지 않을까.

도원은 MJ를 어디까지 제어할 수 있는지 자신이 없었다. 정액에 뒤덮인 성기끼리 비벼질 때마다 끈적거리고 질척거리는 소리가 울렸다.

"하아, 아, 선생님 냄새 좋아."

MJ가 도원의 얼굴을 핥았다. 뽀뽀를 해 주던 자리를 혀로 핥고 이로 깨물었다. 몸을 들썩일 때마다 비벼지는 국부에 도원의 몸도 같이 흔들렸다.

도원은 MJ에게 손을 뻗었다. 섹스의 과정에 너무 많은 것이 있다고 번거로워하는 MJ였지만 억지로 쑤셔 넣으려 하지는 않았다. 도원은 MJ를 다른 방향으로 이해시키기로 했다.

"나는 이런 거 안 해도 충분히 만족해요. MJ가 날 많이 좋아해 주고 믿고 따라 줘서 고맙다고 생각하기도 하고요."

MJ의 표정이 좋지 않았다. 도원의 가슴을 손으로 주무르고 꼬집으면서 도원의 이야기에 항변하듯이 행동했다. 도원은 가슴팍에서 올라오는 아릿한 통증에 허리를 뒤틀었지만, MJ가 충동을 이기는 것을 넘어 절제라는 걸 배우지 못하면 안 된다고 여겼다.

"섹스 말고요. 내가 어떤 걸 해 주면 그래도 조금 참을 수 있을 것 같아요? 비쥬 대신으로 해 줄게요. 뽀뽀보다 성적인 의미가 확대된 키스나 애무 같은 것은 안 되지만요."

MJ는 도원에게서 마지못해 몸을 떼어 냈다. 팽창되어서 꿈틀거리는 성기는 당장이라도 어딘가에 쑤셔 박고 싶어 안달을 내고 있었다.

그런 상태로 MJ는 숨만 거칠게 몰아쉬면서 어떻게든 도원에게 억지로 쑤셔 넣지 않으려고 애쓰는 중이었다.

끝까지 삽입을 거부하는 도원 때문에 많이 답답하고 초조한 기색을 보였다. 강압적으로 말하지 않으려고 꾹 참고 있었다.

엎드려, 다리 벌려, 닥쳐, 가만히 있어.

여자와 섹스할 때 자주 내뱉던 말들을 하나도 입에 담지 못했다. 제 성기를 도원의 입 안에 쑤셔 넣지 않으려고 남은 이성을 최대한 끌어모은 MJ가 깊은 한숨을 내쉬었다.

"하아, 미치겠네."

도원은 그런 MJ에게 손을 뻗었다.

"잘하고 있어요, MJ."

"……미치겠다고, 선생님."

"잘했어요."

"……미칠 것 같다니까."

"응, 알아요, MJ."

도원은 화상 자국이 선명한 왼쪽 얼굴을 만져 주고 생채기가 난 곳을 쓰다듬어 주었다.

그 다정한 손길에 MJ는 몇 번이나 입을 벙긋거리면서도 더는 섹스하자고 강요하거나 부탁하지 않았다. 도원의 다정한 손길이 기분 좋았기 때문이다.

MJ의 요동치던 근육들이 비로소 잠잠해졌다. 도원이 저를 어루만지는 손길을 음미하기 시작했다. 자신의 가장 아픈 기억까지 어루만져 주는 도원의 따뜻함을 내치지 않았다.

이런 걸로 삽입의 쾌감을 대신할 수는 없지만 일단 물러서기로 했다. MJ는 얼굴을 만져 주는 손바닥과 손목 안쪽에 쪽쪽 키스를 해 주었다.

"좋아한다고 말해 줘."

부끄러운 요구에 도원이 멈칫했다. 여전히 손바닥에 입술과 코를 묻은 MJ가 보챘다.

"얼른."

도원이 생각하는 것만큼 그렇게 심각한 의미는 아닐 것이라며, 도원은 비쥬 대신 그 말을 브레이크 기제로 다시 만들어 버렸다.

"좋아해요."

MJ의 목울대가 크게 울렸다. 그는 페니스가 만족할 때의 감각과는 다른 만족감에 한참 동안 도원을 바라보았다. MJ에게 그 한 마디는 브레이크 기제로 그칠 말이 아니었다. 그보다 더 큰 의미를 가진 말이었다.

MJ의 목울대가 다시 꿈틀거렸다. MJ는 참지 못하고 도원의 귓가에 입술을 묻으며 보채듯이 말했다.

"더, 더 말해 줘."

도원이 반복적으로 말해 주었다.

"좋아해요, MJ. 좋아해."

MJ는 눈을 감고 그 목소리를 음미했다. 여자들도 섹스할 때는 좋다는 말을 많이 했는데 왜 똑같은 말인데도 도원이 해 주는 말과 다르게 들리는지 모르겠다고 생각했다.

좋아해. 좋아.

똑같은 음절인데도 전혀 다른 의미였다. 알 수 없는 일이었다. 도원이 좋아한다고 말하는 음색에는 여자들처럼 흥분하거나 조르는 기색이 없는데도 그보다 더 큰 울림이 있었다.

도원이 좋아한다고 말하는 그 순간, MJ는 본능적으로 확신했다.

"선생님을 만나서 다행이야."

MJ가 도원의 가슴에 고개를 묻었다. 양팔로 도원을 사랑스럽게 끌어안았다.

"정말 다행이야."

……다른 사람은 주지 못하는 그 충족감의 이름을. 도원만이 채워 주는 그 충족감을.

MJ는 그것이 무엇인지 나중에 꼭 도원에게 물어봐야겠다고 생각했다.

와이셔츠와 정장 바지는 깨끗하게 세탁되어 있었다. 넥타이는 묶인 손을 풀기 위해 잘라서 더 이상 쓸 수 없었고, 정장 재킷은 여기저기 찍히고 찢어져서 본래 모습을 잃었기에 걸칠 수 없었다.

입을 수 있는 것은 셔츠와 바지뿐. 그나마도 핏물이 완전히 제거되지 않아서 칼라 깃과 소매에 흐릿한 갈색 얼룩이 묻어 있었다.

단추를 바르게 채운 셔츠 밑단을 바지 안으로 넣었다. 벨트로 허리를 잡아 주고 소매의 단추마저 채웠다. 양말이 없어서 맨발로 구두를 신었다. 바지 밑으로 언뜻 보이는 가는 발목은 도원이 커다란 거울 앞에 서면서 바짓단에 감추어졌다.

도원은 거울 속의 모습을 낯설어했다. 언제나 보던 자신의 모습인데도 이상했다. 연구소로 출근해야 할 것 같은 차림으로 2층짜리 목조 건물에 있는 이 상황이 현실감이 없었다.

아주 먼 곳에 온 기분이었다. 또 다른 세계에 들어와 원래 있던 곳으로 돌아갈 수 없을 것 같은 기분마저 느꼈다.

기억은 자주 희석되었다. 안락하고 안정적이었던 정신분석학자이자 임상심리사인 도원 박사 대신에 정체를 알 수 없는 소용돌이에 휩싸인 무국적 난민이라도 된 듯했다. 보이지 않는 이정표라도 찾고 싶어서 여기저기 헤매는 자신이 과연 '도원 박사'라 불리던 사람이 맞을까.

도원은 '도원 박사'가 하던 옷매무새를 버리기로 했다. 목 끝까지 채운 단추를 풀어내고 소매도 팔꿈치까지 걷어 버렸다. 일부러 옷차림을 헝클어뜨리고는 다시 침대에 걸터앉았다. 아직은 일상으로 돌아갈 자신이 없는 사람처럼.

도원은 자연스럽게 MJ의 모습을 떠올렸다. MJ는 틈만 나면 도원의 손을 잡아 주었다. 잠을 잘 자지 못하는 도원을 끌어안아 주기도 했고, 끼니를 건너뛰지 못하도록 시간에 맞춰 규칙적인 식사를 준비해 주기도 했다.

MJ가 처음 만났을 때처럼 비사회적이고 불안정한 인격으로 계속 도원을 압박하고 스트레스를 주었다면 도원은 견디지 못했을 텐데. 날이 지날수록 변화해 가는 그 덕분에 도원도 안정을 되찾을 수 있었다.

그러나 박 형사나 아버지에 대해 생각하지 말자고 MJ와 약속한 일을 지키는 것은 쉬운 일이 아니었다. 조금만 마음이 편해질라 하면 박 형사가 나타나 총구를 들이밀었다. 죽을 끓여 주는 MJ의 뒷모습을 보면서도 박 형사가 총을 장전하는 모습이 겹쳐져서 식은 땀이 나기도 했다.

박 형사는 잠자리나 화장실에서도 출몰했다. 머리에서 피를 흘리는 모습으로 도원을 쳐다봤다. 눈에 핏발이 서서 소리를 치는 얼굴도 있었다.

가장 많이 나타나는 모습은 도원이 살고자 끌어안았던 죽은 박 형사의 모습이었다. 감지 않은 눈이 도원을 응시했다. 그 눈은 초점도 없고 흔들리지도 않았다. 총구처럼 그저 도원을 의무적으로 응시했다.

피에 젖은 눈이 도원에게 죄책감을 물었다. 잘못한 것이 없는데도 도원을 죄지은 사람 취급했다.

'선생님 혼자 왜 살아 있어?'

'선생님이 죽었으면 내가 살았을 텐데.'

'나 대신 사니까 좋아? 다른 사람 목숨 값으로 당신 인생 더 벌어서 좋냐고.'

환상 속의 박 형사는 도원이 살아 있는 것 자체를 부끄럽게 만들었다.

살아 있다는 것.

그것이 도원을 한시도 놔주지 않고 괴롭혔다. 박 형사는 눈에 광기를 품고 총을 들이미는 악령이 되어 도원에게 달려왔다.

'너 때문에 죽었다고!'

'네가 죽었으면 내가 총 맞을 일은 없었잖아!'

'너 때문이야. 네가 살아남아서!'

박 형사의 비명 소리가 심장 소리보다 더 커지기 시작했다.

'씨발, 너 때문에, 너 때문에!'

도원은 숨을 황급히 들이마셨다.

"하아, 하, 하아."

졸린 기도 속으로 가느다란 공기가 힘겹게 빨아들여졌다. 목 주변의 단추를 풀고 있었는데도 숨 쉬는 게 힘들었다.

커다란 전신 거울에 총알이 맞은 흔적을 따라 실금이 생기는 환각이 보이기 시작했다. 쩌적, 쩌적, 갈라지는 거울을 보던 도원은 더 이상 참을 수가 없었다.

자리에서 벌떡 일어나 문을 열고 계단을 밟아 내려갔다. 구두 한 쪽이 벗겨지며 마루 위를 퉁퉁 소릴 내며 굴렀다. 도원의 몸에서 떨어져 나온 구두가 계단 밑으로 요란하게 떨어졌다.

도원은 멈추지 않았다. 실금이 가던 거울 속에서 박 형사의 비명 소리가 여전히 울려 퍼졌다. 그 악령을 피해 무작정 거실로 달려갔다. 도중에 다리에서 힘이 풀려 휘청거리며 쓰러질 뻔했지만 팔짱을 낀 채 뻐딱하게 서 있는 MJ를 발견하곤 오직 그를 향해 달려갔다.

"선생님?"

도원을 발견한 MJ가 무슨 말을 하기도 전에 도원이 먼저 달려가 그를 끌어안았다.

MJ는 자신을 끌어안는 힘에 놀라 눈을 크게 떴다. 도원은 MJ의 가슴과 목에 얼굴을 묻었다. 식은땀에 젖은 얼굴을 숙이고 숨을 헐떡였다.

"하아, 하……."

온몸이 저릿하게 아파 왔다. 그 감각이 괴로워서 MJ의 등을 안고 있는 양손으로 옷자락을 움켜쥐었다. 손아귀에서 구겨지는 옷의 감촉마저 무서웠다. 친절했던 동료의 얼굴이 총을 든 악귀가 되어 쫓아오는 모습에서 아직도 벗어날 수가 없었다.

"선생님, 괜찮아?"

도원은 그 목소리에 안도할 수 없었다. 심장이 본래 속도로 돌아오지 않았다. 호흡도 빨라져서 주변 공기를 빨아들이기 버거웠다. 부정맥 증상처럼도 느껴졌다. 그런 병에 걸리지 않았다는 걸 알면서도 갑작스레 그 병을 앓는 환자가 된 기분이었다.

몸이 나약해지고 정신이 자꾸 무너졌다. 혼자서 버티는 데에는 한계가 있었다. 도원은 MJ의 옷자락을 더 세게 쥐면서 숨을 몰아쉬었다.

"진정제 같은 거 없나요."

도원의 목소리가 심상치 않았다. 많이 떨리다 못해 울 것처럼 괴로워 보였다. MJ는 도원을 안심시키기 위해 평소보다 더 부드러운 목소리로 말했다.

"없어. 많이 힘들어?"

"갑작스러워서……."

"이럴 땐 어떻게 해야 하지. 말해 봐. 해 줄게."

"박 형사가 갑자기……. 아니, 미안해요. 생각하지 않으려고 했는데 멋대로 기억이 찾아들어서……."

"괜찮아. 진정하고 말해 봐."

"이런 상황을 겪어 본 적이 없어서 뭘 어떻게 해야 하는지 모르겠어요. 환자들이. 환자들이 이럴 때는……."

"사례 생각하지 말고. 선생님 지금 상황만 생각해. 학술적인 거 생각하지 마. 지금 선생님이 필요한 것만 말하면 돼."

도원은 머릿속에 떠오르던 다양한 증례들을 잊으려고 안간힘을 썼다.

뭘 원하냐고. 뭘 원해야 하지. 뭐가 필요하지. 필요한 거. 필요한 거…….

혼잣말처럼 속으로 중얼거리던 도원이 MJ의 옷에 묻었던 고개를 들었다.

선명한 화상 자국에 시선이 머물렀다. 처음 봤을 때보다 길어진 머리카락이 이마까지 내려와 화상 자국을 가리고 있었다.

그런 MJ를 보자 조금씩 현실감이 돌아오기 시작했다. 지금 자신이 누구에게 매달렸는지를 상기한 도원이 아, 하는 후회가 묻어나는 한숨을 뱉었다.

"미안해요, 이러려고 한 게, 으응."

옷을 놓고 뒤로 물러나는 도원을 잡아당긴 MJ가 입을 맞췄다. MJ의 한 팔이 도원의 허리를 감쌌다. 도원은 어깨와 고개를 뒤로 젖혔다. MJ는 그마저도 쫓아와 벌어진 입에 혀를 밀어 넣었다.

도원의 손이 다시 MJ의 옷을 잡았다. 등 뒤에서 구겨지는 옷자락과 함께 거친 호흡이 섞였다.

도원은 MJ를 떼어 내고 싶은 것인지, 이대로 깊게 키스하며 위로를 받고 싶은 것인지 몰라 혼란스러워졌다. 그러나 끝까지 MJ의 혀를 씹진 않았다.

서로 키스를 하는 횟수가 늘어나면서, MJ의 키스는 이제 제법 유혹적이고 매력적으로 변해 있었다. 그 키스를 받으면 도원은 MJ를 거부할 마음이 들지 않았다. 사람의 마음을 파고들 줄 아는 키스를 어디서 배워 오기라도 하는 것 같았다.

쨍그랑.

키스가 깊어지는 순간, 무언가 떨어져서 깨지는 소리가 났다. MJ의 키스를 받던 도원이 놀라서 고개를 돌렸다. 뒤를 돌아보자 소파에 한 남자가 앉아 있었다. 구불거리는 금발 머리의 남자였다. 그는 들고 있던 머그잔을 놓치고 당황한 표정을 지어 보였다.

바닥에 떨어진 작은 머그컵에서 커피가 쏟아져서 자국을 만들었다. 그 모습이 오래된 핏자국처럼 보여서 도원은 흠칫하고 놀랐다. MJ에게서 떨어져 나오려 했지만 MJ가 허리에 두른 팔을 풀지 않았다. 도원이 당황한 얼굴로 말했다.

"MJ."

소용없었다. MJ는 도원의 이마와 볼에 쪽쪽, 뽀뽀를 해 주었다.

또다시 욕구를 절제하지 못하고 얼굴에 뽀뽀하는 것으로 쏟아 내는 행동에 도원은 눈앞이 아득해졌다.

바닥에 번진 커피 자국과 금발 남자를 번갈아 바라봤다. MJ와 도원의 키스 장면을 지켜보는 남자 때문에 도원의 얼굴이 새빨갛게 변했다.

"MJ, 잠깐만. 잠깐만요."

고개를 돌리며 거부하는 도원에게 MJ는 자제하지 못하고 키스만 쏟아 냈다.

"아, 응, MJ."

말이 목구멍 너머로 먹히는 탓에 도원이 안절부절못했다. 금발의 시선이 도원에게 따라붙었다. 그 시선이 부끄러워 견딜 수가 없었다. MJ가 다른 때도 아닌 이런 때 충동과의 자제력 싸움에서 지고 제멋대로 굴었다. 그 모습이 그렇게 원망스러울 수가 없었다.

"어, 음, 나는 이만 갈까?"

금발이 뒷목을 손바닥으로 주무르면서 시선을 피했다. 그의 물음에도 MJ는 대답하지 않고 입을 맞추었다. 도원은 어쩔 수 없이 MJ의 귀에 속삭였다.

"좋아해요."

그 한 마디에 MJ의 키스가 멈추었다. 반응이 확실했기에 도원은 한 번 더 말해 줬다.

"좋아해요, MJ."

떨리는 목소리로.

"하아, 하…… 흐음."

MJ가 거칠어진 호흡을 도원의 얼굴에 뿌렸다. 도원은 아랫입술을 깨물면서 MJ를 올려다봤다. 원망하는 그 시선이 MJ에게는 못 견디게 자극적이라는 사실을 전혀 모르는 눈빛이었다.

MJ는 도원의 허리를 잡고 있던 손을 풀었다. 그리고는 도원이 고개를 푹 숙이게 만든 상대를 돌아봤다. 소파에서 엉거주춤 일어나 있는 금발이 양손을 들고 있었다. 자신에겐 도원과 MJ를 해치거나 방해할 생각이 없다는 의지를 강력하게 피력했다.

"원한다면 난 이대로 나가도 괜찮아. MJ, 그렇게 나한테 달려들어서 죽일 것 같은 얼굴 하지 마."

금발을 한 번 보고, 도원을 다시 돌아본 MJ가 신경질적으로 머리를 쓸어 넘겼다. 도원은 MJ의 손을 풀어내면서 말했다.

"저, 저기, 난 2층에 가 있을게요."

도원은 황급히 2층으로 도망가려 했다. 다른 사람 앞에서 추태를 보였다는 사실에 충격을 받은 모습이었다. MJ는 그런 도원의 손목을 잡았다. 정신적으로 혼자 버틸 수가 없어서 1층으로 뛰어 내려온 사람을 다시 2층으로 내쫓듯이 보낼 수는 없었다.

"가지 마. 갈 사람은 선생님이 아니라 저 새끼니까."

단호한 축객령에 금발은 익숙하다는 듯이 과장되게 어깨를 으쓱였다.

"알았어. 간다고, 가."

금발이 일어나 나가려 하자 도원이 재빨리 말했다.

"내가 대화를 방해했나 보네요. 둘이 얘기해요. 난 올라가 있을게요."

"어, 아뇨, 그러실 필요 없습니다. 제가 갈게요."

"아뇨, 괜찮습니다. 마저 얘기 나누세요."

"이런 상황에서 저 녀석은 얘기 못할 거 같은데요."

금발이 눈짓으로 MJ를 가리켰다. MJ의 오감은 도원에게 향해 있었다. 도원은 회피하기 위해 금발에게 구조 신호를 보냈으나, 금발은 그런 도원의 청을 들어주기는커녕, MJ에게서 애먼 불똥이 튈까 봐 밖으로 나가려 했다.

서로가 모두 만족할 만한 해결책이 없는 상황이었다. 특히 MJ는 도원의 상태에 강한 집중력을 보였다. 도원이 뛰어 내려와 안긴 게 심상치 않다고 여긴 MJ는 금발과 나누던 대화보다 더 큰 비중과 중요성을 두었다.

도원이 이런 행동을 보인 이유는 하나였다. 며칠 동안 힘들어했던 단 한 가지의 사건. MJ는 도원에게 물었다.

"어떻게 하면 선생님이 더 이상 안 힘들 수 있어?"

도원은 MJ에게 대답하는 대신에 금발을 바라봤다. 금발은 거 보라는 듯이 항복하는 포로의 자세로 두 손을 얼굴 높이까지 들었다. 그는 그대로 뒷걸음질을 치며 슬그머니 현관으로 향했다. MJ가 그런 금발을 저지했다.

"너도 나가지 말고 여기 서 있어."

줄곧 도원에게 향해 있던 화살이 날아오자 금발이 기겁을 했다.

"뭐? 나한테 한 말이야?"

"그래. 거기 있어. 선생님, 말해 봐. 박 형사한테 계속 이렇게 시달리지 않아도 되는 방법."

"음, 그 선생님이랑 너랑 더 할 얘기가 있어 보이니까 난 이만 가 볼게."

"닥치고 서 있어."

금발은 그 말에 못처럼 반듯하게 섰다. 얼음처럼 꼼짝 않고 서 있는 금발을 확인한 MJ는 아직도 당혹스러워하는 도원에게 고개를 숙였다.

또다시 입을 맞추려는 MJ를 도원이 손바닥으로 저지했다. 지켜보는 금발의 시선과 그 시선을 아랑곳하지 않는 둘 사이에서 도원은 혹시 자신이 이상할 정도로 수줍음이 많은가를 고민하게 되었다.

남자 간의 키스를 아무렇지 않아 하는 사람이나 그러려니 하고 뒷짐을 지고 있는 사람의 태도에서 언제 한국이 이 정도로 개방되었는지를 생각해 볼 지경이었다.

이게 부끄러운 사람은 도원 하나뿐이라는 게 가장 큰 문제였다. 도원은 자신에게 닥친 특수한 상황을 침착하게 생각하려고 애를 썼다.

"시간이 지나면 나아질 겁니다. 이걸 갑자기 치료할 방법은 없어요."

"박 형사가 선생님한테 왜 그랬는지 그 이유를 알게 되면 더 이상 안 힘들까?"

"확신할 수가 없어요. 내가 갑자기 뛰어 내려와서 놀란 거라면 미안해요."

"아니, 난 그런 게 오히려 더 좋아. 이왕이면 도망쳐 오는 게 아니라 원해서 내 품에 안기면 좋겠지만."

그만, 제발.

도원이 손바닥으로 MJ의 입을 덮으며 불안한 눈으로 금발의 눈치를 살폈다. 금발은 의도적으로 현관문에 난 창밖에 시선을 고정하고 있었다. 그 모습은 키스를 하든 애무를 하든 신경 쓰지 않을 테니, 지금 하는 대화를 일단락이나 지으라는 배려이기도 했다.

"어차피 선생님한테도 박 형사 쪽 얘기 해 주려고 생각했어."

금발의 눈치를 살피던 도원이 눈을 크게 떴다. MJ가 박 형사와 어떤 접점이 있다는 것은 알고 있었다. 박 형사가 자신의 아버지를 위해서 도원을 MJ에게 던져 줬다느니 하는 미끼 발언을 했기 때문이다. 언젠가 MJ에게 물어봐야겠다 생각한 부분을 먼저 말해 주면 고마운 일이었다.

"그걸 언제 말할까 고민하고 있었어. 선생님이 시달리는 그거에서 좀 나아질 수 있다면 빨리 얘기할수록 좋지 않을까 싶네."

어떤 대화를 하고 싶어 하는지 잘 모르겠지만, 도원이 심리적으로 괴로워하는 걸 원치 않는다는 MJ의 태도만큼은 정확하게 이해했다.

이유를 안다고 지난날의 경험이 다시 써지는 것은 아니다. 그러나 원인 모를 공포에 시달리는 것은 줄일 수 있을지도 모른다.

함께 일상을 공유하던 사람이 갑자기 자신을 죽이려고 했던 것에 정당한 이유가 있다면 끊임없이 눈앞에 총구가 들이밀어지는 악령에서는 벗어날 수 있을지도 모른다.

MJ가 현관 앞에서 먼 산만 쳐다보고 있는 금발에게 말했다.

"선생님도 그 얘기 같이 들을 거야. 와서 얘기해."

금발은 고개를 돌리지 않았다. 산에 시선을 고정한 채 도원을 안고 있는 MJ에게 눈길을 주지 않으려 노력했다.

"지금 그 선생님이랑 같이 듣는 거라면 말하기 좀 그런데."

"들어도 상관없어."

"뭔 개소리니. 그러다가 저 선생님도 일에 휘말린다."

"휘말리지 않아."

"어떻게 그렇게 확신하냐. 외부인이 관여해 봤자 도움 안 되는데."

"우리한테는 도움 안 될지 몰라도 선생님한테는 도움이 될 수 있어. 판단은 선생님이 하면 돼. 그냥 우리 얘기 듣게만 하는 거야."

"이 대화 이해하려면 너랑 아버지 쪽 얘기도 해야 돼. 상관없어?"

"상관없어. 어차피 얘기하려던 부분이야."

"네 주치의라고 해야 하나. 어쨌든 치료받는 건데 이런 거까지 말해야 하나."

"선생님이 결정할 거야. 그냥 얘기만 듣게 하면 된다고."

"아아, 알았어, 알았다고, 알았으니까 그 손 좀 놓고, 키스도 안 하면 안 되겠냐."

"뭔 상관인데."

"망할 새끼."

손으로 목 뒤를 주무른 금발이 몸을 돌렸다. 도원과 눈이 마주쳤다. 그는 어색하게 웃어 보이더니 어깨를 으쓱였다. 부끄러워서 눈도 제대로 마주치지 못하는 도원에게 금발이 손을 내밀었다.

"안녕하세요, MJ 친구입니다. 말씀 많이 들었습니다. 어, 음, 다 좋은 얘기였어요."

도원이 악수를 받아 주기도 전에 MJ가 철썩, 소리 나게 손을 쳐 버렸다. 명백한 경계심에 금발은 억울해졌다. 인사도 제대로 못하게 하는 MJ의 태도에 아랫입술만 삐쭉 내밀었다.

MJ가 지금까지 비정상적인 모습을 많이 보여 왔지만 도원과 관련된 일에서는 더욱더 예측할 수가 없었다. 아니 이해할 필요도 없는 거 아닐까. 심리 치료를 해 주는 선생을 붙잡고 딥 키스를 하는 사람을 어떤 의미로든 이해하는 순간 금발은 자신의 상식과 가치관이 무너진다고 여겼다.

그러려니 하고 넘겨야 했다. 그럴 수도 있지, 암, 그래, MJ잖아, 라고 속 편하게. 그래야 이 비정상적인 상황에서도 꿋꿋해질 수 있다.

"도원이라고 합니다."

도원이 고개 숙여 인사했다. 금발은 그 정중한 태도가 신사 같다고 생각했다. 험한 일 겪지 않고 살아 봤을 도련님이나 양반집 자제 같았다.

유독 흰목이 눈에 띄는 사람이었다. MJ가 사창가에서 여자를 살때 몸매와 얼굴은 따지지 않고 무조건 흰 살결을 가진 사람이면 되던 게 이 선생님 때문이었던가. 그 집착적인 성향에 정확하게 들어맞는 사람이었다.

익히 알고 있던 MJ의 페티시즘을 정확하게 자극하는 남자다. 욕정 하는 상대가 이렇게 정중하다면 그건 그거대로 MJ의 성생활에 많은 자극을 줄 텐데.

성을 노골적으로만 다루어 왔던 MJ에게 도원의 외모와 성격이 갖는 의미는 컸다. 점잖고 예의 바른 이 이상형에게 MJ가 얼마나 많은 것을 참아 내고 있을까. 이러다 병 걸리는 건 아닌가 몰라.

금발은 생각을 드러내지 않으려고 부러 사심 없이 웃어 보였다. 그러다 별생각 없이 속마음이 툭 하고 삐져나와 버렸다.

"아아, 끝내주네요."

금발의 발언에 MJ가 눈에 쌍심지를 켰다.

"뭐?"

"응? 아, 억, MJ, 네 취향 말이야! 나 말고! 오해하지 마!"

"쓸데없는 소리 하지 마. 주둥아리 찢어 버리기 전에."

"아, 진짜 무서워서 무슨 말을 못하겠네."

금발이 MJ에게서 한 걸음 물러나며 다시 거실 쪽을 가리켰다. 소란은 한 번으로 족했다. 도원이 얼마나 MJ에게 특별한 사람인지, 그건 알 바 아니기에 MJ에게 해야 할 말만 빠르게 전달하고 가는 데에 목적을 두기로 했다.

"그냥 바로 본론으로 말해도 되죠? 야, MJ, 나 크랙 얘기부터 해도 되는 거야?"

"어."

"아, 몰라. 이제 전부 네가 책임지는 거다."

구시렁거리긴 해도 금발의 불만은 거기까지였다. 도원이 많은 걸 알게 되어도 그 책임은 전적으로 MJ에게 넘기기로 했다.

"선생님, 크랙이 뭔지는 아시죠."

도원은 고개를 끄덕였다.

"환각제 말이죠."

"정확하게는 마약이죠. 그 크랙은 당신만 흡입한 게 아니에요."

금발은 마치 오늘 점심 메뉴를 결정하듯 여상하게 말했다.

"당신과 함께 차에서 떨어진 시체도 그거 꽤나 많이 빨았을걸요. 크랙이 아니라면 다른 마약이라도. 그 점은 분명해요."

도원의 얼굴이 딱딱하게 굳어 갔다. 금발은 조금 전 앉았던 소파로 다시 걸어갔다. 걸어가는 와중에 벽을 감싼 지도를 손바닥으로 쓸 듯이 만졌다. 손가락이 지난 자리에 붉은색 유성 펜으로 표시한 부분이 강조되었다.

한국의 남쪽 지역으로 구체적인 지명과 위치까지 표시되어 있었다. 날짜와 시간, 사진들이 표시 지역을 설명하고 있었다. 방화한 것에 대한 정보라는 사실을 도원은 바로 알아봤다.

　방화 정보가 모든 벽면에 표시되어 있는 이곳은 마치 비밀스러운 아지트처럼 보였다. 이 집이 품고 있는 정보에 대해서는 금발도 모두 아는 태도였다.

　"크랙은 마약 이름인데 사람을 지칭하는 말이기도 해요. 이름 대신 부르는 거죠. 크랙을 취급하는 사람을 크랙이라고 부르는 거예요. 저 녀석이 대마초를 취급해서 매리제인이라고 불리는 거랑 똑같아요. 매리제인의 약어로 MJ라고 부르는 거죠."

　MJ는 도원을 소파로 데려가 앉혔다. 그러고는 벽에 기대어 서서 팔짱을 꼈다. 그가 기대어 선 벽에 붙은 지도는 서울을 가리키고 있었다. 다른 지역의 지도와 달리, 유일하게 붉은색이 표시되지 않은 지도였다.

　"마약 이름으로 대신 불리는 사람은 몇 명 안 돼요. 특별한 사람들이거든요. 그나마 알려진 게 MJ랑 크랙이고요. 이 둘을 빼면 누가 더 있는지 알려지지도 않았죠. 한국에서 마약을 취급하는 건 아주 조심스러운 일이니까요."

　아마도 금발 또한 마약 이름으로 불리는 사람일 것이다. 도원의 직감이 그렇게 말하고 있었다.

　MJ의 성격상, 이유 없이 사람을 사귀지는 않을 것이다. 친구라고 소개할 정도라면 비등한 정보를 공유하고 있는 사이다. MJ의 사고방식상 자신에게 필요하지 않으면 친분 관계를 유지하지 않을 테니까. 도원이 입을 뗐다.

　"제가 일하는 곳은 경찰과 연결된 국가 기관이에요. 마약 사범들도 아예 없지 않아요. 대다수가 클럽에서 헤로인이나 필로폰을 하고 오는 정도지만요."

"아, 선생님이 우리랑 아예 관계없는 사람은 아니었구나. 그럼 어느 정도 실태는 알겠네요? 공급처라든가, 운송 방법이라든가."

"아뇨. 알지 못합니다. 전담하는 경찰들에게 수사 내용까지는 듣지 않아요. 중독자들 대상으로 정신과 치료나 상담을 하는 기관이라서요. 후속 기관이에요."

"치료 기관 선생님이었어요? 어라, 저 녀석 강박증만 고치려고 한 거 아니었나. 치료까지 필요했나. MJ, 너도 물건 빼돌려서 피웠냐?"

MJ는 인상을 찌푸렸다.

"안 했어."

"그래, 하지 마라. 너까지 크랙처럼 또라이 되면 진짜 감당 못한다. 근데 정말로 다 얘기해도 돼?"

금발이 MJ에게 다시 확인차 물었다. MJ는 고개를 끄덕였다.

"어, 뭐든 말해도 괜찮아."

금발은 MJ가 이토록 외부인에게 자신과 관련된 것을 공개하는 모습이 낯설었다. MJ의 무모한 본래 성격에서 비롯된 것인지, 약점을 도원에게 쥐여 주어도 괜찮다고 신뢰하는 것인지 헷갈렸다.

만약 후자라면 MJ의 태도는 금발에게 변수가 될 수 있었다. MJ가 도원과의 상담을 통해서 충동적이고 자제력 잃은 모습으로만 사는 것을 고쳐서 침착해지고 신중해지면 좋은 일이다.

그러나 도원이라는 약점이 새로 생긴다면. 도원이 MJ의 침착함과 신중함마저 파괴해 버릴 파급력을 갖게 된다면.

"음."

고민이 가득한 음성으로 목 뒤를 울렸지만 그것을 겉으로 드러낼 금발이 아니었다. 생각이 복잡해질수록 입가에 띤 미소는 짙어졌다.

도원은 그런 금발을 빤히 쳐다봤다. 눈을 호선으로 접어 웃는 금발의 태도가 어쩐지 많은 것을 숨기고 알려 주지 않으려는 방어 기제처럼 느껴졌다.

"선생님, 크랙에 대해 얘기해 줄게요."

호감 가는 미소가 뚜렷한 방어 기제라고 인식한 도원은 그를 살피듯이 쳐다보았다. 고개를 끄덕이면서도 금발에게서 시선을 떼지 않았다.

"가끔 사람들이 모여서 마약으로 파티도 벌이곤 하는데 저랑 MJ는 거기 안 가거든요. 지저분해서요. 그런데 크랙은 자주 가요. 아예 그 파티를 주도하기도 하고요."

파티라. 연예인이나 철없는 대기업 자제들이 마약 파티를 벌인다는 얘기가 암암리에 퍼지긴 했지만 루머가 아닌 사실이었던 모양이다.

구체적이고 조직적으로 파티를 주관하는 사람이 있다는 말을 듣자 도원은 입가를 찌푸렸다. MJ가 그 파티에 연관되는 건 아닌가 싶어서 걱정했는데, 금발은 도원의 걱정은 대수롭지 않은 듯이 말을 이었다.

"박 형사는 파티에서 크랙이랑 알게 되어서 아버지 밑으로 들어온 사람이에요. 크랙이란 마약이 돈이 좀 되거든요. 진짜 제대로 쓰면 사람 죽이는 용으로 이용할 수가 있어서요."

크랙. 그것이 얼마나 강력한 환각 증세를 일으키는지는 몸소 겪어 보았다. 두 번 다시 겪고 싶지 않은 끔찍한 경험이기도 했다.

"다른 마약처럼 주사기를 쓰거나 코로 점막 흡입하는 게 아니라 연기만 들이켜도 되니 흔적이 안 남아요. 죽어서 부검을 해도 약 성분이 안 나오는 거죠. 혈액에 남지도 않잖아요. 아, 물론 중독되면 얘기가 달라지지만 한 번 쓰는 경우에 그렇다는 뜻이에요. 백 퍼센트 사고사로 위장시킬 수 있는 유일한 마약인 셈이죠."

도원은 금발의 이야기에 곰곰이 생각하고는 말했다.

"크랙은 미국 내에서도 구하기 어려운 마약으로 알아요."

"아뇨, 생각보다 쉬워요. 워낙 위험해서 사람들이 잘 안 만들어 쓰더라고요. 같은 성분의 코카인이 훨씬 안전하니까요. 돈 없는 빈민층이나 코카인을 크랙으로 정제해서 써요. 그러니까 마약을 구하는 루트가 조금 더 복잡하고 지저분할 수 있을 뿐, 생각보다 쉽습니다."

"그럼 그 마약이 아버지란 사람을 광적으로 믿게 만드는 작용도 할 수 있나요?"

"그렇진 않아요. 누군가를 믿고 따르게 하는 건 마약의 힘이 아니죠. 그건 순전히 아버지의 능력일 거예요. 파티에 참가하는 사람들의 대다수가 광적으로 아버지를 추종하죠. 파티에서는 크랙 말고도 다양한 마약을 지급받을 가능성이 커요. 마약에 중독되어서 그걸 지급받으려고 아버지를 추종할 수도 있고요."

"아버지란 사람은 그걸 알고 사람들을 미치게 만드는 건가요?"

"크랙이란 놈이 모두 주도하는 거라고 생각하시면 돼요. 아버지의 의견인지는 아무도 모르고요. 크랙이 조직의 2인자라고 생각하면 될 거예요. 유일하게 아버지를 알고 있는 사람이기도 하고요. MJ도 크랙을 통해서 아버지 지령을 받거든요."

"MJ랑 당신이 크랙이랑 아직도 연락을 한다면."

"안 해요. 그쪽이랑 손 뗐어요."

"아."

"그쪽도 대마는 포기한 눈치예요. MJ가 완전히 망가트려 놔서 새로운 운반책을 구하지 않으면 다시는 그쪽에 손도 못 댈걸요. 뭐, 다른 마약에 비해 돈이 좀 덜 되긴 했지만 안전함이랑 대중성만 따지면 대마가 최고였으니, 아버지로선 큰 시장을 잃은 거죠."

도원이 MJ를 돌아봤다. MJ는 여전히 팔짱을 낀 채 벽에 기대어 서 있었다. 금발이 하는 이야기에 말을 보태거나 빼지 않고 묵묵히 듣기만 했다.

"그런데 선생님, 중요한 건 따로 있어요. 이거 때문에 제가 저 녀석 만나려고 온 거였어요."

MJ의 눈썹이 꿈틀거렸다. 자신도 아직 듣지 못한 이야기를 도원과 함께 듣는 상황이었다. 금발이 어디까지 얘기할지 모르지만 혹여나 도원이 들어서 좋지 않은 이야기를 할까 봐 신경을 예민하게 곤두세웠다.

"박 형사를 죽인 사람이 크랙 쪽 사람이에요. 그리고 박 형사도 크랙 쪽 사람이었고요. 궁금한 게 있었어요. 당신은 왜 살렸을까요. 자기 쪽 사람을 죽여서까지 선생님을 살린 이유가 뭘까요. 단한 발에 사람 머리에 구멍을 뚫을 정도의 저격수라면 선생님도 연달아 죽이는 건 일도 아니거든요."

사람이 죽는 이야기를 쉽게 말하는 금발에게 MJ가 불쾌감을 표시했다. 도원이 그 죽음의 문턱까지 다녀왔는데 어떻게 함부로 쉽게 말할 수 있냐는 듯이 말이다.

"야."

위협적으로 으르렁거리는 MJ를 본 금발이 얼른 태세를 바꿨다.

"아, 알았어. 선생님, 조금 전 발언은 가정일 뿐이니까 가볍게 들어 주세요. 음. 아무리 생각해도 선생님을 살려 준 이유를 모르겠더라고요. 당신이 우환이 될 수도 있는데 굳이 살려 준 이유가 무엇일까. 조금 전까지 고심했는데, 그 이유는 하나밖에 없었어요."

금발이 도원에게서 시선을 떼고 MJ를 쳐다봤다. MJ는 그 이유를 직접 듣지 않아도 알 것 같은 표정을 지었다.

어이가 없어서 하, 하고 숨을 뱉더니 곧이어 씨발, 하는 욕설과 함께 고개를 돌렸다. 분노하는 MJ의 태도와 그런 MJ를 묘한 표정으로 대하는 금발의 반응을 도원만이 번갈아 지켜보고 있었다.

친구라면서 좀처럼 친구처럼 보이지 않는 분위기였다.

서로를 탐탁스럽지 않아 하는 이 태도는 뭘까.

사이가 좋은 건지 나쁜 건지, 분간할 수가 없다. 단순한 동료 이상의 관계성으로 보이는데 묘하게 서로를 의심하고, 의지하지도 않고, 그럼에도 필요로 하는 것 같은 이 관계는 대체…….

MJ에게서 시선을 돌리지 않은 채 금발은 도원에게 속삭이듯이 말했다.

"당신이 크랙보다 아버지를 더 잘 알고 있기 때문이에요. 크랙이 그걸 이용하려고 하는 것 같아."

그 한 마디에 MJ가 발끈해서 다가오려 하자 금발은 냉큼 자리에서 일어났다. 그는 해맑은 미소를 지으며 MJ와 거리를 벌렸다.

"일단 내가 말해 줄 수 있는 건 이 정도야. 선생님이 더 자세한 걸 듣고 싶어 하면 네가 직접 말해 줘라. 난 여기서 이만 **빠질래**."

MJ는 도원이 크랙의 목표가 되었다는 말을 태연하게 내뱉고 발을 빼려는 금발이 마음에 들지 않았다. 하지 않아도 될 말을 굳이 내뱉는 그가 얄미웠지만, 크랙 문제라면 솔직히 자신보다 금발이 더 전문가였다.

크랙이라면 완전히 손을 턴 MJ와 달리, 금발은 아직도 크랙과 연락을 하고 지내고 있었다. 그 사실만으로도 MJ는 금발을 완전히 무시하거나 제지할 수 없었다. 그 사실을 잘 알기에 그는 오히려 능청맞게 웃을 수 있었다.

"그럼 선생님. 나중에 볼 수 있으면 또 봐요."

금발은 가벼운 발걸음으로 집을 나섰다. 가벼운 그의 태도에 비해, 남기고 간 이야기들은 묵직하게 가라앉기 충분했지만 말이다.

타깃은 도원이다. 크랙 쪽 사람이 같은 편을 죽여서까지 살린 존재. 그 말에 담긴 의미는 컸다. 한 사람의 목숨과 맞바꿀 수 있을 정도의 가치가 도원에게 있다는 뜻이었다.

도원은 자신의 인생을 다시금 되짚어 보았으나 아버지나 크랙과 얽힐 일은 전혀 떠올릴 수 없었다.

총을 합법적으로 다루는 테두리 안에서 유일하게 군인이 아닌 민간인 신분으로 단체를 이룰 수 있는 존재. 그 존재들이 가지고 있는 무기, 마약. 그게 도원과 무슨 관련이 있다는 걸까.

박 형사에 대한 이야기와 MJ에 대한 이야기가 많은 상념을 몰고 왔다. 박 형사를 정신적으로 지배했던 크랙이라는 마약과 그것을 다루는 사람에 대해서. 그리고 MJ가 왜 아버지와 틀어졌는지에 대해.

"MJ."

도원은 MJ를 불렀다. MJ가 팔짱을 풀고 다가왔다. 그를 옆자리에 앉힌 도원이 MJ의 표정을 살폈다.

도원에게 크랙에 대한 얘기를 해도 된다고 말했지만, MJ의 표정은 그렇지 않았다. 불편해하고 있었다. 도원이 MJ가 단순한 방화범이 아닌 마약까지 다룬 사람이었다는 사실을 알게 된 걸 불안해하고 있었다.

MJ는 한숨을 내쉬었다.

"미리 말할걸. 미안해. 내가 안 좋은 데에도 손대고 있었어."

도원은 신경 쓰지 않았다. 불법적인 행동을 취해 왔다고 나무랄 생각은 없었다. 방화하는 범죄자를 환자로 받아들인 시점에서 어느 정도 감수하기로 한 부분이었다.

그 죄질의 경중을 따져서 경범죄자는 더 인간적으로 상담해 주고 중범죄자는 내치고 할 기준을 세우지도 않았다. 법리적인 해석 부분까지 따져서 환자를 대하면 환자 그 자체를 볼 수 없기 때문이었다.

마약을 직접 하는 사람이 아니라면 아직 MJ의 심리 상담은 유효했다. 약에 의존하고 있는 환자라면 도원은 상담을 중단하고 의사의 처방하에 약물 치료를 병행해야 할 테지만, MJ가 마약을 복용하지 않았기에 도원은 이전과 같은 방식으로 그를 상담할 자격이 있었다.

"이번 일에 내가 어떻게 했으면 좋겠나요."

MJ는 침묵을 지킨 후에 이야기했다.

"관여 안 했으면 좋겠어."

"아무것도요?"

"아무것도. 박 형사가 크랙이랑 관련된 사람이었다는 건 안됐지만 이 사실을 알았다고 선생님이 뭔가를 할 수 있는 것도 아니잖아. 이건 내 일이니까 지금까지처럼 그냥 선생님으로 남아 줬으면 좋겠어. 선생님에게 무리한 걸 부탁하지도 요구하지도 않을 거야.
지금까지처럼 내 강박증이나 신경증 치료만 도와줘."

"내가 그쪽 사람들에게 타깃이 되었다고 해서 나도 뭘 준비해야
하나 궁금했어요."

"그쪽은 선생님을 죽이려는 마음이 없어. 동료를 죽이면서까지
선생님을 살렸잖아. 너무 걱정 마. 목숨이 위험해질 일은 내가 만
들지 못하게 할게."

"……그래요, 전 나서지 않을게요."

"그나저나 박 형사 쪽은 이해되는 얘기였어? 더 필요한 게 있으
면 자세하게 말해 줄게."

"아뇨. 충분해요. 박 형사님과 관련된 얘기 해 줘서 고마워요."

"도움이 됐어?"

"아마도요."

"그럼 됐어. 선생님이 계속 그 사람 때문에 시달리는 건 싫었으
니까."

MJ는 양팔을 벌려 도원을 끌어안았다. 금발이 머그컵을 떨어트
려서 바닥을 적신 커피가 MJ의 슬리퍼를 물들이고 있었다.

발이 지저분해진다는 일상적인 말을 꺼내기도 조심스러웠다.
MJ가 자기 본위가 아닌 남을 위해 뭔가를 생각하고 행동하는 것이
얼마나 어색하고 불편한 일인지가 피부로 와 닿았다.

금발이 얘기를 하는 내내 MJ는 온 신경을 곤두세워 도원을 하나
하나 세심하게 살펴보고 있었다. 인상을 찌푸리지는 않을지, MJ를
두려워하지는 않을지를 표정 하나 놓치지 않고 지켜보았다.

누군가의 감정과 기분 상태를 신경 쓰는 것이 이토록 힘든 일인

줄 처음 알았다는 듯이 MJ는 한숨을 깊게 내쉬었다. 묵직한 숨소
리에는 안도가 섞여 있었다.

"내일 집에 바래다줄게. 가서 이번에 겪은 일은 잊고 푹 쉬어."

도원은 품에 안긴 채 그를 올려다보았다. MJ는 키스를 하고 싶
어 하는 얼굴이었다.

고개의 각도가 비스듬했다. 조금만 고개를 숙여도 입술이 닿을
거리였다.

도원은 입가에 뿌려지는 MJ의 숨을 천천히 들이마셨다. 도원에
게 온 감각을 곤두세우고 집중하는 MJ의 분위기가 묘했다. 마치
유혹하는 것처럼 느껴졌다.

도원은 MJ의 숨결을 조용히 빨아들이면서 물었다.

"언제 또 만날 수 있어요?"

미래를 기약하는 것이 이렇게 어색할 수가 있을까. 목적이 있어
서 그가 쪽지를 남기기만 기다리던 때와 달랐다. 사무실에 찾아오
진 않을지, 집까지 쫓아오거나 전처와 딸아이에게 해코지를 하진
않을지, 걱정하던 때가 모두 무위로 돌아간 듯했다.

MJ는 도원의 공적인 영역도 사적인 영역도 침범하지 않으려 했다.

객관적인 기준에서 MJ의 행동은 충분히 범죄로 볼 수 있고, 두
려워할 만했지만 MJ가 이런 식으로밖에 행동할 수 없는 이유를 조
금이나마 이해하게 되자, 어둠 속의 유령 같던 두려움은 더 이상
도원을 괴롭히지 않았다.

유령이 아닌 MJ와 자연스럽게 연락을 하며 지내고 싶었다. 그
저, 평범한 관계를 형성하고 싶다는 바람이었다. 그런 도원의 생각
을 알 리 없는 MJ였다. 그는 여전히 도원의 주변을 둘러싼 상황에

만 날 선 짐승처럼 반응했다.

"선생님은 집에 돌아가면 한동안 경찰한테 조사받느라 시달리겠지. 주변에 경찰들이 진을 치고 있어서 한동안 못 찾아갈 수도 있어."

"연락처를 알려 주면 제가 전화할게요."

"안 돼. 미안."

그럼 MJ가 원하지 않는다면 도원은 그를 영영 못 만날 수도 있다는 소리인가.

경찰들은 박 형사에게 위협받은 도원을 당분간 곁에 두려 할 것이다. 어쩌면 아버지란 존재를 잡기 전까지 도원에게 울타리를 치려 할지도 모른다.

MJ가 그러한 위험을 감수해서라도 도원을 찾아오리란 보장이 없었다. 강박증과 신경증이 완화되고 있고, 타인과의 감정 교류까지 가능하게 된 MJ가 이쯤에서 도원을 더 이상 필요로 하지 않을 수도 있는 것이다.

이대로 연락이 끊어지면. MJ가 더 이상 연락할 의지가 없다면 이대로 관계는 끝나는 걸까.

도원은 복잡한 표정으로 MJ를 한동안 올려다보았다. 자신도 모르게 MJ의 옷을 움켜쥐며 놓지 않으려 했다. 2층에서 뛰어 내려와서 끌어안았을 때처럼 양손에 잔뜩 힘을 준 채였다. MJ가 눈을 느리게 깜빡이면서 그런 도원과 시선을 맞췄다.

MJ가 내뱉는 숨이 조금 더 짙어졌다. 색으로 치면 투명한 것에서 뿌연 무채색으로 물들어 갔다. 내담자로서 거리를 두기로 했던 과거의 마음들이 조각나 발밑으로 흩어졌다.

이러면 안 되는데.

머리로는 그렇게 생각하면서 도원은 MJ의 옷깃을 더 세게 쥐었다. 행동이 마음보다 빨랐다.

이러면 안 되는데 아직은 헤어지고 싶지 않아.

아직은. 유보하는 그 단어를 떠올리면서 도원은 아직은, 이라고 말했다.

"아직은 혼자 있을 자신이 없어요. 푹 쉰다고 잊힐 것 같지 않아요."

이 감정을 어떤 방식으로 설명해야 좋을까. 아쉬움이나 안타까움에 가까웠지만, 그렇게 작은 단위의 착한 감정은 아니었다.

미련일까. 녹은 눈이 신발 밑창에 더럽게 달라붙는 것 같은 그런 단어일까.

도원도 정의 내릴 수 없는 복잡한 심정을 MJ는 육감으로 알아챈 것 같았다.

거칠어진 숨소리가 도원의 이마께에서 흩뿌려졌다. 뜨겁고 축축한 숨결이었다. 두려워서 거리를 두게 만들었던 그 숨결 속에서 도원은 여전히 붙잡은 옷을 놓지 않았다.

"내가 필요해, 선생님?"

MJ를 왜 필요로 할까. 그저 혼자 있으면 박 형사의 일을 자꾸 떠올리니까, 그게 싫어서 같이 있고 싶은 것뿐일까.

아니, 그런 마음은 아니었다. 악몽이 찾아오는 순간은 힘들지만 익숙해지면 버틸 만했다. MJ가 반드시 필요한 문제는 아니었다.

"……그게."

그것보다 더 사적인 마음이었다.

그냥…….

……그냥 MJ랑 같이 있고 싶은 것뿐이었다. 조금 더 다양한 이

야기를 나누고 싶은데 주어진 상황 때문에 여유를 부릴 수가 없는 게 문제였다. 평범한 상담자와 내담자로 만났으면 이런 생각은 들지 않았을까. 복잡한 문제였다.

"선생님."

머뭇거리는 도원을 꽉 쥔 채 MJ가 거친 신음이 잔뜩 섞인 목소리를 내뱉었다.

"난 계속 이럴 텐데. 선생님이 싫어하는 짓을 계속 할지도 몰라. 그래도 나랑 같이 있고 싶어?"

MJ는 도원의 목에 입술을 묻었다. 도원이 싫어하는 행위를 스스로 자제할 자신이 없는 듯이 굴었다. 도원은 목 부근에서 번지는 숨소리를 들으면서 주먹을 움켜쥐었다.

도원은 울 것 같은 얼굴을 숨겼다. 슬프지는 않았지만 뭔가가 올라와서 참을 수가 없었다. 자신에게 닥친 상황을 도원 본인보다 MJ가 더 신경을 써 주고 있어서 옷깃을 놓을 수가 없었다.

도원은 어른이 되면서 몇 가지 소중한 것을 잃었다고 생각했다. 솔직함도 그중 하나였다. 살다 보니 상황에 맞게 감정을 숨기거나 꾸며 내거나 지어내야 했다.

그런 처세가 없으면 도원은 지금의 이 직업을 갖지 못했을 것이다. 좋아하는 일을 하기 위해서 소중한 것을 포기했다. 상담사의 일을 택하면서 부인과 아이를 포기했다는 것은 그런 의미였다.

그런데 어째서일까. MJ에게는 좋아하는 일과 과거에 잃었던 소중한 것 모두를 포기하지 않고 대할 수 있었다. 그가 너무 솔직하게 다가와서 체면 같은 껍질을 한 꺼풀 벗을 수 있는 걸까.

결혼을 하면서 책임지는 일과 울지 않고 버티는 법을 배웠다고 생각했다. 이혼 후에 울고 싶어도 멍하니 창밖을 보는 것에 그쳤었다.

그런데 MJ가 그러지 않아도 되도록 만들어 주었다. 솔직하게 표현하는 방법과 책임지지 않아도 되는 어리광과 울어도 되는 넉넉함, 그리고 버티지 않아도 되는 연약함을. 어른의 모습으로 힘들어하지 않아도 되는 것들을. 아직은 그런 감정들을 모두 놓고 예전으로 돌아가고 싶지 않았다.

그거였다. 도원이 MJ에게 가지는 미련은 MJ로 인해 바뀌어 가는 자신의 상황이 싫지 않아서였다.

내담자와 상담자의 역할에서는 분명히 충돌할 수밖에 없는 감정이었지만 그런 위치 때문에 MJ를 지금 당장 포기하고 싶지 않았다. 포기하더라도 지금이 아닌 나중을 기약하고 싶었다.

"같이 있고 싶어요."

솔직한 한마디에 MJ가 숨을 멈추었다. 믿을 수 없다는 듯이 도원을 바라보다가 입술을 질끈 깨물었다. 도원에게 입을 맞출 것처럼 고개를 숙였다. 그러나 끝내 입술은 닿지 않았다. 얼굴이 멀어졌다. 도원이 잡고 있던 손을 직접 풀어 버렸다.

도원은 고개를 숙였다. 해서는 안 될 말을 한 것 같았다. 이런 감정을 보이면 안 되었는데.

내담자에게 보여서는 안 되는 감정을 보였다는 사실에 도원은 고개를 들지 못했다. 후회가 밀려들었지만 이미 엎질러진 물이었다. 미안해요, 라고 말해야 한다고 생각할 때였다.

도원의 손목이 붙잡혔다. 그대로 끌려간 몸이 억지로 세워졌다.

"아, MJ?"

도원이 놀란 소리를 뱉기 무섭게 MJ가 2층으로 향했다. 도원은 구두 한 짝이 나뒹구는 계단을 떠밀리듯이 올라갔다. 도저히 멈추어 세울 수 없는 힘에 그저 눈만 크게 뜬 상태였다.

방에 들어오자마자 도원은 침대에 억지로 앉혀졌다. MJ가 그런 도원의 양쪽 어깨를 꽉 쥔 채 한쪽 무릎으로 침대 위를 짚고 섰다.

그는 입고 있던 셔츠를 밑에서부터 벗어 올렸다. 드러난 상반신을 지켜볼 새도 없었다. 도원 쪽으로 몸을 숙인 MJ가 셔츠의 단추를 풀었다. 도원이 다급히 그 손을 잡았다.

"MJ."

뭐 하는 거냐고 물으려 했는데 그만 말문이 막혔다.

쳐다보는 MJ의 시선이 너무도 확실했다. 흔들림이 없었다. 충동을 참지 못하는 얼굴. 그것을 멈추기 위해 비쥬나 좋아한다는 브레이크 기제를 쓰면 오히려 상황이 뜨겁게 달궈질 것 같았다.

"콘돔은 없어. 밖에 싸려고 노력할게."

적나라한 예고에 도원이 제대로 말을 잇지 못했다.

"뭐, 아, 네?"

"장담은 못하겠어. 난 자주 선생님을 보면 이성을 잃었으니까. 삽입하고 흔들다가 이성을 잃어도 용서해 줘. 아직 쾌감까지 절제할 자신은 없어."

도원이 MJ를 다급하게 붙잡았다. 어디에서 흥분했는지는 몰라도 곧장 행동으로 이어지는 상황을 멈춰야 했다.

"아, 아뇨, 나는 MJ랑 이러고 싶은 게 아니에요."

"내가 그러고 싶어."

"나는……."

"보내 준다는데 안 가겠다고 했잖아. 선생님을 옆에 두고 언제까지 참을 수 있을지 장담 못해. 지금이라도 싫으면 그만둘게. 대신 그만 가 줘."

그 말에 도원은 MJ를 밀치던 손끝에서 힘을 뺐다. 당혹스러운 눈길로 MJ를 올려다보았다. MJ는 흥분을 제어하기 힘들어하고 있었다. 도원을 상대로 지금까지 너무 오래 참은 듯했다.

도원은 그런 MJ의 터질 듯한 욕정을 어디까지 받아 줘야 할지 가늠할 수가 없어서 조심스럽게 물었다.

"내가 곁에 얌전히 있어도요?"

그 말이 브레이크가 되긴커녕 드라이브가 되었다. MJ는 나지막하게 신음을 내뱉었다.

"내가…… 후우, 내가 맨정신으로 못 있겠어. 이건 아직 배우지 못한 거잖아. 섹스가 뭔지 가르쳐 준 것처럼 그 방법도 알려 줘. 할 수 있다면 해 볼게."

"섹스가 그렇게까지 삶에 필요한 건 아니잖아요."

"나한텐 필요해. 지금까지 그렇게 살아왔으니까."

"……MJ."

"여기서 가지 않으면 내가 아는 방식으로 할 거야. 선생님, 그래도 괜찮아?"

MJ가 살아온 방식을 무조건적으로 부정할 수 없기에 도원은 대답을 망설였다. 단호해질 수 없었다. 엄격하게 말하면 곧장 MJ는 그만두겠지만, 그러면 지금 당장 떠나야 한다.

섹스를 감정 표현의 수단이자 타인과의 연결 지점으로 여기는 MJ였다. MJ를 고장 난 기계 취급하면 이러한 성행위 집착이 잘못되었다고 훈계해야 할 것이다. 사회가 원하는 윤리성을 가르쳐 주어서 머릿속의 고장 난 부품을 고치는 작업을 해야 했다.

하지만 그럴 수가 없었다. 도원에게 MJ는 보통의 사람보다 높은 체온의 흔적을 가진, 화상 자국을 부끄러워하지 않는 사람이었다. 도시에서 매연과 무정함에 지워지는 사람보다 더 사람답게 자신을 드러내는 남자였다.

그런 MJ를 고쳐서 다시 쓸 생각을 할 수는 없었다. MJ 본연의 모습을 적절하게 받아들이는 방법을 선택해야 했다. 남들 눈에 비정상이라 보일 수 있는 모습조차 MJ를 이루고 있는 한 부분이었으니 말이다.

"나한테 상담을 받으려면 내 상담 방식을 따라오라고 종용해서 미안했어요."

도원은 결심한 듯이 크게 숨을 들이마셨다.

"이번에는 MJ 방식으로 내가 따라갈게요."

그 대답에 MJ가 주먹을 쥐었다. MJ의 방식이 섹스라는 걸 알면서도 그걸 수용하겠다는 뜻이다.

"선생님."

"집에 돌아가면 오랫동안 연락 못 할 거 알아요. 그래서 지금 당장 헤어지고 싶지 않아요. 날 돌봐 주고 신경 써 줘서 고마워요. 이렇게라도 조금 더 곁에 있을 수 있다면 당신이 원하는 걸 해 볼게요."

도원의 배려에 MJ는 어쩔 줄 몰라 했다. 도원이 한 꺼풀 더 열어 준 것 같아서 그 충만감을 뭐라 말해야 할지 알 수 없었다.

"일단 사과할게. 미안, 난 섹스가 많이 거칠어서."

도원의 수용에 터질 것처럼 참고 있던 MJ도 더는 자신을 감추지 않았다. 있는 그대로 드러냈다. 그동안 도원이 허락하지 않아서 마음대로 할 수 없던 그 행동을 거리낌 없이 보이기 시작했다.

"상처는 나지 않도록 주의할 테니까."

생각이 자꾸만 뚝뚝 끊어졌다. 이 정도로 흥분하는 것은 살아오면서 처음 있는 일이었다. MJ는 말을 잇지도 못하고 신음을 토했다.

"하아, 미칠 것 같아. 선생님이 그런 말을 할 줄은 몰랐어. 섹스 할게, 강간 말고. 내가 실수하는 거 있으면 말해 줘. 배운 대로 할 테니까."

"아."

도원은 셔츠가 벗겨지고 바지 지퍼까지 내려지자 뒤로 물러났다. 섹스를 받아 주겠다 말했지만 생각보다 훨씬 뜨겁게 달아오른 MJ의 반응에 당황할 수밖에 없었다. 너무 흥분해 버린 그를 어떻게 대해야 할지 모르는 탓이다.

"MJ."

조금만 진정해 보라고 이름을 불러 보았지만 MJ는 마른침만 삼키며 다가왔다. 침대 구석으로 몰린 도원을 보고 MJ는 자신의 바지와 속옷도 벗어 버렸다. MJ가 침대 위로 나머지 무릎과 손을 올렸다.

네 발로 천천히 다가오는 모습이 커다란 짐승처럼 보였다. MJ는 침대와 벽 사이에 앉았다. 벗어나려는 도원의 얼굴 양옆에 손을 붙였다. MJ라는 거대한 벽에 막혀서 도원은 어느 쪽으로도 도망가지 못했다.

MJ의 눈빛이 처음 그를 만났을 때와 흡사하게 변했다. 이성과 절제를 모르는 그것. 다른 점이 있다면 뜨거울 정도로 넘쳐나는 욕정을 마구잡이로 표출한다는 것이다.

MJ는 반복적으로 숨을 몰아쉬었다. 무채색으로 물들어 간다고 느꼈던 젖은 숨결이 완벽하게 붉은색으로 변해 버렸다.

"선생님도 기분 좋게 박아 줄게. 뿌리 끝까지. 전부 다."

그것이 MJ가 이성적으로 문장을 마무리한 마지막 말이었다.

침대의 헤드보드를 잡고 있던 도원의 손이 미끄러지듯 끌려왔다. 헤드의 나뭇결에는 지문이 묻어 있었다. 선명하게 남아 있던 소용돌이 모양은 곧 MJ의 입김으로 지워졌다.

도원은 MJ의 허벅다리 위에 앉혀졌다. 흐려지는 멍 자국과 MJ가 만들어 놓은 키스 마크들로 울긋불긋한 몸이 움츠러들었다. 도원이 자랑하던 이성적이고 침착했던 사고방식은 표정에서부터 깨어졌다.

도원의 얼굴을 쓸어 만진 손이 목을 따라 쇄골에서 멈추었고, 쇄골의 키스 마크를 지나 가슴과 배를 주물렀다.

MJ의 손길이 도원을 음미하듯 움직였다. 손끝 하나, 귓가에 흘러 들어오는 입김 하나에도 색욕이 묻어 있었다. 겉으로는 고요했지만 속에서부터 요동치는 욕정이었다.

도원은 눈앞이 아찔해졌다. 누구도 자신을 이렇게 탐욕스럽게 보아 온 적이 없었기에 MJ를 앞에 두고 침조차 삼키지 못했다.

도원의 몸을 감상하던 MJ가 본격적으로 그것들을 탐하기 시작했다.

"하아, 하, 선생님."

처음에는 도원의 얼굴에 뽀뽀를 했다. 눈을 마주치지 못하는 도원이 MJ를 밀어내려 하면 그 손을 움켜쥐어서 저항하지 못하게 한 뒤 이마와 눈꺼풀, 볼과 입술에 소리를 내어 키스를 해 댔다. 도원의 입술을 깨물고 그 안에 있는 도원의 혀를 끌어당기듯이 자신의 입속으로 가져오기도 했다.

"아웅, MJ, 잠시만요, 웃."

"아, 꿈만 같아."

"조, 조금만 진정하고……."

"하아, 하, 선생님."

도원과 키스를 하는 것만으로도 MJ는 허리가 뻐근해지는 감각에 시달렸다. 거칠어진 숨소리를 뱉으면서 도원의 가슴에 입술을 묻었다. 유두를 입에 물고 빠는 힘에 도원이 짧게 한숨을 쉬었다.

"아……!"

도원은 고통과 쾌감이 어색하게 버무려진 자극에 허리를 뒤로 젖혔다.

"가, 가슴은, 아, 웃."

"왜, 선생님 여기 좋아하잖아."

"아니에요, 아!"

MJ의 허벅지에 올라타고 있어서 아무 곳으로도 도망갈 수 없다는 걸 알고 있었다. 그러나 가슴이 부어오를 때까지 꼬집히고 빨리는 것은 도망치고 싶을 정도로 자극적이었다. MJ의 숨소리가 거칠어질수록 행동에는 망설임이 없어지기 시작했다.

MJ가 몸을 밀착했다. 도원의 가슴과 국부가 눌렸다. 하체를 뜨겁게 적시는 열기가 얼굴까지 올라왔다.

밀착한 살갖을 비비면서 꿈틀거리는 MJ의 움직임이 노골적이었다. 귓가에 뿌려지는 숨소리는 더욱 거칠어졌다. MJ는 젖어 가는 도원의 눈을 확인하고, 땀이 맺히기 시작하는 귀 뒤의 살을 이로 씹었다.

들썩이는 허릿짓에 도원의 이마께에서 머리칼이 흔들렸다. 비벼지는 몸이 흥분하기 시작했다.

피부 밑의 조직들이 멋대로 발열했다. 서로의 아랫배를 누르고 있는 페니스가 딱딱해졌다. 가슴의 돌기가 단단해져서 쿡쿡 쑤시는 듯한 아픔이 느껴졌다.

도원은 자신의 신체에서 일어난 변화를 따라갈 수가 없었다. 많은 자극들이 도원을 어지럽게 만들었다.

"선생님."

흥분한 MJ의 숨결에 도원은 정리하지 못한 문장들을 내뱉었다.

"MJ, 아, 그만, 잠깐, 나 이런 건, 아."

MJ는 비비는 허릿짓에 속력을 더했다. 도원의 허리를 잡아서 위아래로 들썩이는 행위가 반복되었다.

도원은 MJ의 등 뒤로 손을 돌려 손끝에 힘을 주었다. 잘게 쪼개지면서 움직이는 MJ의 등 근육이 만져졌다. 반복적이고 규칙적으로 요동치는 근육들이 도원을 잡아먹을 것처럼 위협적이었다.

"MJ."

혼란스러워 보이는 도원의 부름에도 MJ는 여전히 이성적인 반응을 하지 못했다. 도원이 허리를 비틀며 벗어나려 할 때마다 눈앞에서 가느다랗게 뒤틀리는 그 허리에 MJ는 더 큰 자극을 받았다.

도원은 베개를 집어 들어 MJ의 머리를 누르거나 밀어내 보기도
했다. MJ는 그 베개를 잡아서 바닥으로 던져 버리고 단정했던 도
원의 얼굴이 속수무책으로 흐트러지는 모습을 관찰했다.

눈가가 붉어져 있었다. 숨을 헐떡이는 입 안으로 침을 삼키지 못
한 혀가 움찔거리는 게 보였다. 가슴을 꼬집고 깨물면 "으응." 하는
신음과 함께 눈을 질끈 감았다가 뜨기도 했다.

예민해진 몸이 MJ가 주는 자극에 착실하게 반응했다. 가슴이 새
빨갛게 변할 때까지 MJ는 유두를 이로 굴리고 손톱으로 긁으면서
꼬집었다.

도원의 젖은 눈에 MJ의 모습만이 들어차 있었다. MJ는 도원의
세상이 자신 하나로 좁혀진 지금 이 순간이 무척이나 기뻤다.

"선생님 거, 딱딱해지는데."

"그, 그런 말은 하지 마요, 읏⋯⋯."

"하아, 하, 선생님, 아, 흥분되잖아."

MJ가 도원의 페니스를 손으로 잡고 흔들었다. 가슴을 빨 때보다
더 강한 자극에 도원이 거부 반응을 보였다.

"안 돼, 잠깐만, 손, 손 놔, MJ."

"귀여워, 하아, 미치겠네."

"가, 갑자기, 아읏."

도원이 MJ의 손을 저지하려고 했다. MJ는 그럴 줄 알았다는 듯
도원의 몸 위에 자신의 몸을 바싹 기대었다. 단숨에 체중을 실은
몸으로 도원을 내리눌렀다.

가슴과 가슴이 눌리고 어깨와 어깨가 부딪혔다. 도원은 단단하게
압박하는 MJ를 밀어내지 못했다. 어깨와 팔뚝을 세게 잡고 숨만

몰아쉬었다. 도원의 상체가 부자유스러워진 틈을 놓치지 않고, MJ가 손을 내려 도원의 페니스를 쥐고 흔들었다.

MJ의 어깨를 쥐고 있던 도원의 손에 힘이 들어갔다. 도원의 입에서 다급한 소리가 터져 나왔다.

"놔, 놔줘요. 아웃, 움직이지 말, 웃, 아……!"

아무리 부탁해도 MJ는 손을 움직였다. 두 사람의 페니스가 MJ의 손안에서 함께 굴려졌다. 두 개의 기둥이 함께 비벼지며 손아귀에서 흔들렸다.

"선생님 거랑 닿으니 미치겠어."

"아, 안 돼."

도원이 다리 한쪽을 끌어 올렸다. 발가락에 걸린 얇은 시트가 구겨지듯 딸려 올라왔다. 도원은 숨을 다급하게 몰아쉬었다.

"하아, 하, 아, 나올 것 같단 말이에요."

"싸고 싶어?"

"싫어요, 웃……."

온몸의 신경 감각이 페니스로 몰리는 듯한 착각이 들었다. 귀와 입술, 목과 가슴 주변에 산포되어 있던 리비도가 페니스에 밀집되었다.

"여기 기분 좋아, 끝내줘, 아."

"MJ, 따라갈 테니까, 웃, 하고 싶은 대로 따라가 줄 테니까 제발 얘기 좀 하면서, 아웃."

"하아, 하, 선생님, 아아, 하."

"대체 뭐에 자극받는 거예요, 아, 아앗, 그만, 앗."

MJ는 있는 힘껏 자신과 도원의 페니스를 잡고 위아래로 흔들었다. 도원은 머릿속이 아득해졌다. 성적인 자극이 뒤통수를 강하게 후려치는 듯했다. 움찔거리는 흥분의 과정을 MJ가 집착적으로 관찰했다.

도원의 귀두를 엄지로 꾹 누르고 굴렸다.

"아직 싸면 안 돼."

"아, 아웃, MJ, 소, 손을 놔…… 아!"

도원은 이불을 움켜잡으면서 숨을 다급히 몰아쉬었다. 그 모습에 MJ가 침을 삼켰다. 하얀 피부가 붉게 변해 갔다. 깨끗해 보이는 페니스가 붉어져서 흥분하기 시작했다.

접힌 살 안쪽을 손가락으로 문지르고, 사정의 욕구로 열리는 요도 주변을 손끝으로 돌리면서 자극했다. 도원의 허벅지 안쪽 근육이 세게 조여들었다. 파들거리며 떨리기도 했다.

MJ가 페니스의 뿌리부터 귀두까지 쓸어 올리자 빳빳하게 심이 선 페니스가 껄떡거렸다. 도원은 강렬한 자극에 목을 뒤로 젖혔다.

"하응, 아."

MJ는 참을 수가 없었다. 도원이 제 아래에서 흥분하며 숨을 헐떡이는 모습을 관찰할 만큼 인내심이 길지 않았다.

MJ는 도원의 한쪽 발목을 잡아 자신의 어깨에 걸쳤다. 다른 쪽 다리마저 어깨에 얹는 MJ의 행동에 도원이 눈을 크게 떴다.

대번에 삽입할 자세를 해 버리는 탓에 혼비백산이었다. 너무 급작스러웠던 탓이다.

"하아, 학, 선생님, 하."

"MJ, 잠깐, 그만, 아, 아!"

"하아, 하, 미치겠네."

MJ의 어깨에 얹은 다리가 경련하면서 발끝이 동그랗게 말려들었다. 도원이 그만, 그만, 하고 반복적으로 뱉는 목소리가 떨리고 있었다. MJ는 그런 도원에게서 시선을 떼지 않은 채 쥐어짜듯 도원의 페니스를 주물렀다.

"아웃…… 지, 진짜 못 참겠어요, 제발, 제발 MJ……."

도원이 더 이상 참지 못하고 몸을 뒤틀었다. 사정을 참을 수 없어서 힘겨워하고 있었다. MJ는 자유로운 나머지 손으로 자신의 페니스를 쥐고 흔들고 싶었지만 참았다.

MJ의 페니스는 그 끝에서 멀건 액체가 흘러나오고 있었다. MJ는 사정할 것처럼 부풀어 오른 도원의 것을 소리 내어 쥐고 흔들며 헉헉거렸다.

"하아, 하, 젠장, 선생님, 싸, 어서."

"아웃, 소, 손 놔, 아, MJ, 손……."

"이대로 싸, 어서, 응?"

"안 돼, 아, 아……!"

"쉬, 괜찮아, 선생님."

도원의 마지막 남은 이성이 사정만은 제발 참으라고 외치고 있었다. 그런 노력이 무색하게도 이미 수직으로 곧추선 기둥이 팽팽해졌다.

도원은 사정이라도 하는 날엔 인간으로서 지켜 왔던 겉껍질이 부서지기라도 할 것처럼 다급해졌다. 쫓기는 사람처럼 절박해졌다.

"MJ, MJ, 제발, 안 돼, 으, 으웃, 아아."

말하는 와중에도 쏟아지는 신음을 삼키지 못했다. MJ는 절정에 달하는 도원의 얼굴을 지켜보았다. 입을 벌리고 아, 하고 짧게 끊어지는 신음을 뱉은 도원의 얼굴이 지나치게 자극적이었다. 떨리는 속눈썹도, 붉어진 눈가의 기색도, 숨을 멈추면서 파르르 경련하는 것도.

상상이 아닌 현실의 도원은 흥분을 잘 못 견뎌 했다. 오랫동안 부부 생활을 하지 못해서 이만한 자극에 면역이 없는 것 같았다. MJ가 상상했던 것만큼 연상의 기지를 발휘하여 여유롭게 섹스를 주도할 줄을 몰랐다.

한차례 사정으로 탈력감이 몰려들어서인지, 도원의 눈이 풀렸다. 가슴이 부풀었다가 가라앉을 만큼 크게 숨을 헐떡이는 얼굴은 충격을 받은 것처럼 보였다. 누군가의 손에 정액을 싸질렀다는 사실을 아직 아무렇지 않게 받아들일 수 없는 듯했다.

처음 할 때는 그래도 이 정도로 쥐어짜는 듯한 느낌은 아니었는데, 지금 이건…… 마치 짐승들의 교접처럼 난잡했다.

제정신을 차릴수록 선명해지는 것은 부끄러움이었다. 도원은 참을 수 없을 만큼 부끄러워서 두 손으로 얼굴을 가렸다.

MJ는 도원의 것으로 젖은 손을 내려다보며 엄지와 검지를 붙였다 떼어 보았다. 부드럽고 몽글거렸다. 뽀얀 색이 도원의 피부색을 연상시켜서 도원의 정액을 빨아 보고 싶다는 생각까지 들었다.

그러나 한 번 핥으면 모조리 사라질 듯한 아까운 것을 입 안으로 넣는 대신 도원의 다리 사이로 밀어 넣었다. 엉덩이 사이를 파고드는 딱딱하고 긴 감촉에 도원이 얼굴을 덮은 손을 치웠다. 눈물이 그렁그렁 매달린 눈으로 MJ가 하는 모습을 지켜보았다.

"아, 아직 안 끝난 건가요?"

"삽입, 해야. 하아."

"그⋯⋯ MJ⋯⋯."

"보채지 마, 흐, 나 죽을 것 같아."

도원은 좁은 구멍을 비집고 들어온 손가락이 앞뒤로 사정없이 흔들리는 힘에 움찔거렸다.

아픈 것보다는 이물감이 심했다. 무언가가 들어와 본 적이 없는 곳을 마음껏 헤집는 것이 낯설었다. 동시에 가장 은밀한 곳을 꾹꾹 누르면서 손가락을 돌리는 등 흥분시키려는 명백한 목적을 가지고 있어서 머릿속이 아득해졌다. MJ가 성급하게 달려드는 걸 따라가기가 벅찼다.

"으, MJ."

"잘 안 늘어나. 하아. 아."

MJ가 구멍 안에 쑤셔 넣은 손가락을 휘저었다. 사정했을 때완 다른 의미로 도원의 숨소리가 빨라졌다. MJ가 어디까지 어떻게 나아가려는지 가늠할 수가 없던 것이다.

"손 빼요, 조금만. 아, 조금만 진정하고. 제발, MJ, 나 봐요."

"넣고 싶어, 미칠 거 같아. 하아. 하아."

"삽입하게 해 줄 테니까, 제발, MJ, 내가 못 따라가겠어요."

"아, 기분 좋아. 선생님 안쪽, 기분 좋아서. 하아. 하."

손가락이 두 개로 늘어나면서 도원의 몸이 경직되었다. 도원이 뒤로 물러나려 하자 MJ가 바로 손가락을 양옆으로 벌리며 구멍을 늘려 보았다.

"아, 아파! 손가락 천천히, 아!"

온몸의 힘이 쭉 빠지는 감각이 뒤따랐다. 손가락 두 개가 안쪽을 휘젓는 감촉에 도원은 제대로 저항하지 못했다.

"미치겠네. 읏. 안 늘어나. 젠장."

MJ는 초조해 보였다. 욕정을 다스리지 못하고 힘겨워했다. 도원은 MJ를 반복해서 불렀다. MJ가 도원의 목소리에 고개를 돌렸다. 눈이 마주치자 도원이 일단 멈추라고 말하려 했지만, 그러기도 전에 키스를 해서 이야기를 이어 갈 수 없었다.

전희가 무엇인지 알려 주었지만 한 번만으로는 학습하지 못한 것 같았다. MJ는 삽입 욕구에 전적으로 매달리고 있었다.

도원의 안을 손가락으로 늘리는 데에 집중하기만 했다. 내부가 말라서 뻑뻑해지면 손가락을 빼내 제 침을 뱉어 적시고 다시 밀어 넣는 행위를 반복했다.

도원은 MJ의 얼굴을 양손으로 붙잡았다. MJ의 얼굴을 끌어당기자 다리가 더 벌어졌다. MJ의 손가락이 세 개로 늘어났다.

"한 번, 아, 아앗, 한 번 빼고 차분하게 하면 아, 응."

도원이 말하는 동안 MJ는 혀를 섞으며 키스를 했다. 도원의 다급한 애원은 그대로 MJ의 입 안으로 삼켜졌다. MJ의 성이 난 불기둥이 도원의 국부를 찔러 댔다. 다른 곳이 아닌 도원의 몸속에서 사정하길 강력하게 원하는 몸짓이었다.

"하아, 키스, 잠깐, 잠깐, 멈추고 일단 내가 만져 줄 테니까, 아, 앗, 잠깐, MJ, 잠깐……."

도원의 목소리는 MJ에게 들리지 않는 듯했다. MJ는 도원의 혀를 자신의 입 안으로 빨아들이면서 도원의 얼굴 곳곳을 혀로 핥아 댔다. 도원은 허둥거리며 키스를 하는 것인지, 영역 표시를 하는 것인지 잘 분간이 안 되는 MJ의 입맞춤에 응하느라 정신을 차리지 못했다.

아래쪽을 늘리고 쑤시던 MJ가 더는 견딜 수가 없는 표정으로 손을 뺐다. 손가락이 빠져나간 자리에 뜨거워진 페니스의 귀두가 맞물렸다. MJ의 물건이 도원의 안으로 들어가기 시작했다. 묵직한 무게감과 두께에 도원은 숨을 제대로 쉴 수가 없어졌다.

"제발, 아직, 아직, MJ, 아, 아아, 아."

MJ는 도원의 볼과 코를 가볍게 깨물면서 허리에 힘을 주었다.

도원은 고개를 뒤로 젖히고 몸을 떨었다. 온몸을 아프게 가르고 들어오는 힘이 상상 속 그 어떤 고통과도 비교할 수가 없었다. 뜨거운 기둥에 꿰뚫리는 것도 같고, MJ에게 먹혀들어 가는 것도 같았다.

한계까지 벌어진 구멍을 꾸역꾸역 밀고 들어오는 페니스가 너무 뜨거워서 그 열기에 몸속이 화끈하게 달궈지고 있었다.

뜨거워져서 이대로 터질지도 모른다는 공포와 설명 못할 충만함으로 녹아 버릴 것 같은 흥분이 뒤섞였다. 오감이 불꽃처럼 피어오르고 열리기 시작했다.

"아, 아 좋아, 선생님, 아."

꾸역꾸역 밀고 들어오는 MJ의 페니스가 힘겨워서 도원은 아무 소리도 내지 못했다. 부담과 공포, 흥분이 한계까지 끌어 올려져 뒤섞였다.

도원으로서는 감당 못할 감각의 소용돌이처럼 변해 버렸다. 아파서 죽을 것 같은데 MJ가 온몸으로 좋아하는 기색을 보여서 뭐라고 할 수가 없었다. 밀어내고 싶어도 그 힘의 반동만큼 더 파고드는 MJ가 온몸을 떨면서 좋아했다.

이게 뭐라고, 대체.

거기까지 생각한 도원은 아랫배를 가득 채우는 감각에 차마 고통을 표현할 수 없었다. 마지막, 가장 두꺼운 부분까지 도원의 몸속으로 들어왔다. 도원은 이불을 움켜쥐고 눈을 감았다. 아랫부분이 타들어 가는 착각이 들었다.

"하아, 하, 하아."

MJ의 이마에서 식은땀이 떨어졌다. 도원이 참고 있던 눈물을 터뜨렸다. 입을 벌리면 울음소리를 낼 것 같아서 한 손으로 입을 가리고 어떻게든 소리만은 참았다. MJ는 그런 도원을 내려다보면서 땀에 젖은 속눈썹을 깜빡거렸다.

힘겨워하는 도원에게 키스를 해 주려고 허리를 숙였지만, 그 바람에 요철처럼 들어맞은 아랫부분이 더 깊게 겹쳐졌다. 참고 있던 도원이 비명을 질렀다.

"아앗, MJ!"

MJ는 허리를 숙이지 못하고 멈칫했다. 도원을 한없이 바라봤다. 울고 있는 도원의 눈가를 손가락으로 쓰다듬어 주던 그가 허리를 천천히 뒤로 빼냈다. 도원은 입을 막고 있던 손을 떼고 다급히 말했다.

"제, 제발, 그냥 가만히. 아, 아파, 아."

"선생님, 하아, 아, 괜찮아, 괜찮아질 거야."

"아, 아프단, 아웃, 웃."

쉴 새 없이 흘러내리는 눈물을 보면서도 MJ는 멈추지 못했다. 천천히 뒤로 빠져나갔던 허리가 다시 도원의 안으로 들어왔다. 퍽, 하고 엉덩이에 부딪힐 정도로 세게 파고들었다. 도원은 소리를 질렀다.

"하윽, 아파, 아파요……."

"괜찮아, 선생님."

"아프단 말이에요."

이불을 양손으로 움켜쥐어 보지만 허리가 들려서 양다리가 MJ의 어깨에 걸쳐진 자세에서 저항할 방법이 없었다. 허리 아래가 통제를 잃어서 MJ의 품에 갇혀 있었다.

자유로운 건 가슴 윗부분뿐이었다. 손으로 이불을 잡고 입으로 아프다고 하며 연신 우는 것밖에 할 수 있는 것이 없었다.

MJ는 페니스가 꽂혀 있는 항문을 손으로 더듬어서 만지고는 다시 빠져나갔다가 안으로 쳐올리는 움직임을 반복했다.

우는 도원의 얼굴을 눈 한 번 깜빡이지 않고 지켜보았다. 도원이 참다못해 양손으로 얼굴을 가리면 그 손을 억지로 떼어 내고 다시 우는 얼굴을 응시했다.

꼼짝도 못하고 몸이 들썩이기만 하는 도원의 얼굴 위로 거칠어진 숨만 쏟아 냈다. 좋아서 발갛게 상기된 MJ는 도원의 눈물을 단순한 고통만으로는 보지 않는 듯했다. 너무 좋아서 우는 걸까, 하고 관찰하는 기색마저 보였다.

MJ는 뻑뻑한 아래를 억지로 움직였다. 도원의 양쪽 귀로 흐르는 눈물이 더 많아지는 걸 알면서도 MJ는 결국 상체를 숙여서 도원의 접힌 몸을 더 바싹 끌어당겼다.

도원은 주먹을 말아 쥐고 MJ의 어깨와 얼굴을 밀어내 보았다. 꿈쩍도 하지 않는 MJ의 움직임이 처음보다 빨라졌다.

"하웃, 아, 아파, MJ, 아파, 아."

"아래, 선생님 아래 진짜 뜨거워, 아, 기분 좋아, 아. 하아."

"아, 아파, 아, 웃, 흐웃."

"안쪽, 아, 엄청 경련해, 하아, 아, 미치겠어."

"그, 그만, 아!"

도원의 입에서 고통과는 거리가 먼 소리가 흘러나왔다. 도원의 얼굴을 계속해서 지켜보던 MJ가 그 순간을 포착했다.

MJ의 목울대가 울렸다. 도원의 접힌 몸을 더 바싹 당기며 허리 아래를 소리가 나게 흔들었다. MJ의 어깨와 얼굴을 밀어내던 도원의 주먹이 별안간 갈 길을 잃었다. 주먹이 파르르 떨리면서 힘이 풀려 갔다. 도원의 젖은 눈가에 더 이상 새로운 눈물이 맺히지 않았다.

뜨겁게 들썩이는 아래에서 고통과는 다른 무언가가 느껴졌다. 여전히 아픔이 지배적이었지만 그것을 상쇄할 만한 크기의 다른 감각이 피어올랐다. 아주 깊은 데에서 번져 올라오는 생소한 흥분이었다. 느껴 본 적 없는 종류의 쾌감이었다.

"아, MJ, 잠, 잠시, 거긴, 잠깐."

"하아, 하, 하아, 아."

"말 좀 들어요, MJ! 아, 거기 그만……!"

"선생님, 하아, 아, 귀여워, 아."

"제발, 거기 못 참겠단, 아웅, 아!"

도원의 무릎이 가슴팍에 닿았다. MJ는 도원의 무릎 안쪽과 허벅지를 손바닥으로 누르면서 삽입된 성기가 더 안쪽을 파고들 수 있도록 했다.

아픔으로 빨갛게 부어 있는 도원의 항문을 검붉은 페니스가 빠르게 피스톤질 했다. 도원은 고정된 엉덩이로 사정없이 치고 들어오는 페니스에 힘겨워했다. 아픔만 느껴지던 이전과 달리 퍽퍽, 치고 들어오는 페니스가 한 지점을 공략할 때마다 아픔보다 큰 감각이 그 자리를 대신했다.

MJ가 페니스를 만져 주어서 오르가슴에 이르던 것과는 다른 종류의 쾌락이었다. 엉덩이 사이에서 짓이겨진 쾌감이 둥글게 구부러진 척추를 타고 올라와 머릿속에서 하얗게 터졌다.

도원이 다시 눈물을 흘렸다. MJ의 숨소리가 빨라졌다. 우는 도원의 표정이 색정적이었기 때문이다.

"하아, 씨발, 미치겠, 아, 아, 선생님, 아."

쿠퍼액에 번들거리며 젖은 페니스가 도원의 안을 빠르게 들락거렸다. 도원은 온몸에서 조였다가 터져 버리는 야릇한 감각에 허둥거렸다. MJ가 찔러 주는 방향에서 자극적인 쾌감이 번져 나와 몸속 구석구석으로 물처럼 스며들었다.

"아응, 아, 하아."

쏟아 내는 도원의 한숨 소리에 MJ가 마지막 남은 이성마저 놓치고 말았다.

MJ는 도원의 몸에서 자신의 페니스를 완전히 빼냈다. 빨갛게 부은 항문이 뜨거운 기둥을 집어삼키느라 벌어져 있었다. 폭발적으로 흔들리던 페니스가 사라지자 그 비릿한 냄새를 풍기던 살점을 삼키지 못해서 움찔거리는 것이 야했다.

MJ의 쿠퍼액과 도원이 쏟아 냈던 정액 그리고 뻑뻑해서 손바닥에 뱉은 침으로 문질러 놓았던 항문이 윤기가 흘렀다.

그 위로 귀두 끝을 맞추고 가볍게 눌렀다가 뗄 때마다 젖은 구멍이 뻐끔거렸다. 도원은 이 적나라한 행위의 의도를 몰라서 당혹스럽고 부끄러운 눈으로 MJ를 올려다보기만 했다.

MJ가 갑자기 도원의 몸을 뒤집었다. 다리를 벌리고 누워있던 도원의 몸이 엎드린 자세로 바뀌었다. 힘이 빠져 있는 도원의 허리를 바싹 끌어당겨 엉덩이를 들어 올렸다.

뒤늦게 도원이 상체를 양팔로 지탱했다. 하지만 뒤를 꾸욱 눌러 들어온 페니스의 감촉에 움찔하여 손에서 힘이 빠져 버렸다. 이불 위에 엎어진 채로 도원은 엉덩이만 들어 올렸다.

자신의 엉덩이를 양손으로 잡아 벌리는 힘을 느꼈다. 어깨 너머로 고개를 돌리자 MJ가 흥분한 얼굴로 페니스를 구멍에 다시 쑤셔넣는 모습이 보였다.

삽입이 이전보다 깊어졌다. 도원이 어디를 느끼는지 확인했기 때문에 피스톤질도 그 한 부위를 정확하게 찔러 댔다. 도원은 눈앞에서 하얗게 불꽃이 터지는 듯한 감각에 입을 벌렸다.

"아응, 아, MJ."

등 뒤의 사람을 부르는 목소리가 자신의 입에서 나오는 게 아닌 것처럼 느껴졌다. 허리가 들썩였다. MJ가 양손으로 꽉 잡고 있는데도 허리가 자꾸 빠졌다가 끼워 맞춰지는 것처럼 MJ의 박자를 따라갔다. 도원은 이불을 입에 물었다.

"하응, 응, 아응, 아, 아!"

높고 새되게 터지는 목소리가 부끄러워서 죽을 것만 같았다.

"하아, 하, 뜨거워, 아, 기분 좋아, 선생님, 아, 아."

MJ는 도원의 등 위로 자신의 몸을 포갰다. 이불에 비벼지는 도원의 가슴을 양손으로 주무르면서 도원의 목과 어깨에 이를 박아넣었다. 온몸으로 내리누르는 MJ의 무게에 도원의 신음 소리가 커졌다.

"하아, 아, 응, 아, 이상해, 이상해, MJ."

목소리에 울음기가 섞여 있었다. 이성이 조절하지 못하는 쾌감의 영역에 아무렇게나 내던져져서 헤어 나오질 못했다.

"선생님, 쌀 거 같아, 아, 아, 아."

"아! 아, 아!"

허리가 꺾여 갔다. 젖어서 움칠거리는 구멍 속을 파헤치는 MJ의 움직임이 더 빨라졌다. 도원은 그 속도를 따라가지 못했다. 박자를 맞추었던 허릿짓이 엇박자가 되며 속절없이 MJ의 허리 아래에서 흔들렸다.

입을 꽉 다물어도 새어 나오는 기다란 신음 소리에 MJ의 숨소리가 거칠어졌다. 그는 도원의 귀를 깨물었다. 유두를 손가락 사이에 끼워 비틀고 가슴을 크게 주무르면서 마지막 스퍼트를 올렸다.

끼익, 끽, 흔들리는 침대의 스프링 소리가 한껏 요란해질 때쯤, MJ가 흔들던 허리를 도원의 안쪽 가장 깊은 곳에 박았다.

도원의 눈앞이 번쩍였다. 몸속으로 팍, 하고 터지듯 뿌려지는 뜨거운 액체에 숨을 다급하게 삼켰다. 한 번, 두 번, 세 번. 연달아 터져 나오는 정액에 도원의 머릿속이 아찔해졌다.

안에, 안에다가 싸지 않는다고 했으면서.

MJ가 했던 말이 언뜻 떠오르려다 흩어졌다.

MJ가 페니스를 빼내자 정액이 주르륵 딸려 나왔다. 손자국이 선명한 엉덩이 사이로 하얀 액체가 흘러내렸다. 허벅지를 따라 내려오기도 하고, 음낭을 거쳐 도원의 성기 끝에 방울져 뚝뚝 떨어지기도 했다.

도원은 양팔을 포개고 그 위에 고개를 숙여 몸을 진정시키려고 애를 썼다. 이 이상의 추한 꼴은 보이고 싶지 않았다. 그러나 MJ가 그런 도원을 가만히 내버려 둘 리 없었다.

MJ는 제 손으로 페니스를 잡고 흔들어 흥분시키더니 다시 도원의 항문에 가져갔다. 여전히 벌름거리는 구멍이 하얀 액체를 찔끔거리며 쏟아 내고 있었다.

자신의 페니스를 잡고 도원의 엉덩이를 탁탁 때리더니 끝을 조준해서 구멍 속으로 넣었다. 빠끔, 벌어진 구멍이 MJ의 것을 다시 삼켰다.

정액으로 속까지 젖어 버린 도원의 내부가 꿈틀거렸다. 뜨겁고 촉촉해진 안쪽이 MJ의 기둥을 주무르듯이 경련했다. MJ는 이 안이 미칠 듯이 좋았다.

"하아, 하, 한 번만 더 할게."

"뭐…… 아, 안 돼, 허리에 힘이 안 들어가."

"엎드려 있어, 하아, 응."

"아, 하아, 앗, 그만, 그만해, 조금만 쉬고."

"씨발, 씨발 뭔데 이렇게 좋지. 이게 왜 이렇게 좋은 건데, 하아, 하."

"허리에 힘이, 아, 아응, 아, 앗."

MJ가 목덜미를 다시 깨물었다. 그는 힘이 빠져서 몸도 제대로 가누지 못하는 도원의 안을 들쑤셨다. 붉게 상기된 얼굴로 도원의 안을 빠르게 출입하던 MJ가 참지 못하고 그르렁거렸다.

"선생님. 하아. 하아."

"제발, 너무 힘들어요. 하, 하읏! 아윽! 읏!"

"좋아. 좋아서 미치겠어. 하아. 하아."

MJ는 사정 직전에 페니스를 빼내었다.

지쳐서 양다리와 팔에 힘을 주지 못하는 도원을 똑바로 눕히고 배 위에 올라탔다. MJ의 성기에서 두 번째 사정이 이어졌다. 정액은 튀어 올라 도원의 얼굴과 가슴을 적셨다. MJ의 페니스 끝에서 아직도 꿈틀거리며 하얀 정액이 흘러나왔다.

그것을 내버려 둔 채 MJ는 도원에게 고개를 숙였다. 도원의 입술을 핥았다. 비린 정액 맛이 느껴졌지만 신경 쓰지 않았다.

도원의 항문을 쑤실 때처럼 혀로 도원의 안쪽을 샅샅이 훑었다. 키스 하나만으로도 황홀해서 미치려 하는 MJ는 아직도 심장이 진정되지 않은 듯, 조급하게 말했다.

"선생님, 좋아해. 정말 좋아. 미칠 거 같아. 아, 미칠 것 같아, 정말로. 나한테, 나한테 그거 해 줘. 볼에 뽀뽀하는 거 대신 해 주기로 한 말. 어서. 응?"

MJ는 도원의 엉덩이 속으로 다시 자신을 밀어 넣었다. 또, 라는 생각에 당황한 도원은 MJ가 피스톤질을 하지 않고 그 안에 가만히 자신을 넣은 채 앉아 있는 모습을 지켜보았다.

MJ는 도원의 다리를 제 허리에 감게 했다. 도원의 젖은 안쪽에 자신을 밀어 넣은 채로 허리를 숙여 도원에게 다시 키스를 했다. 오랫동안 굶주린 아이처럼 도원과의 키스에 황홀경까지 느끼고 있었다.

"아, 선생님. 어서."

MJ가 도원의 안에 자리 잡은 채 그의 몸을 끌어안았다. 도원은 쿵쿵 뛰는 심장 소리에 얼굴이 새빨갛게 타올랐다. MJ가 땀에 젖은 얼굴을 비비면서 키스를 멈추지 않았다. 미친 듯이 뛰고 있는 심장 소리는 MJ의 가슴을 타고 전해지고 있었다.

MJ는 허리를 흔들다가도 도원에게 키스를 했고, 가슴을 빨다가도 다시 피스톤질을 했다. 힘겨워하는 도원을 하염없이 내려다보면서 선생님, 선생님하고 반복적으로 찾았다.

몸 안을 적신 액체가 흥건하게 흘러내릴 때까지 도원은 그만하라는 말을 도저히 할 수 없었다. 사랑에 빠진 소년처럼 절박하게 움직이는 MJ의 감정을 그만하라고 통제하지 못했다.

좋아서 안절부절못하는 MJ는 도원의 몸에 자신의 흔적을 잔뜩 남겨 놓고 있었다. 절제되지 않는 감정과 성욕이 터졌다. 정액으로 젖은 내부처럼, 침이 뒤섞인 입 안처럼, 부풀어서 빨갛게 변해 버린 가슴처럼, 도원의 신체 곳곳에 자신만의 흔적을 남겼다.

"하아, 하, 아, 아, 선생님, 아…… 어서, 빨리!"

터져 나오는 정액과 심장 소리에 도원은 새빨개진 얼굴을 이불에 묻고 입을 막았다. 보가 터진 듯 쏟아져 들어오는 감성들에 몸이 마비되었다가 되살아나길 반복했다.

"하아, 하, 선생님."

벌린 다리 사이에서 MJ의 성기가 들락거리는 모습이 보였다. 뜨거워서 응, 신음을 흘리니 MJ가 자신의 머리를 쓸어 넘겼다. 머리카락에 맺혀 있던 땀방울들이 MJ의 가슴과 등으로 투둑, 떨어졌다.

MJ가 충분하게 젖어 있는 안을 퍽퍽 치고 들어왔다. 도원은 그 야릇한 감각에 숨을 몰아쉬었다. 자신의 아래가 여자의 흥분한 질처럼 축축하게 젖어 있는 것 같았다. 이렇게 난잡한 섹스라니. 정신을 차릴 수 없었다.

"아, 아웅, MJ, 이제 정말 그만."

"선생님, 진짜 말 안 해 줄 거야? 이런 식으로 날 괴롭힐 줄은 몰랐어."

"웃, 아웅, 앗."

"좋아해, 선생님. 선생님도 나한테 말해 줘. 혹시 모르잖아. 그 말 듣고 멈출지."

MJ가 몸을 숙여 주었다. 도원은 양팔을 뻗어 그런 MJ의 어깨를 잡았다. 눈물이 고인 눈으로 도원이 MJ를 힘겹게 쳐다봤다.

"조, 좋아해, MJ."

브레이크 기제는 그 기능을 발휘하지 못했다. 흥분한 MJ가 보챘다.

"더 말해 줘."

도원은 신음을 흐느꼈다.

"좋아해. 하, 하웅, 응."

도원이 목을 감싸 안았다. MJ에게 매달려 있자니 삽입된 페니스를 퍽퍽 쳐올리던 움직임이 한층 빨라졌다.

불안정하게 흔들리지 않도록 MJ가 끌어안아 주었기에 도원은 척추를 타고 올라오는 강렬한 오르가슴에만 순수하게 집중할 수 있었다. 쿨쩍거리는 젖은 아래를 퍽, 치고 올라오는 순간 도원의 입에서 마지막 신음이 터졌다.

사정 직전에 성기를 빼낸 MJ가 도원의 허벅지에 음탕하게 정액을 쏟아 냈다. 도원은 손가락 하나 까딱할 수 없어서 멍하니 사타구니를 뒤덮은 액체만 쳐다봤다.

MJ는 도원의 옆에 누워서 도원의 국부를 쓰다듬었다. 말랑거리는 페니스 기둥을 장난감처럼 가지고 놀면서, 도원의 입술에 키스를 해 주었다.

"그 말, 효과가 없어."

"······젊어서 그런지 지치지도 않나 보네요."

"한 번 더 할 수 있을 것 같아."

"하지 마요."

"좋아한다는 말 또 해 줘."

"······MJ."

"어서."

"······조, 좋아해요."

"아, 기분 진짜 좋다. 최고야, 이거."

도원은 느리게 눈을 깜빡이면서 MJ를 쳐다봤다. 도원과 마주친 까만 눈동자는 도원을 사랑스럽게 쳐다보고 있었다. 그 감정이 얼마나 달콤하고 끈적거리는지, 도원은 도저히 그 시선을 오래 마주할 자신이 없었다.

붉어진 얼굴을 옆으로 돌렸다. MJ는 도원의 턱을 잡고 자신을 보게 한 뒤에 쪽, 볼에 입을 맞췄다.

"자지 마. 더 하고 싶어."

성기를 만지작거리는 MJ의 손을 도원이 잡아서 멈추어 세웠다. MJ는 도원을 만지지 못하게 저지한 손길에 영 불만족스러운 표정을 지었지만 신경질을 내지는 않았다. 대신 도원을 옆으로 끌어안듯이 누웠다.

도원은 졸린 얼굴로 MJ를 보다가 눈을 감았다. 섹스가 이렇게까지 격렬한 적은 처음이라면서. 도원은 잠깐 정신을 잃었던 순간 머릿속이 점멸하는 느낌이 들었다. 잠에 빠져드는 그 순간에도 귓가에서 MJ가 속삭였다.

"좋아해, 선생님."

좋아한다는 말이 인식의 저 끝까지 따라붙었다.

◑

도원은 섹스가 무엇인지를 다시 생각해 보았다. 도원에게 섹스는
확인 작업의 일종이었다. 사랑하는 사람을 안심시키고, 믿음을 주
는 데에 섹스만큼 직접적이고 감성적인 행위가 없었다.

사랑했던 여자는 종종 도원에게 먼저 섹스를 요구했다. 그녀는
정숙하고 배려심이 많은 여자였지만, 예민하고 신경질적인 면모도
없지 않은 사람이었다.

그녀는 도원을 만나기 전까지 연애에서 많은 스트레스를 받아 왔
던 것 같았다. 남자가 원하면 싫더라도 다리를 벌린 적이 있다고
고백했다. 그래서 섹스를 싫어하게 될 줄 알았다고.

도원이 이전의 남자들처럼 강압적으로 자신의 성을 비참하게 만
들지 않아서, 이런 사람이라면 안심하고 결혼해도 좋다는 생각을
했다고 털어놓았다.

그러나 결혼 후에도 도원이 자신을 원하는 모습을 보이지 않아서
여자는 자주 초조해했다. 무언가 잘못된 것만 같아서 도원에게 애
꿎은 화를 내기도 했다.

도원은 그럴 때마다 여자에게 미안하다고 말했다. 끌어안고 쓰다
듬어 주었다. 일이 바빠서 신경을 못 써 줘서 미안하다는 말에 여
자도 어느 정도 이해를 한 것처럼 보였다. 아니, 그렇게 도원은 착

각하고 있었다.

도원이 원치 않을 때에도 여자는 섹스를 요구했다. 밤늦게 피곤한 얼굴로 들어오는 도원을 끌어당겨 씻지도 않은 몸에서 정장을 벗겼다. 도원의 가슴을 빨아서 흥분시켰고, 페니스를 흔들어서 직접 자신의 안으로 넣기도 했다.

그럴 때면 도원은 자신이 남자, 남편, 인격체가 아닌 것 같다는 착각에 빠졌다. 몸 전체가 페니스가 된 것 같았다. 눈앞의 부인은 그 페니스를 스스로 몸에 쑤셔 넣고 만족할 때까지 흔들면서 자위를 하는 것처럼 보였다.

그녀에게 쥐어 짜이는 기분이어서 도원은 그녀가 그만하길 바랐다. 그럴 때마다 어깨나 가슴, 배에 손톱이 찔려 들어왔다.

도원을 보며 '아아, 좋아.'라고 말하는 것이 정말로 도원 자체를 좋아해서인지 도원이 강요된 성적 흥분으로 피스톤질을 해 주는 행위 자체를 좋아하는 것인지 불분명했다.

그래서 도원은 섹스라는 것 자체에 어느 정도 거리를 두고 생활하려고 했다. 남들에게 만족을 주기 힘든 섹스에 굳이 매달릴 필요가 없다고 여겼다. 거대한 페니스 취급은 너무 끔찍했다. 두 번 다시 그런 일은 반복하지 않으려고 했건만.

섹스가 자기표현의 수단이 된다고는 생각해 본 적 없었다. 성생활은 은밀한 것이어서 드러내기 쉽지 않기 때문이다. 표현을 하려면 표정과 몸짓, 말투와 음성을 꾸미는 방법으로도 가능했다. 굳이 섹스라는 것을 드러내어 남들에게 스스로의 밑바닥까지 보여 줄 필요는 없었다.

문제는 이러한 타인의 기준이 MJ에게 전혀 적용되지 않는다는 점이었다.

도원은 눈을 뜨고 멍하니 천장을 바라봤다. 사위가 희붐했다. 창틀에 여린 빛이 새어 들어오고 있었다. 시계를 보지 않아도 새벽 시간이라는 것을 본능적으로 알았다.

대체 얼마나 잔 거지, 싶어서 몸을 일으키려던 도원은 멈칫했다. MJ가 옆에서 자고 있었다. MJ가 잔다. 잔다라는 동사가 MJ라는 대상과 지독히도 어울리지 않았기에 도원은 상당히 낯선 표정으로 그 모습을 지켜봤다.

누군가를 곁에 두고 마음 편히 자는 MJ의 모습은 상상조차 해 본 적이 없었다. 설령 잠이 들었다고 하더라도 아주 작은 인기척에 눈을 뜨고 잠을 밀어내 버릴 것이라고 생각했다.

예상과는 달리 MJ는 옆에서 바스락거리는 도원의 인기척을 느끼지 못하고 있었다. 눈을 감은 MJ는 평온해 보였다. 강한 인상을 짙게 내비치던 눈가는 부드러웠다. 화상 자국 때문에 그림자가 길어서 극적이고 강하게 보였던 이마와 귀도 부드러워 보였다.

위협적으로 근육이 긴장되어 있던 어깨와 가슴팍은 힘을 빼고 있어서인지 말랑거렸다. 입을 살짝 벌리고 고르게 숨을 내쉬는 모습은 아이처럼 천진하게도 느껴졌다.

도원은 높은 콧대를 손으로 만져 보려다가 그만두었다. 손끝으로 직접 음미하는 대신에 시간을 들여 천천히 얼굴과 몸을 내려다봤다. 그러다 이내 무언가를 생각한 듯 붉어진 얼굴을 휙 돌렸다.

도원은 몇 번이나 한숨을 내쉬었다. 손으로 뒷머리를 긁적이거나 미간 사이를 꾹꾹 누르기도 했다. 어떻게 해 보아도 침착함을 찾을 수 없었기에 잠을 자려던 것도 포기했다.

조심스럽게 이불 밖으로 다리를 빼냈다. 삐거덕, 침대 소리가 울리면서 MJ가 뒤척였다. 도원은 침대 밑으로 다리 한쪽을 내린 채로 MJ를 살폈다. 다행히 고른 숨소리는 달라지지 않았고, 밤중에도 형형하게 빛났던 특유의 눈빛도 보이지 않았다.

나머지 다리도 바닥에 내렸다. 바닥에 떨어져 있는 바지를 집어 들고 방문을 열었다. 문이 닫히기 직전까지 MJ의 동그란 뒤통수가 변함없는 모습을 확인했다.

도원은 계단을 내려와 바지를 입었다. 상체가 허전했지만 2층으로 다시 올라가 옷을 챙겨 오는 건 무리였기에 내버려 두기로 했다.

도원은 지도로 도배된 벽면을 훑어보면서 부엌으로 가 냉장고의 문을 열어 생수를 꺼냈다. 물 잔이 어디 있는지 모르기에 커다란 생수병에 입을 대지 않고 마셔야 했다.

물을 마시고는 거실 소파에 앉았다. 새벽이라는 시간대의 도움인지, 육체의 피로가 한숨 깊게 자고 일어나며 개운해졌기 때문인지, 머릿속이 맑았다. 선명하고 정확하게 모든 걸 생각할 수 있게 되자 도원은 민망함과 후회에 도저히 고개를 들 수 없었다.

"미쳤어."

자학하는 욕이 중얼거리듯 흘러나왔다. 손으로 얼굴을 매만졌다. 조금 전 냉장고에서 꺼낸 생수병을 쥐었던 손바닥이 차가웠다.

"……진짜 미쳤어."

도원은 손바닥의 차가움이 체온과 동일한 따뜻함으로 돌아올 때까지 얼굴을 덮은 손을 떼어 내지 못했다. 얼굴이 화끈 붉어졌다가 희푸르게 창백해졌다. 아랫입술을 이로 질끈 깨물고 마른침을 삼키기도 했다.

최근의 냉정하지 못했던 일들이 한꺼번에 떠오르며 도원을 괴롭혔다. '대체 왜'라는 의문에서부터 '어떻게 감당하려고'라는 방법론적인 회의까지.

말 그대로 죽을 맛이었다. MJ를 탓할 수가 없었다. 혹시 운명의 세 여신이 씨실과 날실을 잘못 꼬아서 짰거나 술이라도 마신 게 아닐까, 의심할 수도 없었다.

이것은 누군가의 목적이나 음모로 만들어진 사건이 아니었고, 운명이나 팔자를 들먹거릴 정도로 필연적인 일도 아니었다.

전부 도원, 본인이 만들어 낸 일이었다. 감당할 수 없을 정도로 일을 크게 벌여 놓고 이제 와 머리를 싸매고 어찌해야 할지를 모르는 바보 같은 짓을 해 버렸다.

부인과 아이가 받을 수 있는 위협, 옛 동료의 죽음과 관련된 의문, '유일한 목격자는 행방불명 상태'라는 도원의 역할, 아버지와 크랙, MJ의 강박증 치료, 그와 한 섹스까지.

어디서부터 하나하나 풀어 가야 좋을지 도통 첫 매듭을 찾을 수가 없었다. 특히 냉정함을 자꾸 흐트러지게 만드는 MJ와의 육체관계 때문에 자꾸만 손끝이 움찔거렸다. 그를 무슨 낯짝으로 봐야 하는지 정할 수가 없었다.

"차라리 없던 일로 할까."

안 그러면 MJ의 강박증 치료도 제대로 해 주지 못할 것 같다고 생각할 때였다.

"그건 내가 싫은데."

도원은 소파 가죽이 움푹, 파이는 느낌에 고개를 들었다. 인기척도 없이 다가온 MJ가 도원의 턱을 잡았다.

도원은 심장이 발등으로 떨어졌다가 튀어 오른 착각이 들었다. 붙잡힌 턱이 기울어졌다. 말캉한 감촉에 입술이 휘감겼다.

MJ의 키스는 연인처럼 다정했다. 속옷 하나 걸치지 않은 알몸으로 도원에게 입을 맞추는 데 여념이 없었다.

"아침부터 쓸데없는 생각 하기는."

MJ가 도원을 나무랐다. 도원은 그런 그를 똑바로 쳐다볼 수가 없었다.

"오, 옷은 입고 오세요."

"응? 이미 다 본 사이에 왜 그래."

"……아침부터 참 건강하시네요."

"아아, 뭘. 다 그런 거지."

도원의 손을 잡은 MJ가 허리를 구부리더니 도원의 손을 자신의 사타구니로 가져왔다. 손에 잡히는 물컹한 감촉이 곧 딱딱하게 변했다. 도원의 손안에서 느리게 허리를 움직인 MJ가 눈가를 접으면서 웃었다. MJ가 이렇게 만족스러운 표정으로 웃는 것을 도원은 처음 봤다.

"이 나이에 선생님 생각하며 또 몽정했어."

"MJ, 저기, 손을……."

"여자애들 교복 밑으로 알 선 종아리만 봐도 불끈하는 때는 지났는데 왜 이럴까. 나 좀 돌았나 봐."

"손, 놔주세요."

"왜 이렇게 쑥스러워해. 귀엽게."

"우, 움직이지 마세요."

"진짜 귀엽네. 한 판 할래?"

"그, MJ."

"아, 그렇게 쳐다보지 마. 진짜 못 참겠어."

도원의 손안에서 부푼 성기가 문질러졌다. 뜨겁고 질척하게 잡히는 손안의 감촉이 크고 선명해졌다.

도원이 기대어 있는 소파 등받이로 MJ가 손을 뻗었다. 그는 도원을 양팔 사이에 가두고 내려다보며 허릿짓을 했다. 귀까지 발갛게 익어 있는 도원에게 MJ가 키스를 해 주었다.

MJ가 잠시 숨을 멈추었을 때 도원의 손안에 정액이 뿌려졌다. 손목을 따라서 희멀건 액체가 타고 내려왔다. 도원이 손을 어디에 닦아야 하는지 몰라서 쳐다보는 사이에 MJ가 몸을 돌렸다.

휴지를 가져와 도원의 손바닥을 닦아 주면서 웃었다. 곤란한 표정으로 올려다보는 도원을 보자 섹스를 하던 어제가 떠올랐다.

울면서 매달리던 도원이 생각났다. 단정하게 앉아 있는 지금 모습과는 전혀 다른 도원이.

"옷 입고 올게. 선생님도 손 닦고 여기 앉아 있어."

MJ가 도원의 쇄골을 입술로 쪽 빨고 일어났다. 선명한 키스 마크를 확인한 MJ는 덜렁거리는 성기를 숨기지도 않고 2층 계단을 밟았다.

그에겐 부끄러움이라는 게 애초에 없는 걸까. 심각하게 뒷모습을 쳐다보던 도원은 싱크대로 가 물을 틀었다. 팔꿈치까지 흘러내린 시큼한 냄새의 액체를 깨끗하게 씻어 냈다. 소파에 앉아 있자니 바지만 걸친 MJ가 다시 내려왔다.

"어제 확인해 보니 선생님 집이랑 연구소에 경찰들이 깔렸대. 선생님을 바래다준다고 해도 집까지는 못 갈 거 같아. 몇 정거장 떨어진 지하철에서 내려 줄게."

MJ는 도원에게 와이셔츠를 건넸다. 도원이 셔츠에 팔을 끼워 넣었다. 도원의 옆에 앉은 MJ가 직접 하나하나 단추를 채워 주었다.

"나랑 만난 것만 빼면 선생님이 겪은 건 모두 말해도 돼."

단추를 채운 셔츠를 직접 바지 속으로 넣어 주는 MJ를 보면서 도원은 고개를 모로 숙였다.

"사실대로 말하는데 당신과 만난 얘기만 쏙 빼면 거짓말인 게 바로 들통 날 거예요. 차 사고가 났는데 혼자서 갑자기 사라지는 건 이상하잖아요."

"흠. 며칠 동안 어디에 있었는지 알리바이가 필요하다는 거지. 그런 알리바이는 지금 당장 못 만드는데."

"그럼 아무것도 말하지 않을게요."

"경찰 신문을 그렇게 간단하게 속여 넘길 수는 없을걸."

"할 수 있어요. 아무것도 기억 안 난다고 하면 되니까."

MJ는 소파 등받이에 비스듬히 기대었다. 도원을 쳐다보는 눈빛의 의미는 읽기 힘들었다. 도원의 속을 파헤쳐 보려는 의심과 아무말도 없이 믿고 싶어 하는 신뢰가 공존하고 있었다.

"선생님, 저기 벽 봐 봐."

도원은 벽을 가리키는 MJ의 시선을 좇았다. 그의 눈이 벽면에 가득 찬 지도를 가리키고 있었다. 붉은색과 초록색으로 표시되어 있는 지도는 설명 없이 보면 무엇을 뜻하는지 알아보기 힘들었다.

사진과 메모가 빼곡했다. 정황을 파악하기 전에는 뒤섞인 정보들을 제대로 이해하기 어려워 보였다.

한눈에 구분할 수 있는 것은 색깔이었다. 초록색 표시보다는 붉은색 표시가 더 중요하다는 것. 대부분이 농가에 붉은색 표시와 불에 탄 사진을 함께 붙여 놓은 상태였다.

"붉은색은 내가 고의로 불낸 지점이야. 아버지랑 틀어지면서 저질렀어. 초록색은 내가 그러고 싶지 않았는데 무의식적으로 불을 지른 곳이야. 손이 떨려서 도저히 불을 내지 않으면 못 견딜 정도로 강박증이 심해져서 낸 것들이지."

도원의 시선은 붉은색 표시의 전소된 화재 현장보다 날짜와 시간만 적혀 있을 뿐, 사진과 메모가 없는 초록색 표시에 머물렀다.

MJ는 도원의 시선을 유심히 살펴보았다. 경찰이나 프로파일러였다면 정보가 많고 중요성이 높은 붉은색에 더 많은 시선을 주었을 텐데도, 도원은 녹색 지점만을 쳐다보고 있었다.

고의가 아닌 비고의성에 관심을 가졌다. 의식의 층위보다 한 단계 깊게 들어가는 MJ의 무의식에 집중하고 있었다.

도원이 이럴 때마다 MJ는 심장 한쪽이 뛰고 고양감이 들었다. 누군가가 범죄자 MJ보다 인간 MJ에 더 집중하고 관심을 보이는 게 이렇게 기분 좋은 일인 줄은 몰랐다.

"강박적으로 불을 낸 곳에 대해선 거의 기억나지 않아. 의미도 잘 모르겠어. 왜 저런 데까지 가서 불을 질렀는지 알 수가 없어. 이런 말을 이해할 수 있겠어?"

"네."

"결국 나도 나를 모르겠다는 소리야. 선생님이 경찰들을 만나서 아무것도 기억나지 않는다고 말하는 것과 똑같아. 스스로 바보가 되는 길이지. 경찰들이 괜히 의심하면 더 곤란하니까 알리바이가 필요하면 만들어 줄 수 있어."

"바보 같지 않아요. 사람들은 생각만큼 그렇게 의식적으로 행동하지 않거든요. 그냥 하는 거예요. 몸에 익은 행동도 아니고, 어디서 배우거나 학습한 것도 아니에요."

MJ가 지도에 표시한 비이성적인 부분을 도원은 있는 그대로 받아들이며 말했다.

"무의식 저변에 있는 무언가 때문에 그렇게 행동하고 표정을 짓는 거예요. 그러니까 당신이 아무것도 모르고 불을 지른 걸 바보 같다고 생각하지 않아요."

피식 웃은 MJ가 도원을 품에 끌어안으면서 말했다.

"경찰들도 선생님을 그렇게 생각할까?"

"'나도 모른다'는 말을 나만큼 논리적이고 이성적으로 설명할 사람은 우리나라에 몇 명 없을 겁니다."

"선생님이 뭔가를 숨긴다고 의심할 수도 있잖아."

"정신분석가가 스스로를 분석해서 내린 결론은 경찰들도 의심하기 힘들걸요. 그걸 의심하는 순간, 나를 유명하게 만든 모든 학술 논문을 부정하게 되는 셈이니까요."

"이럴 때에 유명세를 이용하겠다는 거네."

"운이 좋아서 얻은 유명세니 실컷 이용해야죠."

"운이 아냐. 실력이지."

"실력도 운이지 않을까요. 한국 사회에 제 이론이 해결책이 될 수 있는 범죄 사건이 벌어지지 않았다면 제가 유명해질 이유도 없었을 거예요. 1년이라도 늦게 논문을 발표했다면 당신이 나를 알게 되지도 못했겠죠. 운이에요."

"아아."

"그보다 저 녹색 표시에 대해 더 얘기해 줄래요? 듣고 싶어요."

지도에 고정되어 있던 도원의 눈이 MJ를 돌아봤다. 그 말간 시선을 보면서 MJ는 아무 말도 하지 못했다. 한참 동안 시선을 마주하기만 했다.

이상해진 분위기에 도원이 뒤늦게 몸을 움츠리면서 당혹한 표정을 지어 보였다. MJ의 본능이라는 스위치를 누른 것 같아서 조심하는 태도였다.

MJ는 도원이 자신을 인간적으로 알고 싶어 할 때마다 짜릿한 흥분을 느끼고 있었다. 사람을 언제나 진심으로 대해 주는 도원이 고맙고 좋았다.

섹스의 행위 자체를 부끄러워할지언정, 다소 강압적으로 섹스를 하는 MJ를 탓하는 것은 전혀 없었다. 사람을 언제나 열린 자세로 받아들이기 때문이다. 도원이 그런 사람이어서 MJ는 새삼 더 반하고 말았다. MJ는 직접 채워 주었던 도원의 셔츠 단추를 다시 풀었다.

"아까 혼잣말로 그랬잖아. 나와의 섹스를 없던 일로 하고 싶다고."

셔츠를 벗긴 손가락이 옷깃 안을 파고들었다. 투박한 손끝에 부드럽고 여린 살점이 닿았다. 키스 마크로 울긋불긋해진 은밀한 곳을 들췄다.

"안 돼. 그러지 마. 선생님은 끝까지 날 특별하게 취급해 줘. 내 담자로도, 섹스하는 사이로도, 모든 인간관계에서 말이야."

MJ는 부기가 빠지지 않아 예민해진 가슴을 입에 머금으며 도원이 밀어내는 손길을 부드럽게 저지했다. 도원이 운신하기에 힘들 것 같아서 참아 보려 했지만 애석하게도 MJ에게는 불가능한 일이었다.

삽입은 힘들더라도 맨몸에 닿고 싶다.

그게 현재 욕망이었다. MJ는 도원의 바지를 벗기면서 속삭였다.

"내가 그럴 거니까."

도시는 도원에게 냄새로 다가왔다. 북쪽에서 실려 온 서늘하고 날 선 바람에는 꿉꿉한 삶의 냄새가 배어 있었다. 여름에는 산뜻했던 향수 냄새가 무겁고 둔탁했다.

가볍게 날아가 버리는 술과 고기 냄새는 올이 굵은 섬유 속에 진하게 박혀 있었다. 불 켜진 포장마차에서 기름에 튀긴 밀가루 음식들이 지나가는 사람의 시선을 잡아 두었다.

건물 뒤쪽에 숨어 몸을 웅크리고 담배를 피우는 사람들, 커다란 캐리어를 끌고 공항버스를 잡는 외국인 관광객들, 눈이 녹지 않은 도로를 지날 때마다 짙어지는 매연 냄새.

어쩐지 생소하고 낯선 표정으로 도원은 빌딩 사이의 좁은 하늘을 올려다보았다. 입김이 담배 연기처럼 길게 피어올랐다.

오피스텔에 들어가 문을 여는 순간, 어디선가 사람들이 뛰쳐나왔다. 현관 문턱을 넘기도 전에 빈유미가 달려와 도원을 끌어안았다. 초췌한 몰골로 엉엉, 울음을 터뜨리는 여자를 보면서 도원은 말 못할 미안함에 그녀를 안고 등을 토닥여 주었다.

그녀와 함께 있던 사람들은 누군가에게 전화를 걸었다. 형사로 보이는 한 남자가 도원에게 휴대 전화를 건네주었다.

전원을 켠 휴대 전화 안에 수많은 부재중 통화와 메시지 도착 알림이 떠 있었다. 도원은 액정 화면 상단에 찍혀 있는 날짜와 시간을 보고 비로소 일상을 실감했다.

1월 1일. 새해였다. 한 해의 마지막과 처음을 본명도 모르는 남자와 침대와 소파를 오고 가면서 질펀하게 굴렀던 것이 떠올랐다. 꿈처럼 현실감이 없는 일이었다.

도원이 집에 들어가 목욕을 마치고 깨끗한 옷으로 갈아입고 나오자 빈유미가 훌쩍이며 말했다.

"밑에 차 대기하고 있습니다. 같이 가요, 선생님."

휴지로 코를 닦아 내는 빈유미를 연신 토닥이면서 도원은 멀거니 창밖만 바라봤다. 일상으로 돌아온 게 맞았다. 급박하고 정신없기는 하지만.

"얼마나 놀랐는지 아십니까. 박사님 몸은 괜찮으세요?"

광역수사대 팀장이 사무실로 오자마자 도원에게 다가왔다. 도원이 괜찮은지를 살펴보다가 도원의 열 손가락에서 시선이 멈추었다.

열 손가락의 손톱이 모두 보라색으로 변해 있었다. 손톱 끝이 엉망으로 깨어져서 갈라져 있었다. 무언가를 절박하게 긁었다는 뜻이었다. 그 외의 곳은 멀쩡해 보였다. 턱까지 올라오는 올이 굵은 터틀넥 셔츠를 입고 있어서 찰과상이나 멍 자국은 보이지 않았다.

"죄송합니다. 저도 시간이 이렇게 지난 줄 몰랐습니다. 몸은 특별한 이상 없습니다."

"다행입니다. 그동안 어느 병원에 계셨던 건가요. 교통사고 환자를 받은 병원을 샅샅이 찾았는데 선생님 기록은 없었거든요."

"병원에 있었는지는 저도 잘 모르겠습니다."

"예?"

"정신 차려보니까 집 앞이었어요."

팀장의 표정이 굳었다. 그는 빈유미에게 고갯짓을 했다. 그녀는 황급히 도원을 데리고 조사실로 들어갔다. 용의자가 신문받을 때 들어오는 곳이어서 도원에게는 정당하지 않은 처사가 될 수 있었다. 빈유미는 혹시나 도원이 기분 나빠하지 않도록 설명했다.

"동료가 총에 맞아서 죽었습니다. 청장님까지 관심을 보이는 사안이라 조금 조심스러워요. 선생님, 여기 모신 거 이해해 주실 수 있을까요?"

"으음, 그런 거야 나도 이해하는데요, 저기, 집에 오자마자 여기 이렇게 끌려오니까 조금 피곤해지는데."

"정말 죄송합니다. 바로 집에서 쉬실 수 있도록 할게요."

"신경 써 줘서 고마워요. 그보다 저희 가족한테 연락하진 않았죠?"

"앗, 사모님 쪽에 연락이 갔어요. 선생님 부모님께는 안 갔고요."

법적 이혼 상태라도, 한국에서 유일한 가족이었기에 연락이 갔다는 의민가. 갑자기 행방불명된 사실을 알게 된 전처와 친정 쪽이 어떻게 생각할지를 가늠하면 벌써부터 조심스러워지는 일이었다.

이러다가 도원이 하는 일이 너무 위험하니 딸아이와의 만남에도 제약을 거는 건 아닌지. 신경 쓰일 수밖에 없었다.

나중에 따로 연락을 해서 안심을 시켜야겠다고 생각할 때 조사실로 수사대 팀장이 들어왔다. 그는 따뜻한 차를 탄 컵을 도원에게 내밀었다.

"그런데 정말 아무것도 기억 안 나시나요?"

도원은 팀장과 빈유미를 번갈아 바라봤다. 사건의 유일한 목격자가 죽지 않고 살아 있는 점은 천만다행이었지만 뜻하지 않은 상황에 곤란해하는 표정이었다.

울어서 눈이 퉁퉁 부은 빈유미에겐 특히나 미안함이 컸다. 총기 사건에 휘말린 도원이 감쪽같이 사라지고 무슨 생각을 했을까. 그녀가 겪었을 심적 압박을 당장 해결해 주고 싶으면서도 도원은 이곳에 오는 동안 정리했던 생각을 그대로 얘기했다.

"차가 가드레일을 박고 떨어진 후부터 기억나는 게 없습니다. 마약의 증세가 남아 있는 상태에서 총에 위협당하고 차 사고까지 연달아 벌어져서 이성을 잃은 것 같아요. 제 발로 산을 내려오다가 누가 발견하고 돌봐 준 게 아닌가 싶습니다."

"누가 돌봐 주었는지, 어디에 계셨는지 모르신다는 뜻이죠?"

"네. 쇼크로 기억이나 인지 작용을 하는 뇌에 이상이 있었던 듯합니다. 오피스텔 건물을 보고 나서야 기억이 정상적으로 작동했어요. 익숙한 걸 보니 괜찮아진 것 같습니다."

"그러면 그전까지는 기억이 돌아오지 않을 만큼 낯선 곳에 있었다는 거네요."

"아마도요."

"지금은 좀 괜찮으신가요?"

"기억이 얼마나 돌아왔는지 확인해 봐야 할 것 같아요. 아직은 멍해서요."

"무리하시는 거라면 전문의와 치료 상담 후에 저희 쪽이랑 이야기하셔도 됩니다. 건강이 괜찮아 보인다는 보고를 받고 바로 모신 거라 경황이 없었습니다. 죄송합니다."

"아, 음. 그래 주시면 고맙겠습니다. 지금 바로 뭔가를 떠올리고 말하는 건 버거워서요."

"예, 저희가 성급했습니다. 전문의에게 연락해 둘게요. 빈유미 형사, 박사님 모셔다드리고 와."

팀장은 서두르지 않았다. 사회적인 이슈가 될 수 있는 사람을 대한다는 부담감 때문인지 도원이 평소 알던 경찰청의 방식으로 목격자 진술을 확보하지 않았다.

그들은 한시가 급해서 작은 단서라도 수사하고 싶었지만 도원을 압박함으로써 지게 될 책임감이나 매스컴 이슈를 피하고도 싶어했다. 속도를 봐서는 내일 상담의를 데리고 진술 확보를 위해 도원을 찾아올 모양새였다.

도원은 이 정도로도 충분하다고 여겼다. 내담자가 정보를 알면서 숨기는지, 모르기에 말하지 못하는지에 대한 반응은 도원이 누구보다 잘 알았다. 그 어떤 정신과 전문의와 상담한다고 해도 단기기억 상실의 증상을 차분하게 유지할 자신이 있었다.

고생하는 빈유미와 경찰 측 사람들에게는 미안한 일이지만 지금 도원이 선택할 수 있는 것은 이것뿐이었다.

도원은 빈유미를 따라 조사실을 나왔다. 빈유미가 엘리베이터 안까지 도원을 따라왔다. 그녀는 아까부터 계속 도원을 살피고 있었다. 안절부절못하는 강아지가 생각나서, 도원은 그녀를 내려다보고는 피식 웃어 주었다.

"똥 마려워요?"

도원의 질문에 빈유미의 얼굴이 새빨개졌다.

"선생님, 이런 데에서 농담이나 하시고."

"이런 때까지 진지하면 이상하잖아요."

"뭐가 이상해요. 제가 얼마나 선생님을 걱정했는데요."

"걱정해 줘서 고마워요. 보다시피 난 멀쩡하니까 걱정 내려놓아요."

"진짜 괜찮아요? 아니면 괜찮은 척하는 거예요? 박 형사님······ 아, 죄송합니다."

"상관없어요. 박 형사님 얘기해도 돼요. 내가 또 쇼크받아서 기억 잃을까 봐요."

"그, 그렇지만 차에서 총이 발견됐어요. 박 형사님 총이었어요. 그 총구에서 선생님 타액이 확인되었고요. 살해 위협당하신 거였죠? 죄송합니다. 제가 박 형사님을 제대로 감시 못하고 있었습니다."

빈유미의 두 눈에 눈물이 가득 찼다. 도원은 당황해서 그런 빈유미를 쳐다봤다.

1층으로 내려가기도 전에 엘리베이터 문이 열렸다. 도중에 엘리베이터를 타려 한 경찰청 관계자는 울고 있는 빈유미를 보고 흠칫하여 안쪽으로 발을 넣지 못했다. 그대로 스르륵 닫혀 버린 엘리베이터가 맹렬하게 1층으로 내려갔다.

조금 전 사람이 이상한 소문을 퍼트리면 빈유미와 자신의 상황이 더 곤란해지지 않을까 하는 걱정이 들었다.

도원 자신은 괜찮았지만 이곳을 직장으로 둔 빈유미가 걱정이었다. 요령을 부리지 않고 도원을 대하는 태도는 친한 여동생 같아서 내버려 둘 수가 없었다.

도원은 빈유미의 눈가를 소매로 닦아 주었다. 축축하게 젖어 가는 소매 끝에 안타까워하며 다정하게 말해 주었다.

"자꾸 이러면 화장실로 쫓아낼 거예요."

"똥 안 마려워요."

"우리 빈유미 씨의 대장 활동까지는 내가 참견 못하겠고, 찬물에 세수시킬 수는 있으니까 뚝."

"……선생님, 그 말투 어린애 대하는 거 같아요."

"착하다, 뚝."

"화향이한테 하는 말투네요."

"우리 화향이는 빈유미 씨보다 훨씬 귀엽고 예쁜데 비교하면 화가 날지도 몰라요."

"으, 가끔 생각하는 거지만 선생님은 딸한텐 정말 팔불출이세요."

1층에 도착한 엘리베이터 문이 열렸다. 빈유미는 손바닥으로 눈가를 마저 닦았다.

도원은 그녀가 먼저 나갈 수 있도록 옆으로 비켜섰다. 그러한 사소한 행동이 빈유미가 알고 있던 도원이 확실했기에, 도원이 살아서 돌아왔다는 사실이 실감되었다.

멈추었다고 생각한 눈물이 또다시 닭똥처럼 뚝뚝 떨어졌다. 빈유미는 결국 참았던 감정을 터뜨렸다.

"연락이라도 해 주시던가요!"

깜짝 놀란 도원이 한 걸음 뒤로 물러났다. 빈유미의 반응에 도원이 억울한 기색을 비쳤다.

"기억나는 게 없었다니까요."

"으으, 알아요. 아는데, 진짜 엄청 걱정해서. 다시 뵈니까 좋고 서글프고 힘들고 막 그래서."

"응, 고마워요. 이해해요. 내가 잘못했어요."

"그렇게 다정하게 말하지 마세요. 선생님은 잘못한 거 없어요. 나도 알아요. 그 차에 블랙박스도 없고, 목격자라곤 차 사고 난 걸

본 사람뿐이고, 도착한 경찰이랑 구급 대원들은 선생님 발견도 못 했고, 박 형사님께 그런 짓을 한 사람이 선생님을 끌고 갔나 싶어 서 심각해졌고, 다시 보니까 막 그런 게 다 생각나서. 선생님은 그 런 것도 모르고 계속 장난이나 치시고."

"장난 아니에요."

"계속 가볍게 구시잖아요!"

"빈유미 씨 말대로 그 심각한 일에서 유일하게 살아남은 사람이 저니까요. 조금이라도 가볍게 생각해야죠. 안 그러면 그 심각함에 질식할지도 몰라요."

울음을 멈춘 빈유미가 눈을 크게 뜨고 도원을 쳐다봤다. 도원은 빈유미의 머리를 토닥여 주었다. 위로를 받아야 할 사람이 바뀌었 다는 사실을 그제야 눈치챈 빈유미가 아, 하고 당황한 목소리를 길 게 끌었다.

심각한 사건을 겪고, 기억까지 잃은 사람을 채근하다니. 괜찮은 척이라도 하지 않으면 힘들 것 같아서 이러는 사람에게 무슨 짓을 하는 건지.

빈유미는 도원의 소맷자락을 잡았다. 처음과 다른 의미로 울음으 로 가득 찬 얼굴이었다.

"이러려는 게 아니었습니다. 죄송해요, 선생님."

도원은 말없이 웃어 보이기만 했다. 괜찮다고 말하는 도원이 정 말로 괜찮은지 알 수 없었기에 빈유미는 끝까지 사과했다. 사과를 받아 주는 도원에게 따라붙어 다시 사과하고, 반복해서 사과했다.

경찰청 정문 앞에는 수사대 경찰들이 탄 자동차가 대기해 있었 다. 도원을 집까지 바래다주고 근처에서 잠복할 듯했다.

도원의 옆자리에 빈유미가 따라와 앉았다. 그녀는 여전히 표정을 알 수 없는 도원을 들여다보면서 손가락만 만지작거렸다.

새해 첫날이기에 도로는 텅 비어 있었다. 거침없이 달리는 차 안은 도원의 눈치를 살피는 빈유미와 그 분위기를 감지하고 입을 다문 형사들의 침묵으로 가득 찼다.

도원이 그 무겁고 어색한 분위기를 깨트렸다.

"아버지란 사람이요."

창밖을 쳐다보는 도원은 빠르게 지나가는 건물들만 쳐다보며 중얼거렸다.

"내 환자였대요."

도원이 고개를 돌려 빈유미와 눈을 맞추었다. 그녀는 숨을 죽이고 쳐다보고 있었다. 도원은 그녀가 울면서 원망했던 바로 그 심각하고 진지한 태도로 말을 해 주었다.

"내가 나온 미국 대학이랑 병원에 연락해서 직접 참여했던 임상 기록을 모두 요청해 주세요. 하나도 빠짐없이 전부 다요."

7

〈첫 번째 메시지가 있습니다. 재생하시겠습니까.〉

지하철의 안내 방송이나 외화 속 주인공의 더빙된 목소리처럼 음성 사서함에 녹음된 안내 멘트는 익숙했다. 사무적이지만 정중했다. 부드럽지만 감정이 실려 있지 않았다. 신상품을 몸에 걸친 매장 마네킹만큼 아름다우면서도 무감각했다.

도원이 일상으로 돌아왔다고 느낀 지점이었다. 눈에 보이고 귀에 들리는 수많은 황홀경이 도처에 뿌려져 있었다. 아름다움으로 가득 차서 실제 아름다움을 구분하지 못하도록 만들고 있었다.

속이고 속임당하는 느낌이었다. 현실이 이질적이라는 생각은 살면서 처음 느껴보는 감각이었다.

〈도원 선생, 경찰청으로부터 연락받았네. 한국 시간으로 지금은 늦은 밤일 거 같아서 음성 메시지로 남기네. 결론부터 말하지. 예정보다 빨리 한국에 들어갈 생각이네. 자네 상담의를 내가 자처했

거든.〉

도원의 걸음이 멈추었다. 목도리 밖으로 반죽을 실패한 밀가루 같은 입김이 흩어졌다.

이어폰 안에서 들려오는 맹강조 소장의 목소리가 잔뜩 굳어 있었다. 경찰에게 어떤 식으로 연락을 받았는지 몰라도, 소장은 현재 도원에게 벌어진 일을 심각하게 받아들이고 있었다.

〈이틀 뒤에 도착할 것 같네. 그동안 경찰에서 수사 협조를 빌미로 압박을 하더라도 아무 말 하지 말고. 내 환자가 수사에 협조할 만한 상태인지는 담당의인 내가 결정해. 설마 그럴 리는 없겠지만 영장까지 가져오지 않는 이상, 자네에게 경찰이 무례하게 굴지는 않을 테니 일단 내 뜻대로 해 주면 좋겠어. 우리 연구소 법무 팀에 연락해 놨으니까 필요하면 변호사에게 연락해도 좋아.〉

변호사까지.

도원은 자신에게 호의적인 태도를 보였던 빈유미와 그의 동료, 상사들을 떠올렸다. 도원에게는 호의적이고 여유롭게 대했지만 실제 상황은 달랐던 듯싶었다.

끔찍한 일을 겪은 유일한 목격자. 경찰들은 그런 도원에게 주목하고 있었다.

도원의 정신적 외상을 걱정하여 몰아붙이지 않을 뿐 일거수일투족을 감시했다. 도원은 어딘가에서 느껴지는 시선을 돌아보지 않았다. 경찰의 시선일 수도 있지만 그것과 조금 다르게 느껴지기도 했다.

연구소에서 창밖으로 종종 느껴지던 감각이었다. 그땐 아버지인지 MJ인지, 시선의 주인을 모르기에 추측만 했었다. 그러나 이제는 안다. 누구인지 완벽하게.

〈박 형사와 관련된 일은 정말 안됐어. 내가 뭐라 할 말이 없을 정도야. 우리 도 선생이 그 일에 매몰되어 있지 않다고 들었지만 자네도 알다시피 우울증이나 쇼크에 의한 발작 증세는 갑자기 발생할 수 있거든.〉

영락없는 환자 취급이었다. 맹 소장에게는 이렇게 자꾸 보살핌을 받게 되는 것 같았다. 이러다 그에게 의지하면 어쩌나, 소소한 걱정이 들기도 했다.

〈도 선생이 아무렇지 않은 척을 너무 잘해서 그게 언제 쌓여서 폭발할지 나도 겁나네. 그러니 내가 가기 전까지 아무리 경찰이 급하다고 협조를 요청해도 받아 주지 마. 나와 함께 정확하게 상태를 체크하고 진행하도록 하고. 한국에 도착하면 연락하겠네. 그동안 몸조리 잘하고 있게.〉

음성 메시지의 반복 청취를 묻는 기계를 껐다. '도 선생이 아무렇지 않은 척을 너무 잘해서'라는 전제로 자신을 파악하고 있는 소장을 특히 더 조심해야겠다는 생각을 했다.

도원은 건물 안으로 들어갔다. 출입문에 서 있는 직원은 도원에게 정중하게 인사를 하고 문을 열어 주었다. 무채색으로 가라앉아 있던 도로의 풍경과 달리, 건물 안은 따뜻한 오렌지빛으로 은은했다.

진한 치즈에 상큼한 레몬이 뿌려진 음식 냄새가 강렬했다. 월계수 잎과 계피로 장식된 테이블 위의 인테리어 소품과 언뜻 좁은 듯하지만 그만큼 상대방과 은밀하게 이야기를 할 수 있는 유리 테이블은 아이보리색의 테이블보와 조화를 이루었다.

바이올린 선율이 부각되는 재즈 음악은 느린 박자의 타악기와 어울리며 레스토랑 전체에 부드럽고 사랑스러운 분위기를 만들어 내고 있었다.

남녀가 서로를 바라보면서 작게 웃음을 터뜨리는 소리가 곳곳에서 들렸다. 직원에게 안내받은 테이블로 향하는 도원을 힐끔, 쳐다보는 시선조차 없었다. 그들은 작은 테이블 위에서 견고하고 완벽한 그들만의 세상을 이루고 있었다.

도원이 넓은 레스토랑 홀을 가로질러 도착한 곳에는 한 여자가 앉아 있었다.

붉은빛이 도는 갈색의 단발머리에 화장을 연하게 한 여성이었다. 시폰 블라우스에 무릎까지 덮는 모직 스커트, 검은색 힐. 어깨에 걸쳐 놓은 채도 높은 청록색 코트는 그녀가 과감한 색깔의 옷도 능숙하게 소화할 만큼 자신감이 있고, 세련된 여성이라는 것을 나타내 주고 있었다.

도원은 그녀의 맞은편에 앉아 목도리를 풀었다. 코트도 벗어 의자의 등받이에 걸었다. 그러는 동안에도 여자는 입을 떼지 않았다.

"오랜만이네. 잘 지냈어?"

도원이 먼저 말을 걸고 나서야 여자가 웨이터에게 음식을 주문했다. 그녀는 옆머리를 귀 뒤로 넘겼다. 머리칼을 모두 잡아채지 못하고 흘리고 마는 게 그녀답지 않게 긴장한 듯 보였다.

"응, 잘 지냈어. 도원 씨는 얼굴이 안 좋아 보이네. 밥은 잘 먹어야 하는데."

"잘 챙겨 먹었어. 최근에 일이 많아서 못 먹었을 뿐이지. 그보다 이거."

도원은 챙겨 왔던 쇼핑백을 여자에게 내밀었다. 여자는 테이블 위로 건너온 쇼핑백 두 개를 받아 들었다.

딱딱하게 각이 진 종이 가방 안에는 요즘 마트에서 줄 서서 기다려도 사기 어렵다는 인기 만화의 변신 로봇이 들어 있었다.

또 다른 가방 안에는 아동 의류에서 엄마들이 선호하는 브랜드의 원피스와 함께 잘 밀봉된 편지가 들어 있었다. 누굴 위한 선물인지를 알기에 여자가 말했다.

"화향이한테는 직접 주지."

"그러고 싶었지만 크리스마스도 다 지났잖아. 나중에 직접 찾아갈 땐 더 좋은 선물 들고 갈게."

"응. 신경 써 줘서 고마워. 화향이가 많이 좋아할 거야. 나중에 아빠한테 감사하다고 전화하라고 말할게."

그녀는 자신의 선물이 없다는 점을 서운해하거나 문제 삼지 않았다. 도원이 자신의 선물까지 챙겨 왔다면 받지 않을 생각이었는지, 오히려 한결 마음이 편한 표정을 짓기도 했다.

웨이터가 빵과 발사믹 크림으로 버무린 애피타이저를 가져왔다. 테이블 위에 개인 접시와 포크, 나이프가 세팅되었다.

그러는 동안 여자는 도원의 얼굴을 다시 살폈다. 살이 다소 빠진 듯, 도원의 얼굴이 이전보다 갸름해졌다. 웨이터가 따라 주는 물잔을 쳐다보는 옆얼굴에서는 턱선이 도드라져 있었다.

키는 큰 편이지만 풍채가 좋지는 않았기에 살이 빠지면 위태로운 느낌을 주었다. 피부도 하얘서 혈색이 건강한 편은 아니었기에 불안정한 느낌이 배가되었다.

"경찰에서 연락받고 얼마나 놀랐는지 알아."

여자가 샐러드와 빵을 함께 먹는 모습을 지켜보던 도원이 아아,

하고 낮게 한숨을 내쉬었다.

"걱정시켜서 미안해. 보다시피 난 멀쩡해."

"진짜야? 믿어도 돼?"

"물론이야. 이런 걸로 왜 거짓말하겠어. 문제 있었다면 병원으로 갔을 거야. 당신 연락받고 여기 오지도 않았을 테고."

"도원 씨가 이런 얘길 잘 숨겨서 이번에도 그런가 싶어."

"숨기는 거 없어. 뭘 숨기겠어. 난 정말 괜찮은데."

"이해할 수가 없어. 경찰청 일도 그만뒀는데 왜 자꾸 도원 씨가 이런 일을 겪는 건지."

"그러게. 어쩌다 보니 이렇게 됐네."

"나한테 일부러 아무 말도 안 해 주는 건 아니지?"

"그런 거 아니래도."

"저번에도 이런 일 있어서 나랑 화향이랑 멀어진 거잖아."

민감한 부분을 적나라하게 지목하는 말투에 도원은 입을 다물었다. 그녀는 접시로 가져온 샐러드와 빵을 조금씩 삼켰다. 도원을 쳐다보지 않으려고 음식에만 시선을 주고 있었다.

"도원 씨는 한국에 와서 계속 안 좋은 일만 겪는 거 같아. 원래 일선에서 일할 생각도 없었고 교수하고 싶어 했잖아. 학자가 되려는 목표로 공부했으면서 한국 오고 다 꼬인 거처럼 느껴져. 내 기분 탓일까."

예전 같으면 그녀의 둥근 어깨를 감싸 주고 머리를 자신의 가슴에 기대게 했을 테지만 도원은 이번엔 아무런 위로도 해 주지 않았다.

남편 없이 아이를 키울 여자의 문제는 너무 복잡하고 예민해서 함부로 위로하거나 사과하거나 응원을 할 수 없었다. 이런 식으로라도 그녀가 남몰래 쌓아 왔을 가슴속 응어리를 풀 수 있다면 부당하다고 느낄 만큼 예민한 감정도 받아 줄 준비가 되어 있었다.

"당신이랑 화향이한테는 아무 영향 가지 않도록 처신 잘할게."

"그런 문제가 아니야. 도원 씨가 안전해야 하는 거야. 나랑 화향이한테 신경 쓰는 게 아니라."

"경찰에는 내가 직접 부탁했어. 이번 일 마무리하기 전까지 당신이랑 당신 가족들을 지켜봐 준대."

"그냥 한국으로 돌아오지 말걸. 미국에서는 좋았는데."

"지난 일인걸."

"……."

"당신이랑 화향이 상처받지 않도록 내가 신경 많이 쓸게. 미안해. 이 정도밖에 못해 줘서."

"……."

샐러드 위로 눈물이 떨어졌다. 도원은 움찔거리는 손을 무릎 위에 고정시켰다. 원래 눈물이 많던 여자였다. 이럴 때면 그녀와 눈높이를 맞추고 손끝으로 젖은 물기를 닦아 주곤 했다.

이번엔 그러지 않으려고 무릎 위에 손을 말아 쥐었다. 도원은 자책하는 마음을 드러내지 못하고 시선을 돌렸다. 그녀를 똑바로 보기가 힘들었다.

"도원 씨는 정말 좋은 사람이야."

창문에 낀 성에를 보면서 도원은 담담하게 대답했다.

"당신이 더 좋은 사람이지."

"도원 씨가 다른 사람을 사랑하게 되면 나 많이 질투할지도 몰라. 도원 씨랑 헤어진 것도 자주 후회하는걸. 내가 더 버텼어야 했

나. 내가 나서서 괜찮다고 해야 했나. 무섭다고 아무것도 못해서 미안해."

"아냐. 당신 우는 모습 보려고 만난 거 아니잖아. 예쁜 얼굴 보려고 만난 거야."

"하, 그런 말을 사랑하는 다른 사람한테 하게 되겠지."

"……당신."

"모르겠다. 복잡해. 미안해. 이상한 모습 보여서."

도원은 바지를 쥐었다. 여자를 위로하지 않고 지켜보는 것이 괴로워서 아예 창틀에 시선을 고정해 버렸다. 상냥하고 다정하게 말해 줄 수가 없었다. 한때 진심으로 사랑했던 연인을 향한 예의만 갖출 뿐이었다.

그 어떤 여지도 주지 않으려고 노력했다. 서로에게 비어 있는 공간이 섣부른 감정들로 채워지면 사랑하는 딸을 위해서라도 재결합하자는 얘기가 나올 것 같아서였다.

여자는 도원이 시선을 피하는 의미를 도원이 스스로 의도하는 것보다 명확하게 알고 있었다. 어떤 일이 있더라도 도원과 재결합하기가 쉽지 않을 것이라는 것 또한 본능적으로 알았다.

도원은 여자와 아이를 사랑했지만 그건 일종의 의무였다. 도원은 그런 부분에 있어서 정확한 사람이었다. 마음이 없는 사람에게 자신을 내어 주지는 않는 사람이었다.

"있지."

다물고 있던 도원의 입술이 조심스럽게 열렸다. 줄곧 시선을 피하고 있던 얼굴을 돌려서 여자를 응시했다. 그녀는 말하지 말라고 소리치려다가 애써 참아 냈다.

"당분간 연락 못할 것 같아. 이 말이 하고 싶어서 나왔어. 이번처럼 경찰에서 나에 대한 소식이 가더라도 너무 신경 쓰지 말아 줘. 일이 마무리되면 내가 먼저 연락할게. 걱정 끼쳐서 미안해."

여자의 두 눈에서 멈추었던 눈물이 다시 흘러내렸다. 같은 대학에서 만나 낭만적으로 사랑했던 남자는 어설펐던 사랑의 감정이 아닌, 어른으로서 져야 하는 책임감을 우선시하고 있었다.

미련이 남지 않도록 대해 주는 태도를 고맙다고 여겨야 하는 걸까.

여자는 한평생 자신만을 사랑해 줄 줄 알았던 남자가 이제는 완벽한 타인이 된 것만 같아서 그 공허함을 뭐라 설명할 수 없었다.

도원에게 받았던 사랑이 철 지난 노래 가사처럼 자꾸만 여자의 뒤통수에 달라붙었다. 놓치기 아쉬울 정도로 사랑이 무엇인지 알려 주던 남자였다. 평생 살아도 아마 도원 같은 남자는 다시는 만나지 못할 것이다. 사랑에 순수했던 사람이었다.

"주문하신 스테이크 나왔습니다."

하얀 접시에 핏기가 맺힌 스테이크가 올려졌다. 붉은 흔적이 여자가 보내는 먹먹한 감정의 신호를 차단했다. 빈티지 라벨의 레드 와인은 허리가 잘록하게 빠진 늘씬한 와인 잔의 밑바닥을 적셨다.

도원이 와인 잔을 들었다.

"새해 복 많이 받아."

당신, 나보다 소중한 사람 생겼어? 자꾸 창밖을 보네. 그거 당신 습관이잖아. 좋아하는 사람 기다리려고 자꾸 밖을 보잖아. 나랑 있을 때는 한 번도 안 그랬잖아. 나를 기다린다고 매번 창밖만 보고 있던 사람이잖아. 왜 나랑 있을 때 창밖을 봐. 다른 기다리는 사람이 생긴 거야?

많은 말들이 와인과 함께 목 너머로 삼켜졌다. 반지 자국도 남지 않은 도원의 네 번째 손가락을 보기가 괴로웠기에 그녀는 애꿎은 스테이크만 잘게 조각내었다.

◐

두 시간뿐인 저녁 식사를 마친 도원이 지하철로 향했다. 여자가 "도원 씨, 차는?" 하고 물었을 때, 도원은 "당분간 안 타려고. 안 좋은 기억이 생각날 거 같아서."라는 대답으로 그녀와 마지막 작별 인사를 했다.

식사를 하는 동안에 빈유미가 도원에게 문자 메시지를 보냈었다. 문자는 레스토랑을 나오고서 확인할 수 있었다. 그녀는 도원이 다녔던 미국 대학에 연락한 결과를 알려 주었다.

[정식으로 수사 협조를 요청하여 상담 기록을 모두 받을 수 있게 되었습니다.]

미국에서 상담했던 내용들이 거의 대부분 학술 자료 연구에 이용되느라 환자 정보가 무기명 혹은 익명으로 남겨져 복잡한 절차 없이 연구 내용을 받을 수 있었다는 부가 설명도 있었다.

도원은 느리게 입김만 내보냈다. 시차를 고려했을 때 내일 오전 중에는 자료를 바로 확인할 수 있을 듯했다.

이대로 집에 돌아가 내일의 출근 준비를 하려던 도원은 문득 걸음을 멈췄다. 지하철로 향하는 계단이 눈앞에 사선으로 고꾸라져 있었다. 고꾸라진 계단을 밟고 내려가 집으로 돌아가면 될 일을 도원은 망설이고 있었다.

가구 하나 없이 허하기만 한 각진 사각형의 원룸으로 가고 싶지 않았다. 따뜻한 밥도, 반기는 사람도 없는 곳이 무서웠다. 좁은 방 안에서 어둠을 만나면 그 어둠이 총구처럼 변해서 입 안을 들쑤실 것만 같았다.

도원은 머리를 쓸어 올렸다. 전처를 만나서 이젠 연락하지 않을 거라고 선언해 버린 일이 생각보다 마음속을 어지럽게 한 모양이었다. 어수선한 마음을 그대로 끌어안고 집으로 들어가면 더없이 우울해질 것이다.

주변을 둘러본 도원은 2층에 있는 술집 하나를 발견하고 그곳으로 들어갔다. 호프 정도면 괜찮을 것이라 생각한 곳은 바였다. 두 테이블에만 손님이 있었고 바텐더가 서 있는 바 주변에는 사람이 없었다.

이런 곳을 즐겨 오지 않기 때문에 어색한 기분도 들었다. 다시 집으로 가려다가도 공허한 원룸을 생각하면 차마 발길이 떨어지지 않았다. 집에 곧장 가는 것보다야 술이라도 마시고 취해서 아무 생각 없이 자는 길을 택했다.

가게에 들어가 바에 앉은 도원이 목도리를 풀면서 안을 둘러보았다. 누가 봐도 어색해 보이는 그 행동에 바텐더가 친근하게 말을 붙여 주었다.

"처음 오셨나 봐요."

"네. 어떻게 주문하면 될까요?"

"방법이 있는 건 아닙니다. 어떤 술로 마시고 싶으세요?"

"아, 음. 무난한 걸로 주시겠어요?"

"칵테일도 괜찮으세요?"

"네, 괜찮습니다."

"진을 베이스로 한 잔 만들어 드릴게요."

허리에 검은 앞치마를 두른 젊은 남자가 셰이커에 술을 따르는 모습을 지켜봤다.

조명 때문인지, 본래 색이 연한 건지 가느다랗지만 풍성해 보이는 금발이 강아지를 연상시켰다. 이목구비도 진하지 않아서 요즘 어린 여자애들이 좋아할 법한 인상이었다. 검은색 뿔테 안경도 아마 시력이 안 좋아서가 아니라 멋으로 낀 듯했다.

남자를 이렇게 빤히 쳐다본 적은 없었는데. 바텐더가 술을 다 섞고 잔에 따라 주는 모습을 마냥 구경했다. 자신의 앞으로 술잔과 안주가 도착하는 것도 모른 채 말이다.

"그렇게 쳐다보시니 긴장되네요. 실수할 뻔했습니다."

도원은 피식 웃고 말았다. 연구소 사람들이 가끔 혼자서 술 마시러 다닌다고 말했을 때 혼자서 대체 무슨 술집을 가나 싶었더니 실은 이런 곳에서 바텐더랑 얘기를 하는 게 아닐까, 하는 생각을 했다.

이런저런 얘기를 들어 줘야 하는 바텐더 입장에서는 피곤하고 지루할 수 있겠지만 술 상대를 찾고 그 상대와 예의를 갖추는 교감의 과정이 번거로운 사람들에게는 부담 없고 편한 자리였다.

도원은 황금색으로 반짝이는 술을 한 모금 마셔봤다. 목구멍이 뜨거웠다. 도수가 높은 술 같은데 목 넘김은 부드러운 편이었다.

"이런 데에 오는 사람들은 어떤 얘길 하나요."

앞치마에 젖은 손을 닦던 바텐더가 눈을 동그랗게 떴다. 무슨 의도인지 몰라서 도원을 쳐다보던 남자가 이내 만면에 미소를 띠었다.

"연애 얘기도 하고, 직장 상사 불만도 늘어놓고, 성관계나 인간관계 등등 다양하게 얘기합니다."

"개인적인 얘기들이군요."

"그렇죠. 누구한테 하기 어려운 얘기를 털어놓고 싶을 때 말하죠. 일종의 대나무 숲처럼요."

"아아."

"손님도 무언가 고민거리가 있어서 오신 거 아닌가요?"

도원은 술잔을 만지작거렸다. 고민거리가 너무 방대해서 어디서부터 꺼내야 할지 모를 지경이었다. 낯설고 어린 남자에게 꺼낼 만한 말인지도 알 수 없었다.

어린 남자라.

도원은 특히나 주변 사람에게 꺼내기 힘든 주제를 떠올렸다. 어린 남자. 자꾸 한 사람이 생각나 술잔을 손끝으로 말없이 더듬기만 했다. 따지고 보면 일상이 복잡해진 근원이었다. 술을 한 모금 더 마신 도원이 주저하다가 물었다.

"요즘 젊은 사람들은 어떻게 연애하나요."

실은 이게 연애 문제인지 자신이 없었다. 사귀는 게 아니지만 섹스는 했다. 섹스를 하며 좋아한다고 말했지만 그건 브레이크 기제로 만든 문장이었지, 정말 사랑해서는 아니었다.

계속 같이 있고 싶어서 동성 섹스도 허락해 버리다니, 이건 대체 무슨 마음인 걸까. 연애는 아니지만 연애 비슷한 거라도 하고 싶은 걸까. MJ를 상대로?

"네? 연애요?"

바텐더가 갑작스러운 질문에 오히려 놀라서 반문했다. 도원은 역시 이 나이에 연애 타령은 남들 보기에 불륜처럼 생각되려나, 싶어서 속으로 끙끙 앓게 되었다.

"……네, 연애요."

자신 없는 목소리로 중얼거리다가 머릿속만 더 복잡해졌다. 스스로도 알 수 없는 마음에 연애, 라는 말이 오히려 낯간지러울 지경이었다. MJ와 자신의 관계를 정의할 말이 없었다.

인간관계로 포괄하기엔 너무 밀접한 관계가 되었고, 친구라고 하거나 지인이라 부르기엔 키스를 하고 섹스를 한 것이 혼란스러웠다.

애정과 집착이 기반이 되는 관계가 맞는 듯해서 연애 문제로 분류하기로 했다. 그렇게 생각하니 도원은 자신이 MJ와 연애를 전제로 한 이런 감정을 느끼고 만 것인지, 아니면 젊은 사람들이 클럽이나 술집에서 '원나잇'을 하는 개방적 성행위의 일종으로만 봐야 하나 고민스러워졌다.

MJ의 또래로 보이는 바텐더에게 물어보기로 했다. 그 나이의 남자들은 어떤 생각으로 섹스를 하냐고. 바텐더는 그런 도원을 물끄러미 쳐다보다가 재미있다는 듯이 만면에 미소를 지었다.

"손님도 요즘 젊은 사람이신 것 같은데요."

"아, 저는 이미 늙어서."

"저보다 몇 살 위로밖에 안 보이시는데 그런 말씀 하시면 놀랍니다."

"으음. 그렇죠. 제가 중후한 멋이 없죠. 철없이 늙어서 그런가 봐요."

"손님은 지금도 충분히 멋지신데요. 이건 그냥 듣기 좋으시라고 하는 말이 아니고요, 정말로 손님 같은 분들 몇 없습니다."

"알았습니다. 팁은 챙겨 드릴게요."

"하하, 그런 뜻이 아닌데요. 지금도 충분히 '요즘 젊은 사람'처럼 연애하실 수 있는 분이 어울리지 않는 걸 물어보셔서 그래요."

도원은 술잔을 느리게 돌리다가 다시 바텐더를 쳐다봤다.

몇 살일까. 20대 중반? 후반?

그렇게 어려 보이진 않지만, 많게도 느껴지지 않았다. 조명의 환한 빛 때문에 나이를 가늠하기 어려웠다.

도원은 눈앞의 남자를 보고 MJ를 떠올리는 자신이 이상해서 고개를 갸웃했다. 공통점이라곤 나이와 성별밖에 없는 바텐더에게서 그를 연상하는 것이 사고 체계의 교란처럼 느껴졌다.

"제가 연애를 얼마 못해 봤거든요. 첫사랑이랑 결혼을 해서요."

"그런 얘기 영화에서나 나오던 거 아니었나요. 엄청 낭만적인데요."

"지금은 헤어졌어요."

"미련이 남나요?"

"글쎄요. 잘 모르겠지만 아닌 거 같아요. 책임은 져야겠는데 그게 그녀를 사랑해서는 아니라서요."

"좋아하는 사람이 따로 있구나."

"헤어진 첫사랑보다 더 신경 쓰이니까 좋아하는 사람이라고 해야 하나요."

"왜 손님 감정에 자신이 없으세요."

"저는 저 좋다는 사람을 첫사랑 외에는 만나 본 적이 없어서 제가 뭘 어떻게 해야 좋을지 모르겠어요. 제 감정도 잘 모르겠고."

"왜 몰라요. 좋아하고 신경 쓰이는 건 바로 알잖아요."

"그게……."

도원은 또다시 술잔만 만지작거렸다. 남의 입으로 이런 얘길 들으니 얼굴이 화끈거렸다. 유리잔에 맺힌 물방울을 손으로 훔치면서 도원은 자기도 정의할 수 없는 애기를 늘어놓기 시작했다.

"당황스러운 일들이 많은데 당황하는 모습을 보이고 싶지 않거든요. 제가 휘둘리면 안 된다는 생각에. 아, 음. 그냥 벌어지는 일들을 아무렇지 않게 넘기려고 하는데 그래도 되는 건지도 모르겠고. 제 나이 또래의 남자들 보니까 성관계에 있어서도 이런저런 일을 많이 겪은 사람이 많더라고요. 그래서 저도 대수롭지 않게 여겨야 맞는 건가 싶기도 해요. 미안합니다. 두서없이 말해서."

바텐더가 술잔 옆에 안주를 내놓았다. 과일을 꼬치처럼 끼운 안주였다. 안주를 주문한 적이 없다고 바텐더를 쳐다봤지만 그는 서비스라며 웃기만 했다.

"복잡하신가 봐요."

"네. 그럴 상대가 전혀 아니었거든요."

"그럼 그냥 인연을 정리하셔도 될 텐데 그러질 못하시네요. 혹시 그럴 만한 이유가 있나요? 손님께서 기분 나쁘지 않다면 이런 표현을 써도 되는지 모르겠지만, 뭔가 실수를 했다던가."

"음, 그게 맞는 거 같아요."

"아하, 실수군요."

"아마도요. 제가 제 직업상 해야 하는 '의무'라는 것에 집착해서 선을 제대로 못 그었어요. 병증인 줄 알고 받아 주다가 뭔가 잘못한 거 같아요. 이런 경우는 처음이라 모르겠어요."

"받아 주다 보니까 좋아하게 되었다든가, 뭐 그런 건가요."

"신경이 쓰이는 건 맞지만 좋아하는 것까진 모르겠어요. 제가 사고방식이 구식이라서 요즘 젊은 사람들이 누구나 그럴 수 있는 걸 진지하게 고민하는 건가 싶기도 하고. 하아. 상대가. 진짜로 상대가, 그게."

범죄자에 환자고 남자고. 상식선에서 거리를 뒀어야 하는 것들을 대체 왜 받아들인 건지.

아, 미친놈아. 다시 생각하니 이거 진짜 미쳤잖아. 도원, 너 진짜 왜 그랬냐.

과거의 자기 자신에게 욕을 뱉으면서, 도원은 울상을 지었다.

MJ와 같이 있고 싶어서 섹스까지 허락한 거…… 그거 진짜 미친 짓인데 왜 당시엔 그걸 몰랐지.

MJ가 그 섹스를 아무것도 아닌 걸로 여긴다면 생각할 게 좀 가벼워질까? 그래, MJ는 원래 섹스를 필요에 의해서 하던 사람이니까 이번에도 감정적인 부분이 아닌 필요성으로만 따질 수도 있어. 그래, 그럴 거야.

술을 급히 마시고 작게 기침을 했다. 과일 꼬치의 파인애플을 빼내어 씹었다. 눈까지 올라오는 술기운을 손끝으로 꾹꾹 눌러서 빼보려고 하지만 한 번 열이 오른 얼굴은 쉽게 가라앉지 않았다.

"요즘 사람들이 원래 그런 거면 저도 웬만큼 받아 줄 건 받아 주고 거절할 건 거절하면서 선 긋고 싶어요. 근데 그게 아니라면…… 상황이 특수해서 뭘 어떻게 해야 하는지."

"마음이 있으신데요, 뭐. 상대는 좋겠어요. 이렇게 진지하게 고민해 주는 분도 계셔서."

"……으음."

"원래 두 번째가 어렵죠. 그래서 손님이 더 조심스럽게 생각하는 것도 있는 것 같아요. 실은 아주 명쾌하게 이미 답을 내리셨을지도 몰라요."

"요즘 너무 상식 밖의 일을 겪고 있어서 현실감이 없어진 것 같아요. 그래서 정말로 모르겠어요."

"싫은데 억지로 신경 쓸 이유는 없다고 생각합니다. 정말로 거북하고 부담스러우면 강하게 거절하시면 돼요."

"그건 상대의 마음을 너무 잔인하게 짓밟는 행동이라 생각합니다."

"첫사랑과 결혼하셨다는 말을 들었을 때 느꼈지만 진짜 로맨티시스트시네."

"아뇨. 그런 걸로 포장하려는 건 아니고요."

"이 얘기 MJ가 들으면 환장할 텐데, 그렇죠?"

멈칫.

도원은 눈가를 꾹꾹 누르던 손을 뗐다.

"네?"

고개를 들자 바텐더는 여전히 싱글벙글 웃는 얼굴이었다. 멍하니 쳐다보는 도원에게 바텐더가 아주 짓궂은 표정을 지어 보였다.

"진짜 못 알아보시네. 혹시 안면 인식 장애라든가 그런 거 있는 거 아니죠? 손님 받을 때는 목소리 깔고 말해서 목소리로 구분 못한 건 그러려니 하는데 얼굴까지 못 알아보니까 서운하네요. 제 얼굴이 그렇게 임팩트가 없나요, 선생님."

도원의 입이 천천히 벌어졌다. 벌어진 입에서 나오는 목소리는 없었다. 남자는 도수 없는 뿔테 안경을 벗었다. 조명이 너무 환한 것 같아서 스위치를 한 개 끄니 광도가 절반으로 줄어들었다.

도원은 이제야 윤곽이 선명하게 드러난 얼굴을 알아봤다. 곱상하고 예쁘고, 가볍고 의뭉스러운 그 얼굴을 잊는 것은 불가능했다.

"MJ 친구분."

그는 아직도 실실거리며 웃음을 멈추지 못했다.

"이제야 알아봐 주시네요. 왜 모르셨지? 아까 빤히 쳐다보시기에 알아본 줄 알고 쫄았는데 그것도 아니었고."

"……곱슬머리셨는데. 꽤 심한."

"파마는 폈어요. 덥수룩하게 머리 스타일을 바꿔서 못 알아보셨나, 아님 정말로 저라는 생각은 하나도 안 하셨다던가. 너무 의외의 장소에 있어서인지 부조화가 벌어진 걸까요?"

"……."

"아하하, 그렇게 참담한 표정 짓지 마세요. 저도 진짜 놀랐어요. 아니, 선생님이 여긴 왜 오셨어요? 저는 친구 대타로 오늘 하루만 온 건데 이런 우연이 있나."

"거짓말하지 마세요. 또 무슨 짓을 꾸미는 거죠."

"진짜로 여기 들어오실 줄은 몰랐어요. 술도 안 좋아한다고 들었으니까 저랑 접점이 전혀 없잖아요. 선생님 잠깐 감시하려고 친구랑 하루 바꾼 거였는데. 여기서 보면 저기 레스토랑 다 보이거든요. 봐 봐요. 잘 보이죠?"

도원은 금발의 손가락을 따라 고개를 돌렸다. 전처와 식사를 했던 레스토랑이 한눈에 보였다. 이마를 짚은 도원은 의자에 몸을 묻었다. 그냥 집에 들어갈걸. 이제 와서 후회해 보지만 늦었다.

"MJ가 이 얘길 들었어야 하는데."

안 돼. 이 부끄러운 얘길 당사자가 들으면 진짜 접시 물에 코 박고 죽고 싶을 거야.

도원은 정색하면서 말했다.

"절대 말하지 마세요. 농담 아닙니다."

"왜요? 그 자식 뒷담화한 것도 아니고 좋은 얘기였으니까 해도 되잖아요."

"하지 마요."

"아하, 선생님, 부끄러우시구나."

"그런 거 아닙니다. 하지 마세요. 바텐더가 손님 얘길 다른 사람에게 옮기는 건 예의가 아니잖아요."

"저는 여기 정식 직원이 아니에요. 친구 대타거든요. 자격증 있는 게 주변에 저뿐이라 급하게 구한 대타. 그러니 여기 직원으로서의 도리와 의무를 다하지 않아도 된다는 뜻이죠."

실실 쪼개는 남자가 얄미워서 도원은 입술만 질끈 깨물었다. 술기운과는 다른 의미로 얼굴이 붉어진 도원은 남자를 원망하기 시작했다.

"정말 이러실 건가요."

"선생님, 정말 대단해요. MJ를 진심으로 고민하고 계셨군요. 미친놈이라고 내쳐도 뭐라 할 사람 없는데 그건 상대에 대한 도리가 아니라니. MJ가 반할 만하네요."

그, 그만…… 다른 사람의 입을 통해 듣는 자기 자신의 모습에 면역이 없는 도원은 속으로 비명을 질렀다. 도원의 눈빛이 절박해졌다.

"MJ한테 말하지 마세요."

"미안해요. 말해야겠어요."

"왜죠?"

"저는 선생님 감시역으로 붙은 사람이거든요. 선생님과 관련된 얘기는 다 하기로 했어요. 오늘 몇 시에 누굴 만났는지, 누구와 무슨 얘기를 했는지, 전부 다요."

"제가 여기 온 것까지 말하지 말라고는 안 할게요. 우리 얘기만 빼면 되잖아요."

"제가 말 안 한다고 MJ 귀에 안 들어가진 않을걸요. 선생님, 생각보다 많은 사람이 선생님을 지켜보고 있어요."

도원은 뒤를 돌아봤다. 테이블에서 오순도순 이야기를 나누는 손님들을 쳐다보고 다시 금발에게 시선을 옮겼다. 그는 어깨만 으쓱였다. MJ 쪽 눈이 되어 주는 사람이 얼마나 많이, 자주, 곁에 있는지 도원으로서는 알 도리가 없었다.

"어차피 알게 될 이야기를 말하지 않는 건 제 손해입니다. 숨겼다고 혼날 테니."

"……하."

"선생님이 아버지 쪽에 납치될 뻔한 것 때문에 MJ가 신경이 곤두서 있어서요. 저번처럼 크랙이 돌발 행동 하면 어떻게 하겠어요. 조금만 선생님 사생활에 관여할게요. 안 그러면 저희가 피해를 보는 거라."

"저는 경찰을 그다지 좋아하지 않지만 이번 일은 진심으로 신고하고 싶어지네요."

"하셔도 돼요. 증거가 없어서 저희 쪽은 못 찾겠지만."

도원은 양손으로 얼굴을 감쌌다. 이쯤 되니 이제 MJ 쪽 문제는 손 놓고 아버지 뒤나 쫓을까, 하고 자포자기하는 심정이 되었다.

자신과 금발이 한 얘기를 MJ가 알게 된다면…… 그 이후의 일은 상상하고 싶지 않았다. 사람이 안 하던 짓을 하면 일이 터진다는데 왜 집에 안 가고 술을 마시러 온 건지, 후회막급이었다.

"선생님이 아버지 정보를 경찰과 합동으로 알아보신다고 들었어요."

"……이젠 놀랍지도 않네요. 네, 맞아요."

"MJ에게는 박 형사나 아버지 관련한 일에 아무것도 관여 안 하기로 약속하셨다면서 약속을 어기셨더라고요."

"어쩔 수 없습니다. 제가 유일한 목격자였고 아버지와 관련된 정보를 준 사람이니까요. 경찰의 요구를 거절하면 아마 검찰 쪽으로 넘어갔을걸요."

"아버지가 선생님의 환자였다는 것만 알려 주셨어도 좋았을 텐데 그 점이 아쉽네요."

"제가 아는 모든 걸 그쪽과 백 퍼센트 공유해야 할 의무는 없잖습니까."

"알아요. 선생님을 비난하거나 나무라는 것은 아니에요. 선생님도 선생님 나름대로 판단을 내렸을 테니 MJ도 이걸 가지고 뭐라 하지도 않고요. 그러니까 이거 하나만 부탁할게요. 만약 진료 기록을 통해서 아버지의 정체를 확인하시면 경찰보다 저희 쪽에 먼저 정보를 주시면 좋겠어요."

"먼저 연락을 하고 싶어도 연락처가 없습니다."

"MJ가 찾아갈 거예요."

"제가 언제 정보를 찾는지 알고 맞춰서 찾아온다는 거죠?"

"그건 MJ가 알아서 할 것 같아요. 선생님은 아무 티도 내지 마세요. 아버지 정보를 찾더라도 경찰에 먼저 티를 내지만 않으면 저희 쪽에서 알아서 할게요."

도원은 마지못해 고개를 끄덕였다. 경찰에 정보를 숨기는 것도 아니고 MJ 쪽에 먼저 알려 준 뒤에 경찰에 알려 주면 되지 않을까 싶었다.

그 자료란 것이 보안에 촌각을 다투는 문서가 아니다. 자신의 학술 목적으로 쓰인 기록들이니 경찰에만 제공해야 하는 법률적 강제성이 걸린 것도 아니었다.

누가 조금 더 빨리 도원의 학술 정보를 알아낸다고 해서 문제가 될 것은 없었다.

도원은 외투와 목도리를 집어 들었다. 팁을 포함한 술값을 내밀자 금발이 돈 대신에 돈을 쥐고 있는 도원의 손목을 잡았다. 그러고는 빤히 쳐다보는 도원을 자신 쪽으로 끌어당겨 아무도 듣지 못할 정도로 조용한 목소리로 말했다.

"요즘 젊은 애들도 MJ처럼 그렇게 거칠게 자기표현을 하진 않아요. 선생님이 여기서 MJ를 포기한다고 해도 저는 비난하지 않을 거예요. 그렇지만 MJ를 '요즘 젊은 애들'만큼만 길들여 주시면 사람 하나 살리는 일이 될 거예요. 어쩌면 MJ와 관련된 모든 사람이 살아남을 수도 있어요."

길들인다는 표현에 도원은 눈살을 찌푸렸다. MJ를 야생성과 본능만 살아 있는 짐승처럼 취급하는 것 같아서 불쾌했다. 그러나 도원이 반박하기도 전에 금발은 도원의 손목을 더 세게 쥐면서 마저 말했다.

"MJ에겐 오래전부터 세상이 선생님 하나로만 이루어져 있었어요. 다른 세상이 있다는 걸 배우지 못했어요. 그러니까 선생님이 아니면 다른 세상이 있다는 걸 배울 수가 없는 사람인 거예요."

도원 하나로만 이루어져 있다는 말에 묘한 위화감이 들었다. 한 사람을 구성하는 요소는 분명 다양할 텐데 어떻게 도원뿐이라고 확신을 담아 말할 수 있는 걸까.

"선생님 앞에서는 그나마 말이 통하는 상태지만 실제로는 전혀 달라요. MJ는 통제가 불가능해요. 선생님이 아는 것보다 심각해요. 그자식이 선생님한테 미움받기 싫어서 정상적으로 굴 수 있는 것처럼 행동할 뿐이거든요. 제 말이 의심되면 나중에 보여 줄게요. 선생님 외의 사람들을 어떻게 대하는지."

……둘이 친구 아니었나. 왜 MJ의 나쁜 모습을 굳이 확인시켜 주려는 거지.

남자의 의도를 모르기에 도원은 남자를 어떻게 대해야 할지 몰랐다. 밀어내기엔 MJ와 가까운 사이였고, 받아들이기엔 그가 취하고 있는 행동들이 거북했다. 도원의 경계심을 이해한 표정으로 남자는 생긋 웃기만 했다.

도원의 손목을 잡고 있던 손이 천천히 풀렸다. 금발은 도원이 준 돈을 챙기면서 특유의 눈웃음을 보였다. 해사한 미소였지만 그만큼 순수하게는 보이지 않았다.

"다음에 또 뵙겠습니다, 손님."

금발을 돌아보면서 도원은 바의 문을 열었다. 1층으로 향하는 계단을 밟고 내려왔다. 조금 전에는 망설였던 지하철 계단을 서슴없이 밟고 내려갔다.

플랫폼에 서서 꼭 쥐고 있던 주먹을 펼쳤다. 금발이 손목을 잡고 얘기하면서 아무도 몰래 손바닥에 쥐여 주었던 종이쪽지였다.

구겨진 종이를 펴자 펜으로 휘갈긴 누군가의 연락처가 적혀 있었다. 지역 번호도 아니고, 통신사 번호도 아니었다. 생소한 번호들의 나열은 인터넷 전화번호였다.

―제 말이 의심되면 나중에 보여 줄게요. 선생님 외의 사람들을 어떻게 대하는지.

금발의 말이 자꾸만 생각났다. 금발은 도원이 MJ를 포기하지 않길 바라는지, 포기하길 바라는지 그 태도가 불분명했다. 그래서 도원은 그에게 받은 전화번호로 연락을 해야 하는지 망설였다.

금발의 개입이 상담에 도움이 될 수도 있다. 미국에서 상담할 때는 자식의 동의를 받지 않은 부모들이 찾아와서 자식의 사생활을 폭로하며 문제점과 해결점을 같이 찾기도 했다.

치료받아야 할 환자에 대한 정보는 무조건적인 비공개 원칙을 고수했지만 가족, 애인, 친척들이 다양한 이유로 환자를 동행하지 않고 자신들의 자의적인 해석만으로 환자의 병증을 설명하고 치료하는 프로그램에 참여하기도 했다.

환자는 치료를 거부하지만 주변 사람들이 그것을 내버려 둘 수 없을 때 취하는 간접 상담이었다.

넓게 보면 조금 전 금발의 태도가 그 간접 상담과 상당히 유사했다. 상담사가 자신의 환자의 문제점을 정확하게 인지할 수 있도록 주변에서 도움을 주는 것. 그러나 환자는 동의하지 않은 일. 이것은 전적으로 상담사가 결정할 문제였다.

도원은 종이를 반듯하게 접어 코트 주머니 속에 넣었다. 종이의 모서리를 만지면서 고개를 모로 숙였다. 기울어지는 시선만큼 생각도 기울어졌다.

이렇게까지 해서라도 MJ의 본성을 죽이고 사회적인 인간을 만들어야만 하는 걸까. 정작 그가 원하는 것은 강박증 치료일 뿐 인성 자체의 변화가 아닐 텐데.

전광판의 열차 모양이 가까이 다가오면서 철과 철이 부딪는 바퀴 소리가 요란해졌다. 꽉 닫혀 있는 스크린 도어 너머로 텅 빈 지하철 내부가 빠르게 지나갔다.

도원은 달리는 지하철이 어둡게 지워 놓거나 밝게 드러내는 스크린도어에 비친 자신의 모습을 보았다.

이미 MJ의 문제에서 발을 뺄 수 없는 한 남자의 모습이 보였다. 어느 정도 깊이까지 몸을 담가도 되는지 확신할 수 없는 남자가. 도원은 손아귀를 간질이는 종이를 만지작거렸다. 결정해야 할 시간이 다가오고 있었다.

도원은 몇 가지 신경 써야 할 사안들을 미뤄 두었다.

가령 늦은 밤, 안부를 묻기 위해 전화를 거는 부모님의 연락이라든지-대부분 전처와 이혼한 아들이 혼자서 새해를 맞이하는 것을 딱하게 여겨 안부 인사를 하는 전화였다- 맹강조 소장이 자리를 비운 동안 주간 단위로 처리해야 할 연구소 일정이라든지, '아버지'에 대한 수사 지휘권을 발휘하는 검찰의 수사 협조 요청을 답변한다든지 하는 사안이었다.

그나마 검사 쪽 움직임은 합동 수사를 하는 빈유미가 도원과 친분이 있기 때문에 엄격하게 진행되지 않는 편이었다.

도원이 경찰청에서 근무했던 당시의 분위기를 떠올려 보면 담당 검사가 유력한 목격자에게 너그러운 배려와 자유를 주는 경우는 거의 없었다. 정보는 시간 싸움이라면서 목격자가 확정되면 일단 그를 조사실로 소환하여 수사에 도움이 될 만한 정보가 나올 때까지 하루 종일 붙잡아 두곤 했다.

도원이 경찰청을 들락날락하지 않아도 되었던 것은 중간에서 빈유미가 처세술을 발휘했다고 볼 수밖에 없었다.

햄쑥해지는 그녀의 얼굴만 봐도 충분히 짐작할 수 있었다. 도원이 미국 대학교에 요청했던 연구 성과들을 모두 날라 주는 얼굴은 푸석했다.

따뜻한 커피를 사 주려는 도원에게 말없이 고개만 꾸벅 숙였다. 그녀가 안쓰러워서라도 미국 대학에서 받아 낸 학술 자료에 집중하기로 했다.

도원은 자신의 사무실 책상에 대학에서 협조해 준 학술 정보 문서를 올려놓았다. 연구 실적물을 의미 있는 정보들로 나누어 분류했다.

아버지가 자신의 얼굴을 유일하게 알고 있는 도원을 특별하게 여기고 있으므로, 상담 과정에 직접 참여하지 못하거나 환자를 대면하지 못한 기록은 제외했다. 자료 조사에만 도움을 주고 통계 수치를 내는 데에만 협력한 제2 저서 이하의 연구 논문도 제외했다. 여성을 제외했다. 상담 당시 도원보다 스무 살 이상 많았던 중년 이상의 남성들을 제외했다.

혹시 몰라 인종과 학력, 거주 지역 등은 제외하지 않고 모두 포함시켰다. 이러한 과정을 거치자 의심군으로 분류되는 환자가 서른 명가량 남았다. 도원은 분류한 연구 기록들을 끌어와서 하나씩 차분하게 내용을 살폈다.

도원의 연구 분야가 트라우마와 관련되어 있었기에 의심군에 포함되는 남성들은 모두 특별한 과거 경험이 있었다.

부모에게 학대당한 기록도 있었고, 전쟁과 내란에서 살인과 폭력에 직접 가담한 사람도 있었다. 짐승에게 위협당한 경험, 비행기 사고에서 유일하게 생존한 경험, 납치와 유괴 그리고 인질이 된 경험 등 그 사례가 무수히 많았다.

환자의 개인 정보가 적혀 있지 않은 학술서라고 해서 도원의 기억에서 지워진 사람은 거의 없었다.

모두 한 달 이상 심층 상담을 진행한 사람들이었다. 정확한 이름은 기억나지 않더라도 외형적인 특징은 비교적 자세히 기억나는 편이었다.

도원이 담당한 환자들은 다수가 아시아인이었다. 당시 정신 분석학 센터에 아시아인 학자가 도원 하나뿐이어서 아시아 계통의 환자들이 도원을 선호했던 것이 떠올랐다.

인종적인 거부감이라도 줄이고자 백인 교수가 아닌 도원을 먼저 지목하거나 찾는 사람들이 많았다.

상담 초기에는 도원을 죽이겠다고 협박하거나 강간하겠다고 위협했던 인물도 있었다. 도원을 자신의 발아래 두고 싶어 하거나 지나치게 숭상하여 모시는 양극단의 태도를 보이기도 했다.

그만큼의 뚜렷한 행동 징후가 없는 환자들이라도 말투와 어조는 생각이 났다. 떠올리지 못하는 환자는 없다고 말해도 과언이 아니었다. 그럼에도 도원은 한 손으로 턱을 만지면서 반대편 손으로 손가락 사이에 끼운 펜을 돌렸다. 미간이 좁아졌다.

"없어."

도원은 혼잣말처럼 중얼거렸다.

"어린 시절에 총을 든 사냥꾼에게 쫓기는 기억을 가진 환자는 없었어."

아버지가 MJ와 함께 살아남은 유일한 아이였다면, 그렇게 해서 어떠한 이유로든 미국에서 도원을 통해 심리 상담을 받았다면, 그 심층 상담 중에 관련된 이야기를 언급했을 만한데 그런 환자는 도저히 기억나지 않았다.

손가락 사이에 끼우고 돌리던 펜을 입술로 가져가 그 뚜껑으로 아랫입술을 툭툭 두드려도 보았다. MJ가 말했던 어린 시절의 강렬한 기억을 언급한 사람은 분명히 없었다. 도원에게 의도적으로 말하지 않았거나, 본인도 생각나지 않을 가능성이 컸다.

MJ와 연결 지어서 생각해 보면 아버지는 한국에서 유치원을 다녔다. MJ가 자신이 어린 시절 살았던 곳이라고 데려가 보여 줬던 동네는 상당한 부촌이었다. 현대식으로 개발되기 이전에도 분명히 자산과 자본을 갖춘 사람들만 살 수 있던 동네였을 것이다.

그런 MJ와 같은 유치원을 다녔다는 것은 아버지도 부모가 상당한 재력을 갖춘 사람이라는 뜻이다.

부촌의 유치원이다. 자연스럽게 보수적인 커뮤니티가 형성되었을 것이다.

MJ는 아버지의 인종이 백인이나 흑인이라고 말한 적이 없었다. 그 강렬한 기억 속에서 자신과 유일하게 함께 살아남았던 사람의 피부색을 기억하지 못할 리가 없었다. 아버지가 한국인일 가능성이 큰 것은 당연했다.

도원은 간추린 학술서에서 한국인만 다시 추렸다. 여덟 명으로 줄었다. 그 여덟 명을 기본적으로 돈이 많았던 사람과 부족했던 사람으로 분류했다.

재력이 좋았던 한국인 세 명이 도원의 관심을 끌었다.

부모의 학대를 받은 트라우마에 시달려 애인에게 데이트 폭력을 일삼던 사람.

어린 시절 친구들에게 심각한 따돌림을 당해서 이후에 사귄 모든 친구와 연인이 자신을 공격한다는 과대망상에 빠진 사람.

부모님이 강도의 총에 맞아 살해당한 뒤 아주 작은 폭발음—이를테면 총각 파티에서 풍선이 터지는 소리—에도 비명을 지를 만큼 병적인 노이로제에 시달렸던 사람.

세 사람 다 대학교 이상의 고등 교육을 받았으며, 겉으로는 사회생활을 나무랄 데 없이 잘했고, 여자 친구를 꾸준히 사귀어 왔기에 외로움이나 애정 결핍에 시달리지 않았다. 외모를 비롯한 신체적인 조건에서도 자신감을 잃을 만한 사람들이 아니었다.

입술을 톡톡 두드리던 펜이 멈추었다. 도원의 시선이 과대망상에 시달렸던 환자를 대상으로 한 학술서에서 멈추었다.

자신의 첫 석사 논문의 대상이었다. 그 어떤 연구보다 임상 실험이 크게 실패해서 돌아보기 괴로웠던 케이스의 환자였다. 도원은 논문 초록에 적힌 연구 대상 A, B, C, D라는 익명의 이니셜에 관심을 주었다.

그는 환자 A였다. 상담 내내 그는 잘 웃어 보였다. 왜 웃는지 모를 타이밍에서도 갑자기 웃음을 터뜨렸다. 입을 크게 벌리고 웃었는데도 눈은 단 한 번도 웃지 않았다. 도원을 쳐다보면서 기계적으로 똑같은 데시벨의 웃음을 터뜨렸다. 아주 극적이고 부자연스러운 사람이었다.

갑자기 내선 전화벨 소리가 울리는 바람에 깜짝 놀란 도원이 고개를 들었다. 벽에 걸린 시계는 학술서를 살펴보기 시작한 시간에서 여섯 시간이나 지나 있었다.

여섯 시간 동안 아무것도 마시지 않고 자리에서 일어나지도 않은 채 많은 양의 논문을 일일이 살펴보고 있었다. 도원은 전화기로 손을 뻗었지만 한 자세로 오래 앉아 있어서인지 팔 근육이 아파서 수화기를 놓칠 뻔했다.

〈도 선생! 날세!〉

도원은 쩌렁쩌렁한 목소리에 조금씩 과거에 사로잡혀 있던 머리가 현재로 되돌아오는 것을 느꼈다. 일정한 박자로 웃음을 터뜨리던 환자의 목소리 위로 익숙하고 편안한 맹강조 소장의 목소리가 덮였다.

"아, 깜짝이야."

〈아니, 왜 놀라지? 뭔가 나 몰래 나쁜 짓을 했나 보군.〉

"소장님에겐 전초라는 단어가 없나 봅니다. 뭔가 준비할 시간을 주질 않네요."

〈인생은 원래 갑작스럽고 예측불허하다는 말, 못 들어 봤나?〉

"이젠 전화로 인생 상담이라니."

〈독일에서 맥주를 마시고 호텔에서도 2차를 할 만큼 마음이 맞았던 한국인 의사가 나랑 같은 날짜에 귀국하는 바람에 비행기에서도 심심하지 않은 것만큼이나 낭만적인 일이지.〉

"그래서 그 길고 장황한 이야기의 요지가 무엇이기에 이 시간에 전화를 했나요."

〈깜짝 선물을 준비했지!〉

"네?"

〈고개를 들어 봐!〉

도원은 무심결에 고개를 들었다. 복도를 향해 난 창문에 붉은 목도리를 칭칭 둘러 마치 선물 상자의 붉은 리본을 형상화한 것 같은 소장이 서 있었다. 몇 주 만에 본 얼굴이었다. 그리움보다는 갑작스러움이 더 컸다.

그는 문을 소리 나게 열고 들어와 양팔을 넓게 벌렸다. 질색하는 도원을 두 팔로 끌어안고 도망치려는 볼에 뽀뽀를 해 주었다.

"나 없는 동안 잘 지냈나, 도 선생!"

도원은 돌진하는 입술을 손바닥으로 있는 힘껏 밀어냈다.

"조금 전까지는 아주 잘 지냈는데요."

"내 깜짝 선물이 어떤가?"

"상자가 있다면 다시 집어넣고 유럽으로 반송하고 싶군요."

"그런 섭섭한 소리가 어디 있나. 난 이렇게 보고 싶어서 빨리 왔는데. 이런, 얼굴이 반쪽이 됐어. 밥은 잘 먹고 다니나. 옷은 깨끗한 걸 보니 집에는 잘 들어가는 거 같아서 다행인데, 얼굴은 왜 이 모양인지. 당직실에서 밤새는 것처럼 편의점에서 김밥이나 사 먹는 건 아니겠지?"

"소장님."

"설날엔 전기밥솥을 선물로 사 주던가 해야지 이러다 쓰러지면 산업 재해네, 아니야, 그건 우리 연구소, 나아가서 대한민국의 재해지! 자네가 얼마나 귀한 사람인데 이렇게 자기 몸을 함부로 대하나! 그 몸은 자네 몸이 아닐세!"

"소장님! 대체 뭔 소리입니까. 아, 이거 좀 놓으세요."

도원은 얼굴을 잡고 있는 소장의 손을 억지로 풀었다. 다시 양팔을 벌리고 안으려 하기에 책상 반대편으로 몸을 피했다.

책상을 돌아서 다가오는 그를 피해 움직였다. 책상을 사이에 두고 두 남자가 빙글빙글 도는 장면이 우스꽝스러웠다. 누군가 본다면 연구소의 위엄과 위세가 한순간에 하찮아지지 않겠냐며 우려했을지도 모른다.

"언제 한국에 도착하신 겁니까."

도원은 왼쪽으로 피하던 몸을 다시 오른쪽으로 돌면서 물었다. 소장은 자신보다 젊고 날렵한 도원을 따라잡기 벅차다는 것을 알자 멈추어 서서 숨을 골랐다.

"조금 전에 왔지. 몰랐는데 연구소 앞까지 오는 공항버스가 있더군."

"여독도 푸셔야죠. 직장에 오실 때가 아닌 것 같아요. 댁에 가시는 건 어떻습니까."

"정색하고 내쫓는 얼굴인데."

"그럴 리가요. 제가 원래 근엄한 표정이잖습니까."

"자네처럼 순하고 귀여운 표정이 없지!"

"소장님이 자꾸 저를 그렇게 대하시니까 병원 레지나 연구소 연구생들이 저를 한없이 가볍게 대하는 것 같습니다."

"그런 사람 있으면 내가 직접 혼내 주겠어. 자네가 곤란하고 버거운 일에 시달리는 것 같아서 일찍 귀국해 주었더니 이런 대접이 어디 있나. 검찰이 당장 연구소로 들이닥친다는 거, 내가 경철서장한테 연락해서 얼마나 말렸다고!"

"하하."

"그 억지웃음도 그만두고. 진짜래도. 날 못 믿나, 선생."

소장은 도원의 책상에 쌓여 있는 연구서와 논문을 보았다. 모두 영어로 써 있는 논문들이 소장의 눈에도 익숙했다.

도원을 연구소로 스카우트할 때 살펴보았었던 연구 성과들이었다. 개중에는 번역되어 한국에서 책으로 출판한 것도 있으니 새삼 내용물이 무엇인지 하나하나 살펴볼 필요도 없었다.

"이게 그것들인가. 자네 기억의 공백기를 대신해서 입증할 수 있는 정보들."

소장은 도원이 교통사고를 당한 후 MJ와 지냈던 시간을 '기억하지 못함'으로 무마했던 이야기를 묻고 있었다.

MJ와 보낸 며칠의 공백기를 경찰들이 취조하고 정보를 캐낼 바에야 '그나마 기억이 난다'고 말한 박 형사와의 대화 내용을 제공하는 게 도원이 의심을 덜 받을 수 있는 길이기도 했다.

경찰과 검찰은 '박창구 형사가 총기 및 마약과 관련된 조직의 수장으로 통칭 아버지란 사람을 지목했으며 그 사람은 도원의 환자였다'는 증언에 초점을 맞춰서 수사를 하고 있었다.

도원이 아버지가 누구인지 결정적 증거를 제공하길 바라는 눈치였다.

"최대한 찾아보고 있는 중입니다."

소장은 덤덤하게 말하려는 도원을 살폈다. 감정을 절제하는 도원의 목소리 이면을 소장은 바로 파악했다.

"박 형사 장례식은 잘 다녀왔나."

도원은 멈칫했다. 곧 어두워진 얼굴로 고개를 저었다. 도원이 감정을 절제할 때가 언제인지를 소장은 잘 알고 있었다. 경찰청의 일을 정리하는 그를 스카우트할 때도 지금과 같았기 때문이다. 처제를 공격했던 폭력 사범의 일을 덤덤하게 말하던 그때의 표정과.

"발인이 언제지?"

도원은 달력을 확인했다. 사고가 난 지 일주일이 되어 가고 있었다.

"아직 장례식도 못한 걸로 알고 있어요. 부검이 안 끝났다고 들었거든요."

"형사의 처나 아이들에게 연락은 했고?"

"못했습니다."

"그래. 자네를 공격한 사람이니 내가 뭐라 할 처지는 아니지만, 그 사람의 일을 아예 외면하는 것도 아니면서 덮어 두려는 게 과연 좋은 태도인지 잘 모르겠어."

"음. 조금 더 생각할 시간을 주세요."

"아, 그럴 의도로 꺼낸 말이 아니라. 원래 심리사나 신경과 의사들은 감정이나 생각을 통제하려고 노력하며 살기 때문에 울어야 할 때 울지 못하고, 도움을 요청해야 할 때 도와 달라고 말하지 못하는 모습을 많이 봤기 때문이네. 자네도 아직 젊고 이런 일을 많이 겪은 것도 아니니까. 혼자서 해결하기 버거울 텐데도 괜찮은 척 구는 게 안쓰러워서 하는 소리야."

도원은 말없이 소장을 바라봤다. 눈이 마주친 소장은 눈썹을 높게 올리면서 입가에 미소를 지었다. 부드럽고 편안한 인상이었다.

덕분에 도원도 긴장을 풀 수 있었다. 누군가를 대할 때 자신을 포장하지 않아도 되는 게 얼마 만인지 모르겠다는 듯, 도원은 솔직하게 지친 표정을 내보였다.

"제 태도가 그렇게 티가 날 정도로 어설픈가요."

"아니, 전혀 안 나. 그래서 문제지. 나 같은 늙은이 눈에는 그게 얼마나 눌러 삼키는 건지 보이니까."

도원은 아아, 하고 말끝을 흐렸다. 전문가의 연륜을 이길만한 노련함을 도원은 아직 갖추지 못했다.

"힘들면 힘들다고 말했으면 좋겠어. 도움이 필요하면 도와 달라고 말했으면 좋겠고. 그러려고 일찍 귀국한 거야. 자네 혼자서 다 짊어질 필요 없으니까 나누어서 해 보자고."

도원은 피식 웃고 말았다. 피했던 시선을 바로 했다. 소장은 여전히 웃고 있었다.

"그래도 될까요. 저 솔직히 자신 없는데요."

"도 선생이 약한 모습 보이는 건 처음인데."

"요즘 제 직업의 소명 의식을 제대로 지키고 있는지 확신할 수가 없습니다."

"어떤 면에서 그런 생각을 하고 있나."

"내담자에게 역逆전이 하는 현상이 있는 것 같습니다. 저와 내담자의 관계에 자꾸 개인적인 다른 감정을 뒤집어씌우고 있거든요. 이러면 안 된다는 걸 알면서도 제어가 잘 안 되네요."

'역전이'라는 말을 들을 줄은 몰랐는지 소장의 표정이 묘하게 굳어졌다.

그는 도원을 빤히 쳐다보았다. 도원이 연구생이었을 적에도 그런 현상은 없던 것으로 보고 받았기에, 이 분야의 저명한 전문가가 된 지금 겪는 일이라고 믿기 어려웠다.

"처음인가?"

그 물음에 도원이 고개를 끄덕였다. 맹 소장이 고민하다가 덧붙여 물었다.

"어떤 환자와 말인가. 내가 없는 동안 새로운 환자는 받지 않았다고 알고 있어서."

"개인적으로 상담해 주는 사람입니다."

"어느 정도로 의식되나."

"글쎄요. 제 정신을 제가 분석할 수가 없으니 잘 모르겠지만 생각보다 심각할 수도 있겠네요. 제가 내담자와 제 사이의 선을 긋지 못하고 있으니."

"부모 자식 같은 관계로 느껴지나."

"아닙니다."

"그럼 어떤 종류의 역전이인가."

"연인 같습니다."

소장은 도원이 이혼한 것을 아직 모르지만 결혼한 몸으로 환자와 연인 관계의 정서를 느낀다고 해서 비난하지 않았다.

심리사도 사람인 이상, 내담자의 가장 깊은 곳까지 파고들 때 감정적인 변화를 겪을 수도 있는 법이었다. 노련한 심리사는 그런 감정을 느끼지 않고 차단하는 사람이 아니었다. 남들과 똑같이 겪더라도 마음을 잘 추스르고 정리를 잘하는 사람이었다.

역전이 현상을 설명하는 도원도 노련한 심리사의 축에 속하는 편이었다. 최대한 객관적으로 얘기하는 도원을 믿고 도와줘야 했다.

연인 관계로의 역전이라서 다른 관계성보다 복잡할 수는 있었다. 이런 경우 사랑을 전제로 하기보다는 내담자에게 느낄 수 있는 연민, 포용력, 자발적 도움의 상태, 애정, 열정 등이 복잡하고 다양하게 버무려졌을 테니 말이다.

그나마 도원이 문제점을 바로 인식했다는 점에서 다행이라 할 수 있었다.

검경의 수사를 도와주는 일이 도원에게 주는 스트레스도 만만치 않을 것이다. 산적한 스트레스를 내버려 두면 도원 성격상 모든 걸 참기만 할 것을 알기에 소장은 그 점을 우려했다. 그는 장고 끝에 도원에게 물었다.

"검경 수사를 내가 맡는 게 어떤가. 그동안 자네는 환자 문제를 정리했으면 하는데."

도원은 자신이 정리하다 만 연구 자료를 쳐다봤다. 도와줄 수 있는 사람이 있다면 환영할 일이었다.

"환자의 개인 정보는 전혀 적혀 있지 않은 학술 자료일 뿐입니다. 제가 확인하지 않아도 괜찮을까요."

"확인한다고 해 봤자 자네 기억에만 의존하는 거 아닌가?"

"그렇긴 해요."

"그럴 바엔 내가 검경 쪽에서 조사한 객관적인 정보랑 대조해서 찾는 게 더 정확할 수도 있지."

"아, 음."

"내가 반드시 알아야 하는 것만 별도로 알려 준다면 도와주겠네. 자네가 수사를 처음부터 끝까지 도와줄 필요도 없어. 참고인이 그 정도로 개입할 의무도 없고. 그들이 원하는 것만 알려 주면 돼. 내 말 무슨 뜻인지 아나."

책임 의식을 덜라는 소리였다. 도원은 머릿속이 복잡해졌지만 이내 소장의 뜻을 따르기로 했다. 혼자서 처리하기엔 개인적인 문제들도 많이 엉켜 있어서 힘들었던 터였다. 소장에게 의지하는 게 나빠 보이지도 않았다. 도원은 소장에게 물었다.

"혹시 결정적인 자료를 찾는다면 경찰보다 제게 먼저 알려 주실 수 있나요."

"그럼, 이 학술 자료가 2차 가공되어 쓰이기 전에 주인에게 먼저 연락하는 게 당연하지!"

도원의 표정이 한결 밝아졌다. 소장은 도원의 어깨를 두드려 주었다.

"내담자와의 관계 형성이 비틀어지는 건 생각보다 더 진지하게 접근해야 해. 자네뿐만 아니라 환자에게도 말이지. 자네처럼 심리 상담사가 아니라 정신 분석을 심층 연구하는 학자에게는 특히 더. 내담자와 관계 형성을 건전하고 올바르게 하는 데에 집중했으면 하네. 그게 자네 커리어에도 더 큰 도움이 될 거야."

"경찰청을 그만두고 여기로 온 것이 다행이라는 생각을 했습니다."

소장이 "뭐?" 하고 되물었다. 도원은 다시 이야기하지 않았다. 두 번 말하기에는 쑥스러운 것처럼. 도원은 일부러 담담한 표정을 지으며 소장에게 학술서를 넘겨주었다. 찾아야 할 내용이 무엇인지를 설명해 주는 도원의 목소리는 어느 때보다도 편하고 다정했다.

집으로 돌아가는 도원의 걸음이 느렸다. 자주 멈추어 섰다. 하늘을 쳐다보거나 성마른 가로수에 의미 없는 시선을 주기도 했다. 스스로를 잘 모르겠다는 생각을 요즘 들어 많이 하고 있었다.

학술이나 이론으로 설명할 수 없는 것들이었다. 예를 들면 요즘에는 좁고 어두운 곳을 싫어해서 자동차에 타는 것도 싫어진다는 것. 이것은 그나마 현상을 설명할 수 있는 일이지만 아무리 생각해도 이해하지 못하는 일이 있었다.

가령 자주 벽에 기대어 서 있는 자세에 대해서였다. 지하철을 타고 출퇴근을 할 때도 벽면이나 기둥에 기대고 책상에 앉아 있지 않을 때에도 창가에 기대었다. 똑바로 서 있기보다는 한쪽 다리에 힘을 실어서 비스듬히 서 있는 때가 많았다.

연구소 직원들은 "선생님, 왜 자꾸 섹시한 자세를 보이세요."라며 농담을 던졌다. 도원은 자신의 몸이 자꾸만 어딘가에 기대려고 하는 것을 스스로도 이해하지 못했다. 왜 두 발로 똑바로 서 있지를 않는지, 자신의 양발을 원망스럽게 쳐다보기도 했다.

똑바로. 기울어지지 않도록.

몇 번이나 다짐해도 정신을 차리면 어딘가에 비스듬히 기대어 서 있었다. 도원의 입에서 한숨이 나왔다. 몸이 기울어지는 현상이 어딘가 기대고 싶어 하는 무의식의 발현인가 생각할 때였다.

한 여자와 몸이 부딪혔다. 도원은 깜짝 놀라 뒤를 돌아보며 사과를 했다.

"아, 죄송합니다."

젊은 여자는 동그랗게 뜬 눈으로 도원을 봤다. 불쾌해하는 인상은 아니었다. 빠르게 사과하는 도원에게 오히려 괜찮다며 웃어 보였다.

같은 오피스텔 건물을 들어가고 같은 층수의 버튼을 눌렀다. 도원은 자신과 똑같은 층에 사는 여자를 그제야 자세히 쳐다봤다. 처음 보는 얼굴이었다. 빤히 쳐다보는 도원의 시선에 여자가 겸연쩍은 얼굴로 층수가 올라가는 전광판만 보다가 도원을 돌아보았다.

"아, 저기, 죄송합니다. 제가 어제 이사를 와서 같은 층에 사는 주민이신지 몰랐어요."

도원은 상황을 이해하고 고개를 끄덕였다.

"아닙니다. 만나서 반가워요. 전 802호에 삽니다."

"어머? 정말요? 옆집이셨네요."

그녀는 오피스텔 근처의 사무실로 출퇴근을 한다고 소개한 뒤에 낯선 남자에게 가질 수 있는 경계심을 허물어뜨렸다. 그녀는 8층에 도착해서 함께 내리는 도원에게 살갑게 다가가 물었다.

"저기, 혹시 시간 되신다면 저 좀 도와주실 수 있으세요? 빌트인 옷장 문이 잘 안 열려서요. 뭐에 걸린 것 같은데 제 힘으로는 역부족이네요."

여자의 미소가 능청스럽게 보였다. 뭔가 다른 생각이 있는 건가 싶어서 도원은 고개를 갸웃했지만 저 가느다란 팔이라면 옷장 문을 열 수 없을지도 모른다고 납득했다.

"네, 도와 드릴게요."

"감사합니다."

도원의 옆집 앞에 선 여자가 문을 열고 도원에게 먼저 들어가라며 길을 터 주었다. 그녀의 대우에는 거리감이 없었다. 아무리 이웃이라지만 이렇게 편안하게 여성이 사는 집을 공개해도 되나, 싶었다.

도원은 어두운 현관문으로 발을 들였다. 여자가 도원의 등허리를 손끝으로 살짝 밀면서 문을 닫아 버렸다. 도원은 등 뒤에서 닫

힌 문을 붙잡았지만 문에서 이미 도어 록이 자동으로 잠기는 소리
가 나고 있었다.

도원은 잠긴 문을 잡고 흔들었다. 현관의 센서 등이 작동하지 않
아서 손등도 구분 못할 만큼 주변이 새카맸다. 벽면을 더듬어 방
안의 불을 켜려 할 때였다.

갑작스러운 압박감에 도원은 숨을 들이마셨다. 등 뒤에서 돌아
나온 팔이 도원을 움직이지 못하게 했다. 목과 허리를 끌어안는 팔
이 뱀처럼 꽈리를 틀며 부드럽지만 강하게 도원의 몸을 옭아맸다.

도원의 귀 뒤에서 숨결이 느껴졌다. 느리고 깊은 숨소리가 목뒤
의 살 냄새라도 맡는 것 같았다.

"경찰 동세랑 오피스텔 구조, 세입자 문제 같은 걸 처리하느라
늦었어."

낮고 서늘하지만 다정함을 잃지 않은 목소리. 도원은 천천히 등
뒤로 고개를 돌렸다. 아무것도 보이지 않는데도 상대가 어떤 표정
을 짓고 있을지 눈앞에 선명하게 그려졌다. 도원은 자신의 귀에 입
술을 묻었다 떼어 내는 그를 향해 중얼거렸다.

"MJ."

당황한 도원과 달리 MJ는 즐거운 듯했다. 그는 도원을 조심스럽
게 밀어서 뒷걸음질 치게 만들었다.

현관문에 등을 기대어 선 도원은 입술 사이로 말캉하게 들어오
는 혀의 감촉을 느낄 수 있었다. 엇물린 입술이 소리를 내어 혀와
입 안의 살을 빨아들였다. 허리를 잡은 손이 외투 안쪽으로 들어오
면서 셔츠가 구겨지는 소리가 났다. MJ는 도원의 입가를 핥으면서
낮은 목소리로 속삭였다.

"나도 겨우 참고 있었는데 내 친구한테 가서 그렇게 예쁜 소릴 하면 어떡해."

도원은 목 위로 불이 붙은 것만 같았다. 금발의 바텐더에게 털어 놓았던 낯 뜨거운 이야기가 떠오른 것이다.

"다 들었어요?"

웃음소리가 선명해졌다.

"응."

"치, 친구분이 오해를 하셨습니다. 제가 한 말이 어떻게 전달되었는지 모르겠지만 절대 불순한 의도는 없었어요."

"불순한 의도는 뭔데?"

"아, 음. 그러니까 없었다는 것을 강조하기 위해……."

"나를 연애 대상으로 봤다는 거?"

벙긋했던 도원의 입이 다물어졌다. 도원은 등 뒤로 손을 더듬어 문고리를 잡았다. 손끝의 감각에 의지해서 도어 록의 버튼을 찾아 보았다. 그러나 차가운 문은 매정해서 도원이 원하는 버튼을 쉽게 찾을 수 없었다.

문을 열 수 있는 버튼을 찾기도 전에 MJ가 손에 깍지를 꼈다. 도망가려는 도원을 품에 끌어안으면서 웃음기가 가득한 목소리로 말했다.

"자위 안 하려고 했는데 다 실패했어. 선생님, 그런 생각까지 한 줄 정말 몰랐어. 왜 이렇게 좋지. 나한테 직접 다시 말해 주면 안돼? 듣고 싶은데."

고무된 MJ의 목소리를 듣자 도원은 손끝이 저릿해졌다. 상대가 자신의 감정이나 표현 하나하나에 기민하게 반응하는 것이 부끄러왰다. 좋아하고 즐거워하는 모습을 숨기지 않아서 도원은 목 안까지 간지러워졌다.

건전한 내담자와의 관계를 만드는 데 집중하라고 했던 소장의 목소리가 떠올랐다. 정말로 연인 관계가 될 것이 아니라면 이런 식의 유사한 연애 감정을 교류해서는 안 되는 일이었다.

그래, 그와의 섹스는…… 그땐 정말 뭔가에 홀려서 이성이 작동을 못한 것뿐이다. 박 창구 형사의 죽음에 정신이 흐려졌을 때 믿고 의지할 사람이 MJ뿐이라서 그에게 너무 많은 감정을 내어 준 것에 불과했다.

그렇게 생각해야 했다. 안 그러면 MJ와 자신은 더 이상 상담자와 내담자라고 부를 수가 없게 될 테니까.

보편적인 상담자와 내담자 사이에서는 지극히 비정상적인 관계다. 바로 잡아야 했다.

MJ의 숨소리가 도원의 얼굴 가까이 다가왔다. 도원은 손끝의 저릿함을 외면하고 손바닥을 폈다.

도원은 벽면으로 다시 손을 뻗었다. 자신의 방과 똑같은 구조의 원룸이었기에 천장 등을 켜는 것은 어렵지 않았다. 하얗게 빛을 발하는 천장의 불빛으로부터 어둠 속에 가려져 있던 MJ의 모습이 드러났다.

후드 재킷을 코밑까지 바싹 덮어쓴 차림새였다. 모자 밑으로 형형한 눈빛만을 얼핏 드러낸 채 도원을 보고 있었다. 흥분하고 들뜬 기색이었다.

몸을 끌어당겨 키스하려는 것을 도원이 고개를 돌려 피했다. 아직도 얼굴이 화끈하고 심장이 뛸 정도로 부끄러웠다. 하지만 감정이 미성숙한 소년처럼 굴어서는 안 된다는 생각으로 머리와 가슴을 통제했다.

도원은 스스로에게 제동을 걸었다. 더 이상 MJ에게 끌려 다니면 안 된다.

"왜 그래? 분위기가 이상해."

밀어내는 도원의 반응에 MJ는 역시 예민하게 반응했다. 그는 고개를 모로 숙였다. 유심히 도원을 살펴보는 시선이 인간의 이성보다는 짐승의 본능을 따르고 있었다.

"선생님이 나 보고 싶어 하는 줄 알았는데. 불 켜기 전까지는 그런 줄 알았는데."

도원의 사타구니에 닿아 있는 MJ의 앞섶이 딱딱했다. 명확한 욕망이 MJ의 무기이자 약점이었다. 어디로 튈지 모르는 게 MJ에게 있어서 가장 큰 위험 요소이지만 튀어 나가는 방향을 알게 된 이상 도원은 MJ를 복종시킬 수 있었다.

"MJ, 잠시만요."

도원은 그가 집착하는 키스를 허락하지 않았다. MJ가 단숨에 초조해졌다.

"뭐야. 왜 이래."

무언가 이상한 낌새를 눈치채고 도원을 뚫어져라 쳐다봤다. 다시 키스를 하려는 MJ의 입을 손바닥으로 밀어낸 도원이 침착하게 말했다.

"잠깐 얘기해도 될까요."

"무슨 얘기?"

"우리의 관계에 대한 얘기예요. 미안해요. 진작 이야기했어야 했는데 내가 미숙해서 말을 제때 못했어요. 지금이라도 바로 잡고 싶어요."

도원은 물끄러미 쳐다보는 MJ의 시선을 피하지 않았다.

도원으로서는 어쩔 수 없는 선택이었다. 치료를 선택하려면 역전이 된 현재의 관계부터 바로잡아야 했다. MJ가 이 뜻을 따라 주지 않는다면 치료는 중도에 포기할 수도 있다. 역전이 관계에서 제대로 된 상담 치료가 될 리 만무했기 때문이다.

MJ는 도원의 눈을 들여다보면서도 입을 떼지 않았다. 표정이 없었기에 MJ가 무슨 생각을 하는지는 도원도 알지 못했다.

다만 그가 한참 후에 입을 떼고 한 말은 도원이 생각한 양자택일의 대답 중 그 어떤 것도 아니라는 것만 알게 되었다.

"선생님, 거짓말은 아주 안 좋은 거야."

"네?"

"아주 안 좋은 거라고."

MJ는 모형처럼 깨끗하고 단정한 침대로 도원을 끌고 왔다. 구두를 벗지 못한 도원이 몸의 균형을 잃은 채 끌려가 그대로 침대 위에 눕혀졌다.

MJ는 걸치고 있는 후드 재킷을 벗었다. 몸에 붙는 얇은 반팔 셔츠가 탄탄한 팔과 가슴 부위를 선명하게 드러냈다.

탈의하는 의도를 도원은 바로 눈치챌 수 있었다. 진정시켰던 심장 소리가 다시 흐트러졌다. 그에게 안겼을 때 경험했던 흥분과 열락과 쾌감이 되살아날 것만 같았다.

"MJ."

도원은 양팔로 MJ를 밀어냈지만 MJ는 거절하는 손목을 부드럽게 움켜쥐고 위로 들어 올렸다. 도원의 머리맡에 MJ에게 붙잡힌 손이 고정되었다. MJ가 도원에게서 시선을 떼지 않고 말했다.

"선생님은 지금 속이는 눈을 하고 있어. 내가 아주 싫어하는 눈이야. 난 그런 걸 아주 잘 알아보거든. 날 원하면서 왜 원하지 않는 척을 할까."

원한다고. 도원은 MJ의 말을 정정해 주었다.

"아닙니다. 제가 뭘 속인다고 그러는 겁니까."

MJ는 고개를 저었다.

"선생님, 자꾸 속이지 마. 나는 그런 거 안 통해. 선생님이 누구보다 잘 알잖아. 내가 얼마나 비논리적이고 본능적인 행동을 하는지는 선생님이 제일 잘 알잖아. 알면서도 왜 이러는지 솔직히 잘 모르겠어. 선생님이 무슨 생각인지 모르겠어."

"MJ, 얘기하자고 했잖아요."

"응. 여기서 듣고 싶어. 침대 위에서 선생님은 솔직하니까 여기서 들을게. 거짓말하지 않는 장소니까."

"이거 놔요, MJ."

"얘기해 봐. 관계를 바로잡고 싶다는 게 뭔데?"

MJ의 반대편 손에 의해 도원의 구두가 바닥으로 떨어졌다. 굴러간 구두 한 짝이 벽에 닿아 멈추었다.

도원은 아랫입술을 살짝 깨물었다. MJ가 그 입술을 쳐다보았다. 이 사이로 밀린 입술이 퉁겨지는 것을 지켜보았다.

속이거나 숨기기는 힘들었다. MJ와 단둘이 침대 위에 누워 있는 것은 그 상황만으로도 도원을 파블로프의 개로 만들었다.

이러한 상황에서는 MJ와의 섹스가 자연스럽게 뒤따를 수 있다는 것. 그로 인해 혼란스러운 관계가 돌이킬 수 없는 실수를 낳고 자신의 몸에도 MJ가 주는 쾌락과 희락이 새겨질 수 있다는 것.

새겨진 전율을 뒤따르는 것은 MJ를 사랑스럽게 생각하는 마음일 것이다. 그 마음이 커지면 그땐 돌이킬 수 없게 된다.

도원은 자기 자신과 MJ 모두를 위해서 솔직하게 말했다.

"섹스하기 전의 관계로 돌아가요."

그 말을 들은 MJ는 지극히 평온한 표정이었다. 그의 숨소리는 거칠어지거나 흉포해지지 않았다. 그저 가만히 도원을 내려다보기만 했다.

도원은 고민했다. 이렇게까지 말해야만 하는지를, 한참 고민한 끝에 조심스럽게 내뱉었다.

"당신을 환자 이상으로 보기 전에요."

진심을 담은, 아주 많은 의미가 담긴 이야기였다. 단순한 한마디에 MJ의 고개가 한쪽으로 기울어졌다.

환자 이상으로 관계를 확장하기 싫다는 소린가.

아니면 이미 환자 이상의 관계성을 의식하고 있기에 그 감정을 다스리는 게 힘들다는 말인가.

MJ는 직감적으로 도원의 동요가 후자의 뜻을 보인다고 느꼈다.

눈 내린 오두막에서 헤어지기 전까지 도원은 MJ의 시선을 좇았다. 연락처를 물었다. MJ의 화상 자국을 손으로 만졌고, 긴 속눈썹을 깜빡거리면서 MJ의 얼굴을 한참 동안 쳐다보기도 했다.

도원은 솔직한 사람이었다. 남을 속이려고 자신의 표정이나 말투를 위장하려 들지 않았다. 좋게 말하면 순수하고 나쁘게 말하면 세상 물정 모르는 도련님.

도원에 대해서라면 MJ도 이제는 제법 알 수 있었다. 도원의 감정도, 그 감정을 표현하는 방식도. 이제 와서 선을 긋는 도원의 태도에 휘말릴 필요는 없었다.

MJ는 도원의 손을 붙잡은 힘을 풀었다. 그 손을 내려서 도원의 외투 단추를 풀었다. 대화가 중단되었다. 옷을 벗기는 행위가 도원의 침착함을 앗아 갔다. 도원은 옷깃을 붙잡고 단호하게 말했다.

"하지 마요, MJ!"

"쉬이, 쉬, 괜찮아, 선생님."

"하지 말라고 했습니다!"

도원은 손등의 뼈가 희게 불거질 만큼 옷자락을 움켜쥐었다. MJ를 밀어내는 발언과 달리 흔들리는 눈을 보이고 있었다. 거봐, 라고 속으로 중얼거리면서 MJ는 다소 강하게 옷깃을 벌렸다.

"섹스하자."

도원의 얼굴이 새빨개졌다. 조금 전에 분명히 섹스하기 전의 관계로 돌아가자고 말했는데도 MJ는 그 말을 듣지 않았다. 무시하는 것은 아니었고, 일종의 반발 같아 보였다.

MJ의 손에 잡힌 외투가 침대 밑으로 떨어졌다. 그 안에 입고 있던 양복 재킷을 마저 벗기면서 MJ는 도원이 말할 타이밍을 가로챘다.

"공부해 왔어. 저번처럼 흥분해서 무식하게 박는 짓은 안 할 거야. 어떤 게 좋은지 다 살펴봤거든. 이번엔 선생님이 직접 허리를 흔들 만큼 기분 좋은 포인트로 찔러 줄게. 다른 사람한테 해 본 적 없는 섹스 방식이라 솔직히 내가 잘할 수 있을지는 자신 없지만."

외투 위로 양복이 쌓였다. 짙은 회색의 니트 카디건이 MJ의 손에서 톡, 톡 단추 소리를 내며 벌어졌다.

"섹스는 좋은 거야. 선생님이 즐기지 않는 건 즐거운 섹스가 뭔지 몰라서라고 생각해. 섹스는 아주 순수하게 그 감각에만 몰입할 수 있는 행위거든. 복잡한 생각이 정리될 수 있도록 한 템포 쉬어 가는 거지. 이성적으로 사느라 피곤해진 머리를 본능으로 일깨워 주는 거니까."

카디건이 옷가지 위로 다시 쌓였다. MJ는 도원의 청색 넥타이에 손가락을 끼워 작은 매듭을 잡아당겨 풀었다. 긴 청색 비단 끈처럼 보이는 넥타이가 소매가 엉킨 카디건 허물 위로 흘러내렸다.

남은 것은 하얀 와이셔츠뿐이었다. 거침없이 옷을 벗기던 이전과 달리 MJ는 와이셔츠의 단추는 풀지 않았다. 대신 도원이 대답하길 기다렸다. 한쪽 무릎을 끌어당기면서 침대 헤드보드에 기대어 앉는 도원을 지켜보기만 했다.

셔츠 사이로 보이는 목선과 검은색 정장 바지와 양말 사이로 드러난 발목, 복숭아뼈가 못 견디게 야해 보인다는 생각을 하면서 말이다.

"이런 얘기는 그만했으면 좋겠어요."

MJ는 도원의 양말을 직접 벗겨 주었다. 맨발에서는 냄새가 나지 않았다. 오물이 묻어 있지도 않았기에 부드러운 발바닥을 만지는 일에도 거부감이 없었다.

펜을 쥐는 손가락에 굳은살이 박여 있는 것과 달리 발등과 발바닥, 발목은 모두 말랑말랑했다. 마치 햇살에 노출되어 본 적이 없는 부위인 것 같았다.

하얀 피부에 정맥의 파란 줄이 도드라졌다. MJ는 발바닥을 계속 만졌다. 남이 쉽게 만지지 못하는 몸의 일부가 주물러지자 도원은 간지러움과 야릇함을 동시에 느꼈다.

정갈한 이성으로 무장하고 있던 도원의 눈가가 흔들렸다. 바지 밑단으로 손을 집어넣어 종아리를 만지는 MJ의 손길에 표정이 무너졌다.

도원이 다음 말을 뱉기까지 MJ가 예상한 것보다 많은 시간이 필요할 정도로 흐트러졌다.

"이런 상태라면 당신을 치료하지 못해요. 당신은 치료받고 싶어서 날 찾아왔잖아요. 내가 치료에 실패하길 바라는 건 아니잖아요."

MJ의 손이 좁은 바짓단 속으로 들어왔다. 그는 무릎을 더 끌어당겨서 MJ의 손길을 피하려는 도원의 다리를 붙잡았다. MJ는 발목과 종아리, 발등을 반복해서 쓰다듬었다.

"내가 치료도 불가능할 정도로 문제가 많은 환자라는 말이지?"

"아닙니다."

"그런데 왜 포기해."

"책임을 묻는다면 내 쪽이 더 클 것 같네요."

"왜?"

"난 한 번도 당신과 같은 관계로 환자를 대해 본 적이 없어요."

"아까부터 너무 두루뭉술해. 그래서 하고 싶은 얘기가 뭐야. 나랑 섹스를 하기 싫다는 거야? 내 치료를 그만두겠다는 거야? 아니면 다른 걸 원해?"

"당신을 순수하게 환자로만 대하거나, 계속 이런 식이면 치료를 포기하는 게 낫겠다는 말을 하고 싶어요. 내가 선을 못 긋겠으니까요."

도원의 발을 만지던 손길이 멈추었다. 심장에서 가장 먼 곳마저 말랑하게 만져 주던 손길이 떨어지자 도원은 어쩐지 안심할 수 있게 되었다.

차라리 심장 근처의 소란이 낫지, 가슴의 통제권에서 가장 먼 곳까지 그의 체온에 물들어 버리면 더 이상 저항할 생각이 들지 않았기 때문이다.

"저번에 나한테 그렇게 말했죠. 내가 환자를 치료하는 데에 강박증이 있는 것 같다고. 맞아요. 나는 환자의 치료에 집착해요. 상담을 실패했던 기록들을 다시 몇 번이나 살펴보고 그 실수를 답습하지 않으려고 강박적으로 굴어요."

가족을 포기하면서까지 선택한 심리사의 길이기에 도원은 필요하다면 자신의 마음마저 포기할 준비가 되어 있었다.

MJ를 향한 이 어수선한 마음이 정확히 뭔지 알아보고 싶지도 않았다. 이 실체를 알게 되면 정말로 돌이킬 수 없어질 것만 같아서. 그렇게 되면 모든 걸 포기하고 심리사를 선택한 자신의 인생마저 부정할 것만 같았다.

"박 형사가 죽기 전에도 그랬어요. 박 형사는 제 옛 동료여서 잃고 싶지 않았어요. 가급적 좋은 방향으로 나아가고 싶었어요. 그래서 다시 다 찾아봤어요. 내가 실수하지 않도록. 놓치는 게 없도록. 그래야만 했어요."

도원이 하얗게 드러난 발을 끌어당겨 안았다. 정장의 무릎 부분이 들려서 감춰져 있던 속살이 조금 더 선명해졌다. 도원은 자신의 모습이 어떻게 비치는지 모르는 얼굴로 말을 이었다.

"오늘 다시 내 연구 기록들을 하나부터 끝까지 살펴봤어요. 나는 첫 상담에서 네 명의 내담자를 맡았어요. 그중 세 명이 자살했어요. 내 석사 논문이에요. 완벽하게 실패한 기록이죠. 내가 사람을 죽인 겁니다."

도원은 침대 위의 구겨진 시트 자락을 보았다. 열락에 잠식당했던 제 모습이 맹렬하게 떠올랐다. 도원은 그 기억의 감정에 휩쓸리지 않으려고 구겨진 시트 주름과 눈싸움을 벌였다.

"내가 한 사람의 가치관과 생명을 좌우할 수 있는 직업을 가졌다는 것을 그때 자각했어요. 내 한 마디에 내담자들이 흔들려요. 잘못된 믿음을 갖기도 하고, 극단적인 선택을 강요받기도 해요."

그러니까 이런 관계는 더 이상 지속할 수 없다. 도원은 최대한 감정을 덜어 낸 목소리로 말했다.

"나는 그럴 자격이 없거든요. 그 사람들의 가족도 아니고 친구도 아니에요. 그저 이야기를 들어 주는 사람일 뿐이에요. 환자들이 괴로움에서 벗어나려고 하는 절박함을 내가 외면할 수도 그렇다고 전적으로 책임질 수도 없어요. 그래서 언제나 환자와 선을 그으면서도 병증을 치료하는 걸 최우선으로 삼아요."

MJ는 아무런 반응을 하지 않았다. 그의 침묵이 길어질수록 도원은 시트 자락을 움켜쥔 주먹에 힘을 더했다. 반응이 없어서 불안했다. MJ가 이 설명을 잘 이해해 주면 좋을 텐데. 대체 어떻게 반응할지 가늠이 되지 않았다.

"……MJ."

도원은 그가 흥분하는 방향이 아닌 쪽으로 반응하길 바랐다. 그 절실함을 담아 마지막으로 말했다.

"당신에게는 그 두 가지 원칙을 모두 실패했어요. 당신과 선 긋기도 못했고, 이대로라면 불을 지르거나 충동 조절 장애가 있는 상태를 치료해 주지도 못할 거예요. 미안해요."

도원의 말이 너무도 단호했기에 MJ는 억지를 부리거나 떼를 쓸 수도 없었다. MJ를 지극히 일반적인 내담자로 대하거나, MJ가 그 관계를 거부하면 치료를 중단하거나, 둘 중 하나만을 선택하려 하고 있었다.

도원을 지금의 위치에 있게 한 가치관이자 소명 의식이었다. 그 가치관을 MJ가 정면에서 부정한다고 해서 이야기가 더 나아질 것 같지는 않았다.

MJ가 자리에서 일어나자 그가 앉아 있던 침대 시트가 탄력적으로 본래의 모습을 되찾았다. 구겨져 있던 시트 주름이 조금씩 펴지는 모습을 보던 도원은 침대를 내려간 MJ의 뒷모습을 좇았다.

그는 그릇과 유리잔이 정리되어 있는 선반을 향했다. MJ가 무슨 짓을 하려는지 눈치챘을 땐 이미 늦었다. MJ가 선반 위에 포개어져 있던 식기와 그릇, 컵들을 모두 바닥에 내동댕이친 것이다.

도자기로 만들어진 접시들이 바닥으로 쏟아지며 좁은 원룸이 흔들릴 만큼 거대한 파열음을 뿜었다. 유리잔들도 날카로운 조각으로 깨어지며 MJ의 무릎 높이까지 튀어 올랐다.

와르르 쏟아진 섬세한 물건들이 제 모습을 잃고 사방으로 조각나는 소리가 도원의 귓속을 아릿하게 만들었다. 세계적인 소프라노가 귓가에 소리를 지르는 것처럼 머리가 아파 왔다.

연달아 터진 파열음에 도원은 극도의 불안감에 휩싸였다. 바닥으로 흩어진 잔해들이 악몽처럼 느껴질 때쯤 MJ가 그 악몽 위에 서서 벽에 주먹을 꽂았다. 따뜻한 색상의 벽지에 찢어진 손등을 따라 핏자국이 번졌다.

"그럼 나보고 어쩌라고!"

극도로 팽창한 목소리에 도원은 눈싸움을 벌였던 침대 시트를 양 손으로 움켜쥐었다. 시트의 주름은 더 깊어졌고 그림자도 길어졌 다. MJ가 다시 벽을 주먹으로 쳤다. 그리 두껍지 않은 벽면을 타고 쿵, 하는 진동음이 이어졌다.

"나보고 선생님을 의사로만 대하거나 아예 포기하라고, 둘 중 하 날 선택하라는 거잖아. 나보고 어쩌라고!"

도원은 심장이 크게 뛰어서 그 고동 소리가 마치 귀 옆에서 울리 는 착각이 들었다. 쾅쾅거리는 진동에 MJ의 목소리가 덧입혀져서 정신을 차릴 수가 없었다.

벽면에 번진 핏자국이 넓어졌다. MJ는 폭력성을 다스리지 못했 다. 그릇과 컵을 모조리 깨 버리고 벽까지 쿵쿵 치는 손을 다른 용 도로 쓸까 봐 도원에게 다가오지도 못했다.

거칠게 숨을 내뱉는 MJ의 모습은 흥분한 짐승처럼 보였다. 어떻 게든 스스로의 감정을 다스리려 하는데 쉽지 않아 보였다.

"내가 왜 여기에 집까지 구했는지 알아? 이건 나한테도 위험한 짓이야. 아무리 계약을 다른 사람 이름으로 했다고 해도, 나는 이 렇게 사람 많은 곳에서 살아 본 적이 없어. 불안해. 극도로 짜증이 난다고. 사람이 필요하면 여자를 사서 그 다리 속에 들어가면 되는 데 내가 왜! 왜 이딴 데에 왔는데!"

피 묻은 손등이 산산이 흩어진 그릇 위로 뿌려졌다. 도원은 뜨거 울 정도로 폭발한 MJ의 감정에서 헤어 나오질 못했다.

눈앞에서 누군가가 미쳐 가는 과정을 지켜보는 기분이었다.

마음먹고 다가가기엔 MJ의 온도가 너무 높았다. 도원의 손이 닿 으면 그대로 비명을 내지르고 도원에게 주먹을 내지를 것만 같았다. 접시를 깨트리고 벽지에 피를 뿌린 그 주먹으로 도원을 파괴할 것만 같았다.

그 사실을 스스로도 어렴풋이 알기 때문에 MJ는 도원에게서 가장 먼 곳에 서 있었다. 다가올 수 있는 길을 깨진 유리 조각으로 덮어 놓아서 거리를 좁히지도 못하게 만들었다. MJ의 숨소리가 거칠어졌다.

"씨발, 그래, 선생님은 다 좆같겠지. 갑자기 범죄자 새끼가 찾아와서 치료해 달라고 협박한 데다 선생님 뒤나 따먹고 좋아서 시시덕거리고 있잖아. 짜증나겠지. 엿 같겠지! 근데 나는 이런 방법밖에 모르는데 어쩌라고! 좋아하는 사람한테 어떻게 다가가야 하는지 모르겠단 말이야!"

그 좋아하는 사람이 겁을 먹고 굳어 버린 모습에서 MJ는 끔찍한 비참함을 느꼈다.

쾅, 벽을 치는 소리가 훨씬 더 사나워졌다. 라이터의 부싯돌을 튕기지 않으면 방화를 저지르고 마는 충동성처럼, 그는 자학을 통해 끊임없이 몸에 고통을 가해야만 도원에게 다가가지 않을 수 있는 듯이 굴었다.

"그냥 난 선생님이랑 섹스하는 사이가 되고 싶었어. 다큐멘터리로나 보던 사람이랑 섹스하고 싶었어! 근데 그게 강간이라고 말해서 안 하려고 노력한 거야! 강간이 뭔지도 몰랐는데 그걸 자꾸 강간이라고 하니까!"

쾅! 깨진 손등으로 한 번 더 벽을 친 MJ가 쏟아지는 날숨 속에서 외쳤다.

"이제 알겠네. 나는 처음부터 선생님이 절대 받아 줄 수 없는 병신 같은 새끼였던 거잖아. 아무리 노력해도 처음부터 이미 잘못된 거니까 소용없다는 소리잖아. 처음부터! 애초부터! 나란 새끼가 글러 먹었는데 선생님도 어떻게든 해 보려고 했다가 안 되겠다 싶은 거 아냐! 내 말이 틀려?"

도원은 숨이 막혔다.

아니, 그건 아니었는데.

실핏줄이 터진 것처럼 새빨간 눈으로 쳐다보는 MJ에게 말을 건넬 수가 없었다. MJ가 핏자국이 선명한 벽면에 다시 주먹을 찧었다.

"볼에 뽀뽀해 주는 것도 미치게 좋았어. 키스는 많이 해봤는데 뽀뽀라는 건 처음이었어. 고작 그게 뭐라고, 혼자 있을 때 볼을 몇 번이나 만졌어. 선생님은 내게 브레이크를 걸기 위해 만든 말이었 겠지만, 좋아한다고 말해 줬을 때도 죽을 것 같았어. 그냥 다 좋았어. 난 그런 걸로 다 괜찮다고 생각했다고. 씨발! 엿 같은!"

거칠어진 MJ의 목소리가 녹슨 솥 바닥을 긁는 것처럼 들렸다. 정제되지 않아서 아픈 소리였다. 날이 선 감정들이 MJ의 온몸에서 들끓듯이 쏟아져 나왔다.

"내가 좋아했던 그딴 것들이 선생님은 힘들었다는 거 아냐! 씨발, 나보고 뭐 어쩌라고. 그런 것들이 제외된 치료가 대체 뭔데! 선생님한테 뽀뽀도 좋아한다는 말도 받지 못하고 다른 사람과 똑같은 환자 취급 받으면서 계속 얘기만 나누면 정말 치료가 되는 거야? 그럼 내가 선생님을 만나서 지금까지 방화를 저지르지 않은 건 치료도 아닌 거야? 아무 여자나 잡고 섹스, 아니 강간인지 뭔지 하던 것도 그만두었는데 그럼 그건 다 뭔데! 나보고 어쩌라는 거야! 뭘 어떻게 하라고!"

도원은 힘이 풀린 다리에 가까스로 힘을 주었다. 침대 옆 벽면을 손으로 짚고는 벽에 기대어 간신히 몸을 일으켰다.

씨근덕거리며 숨을 내뱉던 MJ가 그런 도원을 쳐다봤다. 도원이 침대 밑으로 발을 내리는 모습에 MJ가 움찔 놀랐다. 깨진 유리 조각 위에 서는 도원을 보자 MJ는 기겁하고 소리를 질렀다.

"내려오지 마! 씨발, 발 다쳐! 이 꼴 안 보여?!"

여러 색깔이 뒤섞여서 형광등 불빛에 반짝이는 가루들이 도원의 발바닥에 박혔다.

주먹을 움켜쥐고 있던 MJ가 손을 풀었다. 색 모래처럼 뿌려진 유리와 도자기 잔해 위를 성큼 뛰었다. 세 걸음 걸었던 도원을 붙잡아 억지로 침대 위에 앉히더니 황급히 도원의 발바닥을 살폈다.

크고 작은 유리 조각이 부드러운 맨살을 뚫고 들어가 피가 흐르고 있었다. 파란 정맥만 도드라지던 그 새하얀 발에 얼룩덜룩한 핏물이 맺혔다. 아무도 상처 입히지 못할 그 몸이 MJ가 부서트린 날카로운 감정들에 피를 흘리고 있었다.

내가…….

MJ는 안절부절못하는 시선으로 발만 내려다본 채 입술을 깨물었다.

……내가 다치게 한 거야.

MJ는 일그러진 시선으로 도원을 올려다봤다. 상처 입은 발이 아플 텐데도 도원은 오히려 MJ의 발을 쳐다보고 있었다.

"MJ, 발에 피가……."

내가 다치게 했다고, 선생님을!

속으로 비명을 내지른 MJ가 결국 욕설을 입에 담았다.

"젠장! 왜 내려온 거야, 안 아파?"

"아니, 나보단 그쪽이."

"씨발, 씨발."

"MJ."

"씨발!"

벽을 쳤던 주먹이 시트 위에 꽂혔다. 벽지를 물들인 붉은색이 시트 위로 점점이 뿌려졌다. 도원은 여전히 몸을 떨고 있었다. MJ가 언제 자신의 머리카락을 움켜쥐고 벽에 머리를 내려찍을지 몰라 두려워하고 있었다.

엉망이 된 집 안도, 벽지와 이불 위에 선명하게 남은 핏자국도, 모두 도원이 겪어 본 적 없는 감정의 흔적이었다. 그것을 오롯이 혼자서 견뎌 내기엔 그 크기와 힘이 폭발적으로 컸다.

마음 같아서는 울고 싶었다. 이런 감정을 어떻게 받아 주면 되는지 모르니까 우는 모습을 보이면 MJ가 조금 누그러지지 않을까, 하는 생각에서였다.

박 형사가 죽는 악몽에 시달려서 매달릴 때처럼 그에게 먼저 안기면 등을 토닥여 줄 것만 같아서. 그런 식으로라도 MJ의 감정의 크기를 줄여 보고 싶었다.

아직도 무서워서. MJ가 속된 말로 야마가 돌면 어떤 식으로 미치는지 알 것 같아서. 그 잠재되어 있는 폭력성이 사람을 향하는 순간 뼈가 으깨지고 피가 터지는 것이 영화 속의 한 장면이 아니라 현실이 될 것만 같아서.

두려움과 공포에 MJ에게 쉽게 다가갈 수 없는 것도 사실이었다. 그러나 이번에 기대야 할 사람은 자신이 아닌 MJ라고 생각했다.

아직도 MJ의 극단적인 감정 표현과 행동은 감당할 수 없지만 이렇게까지 표현하는 MJ를 내버려 둘 수가 없었다.

발에 상처가 나서 다행이라 생각했다. MJ가 먼저 다가와 줘서 도원은 MJ의 목을 꼭 끌어안을 수 있었다.

"당신을 거부하려고 꺼낸 말이 아니에요."

본능적으로 무서워하는 것과 의도적인 회피는 다른 것이었다. 의도적으로 피하려 했다면 MJ가 불쑥 나타나 협박을 할 때도 따르지 않았을 것이다. 아무리 심신이 피로해도 MJ에게 안기거나 의지하지도 않았을 것이다.

도원은 MJ의 존재를 처음부터 열어 두고 있었다.

"당신을 잘못됐다고 생각하지도 않아요. 처음부터 잘못된 관계라고 여기지도 않았어요. 그런 생각하게 만들어서 미안해요. 정말로 미안해요."

"싫어. 헤어질 것처럼 말하지 마."

"내가 당신의 병을 악화시키는 걸지도 몰라요. 상담자로서 내가 자질이 없을 만큼."

"싫다고! 씨발!"

MJ는 자신의 머리를 안고 있는 도원의 팔을 풀었다. 가까이에서 본 MJ의 눈은 도원이 느끼기에도 절박해 보였다.

"내가 환자가 아니면 되는 거 아냐? 더 이상 선생님한테 치료받지 않을게. 그게 선생님에게 중요한 거면 나도 따를게. 선생님의 직업의식에 내가 문제가 되는 거면 선생님의 역할을 나도 일정 부분 포기할게."

"……MJ."

"선생님, 약속했잖아. 나한테 말했잖아. 나 포기하지 않는다고. 포기하지 마. 계속, 나한테 알려 줘. 섹스가 뭔지, 뽀뽀가 뭔지, 좋아한다는 게 뭔지. 부탁할게. 부탁. 이것도 선생님이 알려 준 거잖아."

MJ의 숨은 빠르고 고르지 않았다. 흥분 상태가 가라앉지 않았다. 도원의 손에 깍지를 끼고 힘을 주면서, 도원이 자신에게서 멀어지는 것을 용납하지 않았다.

애써 침착해지려 노력했지만 쉽지 않았다. MJ가 흥분해 있으니 자신은 차분해야만 하는데 감정의 균형이 자꾸만 무너졌다.

도원은 MJ를 환자로 여긴다면 절대 해서는 안 되는 말을 하기로 했다. 솔직하게 자신의 상황을 말하는 수밖에 없었다. 전문적인 지식이나 용어를 MJ가 이해하고 못하고를 떠나서 다 말해야만 했다. MJ가 납득할 때까지 모든 방법과 수단을 동원해서 설명해야 했다.

"역전이가 벌어졌어요. 학생 때 글로만 배운 현상이에요. 내가 그래서 당신이랑 선을 못 긋고 있어요. 당신이 날 연인이나 사랑하는 사람처럼 대하는 걸 아무렇지 않게 받아들이지 못하고 나도 그런 걸 동일하게 느끼게 된 거예요. 차라리 부모자식 같은 관계 전이면 익숙한데, 연인은 나도 처음이라서. 이런 식이라면 나는 상담자로서 자격이 없어요."

MJ의 눈이 커졌다. 도원 스스로가 무슨 말을 하는지 잘 모르는 듯했다. MJ도 아는 이야기를 도원이 무척 괴로운 얼굴로 설명했다.

"섹스, 뽀뽀, 좋아하는 감정, 나는 당신에게 그런 걸 가르쳐 줄 자격이 없어요. 당신이 나한테 배워서도 안 되고요. 그건, 그런 걸 가르쳐 줄 사람은 내가 아니라 다른 사람이에요."

MJ가 산장에서 보여 주었던 그 감정들을 다른 사람들에게 표현

한다는 것을 상상하자 도원은 입을 다물게 되었다. 아직 아무 관계도 아닌데 MJ를 잃은 느낌이었다. 이런 느낌까지 받다니…… 역시 MJ와의 관계를 정리하는 게 맞았다.

"나와…… 그런 감정을 교류한다는 점에서 이미 본질이 흐려졌어요. 내 탓이에요. MJ, 날 원망하고 탓해도 좋으니까, 더 괜찮은 상담자나 의사한테 가서 치료하면 좋겠어요. 내가 MJ, 당신을 망칠 것 같아서 무서우니까."

"선생님."

"집…… 이 집, 계약 철회하도록 내가 도와줄게요. 나 때문에 위험까지 감수할 필요 없어요. 미안해요. 당신 감정을 내가 어디까지 살펴야 하는지 몰라서 그러니까."

"선생님, 날 환자로 받아 준 걸 후회하는 거 아니었어?"

"아…… 네? 그런 거 아니에요. 후회하지 않아요."

"그럼 뭐지. 역전이가 뭔지 모르겠는데 내가 선생님한테 갖는 감정을 선생님도 나한테 갖게 됐다는 거야? 그 뜻이야?"

"전이 현상은 쉽게 나타나요. 그러나 역전이는."

"선생님. 대답해."

"내, 내가 당신을 끌어안고 뽀뽀를 하려는 그런 건……."

"그래서 내가 환자로 안 보이는 거였어? 말하라니까."

"나, 나는……."

도원은 표정을 유지할 수 없었다. 무너진 얼굴로 MJ를 쳐다봤다. MJ가 보채는 대답을 해 주지 못했다. 할 수 없었다. 입 밖으로 꺼내는 순간 그것이 기정사실이 될 것이었다.

내가 당신이랑 연락하고 싶어서 지난 일주일 동안 무엇을 생각했는데요. 당신에게 기대야 할 몸을 지하철 손잡이에 비스듬히 묻으면서 무슨 기분이 들었는데. 당신 친구인 금발 바텐더에게 솔직하게 털어놓으면서 내가, 내가 어떤 혼란을 느꼈는데.

이게 모두 '역전이'라는 학술적인 용어로 설명하지 못하는, 평범하고도 단순한 감정이면 어떻게 해야 하는데. 정말로 내가 당신을 좋아하게 돼 버린 거라면, 난 상담사로서 내 직업을 지킬 수가 없단 말이야.

쏟아 내고 싶은 감정은 아랫입술을 질끈 깨무는 것만으로 참아야 했다. 그러나 흔들리고 불안정한 감정 기복마저 숨기지는 못했다. 아무리 버티고 참으려 해도 새어 나오는 도원의 감정을 MJ가 못 알아볼 리도 없었다.

MJ는 숨을 멈추었다. 흥분했던 숨결이 완전히 정지하고 붉게 충혈된 눈으로 도원을 쳐다보기만 했다.

도원은 MJ의 폭발하던 감정이 비로소 수그러들었다는 것을 알았다. 그것만으로도 다행이었다. MJ가 그대로 망가져 버릴까 봐 걱정했기에 원룸을 가득 메웠던 폭발적인 감정이 수그러든 것만으로도 다행이라고 생각했다.

"MJ, 당신이 내 환자라고 생각했기에 섹스도 할 수 있었어요. 이상하게 들릴지 모르겠지만 당신이 내 환자면 나는 당신의 행동이나 감정을 받아들일 수 있다고 생각하거든요. 그게 내 직업이니까 섹스할 때 침착하려고 애쓸 수 있었어요."

반대로 말하면 MJ가 환자로 보이지 않아서 섹스를 침착하게 할 수 없었고, 지금도 무차별하게 흔들리는 것이었다.

도원은 눈을 질끈 감았다. 이렇게 어설픈 모습을 보이지 않으려

했는데 MJ 앞에서는 생각이나 마음을 그럴듯하게 꾸며 낼 수가 없었다. 마치 그의 솔직하고 적나라한 방식들에 전염당한 기분이었다.

"하지만 환자가 아니면 나는 섹스를 그렇게 평온하게 받아들일 수 없을 거예요. 분명히 심하게 동요할 거고, 좋아할 거고, 원할 거고, 떼를 쓸 거고, 연인처럼 당신에게 뭔가를 요구하게 될 거예요."

"선생님."

"그러고 싶지 않아요."

"선생님, 선생님."

"나는."

"좋아해, 선생님."

MJ는 도원의 얼굴에 손바닥을 붙였다. 손등에서 피 냄새가 진하게 퍼졌다. MJ는 손끝으로 도원의 이마와 눈가, 볼을 조심스레 매만졌다. 도원은 지척에서 자신을 보는 MJ를 머뭇거리면서 지켜보았다.

맨몸으로 달라붙어서 성기를 문지를 때보다 감정의 농도가 짙었다. 피 냄새 때문이라고 생각하려 해도, 성욕과 본능으로 달려들 때와는 확연하게 다른 MJ의 시선을 느낄 수 있었다.

MJ가 도원의 다리 사이에 자리 잡았다. 바스락거리는 깨진 유리 조각들이 침대 밑에 앉아 있는 MJ의 바지와 양말에 달라붙었다.

"환자 더 이상 안 할게."

도원이 듣고 싶었던 말이지만 감정이 달랐다. 도원은 얼굴을 타고 천천히 내려오는 손을 붙잡았다. 손에 감기는 피의 감촉이 기분 나쁜 기억을 떠올리게 했다. 좁은 차 안에서 느꼈던 감각들이 되살아나려 했다.

도원은 식은땀이 나려는 기억을 참기 위해서 눈을 꼭 감았다가 떴다. MJ가 여전히 눈앞에 있었다. 도원은 안도인지 불안인지 모를 부정확한 감각에 내던져졌다.

내담자 앞에서 흔들리는 상담자는 신뢰를 잃기 마련이고, 치료가 성공적으로 이루어질 수 없다는 것을 알기에 겉으로 표출할 수 없었던 많은 것들이 흘러넘칠 것만 같았다.

안 돼, 이런 분위기는. 이러면 섹스가, 섹스 그 자체로 의미를 담게 된단 말이야. 그 의미를 취하게 되면 나는, 나는 정말로⋯⋯.

도원은 다시금 입술을 깨물었다.

"상담할 수 있는 다른 전문의를 소개해 줄게요."

"그만해. 선생님, 왜 자꾸 말을 피하는 거야."

"더 좋은 방법을 찾을게요."

"날 환자로 받아들이지 않고도 섹스할 수 있는 방법 있잖아. 지금 같은 관계를 계속 유지할 수 있는 거. 뽀뽀하고 좋아한다고 말해 주고 그러는 거."

"안 돼요."

"단순하게 생각해."

"안 돼요."

"선생님."

"지금 당신이 하는 말이 무슨 뜻인지 아니까 더 이상 말하지 마요."

"내 친구한테 연애 상담 했잖아."

"미안해요."

"젠장, 사과하지 마. 그걸 왜 사과하는 건데."

"감정 정리할 테니까. 역전이도 해결할 테니까."

"선생님, 선생님, 선생님!"

MJ가 도원을 세게 붙잡았다. 씨익, 씩, 화를 내는 것처럼 숨을 급히 들이마시고 뱉었다. 더 이상 이렇게 주변부만 배회하는 대화는 싫다며 직접적으로 말했다.

"내가 선생님의 환자가 아니어도 계속 만나 줘. 계속 키스해 줘. 계속 섹스해 줘. 직업의식이나 윤리에 고민할 필요 없이 나한테만 집중해 달라고. 그게 연인 관계잖아. 나랑 그러면 되잖아."

전이된 표상이 아닌 진짜 연인 관계.

도원은 줄곧 피하려 했던 솔직함 앞에서 크게 흔들렸다. 안 돼, 라는 생각 하나만으로 MJ와 자신 사이를 넘실거리는 감정에서 도망치려 했다. MJ는 뒤로 물러나려는 도원을 붙잡았다. 도원은 더 이상 피할 수 없다는 걸 알아서 더 초조해졌다.

"당신이랑 연애를 하라는 말이잖아요."

도원의 말에 MJ가 작게 신음했다. 마치 자신이 원하는 것을 도원이 바로 알아봐 준 것처럼.

"맞아. 그거야. 그거라고. 그 말을 왜 이렇게 못하는 건데, 응?"

"못해요."

"선생님."

"그럼 정말로 이상한 관계가 되는 겁니다."

"왜지. 내가 남자라서? 아니면 범죄자라? 아님 이렇게 병신 같은 새끼여서?"

"아니, 그런 말 하지 마요."

"그럼 뭐가 문젠데?"

"나는 당신을 좋아해서 만난 게 아니잖아요. 사랑을 전제로 한 관계가 아니었어요. 환자로 만나면서 동정이든 애정이든 복잡한 감정이 뒤섞여서 이 지경까지 된 거예요. 연인 관계에 가질 수 있는 감정치고는 불순물이 너무 많아져요."

"상관없어. 시작은 어떤 형태든 괜찮아."

왜 그만두질 않는 거지. 이 정도로 거절하면 그만둘 만하잖아.

도원은 붙잡힌 손목을 억지로 잡아 뺐다. MJ가 곧바로 다시 붙잡았지만 도원이 그 손을 피해 자꾸만 물러나려 했다.

더 이상 도망갈 수 없도록 MJ가 힘을 주어 끌어안았다. 도원은 한계에 달한 얼굴로 그런 MJ를 마주했다. 아무 말도 통하지 않는 MJ에게 정면으로 부딪혔다.

"나는 연애를 딱 한 번밖에 해 보지 못했어요. 그것도 오래전이라 어떤 감정이었는지 잘 기억이 안 나요. 요즘 젊은 사람들이 어떤 생각으로 사람을 대하는지 잘 몰라요. 난 당신과 연애할 만한 나이도, 감성을 가진 사람도 아니에요. 왜 그걸 모르는 겁니까. 당신은 나보다 더 괜찮은 사람을 만날 수도 있다고요."

MJ의 목울대가 크게 울렸다. 도원에게 고개를 내밀었다.

"뽀뽀해 줘."

명령도, 요청도, 강요도 아닌 부탁 그 자체였다. 도원은 고개를 돌렸다. 거절하는 도원의 얼굴을 손으로 잡아 내린 MJ가 억지로 입을 맞췄다.

"시, 싫어요. MJ, 하지 마요."

도원이 다시 물러나려 하기에 MJ가 더 세게 잡고 키스를 이어 갔다. 미약한 몸싸움 끝에 도원의 몸에서 먼저 힘이 풀렸다. 호흡이 흐트러져서 MJ의 끈질긴 부탁을 답답한 듯 바라보기만 했다.

"해 줘. 키스해 줘, 선생님."

"MJ, 제발 내 말을."

"해 줘, 제발."

도원은 한참 동안 말이 없었다. MJ가 다시 도원의 얼굴을 매만졌다.

"제발."

간곡한 애원이었다. 그 애원에 정처 없이 눈빛이 흔들리던 도원은 결국 고개를 숙였다. 구겨진 시트 자락만 쳐다보았다.

지금까지 겪었던 단 한 번의 사랑은 지금 이 순간을 해결하는 데에 아무런 도움이 되지 않았다. 전처와 관계가 진전될 때는 자연스럽고 평온했다. 남들의 속도를 따라가는 방식이었다.

하지만 MJ와의 감정은 매 순간이 절박해서 너무 많은 상념을 불러일으켰다. 감정을 정리하지 못한 채 흘려보내면 퇴적물처럼 발 아래에 차곡차곡 쌓였다. 어느 순간 두 발이 무거워져 내려다보면 그 퇴적물에 허우적거리는 것만 같았다.

이게 사랑이 아니면. 정말로 역전이된 연인 관계의 삐뚤어진 감정이라면. 그렇게 되면 MJ에게도 더할 나위 없이 큰 상처를 주게 될 텐데, 왜 MJ는 그 상처받길 감내하면서라도 붙잡고 있는 걸까.

이게 대체 뭐라고. 다른 사람하고도 나눌 수 있는 감정인데 왜 하필 나한테만.

도원은 한참 후에 고개를 틀었다. 살짝 떨리는 입술이 화상 자국이 난 얼굴에 내려앉았다. MJ는 등골이 오싹할 정도로 기분이 좋아졌다. 키스를 받은 화상 자국이 불에 막 덴 듯 뜨겁다고 여겼다.

MJ는 양손으로 도원의 가는 허리를 잡았다. 와이셔츠 아래로 긴장한 근육들이 느껴졌다. 기분 좋은 긴장감이었다. 서로의 속내를 캐내거나 숨은 뜻이 있는지를 살펴려던 내담자와 상담자 관계에서의 신경전과는 다른 긴장감이었다.

혀끝이 간질거리는 미묘한 감각에 MJ는 숨을 크게 들이마셨다. 좋아서 죽을 것 같다는 말을 이럴 때 쓴다는 것을 배웠다.

"나랑 연애하자."

그 말에 도원은 반응하지 않았다. MJ는 도원의 허리를 만졌다. 자신의 사람이라고 확신하는 손길이었다.

"나는 연애 자체를 해 본 적이 없어. 그리고 선생님도 요즘 젊은 사람이야. 혼자만 늙으려고 하지 마."

"내가 어떻게 말해야 당신이 그만둘지 이젠 모르겠어요."

"안 그만둬."

"저는 당신의 연애 욕구를 충족시켜 줄 만한 사람이 못 됩니다. 설령 사귄다고 해도 다큐멘터리로만 환상을 품었던 나와 실재의 나는 많이 다를 거예요. 난 당신의 판타지를 충족시켜 줄 만큼 대단한 사람이 아닌걸요."

"그런 건 이미 같이 있으면서 다 파악했어."

"MJ."

"아, 미치겠네. 그래서 선생님은 싫어? 아니잖아. 감정을 정리해야 될 정도라면 나한테 깊숙하게 들어왔다는 거잖아. 그걸 계속 이어 가자는 건데 뭐가 문제야? 선생님, 나 미치는 거 보고 싶어서 그러는 거야? 아니지?"

대답하지 못하는 도원을 MJ가 침대 위로 눌렀다. 도원의 배 위에 앉은 MJ가 고개를 숙였다. 코끝이 서로 부딪쳤다. 도원의 턱을 잡고 고개를 고정시킨 MJ는 모양 좋은 입술을 몇 차례나 물었다가 놓았다.

입 안에 고인 침을 삼키기 위해서 목울대가 움직이는 도원의 반응이 섹시했다. 혼란스러워서 눈을 어디에 두면 좋을지 잘 모르는 표정이 귀여웠다.

환자로 다가오는 사람 속은 침착하게 꿰뚫어 보는 사람이 정작자기 문제에서는 헤매고 있었다. 단호하게 관계를 정리하려고 생각했지, 그 이상으로 나아갈 생각은 못했던 것 같다.

도원이 다시 침착해져서 이 관계도 잘못되었다고 말할까 봐, MJ는 쐐기를 박아 넣었다.

"이것도 아니다 싶으면 그때 그만둬도 되잖아. 조금 전에 환자로 못 보겠다고 그만두자고 한 것과 똑같아. 연인도 아니다 싶으면 그때 말하면 돼. 한 번만 시작해 봐. 응? 그게 그렇게 어려운 일이야?"

도원의 긴 속눈썹이 떨렸다. MJ가 엄지로 꾹 누르고 있는 입술도 떨리고 있었다. 딱딱한 손톱 끝에 말캉한 혀와 입술이 닿을 때마다 MJ는 마른침을 삼켰다.

이 입술에 '환자이기 때문에 받아 준다'는 당위성과 전혀 다른 방향으로 '연인이기에 사랑을 나눈다'는 목적으로 입을 맞춘다고 생각하니, MJ는 부풀어 오르는 감정을 참을 수가 없었다. 금방이라도 흥분해서 몸을 비빌 것만 같았다.

도원이 연인을 어떤 눈으로 쳐다볼지, 어떤 말투로 대할지, 키스를 할 때는 어떤 생각을 할지, 상상만으로도 미칠 지경이었다.

지금까지처럼 다정할까. 아니면 의외로 남자이고, 연상이기 때문에 리드하려고 들까. 그 어느 쪽도 장담하지 못했다.

그랬기에 속눈썹을 내리깔며 심각하게 생각하는 도원이 마침내 눈동자를 들어 시선을 마주치자 MJ는 짜릿함에 몸을 가눌 수가 없었다.

도원의 눈은 머리카락만큼 까맸다. 가까이 들여다봐야만 동공이 구분될 정도로 희미한 붉은 기운이 감도는 눈동자였다.

새까만 눈동자는 그렇기에 감정의 깊이를 확인하기가 어려웠다. 아무렇지 않은 척하면 정말로 그렇게 여겨지는 눈이었다. 참는 것에 익숙한 눈이었고, 보이는 자신을 숨기는 데에도 탁월한 눈이었다.

그 눈이 숨기고 억눌렀던 감정을 한 꺼풀 벗고 솔직함을 드러냈다. MJ를 상대로 이렇게까지 속을 털어놓았는데, 이제 와서 숨기는 것은 불가능하다고 생각한 듯했다.

"……연애."

그 낯선 단어를 읊조리는 입술에서 MJ는 시선을 떼지 못했다. 달싹이는 입술과 검은 눈동자를 번갈아 바라봤다. 여전히 혼란스럽고 걱정이 앞서는 감정들이 묻어났지만, 이젠 물러날 길이 없는 양 정면으로 부딪치길 택한 것 같았다.

"당신과 진심으로 만난다면 당신의 선생 노릇은 그만둘 겁니다. 괜찮겠습니까."

MJ는 마른침을 삼켰다.

"응. 그렇게 해 줘."

"당신의 병증을 치료하지 못한다는 뜻인데요."

"그 문젠 나중에 다시 생각해 볼게."

"나중엔 너무 늦어요."

"선생님, 나한텐 선생님 문제가 더 중요해."

"······MJ."

"선생님이 나를 환자가 아닌 눈으로 바라봐 주는 게 더 중요하다고."

그 말에 흔들리던 시선이 조금씩 진정되기 시작했다. MJ를 정면으로 응시하는 시선은 '선생님'의 위치를 포기하기 시작한 것처럼 조금씩 달콤하게 젖어 들고 있었다.

그저 MJ를 파악할 대상으로만 바라보던 이전과 달랐다. 감정적으로 얽혀드는 MJ의 마음을 헤아리려는 방향이었다.

그것은 좋아하는 사람을 여럿 두지 않는 사람의 눈이었다. 오직한 사람에게만. 딱 한 명에게만 보이는 깊이. 동시간대에 그 누구도 공유할 수 없는 단 하나의 감정이었다.

"자신이 없어서 금방 그만두려 할지도 몰라요."

자신을 이토록 열렬하게 바라는 사람은 살아온 인생을 통틀어 처음이었다. 여기서 MJ를 밀어낸다면 아마도 평생 살면서 두 번 다시 이러한 경험과 감정은 겪지 못할 것만 같았다.

그래서 도원은 스스로 뜻하지 않은 대답을 뱉고 말았다.

한번 해 볼 수 있다면. 거리낄 것이 아무것도 없다면.

지금까지의 인생처럼 포기하거나 그만두는 게 아닌, 한 발자국만 앞으로 나아가는 걸 선택하면 안 되는 걸까. 그의 말대로 앞으로 나아가 본 뒤, 잘못된 길이란 걸 깨닫고 그때 그만두어도 되지 않는가.

매일 아침 똑같이 일어나 세탁소에서 가져온 옷을 입고, 연구소에서 근무하면서 고장 난 신호등 밑에 차를 멈추어 세우는 무미건조한 일상에서 벗어나고 싶었다.

변하고 싶었다. 그게 연애 감정이든 뭐든, 조금이라도 더 나은 삶을 살아갈 수 있다면 상대가 MJ라고 해서 저어할 것은 없었다.

그 생각아 MJ가 남자라서, 범죄자라서, 내담자라서, 라는 수많은 수식어들에 감정 표현을 망설이게 되는 이유를 상쇄시켰다.

박사로서의 도원. 심리사로서의 도원. 그런 수식어가 달라붙는 자신이 아닌, 누군가의 가장 솔직한 존재로 있을 수 있는 유일한 관계.

도원이 사회적 규율과 억압, 법칙과 직업적 소명 의식, 책임과 의무와는 상관없이 맨몸으로 곁에 남을 수 있는 바로 그 관계였다.

"한번 해 볼게요. 이런 마음으로 당신을 받아들여도 괜찮겠어요?"

도원의 대답을 MJ는 알아들었다. MJ가 원하던 바로 그 대답이었다.

"충분해."

충분하지 않다. 이상한 이 관계를 하나하나 일일이 따지면 끝도 없을 것이다.

도원은 걱정이 많았고, MJ는 그 걱정을 고려조차 하지 않았다. 출발선이 다른 두 사람은 '연애'라는 단어를 맞이하는 마음가짐에서부터 큰 차이를 보였다.

"노력해 보겠지만 정말 안 되면 그땐 MJ, 당신도 인정해야 해요."

"그런 말 미리 깔아 놓고 당장 그만둘 것처럼 굴지 마."

"분명히 후회할 텐데."

"지금도 후회해?"

……MJ를 선택하든 포기하든, 둘 다 후회할 일이었다. 어차피 후회할 것이 결정된 선택이라면 안 하는 것보단 하는 것을 택하는 게 낫지 않을까.

"……모르겠어요."

자신 없는 목소리에도 MJ는 입가에 미소를 지어 보였다.

"그럼 됐어. 억지로 결정한 거 아니면 충분하니까. 이제 어떻게 하면 돼?"

MJ는 부풀어 오른 하반신을 도원의 아랫배에 지그시 눌렀다. 뜨거운 열기가 도원에게 전해졌다. 도원은 야릇한 감각에 눈을 느리게 깜빡였다. 빨지만 않을 뿐, 서로 붙어서 물었다 놓는 것을 반복하는 입술은 아래만큼 뜨거워진 숨결로 섞였다.

"모르겠어요."

"하고 싶어."

"이전과 다를 바 없는 거잖아요, 그런 건."

"다를 거야. 분명히."

"뭐가 달라진 건지 모르겠어요."

"선생님 분위기가 달라졌어."

"어떻게 달라졌어요?"

"미칠 것 같아."

"네?"

"다른 사람들이 이런 선생님 알까 봐 미칠 것 같아."

잘 이해하지 못하는 표정을 짓는 도원에게 MJ가 혀를 내밀었다.

도원은 잠깐 망설였지만 이내 입술만으로 그 혀를 빨았다. 머뭇거리면서도 솔직하게 받아 주려고 노력하는 도원이 사랑스러워 죽을 것만 같았다. 이렇게 노력해야지만 연애라는 것에 도전할 수 있는 마음가짐을 가진 사람이라서 MJ가 끝까지 매달린 것이기도 했다.

도원이 먼저 혀를 빨아 주는 동안 MJ는 도원의 와이셔츠 단추를 풀었다. 뒤섞인 호흡이 거칠어졌지만, 도원은 그런 MJ의 키스가 너무 다정해서 그가 무섭지 않았다.

이래도 정말 되는 걸까, 하는 걱정거리가 옅어지고 있었다. 목구멍까지 꽉 차올랐던 퇴적된 걱정거리가 발밑으로 조금씩 허물어지는 것만 같았다.

정말 안 되겠다 싶으면 포기하면 되니까. 아직 늦지 않았으니까 한 번만 해 보자. 그 마음가짐으로도 괜찮다잖아. 괜찮다니까…….

잠시 '상담사'로서의 자신의 위치와 '범죄자'로서의 MJ의 위치를 잊은 도원은 눈을 감았다.

산장에서 나눈 키스가 생각났다. 막대 사탕의 인위적인 딸기 향이 곁들어진 그 키스처럼 도원은 MJ의 혀를 몇 번이고 빨았다.

"……응."

작게 신음한 도원이 키스에 몰두했다. 순수하게 키스 그 자체에만 빠져들기 시작하면서 MJ에게 먼저 다가갔다.

반라가 된 도원이 양팔로 MJ의 머리를 감쌌다. 도원에게 일방적으로 혀가 빨리던 MJ가 이번엔 자신이 먼저 도원의 혀를 빨아 주었다.

젖은 소리가 울렸다. 혀를 누가 더 많이 빨고 핥느냐는 것은 무의미해졌다. 서로의 혀가 누가 먼저랄 새 없이 얽히고 비벼졌다. 뜨거워진 숨소리가 엇박자로 섞였다.

MJ는 셔츠를 벗어 바닥에 던지고 본격적으로 도원의 목과 가슴을 핥기 시작했다. 도원도 그런 MJ의 등과 목을 손바닥으로 애무했다. 화상 흉터를 만질 때마다 눈에 띄게 흥분하는 MJ가 도원의 바지를 벗길 때였다.

바닥에 유리 조각과 함께 나뒹굴던 도원의 외투 속에서 전화벨 소리가 울렸다. MJ는 신경 쓰지 않고 도원의 바지를 벗겼지만 도원은 팬티가 허벅지에 걸렸을 때까지도 끊어지지 않는 벨 소리가 신경 쓰였다.

한쪽 발목에 걸려서 흔들거리는 팬티를 보던 도원이 MJ를 부드럽게 밀어냈다. MJ는 밀려나지 않았다. 빠르게 숨을 내뱉으면서 발가벗은 도원의 몸을 빨기 시작했다.

"아, MJ, 잠깐."

열 번도 넘게 울리는 전화벨이 긴급하게 들렸다. 도원이 몸을 움직여 침대 밑으로 손을 뻗었다. 외투를 집어 올리기 전에 MJ가 도원을 침대 가장자리에서 가운데 쪽으로 끌어당기더니 도원의 가슴을 물었다. 입 안으로 빨아들이는 흡입력이 상당해서 도원은 허리를 비틀었다.

"아."

짧게 터지는 숨소리가 억지로 억눌렀던 이전과 달리 솔직했다. 애인이 해 주는 애무를 받아들이는 도원의 태도는 미묘한 부분에서 사랑스러웠다. MJ의 행동을 하나하나 의미 있게 받아 주는 것이다.

도원이 상처 난 발로 이불 시트를 말아 쥐려고 했기에 MJ가 도원의 양 다리를 자신의 허리에 감도록 했다. 벌어진 다리를 오므릴 수가 없어서 도원은 가슴이 부풀어 오를 정도로 빨아 당기는 애무에 숨만 헐떡였다.

전화벨이 끊기지 않았다. 도원은 자세가 고정되어서 움직일 수 없는 몸을 뒤틀었다.

"MJ, 전화 좀, 아."

"하아, 하, 선생님, 자꾸 움직이니까 아래가 자극돼."

"전화요. 이것만 받을 테니까."

끊어졌던 전화가 다시 이어졌다. 아무래도 급한 연락인 모양이다. 도원은 상체를 일으켰다. 가슴을 빨던 MJ가 도원을 더 품에 안았다. 오도 가도 못하게 해 버리고는 가슴과 목에 순흔을 빼곡하게 만들었다.

가까스로 그 팔에서 벗어난 도원이 침대 밑으로 손을 뻗었다. MJ는 그 틈에 자신의 바지를 벗었다. 속옷이 젖어 있었다. 속옷 위로도 꿈틀거리는 물건이 속옷을 벗은 후부터는 적나라하게 도원의 몸에 비벼졌다.

도원의 허벅지에 귀두가 닿았다. 선단 끝에서 흘러내린 묽은 액체가 도원의 허벅지에 영역 표시라도 하는 것처럼 반질거리는 길을 만들었다.

"여보세요."

도원은 모르는 번호로 걸려온 전화를 받았다. MJ는 침대 옆 테이블에서 튜브 젤 하나를 집어 왔다. '공부'를 했다더니 그 학습한 물건까지 구비한 것이다.

흔들리는 시선으로 손바닥에 연한 분홍색의 투명 크림을 더는 MJ를 바라봤다. MJ의 손을 타고 툭, 하고 떨어지는 투명한 크림이 지나치게 야해 보였다.

도원의 엉덩이 사이를 젤에 젖은 손가락이 파고들었다. 도원의 목 뒤가 뻣뻣하게 굳으면서 경직되었다. MJ는 그런 도원의 목덜미를 이로 깨물면서 쿨쩍거리는 소리를 내는 손가락을 빠르게 움직였다.

〈도원 선생님! 저 빈유미예요!〉

벗어나려는 도원을 붙잡은 MJ가 한 손으로 엉덩이를 벌렸다. 그러고는 손가락을 두 개로 늘려 거칠게 쑤셨다.

도원은 입 밖으로 터지려는 신음을 가까스로 참았다. 휴대 전화 송신기 부분을 손으로 막고 숨을 몰아쉬었다. MJ를 밀어내면서 전화기를 반대편 귀로 옮겨 받았다.

"모르는 번호네요. 어디서 전화한 건가요?"

〈아, 경찰청 전화기예요. 급하게 연락하는 건데 지금 괜찮으세요?〉

"아, 그게, 지금은……."

〈지금 어디세요?〉

"지, 응, 집이요."

〈선생님 오피스텔 밖에 잠복 경찰 있는 거 아시잖아요. 건물 들어간 지 꽤 됐는데 댁에 불이 안 켜졌다고 연락 왔어요. 지금 어디세요? 무슨 일 있는 건 아니죠?〉

도원은 다시 송신부를 손으로 막았다. 밀어냈던 MJ가 도원을 엎드리게 하고 엉덩이 사이에 찔러 넣은 손가락을 세 개로 늘렸다.

남은 젤을 수직으로 기립한 자신의 성기에 바르면서 도원의 구멍 안팎을 적셨다. 의도적으로 전립선을 문질렀기에 도원은 거칠어진 숨을 가까스로 참아 내야 했다.

MJ를 원망스럽게 노려봤지만 MJ는 도원이 전화하는 것에 크게 신경을 쓰지 않았다. 그저 흥분한 눈으로 도원의 벌린 엉덩이 사이만 들여다보고 있었다.

도원의 음낭을 빨고 싶어서 안절부절못하는 욕망이 고스란히 전해졌다. 도원은 화끈거리는 얼굴을 이불 시트에 묻으면서 목소리를 가다듬었다.

"오다가, 오다가…… 이웃 사람을 만나서 얘기 좀, 하느라."

〈선생님?〉

"조금만 더 얘기하다 갈, 게요."

〈몇 호인데요. 말씀해 주세요.〉

도원은 손가락이 빠져나간 자리에 뜨겁고 단단해진 선단 끝을 조준하는 MJ를 가까스로 밀어냈다. MJ가 다리 사이에 자리 잡고 허리를 맞추려 했다. 필사적으로 그런 MJ에게서 벗어나려 했으나 MJ는 온몸으로 도원을 내리눌렀다.

"어서 전화 끊어."

귓가에 속삭이는 목소리가 흥분을 감추지 못하고 있었다. 도원은 MJ의 양팔에 붙잡혀서 허리를 바로 펴지도 못했다. 엉덩이를 들어 올린 자세에서 움찔거렸다.

수화기 속에서 선생님, 선생님, 보채는 목소리에 도원은 옆집이라고 말하지도 못했다. 혹시나 경찰이 뒷조사를 하면 MJ에게 낭패스러운 일이 벌어질 수도 있기 때문이다.

"보, 복도에서 만난 건데, 지금 집에 들어갈게요."

〈목소리가 안 좋아요. 감기 걸리셨어요?〉

"아, 네, 조금. 부, 불 켤게요. 확인되면 무, 문자로 남겨 주세요. 전화 걸지 마시고."

〈네, 바로 집에 들어가 주세요. 저희 통제에서 벗어났다가 저번 같은 일이 생길까 봐 걱정되어서 그러는 거니까요. 프라이버시 침해라고 불쾌해하지 않으셨으면 좋겠어요.〉

"으, 아, 응, 물론이죠."

〈그보다 우리 술은 언제 먹어요? 계속 미뤄지네.〉

도원은 귀두 끝을 밀고 들어오는 성기를 한 손으로 붙잡았다. 갑작스러운 압박감에 MJ가 허리를 숙이면서 숨을 다급하게 내쉬었다. 헉헉거리는 숨소리가 심상치 않았다. 도원은 몸을 빼내면서 MJ의 뜨거운 성기를 만졌다.

삽입을 하려다 못한 성기는 크게 성이 나서 꿈틀거리고 있었다. 도원의 손에서 성기를 빼낸 MJ가 다시 허리를 숙였다.

이번엔 도원도 막지 못했다. 성기를 만지느라 젤에 젖어버린 손바닥으로 다급히 제 입을 막았다. 눈앞이 아득해지는 감각에 숨이 절로 터질 뻔했다. 도원은 휴대 전화 속에서 재잘거리는 빈유미의 목소리를 알아들을 수가 없었다. 도원이 절박하게 말했다.

"비, 빈유미 씨. 내가 나중에 다시 전화할게요."

〈그래서 제가 알아본…… 아? 네, 알겠어요. 지금 댁에 들어가시는 거죠? 그렇게 전할게요.〉

"아, 아뇨, 오 분, 오, 오 분만."

〈알았어요. 너무 늦으면 다시 전화할 거예요.〉

"네. 네, 알았어요."

몸조심하세요, 요즘 감기 독하다고 하네요, 라고 전하는 안부도 제대로 듣지 못한 채 전화를 끊어 버렸다. 도원은 그제야 MJ에게 허리가 붙잡혀서 들쑤셔지는 삽입의 감각을 입 밖으로 표현했다.

"하으, 응, 아, 아, 내, 내가 하지 말라고, 응!"

젤 때문에 출입이 수월했다. 뻑뻑하고 아팠던 처음과 달리 벌어진 구멍을 오고 가는 성기의 움직임에 아픔보다는 쾌감이 먼저 찾아왔다.

도원의 엎드려 있는 등 위로 MJ가 몸을 완전히 기댔다. 허리 아래가 빡빡했다. 앞뒤로 들썩이는 허릿짓은 도원의 엉덩이와 허벅지 아래로 녹지 않아 몽글거리는 젤을 툭, 투둑, 떨어트릴 만큼 빨랐다.

"하아, 아, 응."

도원이 시트를 입에 물고 신음을 참으려 했다. 그러자 MJ가 몸을 바로 세우고 도원의 양팔을 뒤로 잡아당겼다. 침대 위로 무너져 있던 상체가 들렸다. 몸을 지탱해야 할 양팔이 MJ에게 붙잡혀서 몸의 균형을 잡을 수가 없었다.

도원의 몸이 거칠게 들썩였다. 머리카락이 흔들리는 모습도 그 어느 때보다 격렬했다. 마치 한 마리의 사나운 말을 타는 것 같았다.

"아으응, 아, 아!"

자신의 흥분만 내던지던 이전과 달리 MJ는 도원의 상태를 보면서 움직이고 있었다. 거친 섹스였지만 욕망만 좇지 않았다. 흥분이 최고조라 언제 절정에 달해도 이상하지 않을 텐데도 아슬아슬하게 자제력을 발휘하고 있었다.

MJ는 도원의 엉덩이 안쪽 이곳저곳을 찔렀다. 도원의 균형 잃은 허리가 들썩이는 뒷모습을 보며 조금 더 깊은 곳으로 들어갔다.

"아! 아! 파, 팔, 놓으, 응, 아응, 응!"

MJ가 도원의 팔을 더 뒤로 젖혔다. 도원이 버티는 허리와 파르르 떨리는 허벅지 안쪽, 부풀어서 새빨갛게 변한 성기를 삼킨 젖은 구멍을 보면서 MJ는 숨을 헐떡였다.

"여기, 허억, 헉, 여기 좋아했던 곳인데, 하아."

"시, 싫, 아!"

"하아, 하, 맞네."

"하으, 으응, 응…… 응, 아, 이상해, 아."

도원은 정신이 없었다. 몸을 제어할 수 없는 자세였을뿐더러 처음부터 목적이 분명한 삽입에 빨려 들어갔다.

뜨겁게 젖어 있는 불기둥이 전립선을 문질렀다. 전립선이 부풀어 오를 정도로 빠르게 찌르고 뺐다가 다시 쑤셔 넣었다. 휘어진 기둥 끝이 정확하게 꽂힐 때마다 도원은 꽉 감은 눈 안쪽이 하얗게 터지는 착각이 들었다.

몸 안쪽에서 터진 하얀 불꽃이 순식간에 허리를 타고 올라와 머리를 두드렸다. 기분 좋은 쾌감이었다. 섹스를 의무적으로 하던 부부 관계에선 느껴 본 적 없는 종류의 절정이었다.

허무했던 절정이 MJ의 품 안에서는 아득했다. 섹스만으로 이렇게 멀리 의식을 내던질 수 있다는 것을 처음 알았다.

"으응, 응! 아, MJ……!"

도원의 성기가 터질 것처럼 부풀어 올랐다. MJ가 다리에 힘을 주고 몸을 더 낮췄다. 낮아진 자세만큼 깊어진 삽입부에서 녹은 젤이 희뿌옇게 흘러내렸다.

MJ가 절정을 참지 못하고 사출하기 전에 몸을 빼내려 했다. 숨을 헐떡이면서 위험한 순간을 참고, 자세를 바꾸어 다시 삽입하려 했다.

도원은 그런 MJ를 돌아봤다. 어지러운 시야와 엉망이 된 머릿속에서 5분이라는 숫자 개념만 비처럼 쏟아져 내렸다. 자세를 바꾸고 또 피스톤질을 하면 5분이 훨씬 지나갈 것이다.

"MJ, 싸 줘."

갑작스러운 발언에 MJ가 움찔했다. 성기를 빼려는 MJ에게 오히려 기대면서 도원이 젖은 눈을 깜빡였다.

"괜찮으니까, 하아, 하, 이대로, 안에 싸, 아."

자극적인 말에 전혀 면역이 없는 MJ가 짙은 신음을 쏟아냈다.

"그런 말을, 읏, 하면…… 하윽."

결국 참았던 사정을 해 버렸다. 도원의 팔을 잡고 있던 손을 풀고 엉덩이를 움켜쥔 채 몸을 쥐어짜 냈다. 도원의 안에다가 마지막 한 방울까지 털어 넣었다. MJ가 성기를 빼내자 젤과 정액이 뒤섞인 액체가 쏟아졌다. 다리 사이가 질척였다.

도원은 사정도 하지 못한 채 흥분한 자신의 성기를 보면서 숨을 다급히 몰아쉬었다.

원치 않은 사정에 놀라 버린 MJ를 내버려 둔 채 도원이 침대 밑으로 내려왔다. 아직 완전히 다물리지 않은 구멍을 타고 정액이 발목까지 흘러내렸다. 도원은 대충 와이셔츠에 팔을 끼우고 유리 조각 위를 밟았다. 다친 발에서 흘러내린 피를 보고 MJ가 놀라서 소리를 질렀다.

"선생님!"

도원은 문을 열고 나가 자신의 집 도어 록을 열었다. 센서등의 불빛으로 확보한 시야 속에서 천장 불을 켰다. 깜빡거리며 두어 번 점멸하던 형광등이 환하게 밝아졌다.

도원은 그제야 힘이 풀린 듯 현관에 비스듬히 기대어 앉았다. 지쳐서 손 하나 까딱할 힘이 없었다.

"젠장, 나 때문에 이러지 좀 마, 선생님."

도원과 몸을 섞는 동안에 전화가 왔기에 빈유미의 통화가 무슨 의미를 가지는지 알고 있는 MJ였다. 도원이 자기 자신이 아니라 MJ를 위해서 한 행동의 의미 또한 잘 알고 있었다.

MJ는 자신의 방과 달리 텅 비어 있는 도원의 삭막한 방을 둘러본 뒤 옷장을 열어 아무 옷이나 꺼내서 쌓았다.

도원을 그 위에 앉힌 뒤 발바닥을 살펴보았다. 눈에 보이는 커다란 유리 조각을 빼내도 어딘가에는 보이지 않는 작은 조각들이 박혀 있을 것 같았다. 핏방울이 맺혀서 바닥에 길게 이어진 걸 보고는 신경질적으로 머리를 쓸어 넘겼다.

도원은 벽에 몸을 기대어 앉아서 아직도 거칠기만 한 숨을 몰아쉬었다.

"약이랑 붕대 어디 있어?"

도원은 MJ를 멍하니 보았다.

"선생님?"

다시 묻는 그를 보면서, 도원은 어쩐지 힘이 빠진 입가를 올리면서 피식 웃고 말았다.

"바보 같아요."

나른한 도원의 미소에 MJ가 멈칫하고는 얼굴을 붉혔다.

"뭐가 바보 같아."

"생각했던 거랑 너무 달라져서요. 지금 잘 모르겠어요."

"됐어. 깊게 생각하지 마."

MJ가 도원을 자신의 허벅지 위에 앉히고 놓질 않았다. 도원은 저항 없이 안겨 있었다. MJ가 온몸으로 표현하는 감정이 버거우면서도 그리 싫지 않은 듯한 얼굴이었다. 부끄러워하면서도 밀어내지 않았다.

이런 식의 연애는 해 본 적이 없고, 이런 게 연애가 맞는지 확신할 수도 없었다. 그러나 서로 어설프게 욕망대로 움직이는 모습이 나쁘지 않다고 생각했다. 환자로만 보려고 노력했을 때보다 MJ는 훨씬 더 매력적인 사람 같았다.

이게 문제라면 나중에 조금 더 생각해 보기로 했다. MJ가 골치 아픈 일을 뒤로 미루듯이 '나중에'라고 말했을 때 속으로 질책했는데, 자신이 그 행동을 고스란히 답습하고 있었다.

생각을 놓아 버리는 것도 그리 나쁜 방법은 아니라는 걸 새롭게 배운 것만 같았다.

그렇게 생각하는 자신과 엉망진창이 된 MJ의 집 안 풍경이 겹쳐졌다. 화끈거리는 엉덩이 사이의 감촉도 불쾌하지 않아서 힘 빠진 웃음만 새어 나왔다.

"진짜 바보 같아요."

등허리를 토닥여 주는 MJ에게 힘을 푼 몸을 기댔다. 생각할 문제가 많았다. 그 고민들을 잠시 미루어 둔 채 눈을 감았다.

아주 잠시만 미루자고.

개학을 얼마 앞둔 어린 학생의 마음으로 중얼거렸다.

8

8

도원은 지하철 유리창을 물끄러미 들여다보았다. 자가용을 타고 출퇴근할 때는 보지 못했던 얼굴이 터널로 어두워진 유리 벽에 비쳤다.

머리 위에서 떨어지는 형광등 불빛이 코와 눈썹 밑에 긴 그늘을 드리웠다. 턱과 목 사이의 그림자도 평소보다 깊었다. 선명하게 혹은 적나라하게 이목구비가 부각되었다.

그것은 화장실 거울로나 보던 도원의 인상과 달랐다. 도원은 자신이 언제 이렇게 늙었을까 싶어서 터널 불빛에 잠깐 사라지다가 어둠 속에서 다시 선명해지는 얼굴에서 시선을 떼지 못했다. 자신의 기억 속에서보다 가늘어진 머리카락과 움푹 꺼진 눈자위가 생소했다.

생기가 넘쳤던 젊음은 늘어진 피부 뒤로 숨어 버린 지 오래였다. 까맣고 생기가 넘치던 눈동자는 낙엽이 쌓여 봉분이 불룩 솟은 것처럼 탁해 보였다.

밝고 긍정적이던 표정도, 가볍고 자신감 있던 발걸음도, 가라앉고 지연되고 뒤에 머무르고 있었다. 언제까지 변함없으리라 여겼던 것들이 낡아서 쪼그라든 모습을 직접 지켜보는 일은 생각보다 괴로웠다.

손가락으로 얼굴을 더듬어 보던 도원은 결국 시선을 돌리고 말았다. 애써 지하철 같은 칸에 타고 있는 다른 승객들을 쳐다보다가도 자연스럽게 고개를 돌려 창에 비친 자신의 모습을 좇았다.

한숨이 나오는 것을 그대로 흘려보냈다. 반쯤 체념한 눈으로 낯설기만 한 자신을 멍하니 쳐다봤다.

실은 골몰해야 할 문제는 따로 있었다. 나이 든 자신을 돌아보는 일보다 중요한 일이었다. 범죄자와 연인이 될 수 있을까, 하는 사실적인 고민들.

합리적으로 생각하자면 MJ라는 사람이 얼마나 복잡한 과거로 이루어져 있고, 그 결과물로 경찰들이 좇는 범죄자란 표식을 달고 다니는지를 따져야 했다.

퇴근하기 직전에 맹강조 소장이 도원을 불렀다. 도원의 일감을 줄여 주고자 '아버지' 사건을 대신 맡아 준 소장이 이렇게 말했다.

"도 선생, 자네의 연구 자료만으로는 아버지가 누구인지 파악하기 어렵다고 하는군."

아마도 소장은 도원이 아는 것보다 더 구체적으로 검경의 수사 상황을 알고 있는 듯했다.

"경찰들이 사냥 협회 회원들을 전부 탐문 수사하고 있어. 그들의 모임을 '동창회'라고 부르는 이유까지는 알아낸 모양이야. 그들은 모임에서 정기적으로 교육을 받고 있었어. 일종의 사상 교육인 거지. 그 때문에 마치 사이비 종교의 교주에게 세뇌당한 것처럼 현실과 망상을 구분하지 못하는 사람들이 많은데, 문제는 이들을 교육시킨 사람이 '아버지' 당사자가 아닌 모양이야."

담당 검사와 충분한 협의를 했기에 도원의 연구 실적을 증거물품으로 제공하는 것일 테다. 그 덕에 도원은 아버지를 수장으로 세운 사냥 협회에 대한 정보를 간접적으로 얻을 수 있었다.

"아버지를 대신해서 협회 사람들에게 아주 큰 영향을 미치는 사람이 있어. 아버지의 존재를 아주 철저하게 숨기고 대신 앞에 나서는 인물이지. 중간에 끼어 있는 이 인물 때문에 수사가 난항을 겪고 있는 모양이야. 정보가 이중으로 감춰져 있는 거거든."

도원은 입 밖에 내지 않은 이름 하나를 떠올렸다.

크랙.

MJ와 MJ만큼 주요한 회원들에게 아버지의 뜻을 전하는 사람. MJ의 친구는 크랙을 미치광이라고 말했다. 마약 파티를 벌여서 사람들을 끌어모으는데도 검경이 그 꼬리를 잘 잡지 못한다고 했다.

경찰청 내부의 고위 관계자 혹은 검찰, 정치인 일부가 이 모임에 연루되어 정보가 은폐되었을 가능성이 컸다. 마약이 정치 인사와 관련된 일은 미국에서도 흔한 일이었다.

"내가 듣기론 아버지가 20대 청년이라는 것이고, 그 사람이 도 선생의 환자였다는 점인데, 이 연관성을 전혀 찾을 수가 없다 하네. 도 선생의 환자들은 모두 성년이었지. 자네의 첫 상담 기록부터 환자들은 전부 미국 나이로 18세 이상이었어. 그렇다면 현재 20대 청년이라는 아버지는 자네가 환자를 받던 나이엔 미성년자였다는 뜻이야."

상충되는 일이었다. 어느 쪽이 사실일까. 아버지가 20대가 아닐 수도 있고, 도원의 환자가 아닐 수도 있다는 의미다. 20대가 아니라면 아버지의 나이를 다시 찾아야 해서 수사가 처음으로 되돌아갈 테고, 지금의 노력들이 모두 물거품이 될 것이다.

도원은 그 점을 충분히 인지하고 있는 맹 소장에게 솔직해지기로 결심했다. 의심이 가는 인물부터 말했다. 첫 석사 논문에서 심층 상담을 했던 환자 A에 대해서였다.

외형적인 특징은 키 180센티미터 이상의 서구적인 미남. 제스처가 과장되고 이야기를 유창하게 할 줄 알아서 마치 배우 같은 인상을 주는 사람.

상담 당시의 나이가 20대 중반이었기 때문에 현재 아버지의 추정 나이와 다른 사람이지만 이상하게 신경이 쓰인다고.

물론 물증은 하나도 없는 심증일 뿐이다. 이런 이야기라도 검경 수사에 도움이 된다면 전해 달라고 했다. 소장은 고개를 끄덕여 보였다.

그렇게 맹 소장과 대화를 나누고 돌아온 도원은 한동안 멍하니 책상에 앉아만 있었다. 내담자들의 상담 일지를 펴둔 채로 글자에 시선을 주지 못했다.

도원은 손으로 얼굴을 쓸어 만져야 했다. 붉게 물들어 뜨끈해진 얼굴이 손바닥을 타고 고스란히 그 온도를 전해 주었다.

시간이라는 존재에 무게가 있다면 도원이 지금까지 알던 것보다 훨씬 무거운 것이 분명했다. 몸에 익은 일을 하며 반복적으로 보냈던 시간은 가벼웠다. 하지만 MJ를 생각할 때면 때론 농밀하게 한

편으로는 흩어져서 초침 하나에도 의미가 부여되었다.

단조롭게 흘러가던 시간이 MJ로 가득 차서 아주 무거워졌고, 잔잔했던 머릿속을 흩어 놓아서 여러 가지 생각들이 부유하는 침전물처럼 뿌옇게 차올랐다.

무척 곤란한 일이었다. 낯선 사람에게 마음속 방 한편을 내어 주기엔 지하철 유리창을 통해서 본 얼굴이 너무 늙어 있었다.

사랑에는 나이도 국경도 없다고 하지만, 유통기한은 존재한다고 생각했다. 그런 유통기한이 도원에게는 한참 전에 지나 있었다.

도원의 나이에 하는 것들은 시작보다는 지키는 것이 어울렸다. 첫사랑과의 결혼 생활도 지키지 못했던 도원으로서는 또 다른 시작에 의미를 부여하는 일이 어려웠다. 유통기한이 지난 캔 뚜껑을 열면 썩은 냄새가 나지 않을까, 하는 불안감에서였다.

"지금은 이런 고민할 때가 아니란 건 아는데."

혼잣말을 중얼거린 도원은 손으로 얼굴을 덮었다. 누군가를 이렇게 신경 쓰는 사실을 뭐라 말해야 하는지 몰랐다. 설렘이라는 단어처럼 풋풋하지도 않았고 기대라는 말처럼 긍정적인 것도 아닌 감정. 그냥. 그러니까 그냥, 그냥 이런 상태였다.

그냥 피부가 뜨거워지고 그냥 생각나는데 이걸 어떻게 말해야 좋은 걸까. 이럴 줄 알았으면 병리적인 정신분석학을 심층 공부할 게 아니라 사랑이나 연애관에 대한 논문도 많이 읽어 볼 것을.

후회해 보았지만 모두 부질없는 짓이었다. 한심해서 얼굴을 또 쓸어 만지고 말았다.

지하철에서 내린 도원은 천천히 걸음을 옮겨 집으로 향했다. 오피스텔에 들어가서 익숙한 집 안 냄새를 깊게 들이마시는 것으로 평상심을 찾아갔다. 냄새는 주로 세탁소에 보냈다가 찾아온 옷에서 나는 섬유 유연제 향기였다.

외투를 벗어서 옷걸이에 걸어 놓으려 할 때였다. 주머니에서 바스락거리는 종이쪽지가 잡혔다. 꺼내어 확인했다. MJ의 친구가 술집에서 주었던 종이였다. 어딘가의 전화번호가 적혀 있는 쪽지. 주변 사람들을 대하는 MJ를 보여 주겠다며 현월 모양으로 접히던 눈웃음이 생각났다.

도원은 그 종이 귀퉁이를 만지작거리다가 손아귀 안에서 구겨 버렸다. 구겨진 종이는 쓰레기통에 던져졌다.

도원은 정장이 아닌 차림새로 오랫동안 거울 앞에서 제 모습을 살폈다. 그런 자신을 자각하고 쑥스러워서 고개를 돌렸지만 집을 나서기 전에 다시 옷매무새를 정리하는 자신을 보고 한숨을 내쉬었다.

스스로를 바보 같다고 여기면서도 똑똑해질 수 있는 방법을 찾지 못해서 결국 체념했다.

답은 모르겠으니까 일단 해 보자. 원래 사는 게 그렇잖아. 어떻게 뭐든 다 알면서 살겠어.

도원은 그렇게 자신의 어수룩함을 당연하다고 자위하면서 옆집 문을 두드렸다.

"MJ, 나예요."

문이 열렸다. 문 안쪽에서 손이 뻗어 나왔다. 기다렸다는 듯이 양팔이 도원을 감싸 안았다. 여전히 현관문의 센서 등은 고장 나 있었지만 처음 방문 때와 달리 지금은 환한 불이 켜져 있어서 방 안 풍경이 도원의 눈에 들어왔다.

깨진 그릇 조각이 굴러다녔던 바닥은 깨끗하게 정리되어 있었고 새로운 식기 도구가 빈자리를 메웠다. 양팔의 주인은 도원의 볼에 뽀뽀를 해 주었다. 볼에 닿는 부드러운 입술 새로 가르릉거리는 목울림이 들리는 듯했다.

"약속한 것보다 한 시간 늦었어. 무슨 일 생긴 줄 알았잖아."

머리를 짧게 깎은 MJ가 도원을 내려다보고 있었다. 도원은 흉터 자국이 선명한 두피를 손으로 감싸 안은 채 MJ의 흉터에 입을 맞춰 주었다.

MJ는 웃으면서 조금 더 고개를 숙였다. 불길에 오그라든 피부와 휘어진 귀를 이로 살짝 물었다. 그제야 한 시간 넘게 기다린 것에 대한 보상을 받은 것처럼 MJ가 만족스럽게 웃었다.

"미안해요. 오다가 백화점에 들렀어요."

"왜?"

"이거 사 오느라고요."

도원은 양손에 쥐고 있던 두 개의 종이봉투를 들어 보였다. 하나는 와인이었고, 다른 하나는 백화점과 면세점에 입점 된 매장이 한 손에 꼽힐 정도로 적다는 브랜드의 옷이었다. 쳐다보는 MJ에게 도원은 두 개를 모두 건넸다.

"내가 술을 잘 못 마셔서요. 와인도 맛을 잘 모르고요. 무난하게 단맛이 난다는 칠레산으로 샀는데 괜찮을까요."

"이거 나 주는 거야?"

"네. 그 옷도요. MJ는 밝은색은 잘 안 입기에 하나 사 봤어요."

"이것도? 정말?"

"마음에 안 들면 바꿔도 돼요. 영수증이 거기 어디 있을 텐데."

"아니, 마음에 들어. 내 사이즈는 어떻게 알고 산 거야. 기분 좋아. 선물이란 거 처음 받아 봤어."

"아, 다행이다."

"진짜 좋아. 진짜."

"나중에 또 사 줄게요."

"선생님이 나 생각하면서 뭐 샀다는 거잖아. 하, 어떡하지. 이거 의외의 지점에서 흥분되는데."

MJ는 종이 가방을 내려놓고 다시 도원을 감싸 안았다. 지척에서 내려다보는 MJ는 도원 외엔 아무것도 쳐다보지 않았다.

선물이라는 결과물보다 선물을 사는 도원의 모습을 상상한 듯 솔직하게 기뻐했다. 별것 아닌 것에 눈에 띄게 기뻐하는 MJ의 반응이 오히려 쑥스러운 도원이었다. 이럴 줄 알았으면 조금 더 좋은 걸 사 올걸, 후회할 때였다.

"집에 불 켜 놓고 왔지?"

어제 빈유미가 전화했던 것을 묻는 말이었다. 도원이 고개를 끄덕이기 무섭게 MJ의 손이 도원의 셔츠 단추를 잡았다.

"한 번만 하고 밥 먹자. 와인에 어울리는 음식 만들어 줄게."

지하철에서 내리면서 멈추었던 고민거리가 도원의 머릿속에 다시 떠올랐다. MJ와의 관계를 유지하기 위해서는 도원이 한 가지 중요한 것을 애써야 할 필요가 있었다. 그것은 아주 중요한 문제였다. MJ와의 관계 형성에서 절대 무시하거나 묻어 둘 수 없는 영순위의 문제였다.

"나 아직 안 씻었어요."

"괜찮아. 난 선생님 냄새 좋아해. 엄청 부드러워. 자극도 되고."

"아니, 그 뜻이 아니라."

"좀만. 딱 한 번만 할게. 이번엔 자제할 테니까."

"하는 중에 자제 못하는 건 누구보다 내가 더 잘 알지 싶은데요. 주말에 해요."

"뭐야 그게. 오늘 하루 종일 참았어. 선생님 생각하면서 자위도 안 했는걸."

"MJ."

"밖에 쌀게."

"그 말 벌써 몇 번째, 웃."

"혹시 안에 하더라도 깨끗하게 씻겨 줄 테니까, 하아, 냄새 좋아."

"자, 잠깐만, MJ."

섹스를 유독 좋아하는 MJ를 반드시 컨트롤해야 했다. 늙어서 MJ만큼의 정력이 없다고 하소연하지 않으려면 필사적으로 그 방법을 찾는 수밖에 없었다.

도원은 자신보다 젊은 사람과 새로 시작할 때 발생할 수 있는 문제점이 가치관이나 사고방식의 차이가 아니라 에너지의 발산에 있다는 사실을 배웠다.

"주말에. 주말에 실컷 해요. 원하는 대로 실컷 할 수 있도록 해 줄게요. 내일 출근해야 해서…… 오늘도 의자에 앉아 있는데 아래가 아파서 곤란했거든요."

도원은 어깨 너머로 벌어지는 셔츠를 붙잡으면서 말했다. MJ는 억지로 옷을 벗길 힘이 충분했지만 도원을 강제로 함락하려 하지 않았다.

도원이 원치 않을 때는 섹스를 해서는 안 된다. 그것이 강간과 섹스의 차이였다. 도원의 의견을 무시하고 싶지도 않았고, 도원을 상처 입히고 싶지도 않았기에 MJ는 벌어진 옷자락 사이로 보이는 가슴만 뚫어져라 쳐다봤다. MJ는 혀 밑으로 고이는 침을 삼켰다.

"그럼 냄새만."

"네?"

"섹스 안 하고 냄새만 맡을게."

아니, 몸 냄새는 왜 맡는다는 거지.

당황한 도원이 거부하기도 전에 MJ는 도원의 목과 어깨 사이에 고개를 묻었다. 숨을 깊게 들이마시는 MJ에게 안긴 채로 도원은 당혹스러움을 숨기려고 애썼다. 이상한 냄새가 나진 않을까 걱정하는 도원과 달리 MJ는 몇 번이고 호흡을 나누어서 했다.

왜 냄새를 좋아하는 걸까. 이러니까 정말 동물 같잖아.

도원은 이젠 익숙해져야 하는데 매번 이런 식으로 긴장하면 어쩌나 싶었다. 살 냄새를 맡던 MJ가 쇄골과 목을 입술로 쪽쪽 빨아들이는 것에도 움찔거렸다. 섹스만큼 만족하지는 않았지만, 그런대로 욕구를 충족한 MJ가 도원을 놔주었다.

"음, 이 정도면 버틸 수 있겠어."

씩 웃은 MJ가 방 안으로 들어갔다. 도원은 붉어진 얼굴을 숨기며 옷깃의 단추를 채웠고, 현관에 신발을 벗었다.

"데이트는 뭘 해야 하는지 몰라서 주변에 물어봤어. 영화 보고 레스토랑에서 밥 먹고 그러는 거래. 나도 그러고 싶었는데 선생님을 밖에서 만나는 건 아직 위험하거든. 선생님도 나도. 그래서 여기서 해결하고 주말에는 멀리 놀러 가려 하는데 괜찮아?"

MJ가 이것저것 신경 쓴 듯해서 놀랐다. 누군가에게 물어서 일정을 확인하고, 도원이 곤란해지지 않도록 주말의 데이트 장소까지 알아봤다는 말을 믿을 수가 없었다. MJ는 도원의 놀란 표정을 알아보지 못하고 말을 이었다.

"저번에 온천 가기로 했는데 못 갔잖아. 이번에 가자. 거기 사람도 잘 안 오고 물도 좋아. 내가 자주 갔던 곳인데 선생님도 마음에 들 거야. 그러니까 오늘은 여기서 시간 보내도 이해해 줘. 놀러 나가는 건 나도 많이 알아볼게. 어떤 게 안전한지."

MJ가 냉장고 문을 열면서 고기랑 해산물 중 뭐가 더 좋으냐고 물었다. 도원은 대답하지 못했다. MJ가 자기 자신이 아닌 다른 사람을 위해 생각하고 움직인 것에 동요하고 있었다. 기대해 본 적 없는 이야기였기 때문이다.

"이거 둘 다 요리 잘하는 편인데. 마음에 안 들어? 역시 나가서 먹는 게 나으려나."

쇠고기와 대하를 보여 주면서 하는 말에 도원이 입을 뗐다.

"레드 와인에는 쇠고기가 더 잘 어울릴 거 같아요."

"흐음. 그렇단 말이지."

"그리고 MJ도 알다시피 내가 체력이 별로 좋지 않아서요. 밖을 돌아다니며 레스토랑 음식 먹는 것보다는 이렇게 집에서 직접 해 먹는 게 더 좋아요."

"그래?"

"영화도요. 제 방에는 텔레비전이 없어요. MJ 방에는 큰 텔레비전이 있으니까 여기서 영화를 봐도 충분해요. 영화관에서 풍기는 팝콘 냄새를 별로 안 좋아하기도 하고요."

도원은 다가가 MJ의 허리를 끌어안았다. 양손에 고기와 새우를

든 채로 도원을 내려다보던 MJ는 볼에 다정하게 뽀뽀를 해 주는 도원 때문에 허리를 들썩였다.

도원에게서 시선을 떼지 못했다. 도원이 진심으로 기분이 좋아 보였기에 무엇이 도원을 행복하게 했는지를 살피고 있었다.

MJ는 자신을 위해서 선물을 가져온 도원보다 고작 몇 마디 이야기 나눈 후의 지금 모습이 더 좋아 보인다고 생각했다. 도원은 원래 순수한 면이 있었지만, 이 정도로 감정 표현에 솔직한 사람이란 것을 MJ는 처음 알았다.

"음식 해 주는 게 좋아?"

"응? 그건 왜 물어요?"

"내가 밥해 준다니까 기뻐 보이잖아."

"하하, 그건 아니지만…… 음, 그러네요. 맞아요. 당신이 날 생각해서 이것저것 해 주는 게 기뻐요."

이렇게 솔직할 필요는 없었을까. 그렇지만 처음 느껴 보는 감정이라 어떻게든 말해 주고 싶은데.

도원은 MJ에게 어디까지 말해도 될지를 재 보려다가 그만두었다. MJ도 재지 않는 거리감을 도원 혼자 골몰하기는 싫었던 탓이다.

"……선생님."

아마도 도원 본인은 모르고 있을 것이다. 알면 부끄러워서 단번에 정색을 했을 텐데도 MJ를 쳐다보는 시선은 여전히 사랑스러웠다. 가슴이 간질거렸다. 심장 뛰는 소리가 동화될 정도로 일체감이 느껴지는 설렘이었다.

"선생님, 진짜 섹스 안 할래? 나 지금 엄청 하고 싶은데."

"주말에요."

그러면서 MJ의 볼에 다시 뽀뽀를 해 주었다. MJ는 조금 더 거세게 허리를 들썩이다가 앓는 소리를 냈다. 도원이 화상 자국까지 뽀뽀를 이어 주자 바지 속이 뜨거워졌다. MJ는 참을 수 없는 기분과 참아야 한다는 생각 사이에서 미칠 지경이었다.

　"섹스하고 싶어. 진짜로."

　"주말에 실컷 해요."

　"웃, 선생님, 지금 나 괴롭히는 거야?"

　"아뇨, 좋아서."

　"뭐?"

　"MJ, 당신이 이러는 게 좋아서 나도 참고 있어요."

　새빨개진 얼굴로 MJ는 식은땀까지 흘렸다. 도원이 지금 자신을 성적으로 도발하는 건지, 정말 솔직하게 좋아서 뽀뽀를 하며 이런 말을 하는지 당최 알 수가 없어졌다.

　분위기가 좋아서 이대로 도원을 침대에 눕히고 옷을 벗겨도 될 것 같았다. 그렇지만 반복해서 "주말에요, 주말."이라고 말하는 그의 뜻을 억지로 이기려 들지 않았다.

　혼란스러운 눈으로 도원을 내려다보던 MJ가 뜨거워진 숨을 몰아쉬다가 고개를 돌렸다. 이 이상 도원을 보다가는 이성을 잃을 것 같았다.

　"침대에 앉아 있어. 다 되면 식탁에 차려 줄 테니까."

　"도와줄게요."

　"앉아 있으라고."

　"하지만."

　"제발. 부탁할게."

지독하게도 곤란해 보이는 MJ를 보면서 도원이 주춤했다. 부풀어 올라 있는 MJ의 바지를 알아챈 도원이 시선을 회피했다. 뒤늦게 자신의 어떤 발언이 그를 흥분시켰는지를 떠올리고 민망해했다.

다행히도 도원이 "네."라고 대답한 뒤에 침대에 얌전히 앉아 있었기에 MJ는 한숨 돌릴 수 있었다.

그러나 프라이팬을 달구고 고기에 곁들여 먹을 음식을 준비하는 동안에도 도원의 시선이 느껴져서 국부의 흥분을 가라앉힐 수가 없었다.

도원은 신기하다는 듯이 MJ를 쳐다보고 있었다. 지금의 MJ는 도원의 시선만으로도 마른침이 삼켜지는 상태였다. 분위기가 너무 달콤해서, 어떻게든 도원 위로 몸을 포개고 싶은 생각이 강렬했던 탓이다.

"텔레비전 보고 있어, 선생님."

도원은 챙겨 보는 드라마나 예능프로그램이 없다면서 텔레비전 시청을 거절했지만, MJ가 주말까지 안 기다린다고 으름장을 놓은 탓에 조용하던 원룸은 시끌벅적한 텔레비전 소리로 채워지게 되었다.

도원은 채널을 돌리면서 생소한 프로그램들을 살폈다. 고개를 갸웃한 도원이 선택한 채널은 결국 뉴스 프로그램이었다. 예산 편성 문제로 여야와 당청의 의견차가 뜨거운 정치 기사가 단연 톱이었다.

도원은 기획재정부 장관의 인터뷰를 무료하게 보면서 침대 시트에 몸을 기댔다. 화면에서 비친 푸른빛으로 도원의 코끝과 볼이 희미하게 빛나고 있었다.

MJ는 그런 도원을 힐끔거리다가 요리에 집중했다. 침대 위에 도원이 앉아 있다. 좋아한다고 볼에 입을 맞춰 주던 도원이. 당장에라도 그에게 다가가 발목만 드러나 있는 다리를 벌리고 팬티 속에 손을 넣고 싶은 마음을 억눌렀다.

벌어진 입으로 뜨거운 숨을 몰아쉬던 모습을. 타액에 젖은 혀를 움칠거리면서 키스하던 표정을. 떨리던 속눈썹을. 흥분하면 눈가가 붉어지던 반응을. 모두 머릿속에 묻어야만 했다.

"미치겠네."

도원이 자신을 받아 주는 것만으로도 기뻤던 어제와 달리, MJ는 욕망과 이성의 사투의 한복판에 내던져진 괴로움으로 땀을 흘렸다.

태어나서 한 번도 해 본 적 없는 자제라는 놈의 바짓가랑이를 붙드는 심정이었다. 이렇게 힘들고 괴로운 일인 줄 몰랐다. 이런 걸 감수해야 할 필요성이 있는지도 생각해 본 적 없었다. 생소한 일들 속에서 MJ는 눈을 질끈 감았다가 떴다.

―아뇨, 좋아서.

도원의 그 말이 아직도 MJ의 심장을 설레게 했다.

―MJ, 당신이 이러는 게 좋아서 나도 참고 있어요.

설레서 멈추었다. 참을 수 있었다. MJ는 땀과 정액에 젖어 있는 전라의 도원만큼이나 자신을 올려다보면서 좋아한다고 말하던 표정이 사랑스럽다고 생각했다.

너무 사랑스러워서, 다시 한번 보고 싶다는 욕심이 생겼기에, 그렇기에 멈추어야 한다고 스스로를 제어할 수 있었다.

"병원은 가 봤어?"

"아, 맞다."

"아, 맞다가 뭐야. 선생님 자꾸 이럴래."

"그렇지만 괜찮은걸요. 약도 잘 바르고 붕대도 했어요."

"잘 보이지 않는 게 발바닥에 박혔으면 어쩌려고. 아까 보니까 걷는 것도 조심스러워 하던데. 걸을 때 많이 아파?"

"따끔거리기는 하는데 병원에 갈 정도는 아니에요."

"차 사고 났을 때도 그렇고, 선생님은 병원 싫어하는 것 같아."

"아, 음. 그런 건 아닌데 갈 시간이 없어서요."

"왜?"

"반차라도 낼 만한 상황이 아니네요. 사고 났을 때도 무단으로 결근해서 눈치도 보이고요."

"아픈데 왜 그런 걸 신경 써."

"그러게요, 신경 쓰이네요. 연구소 사람들에게 숨기는 게 한두 가지가 아니라서 그런가 속으로 찔려요. 정말 아프면 꼭 병원 갈게요. 신경 써 줘서 고마워요."

MJ가 핏기가 도는 소고기를 접시에 내왔다. 따로 요리해 둔 아스파라거스와 마늘을 주재료로 삼은 소스가 스테이크 주변에 장식되었다.

토마토와 치즈, 양상추를 요거트에 버무린 샐러드에 당근과 양파를 볶은 밥. 도원이 사 온 와인의 코르크를 열어서 유리잔에 따라 주는 모습까지, 도원은 말간 눈으로 쳐다봤다.

음식의 모양이나 향이 도원의 상상 이상이었다. 테이블 맞은편에 앉는 MJ에게는 교양이란 단어가 영영 낯설 줄만 알았기 때문이다.

"공부해서 배워 뒀어."

도원의 시선을 의식한 MJ가 일부러 완강하게 말했다.

"원래 요리를 잘하는 편은 아니야. 서양 음식이 그나마 굽고 볶는 거라 편해 보여서 한 거야. 그렇게 쳐다보지 마."

MJ가 챙겨 준 나이프와 포크를 들고 도원은 웃을 수밖에 없었다. 요리를 못한다는 사람이 고기의 밑간을 이렇게 잘 맞출 수 있을까. 거침없고 솔직하게만 느꼈던 MJ에게서 보지 못했던 의외의 모습이었다.

누군가를 대접하는 일도, 그 일에 칭찬이 따라오는 것도 모두 어색해하는 얼굴이 사랑스러웠다.

도원이 고기를 한 점 잘라서 먹었다. 샐러드와 와인에도 꾸준히 손이 갔다. 도원의 입맛에 맞는 것 같기에 MJ는 비로소 안심했다.

여유가 있는 식사 시간이었다. 도원은 급하게 이사 온 것치고는 여기저기 신경을 많이 쓴 듯한 집 안 분위기를 신기해했고, MJ는 도원에게 카드키를 들려 준 여자가 도맡은 인테리어라고 대답해 줬다.

도원이 느끼기에 MJ의 주변에 의외로 사람들이 많은 것 같았다. 금발의 청년은 물론, 어제의 여자까지 넉살이 좋은 부류였다.

MJ가 무슨 짓을 해도 깊게 상처받거나 거부감을 표현하지 않을 사람들. MJ라면 그럴 수 있지, 라면서 어깨를 으쓱일 것 같았다.

MJ 역시 그들에게 큰 의미를 두지 않았다. 서로의 존재 자체를 받아들이면서 깊게 개입하지 않았다. 그렇기에 도원은 내심 신경 쓰이는 사실이 있었다.

금발이 전해 줬던 어딘가의 전화번호. MJ가 다른 사람을 대하는 모습을 보고 싶으면 연락 달라 했던 쪽지.

연락하면 MJ의 안 좋은 모습을 알 수 있을 거란 금발의 목소리가 귓가에 남았다. 왜 군이 도원에게 MJ의 나쁜 이면을 보여 주고 싶어 하는지 이해할 수가 없었다.

"선생님?"

금발의 행동을 생각해 보느라 칼질이 멈추었다. MJ가 도원을 의아하게 보고 있었다.

"안 먹고 뭐 해. 배불러?"

"아, 아뇨. 잠깐 뭐를 좀 생각하느라고요."

"무슨 생각?"

"그냥…… 음, 일이요."

"밥 먹으면서 그런 거 생각하는 거 아니야."

"하하, 알았어요."

생긋 웃은 도원은 멈추었던 칼질을 다시 이었다. 쪽지는 버렸으므로 더 이상 금발의 행동을 분석하거나 파악하려 하지 않기로 했다.

"아까 뉴스 보니까 내일부터 많이 추워질 건가 봐요. 한파가 이어진대요."

MJ는 도원에게 아스파라거스를 잘라서 먹여 주었다. 거부감 없이 입을 벌리고 받아먹는 도원을 쳐다보면서 MJ가 웃었다.

"옷 따뜻하게 입고 나가. 감기 걸리지 말고."

"응, 꼭 그럴게요."

"밥 다 먹고 영화 볼래? 다운받아 놨는데."

"어떤 영화인가요?"

"인기 선작 패키지를 결제해 놓았어. 에로 영화도 몇 개 껴 있던 거 같은데, 대부분이 로맨틱 코미디고, 난생처음 보는 영화 제목이 대부분이었어."

"처음이라……. 영화 별로 안 좋아하죠?"

"찾아서 본 적이 없거든."

"하나도요?"

"하나도 끝까지 본 적 없어. 유명한 영화 제목이나 스토리 같은 건 아는데 감독이나 배우 이런 건 잘 몰라. 볼 시간도 없었고, 같이 볼 사람도 없었어. 선생님은?"

"나도 영화는 잘 몰라요. 책 읽는 걸 더 좋아해서 시간 나면 영화관에 가기보다는 집에서 책 읽고 그랬어요."

"잘 됐네. 앞으로 나랑 같이 영화 보는 거에 익숙해지자."

"소박한 목표네요."

"거창한 목표지. 그 재미없어 보이는 걸 어떻게 견뎌야 하려나."

"견디긴요. 좋아하는 사람이랑 같이 하면 아무리 싫어하던 거라도 재밌어지더라고요. 영화 자체는 재미없어도 그 시간에 함께 같은 것을 보는 것 자체가 재밌어요. 왜 재밌는지는 내가 알려 줄게요."

싫어하는 일을 견디지 않아도 되는 방법이라니.

MJ는 고기를 먹는 것도 잊고 도원을 쳐다봤다. 눈이 마주친 도원이 상냥하지만 곤란한 어조로 "그렇지만 저도 영화는 잘 모르니까 이것저것 공부해 볼게요."라고 말하고 있었다.

MJ는 도원과 이런 이야기를 하고, 마주 보고 앉아 음식을 먹는 것이 이상했다. 남의 이야기에 주인공으로 들어온 기분이었다.

다른 사람들에게는 일상이지만 MJ에게는 가장 먼 이야기였다. 평범하게 밥을 먹고 영화 취향에 대해서 말하는 이 시간이 모두 이상했다.

MJ의 이야기를 들어 주기만 하던 도원이 자신의 이야기를 해 준다. 서로 생각을 교류한다. 이것도 고민하고 저것도 염두에 두고.

같이 뭔가를 맞춰 간다는 게 이런 거였나. 어떤 기분일지 상상도 해 본 적 없던 일이 실제로 펼쳐지고 있었다. 도원과 손을 잡고 거리에 나가 걷기만 해도 이런 기분일까.

묘한 기분이었다. 어쩐지 도원을 꼭 끌어안고 싶어지는 그런 기분이다.

"선생님은 이런 사람이었구나."

칼질을 하지 않는 MJ를 대신해서 도원이 먹기 좋게 자른 고기를 MJ의 접시에 올려 주었다.

"뭔가 이상한가요?"

"응."

"역시나 환상이 깨졌나 보네요. 내가 그렇게 잘난 사람이 아니어서 걱정했는데."

"아니, 생각한 것보다 더 선생님이 좋아졌어."

"네?"

MJ는 도원이 준 고기를 먹고 와인을 마시면서도 도원을 쳐다봤다.

"조금 더 복잡하게 생각할 줄 알았어. 결정하기 쉬운 상황이 아니었을 텐데도 의외로 열린 상태로 날 받아 주잖아. 그거 엄청 설레는데 본인은 모르는구나. 좀 더 능수능란할 줄 알았는데 전혀 아니었어. 기분이 이상해."

반듯하게 앉아서 칼을 움직일 뿐인데도 참 부드럽고 정중한 사람이구나, 하고 MJ는 도원에게서만 볼 수 있는 그 분위기에 젖어 갔다.

상대방을 기분 좋게 만드는 배려심이 묻어나는 몸짓이다. 생각하는 즉시 즉흥적으로 움직이는 MJ와는 반대로, 일단 멈추어 지켜본 후에야 최소한의 동작만 하는 사람이다.

이런 식으로 MJ가 쳐다보면 도원은 멈칫하고 긴장해서 올려다보고는 했는데 이제는 그렇게 예민하게 자신의 시선을 방어하지 않았다. MJ의 시선에서 의미를 찾으려고 생각을 복잡하게 이어 가지도 않았다. 있는 그대로를 부담 없이 받아들일 뿐이었다.

이것이 내담자를 대할 때와 다른 도원의 태도였다. 도원은 연인에게 온전히 자신의 시간을 내어 주는 사람이었다. 자각하지 못한 상태로 자신의 시간과 관심을 모두 쏟아 주고 있었다.

"선생님이 나를 잘 받아 준다는 뜻이야."

칭찬의 말을 바로 앞에서 들은 도원은 애꿎은 고기만 괴롭혔다. 칼로 조각내어 반의반 토막으로 만든 스테이크를 당황스럽게 쳐다봤다. 포크가 아니라 숟가락으로 떠먹어야 할 만한 크기에 도원은 자신의 기분을 인정하기로 했다.

"나는 당신을 오해하고 싶지 않아요. 그래서 있는 그대로를 다 받아들이고 싶어요."

"응, 알아. 그 정도는 나도 느낄 수 있어."

"제 방에 곰 인형들이 많아요. 보셨나요."

"그 큰 인형들. 가구도 없는 텅 빈 방에 인형들만 굴러다녔지. 봤어."

"딸아이 생일마다 사다 준 인형이었어요."

"생일 선물이라면 아이가 가지고 있어야 할 텐데. 그걸 왜 선생님이 다시 갖고 있을까."

"아이가 인형을 싫어했더라고요. 로봇을 더 좋아한대요."

"……뭐?"

"전 그것도 이혼할 때 알았어요. 그동안 딸애가 당연히 인형을 좋아할 줄 알고 계속 사다 주었던 거예요. 곰 인형을 싫어하는 여자아이는 없다는 생각에서요. 그런 제 편견 때문에 아이가 얼마나 상처 받았을까요. 곰 인형을 선물 받을 때마다 웃던 얼굴이 실은 아빠를 고생시키지 않으려고 억지로 짓던 미소라는 걸 생각하면 자괴감이 들어요."

도원은 굳은 표정으로 쳐다보는 MJ의 접시에 기름과 핏기가 함께 흘러나오는 고기를 잘라서 주었다.

"이젠 정말 그러고 싶지 않아요. 머리는 거짓에 속을 수도 있지만 감각은 그러지 않는다는 걸 당신한테 배우고 있어요."

잘라 준 고기를 포크에 찍어 내밀기도 했다. 고개를 모로 숙이면서 웃는 얼굴에서 MJ는 시선을 떼지 못했다.

"음. 맞는 거 같아요. 좋아하는 건 머리가 아니라 감각이잖아요. 이걸 진작 깨달았다면 나는 딸애의 미소가 위화감이 드는 것도 바로 알아봤을 테고, 딸애한테 선물을 사 주기 전에 뭘 좋아하냐고 먼저 물어보기라도 했을 것 같아요."

MJ가 고기를 받아먹고 난 후에야 도원이 말을 이었다.

"이제는 감각에 치중해 보려고 해요. 생각하고 받아들이는 게 아니라, 받아들인 후에 생각할래요. 그래야 내가 MJ를 오해하거나 잘못 판단하지 않을 테니까."

환자로서 수용할 수 있었던 MJ의 성별, 범죄 내력, 비사회적인 특성들이 연인 관계로 발전하는 데에 얼마나 큰 걸림돌이 될 것인지는 MJ도 고민하던 부분이었다.

그래서 도원이 이런 현실적인 문제들을 맞닥뜨리면 물러나고 경계하면서 후회할 줄 알았다. 도원이 섹스를 없던 일로 취급하고 싶어 했던 것처럼, 연인 관계를 물리는 것도 어렵지 않을 줄 알았다.

MJ는 초조했었다. 도원을 어떻게 붙잡아야 하는지 몰라서 머리가 아팠다.

도원을 지하실에 가두고 싶다는 생각도 했다. 커다란 개, 딕과 함께 캄캄한 어둠 속에서 단둘이 의지했을 때처럼, 주변을 모두 새까맣게 색칠해 버리면 도원이 결국 손을 뻗을 곳은 MJ밖에 없다는 폭력적인 상상까지 했었다.

도망가지 못하게 목줄을 채워 놓고, 도원이 MJ를 필요로 할 때까지 생활에 제약을 주면 결국은 MJ에게 의존하지 않을까, 하는 상상.

도원과 더 나은 관계가 되고 싶어서 최악의 수까지 고민했다. 그랬기에 도원이 MJ의 예상과 달리 훨씬 개방적으로 그리고 망설이지 않고 연인 관계를 받아들이는 것이 기분 좋으면서도 의문스러웠다.

어째서 이토록 부드럽게 받아들이는 것일까. 저항 없이 스며들고 있을까. 무슨 다른 생각이 있는 것은 아닐까.

부정적인 의문들이 조금 전 도원의 대답으로 말끔하게 걷혔다. 이전과 다른 방식으로 MJ를 받아들이기로 했다는 도원에게 키스를 해 주고 싶었다.

"날 대할 때 어때?"

MJ가 도원의 손을 잡았다. 나이프를 내려놓게 하고 손가락 사이사이를 더듬었다. 도원은 손가락을 꿈지럭거렸다. MJ의 손이 뜨거운 것인지, 자신의 피부가 달아오른 건지 잘 구분이 되지 않았다.

"내가 지금까지 알던 것보다 당신을 많이 생각하는구나, 그런 것만 알아 가요. 다른 걸 생각하면 끝도 없어서 일부러 안 하려고 노력 중이에요."

서운해할 수도 있는 말에 도원이 뒤늦게 정신을 차리고 "아니, 그러니까 내 말은……." 하고 변명하려 했다. MJ는 웃기만 했다.

"별생각 없는 게 당연해. 생각할 필요가 있을까 싶기도 하고. 선생님이 잘 말해 줬어. 감각은 거짓말 안 하지. 섹스만큼 정확한 것도 없잖아. 느껴 보면 바로 알기도 하고. 그걸 굳이 말로 설명해야 하나."

도원의 손을 매만지던 손가락들이 셔츠의 소매 속으로 들어왔다. 손목을 쓰다듬는 손가락들은 색욕을 담고 있었다. 도원을 쳐다보는 눈빛과 도원을 만지는 손길에는 섹스하고 싶다는 말을 굳이 하지 않아도, 하나같이 그 뜻을 내포하고 있었다.

셔츠 자락 안쪽에 숨겨진 손목의 살을 만지는 것처럼 바지 사이로도 들어가고 싶음을. 그래서 기분 좋게 젖어 들고 서로를 찾으면서 뒤엉켜 섞이고 싶음을.

MJ의 본능적인 욕구는 도원이 공부해 온 복잡하고 다양한 이론보다도 더 명확하게 답을 내리고 있었다.

"선생님."

MJ가 상체를 숙였다. 머리 위에서 빛나는 형광등 불빛이 점차 MJ에게 가려졌다. 짙은 그림자를 끌고 온 MJ가 숨소리가 들리는 곳까지 고개를 숙였다. 입가에 닿은 숨은 셔츠 안의 손목을 매만지는 손가락만큼 뜨거웠다.

"나 주말까지 못 기다릴 거 같아."

입술을 입술로 문질렀다. 거칠고 뜨거워진 숨소리가 몇 번이나 도원의 입 안으로 삼켜졌다. 도원은 떨리는 속눈썹을 닫았다. 시야가 까맣게 변하자 손목과 입술에 닿는 감촉이 선명해졌다.

의자를 뒤로 빼고 자리에서 일어난 MJ가 도원에게 다가왔다. 도원의 어깨와 허리를 끌어안고 입술을 비볐다. 도원의 상체를 붙잡고 있는 손은 옷 위로 도원의 몸을 문지르고 붙잡으면서 구겨지는 옷감 속을 파고들었다.

입술과 손이 조금씩 절박해졌다. MJ는 도원에게 완전히 밀착하여 온몸을 꿈틀거리며 밀어붙였다.

"선생님."

도원을 부르는 소리가 흥분으로 젖어 갔다. '선생님'이라고 부르지만 그 속에는 도원을 갖고 싶고, 자신의 사람으로 완벽하게 만들어 버리고 싶어 하는 육체의 소유욕 이상의 감정이 담겨 있었다.

MJ는 도원이 느끼는 모든 감각과 감정마저도 자신으로 물들여 버리고 싶어 했다. 도원은 자칫하면 이대로 섹스해도 된다는 말을 뱉을 뻔했다.

스스로가 생각해도 미친 것 같았다. 대체 어디까지 MJ와 섞이려는 것일까. 자신도 제어하지 못하는 영역으로 스스로를 내던져 버릴까 봐 당황했다. 도원은 얼굴 곳곳에 키스를 하면서 유사 섹스를 하려는 MJ에게 휩쓸리지 않으려고 최선을 다했다.

"고기 식으면 맛없어요."

MJ는 당장에라도 바지춤을 내리려는 충동을 참으면서 숨만 몰아쉬었다.

"맞아. 식기 전에 먹어야지. 먹어. 괜찮아. 많이 먹어."

"이런 상태로요?"

"안고 있을 테니까, 그냥 먹자."

"이러고 어떻게 먹어요. MJ, 주말에 할 수 있게 해 준다고…….'

"안고만 있을게. 안 넣을게. 바지 벗고 비비기만 하면 안 돼?"

"진심으로 하는 얘기예요?"

"내 허벅지에 앉아서 먹어. 난 선생님 거 만지기만 할 테니까. 내 거랑 같이 잡고 비비고 흔들기만 할 테니까."

"감각에 신경 쓰고 싶다는 말이 그런 것만은 아니었어요."

"그 어떤 감각보다 확실하잖아."

"아니, 주말에…….'

"그땐 그때 또 하고."

"웃, MJ, 나랑 약속하고는."

"쉬이, 괜찮아. 선생님이 기분 나쁜 짓은 안 할게. 정말 기분 좋을 거야. 몸에 무리가 가지도 않을 테고."

"성기를 비비면서 밥을 먹는 것 자체가 이미 정상이 아니라고요."

"흥분되지 않아? 성기는 배출하고 입은 고기의 피 냄새로 젖고. 하얗고 붉은 것에 물드는 거야. 세상에 이렇게 야한 짓이 또 어디 있겠어."

이런 걸 배운 것도 아닐 텐데, 성적 행위에 있어서는 그 어떤 메타포와 상징성을 본능적으로 알아채는 MJ가 무서운 도원이었다.

MJ는 접시 위로 흘러내린 고기의 피를 손끝에 적셨다. 도원의 입술을 붉게 적시고는 그의 입술에 코를 댔다.

숨을 크게 들이마셨다. 고기 기름과 피 냄새가 풍기는 입술 안쪽에서 와인 특유의 달큰한 과일 향이 났다. 참을 수 없이 매혹적이었다.

하얀 피부와 성격을 가진 도원이 붉은 고기의 피와 포도주 냄새로 젖어 드는 상상을 해 보았다. 도원을 밑바닥까지 가진다는 상상이었다.

거칠게. 도원의 피부와 감각에 흔적을 남기면서. 폭력과는 다른 방식으로 도원을 훼손하거나 타락시켜 보는. 다른 누구도 접근할 수 없는 눈밭을 처음 밟는다는 희열. 도원이 살면서 전혀 느껴 본 적 없는 오르가슴에 매달리는 것을. 자신의 세상이 도원으로 물든 것만큼이나 도원의 세상도 자신으로 물들어 가는 모습을 보길.

결국 흥분으로 논리성이 깨어졌다. 갈증으로 타들어 가는 목을 술로 달랜 즉시 자리에서 일어났다. 섹스가 더는 연인이나 부부간에 의무적으로 해야 하는 행위가 아니라 쾌감을 좇으며 즐길 수 있는 것임을 알려 주려 할 때였다.

식탁 위에 올려놓은 도원의 휴대 전화가 파랗게 빛났다. 테이블의 유리 면을 드르륵, 긁으면서 전화벨 소리가 요란하게 울렸다. 바지춤을 내리던 MJ가 멈칫했다. MJ의 바지 속은 이미 커다랗게 부풀어 있었다.

도원은 섹스 충동을 자제하지 못하는 뜨거운 부위에서 황급히 시선을 돌리고 손을 뻗어 휴대 전화를 집어 들었다. 발신자 란에 '빈유미'라는 이름 석 자가 찍혀 있었다.

"나 그 여자 싫어지려고 그래."

진심으로 화가 나서 중얼거리는 MJ에게 도원이 헛기침을 뱉었다. 도원은 휴대 전화를 귓가에 가져갔다. MJ는 그사이에 도원의 바지에 손을 뻗었다.

〈선생님, 저예요. 지금 잠깐 볼 수 있을까요.〉

급한 목소리였다. 도원은 MJ의 손을 멈추어 세웠다. MJ가 욕설을 뱉으려다 겨우 참는 모습을 달래 주었다. 속옷 안에서 성기를 빼내어 도원에게 비비려는 것을 멈추어 세우고는 대신 MJ의 코와 볼에 입을 맞춰 주었다.

MJ는 키스를 받으면서 기다려 주었다. 도원이 전화기를 반대편 귀로 옮기면서 무슨 일이냐고 물었다. 빈유미의 정색한 목소리가 들려왔다.

〈선생님께서 맹 소장님을 통해서 알려 준 인물이요. 저희가 찾아냈어요.〉

멈칫한 도원이 MJ를 쳐다봤다. 전화기 밖으로 들리는 빈유미의 이야기를 MJ는 알지 못했다. 그저 빨리 통화를 끝내고 맨살을 부대끼고 싶어 할 뿐이었다. 전화기 속에서 딱딱한 목소리가 이어졌다.

〈지금 선생님 댁 앞에 세워 둔 승합차예요. 선생님과 자세한 얘기를 해야 할 것 같아서요.〉

"지금요?"

〈죄송합니다. 늦은 밤인 거 아는데 시간이 없어서요.〉

"아."

〈꼭 내려와 주세요.〉

휴대 전화를 끊은 도원이 MJ를 돌아봤다. 팬티 속에서 끄떡거리는 검붉은 성기를 대신하여 MJ가 입술을 비틀었다. 불쾌한 기색이 역력했지만 투정은 부리지 않았다. MJ가 이젠 제법 참는 법을 아는 것 같아서 도원은 고마웠다.

"얼른 갔다 올게요."

일어나는 도원을 MJ가 붙잡았다. 손을 들어 도원의 뒤통수를 눌렀고, 그 상태로 숙여진 얼굴에 키스를 했다. 도원의 입술에 남은 포도주를 혀로 닦아 주면서 MJ가 말했다.

"선생님, 나는 뭐든 할 거야."

맥락을 이해하지 못한 도원에게 MJ가 웃어 보였다.

"선생님을 위해서라면 나는 뭐든 할 수 있어. 명심해."

도원이 형사를 만나러 가는 걸 알면서 꺼낸 말이었다. 그것은 일종의 경고이자 선언이었다. 왜 하필 이 타이밍에, 하고 궁금증이 드는 도원에게 MJ는 미소를 거두지 않았다.

도원은 어렴풋이 알 수 있었다. 무언가가 잘못됐다.

달이 뜨지 않은 밤이었다. 달빛에 어우러지며 흘러가는 구름의 속도가 빨랐다. 건물들 사이에서 불어오는 바람은 얇고 가느다란 소리를 냈고, 그것들은 순식간에 하늘로 치솟아 달을 가리는 구름 사이로 사라졌다.

도원은 코트만 걸친 채 오피스텔 건물 밖으로 나왔다가 뜻하지 않은 강추위에 목을 움츠렸다. 하얗게 돋아나는 목 뒤의 소름을 문지르면서 골목에 대 놓은 은회색 승합차로 다가갔다.

기다렸다는 듯이 문이 열렸다. 입김을 뱉는 빈유미와 형사 셋이 앉아 있었다. 그들은 도원이 차에 탈 수 있도록 자리 하나를 비워 주었다.

"확인할 게 있어서 급하게 왔어요. 이것만 확인하고 바로 보내 드릴게요. 다시 한번, 갑자기 불러내서 죄송합니다."

손사래를 치는 도원에게 빈유미가 여전히 송구스러운 표정을 지어 보였다. 그녀는 동료 형사에게 받은 파일을 도원에게 건네주었다. 도원은 파일 겉표지를 열었다. 어디선가 본 듯한 남자의 사진이 보였다.

"영화배우 장진원입니다. 올해 프로필 나이로 서른넷. 작년에 유명한 해외 영화제의 조연상 부문에 노미네이트 될 정도로 연기력 하나는 알아주는 듯해요. 아역부터 시작해서 연기 경력은 20년이 넘고요. 이 얼굴 누군지 알아보시겠어요?"

도원은 여러 장의 사진을 들춰 보고 고개를 끄덕였다.

"내 환자였어요. 어쩐지 너무 잘생겼더라니 배우였네."

"진짜 몰랐나요?"

"텔레비전이나 영화를 잘 안 봐서. 음, 이 사람 광고나 이런 것도 잘 안 찍죠? 진짜 본 적 없거든요."

"아, 그렇긴 해요. 광고도 거의 안 찍고, 드라마나 예능도 안 나오니까 이슈 되는 일도 거의 없고. 영화만 찍거든요. 듣기로는 우리나라보다 해외에서 더 유명하대요. 활동 거점도 미국인 걸로 알고 있어요."

"미국에서 학교 다닐 때도 연기하는 건 못 봤는데. 독립 영화 쪽으로 활동하나."

"그것까진 자세히 모르겠어요. 그보다는 급하게 선생님 모신 거요, 이분이 잠깐 한국에 들어왔는데 촬영 일정 때문에 이틀 뒤에 해외로 다시 나가거든요. 출국 금지 조치를 내릴까 하는데, 이 사람 실명으로 진료한 기록 같은 거 남은 거 없나요?"

도원은 고개를 저었다.

"환자 기록은 제가 아니라 병원에 요청해야 돼요. 수사를 위해 검찰이 요청하면 병원 측이 제공할 수가 있어요. 제가 개인적으로 병원 기록을 가져오지는 못해요. 빈유미 씨도 잘 아시겠지만 그런 일은 불법이기도 하고요."

"이틀 안에 자료 받긴 어렵겠죠?"

"힘들걸요. 미국은 우리나라보다 프라이버시 침해 문제에 민감해요."

"아, 큰일 났네. 지금 심증만 있고 물증이 없어요."

"어떤 범죄의 심증인데요?"

"마약 밀매예요. 조직이 상당히 커요. 국회의원들과 엔터테인먼트 사업자, 연예인들까지 전부 연루된 사건으로 보고 있어요. 그 조직의 최종 책임자가 박 선배가 말했던 '아버지'라는 사람이고 장진원이 그 중간에서 고객들을 접대하고 마약을 판매했어요. 그 양도 몇 십 킬로는 되는 걸로 추정되고, 종류도 최소 6가지가 넘어요."

도원은 다시 사진을 내려다봤다. 한국의 미적 기준에서는 얼굴의 골격이 너무 단단하게 보인다고 할 수 있지만 서양에서는 선호하는 인상으로 보일 수 있었다.

사진에 찍힌 표정은 전부 무표정해서 도원이 기억하던 것보다 눈매나 콧대가 뚜렷했다. 아버지의 정보를 떠올리다 보니 그나마 겹치는 정보가 이 환자였다. 모래가 입 안에 들어온 것처럼 껄끄러운 인물이었다. 하지만 그뿐, 경찰 수사에 도움을 줄 만한 정보는 없었다.

"도원 선생님, 선생님이 이 사람을 지목했을 때 어떤 이유가 있었나요? 저희는 사냥 협회 쪽 탐문 수사하면서 아무래도 장진원에게 뭔가 있는 것 같다고는 생각했는데 선생님까지 이 사람을 지목했다는 얘길 듣고 수사 방향이 완전히 이쪽으로 바뀌었거든요. 이유가 있으면 알려 주실 수 있나요?"

그 이유란 것을 구체적으로 얘기할 수 없었다. 수배 걸린 방화범을 비밀리에 내담하다가 알게 된 정보로 추적한 것이고, 그 내담자가 옆집으로 이사 온 MJ라는 것이 알려지면 일이 걷잡을 수 없게 된다.

도원은 지금까지 그러했던 것처럼, 말할 수 없는 것을 말해야 할 때 늘 사용했던 화법을 이용했다.

"감이에요. 뭔가 이상한 환자였기 때문에 말한 것뿐이에요."

아주 틀린 말은 아니었다. 그리고 거짓말은 원래 진실 속에 숨겨 놓아야 더 그럴듯해 보이는 법이다.

"아아, 역시."

빈유미는 짧은 머리를 긁었다. 한숨이 깊어졌다.

"출국을 막지 못하면 어쩔 수 없겠네요. 다른 심증 인물 수사에 매달릴 수밖에."

이제야 겨우 중요한 사람을 잡을 수 있다고 생각했는데 그마저도 눈뜨고 놓쳐야 한다니.

빈유미는 상실감에 가까운 한숨을 연달아 터뜨렸다. 도원이 수사에 구체적인 정보를 제공하지 못하더라도 나무라지 않았다. 이런 식으로라도 간접적인 도움을 주는 것만으로도 충분히 고맙게 여겼기 때문이다.

"늦은 시간에 정말 죄송했어요. 맹강조 소장님께 연락했는데 전화를 안 받으셔서요. 추운데 얼른 들어가세요."

차 문을 열어 주는 빈유미의 손을 잡았다. 그녀가 눈을 휘둥그레 뜨고 도원을 돌아봤다. 도원의 표정이 심상치 않았다.

"하나만 물어도 되나요."

"네? 아, 네, 물론이죠."

"다른 심증 인물 수사라면 누굴 말하는 건가요."

뭐가 어떻게 진행되든 관심을 보이지 않으리라 한 도원이 진지한 표정으로 묻고 있었다. 빈유미는 그런 도원의 반응을 의외라고 생각했다. 그녀가 얼떨결에 대답했다.

"아, 그, 마약 밀매 범죄에 그나마 판매인으로 알려진 사람이 장진원이랑 다른 한 사람이거든요. 취급하는 마약으로 이름을 부르는 탓에 저희도 정확한 정보는 몰라요. 장진원이 크랙이라고 불렸고, 다른 사람은 뭐더라⋯⋯. 외국 여배우 같은 이름이었는데."

미간을 찌푸리면서 빈유미가 곰곰이 생각하기 시작했다. 아직까지는 수사 방향이 장진원에게 집중되어 있기 때문에 나머지 심증 인물에 대한 관심이 그리 크지 않았던 듯했다.

도원의 심장은 빠르게 뛰기 시작했다. 설마, 하는 이름이 그녀의 입을 통해 내뱉어졌다.

"맞아요, 매리제인. 마리화나의 은어래요. 이 사람은 저희 팀이 아닌 마약밀매 검거팀이 움직여서 쫓고 있어요. 장진원의 출국을 막지 못하면 저희 팀도 매리제인이라 불리는 사람을 쫓을 거예요."

빈유미의 손을 잡고 있던 힘을 의식적으로 풀어냈다. 도원은 침착한 얼굴로 시선을 돌렸다. 촉이 좋은 빈유미와 나머지 형사들도 의심하지 못할 만큼 자연스러운 행동이었다.

빈유미는 도원이 더 이상 수사에 대해 묻지 않자 다시 승합차의 문을 열어 도원이 차에서 내릴 수 있도록 배려해 주었다. 그러면서 목이 훤히 드러난 도원의 코트 깃을 여미도록 알려 주는 것도 잊지 않았다.

"나중에 또 연락드릴게요. 오늘 정말 죄송했습니다. 가서 쉬세요!"

손을 흔들어 보인 빈유미가 차 문을 닫았다. 승합차는 노란 전조등을 켰다. 추위 속에서 하얗게 엔진을 달구던 승합차가 유유히 골목을 빠져나갔다.

아마도 경찰청으로 되돌아갈 차의 뒤꽁무니를 쳐다보던 도원이 재빨리 걸음을 옮겼다. 건물로 들어가 엘리베이터를 타고 8층에서 내렸다.

그 짧은 순간 수십 가지 생각이 떠올랐다. 머리가 터질 것 같았다. 한꺼번에 쏟아져 들어온 정보 속에서 도원은 허우적거렸다. 도원은 MJ가 열어 주는 현관문 안으로 들어갔다. 머리가 깨어질 것 같았고, 심장 소리는 고막 근처에서 뛰었다. 숨소리도 거칠어졌다.

"일이, 일이 커졌어요."

갑작스러운 말에 MJ는 멈칫했다. 빈유미의 연락을 받고 나간 도원이 들어오자마자 다급하게 묻는 분위기가 심상치 않았다. MJ는 밤바람에 차가워진 도원의 목을 두 팔로 끌어안았다. 빠르게 뛰는 심장 소리가 MJ에게도 전해졌다.

"선생님. 무슨 얘기를 했기에 이래."

"경찰이 당신을 쫓으려 해요."

앞뒤 맥락도 알기 힘든 말에 MJ는 눈을 깜빡였다. 도원은 다급해 보였다. 경찰이 MJ를 쫓으려 한다는 걸 원래부터 알고 있던 사람의 반응으로는 이상했다. MJ는 고개를 갸웃했다.

"아, 뭐."

"아, 뭐가 아니잖아요."

"알고 있었어. 선생님도 알고 있던 거잖아."

"방화범으로서가 아니라 아버지 밑에서 일하는 당신의 정체를 쫓고 있다고요."

"아아, 그 말이구나. 그것도 알고 있었어."

"이렇게 가볍게 다룰 문제가 아니에요. 상습적인 마약 판매는 검사 구형으로 4년은 나와요. 판사 실형으로도 2년은 못 피해요. 물론 방화 쪽이 실형은 더 높게 나오지만. 아니, 방화까지 가중 처벌받으면."

"선생님. 진정해. 경찰들이 선생님을 이 밤중에 불러서 뭔 소리를 했는지 알 것 같긴 하지만 이렇게까지 흥분할 필요는 없어."

"MJ, 당신을 빠르게 알아내고 있어요. 크랙이란 사람에 대해서는 개인 신상 정보까지 모두 알아낸 상태고요."

"크랙의 정보가 털린 걸로 내가 위험한 건 없어."

"하지만."

"경찰들이 크랙에 접근한 거, 누군가의 제보나 도움 없이 가능할까? 아버지도 그런 허술한 놈한테 중요한 일을 맡길 사람이 아니거든."

도원은 벙긋했던 입을 다물었다. 누군가의 제보나 도움이라는 말에 MJ를 눈 한 번 깜빡하지 않고 쳐다봤다. 여전히 도원의 심장은 평소보다 빠르게 뛰고 있었다. 그리고 다른 무엇도 아닌 MJ 자체에 집중하고 있었다.

MJ는 그 사실을 못 견디게 좋아했다. 도원은 윤리 의식이 높아서 그런 가치관과 충돌할 때마다 감정적으로 변했다.

MJ가 범죄자라는 걸 알면서도 내담자로 받아들일 때의 표정이라든지, MJ가 저지른 범죄를 비판하거나 괴로워하기보다는 심적으로 MJ를 달래거나 두려워하지 않으려고 노력하는 모습을 보인다든지 하는 반응들 말이다.

경찰이 개입해서 MJ와 더는 우호적인 관계를 이어 갈 수 없다는 가능성 때문에 이번에도 도원은 감정적인 모습으로 변했다. 흐트러진 머리칼과 흔들리는 눈동자가 MJ에게 집중할 때마다 MJ는 섹스를 하고 싶은 고양감을 느꼈다.

도원이 사랑스러웠다. 도원이 일의 해결 방법을 찾는 합리적인 판단보다 좋아하는 사람이 위험할 수 있다는 감성적인 반응이 사랑스러워 미칠 것 같았다.

도원이 좋았다. 자신에게 스며드는 도원의 마음을 확인받는 기분이었다. 도원의 빠르게 뛰는 심장 소리보다 더 큰 소리로 날뛰고 싶은 기분마저 들었다.

MJ의 입가가 절로 풀어졌다. 추위 탓으로만 돌릴 수 없을 만큼 창백해진 도원의 얼굴에 쪽, 뽀뽀를 해 주었다. 도원이 이럴 상황이 아니라고 밀어내도 MJ는 도원을 더 세게 끌어안기만 했다.

"선생님한테 피해가 가는 일은 없을 거야. 나한테도 예측 불가능한 이상한 일이 터질 리도 없어. 난 그렇게 멍청하지 않아."

"나는……."

"걱정시키지 않을게. 날 믿어 줘."

도원은 사랑스럽게 입을 맞춰 주는 MJ를 복잡한 심정으로 올려다보았다. 현재 상황을 심각하게 여기는 도원과 전혀 다른 태도로 상황을 인지하는 MJ의 태도에 괴리감을 느끼고 있었다.

경찰에 잡히는 것은 아랑곳하지 않는, 그런 일은 벌어지지도 않을 거라 믿는 모습이 이상했다.

상식적으로 이해하기 어려운 문제였다. 도원은 MJ의 옷자락을 양손으로 움켜쥐었다. 품에 안기는 도원을 보면서 MJ는 어쩔 줄 몰라 했다. 도원은 아랑곳하지 않고 굳은 목소리로 물었다.

"경찰에게 잡힐 걸 알면서도 왜 이러는 거예요? 방화를 저지르고, 크랙에 대한 정보를 경찰에 알려 주고, 그렇게까지 해서 아버지라는 사람과 대척점에 서는 이유를 말해 줘요."

"그거야, 뭐, 간단하게 말하면 내 인생을 망친 새끼들이니까."

"복수예요?"

"그럴 수도 있겠지."

"그 복수의 끝이 뭔가요. 결국 아버지가 누군지 알아내면, 당신은 뭘 어떻게 할 건가요."

걱정스럽게 올려다보는 도원을 더는 쳐다볼 수 없었다. 아무 짓도 하지 않고 바라만 보는 것은 일종의 고문이었던 것이다.

MJ는 도원을 품에서 놓고 식탁으로 걸어갔다. 이미 식어 버린 고기에서 흘러나온 피는 갈색으로 굳어 있었다. 코르크 마개를 닫아 두지 않은 포도주에서는 알코올 냄새가 끊임없이 흘러나왔다.

MJ는 도원이 이제 밥을 먹을 것 같지 않아서 음식들을 모두 싱크대에 버렸다. 아까워하는 기색은 조금도 비치지 않았다. MJ에게 있어서 음식이란 도원의 미각과 배 속을 만족시키는 것, 그 이상의 의미가 없었다.

도원이 부족함을 느끼지 않는다면 모든 것이 무의미했다. 도원을 중심으로 돌아가는 세상이란 그런 것이다. 세상의 가치는 도원의 결정으로 정해졌다.

"아버지를 만나면 말이야."

도원의 분위기가 크랙 때문에 경직된 것이 마음에 들지 않았다. 분위기 좋은 식사 후에 끝내주는 섹스를 해서 도원이 사랑받는 기분을 만끽하게 만들고 싶었는데. 경직되어 있는 분위기를 풀기 위해서 MJ는 웃어 보였다.

도원의 뺨은 아직도 차가웠다. 아무래도 섹스는 그른 듯했다. 아쉬운 일이었지만 주말이 남아 있었기에 그런대로 참을 수 있었다. MJ는 도원의 뺨을 만지면서 속삭였다.

"죽일 거야."

굳어 있는 도원의 몸이 풀어질 기미가 보이지 않았다. MJ는 도원의 입술을 쪽쪽 빨았다. 눈가와 입가가 모두 떨리고 있는 도원을 내려다보면서 조금 더 상냥하고 부드럽게 말했다.

"선생님을 내게서 뺏어 가려는 그 새끼를 죽일 거야. 그러니까 선생님은 아무것도 걱정하지 마. 내가 선생님 주변을 깨끗하게 정리해 줄게. 아주 깨끗하게. 아무 걱정할 필요도 없게끔."

칭찬해 달라는 듯이 MJ는 얼굴의 화상 자국을 도원에게 내밀었다. 흉터에 입을 맞추어 주곤 했던 도원은 이번엔 아무것도 하지 못했다.

파란 두피를 가르며 일그러져 있는 피부가 섬뜩했다. 아픔을 내밀어 사랑을 요청하는 MJ를 떨리는 눈으로 한참이나 바라보았다.

방화와 마약 거래와는 비교도 할 수 없는 범죄를 예고한 MJ를 어디까지 받아들여야 할지 모르겠다.

"말했잖아. 선생님을 위해서라면 나는 뭐든 할 수 있거든."

키스를 해 주는 MJ가 속삭였다.

"뭐든 말이야."

도원은 아무런 반응도 할 수 없었다.

〈2권에서 계속〉

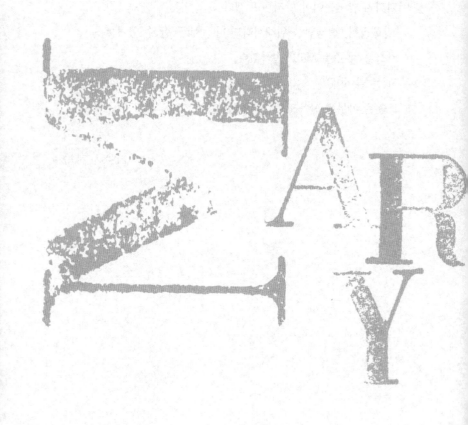

JAN
5

매리제인 1

초판 인쇄 2019년 6월 25일
초판 발행 2019년 7월 5일

지은이 G바겐
펴낸이 신현호
편집부장 예숙영
책임편집 박상희
편집디자인 한방울
영업·관리 김민원 조인희
물류 이순우 최준혁 박찬수

펴낸곳 ㈜디앤씨미디어
출판등록 2002년 5월 1일 제117-90-51792호
주소 서울시 구로구 디지털로 26길 111 JnK디지털타워 503호
대표전화 (02)333-2513 팩스 (02)333-2514
전자우편 dncbooks@dncmedia.co.kr
디앤씨북스 블로그 http://blog.naver.com/dncbooks

ISBN 979-11-264-4826-5 (04810)
ISBN 979-11-264-4825-8 (세트)